KB219631

한국 시가 연구 100년의 자취와 전망

한국 시가 연구 100년의 자취와 전망

한국시가학회 편

머리말

한국 시가는 한국 문학 연구 초기부터 선학들이 가장 많은 관심을 가지고 연구했던 영역이었다. 무엇보다 민족어 시가야말로 민족문화의 고유한 특성을 가장 잘 보여주는 문학이라는 판단이 크게 작용했던 듯하다. 그런 까닭에 문학을 전공하는 학자만이 아니라 언어학, 민속학, 음악학, 종교철학, 역사학을 전공하는 학자들도 그 연구 활동에 적극 참여함으로써 시가는 인문학의 제반 학문 영역이 상호 소통하고 교류하는 매개로 기능하는 형국이 오래 지속되었다. 하지만 인문학의 학문 분야뿐 아니라 한국 문학의 전공 영역이 빠르게 분화되면서 학문 대상으로서 한국 시가에 대한 가치 인식이 현저히 낮아지고 연구자 풀도 빠르게 줄어들었다. 이런 상황에서 우리 학회가 창립되었다. 시가 연구를 매개로 학자들 사이의 소통과 교류를 다시금 활성화하는 동시에 시대 변화에 대응하여 시가 연구의 기반을 좀 더 단단하게 다져나가야 한다는 필요성에 많은 학자들이 공감한 결과인 셈이다. 이렇게 창립된 우리 학회는 2024년 현재까지 104회에 걸쳐 학술대회를 개최하고 60권의 학술지(『한국시가연구』)를 발간해 오면서 명실상부하게 한국 시가 연구의 중심 학회로 발돋움했다.

우리 학회의 활발한 학술 활동에도 한국 시가의 가치와 그 연구에 대한 사회적 공감대는 좀처럼 넓어지지 않고 있다. 현실을 바꾸어나가는 일은 오롯이 시가를 전공하는 학자들이 감당할 몫이 된 듯하다. 신종 코로나(COVID-19) 팬데믹 상황이 지속되던 2022년 무렵, 한국 시가 연구의 미래 방향을 공동으로 모색하지 않으면 안 된다는 절박한 인식에 많은 회원이 공감했다. 이에 우리 학회는 한 세기 가까이에 이르는 한국 시가 연구의 역사를 성찰하며 미래 연구의 방향을 전망해 보는 학술대회를 기획하였다. 현실적으로 분화되어 있는 전공 영역을 고려하여, 시대별 연구의 맥락을 점검하는 동시에 장르별 연구사를 점검하여 공동으로 미래 연구 과제와 방법을 도출해 보고자 한 것이다. 기획 단계에서 학술대회에서 발표하고 우리 학술지에 게재한 논문들을 한 책으로 묶어 출판할 계획도 아울러 갖고 있었다. 우리 학회 회원들의 관심과 세부 전공 영역이 다양한 상황을 고려하여 시가 전공자는 물론 시가에 관심을 가지는 분들이 한 세기에 이르는 한국 시가 연구의 역사를 한눈에 볼 수 있는 편의를 제공할 필요가 있다고 판단했기 때문이다.

아무리 학문 분야가 좁다 해도 연구의 전사(全史)를 점검하는 일은 매우 힘들면서도 위험을 감수해야 하는 일이다. 그런 일을 선뜻 응낙하여 연구 발표를 맡아주신 열한 분 필자분께 이 자리를 빌려 진심으로 고마운 마음을 전하고 싶다. 학회 창립 이후 시가 전공자의 시각과 관심의 초점은 한층 더 다양해졌다. 그런 까닭에 11편의 논문에서 연구사를 점검하고 과제를 도출하며 미래를 전망하는 시각과 방법 또한 다양하다. 소통과 교류는 그러한 다양성을 전제하는 만큼 다양성을 보여주는 것이 기획 취지에 더 부합할 수 있다는 생각이다. 물론 개별적 다양성은 심혈을 기울여 연구해서 발표한 전공자의 논저를 모두 포괄하지 못함으로써 부정적 반향을 불러일으킬 여지가 없지 않다. 그 점에 대해서는 학회장으로서 먼저 진심으로 송구한 마음을 전하고 싶다. 다만 그것이 개별 시가 연구자의 연구 동력을 고무하는 방향으로 나타나기를 바랄 뿐이다. 학문적 교류와 소통의 장으로서 우리 학회의 문은 늘 활짝 열려 있는 만큼, 이 책이 회원 간의 교류와 소통이 좀 더 활발하게 이루어지게 하는 계기가 되었으면 하는 바람이다. “장래의 힘찬 건설은 반드시 그 과거의 역사를 배경으로 하지 않으면 아니 될 것”이라고 한 도남(陶南) 선생의 말씀을 떠올리며, ‘한국 시가 연구 100년의 자취와 전망’이란 제목으로 이 책을 상재(上梓)하기로 했다.

어려운 출판 환경에도 우리 학회를 늘 도와주셨는데 이 책의 출판까지 기꺼이 응낙해 주신 도서출판 보고사의 김흥국 대표님을 비롯한 임직원분께도 진심으로 고마운 마음을 전합니다.

2024년 12월

한국시가학회장 임주탁

차례

한국 시가 연구 100년의 자취와 전망

이도흠
한양대학교 국어국문학과 교수

1. 머리말

서양에 『시학(poetica)』이 있었다면 동양에는 『시경(詩經)』이 있었다. 15세기 이후 '쓰기, 문자' 등의 뜻을 가진 라틴어 'litera'로부터 추출하여 'literature'라는 낱말이 만들어졌다. 이는 '문자로 구성된 글'이라는 뜻을 가졌으며 점차 '문자로 이루어진 모든 글'에서 지금의 장르로서 문학의 뜻을 갖게 되었다.[1] 근대 일본이 이를 '文學'으로 번역한 이후 동아시아에서 보편적인 용어가 되었다. 동양이든 서양이든, 고대에서 중세에 이르기까지 15세기 이전에는 시가 곧 문학이었다. 시에 관한 이론과 방법론은 문학 이론만이 아니라 예술 이론의 남상이다. 통일신라까지만 해도 시가의 향유에 주술적 의도가 담겨있기는 했지만, 중세인들은 곧 신화의 세계에서 벗어났다. 그들은 생각이나 정서적 감동을 기호와 이미지로 잘 융합하여 표현하기 위하여, 세계의 양상을 잘 모방하거나 현실을 잘 반영하기 위하여, 특정 메시지를 담거나 전하기 위하여, 새로운 것을 갈구하거나 미적 쾌락을 위하여 시를 창작하고 공유했다. 하지만 근대에 오면서

1) *Online Etymology Dictionary* (https://www.etymonline.com/word/literature#etymonline_v_12314(검색일: 2022.7.30)

그 자리를 소설이 잠식했고 이어서 드라마와 영화가 뒤를 따랐다. 이에 시가, 특히 고전시가의 연구는 박물관의 고색창연한 유물을 탐구하는 것 만큼이나 고리타분한 작업이 되었다.

지금 고전시가를 연구한다는 것은 외면과 배제를 감수해야 하는 고독한 일이다. 각 대학에서 고전시가를 전공으로 하는 석박사과정생은 날로 줄어들고 그만큼 한국시가학회의 규모도 축소되고 있다. 그럼에도 적지 않은 연구자들이 고전시가를 연구하고 있다. 왜 그런가. 문학의 남상, 문학의 왕을 연구한다는 자부심도 있겠지만, 이보다 인간의 사상과 정서와 상상력을 기호와 이미지를 결합하여 가장 압축되고 정제된 양식으로 아름답게 표현한 텍스트를 분석하고 해석하는 데서 이루어지는 황홀감은 다른 장르에서는 찾아볼 수 없다. 현대와 다른 맥락에서 다른 사상과 정서, 상상력, 세계관, 미의식으로 가창된 노래를 부른 이들과 시공을 초월하여 대화하는 기쁨은 이루 말로 표현하기 어렵다.

여러 가지로 어려운 상황에서도 우리 고전시가에 대한 연구가 어언 100년이 넘었다. 21세기는 인류세(anthropocene)/자본세(capitalocene)로 표현될 만큼 전혀 다른 상황을 맞아 여러 새로운 도전도 맞고 있다.[2)] 이에 지난 100여 년의 시가 연구에 대해 이를 주도한 학문 주체, 학문의 경향, 시대적 맥락에 따라 일제강점기의 1세대, 해방 이후~70년대 초반의 2세대, 70년대 후반~90년대의 3세대, 90년대 이후의 4세대로 나누어 되돌아보면서 앞으로의 길을 전망한다.

2) J. W. Moore, *Anthropocene or Capitalocene? Nature, History, and the Crisis of Capitalism* (Oakland: PM Press, 2016), pp.1~11. 참고함.

2. 일제강점기의 1세대의 연구 동향과 성찰

일제강점기에 1세대 학자들에 의한 시가 연구의 핵심은 '타자의 발견으로서 근대', '식민지적 침탈 대 저항으로서 민족 문학 수립', '실증주의와 마르크시즘 연구 방법론'이다.

> '아시아(의 정체성)'을 구성하는 것은 유럽이며, '유럽(의 정체성)'을 구성하는 것 또한 아시아다. 양자는 서로에게 거울이자 타자다. … 아시아는 유럽의 정치적, 군사적, 문화적 침략을 받으면서 자신을 인식하며 국민을 형성하였고, 이에 대한 집단적 불안감을 근대국가 건설로 극복하였다. … 근대 초기에 유럽의 파리나 런던에 갔거나 난학(蘭學)의 태동공간인 데지마[出島]에서 유럽의 근대에 충격을 받은 일본의 엘리트들은 이를 일본의 하층민에게 이식하였고, 외부로는 조선과 타이완을 근대화와 식민의 대상으로 삼았다. 이 과정에서 국민(國民), 이를 주체로 한 근대 국민국가가 형성되었다.
>
> 동아시아의 엘리트와 국민은 이중의 수행을 하였다. 그들은 동아시아를 서양화하는 동시에 서양에 저항하였다. 자본제, 합리성, 과학, 근대 학문과 교육, 민주주의를 수용하여 유럽식 근대화에 박차를 가하는 한편, 서양에 저항하여 유럽의 타자로서 유럽에 없거나 부족한 것으로 '동양'을 구성하고 '전통'을 창출하였다. 이 과정에서 유럽적인 것은 세계적 보편과 동일시되고 그것과 다른 아시아의 특성은 특수의 이름으로 호명되었다. 이는 조선과 타이완에서도 그대로 반복되었다.[3)]

일본의 엘리트들은 유럽의 근대를 안으로는 하층민, 바깥으로는 한국과 대만에 이식했다. 이 과정에서 불행하게도 국문학의 첫 장을 연 이들은 우리가 아니었다. 일본의 엘리트들은 조선의 역사와 문화, 언어를 유

3) 이도흠, 「동아시아 문학, 새로운 패러다임과 방법론」, 『비교문학』 77(한국비교문학회, 2019), 98~99면.

럽으로부터 유입한 근대 학문 방법론으로 분석했으며, 그들 가운데 대다수는 타율성론, 정체론, 일선동조론(日鮮同祖論)의 식민주의 사관에 꿰맞추어 해석했다. 일본적인 것이거나 일본과 조선에 공통인 것은 보편이었고, 이에 포섭되지 않는 것은 '조선의 전통'으로 분류하고 타자화/주변화했고 때로 야만으로 규정했다.

한국의 엘리트들이 이들의 연구에 때로는 부합하고 때로는 저항하면서 '국문학'과 '국사학'을 생성했다. 식민지의 엘리트들은 일본을 매개로 서양의 시와 소설, 다양한 문학 이론과 방법론을 접하고 충격을 받았으며 이를 적극적으로 수용했다. 처음에는 '근대적인 것'에 매혹되어 식민주의 사관이나 문화정책에 의하여 날조된 국문학 연구에 경도되었으나 차츰 이에 저항하면서 민족 문학의 길찾기를 했다. 초기의 국문학자들은 대개 독립운동의 차원에서 민족 문학의 정체성과 본질, 일본 문학과도 엄연히 다른, 혹은 이에 뒤지지 않는 특질과 우수성을 입증하기 위하여 때로는 투옥도 각오하며 국문학 연구에 진력했다. 최초의 근대적 연구 방법론인 실증주의에 입각하여 고대부터 20세기까지 한국문학을 분석하는 작업을 수행하여 국문학의 기초를 튼실하게 닦았으며, 1920년대 이후의 맥락에서는 사회주의자들이 마르크시즘의 연구 방법론을 수용하여 문학을 혁명의 수단으로 삼거나 엘리트가 아닌 민중의 문학에 관심을 갖거나 문학을 사회경제적 토대와 결합하여 해석하기 시작했다.

이미 19세기부터 가나자와 쇼사부로(金澤庄三郎)와 아유가이 후사노신(鮎貝房之進) 등이 이두나 향찰을 '조선의 국문(國文)'으로 파악하여 주목했고, 1904년에 동경제국대학에서 『삼국유사』를 간행한 이후에는 향찰과 향가에 대한 연구를 더 체계적으로 수행했다. "가나자와 쇼사부로는 한국어과 일본어가 동일 계통, 표기 방법이 터럭만큼도 다르지 않다는 동조동근론(同祖同根論)에 집착했고, 식민지 경영의 시대 논리에 부응하는 데서 벗어나지 못하였다."[4] 아유가이 후사노신은 "1921년에 발견된

『균여전』 소재의 향가를 계기로 차자표기에 대한 체계적인 이해를 도출하고 이를 바탕으로 〈서동요〉, 〈풍요〉, 〈처용가〉를 해독해냈다."[5]

오구라 신페이(小倉進平)는 이들의 연구를 토대로 삼되 실증주의 방법론을 철저히 적용하면서 향찰의 전면적인 해독 작업에 착수하여 1929년에 『향가 및 이두의 연구』를 간행했다.[6] 오늘날에서 보면 부족하고 어학상 오류도 많이 나타나지만, 당대의 관점에서 보면 한국어가 모국어가 아닌 학자가 기존 연구가 거의 없는 상황에서 상당히 체계적이고 과학적으로 향찰을 해독했다. 이에 맞서서 양주동이 오구라를 비판하며 1942년에 『조선고가연구』를 펴내었다.[7] 실증적 방법론은 따랐지만, 한국어를 모국어로 하는 유리한 입장에 있었기에, 또 중세 국어에 대해 방대한 자료를 조사하고 기억했기에 자신감을 갖고 행한 것이었다. "오구라는 일본의 고대어를 연구하는 방법 그대로, 사용된 한자의 휘집(彙集)과 이동(異同)을 살펴 어법적 쓰임을 취택(取擇)하고, 배경 설화를 적극적으로 이용하여 향가 전편 해석을 이루었다. 그러나 한자 용법상의 착오, 의미불통의 해독, 어법상·어휘상의 착오 등이 많이 나타났는데, 이는 최초의 연구자로서 피할 수 없는 오류로 치고 말 수 있으나, 시가성(詩歌性)의 무시는 이후 오구라의 영향력을 감소시키는 원인이 되었다. 양주동은 이 같은 오구라의 단점을 가장 잘 극복한 연구자였다. 일례로 말음첨기의 개념을 세워 임한 해독은 향가의 시가성을 살리는 데 크게 기여하였고, 우리말 구조의 핵심에까지 근접하였다."[8] 이로써 향가가 천 년의 세월을

4) 고운기, 「鄕歌의 근대 1 - 金澤庄三郎와 鮎貝房之進의 향가 해석이 이루어지기까지」, 『한국시가연구』 25(한국시가학회, 2008), 32면.

5) 임경화, 「식민지기 일본인 연구자들의 향가 해독: 차용체(借用體)에서 국문으로」, 『국어학』 51(국어학회, 2008), 372면.

6) 小倉進平, 『鄕歌及び吏讀の硏究』(京城帝國大學, 1931).

7) 양주동, 『朝鮮古歌硏究』(博文書館, 1942).

8) 고운기, 「향가의 근대 2 - 小倉進平가 『鄕歌及び吏讀の硏究』에 붙인 自筆 메모」, 『한국

건너서 민족어로 부르고 향유하는 시가로 부활했다.

이 시기에 두 산맥이 고전시가연구에 뻗어 내렸다. 천태산인 김태준은 1934년에 『조선가요집성』을 펴냈다.[9] 이 책은 최초의 한국 시가 선집이다. 향가에서부터 조선조의 시가까지 망라하여, 신라 향가 편, 백제 고가 편, 고려 가사 편, 이조 가사 편으로 나누어 수록하고, 부록으로 신위(申緯)의 한역 소악부(小樂府)를 첨부했다. 각 편마다 신라 향가 해제, 백제 가사, 고려 가사 해제, 이조 가사 예언 등 전체 해제를 간략하게 기술했다. 천태산인은 이 책의 편찬 목적에 대해 서문에서 밝히고 있다.

> "중국의 풍아송(風雅頌), 일본의 만엽집(萬葉集)·고금집(古今集)과도 같은 존재, 조선에 다만 이것이 있다. 과거의 유일한 문학적 유산이었고 또 사회사이었다. 서투른 외국 문학 직역에서 형식을 구하지 말고 자래로 전하는 우리의 문학에서 얻은 것으로 먼저 튼튼한 토대를 닦으라."[10]

위의 서문에서 밝혔듯이, 천태산인은 중국의 『시경』, 일본의 『만엽집(萬葉集)』과 비견할 만한, 우리말로 우리의 정서와 사상을 표현한 시가에 대한 민족주의적이고 민중적인 의식을 가지고 이 책을 편찬했다. 신라 향가 25수, 백제 고가 2편, 고려 가사 22편, 이조 가사 55편을 실었다.

향가 25수는 삼국유사의 향찰을 적고 오구라의 어석을 풀이하고 의역을 한 다음에 『삼국유사』의 관련기록을 중심으로 간단하게 해설했다. 백제 고가로는 「정읍사」와 「산유화」를 실었다. 고려 가사로는 고려 향가로 분류한 예종의 도이장가 1편, 속요 12편, 경기체가 3편, 가사 4편, 악장

시가연구』 37(한국시가학회, 2014), 207~208면.

9) 金台俊 編, 『朝鮮歌謠集成』(朝鮮語文學會, 1934).

10) 김태준, 위의 책, 14면. 가독율을 높이기 위하여 한자는 한글로 바꾸고 표준어로 고치고 띄어쓰기를 함. 이후의 다른 저서의 인용도 마찬가지임.

3편을 실었는데, 속요는 해제를 달며 어석과 현대역을 했다. "이는 근세의 해인사 승 유기(有璣)가 간행한 신편 보권문의 부록에 실린 강월서왕가(江月西往歌)니 강월은 여말 명승 나옹화상(懶翁和尙)의 일호이며, … 문체가 신(信)하기 어렵고 이도 물론 나옹의 작(作) 그대로 전하는 것이라고는 믿을 수 없지만 다소라도 원형을 보존하였다면 다행이라 하여 고려시가의 말미에 첨부하여 둔다"[11]라며 가사라는 장르에 대한 인식을 명확하게 하지는 않았지만 「서왕가」를 고려시대의 시가로 편재하고 있다.

조선조의 시가에 대해서는 악장 6편, 경기체가 8편, 가사 36편을 실었다. 조선조 초기의 것과 송강, 노계, 고산과 같은 대가를 중심으로 하되, "이조 숙종 이전의 것만을 대상으로 하고 시조, 민요, 동요는 후집으로 기약하고 생략하였다."[12] 원문과 간단한 해석을 달았다.

"김태준이 향가 편을 정리하면서 오구라의 것을 가져왔지만 의역 부분에서 민중성에 기반한 해석을 시도했으며, 형식적인 측면에서 좀 더 매끄럽게 수정했다."[13] 천태산인 자신의 이념적 지향에 따라 민족어로 서민적인 정서나 사상을 표현한 작품을 선택하려 노력하고 해석에서도 그 입장이 나타나지만, 그렇게 강하거나 노골적이지는 않다. 일관하는 것은 민족사관과 민족주의다. 향가와 속요의 어석에서는 약간 오류가 있지만 대체로 타당하다. 시조를 제외했는데, 이에 대해서는 "후일의 별찬(別纂)을 예기(豫期)하고 이에 약(略)하였는데,"[14] 숙종 이후 중인들을 중심으로 이루어진 사설시조의 창작과 향유를 '속문학(俗文學)의 황금기'라 규정하며 1939년에 『청구영언』으로 간행했다.[15]

---

11) 위의 책, 126면.

12) 위의 책, 137면.

13) 김명준, 「조선가요집성의 성격과 위치」, 위의 책, 317면.

14) 김태준 저, 김명준 교주, 『교주 조선가요집성』(다운샘, 2007), 13면.

15) 천태산인은 1933년부터 『조선일보』에 총 22회에 걸쳐 〈조선가요개설〉을 연재하고, 1939년엔 『청구영언』을 교감하여 학예사에서 편찬했다.

천태산인은 실증주의를 넘어 맑스적인 관점으로 우리 시가를 분석했고 사회주의적 사실주의 경향을 보이는 작품을 선호했다. 이에 시가 텍스트를 사회적 맥락과 결합하여 해석을 하면서 우리 시가에 담긴 진정성과 구체성, 서민성의 미학을 드러내었다. 무엇보다 민족 문학을 신화화하는 당대의 주류 연구에 맞서서 과학적인 분석을 견지했다.

이런 점 때문에 천태산인은 북한 학계의 초기 시가 연구에 많은 영향을 미쳤다. 그럼에도 맑스주의적 관점의 해석은 지엽적이거나 부분적으로 나타나고 전편을 지배하는 것은 민족주의와 민족사관이다. 또, 천태산인은 그 당시에 한국을 넘어 동아시아라는 큰 틀에서 동양의 전통이 한국의 시가와 영향을 주고받는 양상, 그 공통점과 '차이'를 역동적으로 도출하는 가운데 민족적 특수성을 드러내고자 했다. 열린 민족주의라 할 수 있는 이런 경향은 닫힌 민족주의에 입각한 도남과 육당의 민족 문학과는 결이 달랐다. 하지만 남한의 국문학계는 닫힌 민족주의적 국문학 연구에 기울고 이념적 스펙트럼으로 바라보며 천태산인의 연구를 배제하거나 과소평가했다.

도남 조윤제는 1937년에 『조선시가사강』을 출간했다.[16] 도남은 에드가 알론 포(E. A. Poe) 등 외국의 시에 대한 정의를 참고하되 이에 매몰되지 않았다. 그는 시가가 "인생 생활의 대부분으로서 일언(一言)으로 이를 표할랴 하는 것이 도로혀 무리가 있다"[17]고 본다. "우리 시가사(詩歌史)는 크게 말하면 과거 우리 생활 일부의 변천을 편록(編錄)한 역사라고도 하겠고, 적게 말하면 운율적 생활의 일부 문학사라 하겠다."[18]라는 관점을 갖고 우리 시가를 상고시대부터 20세기 초반에 이르기까지 개괄적으로 정리했다. 장르와 시대를 종합하여 "1. 원시시대부터 신라 초기 불교 수

16) 趙潤濟, 『朝鮮詩歌史綱』(東光堂書店, 1937).
17) 위의 책, 2면.
18) 위의 책, 2면.

입 이전까지 조선 시가의 발생 시대, 2. 신라 중기 불교 수입 이후부터 고려 초년까지 향가시대, 3. 고려 초기부터 그 말기까지 시가의 한역(漢譯) 시대, 4. 이조 태조조부터 연산조까지 구악(舊樂) 청산 시대, 5. 중종조부터 선조조 임진란 이전까지 가사 송영(誦詠) 시대, 6. 선조조 임진란 이후부터 숙종조까지 시조 문학 발휘 시대, 7. 경종조부터 정조조까지 시가 선집 시대, 8. 순조조부터 순종조까지 창곡 왕성 시대"로 8단계로 시대 구분을 했다.[19] 이렇게 구분하면서 이 틀에 얽매이지 않고 '3. 고려조의 시가의 한역 시대'에 향가의 편영(片影)과 시조의 발생에 각각 한 절을 할애했다. '4. 구악 청산 시대'에 가사와 정극인의 「상춘곡」에 대해서도 한 절에 걸쳐 기술하고 있다. 후한서 동이전의 기록부터 한국 시가를 시작하지만, 「구지가」나 「공무도하가」에 대한 기술은 없다. 대신 「황조가」는 '2장 향가의 시대, 5절 삼국시대의 가요' 편에서 다루고 있다.

도남은 간략하게 시가의 형식과 내용에 관한 핵심 사항을 기술하면서 작가와 시대적 배경과 결합하여 해석하고 있다. 아직 향찰의 해독이 이루어지지 않아 『삼국유사』의 향찰 원문을 그대로 싣고 노래의 내용에 대해서는 시가 텍스트가 아니라 삼국유사에 관련 기록문을 요약하고 있다. 하지만 우리말로 가사가 전해진 속요, 시조, 가사에 대해서는 텍스트를 인용하며 관련된 역사적·사회적 실증을 바탕으로 체계적인 해석과 평가를 한다. 가집과 가단에 대해서도 비교적 풍부하게 사실을 기술하고 있다. 조선조 초기의 시조를 주제와 정조에 따라 회고, 송축과 한정(閒情), 호기(豪氣), 애상(哀傷)으로 분류했다.

> "대저 조선의 시가는 과거 천, 수백 년래, 혹은 수천 년래 4.4조가 기조가 되어서 그 형식적 발달을 하여 왔었다. 이것은 적어도 조선 시가 형식의

---

19) 위의 책, 3~4면.

이념인 이상 과거뿐만 아니라 또 장래에도 역시 그 이념에 올라서 발전하여 나가지 않으면 안 될 운명에 있다 하겠으나, 이 4.4조가 가장 전형적으로 나타난 것은 이조 중기로부터 발달하여 온 가사부터인데, 원래 가사란 것은 유장하고 단조한 생활의 유물이다. 따라서 일반의 생활이 바빠지고 복잡하여질 때는 당연히 그 형식에 어떠한 혁신운동이 일어날 것은 그 당초부터 기대되던 바이고, 또 조선어의 음운의 본질적 가치로 보더라도 질적 운율을 취할 성질의 언어도 아니고 양적 운율을 취할 언어의 성질도 충분히 가지지 못하였으니 전형적 4.4조의 파격이란 것은 그 언어 성질로 보아서도 있을 만한 일이다.

이로 보아 조선에 어떠한 시기에 신시 운동이 일어날 것은, 가령 그것이 외래 문예사조의 영향이라 할지라도, 어느 의미에 있어 전형적 4.4조의 반동 운동으로 당연한 일이라 생각할 수 있는데, 다만 이것이 이후에 어떻게 살려 가느냐 하는 것이 문제요, 또 후래의 문학자에 기대될 바가 많다 하겠다."[20]

도남은 현재로부터 과거를 분석하고 성찰하는 당대 풍미한 역사관을 갖고 고대부터 20세기까지 우리 시가를 분석했다. 주지하듯 도남은 강고한 민족주의적 국문학자다. 도남의 가장 빛나는 부분은 식민사관에 맞서서 민족사관을 정립하고 민족의 삶과 역사와 함께 발전해 온 우리말로 된 시가의 통시적 통찰을 한 것이다. 그럼에도 위의 인용문에 잘 나타나는 것처럼, 민족주의적 입장을 견지하면서도 중국이든 서양이든 외부의 영향에 대해 긍정적 태도를 취하고 있으며 그것과 관련하여 민족의 정체성을 형성한 문학에 주목한다. 우리 시가의 핵심이 4.4.조임을 밝히고 있음에도 이에 대한 반작용으로 서양의 자유시에 영향을 받은 신시 운동에 대해서도 긍정적이다.

이 책에 대해 이병도는 "그 내용이 종으로 조선 시가의 기원 발달 변천

---

20) 위의 책, 452~453면.

을 각 시대에 나누어 서술하는 동시에 횡으로 각기 시대의 배경을 개설하야 시가와의 관계를 논했으며, 또 부분 문제에 있어서도 중요한 자에 대하여는 비교적 상세한 고증을 시(試)하야 새로 개척한 바 적지 아니하다고 생각된다."[21]라고 평하고 있다.

도남은 어느 한편에 기울어지지 않고 불편부당한 논평을 하고 있다. 예를 들어, 세조를 평할 때도 정치, 경제, 사회문화적 치적을 칭송하는 가운데 비인도적 일을 감행한 것에 대해서는 "수백 춘추를 지난 오늘날에 있어서도 아직 유체(流涕)치 않을 수 없다"[22]라고 비판하고 반면에 사육신의 충절에 대해서는 "지금 아직 청청육육(靑靑育育)하고 광명이 빛나고 있다."[23]라고 칭송한다.

논증하는 부분은 단정적인 서술어로 끝나지만, 치밀하게 논증하지 않은 부분이나 추론으로 그친 부분에 대해서는 "~듯하다"라고 표현하고 있다. 다만, 가사의 효시를 「상춘곡」으로 본 것, "창곡을 일부 특수한 계급이 고래의 악조로 부르는 것인데 반하여 창가는 서양식 악조로 일반이 부르는 것"[24]으로 기준을 제시했음에도 시조, 가사, 잡가, 창가, 신시를 모두 창곡으로 분류한 것은 오류를 범한 것이다.

그럼에도 이 저술은 기록과 문헌 중심으로 상고시대부터 갑오경장까지, 고대가요에서 신시까지 우리 시가를 총망라한 대작이다. 민족사관에 입각하여 민족문화로서 조선 시가를 정립시켰고 실증주의 방법론에 따라 실증을 바탕으로 객관적으로 분석했다. 도남은 나중에 국문학론에 조선 시가를 편입시키고 시가 장르 체계의 토대 또한 세우게 된다. 시대 구분의 준거를 명확히 제시하지 않거나 작품의 선정 기준이 모호한 것을 비롯

21) 李丙燾, 「序」, 위의 책, 「서」의 1~2면.

22) 위의 책, 220면.

23) 위의 책, 222면.

24) 위의 책, 416면, 445면.

하여 여러 한계가 있지만, 뚜렷한 민족사관을 갖고 한국 시가사를 집대성하여 일제강점기에 민족문학의 튼실한 토대를 정립했다.

3. 해방 이후~70년대 초반의 2세대의 연구 동향과 성찰

해방 직후부터 70년대 초반까지 2세대에 의한 시가 연구의 가장 큰 흐름은 '민족 문학의 정립'과 '한국문학의 내재적 근대성', '전후의 복구와 진보적 해석의 타자화/주변화', '남북한 문학의 분리'다.

해방 직후에 꼭 문학 분야뿐만 아니라 나라 전체가 '어떻게 독립 국가를 제대로 수립할 것인가', 그리고 '식민 잔재를 어떻게 극복할 것인가', 라는 것이 민족적이고 국가적인 과제로 부상했다. 이 시대의 지배 이데올로기는 민족주의였고 지배 담론 또한 민족이었다. 그럴 때 국문학과 시가 연구에서 시대적 요청으로 가장 크게 부상한 것은 식민지 잔재 가운데서도 일선동조론을 극복하는 것이었다. 일본 학자들이 그들이 식민지, 혹은 야만으로 간주하는 나라의 향가와 향찰, 방언, 〈삼국유사〉를 연구한 가장 큰 이유는 한국과 일본은 혈연적, 언어적, 문화적으로 공통의 뿌리나 조상을 갖고 있으므로 조선이 중국의 종속으로부터 벗어나 일본과 합병하는 것이 타당하다는 논리를 입증하려는 것이었다. 이들은 관학파의 식민사관을 국어학과 국문학에 적용하여 향찰 등 삼국의 언어와 고대 일본어, 향가와 와카[和歌]의 유사성을 억지스럽게 짜맞추며 왜곡했다. 해방 이후에는 이에 맞서서 온 나라와 국민이 다함께 일본과도 다른 우리의 민족적 정체성과 전통을 드러내는 데 모든 노력을 동원했다. 이런 순혈주의적 민족주의 경향에 가장 잘 부합하는 것은 우리말로 된 우리 시가다. 이에 우리말 시가야말로 가장 민족적인 문학이라는 이념이 압도했고, 우리말 시가의 특성을 드러내는 것이 국문학 연구의 지상 과제가 되었다.

여러 학자들이 국문학개론서를 편찬했지만, 한문 텍스트를 배제했다. 그럴 정도로 우리말로 된 노래에서 가장 우리 민족다운 형식과 내용, 그에 담긴 사상과 정서를 찾는 작업에 천착했다.

해방 직후의 시가연구에서 가장 중요한 위상을 갖는 것은 일오(一梧) 구자균(具滋均)과 위민(渭民) 고정옥(高晶玉)의 연구다. 18세기에 상공업이 발달하면서 중인(中人)들이 의식의 성장을 하였다. 이들 중 일부는 양반으로부터 일정 정도 권력이나 업무를 위임받아 한문 텍스트로 읽고 쓰기를 하였다. 그 가운데 몇몇은 한시를 창작하고 향유했다. "한성 북부의 중인은 인왕산 아래 옥류계(玉流溪)의 맹주인 송석원(松石園) 천수경(千壽慶, 1757~1818)을 중심으로 '송석원시사(松石園詩社)'를 조직하고 대규모의 시회(詩會)를 자주 열었다. 이와 같은 시사가 여럿 있었으며, 중인은 자신들이 쓴 한시를 모아 1737년에 9권 2책의 시선집인 『소대풍요(昭代風謠)』를 간행하고 이어서 60년 만인 1797년에 『풍요속선(風謠續選)』, 다시 60년 후인 1857년에 『풍요삼선(風謠三選)』을 간행했다."[25] 구자균은 『소대풍요』, 『풍요속선』, 『풍요삼선』을 바탕으로 1947년에 『조선평민문학사』를 출간했다.[26]

> "조선 정신문화 유산, 특히 그 일 영역인 조선 고전문학 속에서 지금까지 전연 연구가 이루어지지 않은 미개척 분야에 대하여 그 초기적인 재료 정리를 함과 함께 그 사적 체계를 세움으로써 조선 문학사를 보다 완전한 것이 되게 하여 보고자 하는 의도 밑에서 근대 평민의 문학 활동, 특히 명확히 역사적 계열 위에서 볼 수 있는 한문학을 대상으로 하여 사적 개관을 한 것이 소저(小著)이다."[27]

25) 정옥자, 「19세기 초 中人文學의 새로운 結集形態: 溪社遺唾」, 『泰東古典研究』 10(翰林大學校 泰東古典研究所, 1993), 439면, 445면을 참고하여 재구성함.

26) 具滋均, 『朝鮮平民文學史』(文潮社, 1947).

27) 具滋均, 『朝鮮平民文學史』(民學社, 1974), 5면.

구자균은 조선조의 양반과 한글 텍스트 위주로 연구되어 온 것을 반성하며 그동안 연구에서 배제된 중인, 그것도 그들의 한문학에 대해 사적 개괄을 하였다.

> "… 종래에 별로 연구되지 않은 서리(胥吏), 중인(中人), 서류(庶流)의 이른바 위항문학(委巷文學)의 사적 개관의 현 단계적 중요성은 여기에 있다고 하겠다. 더욱 이조(李朝)와 같은 계급사회의 문학을 각각 계급 개별적으로 고구(考究)하는 것은 다만 문학 연구 그 자체를 위하여서뿐 아니라, 문학을 사회에서 타율적으로 구성 규정되어 가는 것이라고 보고, 문학을 사회사상(社會事象)의 하나로서 연구하고, 작품을 객관적으로 보려고 하는 문헌학적 방법, 역사학적 방법, 사회학적 방법에 의하여 풍속, 계급, 제도, 그 외의 환경과의 관계교섭을 연구하는 것을 문학의 전면적 전체적 이해에 의하여 비로소 가능한 것이기 때문에 사회학적으로 사상사적으로 또는 정치사적으로도 의의 있는 문제라 하지 않을 수 없다."[28)]

일오는 조선조 중인들의 한문학에 대한 사적 개괄을 수행한 방법론으로 문예사회학을 응용한다고 밝히고 있다. 그는 실증주의에 가까운 문예사회학을 통하여 당시 사회문화적 배경과 시인들의 삶과 문학을 종합하여 해석하고 있다. 먼저 제1편에서 근대 평민의 계급구성에 대해 알아보고 2편에서 평민문학에 대해 총론적으로 살폈다. 제3편에서는 시인별로 각론을 펼치고 있는데, 1기 요람시대, 2기 대두시대, 3기 전성시대, 4기 소시인군 배출 시대, 5기 쇠퇴시대로 나누어 시대적 배경과 평민계급의 문학적 성취를 결합하여 분석하고, 마지막으로 결론을 내리고 있다.

일오는 중인의 한문학이 16세기부터 시작된 것으로 본다. 12세에 세종의 친소(親召)를 받아 시를 바칠 정도로 신기(神奇)하고 총명했던 김종직

---

28) 위의 책, 11~12면.

의 제자 홍유손(洪裕孫)에서 시작하여, 서경덕(徐敬德)의 제자로 도덕과 학문에 탁월한 박지화(朴枝華), 이지함(李之函)에게서 사사하고 수많은 책을 섭렵하여 불가와 역학에도 조예가 깊었던 서기(徐起), 도학에 밝을 뿐만 아니라 시에서는 이이(李珥)를 능가한다는 송익필(宋翼弼), 말년에 북촌의 한 골짝에 복숭아나무와 버드나무를 심고 수작시음(酬酌詩吟)한 풍류향도(風流香徒)들인 유희경(劉希慶), 백대붕(白大鵬), 최기남(崔奇南) 등을 중인 한문학의 요람을 장식한 시인들로 보고 그들의 자호, 간단한 이력과 세인이나 저술의 평가를 싣고 있다. 이어서 17세기 대두 시대에는 임준원(林俊元)을 비롯하여 석희박(石希璞), 홍세태(洪世泰), 김창협(金昌協), 고시언(高時彦), 정래교(鄭來僑), 정민교(鄭敏僑) 등에 대해 마찬가지로 자호와 간단한 이력을 소개하고 있다. 일오는 18세기에 서촌의 옥류가 흐르고 소나무 숲이 우거진 옥인동에 송석원을 두고 송석원시사를 조직하고 이를 중심으로 천수경(千壽慶)과 장혼(張混), 조수삼(趙秀三), 차좌일(車佐一), 박윤묵(朴允默) 등이 시회를 자주 열며 『소대풍요』와 『풍요속선』을 편찬한 시기를 전성시대로 보고 있다. 이후 19세기에 지금 필운동 배화여교 부근의 칠송정(七松亭)에 모였던 지석관(池錫觀), 김희령(金羲齡) 등 칠송정시사의 시인 등이 활동한 때를 소시인군(小詩人群) 배출 시대로 보며, 그 이후 고종조에는 쇠퇴한 것으로 본다.

이 책은 그동안 양반 위주로 다루며 배제되었던 중인들의 한문학을 보는 새로운 지평을 열었다. 간략하게 기술되기는 했지만, 각 시인 별로 자호와 생애나 이력, 그들에 대한 평가를 기술하여 작가론을 세울 수 있는 단초를 제시했다. 시대적, 사회문화적 배경과 문학을 간단하게나마 결합하고 있다.

하지만 구자균은 위항인, 서리, 중인, 서류(庶類)를 명확히 구분하지 않은 채 두루뭉술하게 개념화하고 있다. "위항인(委巷人)은 양반을 제외한 모든 계급을 말한다. 중인 또한 위항인에서 중서층(中庶層)을 따로 떼어 협의로는 기술관(醫, 譯, 觀象, 律, 寫字, 圖畵, 籌)을 가리키는 말이지만, 광의로는 기술관과 비슷한 처지에 있는 서리(胥吏), 향리(鄕吏), 군교(軍校), 서얼(庶孼) 등을 포함하여, 위로는 양반, 아래로는 서민 및 천민과 구별되는 범주로 사용하였다."[29] 계급을 나누는 객관적 준거에 따라 계급적으로 명확히 구분하면, "중인은 생산수단을 소유하지 않고 잉여가치를 착취당하는 동시에 착취했으며 노동력을 통제하는 자이자 부역과 공물의 부담이 없으며 어느 정도 한문으로 읽고 쓰기가 가능한 이들이다. 일부 자영농을 제외한 절대 다수의 서민은 생산수단을 소유하지 않고 노동력을 착취당하는 자이자 통제당하는 자로 조세와 부역, 공납을 담당하고 한문으로 읽고 쓰기가 불가능하여 이로 이루어진 지식과 정보로부터 배제된 자이다."[30] 정확히 말하면 『조선평민문학사』가 아니라 『조선중인문학사』다.

위민(渭民) 고정옥(高晶玉)은 향가부터 당대 민요에 이르기까지 국문시가의 전 분야를 다루었다. 맑스주의자로서 서민의 문학에 관심을 가졌고 사회주의 리얼리즘에 경도된 지향을 보여 주었다. 그중 대표적인 것은 『조선민요연구 - 원시예술로서의 민요일반과 서민문학으로서의 조선민요』(이하 『조선민요연구』로 약함)와 『고장시조선주』다.[31]

『조선민요연구』 작업 자체가 당시로서는 파격적이다. 구비문학은 아직 문학의 범주에 들어오지 않았을 때이고, 당시 풍미한 미학의 입장에서 볼 때 서민들이 창작하거나 향유한 문학은 미적으로 다룰 만한 수준에 이르지 못한 것이었기 때문이다.

---

29) 윤재민, 「중인문학(中人文學)의 개념과 성격」, 『韓國漢文學硏究』 17(한국한문학회, 1994), 394~400면 참고함.

30) 이도흠, 『18~19세기 한국문학, 차이의 근대성-유럽중심주의와 민족주의를 넘어』(소명출판, 2022), 298~299면.

31) 고정옥, 『朝鮮民謠硏究 - 原始藝術로서의 民謠一般과 庶民文學으로서의 朝鮮民謠』(首善社, 1949); 고정옥, 『古長時調選註』(正音社, 1949).

이 책은 모두 10장으로 구성되어 있다. 처음에 서(序)와 예언(例言)을 기술하고 이어서 1장에서 민요연구 수집의 동기를 밝히고, 2장에서 민요의 개념, 3장에서 민요의 성립, 4장에서 민요의 발전, 5장에서 조선 문학과 민요, 6장에서 조선 민요의 형식, 7장에서 조선 민요 수집 연구, 8장에서 조선 민요의 분류, 9장에서 조선 민요의 특질에 대해 기술하고, 마지막으로 10장에서 '조선 민요연구의 장래를 위하여'란 제명으로 전망을 펼치고 있다. 이 책은 고정옥이 자신의 고향인 함양을 중심으로 직접 1,000여 수를 채집한 것에 기존에 수집된 민요 2,000여 수를 망라하여 체계적으로 분류하고 분석하면서 내용만이 아니라 형식과 특질에 대해서도 총괄적으로 기술한, 최초의 과학적 민요 연구서이자 이론서다.

이는 "우리 민요 연구사의 새 장을 연 기념비적인 성과"[32]이자 "우리나라의 민요를 본격적으로 연구한 최초의 저서이다. 민요의 학문적 특성과 민요 연구의 현장성에 주목하면서 심도 있는 논의를 편 것이다."[33] "고정옥의 조선민요 연구는 민요 연구의 학문적 성격, 우리 민요의 성립과 발전, 우리 민요와 문학의 상관관계, 우리 민요의 수집사, 우리 민요의 분류, 우리 민요의 특질 등을 체계적으로 다룬 저작이다."[34] 무엇보다 고정옥은 졸업논문을 쓸 때까지는 지도교수인 다카하시 토오루를 따라 식민지 사관이나 엘리트주의, 숙명론적 민족관에 입각하여 우리 문학을 분석했지만, 최소한 『조선민요연구』를 작업하는 시기부터는 민족적 자각을 하고 이런 서술을 삭제하거나 축소했다. 그는 "역사에는 홍경래란도 있고 동학란도 있고 진주(晋州) 우통(민란)도 있다."[35]라면서 민중의 저항성

32) 신동흔, 「국문학자 열전 2 – 고정옥의 삶과 학문세계」(상), 『민족문학사연구』 7(민족문학사학회, 1995), 301면.

33) 김헌선, 「고정옥의 구비문학 연구」, 『구비문학연구』 2(한국구비문학회, 1995), 330면.

34) 위의 논문, 331면.

35) 고정옥, 『조선민요연구』(수선사, 1949), 170면.

에 대해 기술하기도 하지만, 민중에 대한 숙명론적 입장, 곧 민중이 체념적이고 현실안주적/도피적이라는 입장을 완전히 버리지는 않는다. "그는 분명히 조선 '민족성'의 내용을 계급적으로 분할하여 부정적 속성을 잘못된 지배의 결과로 한정하고 피지배계급으로서 '민(民)'이 가진 역사적인 가능성과 정치적 역량을 적극적으로 재발견하는 방식으로 '탈식민'적 전환을 꾀하고 있다. 그러나 이런 정도의 분할로는 그에게 이미 고착되어 있는 '민족성'에 대한 인식을, 그리고 그 인식에 내재한 '제국'과 '식민'의 그늘을 완전히 벗어던질 수는 없었던 것으로 보인다."[36]

『고장시조선주』는 사설시조에 대한 최초의 본격적인 연구서다. 『청구영언(진본)』이 아니라 『육당본 청구영언』에 실린 사설시조 50수를 가려서 뽑아 작품별로 주석을 하고 간단한 평가와 해석을 한 것이다. 선정기준은 두 가지다. 하나는 '현실 타개 정신'이고, 또 하나는 '새로운 기도가 엿보이는 노래'이다.[37] 이를 현대적으로 풀이하면, '독창성과 현실의 모순에 대한 분석과 극복 여부'라 할 수 있다.

고정옥은 사설시조의 작자층을 "1. 신진 중인 작가, 2. 창곡가, 창극가, 부녀자, 4. 기녀, 5. 민요 시창자(始唱者), 6. 몰락한 양반"으로 본다.[38] 사설시조의 형식적 변모에 대해서는 "1. 소설식으로 길어졌다. 2. 가사투가 혼입했다. 3. 민요풍이 혼입했다. 4. 여상(如上)한 제 경향이 작품 속에서도 잡연(雜然)히 혼재하고 있다. 5. 대화가 많다. 6. 새로운 종장 문구를 개척했다."라고 주장한다.[39] 사설시조의 내용상 특질로는 "1. 구체성 내지 형이하적인 성질을 가진 이야기와 비유의 대담한 도입, 2. 강렬한 애

36) 김영희, 「고정옥의 〈조선민요연구〉: 탈식민적 전환의 모색과 잉여-경성제국대학 학부 졸업논문(1938년)과 수선사 발간본(1949년)의 비교」, 『온지논총』 49(온지학회, 2016), 60면.

37) 고정옥 저, 김용찬 교주, 『고장시조선주(古長時調選註)』(보고사, 2005), 79면.

38) 위의 책, 71~72면.

39) 위의 책, 72면.

정의 표출, 3. 육욕(肉慾)의 기탄없는 영발, 4. 어희(語戱), 재담, 욕설의 도입, 5. 적나라한 자기 폭로, 6. 비시적 사물의 무사려한 시화(詩化) 기도"[40]를 들고 있다. 이어서 선정한 사설시조 50수 각각에 대해 본문을 적고 낱말에 대해 주(註)를 달고 감상과 비평을 겸하여 해설을 달고 있다.

> "이 책은 당시로서는 불모지나 다름이 없었던 사설시조 연구에 한 획을 그은 저서로, 국문학 연구의 수준을 한 단계 높였다는 평가를 받기에 충분하다."[41]

> "작품을 통한 치밀한 실증적 작업의 바탕 위에서, 문학적 감식안과 문학에 대한 이론적 안목이 적절히 어우러져 완성된 것이 바로 『고장시조선주』라고 할 수 있겠다."[42]

고정옥은 시조 연구의 프레임을 제시한다. 고려 말에 시조가 발생하여 조선조 전기에 어느 정도 정립이 되고, 임란(壬亂) 전후에 사회적 배경과 문화적인 것들과 아울러서 시조가 꽃을 피우고, 그 다음부터 다시 쇠퇴기로 접어들었다고 보고 있다. 이와 함께 맑스주의자였기에 사회문화적 토대나 맥락을 결합해서 시조들을 해석하고 있다. 물론, 기계론적 맑스주의자와 달리 사회경제적 토대와 시가 텍스트를 동일화하지 않고 그 시조가 갖고 있는 시학적이고 미학적인 의미들에 대해서도 해명하고 있다. 시조 해석에서 오류가 적잖게 나타나기는 하지만, 몇몇 시조에서는 탁월한 해석을 수행했다.

하지만 고정옥은 맑스주의자이면서도 유교적 도덕주의자와 엘리트주의적이고 가부장적인 자세를 견지하고 있다. 서민들의 성애의 자유로운

---

40) 위의 책, 10면.

41) 위의 책, 18면.

42) 위의 책, 54면.

표출을 비도덕적인 것으로, 서민성이나 서민의 미학을 양반의 미적 성취에 비하여 열등한 것으로 간주하고 있다. "바름도 쉬여넘는 고기 구름이라도 쉬여넘는 고기 …"는 성에 대한 묘사도, 그를 연상하는 구절도 없이 강렬하게 연정을 표현하고 있다. 이 시조에 대해 고정옥은 "드물게 보는 건강한 좋은 노래다."[43]라고 평가하고 있다. 반면에, 성애를 구체적으로 묘사한 사설시조는 단 한 수도 선정하지 않았다. 성애와 관련된 어휘가 유일하게 나오는 "고대광실(高臺廣室) 나는마다 …" 시조에서도 종장의 '품자리 잘하는 젊은 서방'이 '애무나 성애를 잘하는 젊은 서방'을 뜻함에도 이를 "아아 부부의 의(宜)를 말함인 듯"[44]으로 해석하고 있다. "백발(白髮)에 환양노는 년이 져믄 서방(書房)을 맛쵸와 두고 …" 시조에 대해서는 치장하고 불륜남을 만나러 가다가 비를 맞아 낭패를 당한 해학적 이야기임에도 "난잡한 장시조"라고 평하고 있다. 본처와 첩이 대화를 하며 서로를 원망하고 저주하는 "저 건너 월암(月岩) 아희 우희 밤즁맛치 부헝이 울면…" 시조에 대해서는 "이 노래는 처첩 간 암투가 부엉이 울음을 기연(機緣)으로 노출되어, 여자답게 서로 상대편을 쥐어뜯는 대화다."[45]라고 평하고 있다. 위민은 여성이 처첩 간이든 아니든 서로 질투하고 반목하는 성향을 가진 것으로 단정하는 가부장적 관점을 유지하고 있다. "일신(一身)이 사쟈ᄒᆞ니 물 것 계워 …" 시조에 대해서는 "문학할 교양을 쌓지 못했음을 생각할 때, … 일상생활의 이모저모를 아무런 선택도 없이 되나 개나 글로 써보았던 것에 불과한 그 결과가, 간혹 이러한 비문학(非文學)을 낳았다는 것은 차라리 당연하다 할 것이다."[46]라고 말하였다. 이 시조가 은유와 환유를 활용하여 하급 관료를 풍자하며 서민성과 저항성을 담고

43) 위의 책, 90면.
44) 위의 책, 103면.
45) 위의 책, 166면.
46) 위의 책, 192면.

있을 뿐만 아니라 미학적으로도 진정성을 추구하고 있음에도, 위민은 서민적인 표현을 '열등한 것이나 문학이 아닌 것'으로 간주하는 엘리트적인 편견을 드러내었다.

전쟁의 참상을 어느 정도 복구하면서 70년대 초반에 고전시가 분야에서 이룬 업적 가운데 괄목할 만한 것은 백영(白影) 정병욱(鄭炳昱)의 『한국고전시가론』이다.[47]

> "『국문학산고』를 엮어낸 이후로부터 나는 교실에서나 집회에서나 글을 통해서나 문학의 본질적인 연구가 시급하다고 역설해 왔었다. … 시는 문학의 꽃이라고 한다. 그만큼 시는 쓰기도 힘들고 이해하기도 힘들다고 할 것이다. 시를 이해하기 위해서 기울인 노력에 비하면 얻은 것은 너무도 적었다. 때로는 허탈감에 빠져 술도 퍼마시고 미친 듯이 춤도 추었다. 그러는 가운데 우리의 고전시가는 나의 피가 되고 살이 되고 또한 내 느낌의 바탕이 되었는지도 모르겠다."[48]

위에서 보듯, 백영이 이 책을 출간한 것은 크게 두 가지다. 하나는 문학의 본질적인 연구를 하자는 것이고, 다른 하나는 우리 고전시가에 대한 애정이다. 백영은 고전시가에 대한 무한한 애정을 바탕으로 고전시가에서 문학적 본질을 찾기 위하여 기존의 연구를 총망라한 다음에 이를 서양과 동양의 이론을 결합하여 치밀하게 분석하고 장르별로 종합하여 한국고전시가 연구에 빛나는 금자탑을 세웠다.

백영은 먼저 제1편으로 고전시가의 운율론을 새롭게 정립하고, 제2편에서는 고전시가의 사적 전개라는 제명 아래 상고 시가에서부터 향가, 별곡, 악장, 시조, 가사, 판소리, 시화의 순으로 정리했다. 제3편에서는

---

47) 정병욱, 『한국고전시가론』(신구문화사, 1977).

48) 정병욱, 『증보판 한국고전시가론』(신구문화사, 2003), 3~4면.

총론으로 전통론이라는 제목 아래 고전시가의 특질, 고전문학과 신문학과의 연속성, 고시가를 통해 본 해학을 정리했다. 제4편에서는 의복, 음식물, 주거, 술, 소나무, 꽃 등의 고전시가의 소재에 대해 이것과 고전시가, 더 나아가 한국인과 한국문화의 관계에 대해 다루었다. 제5편에서는 서지론으로 3대 고시조집, 곧 『청구영언』, 『해동가요』, 『가곡원류』의 곡조 배열, 작품 배열, 전승에 대해 문헌고증과 함께 비교하고, 편찬과정에 대해 알아보고 이어서 『교방가보』, 『시화총림』, 「왈자타령」, 『매화전』에 대해 다루고 서평도 곁들였다.

무엇보다 백영은 기존 연구 검토, 방법론의 적용, 시가 텍스트의 분석과 문학외적 실증의 종합, 논거에 따른 논증을 거친 결론을 추출하는 단계의 고전시가 연구의 전범을 세웠다. 고전시가의 문학적 본질을 해명한다는 분명한 목적을 설정하고 여러 기존 연구를 망라하여 검토하고, 형식적이고 미학적인 특질을 분석할 뿐만 아니라 역사적/사회적 실증을 종합하여 텍스트를 해석하되 어느 한 방법론에 얽매이지 않고 역사주의 비평, 신화비평, 분석비평 등을 적용하여 논거를 바탕으로 치밀한 논증 작업을 거쳐서 체계적으로 분석하며 결론을 추출했다. 둘째, 고전시가의 큰 갈래를 상고 시가, 향가, 별곡[속요], 악장, 시조, 가사, 판소리, 시화로 확정하고 갈래별로 명칭, 특징, 장르나 형식, 형성, 작가, 내용과 수사 등에 대해 기술했다. 셋째, 실증주의를 넘어서서 형식주의 비평, 신화비평이나 미학이론, 시학이론 등 서양의 이론이나 방법론을 본격적으로 적용하되 방법론에 경도되지 않고 이를 문학적 본질을 규명하는 목적으로 수렴시켰다. 백영은 서지 사항, 작품이나 갈래 관련 사회적 배경을 분석할 때는 실증주의적 방법론을 적용했지만, 형식적 특성을 분석할 때는 형식주의 비평을 적용하고 고대의 원형을 분석할 때는 신화비평이나 정신분석 비평을 적용했다. 셋째, 우리 시가에 대한 객관적이고 체계적인 시가의 형식적/미학적 특질에 대한 분석과 텍스트의 내용 분석을 치밀한 논증 과정을 거쳐서 종합했다. 넷째, 귀족문학과 서민문학에 대해 편견을 가지지 않고 중도적으로 아울렀다. 백영은 "서민들은 일부 비판적인 지성인들에 못지않게 날카로운 현실 비판과 역사 감각으로써 전통 예술이 지녔던 미학을 변혁시키고 극복하는 데 적극적으로 참여하였던 것이다."[49]라며 민중성을 추구한 학자에 못지않게 서민문학의 미학성이나 예술성을 인정하는 자세를 견지하고 있다. 다섯째, 우리 시가의 핵심적 자질인 운율에 대해 3.4조나 4.4조 등 기존의 자수율(字數律)을 비판하고 강약률(强弱律)을 제시했다. 폴 피어슨(Paul Pierson)의 이론을 빌려 운율의 개념을 정립하고 이무영의 소설과 같은 산문도 3음절이 42%, 4음절이 33%인데 반하여 "우리들의 고유 음악에서 3박자계의 '강약약' 형인 악센트를 찾아볼 수 있다는 사실과, 국어 자체의 성격이 제1음절에 stress accent를 부여한다는 사실은 시가 운율과의 관련 관계에서 볼 때 당연히 부합하여야 할 귀결이 아닐 수 없을 것으로 보았다."[50]

무엇보다 백영은 당시에 역사학계로부터 영향을 받아 풍미했던 내재적 발전론을 문학의 장에 촉발시키는 선편을 잡았다.

> "이리하여 이 땅의 정신생활 면에 폭풍적인 반향을 일으킨 이 실학사상은 이 땅의 18세기 여러 예술 분야에 필연적으로 커다란 전환을 가져다주었던 것이다. 특히 문학 부문에서는 박연암(朴燕巖)을 비롯한 실학파 거장들의 한문학, 중인·서리들을 중심으로 한 이른바 위항문학, 그리고 시가 문학에서는 사설시조의 성행, 가사 문학의 변화, 판소리 사설의 완성 등을 들 수 있을 것이다."[51]

---

49) 위의 책, 287면.

50) 위의 책, 28~29면.

51) 鄭炳昱, 「李朝 後期 詩歌의 變異過程考」, 『창작과 비평』 31(창작과비평사, 1974년 봄), 138면.

"일부의 지배계급도 적극적으로 참여하고 있었음을 잊지 말아야 하겠다. 그러나 … 사설시조의 주류가 되는 작가군은 역시 가객을 중심으로 하는 서민 작가였다."[52]

"사설시조는 평시조와 대립되는 소재를 즐겨 추구하여 평시조와는 별개의 독자적인 미학인 희극미를 창조하고 구현하였음을 알 수 있었다."[53]

"필자가 말하는 전통문학에 대립되는 개념으로서의 신흥문학에 만일 근대적인 성격이 인증된다면 신흥문학을 그대로 근대문학으로 일컬을 수도 있을 것 같다."[54]

이와 같은 연구 경향은 이후의 국문학 연구에도 막대한 영향을 미쳐, 백영이 가정을 하고 전제를 부여했음에도, 이후의 연구들은 18세기를 근대의 기점으로 소급하고 실학파의 문학에 근대성을 부여하고 사설시조의 희극미나 봉건사회에 대한 비판에서 근대성을 모색했다. 내재적 발전론은 자본제, 합리성, 과학, 시민사회, 근대 학문과 교육, 민주주의 등 서양의 근대성의 기준에 부합하는 것을 18~19세기의 한국 역사와 문화에서 찾아 한국의 자생적 근대성을 입증하자는 것이다. 이는 실증도 부족했지만 근본적으로 유럽중심주의와 동일성의 패러다임에 입각한 것이다.[55] 사설시조로 한정하더라도, 봉건 체제를 유지하는 가운데 개량적인 개혁을 내세운 실학사상에 과도하게 근대성을 부여했고, 실학사상이 한문학이라면 몰라도 사설시조에 직접 영향을 준 것은 없다. 또, 만횡청 116수 가운데 봉건사회를 풍자/비판한 것은 극히 일부에 지나지 않으며 사설시

---

52) 위의 논문, 149면.

53) 위의 논문, 154면.

54) 위의 논문, 163면.

55) 지면관계상 자본주의 맹아론과 내재적 발전론의 타당성과 한계에 대한 상세한 논의는 이도흠, 앞의 책(2022), 50~71면으로 미룬다.

조의 초기 담당층은 양반이며 18~19세기의 주요 담당층은 서민이 아니라 중인이다. 이들의 계급과 문화의 성향은 중간자적이다. 굳이 구분한다면 서민보다는 양반지향적이다. 무엇보다 조선조는 현대의 문자문화와 달리 중세의 구술문화 시대로 '청각적 총합'을 추구하였기에 사설시조는 청중 지향의 장르였다.[56)]

이와 더불어 서양의 이론이나 방법론에 대한 충분한 숙지 없이 적용한 것이나 70년대에 유럽에서 풍미했던 구조주의 비평이나 기호학, 맑스주의 계열의 비평, 문화연구 등을 수용하지 않은 것, 그리스·로마 신화의 바쿠스와 비교하며 "백수광부(白首狂夫)는 다름 아닌 이 땅의 주신(酒神)으로 보아야 마땅하다."[57)]라고 한 것처럼 서양이론이나 틀에 맞춘 것, 가사의 기원에 대해 치밀한 논증 과정 없이 "가사는 조선조에 들어와서 사대부들이 고려조의 경기체가가 수행하던 구실을 이어받아 발전시킨 장르로 볼 수 있을 것 같다."[58)]라고 한 것처럼 부분적으로 논증 과정을 생략하고 추론한 부분들이 있는 것 등은 한계다.

6·25전쟁을 겪은 이후에는 남한이 미국 자본주의 시장 체제에 완전히 편입되고 북한은 중국과 소련의 영향 하에 사회주의 체제를 견고하게 구축하면서 분단체제가 고착화하고 분단모순이 심화한다. 게다가 박정희 정권이 쿠데타로 정권을 잡은 이후 반공이데올로기를 강화하고 개발독재를 행하면서 진보적이거나 맑스주의적인 시각에서 문학이나 시가를 해석하는 것은 금지되거나 타자화/주변화하게 된다. 무엇보다도 이후 한국 고전시가 연구는 남한과 북한이 갈려서 서로 소통하지 못한 채 다른 길을 걷게 된다.

---

56) 이도흠, 「사설시조 담론 주도층의 사회문화적 맥락과 예술적 지향성 – 유가적 미학·놀이의 興·통속성·탈중세성」, 『한국시가연구』 36(한국시가학회, 2014), 80~117면.

57) 정병욱, 앞의 책(2003), 69면.

58) 위의 책, 271면.

4. 70년대 후반~90년대의 3세대의 연구 동향과 전망

3세대가 주도한 70~90년대 시가연구의 핵심어는 '역사·실증주의의 압도와 탈주', '(이에 따른) 시가연구의 화려한 개화'와 '굳건한 연구 토대의 구축'이다. 일제강점기에 일본을 매개로 유럽의 근대 방법론인 실증주의가 이식되어 고전시가를 근대적이고 체계적으로 분석하는 길이 열렸고, 이어서 역사주의 비평이 소개되면서 양자가 결합하게 된다. 이에 단순히 역사적이고 사회적, 문화적 실증만이 아니라 원전을 확정하고 '작가의 의도'를 찾는 작업이 포개진다. 작가와 시대, 문화에 대하여 구체적이고 실증적인 자료를 종합하여 작가의 동일성을 구축하고, 연구자가 그 동일성의 프레임에 따라 작가의 의도를 유추하고 종합한 실증과 작품을 일치시키면서 해석하는 작업들이 이뤄지게 된다. 또, 한편에서는 실증/역사주의를 벗어나 시가의 형식이나 내적 구조에 주목하면서 미학적/시학적 분석을 하려는 연구들도 나타난다. 이 당시에 이런 연구를 주도한 연구자들이 한국시가학회의 창립자들인 황패강, 박노준, 이민홍, 김대행, 김학성, 김흥규, 성기옥, 권두환과 최동원, 임기중, 최철, 조동일 등이다.

최동원은 치밀한 실증적 고증과 논증을 통해 시조의 발생 시기를 고려말 원나라 지배기로 보았고, 시조의 모태를 고려속요의 음악적 분단(分段)에서 찾았다. 평시조와 사설시조에 대해 고르게 연구하면서 사설시조의 작가층에 대해 "처음 생성시킨 계층은 양반 사대부층이지만 숙종 이후 작가의 주류는 중인계층이며 특히 영조 일대의 반세기 동안이 사설시조의 전성기"[59]라고 밝혔다. 중인 가객층의 존재와 활동에 대해서도 구체적으로 언급했다.

---

59) 최동원, 『고시조론』(삼영사, 1986), 61면 요약.

시조연구에 단단한 초석을 놓은 것은 시조집의 편찬이다. 정병욱은 2,376수의 시조를 수집하여 1971년에 『시조문학사전』을 편찬했다.[60] 심재완(沈載完)은 1년 만에 이를 보완하여 50여 종의 시조집과 55종의 문집·판본·사본의 책자 편지 등을 자료로 하여 시조 3,335수를 모아 『교본 역대시조전서』를 1972년에 편찬했다.[61] 가나다 순으로 배열하여 싣고 이본·곡목·출전에 대해서도 부기했으며, 부록으로 『청구영언』 등의 서발, 한역시 일람, 작가 색인, 작품 색인을 달았다. 박을수(朴乙洙)는 82종의 시조집과 117종의 문집 및 일기, 서한문 등에서 수집한 총 5,492수의 시조를 수집하여 1992년에 『한국시조대사전』을 편찬했다.[62] 전 4부로 구성하여 초장 가나다 순으로 배열하고 상단에서 원문, 제목, 한역가, 작가, 출전 등을 통번을 붙여 배열했고 하단에서는 주석과 더불어 이문(異文)이나 참고사항을 밝혔다. 고시조만이 아니라 일제강점기에 〈대한매일신보〉 등에 실렸던 시조를 제2부 개화시조 편에 실었고, 사전이 편찬되는 작업 중에 발굴된 시조는 유보편에 수록했다. 부록으로 가집의 서발은 물론, 관련기록들을 망라했고 시조문헌일람표를 작성했다. 김흥규는 이형대, 이상원, 김용찬, 권순회, 신경숙, 박규홍 등의 제자들과 함께 316종의 가집 및 문헌에 실린 46,431수의 시조를 총망라하여 『고시조대전』을 편찬하는 기념비적 작업을 했다.[63] 모든 가집을 수집하여 거의 모든 시조를 망라했으며, 원전을 철저히 확인하고 원전 데이터베이스를 구축하고 표제작을 정규화한 다음에 작자, 악곡을 명시하고 각 근접 작품이나 이본들을 함께 제시하여 한눈에 수록 가집이나 문헌별 차이의

60) 鄭炳昱 編, 『時調文學事典』(新丘文化社, 1971).

61) 沈載完 編, 『校本 歷代時調全書』(世宗文化社, 1972).

62) 朴乙洙 編, 『韓國時調大事典』(亞細亞文化社, 1992).

63) 김흥규·이형대·이상원·김용찬·권순회·신경숙·박규홍, 『고시조 대전』(고려대민족문화연구원, 2012).

대조가 가능하게 했다. 부록으로 한역시, 서발문, 작가소개를 실었다. 이로써 시조 연구자들은 발품을 팔거나 가집을 뒤지지 않고도 안방에서 시조 원전 텍스트를 연구할 수 있게 되었다.

임기중은 가사를 집대성했다. 임기중은 30권에 걸쳐 『역대가사문학전집』을 펴냈다.[64] 이어서 각 작품이나 고어마다 설명적 각주를 달고 서지적 연구를 하여 20권에 이르는 『한국가사문학 주해연구』를 출간했다.[65] 이후 이를 종합하여 2,800여 편의 가사 작품을 집대성하여 '한국의 지식콘텐츠' 포탈(https://www.krpia.co.kr/)에서 검색이 가능하도록 원문 텍스트, 영인본 이미지를 싣고 각 작품과 어휘별로 주해를 하고, 원본을 확정하고 재구성함은 물론 이본의 계보 또한 밝혀 가사 연구의 굳건한 토대를 구축했다.[66]

황패강은 윤원식과 함께 고대가요에서부터 향가와 고려가요에 이르기까지 간략하게 정리한 다음에 고대가요, 향가, 속요, 경기체가, 무가(巫歌), 가사, 시조에 관련된 원전의 기록을 정리했다.[67] 삼국시대에서 현대에 이르기까지 원효에서부터 서정주와 박경리에 이르기까지 시가와 서사장르를 망라하여 대표적인 작가 80인을 선정하고 편찬하여 한국문학 작가론의 지평을 열었다.[68]

박노준은 향가와 속요에 관련된 역사적 실증을 찾아 치밀하게 논증하되 이에 머물지 않고 작품 해석을 종합했다. 『삼국유사』 소재 14수 향가 전편을 실증/역사주의적 방법론으로 천착하여 작품 세계와 주제, 서사기

64) 임기중, 『歷代歌辭文學全集』 1~30(東西文化院, 1992~1999).

65) 임기중, 『한국가사문학 주해연구』 1~20(아세아문화사, 2005).

66) 가사를 집대성한 작업에 가려 있지만, 향가와 삼국유사 기록문을 종합하여 실증적인 방법론에서 주로 주술성에 초점을 맞추어 해석한 『新羅歌謠와 記述物의 硏究: 呪力觀念을 中心으로』(二友出版社, 1981)도 향가의 주술성을 잘 해명한 저술이다.

67) 黃浿江, 尹元植, 『韓國古代歌謠』(새문社, 1986).

68) 황패강, 『한국문학작가론』(집문당, 2000).

록에 내재되어 있는 제작배경 등 여러 가지 문제를 구체적으로 명료하게 해석하여 우리 문학의 남상인 향가의 의미를 새롭게 규명했으며,[69] 고려 시가 및 경기체가의 중요작품을 여러 문헌자료를 바탕으로 실증적, 역사주의적 방법론으로 해석하여, 문학 세계·작자 추정, 장르 특성, 주제·형식 등 고려 시가의 다채로운 모습을 드러내었다.[70] 이 두 저서를 토대로 향가여요의 장르적 특성 및 정서를 상호 교차하여 대비하는 방법론으로 분석하고, 향가의 '평담(平淡)'과 고려속요의 '격정'의 정서가 현대시로 변용되어 재창작되고 패러디된 양상을 학문적으로 조명하여 한국 고전시가의 전통과 현대적 계승과 재현 양상을 고찰했다.[71] 이어서 향가와 고려속요의 형식, 내용, 특질, 스타일 등에 대해 종횡으로 오고가며 논리적으로 엮어내었을 뿐만 아니라 향가와 속요의 정서와 이미지, 주제 등이 한용운과 조지훈으로 이어진 양상까지 밝히고,[72] 박지원·정약용·이정보·이세보 등의 사대부와 김천택·김수장·안민영 등 여항인의 시 작품을 주로 당대의 시대성을 중심에 놓고 이에 그들이 각기 어떻게 인식하고 대응했는지에 대해 살폈다.[73]

이민홍은 정주학(程朱學)과 관련된 문이재도론(文以載道論)에 입각한 신문학운동을 주도한 사림파 문학의 사상, 강호인식, 품격, 시의식과 시론, 변화의 양상과 영향에 대해 1985년에 박사학위논문에서 밝혔고 이를 증보하여 펴냈다.[74] 더 나아가 조선시대의 미의식을 이시정심(以詩正心)에 초점을 둔 '성정미학(性情美學)'과 이시정세(以詩正世)를 목적으로 한

69) 박노준, 『新羅歌謠의 硏究』(悅話堂, 1982).

70) 박노준, 『高麗歌謠의 硏究』(새문社, 1995).

71) 박노준, 『향가여요의 정서와 변용』(태학사, 2001).

72) 박노준, 『향가여요 종횡론』(보고사, 2014).

73) 박노준, 『조선후기시가의 현실인식』(고려대민족문화연구원, 1998).

74) 이민홍, 『사림파 문학의 연구』(월인, 2000).

사회미학의 두 갈래로 보되, 성정미학에 초점을 두고 농암(聾巖), 퇴계(退溪), 고산(孤山) 등의 시에 나타난 사상과 미의식, 품격 등을 심오하면서도 체계적으로 밝혔다.[75] 이민홍은 우리 민족의 기층종교를 예악사상으로 묶어서 '민족예악(民族禮樂)'으로 규정하고 이를 척도로 하여 고대부터 조선조의 단가(短歌)에 이르기까지 민족 악무의 다양한 특성과 그에 담긴 예악사상을 분석했다.[76] 나아가 이를 바탕으로 고조선에서 미군정기에 이르기까지 예악사상이 의례나 시가와 접맥하고 외래의 악무를 수용하는 양상과 의미에 대해 분석했다.[77]

최철은 설화와 가요가 서로 공존하면서 하나는 서정적인 시가로, 다른 하나는 배경설화로 병립한 것이라는 전제 아래 배경설화를 중심으로 향가의 작자와 작품에 대해 연구했고,[78] 이어서 『삼국유사』 소재 향가 14수와 『균여전』 소재 향가 11수를 망라하여 향가의 갈래, 형식, 작자를 밝히고 각 작품마다 간단하게 내용을 설명했으며 부록으로 북한의 홍기문과 정열모의 향가 연구에 대해서도 기술했다.[79]

김대행은 시학과 구조적 분석을 통하여 한국 시가가 가지고 있는 시학적이고 미학적인 특성을 잘 규명했다. 민요를 매개로 고전시가와 현대시를 넘나들며 율격, 구성형식, 서정시적 구조, 시공간과 대상과 관계에 대한 의식, 제재별로 공통점을 찾아내며 한국 시가의 전통과 지속, 변화를 읽어냈다.[80] 고전시가와 현대시를 넘나들며 한국 시가의 구조, 음률, 문형, 구성 등을 분석했다.[81] 문학이 일상의 언어를 바탕으로 하되 특유

75) 이민홍, 『朝鮮中期 詩歌의 理念과 美意識』(成均館大學校出版部, 1993).
76) 이민홍, 『韓國 民族樂舞와 禮樂思想』(集文堂, 1997).
77) 이민홍, 『한국 민족예악과 시가문학』(성균관대학교출판부, 2001).
78) 최철, 『新羅歌謠研究: 그 作者와 背景說話를 中心으로』(開文社, 1979).
79) 최철, 『향가의 문학적 해석』(연세대학교출판부, 1990).
80) 金大幸, 『韓國詩의 傳統研究』(開門社, 1980).
81) 김대행, 『韓國詩歌 構造研究』(三英社, 1982).

의 다듬어진 틀을 가지고 있다는 관점에서 말하기와 노래하기를 두 축으로 하여 틀의 시학, 사람의 시학, 삶의 시학, 웃음의 시학으로 범주화하여 한국 시가의 시학적 특성을 밝혔다.[82] 나아가 시조의 형성을 따져본 다음에 시어, 문형, 구조와 구성 등의 외현 요소, 시간과 공간 의식, 대상과 관계, 현실 인식, 자연관, 가치관, 정서유형 등의 내재 요소, 화자와 청자의 유형, 작자층에 따라 시조의 유형을 구분함과 아울러 내용을 분석하고 가사와 잡가 등 다른 장르와 관계에 대해서도 고찰했다.[83]

조동일은 『한국문학통사』에서 이미 고대가요에서 잡가에 이르기까지 고전시가 전반에 대한 사적 통찰 하에 작품에 대해서도 표준적인 연구를 제시했다.[84] 『한국문학의 갈래이론』에서는 서정, 서사, 극으로 이루어진 서양의 갈래이론을 넘어 세계와 자아의 관계를 두 축으로 하여 갈래 이론을 세운 것을 바탕으로 서사민요, 경기체가, 고려가요의 장르적 특성을 밝혔다. 서정을 '작품 외적 세계의 개입이 없는, 세계의 자아화'로, 교술을 '작품 외적 세계의 개입이 있는, 자아의 세계화'로, 희곡을 '작품 외적 자아의 개입이 없는, 자아와 세계의 대결'로, 서사를 '작품 외적 자아의 개입이 있는, 자아와 세계의 대결'로 규정하고 가사와 악장, 경기체가를 교술의 범주로 구분했다.[85] 『한국시가의 전통과 율격』에서는 한국 시가의 율격의 원리와 그 변형 규칙을 찾아 이것이 현대시에서 "전통적 율격을 새로운 창조를 위해 변형시키는 방법은 음보의 분단과 중첩에 의한 방법, 기준음절수의 증감에 의한 방법, 상이한 음보를 결합시키는 방법 등이 있다."라고 결론을 내렸다.[86]

---

82) 김대행, 『詩歌 詩學 硏究』(이화여자대학교출판부, 1991).
83) 김대행, 『시조 유형론』(이화여자대학교출판부, 1994).
84) 조동일, 『한국문학통사 1』(지식산업사, 1984외).
85) 조동일, 『한국문학의 갈래이론』(집문당, 1992).
86) 조동일, 『한국시가의 전통과 율격』(한길사, 1982), 171면.

김학성은 데소아(M. Dessoir) 등의 미학이론을 바탕으로 미적 범주를 숭고미, 우아미, 비극미, 희극미로 분류하고 이를 상대 시가와 향가, 고려가요, 악장, 시조, 가사에 적용하여 미의식의 유형을 밝히면서 그 양상을 분석하고, 향가를 장르사별로 형성기, 발전기, 전성기, 쇠퇴기로 나누어 고찰했으며, 아울러 향가 관련 설화의 형성과 변이과정에 대해서도 밝혔다.[87] 고려가요의 연구사적 비판을 하고 치밀한 논증을 통하여 사설시조의 담당층이 18~19세기의 평민층이라는 주장을 정면으로 반박했고, 관습적 장르와 역사적 장르의 두 측면에서 가사의 율격과 진술양식, 그 실현화과정을 밝혔다.[88] 고대가요에서 향가, 시조에 이르기까지 시학적 기반과 필사본 『화랑세기』, 당대의 사상 등과 연관하여 거시적으로 파악하고,[89] 18~19세기의 예술사의 구도를 토대로 시조, 사설시조, 서민 가사의 담론 기반과 미학적 특성, 혹은 상호텍스트성을 밝히고,[90] 나아가 고산이나 면앙정부터 이어져 온 한국 고전시가의 미학적 전통과 계승 양상, 시조의 형식과 운영 원리, 미학에 대해 다시 정리하는 가운데 조오현, 홍성란 등 현대 시조 시인의 시조에 대해서도 비평적 분석을 했다.[91] 가사에 대한 그동안의 쟁점에 대한 치밀한 논증과 비판을 하는 가운데 새로운 지평을 제시한 성무경의 논의를 바탕으로 가사가 교술이나 복합장르가 아니라 사실을 전달하기로 서술하는 '전술양식'의 장르임을 확고히 하고 가사의 율격을 4음 4보격이라는 음량률로 규정하면서 율동론을 이론화하여 미적 기능을 살폈다.[92]

---

87) 김학성, 『한국 고전시가의 연구』(원광대출판부, 1980).

88) 김학성, 『國文學의 探究』(성균관대학교출판부, 1987).

89) 김학성, 『한국 고시가의 거시적 탐구』(집문당, 1987).

90) 김학성, 『한국시가의 담론과 미학』(보고사, 2004).

91) 김학성, 『한국고전시가의 전통과 계승』(성균관대학교출판부, 2009); 김학성, 『현대시조의 이론과 비평』(보고사, 2015).

92) 김학성, 『가사의 쟁점과 미학』(월인, 2019).

김흥규는 현대시에서도 탁월한 비평을 행한 능력을 고전시가 텍스트 분석에 발휘했을 뿐만 아니라 디지털 시대에 부응하는 연구 성과를 냈다. 18~19세기에 진행된 『모시(毛詩)』에 대한 다산(茶山) 등의 진보적인 시론과 시의식, 해석을 체계적으로 정리했고,[93] 율격 등의 형식론적 문제와 장르론을 규명함과 아울러 속요, 강호시가, 경기체가, 사설시조의 형식적 문제와 내용을 종합하고 조선 후기 사설시조에 대해 계량적 분석을 했다.[94] 모든 가집을 디지털화한 작업을 바탕으로 데이터베이스를 구축하고 막연하게 추론하던 것을 넘어서서 계량적 분석을 하면서 시조의 지형을 그릴 수 있는 지평을 열었다.[95] 시조를 그동안의 도식적 접근과 해석 방식을 넘어 욕망, 그리움, 정념, 사건성 등 인간 삶의 관점에서 재해석하고, 네트워크 이론을 적용하여 시조의 모티프들이 거시적으로 어떤 역동성을 가지고 심상 공간을 형성하는가에 초점을 맞추어 분석했다.[96]

성기옥은 음수율적 운율론을 넘어서서 한국 시가 운율의 특성을 규명한 다음 이를 통시적으로 통찰했다. 율격의 본질을 명시한 후에 한국 시가 율격을 기층체계와 구조체계로 나누어 한국 시가의 기저 자질을 추출한 다음에 이 이론체계를 개별 시가의 율격양식에 적용하여 고전시가의 율격양식을 규명하고 이를 만해와 소월의 시에까지 확장하여 분석했다.[97]

향찰 연구에서도 괄목할 만한 성과가 있었다. 향찰 연구에서 양주동은 거산이다. 그럼에도 일부 놓치거나 오류를 범한 것이 있는데 이를 대폭 보완한 연구자가 홍기문과 김완진이다. 홍기문은 중세 국어 자료에 대한 방대한 연구와 비범한 기억을 바탕으로 양주동이 잘못 해독한 부분을

93) 김흥규, 『朝鮮後期의 詩經論과 詩意識』(高大 民族文化硏究所 出版部, 1982).

94) 金興圭, 『욕망과 형식의 詩學: 韓國 古典詩歌論』(태학사, 1999).

95) 김흥규, 『고시조 데이터베이스의 계량적 분석과 시조사의 지형도』(고려대학교 민족문화연구원, 2002).

96) 김흥규, 『옛시조의 모티프·미의식과 심상공간의 역사』(소명, 2016).

97) 성기옥, 『한국시가율격의 이론』(새문社, 1986).

많이 보완했다. 신라어와 현대어 사이를 매개하는 고려와 조선시대의 중세어를 통해 향찰을 신라 말에 가깝게 복원했다.[98] 김완진은 원전비판을 한 후에 자의적 해석을 극복하기 위하여 일자일음(一字一音)의 원리, 훈주음종(訓主音從)의 원리, 맥락 일치, 율조적 기준 등의 표기원리를 확립하여 과학적이고 체계적으로 향찰을 분석하는 지평을 열었고 여러 어휘에서 양주동이 범한 오류를 시정했다.[99]

5. 21세기의 새로운 전망

21세기에 한국 고전시가는 어떤 전망을 갖고 어떤 길찾기를 해야 할까? 90년대 이후 4세대들의 연구와 함께 묶어서 제시하고자 한다. 4세대들은 다양한 서양의 사상, 방법론, 이론, 미학을 수용하며 다채롭게 고전시가를 해석했다.

앞으로도 고전시가에 대한 실증·역사주의적인 연구는 계속될 것이다. 93년에 필자가 고전문학회에서 "좋은 작품일수록 의도를 벗어나서 현실을 굴절하고 문학적으로 형상화를 이루는데 역사·실증주의는 실증을 통하여 연구자가 작가의 동일성을 구축하고 작가의 의도를 따라 작품을 해석하기에 그 작품이 3류임을 증명하는 작업이다."라고 지적하는 등 역사·실증주의의 한계에 대해 신랄하게 비판하며 시학적 분석에 충실하고 기호학이나 문학사회학적 방법 등도 수용할 것을 제안했다. 오히려 최근

98) 홍기문, 『향가해석』(조선 민주주의 인민 공화국 과학원, 1956); 홍기문, 김지용 해제, 『향가해석』(여강출판사, 1990). 2세대로 구분해야 하지만, 그의 책이 87년 이후에 남한의 학계에 소개가 되었고 김완진의 성과와 묶어서 기술하는 것이 전달의 면에서는 더 나을 듯하여 이 장에 기술했다.

99) 김완진, 『鄕歌解讀法硏究』(서울大學校出版部, 1982).

에는 서양의 새로운 이론으로 연구를 하는 이들 가운데 실증적 연구를 소홀히 하여 엉뚱하게 해석하는 오류가 많이 나타난다. 작품에 관련된 모든 실증을 찾는 것은 연구의 기본인데 기본이 상실되고 있는 듯하다. 다만, 실증·역사주의적인 연구는 문학성을 상실하고 고전시가의 시학적/미학적 특질을 놓치기에 이를 넘어서서 텍스트에 대한 정밀한 분석을 통한 시학적/미학적 규명을 함께 수행해야 한다.

80년대 이후 민주화 바람이 불면서 젊은 연구자들 가운데 진보적인 해석이 유행하면서 기존의 보수적인 학자들과 갈등을 빚기도 했다. 이제 학계도 레드 콤플렉스에서 탈피하는 것이 필요하다. 맑스주의 비평이나 헤겔에서 기원한 타율성의 미학이 형식주의 비평이나 칸트에서 기원한 자율성의 미학과 더불어 양대 산맥을 이루고 있는데 이를 전적으로 부정하면 나머지 반쪽의 해석과 비평, 미학적 가치를 상실하게 된다. 물론, 진보적 시각의 연구자 또한 맑스주의 비평이 문학 해석을 사회경제적 토대나 특정 이데올로기에 종속시켜 문학성을 소거한 점, 형식과 내적 구조가 갖는 의미와 아름다움을 놓치거나 해석의 열림을 닫아버리는 점 등은 지양해야 한다. 이의 방편은 맑스주의 비평에 형식주의 비평과 자율적 미학, 시학적/기호학적 연구를 종합하는 것이다.

이와 더불어 이제 분단적 사고를 지양하여 남북한 문학을 통합하여 사유하고 해석하는 것이 필요하다. 언제인가 통일이 될 것이다. 남한만의, 혹은 북한만의 연구는 '반쪽'에서 벗어나지 못한다. 물론 자료 공개와 교류가 전제이지만, 남북한의 학자 모두 서로 학문, 방법론에 대해 대대(待對)의 틀로 바라보아야 한다. 북한 학자들은 주체사상이나 맑스주의에서 탈주하여 부르주아의 관점, 형식주의, 기호학 비평과 같은 탈이데올로기적 비평도 수용해야 하며, 남한의 학자들 또한 사회주의 리얼리즘, 주체사상의 관점이나 맑스주의 비평을 비판적으로 수용할 필요가 있다.

최근에 여성학자들을 중심으로 페미니즘 비평이 시도되고 있는 것은 괄목할 만하다. 특히, 조선시대는 완고한 가부장사회였고 유교이데올로기가 강하게 섹슈얼리티를 억압한 사회이기에 이를 넘어서서 고전시가에 담겨 있는 가부장주의를 해체하고 여성성을 드러내고 섹슈얼리티를 올바로 밝히는 것은 바람직하다. 다만, 모든 남성성을 전적으로 부정하는 극단적인 페미니즘에 경도되면 해석의 오류를 범하고 페미니즘 비평에만 머물면 겉핥기로 끝나기 십상이다. 물질/몸이나 정체성에 대해 새롭게 해석하면서 젠더, 인종, 종(種)의 구분과 대립을 넘어서서 연대를 모색한 로지 브라이도티의 포스트휴먼 페미니즘과 같은, 독창적이면서도 진보적인 페미니즘이 새로운 돌파구를 열 것이다.[100] 문화연구(Cultural Studies)와 결합하여 권력, 이데올로기, 젠더 사이의 관계를 정치적/사회적으로 규명하고 가부장주의와 권력에 의해 왜곡된 텍스트를 해체하고 '결을 거스리는 읽기'로 나아가야 할 것이다.

탈식민론(post-colonialism)을 포함한 문화연구 등 거시적 차원에서 융합적 연구가 필요하다. 자유로운 사랑과 성애가 곧 근대성을 담보하지는 않는다. 그런 사설시조 가운데 대다수의 사설시조들이 양반 남성이 신분과 젠더에서 열등한 관계에 있는 여성 서민이나 기생의 성을 착취한 억압적 역승화다. 사설시조에서 그동안 이것이 평민의 미학적 성취냐 아니면 양반의 성취냐, 18세기의 상공업과 유흥업의 발달의 소산이냐 그 이전에 이루어진 것이냐 등에 대해 치열한 논쟁이 있었다. 대립되는 주장 모두 18~19세기가 구술시대인데 문자 시대의 프레임으로 해석했다. 시조의 향유는 문자 시대처럼 홀로 방에서 시를 눈으로 보며 읽고 감상하는 것이 아니라 가객이 노래하면 청중이 함께 감동을 하며 '청각적 총합'을 이루었다.[101] "사설시조는 구술시대의 맥락에서 가객이 청중과 청각적 총합을

100) Rosi Braidotti, *Posthuman Feminism*(Cambridge, UK: Polity, 2022).

101) 월터 J. 옹, 이기우·임명진 옮김, 『구술문화와 문자문화』(문예출판사, 2000), 74, 112~115면.

이루는 것을 지향하며 부른 노래다. 아무리 진보적인 사상을 가진 중인가객이라 하더라도 양반의 환갑잔치에 불려가서 시조 한바탕을 공연하고 그 보상으로 돈이나 쌀을 받기로 했는데 양반을 비판하는 노래를 부른다는 것은 성립되기 어렵다. 사설시조는 청중지향의 장르이기에, 작가가 아니라 청중의 입장에서 그 노래가 불린 맥락을 복원하되, 창자와 청중의 관계, 거기에 스며든 거시권력과 미시권력과 이데올로기 등을 종합하여 해석해야 한다. 그렇게 만횡청 116수의 사설시조를 모두 해석했더니, 만횡청류에 유가의 미학을 지향한 시조가 17수, 풍류의 흥(興)을 지향한 시조가 20수, 탈중세성을 지향한 시조가 5수, 늙음이나 죽음에 대한 감상을 표상한 것이 6수, 사랑, 이별, 성애를 노래한 시조가 61수, (언어)폭력을 그대로 발설한 것이 1수, 기타 분류가 불가능한 것이 6수였다."[102)]

실증주의적 해석, 역사주의 비평, 맑스주의 비평은 현실을 거울처럼 반영한 것에만 주목한다. 좋은 시일수록 현실을 프리즘처럼 굴절시켜서 시학적으로 형상화한다. 하나의 시 텍스트라도 굴절상에 더 깊은 의미, 문학성이나 서정성, 시학적/미학적 특질이 담겨 있기 마련이기에 이들 비평 이론이나 방법론은 이를 놓친다. "반영상은 해석에 구체성과 물질성을 부여하는 대신 해석의 지평을 닫는 단점이 있다. 반면에 굴절상은 현실을 고도로 전화/형상화했을 뿐만 아니라 그 텍스트에 담긴 기호 또한 상당한 정도로 굴절된 것이기에 다양한 해독의 지평을 열어준다. 반영상은 굴절상이 현실이 없이 비상하는 것을 붙잡아매고, 굴절상은 반영상이 두른 울타리를 해체한다. 좋은 텍스트일수록 반영상과 굴절상의 이런 상호작용이 1차로 끝나지 않고 계속 반복된다. 이렇게 하여 텍스트의 의미는 끊임없이 드러나고 반영상이 야기할 수 있는 닫힌 읽기도, 굴절

102) 이도흠, 「사설시조 담론 주도층의 사회문화적 맥락과 예술적 지향성 – 유가적 미학·놀이의 興·통속성·탈중세성」, 『한국시가연구』 36(한국시가학회, 2014), 80~117면.

상이 수반할 수 있는 비구체성, 비현실성, 비정치성과 비역사성도 지양된다."[103] 반영상과 굴절상을 아우르며 텍스트를 내적으로 분석하여 시학적 특질과 미학, 문학성을 드러내면서도 역사적/사회적 해석을 하여 구체성과 진정성을 추구하는 것을 종합하려면, 화쟁기호학처럼 형식주의/구조주의와 기호학 비평과 맑스주의 비평, 문화연구를 융합하는 방법론이 필요하다.[104]

무엇보다 앞으로 동일성을 지양하고 차이와 타자성(alterity)을 드러내는 해석이 필요하다. 우리는 그동안 동일성에 갇혀 있었다. 교양과 상식이 증대하고 보통교육이 실시되고 인권이 보편가치가 된 20세기에 왜 집단학살이 끊이지 않았는가? 이에 대해 한나 아렌트는 '평범한 악'을, 스탠리 밀그램은 '권위에 대한 복종'을 원인으로 제시했는데, 근본적으로 동일성 때문이다.[105] 백인 어린이는 때리지도 못하는 신부가 마야족이나 잉카족 어린이는 아무런 죄책감 없이 죽였으며 집단학살이 진행되기 전에는 특정 집단을 배제하여 타자화하는 혐오 발언이 먼저 진행된다. 그처럼 우리는 동일성에 갇혀 이민족, 이교도, 장애인, 여성 등을 타자화하면 그는 '죽여도 좋은 호모 사케르(homo sacer)'가 된다. 동일성은 타자를 배제하거나 폭력을 행하여 동일성을 강화하는 속성이 있다. 사람이란 맥락과 관계에 따라 차이를 갖는다. 하루로 한정하더라도 같은 사람이 상대와

---

103) 이도흠, 『화쟁기호학, 이론과 실제』(한양대출판부, 1999), 191~199면 요약.

104) 그동안 국문학에 실증주의와 역사주의 비평에서 시작하여 페미니즘에 이르기까지 여러 이론이나 방법론이 적용되어 국문학 연구의 지평을 활짝 펼쳤다. 이 방법론의 공과 한계, 지향점에 대해서는 지면관계상 생략한다. 필자의 졸고, 「향가 연구방법론 - 공과 한계, 지향점」, 『한국시가연구』 45, 한국시가학회, 2018, 11~48면을 참고하기 바란다. 향가에 국한하여 기술한 것이지만 고전시가나 국문학으로 넓혀도 대동소이할 것이다.

105) 한나 아렌트, 김선욱 옮김, 『예루살렘의 아이히만』(한길사, 2006), 380~381면; 스탠리 밀그램, 정태연 옮김, 『권위에 대한 복종』(에코리브르, 2009), 64면. 이후에 한나 아렌트가 아이히만의 연기에 속은 것이고 스탠리 밀그램과 짐바르도는 실험을 조작한 것으로 밝혀졌다.(뤼트허르 브레흐만, 조현욱 역, 『휴먼카인드』(인플루엔셜, 2021), 201~254면.)

상황에 따라 다른 얼굴을 하고 다른 행동을 한다. 한국에서 얼굴이 하얗다고 자부하던 학생이 유럽 유학을 가자마자 자신의 얼굴이 노랗게 보여 거울을 자주 보는 것처럼, 서양과 동양, 작가와 독자는 서로 거울이자 타자다. 그럼에도 우리는 그동안 서양, 민족, 국문학, 조선조 사회, 작가에 대해 동일성을 구성하여 작품을 해석했다. 또, 지배적인 담론과 텍스트에서 배제된 여성, 노인, 장애인, 서민, 천민들을 타자화하는 해석 또한 행했다. 이제 이에서 벗어나 차이의 패러다임으로 서양과 동양, 민족과 국문학, 작가와 작품을 해석할 때 창조적 연구의 지평이 열릴 것이다. 아울러, 지배적 담론에서 벗어나 배제되거나 경계에 선 이들을 주목하며 서발턴(subaltern)이나 호모 사케르의 입장에서 '결을 거스리는 읽기'를 하면 기존과 다른 해석들이 풍성하게 생산될 것이다.

6. 맺음말

고전시가에 대한 100여 년에 걸친 연구사를 학문 주체, 학문의 경향, 시대적 맥락에 따라 일제강점기의 1세대의 연구, 해방 이후부터 70년대 초반의 2세대의 연구, 70년대 후반부터 90년대 사이의 3세대의 연구, 90년대 이후의 4세대의 연구로 나누어 되돌아보면서 앞으로의 길을 전망했다.[106]

우리는 지금 삼중의 위기에 있다. 문화제국주의와 신자유주의 세계화에 따른 민족문학의 위기, 디지털화와 메타버스화에 의한 재현의 위기, 문학의 원천인 생명의 위기를 맞고 있다. 혹자는 한류가 세계적으로 유행

106) 100년 동안의 연구를 한정된 지면에 압축하여 정리하느라 놓친 것도, 잘못 해석한 것도 많을 것이다. 이후 발견되거나 지적을 받는 대로 다른 지면에서라도 수정을 약속드린다.

하고 있다며 반론을 제기할지 모르겠다. 과연 K-드라마와 영화, K-팝이 어느 정도 민족문화에 부합하는가. BTS 노래에 일부 가사를 제하고 한국 문화로 규정할 수 있는 부분이 있는가. 반면에 하이쿠는 지금도 일본의 대중들에게 널리 향유되는 살아있는 시가이고 대다수 국가의 교과서에 실려 있고 전 세계적으로 대략 2억 명의 동호인이 있는데 시조를 향유하는 외국인과 한국인은 과연 얼마나 되는가. 지금 6차 대멸종이 시작되고 있다고 할 정도로 거의 절반에 가까운 생명이 멸종위기에 놓이고, 기후위기 또한 역대 급의 홍수, 가뭄, 폭염, 한파, 폭설, 태풍, 미세먼지 등이 이제 일상이 될 정도로 심각하다. 우리는 세계적 보편성을 찾는 가운데서도 문화제국주의와 신자유주의 세계화에 따른 제국의 세계관, 이데올로기, 이미지, 코드, 정서, 문화양식에 맞서서 우리의 세계관, 이데올로기, 이미지, 코드, 정서, 문화양식을 지켜내면서도 새롭게 창조하면서 민족문학의 지평을 열어야 한다. 디지털화와 메타버스에 의한 재현의 위기에 맞서서 고전시가에서 구체성과 진정성을 새롭게 규명해야 한다. 우리 민족 자체가 생태적 사고를 하며 생태적 삶을 살았기에 우리 문학에는 생태적인 지혜와 서사, 정서들이 풍부하다. 우리 시가에 대해 생태적 해석을 하고 이를 널리 알리고 교육하여 대중의 생태적 감수성을 회복하고 생태적 지혜를 전하는 작업도 시급하다.[107)]

이 글은 『한국시가연구』 57(한국시가학회, 2022)에
수록한 논문을 수정·보완한 것이다.

107) 이 논문은 2020년 10월 30일에 서울대 규장각 한국학 연구원에서 "한국 고전문학의 역사와 학회의 역할"이란 주제로 열린 〈한국고전문학회 창립 50주년 기념 학술대회 좌담회〉에서 필자가 말한 것을 바탕으로 좀 더 보완한 것이다. 당시에 각 전공을 대표하여 민속학에서는 강진옥 교수, 고전소설에서는 박일용 교수, 한문학에서는 윤재민 교수, 고전시가에서는 필자가 참여하여 고전문학 연구 100여 년을 돌아보며 평가했고 이 대담을 학회에서 정리하여 『고전문학연구』 59(2021), 221~262면에 게재했다.

신라 향가 연구의 성과와 과제

황병익

경성대학교 국어국문학과 교수

1. 신라 향가 연구 1세기의 반추

1890~1982년에 이루어진 향가 논저 중에 논문(외국 포함)은 1479편, 저서 및 자료(외국서 포함)는 284권에 달하고, 1983~1992년의 향가 논저 목록에 논문(외국 포함) 900편과 저서 및 자료(외국서 포함) 68권이 추가되었다.[1] 1993년 이후부터 2024년 현재까지의 '향가' 키워드 자료검색 결과는 국내(+외)학술논문 443(+6)편, 학위논문 328편, 단행본 1332권, 연구보고서 109건이다.(Riss) 유사 키워드로 인한 오류를 감안하더라도, 신라 시가(가요)나 작품명 키워드 검색 결과를 추가하거나 입력되지 않은 건을 더하면 훨씬 많은 숫자일 것이다.

100년 이상 향가 연구를 하는 동안, 중간 중간에 그 성과와 전망을 점검해 왔고,[2] 출발부터 현재까지 사실상의 연구는 괄목할 진전을 이루

---

1) 黃浿江·姜在哲·金榮洙 編, 『鄕歌 古典小說 關係 論著 目錄 1890~1982』(檀大出版部, 1984), 132~201면; 華鏡古典文學研究會 編, 『鄕歌 古典小說 關係 論著 目錄 1983~1992』(檀大出版部, 1993), 5~48면.

2) 朴焌圭, 「1960年代의 國文學 研究(1) - 上代歌謠와 鄕歌의 研究를 主로 하여」, 『人文科學研究』 1(전남대 인문과학연구소, 1972), 27~47면; 林基中, 「鄕歌의 研究와 그 認識樣相에 대하여」, 『關大論文集』 8(관동대학교, 1980), 25~42면; 金完鎭, 「鄕歌의 解讀과 그 研究史的 展望」, 『三國遺事의 문예적 研究』(새문사, 1982), Ⅲ-52~Ⅲ-64면; 黃浿江, 「鄕歌 研究 70년의 回顧와 現況」, 『韓國學報』 9(일지사, 1983), 193~224면; 黃浿江, 鄕

었지만, 어느 순간부터 중등 교실에서는 최근의 향가 연구 결과를 거의 반영하지 않고, 학계에서도 "초창기 연구 수준에서 앞으로 가지 못하고 잘못 들어선 시각을 그대로 따르는 경우가 많다고"[3] 지적하고 있다.

향가 연구의 1차적 어려움은 해독 때문이다. 대부분 연구자가 "욕심이야 한량없지만, 아직은 어느 누구도 천 년 전의 선민에게 묻고 천 년 뒤의 후손에 기약한다는 말을 호기 있게 할 수 있는 처지가 못 된다는"[4] 고백에 공감한다. 또, "앞으로 열 번, 스무 번 다시 다듬어야 할 것이고, 한 계단 한 계단 짚어 올라갈 것이지 결코 몇 십 계단을 단숨에 뛰어넘을 수 없고",[5] "이두를 포함한 고대·중세어 표기에 대한 해박한 지식을 요구하므로, 더욱 충분한 연구 성과가 축적되지 않는 한 누구도 선뜻 시도하기 어렵다는"[6] 말에도 대체로 동의한다. 이에 "모든 향가를 완벽하게 해독할 수 있다는 생각을 버리고",[7] 그 시대의 생활, 문화적 전통, 우리의 정서, 약동하는 생명의 본체까지 정확히 파악해야 한다는[8] 충고는 큰 격려가 된다.

歌 硏究史 序說, 『鄕歌 古典小說 關係 論著 目錄 1890~1982』(檀大出版部, 1984), 11~47면; 楊熙喆, 향가·여요 연구의 회고와 전망, 『국어국문학 40년』(집문당, 1992), 27~45면; 朴魯埻, 「鄕歌의 歷史·社會學的 연구 성과 되짚어보기」, 『慕山學報』 9(동아인문학회, 1997), 139~169면; 성호경, 고전시가 연구 50년, 『국문학연구 50년』(혜안, 2003), 204면; 류병윤, 「향가 연구의 방향 모색을 위한 고찰」, 『한어문교육』 17(한국언어문학교육학회, 2007), 57~79면; 황병익, 「역사와 문학 기반 향가 연구의 회고와 전망」, 『한국시가연구』 45(한국시가학회, 2018), 115~174면.

3) 성호경, 「향가 연구의 함정과 그 극복 방안」, 『국어국문학』 100(국어국문학회, 1989); 『신라 향가 연구 – 바른 이해를 위한 탐색』(태학사, 2008), 25~26면.

4) 金完鎭, 『鄕歌解讀法硏究』(서울대학교출판부, 1980), 3면 自序.

5) 金完鎭, 「鄕歌의 解讀과 그 硏究史的 展望」, 『三國遺事의 문예적 硏究』(새문사, 1982), Ⅲ-63면.

6) 신재홍, 「鄕歌 難解句의 再解釋(1) – 遇賊歌」, 『고전문학연구』 10(한국고전문학회, 1995), 25면.

7) 남풍현, 「鄕歌 解讀論」, 국문학 연구총서 1 『鄕歌 硏究』(태학사, 1998), 81면.

8) 趙潤濟, 「鄕歌硏究에의 提言 – 李能雨 君의 '鄕歌의 魔力'을 읽고」, 『現代文學』 23(현대문학사, 1956), 19면.

향가 또는 신라 시가에 대한 초기 연구는 주로 자료 정리나 어학적 해독에 관심을 집중했고, 문학 연구는 형태의 발생·발달 논의에 그쳤다. 그러다가 1950년대 후반 무렵부터 어학적 해독의 진전에 힘입어 문학적 연구도 활성화되고 사상적인 면을 중심으로 향가의 전반적 성격을 규명하려는 논의가 많아졌다. 1960년대 이후에 작품의 문학성(내재적 연구), 문예학 관련 연구를 시작하여,[9] 1970년대 이후의 본격적 연구를 가능케 했다.[10] 80년대 이후엔 윤영옥·박노준을 비롯하여 박인희·서철원[11] 등이 역사·문학·불교사상에 이르기까지 광범위한 연구 성과를 냈다. 해독 중심은 작품의 문학성을 밝히기 어렵다는 인식에서, 문학·어학 연구 경계를 넘나든 양희철·신재홍·박재민 등의 결실은 현재진행형이다.[12]

그동안 향가 연구의 성과를 수렴하면서 앞으로의 연구 방향을 재점검

---

9) 朴焌圭, 앞의 논문(1972), 16~20면; 1950, 1960년대 북한 연구로는 홍기문, 『향가해석』(조선민주주의 인민공화국 과학원, 1958)과 정렬모, 『향가연구』(사회과학원출판사, 1965)가 대표적이다.

10) 성호경, 앞의 책(2003), 204면; 徐在克, 『新羅 鄕歌의 語彙 硏究』(啓明大 韓國學硏究所, 1975)와 증보 『신라 향가의 어휘 연구』(형설출판사, 1995)가 있다.

11) 尹榮玉, 『新羅詩歌의 硏究』(형설출판사, 1980); 朴魯埻, 『新羅歌謠의 硏究』(悅話堂, 1982); 金鍾雨, 『鄕歌文學硏究』(二友出版社, 1983); 최철, 『향가의 문학적 연구』(새문사, 1983)와 『향가의 본질과 시적 상상력』(새문사, 1983)과 『향가의 연구』(정음사, 1984); 김승찬, 『신라 향가론』(세종출판사/부산대출판부, 1993/1999); 김선기, 『옛적 노래의 새풀이 – 鄕歌新釋』(普成文化社, 1993); 俞昌均, 『鄕歌批解』(螢雪出版社, 1994); 이도흠, 『화쟁기호학, 이론과 실제』(한양대출판부, 1999); 李姸淑, 『新羅鄕歌文學硏究』(박이정, 1999); 황패강, 『향가문학의 이론과 해석』(일지사, 2001); 성기옥, 「향가의 형식·장르·향유기반」, 『국문학연구』 6(국문학회, 2001); 고운기, 『일연과 삼국유사의 시대』(월인, 2001)와 『삼국유사의 재구성』(역락, 2021); 姜吉云, 『鄕歌新解讀硏究』(한국문화사, 2004); 성호경, 앞의 책(2008); 박인희, 『삼국유사와 향가의 이해』(월인, 2008); 서철원, 『향가의 역사와 문화사』(지식과교양, 2011)와 『향가의 유산과 고려 시가의 단서』(새문사, 2013).

12) 양희철, 『고려 향가 연구』(새문사, 1988)와 『삼국유사 향가 연구』(태학사, 1997)와 『향가문학론 일반』(보고사, 2020); 신재홍, 『향가의 미학(집문당, 2006)과 『향가의 연구』(집문당, 2017); 박재민, 『신라 향가 변증』(태학사, 2013a)과 『고려 향가 변증』(박이정, 2013b) 등이 대표적이다.

하는 일은 70년대 이후 꾸준히 이루어져 왔으므로, 본고에서는 그간의 수많은 성과들을 소개하는 방식을 취하지 않고, 그동안의 쟁론을 통해 대체적인 정리가 이루어져 향가 교육현장에서 활용 가능한 성과들을 소개하고, 그 성과들을 깁고 더해 갈 방향에 대한 개인적 소견을 밝히고자 한다.

2. 신라 향가 연구의 기존 성과

1) 향가의 명칭과 개념 정리

오구라 신페이가 "조선인들은 옛날부터 자기 나라를 중국의 한 지방으로 생각하여, 외국에 대해 자신의 국토를 향(鄕)이라 하고, 자기 나라의 음악과 말을 각각 향악·향언이라 일컬었으니, 조선 고유의 가요에 대해 향가라는 명칭을 쓰게 된 것은 다른 의도가 아니다."라고[13] 한 후에, "鄕은 양주동이 지적[14]한 바와 같이, 자기 폄하의 중세 시속 관념을 담은 일례"[15]라고 인식하기도 했다.

향가를 자기 폄하적이라고 한 데 대해, "천부당 만부당"부터[16] "사대주의적 관념에서 해석할 것이 아니라, 겸손에서 유래한 것",[17] "정감적 지칭"

---

13) "元來朝鮮人は古くから自國を以て支那の一地方と考へることに於て滿足して居た", "其の他外國に對して自分の國土を鄕といひ、自國の音樂を鄕樂自國語を鄕言と稱した例も少なくない", "朝鮮人が朝鮮固有の歌謠に對して鄕歌なる名稱を用ひたのも全く此の意に外ならぬ"(小倉進平, 『鄕歌及び吏讀の研究』(京城帝國大學, 1929); 小倉進平, 『鄕歌及び吏讀の研究』(亞細亞文化社, 1974), 26~27면).

14) "鄕歌란 譯語는 羅中葉 以後 時俗 관념에 의한 譯字임이 사실인즉, 그리 可尙한 역자가 아니다."(梁柱東, 增訂 『古歌研究』(一潮閣, 1965), 49면).

15) 金思燁, 改稿 『國文學史』(正音社, 1954), 152면.

16) 池憲英, 「次肸伊遣에 對하여 – 悼亡妹歌 解讀을 圍繞하고」, 『崔鉉培先生還甲記念論文集』(思想界社, 1954), 429~475면; 『鄕歌麗謠의 諸問題』(太學社, 1991), 31면.

이라는[18] 등 다양한 반응이 나왔다. 초기부터 향가를 "鄕은 국가를 일컫는 말로, 신라 통일 후 중국의 唐과 구별한 지칭,[19] 唐樂에 대하여 鄕樂, 漢詩에 대하여 鄕言이라 하듯이 漢詩歌에 대해서 한국 시가(自國之歌, 國歌),[20] 唐樂·唐舞에 대하여 東方·東土·東方 고유의 鄕言·鄕樂으로 된 신라 가악의 총칭"으로[21] 정의해 왔고 이 말은 지금까지도 유효하다.[22]

> 왕(성덕왕)이 표문(表文)을 올려 사례하여 아뢰기를, … '**우리나라(鄕)가 멀리서 중국(華夏)을 바라보기만 하였는데도** 황제의 두터운 은혜는 그윽한 데까지 미쳤습니다.'라고 하였다.[23]

위는 733년(성덕왕 32) 겨울 12월, 일찍이 당 황제가 흰 앵무새 등을 하사한 데 대한 답례로 왕이 조카 지렴(志廉)을 당에 사신으로 보내 올린 표문의 일부이다. 이 표문은 중국 기록 『책부원귀』에도 그대로 실려 있다.[24] 이 기록은 신라인이 중국, 즉 화하(華夏)에 대하여 신라를 '鄕'이라고 불렀음을 알려 주는 증거 자료이다.[25] 이 외에도, "마침 鄕僧 道義를

---

17) 張德順, 『國文學通論』(新丘文化社, 1960), 91~92면.

18) 黃浿江, 「新羅鄕歌硏究 – 鄕歌, 鄕札의 槪念 定立을 위한 試考」, 『國文學論集』 7·8(단국대 국문학과, 1975), 108면.

19) 李秉岐, 『國文學槪論』(一志社, 1965), 101면.

20) 趙潤濟, 『韓國詩歌의 硏究』(乙酉文化社, 1948), 61~62면; 趙潤濟, 『韓國詩歌史綱』(乙酉文化社, 1954), 36면; 趙潤濟, 『韓國文學史』(東國文化社, 1963), 32면.

21) 梁柱東, 訂補 『古歌硏究』(博文書舘, 1960), 37~48면.

22) 지헌영은 "향가는 신라·고려의 국풍적인 시가에 대한 당시인들의 통칭으로 〈玄化寺碑陰記〉("聖上乃御製 依鄕風體歌 遂宣許臣下獻"(朝鮮總督府 編, 『朝鮮金石總覽』 上, 亞細亞文化社, 1976, 251면) 같은 데에서는 鄕風體歌라고 일컬은 것이 곧 그것이며 자유의식이 농후한 명칭"이라 규정해 왔다.(池憲英, 앞의 논문(1954), 429~475면.)

23) "王上表謝曰 … 鄕睽華夏, 睿渥覃幽."(『삼국사기』 신라본기 제8 성덕왕 32년 겨울 12월).

24) "十二月 乙未 新羅王興光 遣姪志廉 來朝謝恩也", "臣地隔遂壼 天慈洽遠 鄕睽華夏 睿澤覃幽"(宋 王欽若 等, 『册府元龜』 卷975, 外臣部, 褒異 제3).

25) 전덕재, 『한국 고대 음악과 고려악』(학연문화사, 2020), 143면.

만났다",[26] "이미 바닷가 계림에 즐거움을 주는 근본을 심어, 해 뜨는 곳의 고을(日鄕, 신라)에서 성장하는 보배(불교)가 빛났으며, 하늘이 착한 소원을 들어주시고 땅에서 뛰어난 인연(이차돈의 순교를 가리킴)이 솟아올랐다."[27] 등 신라를 '향'이라 일컫는 자료들이 다수 있다. 「숭복사비」에는 이전에 진사를 지낸 신라인 배광(裵匡)을 '我鄕人'으로, 신라 역사서를 향사(鄕史)라 표현했다.[28] 『삼국유사』 곳곳에 鄕言, 鄕稱, 鄕傳, 鄕古記, 鄕云 등의 '향'도 모두 우리나라라는 의미로 쓰이고 있다. 한편, 李咸用의 "거친 언덕에 달이 떠도 鄕歌는 들리지 않으나, 옛 나루에 바람 불제 나룻배는 해마다 (찾아드네)"[29]나 장적(張籍, 768~830)의 〈거요요(車遙遙)〉, 이순(李珣, 855~930)의 〈남향자(南鄕子)〉처럼[30] 중국에서도 '향가'라는 단어를 썼으니,[31] 향가의 지칭 범위는 더 넓어져야 한다.[32]

우리나라와 베트남·일본·백족(白族) 등은 자국의 노래(언어) 표기를 위해 한자의 음과 훈을 빌려 차자표기했다. "자국어를 전면적으로 반영하는 차자표기를 한국에서는 향찰(鄕札), 일본에서는 가명(假名, kana),[33]

---

26) "粤有鄕僧道義 先訪道於華夏"(최치원 찬, 최영성 교주, 雙溪寺眞鑑禪師塔碑, 『校註 四山碑銘』(이른아침, 2014), 168~214면).

27) "時迺梁菩薩帝(502~549)", "亦旣海岸植與樂之根 日鄕耀增長之寶 天融善願 地聳勝因"(최치원 찬, 최영성 교주, 鳳巖寺智證大師塔碑, 위의 책, 292~293면, 335~336면).

28) "以我鄕人前進士裵匡 腰魚頂豸", "莫非王道 今讀鄕史 宛是聖祖大王朝事蹟"(최치원 찬, 최영성 교주, 初月山 大崇福寺碑, 위의 책, 230면, 243면).

29) "鄕歌寂寂荒丘月 漁艇年年古渡風"(李咸用, 依韻修睦上人山居十首, 『全唐詩』 卷646).

30) "驚麏遊兎在我傍 獨唱鄕歌對僮僕"(張籍, 車遙遙, 『張司業集』 卷2), "一曲鄕歌齊撫掌 堪遊賞 酒酌贏杯流水上"(李珣, 南鄕子, 『全唐詩』(下) 卷896).

31) 黃浿江, 「鄕歌의 本質」, 『鄕歌文學硏究』(一志社, 1993), 94면; 尹榮玉, 앞의 책(1991), 9면.

32) "향악과 향가를 중국과 우리나라에서 일반적으로 쓰던 용어로서, 향악이 왕풍을 이루던 제후의 지역 사회에서 만들어진 음악(세계 보편성을 띤 음악, 아악)이라면, 향가는 왕풍과는 거리가 있는 제후의 지역에서 만들어진 것(지역색이 짙게 배인 음악, 속악)이라고 규정한 견해가 있다."(임주탁, 鄕樂의 개념과 鄕歌와의 관계, 『한국문학논총』 79(한국문학회, 2018), 68~95면).

33) "일본에서는 假名을 일본에서 궁리한, 소리를 본떠서(寫音) 만든 글자", "한자의 전부,

베트남에서는 자남(字喃, chanom)이라 했고, 이 표기법을 취한 시가를 한국에서는 향가(鄕歌), 일본에서는 화가(和歌, waka), 베트남에서는 국어시(國語詩/國音詩, quocnguthi)라고 했다. 향(鄕)과 화(和)와 국(國)은 모두 중국을 뜻하는 漢에 대응하여 자국을 지칭한다."는[34] 정의가 가장 합리적이다. 여기에 중국문학에서 '향가'라 지칭한 경우를 수렴한다면, '향가'는 "한시(漢詩)에 대응하여 자기 나라의 노래, 궁중·중앙·왕실의 노래와 구별하여 여러 지방(지역) 고유의 구어(鄕語) 노래를 포함한 지칭"이다. 첨언하면, 어원적으로 '鄕'은 "수도로부터 멀리 떨어진 읍을 말하는데, 백성들이 모여 살고 귀향하는 곳이다. (한나라 때의 제도에 따르면), 지방 관리인 색부(嗇夫)가 따로 다스렸다. (주나라 때의 규정에 따르면), 수도 주위를 6개의 鄕으로 나누고, 이를 6卿으로 하여금 다스리도록 했다.[35]

2) 향가 연구, 국학·민족문화 연구의 주축 형성

고려중기 이후 지배 체제의 질곡, 무인정권기의 모순, 몽고 침략으로 인한 민중들의 고통, 원 간섭기의 모순 등은 민족사를 재인식하고 자기 전통에 대한 신뢰를 회복하여 국가를 재정비할 필요성을 높였고,[36] 고려

또는 일부를 빌려서 그 음훈을 이용한 글자"라고 설명한다. 정식 한문인 마나(眞名)와 달리 일본의 시스템에 맞게 궁리한 표기가 假名이라고 했다.(아쓰지 데쓰지 阿辻哲次 지음, 류민화 옮김, 『한자 이야기』(소명출판, 2021), 89면).

34) 조동일, 「신라 향가에서 제기한 문제」, 『한국 시가의 역사의식』(文藝出版社, 1993), 18면; 조동일, 『세계문학사의 전개』(지식산업사, 2001), 105~107면.

35) 字源으로 볼 때 鄕에서 항(䢼)이 의미부이고, 급(皀)이 소리부이다. 鄕의 의미부인 '항(䢼)'은 이웃으로 통하는 길을 말한다. 수도(나라)는 크고 읍은 작아, 주변의 여러 개 읍이 모여 수도(나라)를 이룬다는 의미이다. 왼쪽 오른쪽의 두 '邑' 자 가운데 '共'이 낀 '거리 항(巷)' 자는 마을 가운데로 난 길을 말한다. 䢼이 의미부이고, 共도 의미부이다. 모두 함께 邑에서 함께 공유하는 길이라는 뜻이다.("䢼, 鄰道也 从邑从𨛜 凡䢼之屬皆从䢼", "里中道 从䢼从共 皆在邑中所共也", "國離邑 民所封鄕也 嗇夫別治 封圻之內六鄕 六卿治之 从䢼皀聲"(許愼 撰, 段玉裁 注, 『說文解字注』上海古籍出版社, 1981, 300~301면).

대장경, 이규보 〈동명왕편〉, 이승휴 〈제왕운기〉와 『삼국유사』는 그 결과 나타난 민족·자주 의식의 발현이다.

『삼국유사』는 몽고를 상대로 한 30년의 저항 속에서, 마침내 뿌리칠 수 없게 된 이민족의 압제라는 질곡 속에서, 조계종의 신흥 선승 일연(1206~1289)이 만들어낸 민족 역사의 일대 서사로서, 국가와 정치권력에 대하여 사회와 민중 생활과 인간의 옹호라는 입장을 취해, 양자 간의 조화를 역설하고 있다. 아울러 『삼국유사』에는 민족사의 자주성과 그 문화의 우위성을 강조하는 관념이 전편을 지배한다.[37] 즉, 『삼국유사』는 『삼국사기』가 표방하던 합리주의를 비판하고, 합리주의의 표방으로 인한 현실사회의 경직성과 그로부터 파생한 사회의 모순과 질곡을 해소하려는 의도를 담고,[38] 신이(神異)한 고대문화와 영험한 신앙을 통해 고대사를 자주적으로 재해석하고 불교문화에 대한 신비감을 높이려는 서술 의도를 가졌다.

『삼국유사』의 가치에, 14편 향가의 비중이 더해져 향가 연구는 국학에서 가장 주목받는 연구 항목 중 하나가 되었다.[39] 최초의 향가 연구(〈처용가〉)를 가나자와 쇼자부로가 이끌고,[40] 오구라 신페이가 『郷歌及び吏讀

---

36) 김광식, 「삼국유사는 왜 필요했을까」, 『한국인의 역사의식』(청년사, 1999), 130~131면.

37) 金泰永, 三國遺事에 보이는 一然의 歷史認識에 대하여, 『韓國의 歷史認識』 上(創作과 批評社, 1976), 135~136면, 141면.

38) 김광식, 앞의 책(1999), 133면.

39) 『삼국유사』 연구(『三國遺事의 綜合的 檢討』, 한국정신문화연구원, 1987)나 미륵사지 등 문화유산 연구(마한백제연구소·백제학회, 『대발견 사리장엄 彌勒寺의 再照明』(2009); 국립부여박물관, 『서동의 꿈, 미륵의 통일 百濟 武王』(2011); 국립문화재연구소·전라북도, 『익산 미륵사지 석탑 사리장엄』(2014))뿐만 아니라 신종원, 『삼국유사 새로 읽기(1)』(일지사, 2004)와 『삼국유사 새로 읽기(2)』(일지사, 2011)에서 〈모죽지랑가〉·〈원가〉·〈서동요〉·〈풍요〉 등의 역사를 매우 중요하게 다루고 있다.

40) "Tongkyöng parkeun tar ira/pam teur-i norra ka-taka,/teur-a-sa cham-euì po-kon/tari-i nöis-si ra/tureun nai arai ö it-ko,/tureun nui-si arai ön-ko/pon-eui nai arai ita-ma-ö-neun,/spait-ta eur ötchi hă-ri ko"(金澤庄三郎, 「吏讀の研究」, 『朝鮮彙報』(朝鮮總督府, 1918), 90~91면).

の研究』(京城帝國大學, 1929)를 저작하면서 우리의 자존심은 상처를 입었지만, 양주동이 "우리 문화 내지 사상의 최고 원류"(『古歌硏究』 跋)라 규정하고 연구에 박차를 가했다는 일화는 향가 연구의 소명의식을 키웠다. 1920년대 초에 권덕규가 〈처용가〉를 시작으로, 〈헌화가〉·〈서동요〉를 해독하고,[41] 신채호는 우리 상고사의 문자 표기 방법에 관심을 가져 신라와 고려 〈처용가〉를 해독했다.[42] 양주동이 향가 연구에 더욱 박차를 가하면서,[43] 오구라 신페이가 조선 학생들에게 "향가 연구는 워낙 君들의 것이다. 予의 연구가 금후 군들의 손에 많이 수정되기를 바란다."[44]는 말을 했다 하니,[45] 이때가 향가 연구의 중대한 변곡점이다. 양주동은 『조선고가연구』(博文書館, 1942)에서 확연한 진전을 보았고, 김완진의 『향가해독법연구』(1980)에 이르러 이론이 더욱 견고해졌다. 지헌영·이탁에서 신재홍·박재민 등이 향가 해독을 가일층 발전시켰다.[46] 요컨대, 향가 연구는

41) "東京 밝은 달에/새도록 노니다가/들어 내 자리를 보니/가랄이 네이로새라/아으 둘흔 내히어니와/둘흔 뉘해어니오/본대 내해이다마르는/아인들 어떠하리오"(權悳奎, 『朝鮮語文經緯』(廣文社藏版, 1923), 156~157면).

42) 申采浩, 朝鮮 古來의 文字와 詩歌의 變遷 - 處容歌 解讀, 『동아일보』 1924.1.1.

43) 양주동은 이 논문에서 오구라 신페이가 "〈원왕생가〉의 誓音을 '셈'이라 해독한 것을, '信誓 깊은'으로 수정하고 "다딤 기프샨"으로 해독한 것이 대표적이다(梁柱東, 「鄕歌의 解讀, 특히 〈願往生歌〉에 就하여」, 『靑丘學叢』 19(靑丘學會, 1937); 梁柱東, 『國學硏究論攷』(乙酉文化社, 1962), 45~89면); 梁柱東, 「鄕歌注釋散稿 - 上代語法에 關한 若干의 基本的 見解」, 『震檀學報』 10(震檀學會, 1939), 111~133면).

44) 梁柱東, 위의 책(1962), 89면.

45) 고운기, 「鄕歌의 근대 2 - 小倉進平가 『鄕歌及び吏讀の硏究』에 붙인 自筆 메모」, 『한국시가학회』 37(한국시가학회, 2014); 고운기, 앞의 책(2021), 522~526면.

46) 池憲英, 『鄕歌麗謠新釋』(정음사, 1947)과 앞의 책(1991), 정렬모, 『신라향가주해』(국립출판사, 1954), 李鐸, 鄕歌新解讀, 『國語學論攷』(正音社, 1958), 鄭然粲, 『鄕歌의 語文學的 硏究』(西江大學校 人文科學硏究所, 1972), 徐在克, 앞의 책(1974), 김완진, 앞의 책(1980), 南豊鉉, 『借字表記法硏究』(檀大出版部, 1981)와 『吏讀硏究』(태학사, 2000), 兪昌均, 앞의 책(1994), 姜吉云, 앞의 책(1995/2004), 최남희, 『고대국어형태론』(박이정, 1996), 李賢熙, 향가의 언어학적 해독, 『새국어생활』 6(1)(국립국어원, 1996), 신재홍, 『향가의 해석』(집문당, 2000), 양희철, 앞의 책(1997)과 『향찰연구 20제』(보고사, 2015), 박재민, 앞의 책(2013a, 2013b).

"우리의 문화가 언어·학문까지 완전히 저들에게 빼앗겨 있다는" 절박함에서 시작하여, 현재까지도 향가 연구자들의 사명감을 자극함으로써 명실상부 한국문학 최고 원류이면서 국학과 민족문화 연구의 중핵을 형성하고 있다.

3) 향가 해독의 보편적 기준 마련

향찰 해독의 원리로는 "같은 글자는 같은 음으로 읽어야 한다.(지헌영, 1948 : 이숭녕, 1955)"는 일자일음(一字一音)의 원리,[47] "뜻을 나타내는 글자를 머리에 놓고 다음 글자로 그 형태의 끝부분을 나타내는 방식을 취하는" 훈주음종(訓主音從)의 원리, "단어란 유리되어 쓰이는 것이 아니고 문장 안에서 존재하는 것이므로, 타당한 해독이란 그 문맥에 일치되는 의미와 어형을 가져야 한다는" 맥락일치(脈絡一致)의 기준이 있다.[48] 원리 중 일자일음은 "憂音·夜音·心音의 音이 'ㅁ'이면 '掌音'의 음도 똑같이 읽어 '손ㅅ바룸', '世理/누리'와 같이 '舊理/倭理'를 '녀리/여리'로 해독하는 것으로, 해독법을 한걸음 발전시킨 것"으로[49] 평가한다. 훈주음종은 양주동의 훈독자 말음 첨기를 말한다. 이 원리는 '川理=나리, 慕理=그리, 改衣=가싀-'처럼 뜻을 나타내는 글자를 앞에 놓고 다음 글자로써 해당 형

47) "1948년 지헌영은 향가해독에서 처음으로 一字一音主義를 지키려 했다.(李鐸, 鄕歌新解讀, 『한글』 116, 1955), "표기법체계란 가장 日用漢字로(쉽다는 점, 눈에 익었다는 점) 가장 알기 쉬운 표음을 한 것이라는 점은 절대로 잊어서는 안 된다. 怪癖한 독법을 내세운다든지 一字十餘 종의 독법을 내린다든지 함은 이미 표기법체제의 가치를 망각한 것이요 표기법제도의 심리과정을 무시한 것이다. 원칙으로 일자일음절, 일자일음주의이어야 함은 부동의 철칙이 되어야 한다."(李崇寧, 「新羅時代의 表記法體系에 關한 試論」, 『서울대학교 論文集』 2(서울대학교, 1955), 62~166면; 李崇寧, 『新羅時代의 表記法 體系에 관한 試論』(塔出版社, 1978), 109면).

48) 金完鎭, 『鄕歌解讀法研究』(서울大學校出版部, 1980), 12~26면.

49) 남풍현, 「鄕歌 解讀論」, 앞의 책(1998), 89면.

태의 끝을 나타내는 방식으로,[50] 향가 독자에게 말의 의미는 물론 형태까지 전달하는 효과를[51] 가진다. 맥락일치는 "향가에 쓰인 단어가 따로따로 유리되지 않고 문맥에 일치되는 의미와 어형을 가져야 하고", "단어를 단위로 한 해독이 문맥이나 작품 흐름상 조화를 이루어야 한다"는[52] 기준으로, "해독의 결과가 의심스러울 경우, 문맥을 점검하여 해독 오류를 줄이고자 한"[53] 것이다.

2011년 중등교육과정에서 훈차자와 음차자로만 구분하여 혼동을 주던 기존의 향찰 교육 내용을 비판하면서, 한자 본연의 의미로 사용하는 정용자(正用字)를 다시 음을 기준으로 읽는 음독자, 훈을 기준으로 읽는 훈독자로 나누고, 한자 원래의 뜻을 버린 채 사용하는 차용자를 다시 음차자와 훈차자로 나누어 다음과 같이 예를 들고 있는데,[54] 이 또한 향가 해독과 그 교육에 좋은 기준이 될 만하다.

분류		용례
正用字	音讀字	善花(化)公主, 千手觀音, 願往生, 彌陀刹
	訓讀字	慕理尸心未(그릴 ᄆᆞᅀᆞᆷ, 모죽지랑가), 花肹折叱可(곶ᄋᆞᆯ것거, 헌화가), 抱遣去如(안고 가다, 서동요)
借用字	音借字	君隱父也(君은 父여, 안민가), 置古(두고, 서동요), 阿孩(아ᄒᆡ, 안민가)
	訓借字	慕人有如(그리는 이 있다, 원왕생가), 閼遣只賜立((十方의 부처는) 알곡샤셔, 보현4), 慕呂白乎隱(그리ᅀᆞᆸ은, 보현1)

50) 金完鎭, 위의 책(1980), 17면.

51) 한재영, 「鄕札 硏究史」, 『한국의 문자와 문자연구』(집문당, 2003), 505면.

52) 남풍현, 위의 책(1998), 89~90면.

53) 한재영, 앞의 책(2003), 505면.

54) 박재민, 「향가 해독과 훈차자·음차자 교육에 대한 비판적 고찰」, 『한국 시가 연구사의 성과와 전망』(보고사, 2016), 70~83면.

4) 향가 연구의 풍성한 성과, '불교'와 '민속'

불교와 민속은 향가 연구의 주요 축이다. 신라 향가의 불교적 성격에 초점을 맞춘 연구자들은 향가를 '불교문학'으로 규정했다.[55] 향가를 "미타정토사상(〈원왕생가〉·〈제망매가〉·〈우적가〉), 미륵하생신앙(〈도솔가〉·〈찬기파랑가〉·〈안민가〉), 관음신앙(〈도천수대비가〉)"으로[56] 나눈 설명은 현재까지 유용하다.

한편 민속학적 방법론에 입각한 김열규의 「鄕歌의 文學的 硏究 一斑」, 임기중의 『新羅歌謠와 記述物의 硏究』[57] 등의 연구에서는 향가 작품에 나타난 민간신앙이나 주술성을 중시했다.[58] 향가에서 토속·원시신앙적 요소를[59] 추출하여, 벽사귀면(辟邪鬼面)의 첩문(帖門) 민속, 산신·지신·용신 숭배 등 재래신앙과 불교의 습합으로[60] 보기도 한다. 향가를 마력(魔力),[61] 주력(呪力) 관념의 문학으로 본 경우가 많은데, (불교·재래) 신앙

---

55) "미타정토사상과 원왕생가, 미륵하생사상과 도솔가, 관음사상과 도천수관음가, 화엄사상과 십종원왕가"(金東旭, 鄕歌의 硏究, 『韓國歌謠의 硏究』(乙酉文化社, 1961), 3~168면; 金東旭, 鄕歌와 佛敎文化, 『韓國思想史 - 古代篇』(日新社, 1966), 162~173면; 金鍾雨, 鄕歌文學의 佛敎的 性格, 『新羅歌謠硏究』(백문사, 1979), 188~217면; 金雲學, 『新羅佛敎文學硏究』(玄岩社, 1976), 259~291면.

56) 金雲學, 앞의 책(1976), 90~123면.

57) 金烈圭 외, 『鄕歌의 語文學的 硏究』(西江大 人文科學硏究所, 1972), 1~54면에서 〈도솔가〉·〈서동요〉·〈혜성가〉·〈원가〉·〈처용가〉의 呪歌로 규정했고, 임기중은 『新羅歌謠와 記述物의 硏究 - 呪力觀念을 중심으로』(半島出版社, 1981), 355면에서 〈처용가〉·〈서동요〉·〈맹아득안가〉·〈원가〉 등의 향가가 〈구지가〉나 〈해가〉의 뒤를 이어 주력관념을 담고 있다고 주장한다.

58) 성호경, 앞의 책(2003), 206면.

59) 金烈圭, 「怨歌의 樹木(栢)象徵」, 『국어국문학』 18(국어국문학회, 1957), 96~111면; 張籌根, 「處容說話의 硏究」, 『국어교육』 6(한국국어교육연구회, 1963), 4면; 玄容駿, 「處容說話考」, 『국어국문학』 39·40(국어국문학회, 1968), 5면; 林基中, 「신라가요에 나타난 呪力觀」, 『東岳語文學』 5(한국어문학연구학회, 1967), 75~87면; 林基中, 앞의 책(1981), 220~248면.

60) 玄容駿, 위의 논문, 5면.

61) 李能雨, 『古詩歌論攷 - 그 本性 把握을 위한 硏究』(숙명여대출판부, 1983), 359~372면.

·생각을 구분하는 기준이 명확하지 않아 문제를 남겼다.[62] 〈처용가〉는 "대접해주지 않으면 노하여 벌로써 병을 내리는 귀신이 있다. 천연두를 일으킨다고 생각하는 痘神, 제주도에서 어린이의 병을 다스린다는 삼승할망과 구삼승할망이다.", "천연두를 앓는 어린이의 허튼소리는 신의 소리이며 얼굴의 반흔(瘢痕)은 신의 발자국, 두신·삼승할망은 일종의 醫神(Heilgott)"[63]으로서 병도 주기도 고치기도 하는 양면성을 가진다는 이론은 의료민속의 성과이다.

기복 불교에서 미타신앙으로 전환했다는 불교사적 맥락 위에서, "불법이 들어온 이래 일정 기간이 지나자 마침내 현세보다는 내세를 중시하는 신앙풍토가 조성되었고",[64] "주술성 강한 기복이 아니라, 무명(無明)에 덮여 허덕이는 모든 중생을 구제하겠다던 아미타불의 이타적 대원(大願)", "중생들의 발원은 대자비한 원력에 섭취되어, 세상 사람들의 뜻과 인연에 맞추어 교화해나가는 순수한 기원을 보인 것"[65]이라고 원시종교를 불교신앙의 태생으로 포용하기도 한다. 불교사 연구를 통해 재래신앙과 불교의 습합 과정과 성격 변화를 밝히는 일은 꾸준히 이루어지고 있다.

5) 향가 역사의 체계화

26수 향가의 역사를 체계화하는 일은 결코 쉽지 않다. 향가는 대략 6세기 말 또는 7세기 초부터 창작되기 시작하여, 고려 의종 8년(1154) 〈윤언민 묘지명(尹彦旼墓誌銘)〉 "오늘 병중에, …서방을 가리키며, 향가 1결을

---

62) 林基中, 앞의 논문(1967), 75~77면; 앞의 논문(1980), 10~11면.

63) 이부영, 『한국의 샤머니즘과 분석심리학 – 고통과 치유의 상징을 찾아서』(한길사, 2012), 208면.

64) 朴魯埻, 앞의 논문(1997), 155면.

65) 현송(남태순), 「淨土經典의 往生思想과 鄕歌에 나타난 彌勒信仰 연구」, 『淨土學 硏究』 12(韓國淨土學會, 2009), 426~427면.

지었다."는[66] 12세기 중반까지 그 존재를 확인할 수 있다. 진성여왕(887~897 재위) 때의 『삼대목(三代目)』 편찬(888), 고려 광종(949~975) 당시의 〈보현시원가(普賢十願歌)〉 창작, 1120년(예종 15) 예종의 〈도이장가(悼二將歌)〉는 이 기간의 특기 사항이다.

현전 향가 작품들의 역사적 분포 상황을[67] 보이면 다음과 같다.

<table>
<tr><th rowspan="3"></th><th rowspan="3" colspan="2">왕명/작가명(연대)</th><th colspan="5">작품명</th><th rowspan="3">역사적 배경</th></tr>
<tr><th rowspan="2">서정성</th><th colspan="4">효용성</th></tr>
<tr><th>종교성</th><th>정치성</th><th>주술성</th><th>수사학
(설득·감화)</th></tr>
<tr><td rowspan="5">7세기</td><td rowspan="2" colspan="2">진평왕(579~631)</td><td rowspan="2"></td><td rowspan="2"></td><td colspan="3">혜성가</td><td rowspan="3">통일전쟁의
시작기,
불교미술의
발흥기</td></tr>
<tr><td></td><td>서동요</td><td></td></tr>
<tr><td colspan="2">선덕여왕(632~646)</td><td></td><td>풍요</td><td></td><td></td><td></td></tr>
<tr><td colspan="2">문무왕(661~680)</td><td></td><td>원왕생가</td><td></td><td></td><td></td><td rowspan="2">통일신라문화의
형성기</td></tr>
<tr><td colspan="2">효소왕(692~701)</td><td>모죽지랑가</td><td></td><td></td><td></td><td></td></tr>
<tr><td rowspan="5">8세기</td><td colspan="2">성덕왕(702~736)
효성왕(737~741)</td><td>헌화가
원가</td><td></td><td colspan="2">(원가)</td><td></td><td>전제왕권 실현기</td></tr>
<tr><td rowspan="3">경덕왕
(742~764)</td><td>월명</td><td colspan="2">제망매가</td><td colspan="2">도솔가</td><td></td><td rowspan="3">정치적 격동기,
미술사의 황금기</td></tr>
<tr><td>충담</td><td>찬기파랑가</td><td></td><td>안민가</td><td></td><td></td></tr>
<tr><td></td><td></td><td></td><td></td><td>도천수
관음가</td><td></td></tr>
<tr><td colspan="2">원성왕(785~799)</td><td></td><td></td><td></td><td></td><td>우적가</td><td>독서삼품과 설치</td></tr>
<tr><td rowspan="2">9세기
이후</td><td colspan="2">헌강왕(875~885)</td><td></td><td></td><td></td><td></td><td>처용가</td><td>빈공제자 귀국</td></tr>
<tr><td colspan="2">고려광종(949~975)</td><td colspan="2">(보현시원가)</td><td></td><td></td><td>보현시원가</td><td>전제왕권 실현기</td></tr>
</table>

66) "今日病中, 又指西方 作鄕歌一闋 以貼之"(국립중앙박물관 편, 『다시 보는 역사편지 高麗墓誌銘』(국립중앙박물관, 2006), 78~79면; 許興植, 『韓國金石全文』 中世上(亞細亞文化社, 1984), 726면). 김용선도 이를 '指'로 읽었다.(김용선, 『역주 고려묘지명집성(상)』(한림대학교출판부, 2006), 217면).

67) 서철원, 앞의 책(2011), 32면; 서철원, 『삼국유사 속 시공과 세상』(지식과 교양, 2022), 327~330면.

향가의 역사는 "초기(1세기~5세기), 중기(6세기~7세기 후반), 후기(7세기 후반~8세기), 말기(9세기 초반~10세기 초반)"의 네 시기로 구분하기도 하고,[68] 제1기 형성기(3대 유리왕~17대 내물왕, 1~4세기), 제2기 발전기(17대 내물왕~삼국통일, 4~7세기), 제3기 전성기(삼국통일 이후~신라 쇠퇴 기간, 7~10세기), 제4기 쇠퇴기(신라 쇠퇴~고려 18대 의종, 10~12세기)로 나누기도 한다.[69]

신라 향가 범주에 부전가요를 포함하느냐 마느냐에 따라 시기 구분에 약간씩 차이가 있지만, 대체로 1~4(5)세기를 형성기, 6~7세기를 실제적 형성기로 잡는다. "6~7세기는 정치적으로 강력한 왕권국가 확립과 함께 3개 나라가 영토 확장을 위해 팽팽하게 대치하던 삼국 체제의 돌입기로서, 문화적으로 중국의 한문화와 불교문화 수용을 통한 민족문화의 재생적 기반이 이미 상당 정도 구축되어 있던 시기이기도 하다." 이러한 정치·사회·문화적 배경 속에서, 화랑제도가 생기고, 불교적 세계관이 확립되고, 한시나 불교음악과 같은 선진 예술양식이 들어와 향가(특히 사뇌가계) 형성의 기반을 만들었다.[70]

8~9세기에 향가는 민간과 왕실 음악으로, 기층민과 지식인 사회 모두가 공유하는 향유층의 대통합을 이루고 대중성을 갖추어 성장 발전기에 도달하고, 10~12세기에는 앞 시대에서 확보했던 대중적 호소력을 상당 부분 상실하면서, 노래가 특수층(불교인)의 이념을 대변하는 양식으로 기능화 되어[71] 쇠퇴하기에 이른다.

현존 향가는 7세기 통삼(統三) 전쟁 무렵에 5수, 8세기 성덕왕에서 경

68) 신재홍, 앞의 책(2006), 90~92면.

69) 서철원, 앞의 책(2011), 32~34면; 김승찬, 앞의 책(1999), 9~11면; 김학성, 『한국 고시가의 거시적 탐구』(집문당, 1997), 58면; 박노준, 『향가여요의 역사』(지식산업사, 2018), 18면.

70) 성기옥·손종흠, 『고전시가론』(한국방송통신대학교출판문화원, 2006), 81면.

71) 성기옥·손종흠, 위의 책, 77~91면.

덕왕에 이르는 60여 년간 7수가 집중되었다. "7세기 향가는 언어의 주술성에 대한 사유를 지속하며 그와는 구별되는 체험적·종교적 언어의 효과에 대한 인식을 갖추기 시작했고, 8세기 향가는 시의 제재로서 '사람'에 대한 관심을 지속하는 한편, 사람을 통해 시간과 공간의 의미를 다시 해석하는 본격적 서정시 경향을 갖추었다." 9세기에 이르러 한문학이 본격 전파됨에 따라 향가의 역할은 줄었지만, 7세기 후반부터 9세기 말(『삼대목』 편찬)까지를 향가의 전성기로 보는 것이 좋을 듯하다.[72)]

6) 향가 연구의 해외 확장

이임수는 향가 장르를 개관하고, 그 내용을 Songs of Buddhist prayer (불교적 기원의 노래), Songs of prayer for the State(국가적 기원의 노래, the Prayer of the Royal Court for the State/Songs of Praise for National Figures), Songs of personal prayer(개인적 기원의 노래)로 나누어 작품을 영역하여 소개하면서[73)] 향가 국제화의 길을 열고자 했다.

(1) By the scarlet rocks,	붉은 바위 가에,
Leaving the mother cow,	잡은 손의 어미소 놓아두고
I will present flowers to you,	나를 안 부끄러워하신다면
if you are not ashamed of me.	꽃을 꺾어 바치오리이다.[74)]

72) 인도와 중국 불교사의 전개에 따라, 불교가 전래하여 왕권과 결합하여 轉輪聖王 의식과 결합하던 시기, 미륵사상과 아미타사상, 불교 진언, 밀교, 불교 의례, 반야와 화엄경전, 禪 등의 전래와 연관해 향가 작품과 鄕歌史를 점검하는 일은 앞으로의 과제이다.(김종명, 『한국중세의 불교의례』(문학과지성사, 2001), 81~114면, 273~332면; 사사끼佐々木教悟 외 지음, 권오민 옮김, 『印度佛教史』(경서원, 1985), 39~194면; 野上俊靜 외 지음, 梁銀容 옮김, 『中國佛教史概說』(圓光大出版局, 1984), 76~80면).

73) 이임수 지음, 김혜나 번역, 『한국의 고대시가 – 향가』(나무기획, 2015), 133~258면.

74) 이임수 지음, 김혜나 번역, 위의 책, 225면.

(2) 紫布岩乎過希
執音乎手母牛放敎遣
吾肸不喩慚肸伊賜等
花肸折叱可獻乎理音如

(3) 在紫色的岩石邊
松開手母牛顧不登牽
如不笑我老朽
折下花來獻給女神仙

(1)은 이임수가 〈Heonhwaga〉라는 제목으로 소개한 것이고, (3)은 향찰로 된 〈헌화가〉를 한역한 것이다. (2)는 루시싱(陸錫興)이 〈헌화가〉 향찰에서 의미사 외에 문법형태소에 밑줄을 쳤다. 그러면서 "한국어는 교착어에 속한다, 한자로 한국어를 표기할 경우, 가장 문제되는 점이 문법형태소의 표기인데, 초기 이두에서는 이를 생략했으나, 그 중요성을 무시할 수 없어 향찰을 통해 문법형태소까지 표기하기 시작"한 것이 이두·향찰의 출발이라 설명한다. 루시싱은 이두·향찰의 특징으로, "한국어 어순, 문법 성분의 글자 부기, 한자 원래 성분의 변경" 등을 들면서, 〈임신서기석〉의 "今自 三年之後 忠道執持 過失無誓"(오늘부터 3년 동안 충성의 도를 지키고 과실이 없기를 맹세한다)를 중국 어순으로 적으면, '今自'는 '自今', '忠道執持'는 '執持忠道', '過失無'는 '無過失'의 순서가 되고, 마지막 '誓'는 구절 맨 앞으로 와서, '誓曰 自今三年以後 執持忠道 無過失'이라 설명한다.[75] "紅色的山崖旁(붉은색 벼랑 가에), 放开牵着母牛的手(손에 끌고 가던 암소를 놓고), 只要你不因我而害羞(나 때문에 수줍어하시지 않는다면), 我會摘下鲜花獻給你(꽃을 꺾어 그대에게 바치겠습니다)"는[76] 〈헌화가〉를 중국어의 어순에 따라 번역하여 소개한 자료이다.

『만엽집』의 '將行'(85)·'不見哉'(20)·'不所聞'(67)을 향가의 '將來'(~려), '不冬'(안ᄃᆞᆯ)과 견주고, 〈찬기파랑가〉 "ᄃᆞ라리 힌 구름 조초 뻐간 아래(달

75) 예문 (2), (3)과 함께, 루시싱(陸錫興) 저, 全香蘭 옮김, 『한자 전파의 역사』(민속원, 2017), 532~533면.

76) 金光洙, 『訓民正音創製前的漢字文獻』(亦樂出版社, 2021), 28면.

이 흰 구름 따라 떠간 아래)", 〈우적가〉 "이제야 은거하러 숲속으로 가고 있습니다"로 해독한 것은 한국과 일본 한자 차자표기의 동질성을 확인해 주었다.[77] "'trăm'에 대응하는 쯔놈 글자에서, 글자의 구성요소인 '百'은 뜻을 표현하는 부분이고, '林'은 발음을 나타내는 부분이다. 만요가나는 한자의 음을 빌려 일본어를 표기한 경우와 한자의 뜻을 빌려 표기한 경우로 나뉜다. 那(な), 南(なむ)은 한자의 음으로, 毛(け), 卷(まく)은 한자의 뜻으로 일본어 음절을 표기한 것이다."는[78] 차자표기법의 고찰 대상을 동아시아로 넓혀서 얻은 성과인데, 이들 비교문학적 연구를[79] 언어에서 문학, 문화로 확대해 나간다면 더욱 풍성한 성과를 얻을 수 있을 것으로 보인다.

러시아 학자 리키티나는 『눈으로 덮어진 대나무, 8~19c 한국의 서정시』(1978)에 향가 7수, 『제사의식과 신화에 관련된 한국고대시』(1982)에 7~10세기 신라시대 시를 담아 출간했다. 향가 창작 공간을 분석, "기파랑의 경우처럼 윗사람의 모습이 완벽하면 공간도 완벽하게 그리고, 효성왕의 경우처럼 행위가 잘못되면 공간 자연도 그릇되게 구성했다는"[80] 관점이 참신하다.

7) 향가 관련 대중문화 콘텐츠의 번화(繁華)

국악·무용·대중음악·시·소설·연극·뮤지컬 등 각종 예술과 공연이

---

77) 나까지마히로미, 「鄕歌와 萬葉集의 표기법 비교를 통한 鄕歌 解讀 硏究」, 『語文硏究』 117(한국어문교육연구회, 2003), 31~55면.

78) 최귀묵, 「동아시아 언어」, 『동아시아학의 이해』(고려대학교출판문화원, 2018), 107면, 114~115면.

79) 최귀묵, 「동아시아 문학사에서의 향가의 위상」, 『국어교육』 108(한국어교육학회, 2002), 493~520면; 최충희·구정호·박혜정·고한범·이현영, 『일본시가문학사』(태학사, 2004), 50~59면; 이연숙, 「향가와 萬葉集 작품의 불교 형상화 방식 비교 연구」, 『한국시가연구』 21(한국시가학회, 2006), 103~137면.

80) 아나스타시아 구리예바, 「러시아에서의 향가 연구 – M.I. 니키티나의 연구활동을 중심으로」, 『한국시가연구』 45(한국시가학회, 2018), 292~305면.

매우 풍부하다.[81] 만화나 동화, 대중서 등 향가 관련 도서를 지속적으로 출간해왔고, 김춘수의 〈처용〉(1963)·〈처용 3장〉(1963)·〈처용단장〉(1991)을 비롯한 현대시도 계속 창작되고 있다. 현진건의 미완성 소설 〈서동설화와 선화공주〉(1941년 잡지 〈춘추〉)는 서동이 신라의 젊은이들과 겨루어 선화를 쟁취해가는 모습을 박진감 있게 묘사했다. 이윤택의 희곡 〈도솔가〉(2000), 박범신의 소설 〈은교〉(2010)에 나오는 〈헌화가〉 서사와 영화 〈은교〉(2012), 주호민의 웹툰을 원작으로 만든 영화 〈신과 함께〉 '죄와 벌'(2017), '인과 연'(2018)은 무속적 요소에다 『수생경(壽生經)』·『시왕경(十王經)·『천사경(天使經)』 등의 명부(冥府)신앙을 합하여 대중에게 한층 다가간 콘텐츠다. 〈신과 함께〉는 "현실로 환상된 저승의 인물을 그려내어, 저승 세계를 실감나게 보여줄 뿐만 아니라, 저승으로 우의된 현실의 문제를 새롭게 인식하게 만들었다."는[82] 호평을 얻고 있다. 국립국악원이나 예술단뿐만 아니라, 울산·포항·경주·부여·삼척 등지에서 향가 관련 오페라·뮤지컬·국악·가무악·연극 등을 공연하고, 각종 음반이 제작되고, 미술 전람회를 열었다. 〈네오픽션 삼국유사展〉[83]은 〈처용랑망해사〉·〈헌화〉·〈광덕엄장 세계의 접근 노력〉을 디지털로 구현했다. 드라마 SBS 드라마 〈서동요〉(김영현 극본, 이병훈 연출, 이보영·조현재 주연, 2005~2006, 시청률 21.6%)를 방영한 것은 향가에 대한 대중들의 관심이 여전히 뜨겁다는 사실을 증명한다. 고영섭을 위시한 시인들이 향가에 내용적 기반을 두고 꾸준히 창작하고 있는 현대 향가 1집에서 4집[84]은 향가

---

81) 황병익, 「신라 향가 대중화의 양상과 방향 모색」, 『韓國詩歌研究』 49(韓國詩歌學會, 2020), 33~98면.

82) 고운기, 「共存의 알고리즘」, 앞의 책(2021), 27~28면.

83) 김찬동 외, 『네오픽션 :삼국유사展』(예술기획ARooT, 1999), 19~24면.

84) 고영섭 외, 현대 향가 1 『노래 중의 노래』(연기사, 2018), 현대 향가 2 『가사 중의 가사』(달샘 시와 표현, 2019), 현대 향가 3 『시가 중의 시가』(달샘 시와 표현, 2020), 현대 향가 4 『송가 중의 송가』(시산맥, 2021), 현대 향가 5 『가요 중의 가요』(문예바다, 2022),

의 형식과 시적 정신을 잘 계승해가고 있는 대표적인 사례다.

3. 신라 향가 연구의 향후 과제

1) 해독 해석상의 난맥 제거

향가 연구에서는 어석 연구가 토대가 되어야 문학 연구가 가능하다. 미완의 해독은 작품의 의미 파악에 큰 지장을 주므로 문학적 연구에 분명 한계를 보일 수밖에 없다.[85] 반면, "향가의 정확한 해독은 그리 녹록한 작업이 아닐 뿐만 아니라, 영원히 불가능한 수도 있다.",[86] "어석 연구가 완벽히 끝나기를 기다려 다른 연구를 하는 것은 불가하며 또 그럴 필요도 없다. 향가는 설화를 동반하므로 서사구조 속에서 작품을 연구하는 것도 한 방법",[87] "작품의 주석 연구가 성행하는데, 작품의 정신이 아니라 문학의 말초인 문구 해석에 그치고 마는 것은 가석(可惜)코 가애(可哀)롭다. 향가 해독은 이제 문학 연구가 가능한 수준까지는 와 있다"는[88] 주장은 향가 연구가 이젠 문학의 생명과 정신에 육박하는 연구를 해야 한다는 제안에[89] 힘을 싣는다.

현재 중등학교와 대학의 향가 교육에서는 여전히 양주동(1942/1954)과 김완진(1980) 해독을 활용하고 있지만, "양주동의 해독은 국어사 연구가

현대 향가 6『고대의 노래 현대의 노래』(문예바다, 2023).

85) 성호경, 앞의 논문(1989), 17~18면.

86) 張允熙, 「鄕札 硏究의 回顧와 展望」, 『口訣硏究』 21(口訣學會, 2008), 209면.

87) 류병윤, 앞의 논문(2007), 68~73면.

88) 林基中, 앞의 논문(1980), 28면; 黃浿江, 앞의 논문(1983), 207~208면; 신재홍, 앞의 논문(1995), 25면.

89) 趙潤濟, 앞의 논문(1956), 12~13면.

본격적인 궤도에 오르기 전에 이루어진 만큼 현재의 국어사적 관점에서 볼 때 문제가 있는 부분이 많고, 초기 해독의 문제를 극복하고 향가 해독의 수준을 한 단계 높였다고 할 수 있는 김완진의 해독조차도 현재의 관점에서 문제가 발견되는 부분이 많다는"[90] 주장이 제기되었다.

고문헌의 섭렵을 통해 향가의 어휘를 발굴한 결과, 715개의 어절 중 소창진평이 514개(70%) 가량 확보했고, 양주동이 568개(80%)에 달하는 어휘를 확보하여, 최근까지 『삼국유사』 소재 향가의 의미 파악률은 84.71%, 〈보현시원가〉의 파악률은 89.55%에 도달했다.[91]

아직 해독이 미흡한 향가 구절에 대해선 다각적 접근이 필요한데, 그 가운데 한 방법이 비교언어학적 접근이다. 일찍이 이숭녕은 "신라의 표기체계가 일본의 만엽가명(萬葉假名)보다도 정연하게, 이미 고정된, 또는 고정되어가는 듯 느껴지는데"라며, 최소한 퉁구스어, 만주어, 가능하다면 일본어, 몽고어, 터키어까지 비교언어학적 대상으로 삼아야 한다고 했다. 자신도 신라시대의 표기법 체계를 논하면서 일본 가명의 표기체계와의 비교를 통해 많은 시사를 받고 있다[92] 했다. "근자에 신라비, 고구려비의 발굴, 구역(舊譯) 『인왕경(仁王經)』 구결 자료의 발견과 연구 같은 것은 한계점에 도달한 향찰 연구에 새 돌파구가 될 수 있다. 이와 같은 작업이 관념적인 이론보다 몇 갑절 문제해결에 도움을 줄 것"이라[93] 지적했다. 박병채는 불전한역(佛典漢譯)의 불번어(不飜語) 모형으로, 그 원리를 고유명사표기에 적용, 차차 자성(字城)을 넓힘으로써 향가 표기가 체계화되었다는 논지를 폈다.[94] "수메르와 이집트의 표어음절문자가 표음음

---

90) 張允熙, 앞의 논문(2008), 209면.

91) 박재민, 「향가 해독 100년의 연구사 및 전망」, 『韓國詩歌硏究』 45(韓國詩歌學會, 2018), 73~74면.

92) 李崇寧, 앞의 책(1978), 3~10면, 166면.

93) 黃浿江, 앞의 책(1984), 45면.

94) 佛典語의 예로 "千手觀音, 慈悲, 功德, 西方, 無量壽殿, 彌勒座主, 乾達婆, 破戒主" 등

절문자로 변화된 계기는 모두 인접 민족들이 자신들의 언어 표기를 위해 채택하는 과정에서 이루어졌다. 문자가 상형하는 사물과 문자가 대표하는 음성이 다른 언어에 그대로 적용될 수 없었기 때문이다."[95] 우리 조상들이 표어문자인 한자를 도입하여 국어를 표기한 차자표기도 같은 원리일 수 있기 때문에, 해독 난제에 대한 비교언어학적 접근은 필수적이다.

(1) 歌. 가요, 놀애, 노래.

ga singing(노래하기). a Gandharva or celestial musician(간다르바 또는 천상의 음악가). a song

gai to sing, speak or recite in a singing manner, sing to(노래하는 태도로 노래하고 말하고 낭송하다, ~에게 노래하다)[96]

(2) 마마(媽媽) = 천연두(天然痘), 두창(痘瘡), 두진(痘疹)

maari death, pestilence(죽음, 역병), small-pox(천연두)[97]

위의 자료를 보면, 한자 어휘와 범어의 발음이 유사한 경우가 많다. "신(身) 몸"과 "**sina** the body", "역(疫), 역병(疫病)"과 "**Yuk** badly, ill"의[98] 경우도 마찬가지이다. 고대 한자의 음을 밝혀 이상에 나열한 다양한 언어와 견주어 보는 일도 중요한데, 한중일 한자음을 연구하여 "갓(界)↔kâd, 바람(風)↔plıuəm, 가락(樂)↔ŋlak→glak, 너(汝)↔niag, 너(爾)↔nier,

---

을, 人倫語로 "君, 臣, 民, 公主, 郎" 등을, 一般語로 "彗星, 太平, 无間斷" 등을 들었다. (朴炳采, 鄕歌表記의 源流的 考察, 『국어국문학』 32, 국어국문학회, 1966, 1~11면).

95) 송기중, 「세계의 문자와 한글」, 『言語』 16(1)(한국언어학회, 1991), 153~180면; 송기중·이현희 외, 『한국의 문자와 문자연구』(집문당, 2003), 27면.

96) Monier Williams, A Sanskrit English Dictionary; 김석훈 편, 『우리말 범어사전』(다일라출판사, 2020), 1면.

97) 위의 책(2020), 228면.

98) Monier Williams, 앞의 책(2020), 465면, 526~527면.

그(渠)↔glǝg, 길(路)↔glag, 스밀(沁)↔sïǝn"처럼 중국의 상고 한자음과 우리 한자훈 사이의 〈밀접한 관계〉를 논의했고, 실제 〈서동요〉·〈처용가〉·〈제망매가〉를 해독해, 〈서동요〉의 "密只(mıăt ki), 抱遣(bog k'kian)"를 "모르, 보곤"으로 읽기도 했다.[99] 예컨대 신라시대에 〈제망매가〉의 "生死路隱"을 한자어 "生死路ㄴ"으로 읽었을지, 고유어 "죽살이의 길은"으로 읽었을지를 각종 문헌을 통해 어휘의 원형을 밝혀내거나 석독구결 자료와 견주는 작업은 유용하다.

황선엽은 이두 및 석독구결 자료를 통해, 이전 연구에서 모두 '고'로 해독하던 '遣'과 '古'를 각각 선어말어미 '-겨'/연결어미 '-견'과 종결어미·선어말어미 '-고'라는 다른 문법형태소로 변별했다.[100] 향찰 자료는 물론 석독구결 등의 차자 표기 자료를 활용하여 고대 국어 문법체계의 윤곽을 분명히[101] 하여 그동안의 향가 해독을 확정하는 일에 매우 긴요한 일이다.

2) 국어학과 국문학 연구의 총합

어석의 진실을 찾고, 문학적 해석에 깊이를 더하는 일은 보완적이므로 성과를 공유해야 한다. "향찰이라는 단단한 꺼풀에 갇혀 있어, 『삼국유사』나 『균여전』에 실려 있는 그대로의 모습으로는 어학적으로나 문학적으로나 그대로 접근할 수 없는 것이 향가의 실체다.", "어학과 문학은 실제 선후 관계 또는 본말 관계로 존재하는 것이 아니요, 해독은 저들과

99) "그는 오늘날의 음, 훈의 인식으로 향가를 해독하는데 문제가 있다고 보고, 한자의 上古音으로 시도하되 訓보다는 音 위주로 해독할 것을 주장하였다."(辛容泰, 「鄕歌解讀法의 新研究」, 『국어교육』 42(한국교육학회, 1982), 175~186면).

100) 황선엽, 「향가에 나타나는 '遣'과 '古'에 대하여」, 『국어학』 39(국어학회, 2002), 3~24면.

101) 張允熙, 앞의 논문(2008), 218면.

표리의 관계에 있다." 향가의 해독이란 학문의 종합적 자리요, 해독의 발전은 국어국문학계 전체의 능력에 대한 평가와 직결된다고도 할 수 있을 것[102]이다. 고전문학 연구는 국어학적 관점에서 향가를 해독하려는 경향에서 하루속히 벗어나, 문학 연구자와 국어학 연구자의 학문적 상호 교류와 공동 연구를 통한 향가 해독에 매달려야 한다고 한 것도[103] 어학자의 전망이다.

예컨대, 〈원가〉 6구 "行尸 浪阿叱 沙矣"를 "녈 믌결 애와티듯(가는 물결 哀怨하듯이)"(양주동), "녈 믌겨랏 몰애로다(지나가는 물결에 대한 모래로다)"(김완진)로 풀이해 왔다. 전자는 일렁이는 물결을 애원하는 사람에 비유했고, 후자는 글자 그대로 해독했다. 한편, "자기 몸도 못 가누는 허약 체질이라, 조수 물결 까부는 대로 모였다 흩어지고"(崔致遠, 〈모래섬(沙汀)〉)나[104] 병의 뿌리가 깊어 "썰물에 밀리는 모래가 정처 없이 흩어지고 서리 맞은 풀이 시드는 것과 같다."라는[105] 문학작품을 참고하면, 이 비유는 "주체적으로 살지 못하고 외부에 이리저리 휩쓸리는 신세, 극심한 공격이나 비방에 시달리는 처지"를 뜻하는 말임을 알 수 있다.[106] 그 결과, "지나가는 물결은 파상적 권력(외척 金順元), 모래는 그 힘에 당하는 대상물",[107] "자신을 궁원 연못에서 새나가는 물같이 처량한 신세"를[108] 비유

---

102) 金完鎭, 앞의 책(1982), Ⅲ-53면, Ⅲ-64면.

103) 장윤희, 「국어사 지식과 고전문학 교육의 상관성」, 『국어교육』 108(한국어교육학회, 2002), 383면; 張允熙, 앞의 논문(2008), 210면.

104) "弱質由來不自持 聚散只憑潮浪簸 高低況被海風吹"(崔致遠, 沙汀, 『桂苑筆耕』 卷20, 詩).

105) "顧臣素有貞疾 源委旣深 藥餌無效 譬如退潮之沙 演漾無定 經霜之草 委靡不振"(『承政院日記』 高宗 38년 12월; 『승정원일기』 고종 191(민족문화추진회, 2003), 178~179면).

106) 황병익, 「효성왕 대의 정치현실과 원가의 의미 고찰」, 『한국시가문화연구』 33(한국시가문화학회, 2014), 429~465면.

107) 김승찬, 앞의 책(1999), 186~187면; 金聖基, 「〈怨歌〉의 해석」, 『한국 고전시가 작품론 1』(집문당, 1995), 119면; "말간 달빛이 비치는 곳은 밝은 세상, 곧 임금의 세상이고, 어둡고 침침한 수면 아래의 세상은 버림받은 신충의 세상이며, 그 사이에 가로막힌 일렁이는

한 구절로, 탄식·안타까움·좌절로 해석하는 것이 가능해지는 것이다. 어학과 문학 연구 성과의 종합은 필수 과제이다.

3) 인접 학문 분야와의 통섭과 융합

신라인의 삶과 생각을 천착하는 향가 연구는 사실상 학문적 경계가 없다. "향가에 대한 참다운 이해는 인접한 학문 간 교섭이 긴밀할 때 가능하다"[109] 한 것은 이 때문이다. 그동안 "원전비평, 표기체계의 재구, 방언학적 접근, 비교언어학적 접근"뿐만 아니라, 배경적(설화·민속·역사·사상(사)·사회사) 연구나 문학적(양식·형식·소재·수사·구조·비교문학) 연구를 시도한 것도[110] 같은 맥락이다. 〈도솔가〉를 "일월조정(日月調整) 신화",[111] "전래적 사양(射陽) 의례, 곧 하계 계절제에 불교적 요소를 가미한 개벽·사양 신화의 하나"로[112] 본 연구, 〈처용가〉와 우타가키(歌垣)의 정치문화사적 관계를 파악하고, 향가와 『만엽집』의 정토왕생·호국불교사상 등을 비교 분석한 연구, 『만엽집』을 번역하여 불교가(佛教歌)와 향가를 비교한[113] 연구는 대상 텍스트의 언어 범위를 넓혀서 이뤄낸 성과이다.

수면은 바로 현실정치"라 했다(박재민, 「怨歌의 재해독과 문학적 해석」, 『民族文化』 34(한국고전번역원, 2010), 261~262면).

108) 신재홍, 「원가와 만전춘별사의 궁원 풍경」, 『국어교육』 138(한국어교육학회, 2012), 214면.

109) 黃浿江, 「鄕歌硏究試論 I - 處容歌硏究의 史的 反省과 一試考」, 『古典文學硏究』 2(韓國古典文學硏究會, 1974), 125면.

110) 黃浿江, 「鄕歌 硏究史 序說」, 『鄕歌 古典小說 關係 論著 目錄 1890~1982』(檀大出版部, 1984), 11~47면.

111) 조현설, 「두 개의 태양, 한 송이의 꽃 - 월명사 일월조정 서사의 의미망」, 『민족문학사연구』 54(민족문학사학회·민족문학사연구소, 2014), 113면, 138면.

112) 玄容駿, 「月明師 兜率歌 背景說話考」, 『韓國言語文學』 10(韓國言語文學會, 1973), 106면.

113) 金思燁, 『日本의 萬葉集 - 그 內包된 韓國的 要素』(民音社, 1983), 264~268면; 宋晳

향가와 설화 연구에서 역사와 실증은 늘 유용하다. 〈원가〉의 신충(信忠)은 효성왕(경덕왕 兄)의 측근으로, 집사부 中侍(효성왕), 상대등(경덕왕)에 임명된 총신이다.[114] 효성왕이 세자 시절에 신충을 등용하겠다던 약조를 지키지 못한 까닭은 "왕권의 안정에 협력하는 박씨와 후궁세력, 그것에 반대하는 외척 김순원(金順元) 세력의 다툼 때문이다.[115] 효성왕은 16세에[116] 즉위하여 겨우 6년 동안 재위하며 많은 정치적 혼란을 겪었다.[117] 영종의 모반이 실패한 2년 후에 왕이 돌연사한 것도 왕이 당시 긴박한 정치 현실에서 큰 역할을 못한[118] 때문이다.

역사 연구는 신라하대 헌강왕대의 〈처용가〉를 이해하는 데에도 요긴하다. 고려로의 왕조 교체를 설명하기 위해, 신라 골품제의 한계와 지방 세력의 독립을 강조한 나머지 신라하대 중앙정치의 개혁 모색이나 새로운 제도의 수용 등에 대해서는 충분히 살피지 못하고, 신라하대를 정치적 혼란기이자 쇠퇴기로 규정하기에 급급했다.[119] 그러나 "臣(曼, 진성여왕, 887~897)의 형인 贈太傅 臣 晸(헌강왕, 875~886 재위)에 이르러서는 멀리 황제의 은택을 입어, 공경히 諭示하신 조목을 선양하고, 한결같이 직분

來, 『韓日古代歌謠の比較研究(學文社, 1983), 28~120면; 宋晳來, 『鄕歌와 萬葉集의 比較研究』(乙酉文化社, 1991), 56~60면, 69~158면; 李妍淑, 『韓日古代文學比較研究』(박이정, 2002), 79~112면과 「향가와 『萬葉集』 작품의 불교 형상화 방식 비교 연구」, 『韓國詩歌研究』 21(韓國詩歌學會, 2006), 103~137면과 『한국어역 만엽집』 1~14(박이정, 2012~2018).

114) 李基白, 『新羅政治社會史研究』(一潮閣, 1997), 219면.

115) 曺凡煥, 「王妃의 交替를 통하여 본 孝成王代의 政治的 動向」, 『韓國史研究』 154(한국사연구회, 2011), 38면.

116) 金壽泰, 『新羅中代政治史研究』(一潮閣, 1996), 90~95면.

117) 李基白, 「統一新羅와 渤海의 社會」, 『韓國史講座』 古代篇(一潮閣, 1982), 310~311면, 314~315면; 金壽泰, 앞의 책(1996), 97면.

118) 金壽泰, 「전제왕권과 귀족」, 『한국사』 9(국사편찬위원회, 1998), 101~104면.

119) 채웅석, 「통일신라에서 고려로의 왕조 교체를 어떻게 평가할 것인가」, 『한국사 시민강좌』 40 특집 한국사의 15개 대쟁점(일조각, 2007), 91면.

에 이바지하여 만 리 변방을 편안히 하였다."나[120] 『악학궤범』에서 당시를 "新羅盛代, 天下太平"이라 표현한 것을 보면, 이 시기에 대한 새로운 역사적 접근이 필요하다. 신라는 진성여왕 2년까지 안정을 유지했으나 진성여왕 3년 농민 봉기로부터 쇠퇴가 시작되었다고 하는데,[121] 인접 시기에 지어진 〈처용가〉의 창작 배경과 작품 해석은 그 시대에 대한 역사 연구의 기반 위에서 쟁점을 줄여가야 진실에 가까울 수 있다.

민간에, 신성시하는 나무[聖樹]를 베면 그 가정을 전멸하고 마을사람들에게 병을 준다는 믿음이 있었으니,[122] 〈원가〉 서사는 이 신앙과 연관 짓는 것이 유리하고, 〈도천수대비가〉나 〈처용가〉 연구는 눈병·역병(疫病)·열병(熱病)에 관한 한의학이나 의료 민속적 접근이[123] 유용하다. 〈도솔가〉·〈혜성가〉와 같이 하늘의 변화에 대응한 의례, 〈도천수대비가〉처럼 관음보살에게 아이의 눈병 치료를 기원한 행위는 사실상 거짓 긍정에 해당한다.

> "아이가 열이 나며 아팠다. 우리가 염소 한 마리를 신에게 제물로 바쳤더니 아이가 나았다. 그러니 다음에 누군가 고열이 나면 염소를 제물로 바치는 게 좋겠다."

모기에 물리는 것과 말라리아에 걸리는 것 사이에는 분명 패턴이 있지만, "검은 고양이를 보는 것과 불행이 찾아오는 것", "작년에 우리가 비의

---

120) "是以直至臣兄贈大傅臣晸 遠沐皇澤 虔宣詔條 供職一終 安邊萬里"(崔致遠, 讓位表, 『東文選』 卷43).

121) 權英五, 「진성여왕대 농민 봉기와 신라의 붕괴」, 『新羅史學報』 11(新羅史學會, 2007); 권영오, 『新羅下代 政治史 硏究』(혜안, 2011), 205~206면.

122) 무라야마 지쥰(村山智順), 金禧慶 옮김, 『조선의 귀신』(東文選, 1990), 200면.

123) 신동원, 『호환 마마 천연두 - 병의 일상 개념사』(돌베개, 2013), 160~190면과 『호열자, 조선을 습격하다』(역사비평사, 2004), 44~56면; 원보영, 『민간의 질병 인식과 치료 행위에 관한 의료민속학적 연구』(민속원, 2010), 113~238면.

신에게 기도했더니 비가 내렸다."에는 사실상 패턴이 없다. 하지만 믿는 사람은 그 인과관계를 거짓 긍정한다.[124] 믿음을 과학적으로 검증해 보고, 종교의 성격을 알고 신라인에게 향가가 가지는 의미를 밝히는 일은 융합 연구를 통해서 이룩할 수 있다. 전한(前漢, B.C.206~A.D.25) 때 장사국(長沙國) 재상 일가의 무덤 속 마왕퇴(馬王堆) 비단에 새겨진 혜성 그림에는 혜성의 모양에 따라 "작은 전쟁 3번, 큰 전쟁 7번이 난다.", "임금에게 화가 있다"는 등의 경고를 적어두었다. 하늘의 변괴가 땅의 재앙으로 나타날 수 있다는 생각에 따라 이전의 경험을 후세에 알려 사전에 대비하라는 뜻을 담고 있다 하겠다.[125] 이와 같은 중세적 사고의 기반 위에서 향가를 이해할 때, 그 실체가 분명해질 것이다. 과거 문명 붕괴의 원인은 가뭄·토양 고갈·인구 과잉·전쟁, 또는 영양실조나 질병, 혹은 그 몇의 조합일 수 있다.[126] 기후변화나 화산 폭발 등도 까닭일 수 있다. 그 원인 규명을 위해 학문 경계를 넘은 지식의 대통합이 필요한 것처럼, 향가 연구도 그동안 이룩한 다양한 분야의 성과를 총합하고, 연관 있는 인접 학문과의 벽을 허물어 결론을 찾아가야 할 것이다.

4) 신라 향가의 정치·사회·문화적 효용성 고찰

2개의 해가 함께 나타난 까닭에, 산화공덕(散花功德)을 청하는 경덕왕에게 월명사는 범성(梵聲)을 모른다고 답했다. 범성은 범패로서, 부처님의 덕을 찬탄하여 큰 공덕을 성취하고자 부르는 법요(法要) 중의 하나이다. 법요에는 송경(誦經) 등의 의례가 있다. 본디 범패가 필요한 자리였지

124) Richard Dawkins, 김명주 옮김, 『신, 만들어진 위험』(김영사, 2021), 294~295면.

125) 『續修四庫全書』 1049, 馬王堆帛書天文氣象雜占.

126) Edward Osborne Wilson, 최재천·장대익 옮김, 『통섭Consilience』(사이언스북스, 2005), 491면.

만, 향가를 불러도 좋다고 한 것을 보면, 향가가 범패를 대신하기도 했음을 알 수 있다. 〈도솔가〉는 경덕왕 19년(760) 作이니, 진감선사(774~850)의 쌍계사 범패보다[127] 빠르다. 진감선사 이전에도 신라에서 범패를 불렀음을 알 수 있다.[128]

> (1) "838년 10월 22일. 이른 아침에 **살별(彗星)**을 보았다. … 이 별은 검광(劍光)이다. 그저께, 어제, 그리고 오늘 밤까지 3번이나 나타났다. 매일 밤 상공은 이를 괴이하게 여겨 일곱 명의 승려로 하여금 7일 동안 『열반경』과 『반야경』을 외도록 했다. 다른 절에서도 그렇게 했다."
>
> (2) "838년 10월 23일. **살별**이 나타나면 국가가 크게 쇠퇴하거나 병란이 일어난다. 곤(鯤)과 고래(鯨) 두 마리가 죽고, 피가 흘러 나루를 이룰 것이라는 점괘가 나온 것은 곧 난리가 나서 천하를 정복하게 될 것이라는 뜻이다.…지난 원화(元和) 9년(814) 3월 23일 밤에 동쪽에서 살별이 나타나더니 10월에 재상의 반란이 일어났고, 상공인 왕씨(王氏) 이상 많은 사람들이 음모를 꾸며 재상과 대관 등 모두 20명이 죽은 것을 비롯, 이 난리에 모두 1만 명 이상이 죽었다.[129]

위는 〈도솔가〉·〈혜성가〉의 전승 상황과 같다. "동남쪽에 있는 별을 보니 꼬리는 서쪽을 향하고 빛이 밝아 멀리서도 보였다. 빛의 길이는 열 길이 넘었다. 사람들이 입을 모아, 병란이 일어날 조짐으로 여겼으니, 그 불안감을 알 수 있다. 고로 향가시대에 동아시아 불교·사회·문화의 흐름, 불교의례를 살펴 향가를 노래하는 상황을 점검하는 일은 매우 중요

---

127) "雅善梵唄 金玉其音 側調飛聲 爽快哀婉 能使諸天歡喜 永於遠地流傳 學者滿堂 誨之不倦 至今 東國習魚山之妙者 競如掩鼻 效玉泉餘響 豈非以聲聞度之之化乎"(崔致遠 撰, 최영성 校註, 「雙谿寺 眞鑒禪師碑銘 并序」, 『四山碑銘』, 이른아침, 2014, 182면, 208면).

128) 이혜구 구술, 석현주 정리, 『補正 韓國音樂史 - 고대부터 고려시대까지』(국립국악원, 2011), 50면.

129) 인용문 (1)과 (2)는 圓仁, 申福龍 역, 『入唐求法巡禮行記』(정신세계사, 1991), 46면.

한 일이다. 동아시아 문화권의 불교·호국[130] 의례에 공통점이 많고, "종교가 들어온다면 의식도 반드시 따르게 되는데, 종교의식에는 당연히 음악이 있었을 것"이기 때문이다.[131]

(3) "절에 남녀, 승려, 속인이 함께 모여, 낮에는 강의를 듣고 밤에는 예불·참회를 하며 불경과 차제(次第)를 들었다. 모이는 승려는 40명이다. 불경 강의와 **예불·참회는 신라 풍속**을 따른다. **황혼과 새벽에 있는 2차례 예불과 집회는 당(唐)의 풍속을 따르지만, 그 밖의 의식은 신라어로 한다.**[132]

중국 산동반도 적산원(赤山院)에는 신라풍과 당풍, 일본풍 등 다양한 범패가 있었음을 알 수 있다.[133] 내용 중에 "대중이 부르는 범패는 신라음으로 당풍과는 다르고 일본과 비슷하다" 했다.[134] 신라음과 비슷했다는 흔적을 찾아 오늘날 일본의 불교의식·범패를 조사해 보니, 한결같이 "현재 일본 범패(쇼묘, 聲明)는 엔닌(圓仁) 이후에 시작된 당풍 범패가 실질적인 출발"이라 답했다[135] 한다. "이 불경을 어찌할 것인가", "바라건대 부처

130) "소수의 이민족이 다수의 漢民族을 효율적으로 통치하고, 양 민족을 융화시키기 위하여 불교를 국가통치수단으로 이용했다. 이후 불교는 國家鎭護的 성격의 호국불교로 발전하여 승려들이 국가 정치에 관여하는 풍조로 발전했다. 신라 진흥왕 이래 불교 이데올로기를 국가적 규모로 이용하여, 百座講會 등 중요 불교행사에서도 호국경전을 강독하여 국가의 안정과 만민의 행복을 기원하고 천재지변·질병의 유행을 막고자 하는 등, 중국보다 호국사상의 색채가 짙었다."(민병훈, 「인적교류와 호국불교」, 『실크로드와 경주』(통천문화사, 2015), 108면.)

131) 김성혜, 『신라음악사연구』(민속원, 2006), 282~283면.

132) "男女道俗 同集院裏 白日聽講夜頭礼懺 聽經及次第 僧亦其數卌來人也 其講經礼懺 皆據新羅風俗 但黃昏寅朝一時礼懺 且依唐風 自餘並依新羅語音"(839년 11월 16일, 圓仁 저, 위의 책, 118면).

133) 宋芳松, 『韓國音樂史論攷』(영남대학교출판부, 1995), 89~90면.

134) "廿二日 赤山院講經儀式 … 大衆同音 稱嘆佛名 音曲一依新羅不似唐音 講師登座 訖稱佛名便停 時有下座一僧 作梵一據唐風 卽云何於此 解脫香亦頂梵唄 訖講師唱經題目 便開題分別三門", "音勢頗似本國"(圓仁 저, 앞의 책(1991), 119면).

135) 윤소희, 『세계불교음악순례』(운주사, 2021), 85~86면.

께서는 미묘함과 비밀스러움을 열어주소서"[136]라는 구절을 외웠다. 대중은 그중 향풍 노래를 반복해서 부른다. "도강(都講)이 경의 제목을 길게 짓는 동안 대중이 꽃을 뿌리고[散華], 도강의 긴소리가 끝나면 다시 짧은 소리로 경의 제목을 노래한다." 의식 이후 강사와 독사가 나가면 대중이 다 함께 범패를 노래했으니, 일정한 의례의 틀과 율조가 상용화되었다.[137]

우리 역사서에는 범패 기록이 소략한데, 일본 기록에는 "엔닌이 당나라에서 배워 온 범패를 종류별로 나누어 제자들에게 가르쳤다는" 기록과 함께 해당 악곡명까지 적시했다. 이 가운데 사개법요(四箇法要, 시카호요)가 대표적이다. 패(唄)·산화(散華)·범음(梵音)·석장(錫杖) 등을 부르는 사개법요는 엔닌이 가르친 범패 악곡을 담고 있다. 일본 전문가들은 사개법요의 가장 오래고 장중한 법요로 덴보쇼오(天平勝寶) 4년(752) 도다이지(東大寺)의 대불개안회(大佛開眼會)를 든다. 천황과 황후가 참석한 가운데 출사(出仕)한 승려가 약 일만 명에 이르고, 패사(唄師) 10명, 산화사(散華師) 10명, 범음승(梵音僧) 200명, 석장승(錫杖僧) 200명이었다 한다. "천황 앞에서 일만 명의 승려가 질서정연하게 움직이기 위해서는 의례가 체계적으로 잘 짜여 있었을 것이다. 따라서 당풍 범패가 들어오기 전의 일본 불교의례와 율조에 끼친 신라의 불교의식과 음악이 얼마나 장엄하고 방대하였을 지를 짐작하게 된다."[138] 했다.

"월명사가 (왕에게) 모른다 한 성범은 한어(범패)가 아니라 범어범패였다. 한어범패 가사들은 불보살을 칭탄하는 뜻에 집중된 것에 비해, 범어진언은 소리 나는 음에 집중하여 자송함으로써 신통력을 발휘했다."[139]

---

136) "云何於此經 究竟到彼岸 願佛開微密 廣爲衆生說 云何得廣大"(『大般涅槃經』 卷3, 壽命品 一之三; 『高麗大藏經』 9, 東國譯經院, 1973, 21면), 게송의 첫머리에 '云何' 2자가 있어 云何唄라 부른다. 음조에 맞추어 읊는 행사이다(金勝東, 『佛敎 印度思想辭典』(부산대학교출판부, 2001), 1525면).

137) 윤소희, 앞의 책(2021), 88면.

138) 위의 책, 85~86면.

초기에 서역에서 온 유랑승들은 범어로 된 다라니를 외며 염불공덕하고, 액(厄)과 마(魔)를 물리치고, 제화초복·치료를 기원했다.[140] 이들의 신주(神呪) 다라니, 즉 주어(呪語)들은 교리 전달보다는 재미있고 신통한 능력을 드러내 민중의 호감을 사는 데 집중했다[141]

신라가 일본천왕 조문단에 악인(樂人) 80명을 보내고,[142] 일본 궁전 뜰에서 삼국의 음악을 연주한[143] 것을 보면, 당시 동아시아 음악을 활발히 교류했음을[144] 알 수 있기에, 향후의 향가 연구는 동아시아의 불교의식과 범패,[145] 하늘의 변괴나 천재지변·질병 등에 대응하는 불교의례, 『인왕반야경』 등을 읽으며 왕과 국가의 안태를 기원하던 호국법회의 강경(講經)·송경(誦經) 의식, 의식에 수반된 게송·찬이나 노래를[146] 비교 분석하고, 중국·일본에 전해진 신라악, 수·당(隋唐), 산화 등 서역 불교음악, 인도·남방·중국·대만·티베트·실크로드 등의 불교음악과[147] 연관해 향

---

139) 윤소희, 「월명사의 聲梵에 관한 연구 – 한국 초전불교와 서역 불교 문화를 통하여」, 『국악원논문집』 31(국립국악원, 2015), 132~137면.

140) "時東土多遇疫疾 曠旣少習慈悲 兼善神呪 遂遊行村里 拯救危急 乃出邑止 昌原寺 百姓疾者 多祈之致效"(『高僧傳』 卷5, 『大正新修大藏經』 卷50, 356면).

141) 조명화, 『佛教와 敦煌의 講唱文學』(이회문화사, 2003), 175면.

142) "新羅王聞天皇旣崩 而驚愁之 貢上調船八十艘 及種種樂人八十 是泊對馬而大哭 到筑紫亦大哭"(『日本書紀』 卷13, 允恭天皇 42年 春正月; 연민수 외, 『역주 일본서기』 2(동북아역사재단, 2013), 118면.

143) "因以大辟罪以下皆赦之 亦百姓課役並免焉 是日 奏小墾田儛 及高麗 百濟 新羅 三國樂於庭中"(『日本書紀』 卷29, 天武天皇 12年 春正月; 연민수 외, 위의 책 3권, 486면, 534면).

144) "貞觀 5년(631년, 진평왕 53)에 2명의 여악공을 보내오니,"(『신당서』 권220), "정관 5년에 사신을 보내와 여악공 두 사람을 바치는데,"(『구당서』 199).

145) 윤소희, 『동아시아 불교의식과 음악』(민속원, 2013), 136~170면과 『한중불교음악연구』(백산자료원, 2014), 175~200면, 201~276면과 『범패의 역사와 지역별 특징』(민속원, 2016), 31~50면.

146) "제가 논을 짓고 게송을 설하니, 원하옵건대 아미타부처님 친견하고 모든 중생들과 함께 안락국토에 왕생하게 하옵소서. 무량수경 수다라 장구 제가 게송으로 모두 설해 마치옵니다."(天親菩薩 저, 무량수여래회 역, 無量壽經 優婆提舍 願生偈, 제5 회향문, 『淨土五經一論』(비움과소통; 2016), 320면).

가의 효용성을 심층 탐구해야 한다.

향가는 의식·의례에서의 쓰임에 더하여 현실적 효용성도 매우 높았다. "고질병을 앓는 사람이 구술해 준 〈원왕가(願王歌)〉를 항시 읽으면 병이 나았다.",[148] "영통사 백운방(白雲房)은 세워진 지가 오래되어 무너지려고 했기 때문에 대사께서 중수하셨다. 이로 인해서 지신의 책망을 받아 재앙과 변괴가 날마다 일어났다. 이에 대사께서 대충 노래 1수를 지어 기도하고 그 노래를 벽에다 붙였더니 그 뒤로 정괴(精怪)가 곧 없어졌다"나[149] "광종의 비 대목황후(大穆皇后)의 부스럼을 치료하는 신이함"(『균여전』, 감통신이분자)은 모두 감응을 통해 마귀를 항복시킨(感應降魔分) 예이므로, 동아시아 불교의식에서 불경이나 노래의 효용과 위력을 비교 분석하며 〈도천수대비가〉나 〈처용가〉를 살피는 일도 의미 있는 작업이 될 것이다.

5) 삼국유사의 역사·문학적 경계 점검

『삼국유사』의 역사성과 문학(설화)성에 대한 논쟁은 오래전부터 계속되었다. 설화 전승을 어떻게 이해하느냐에 따라, 역사와 문학(설화), 진실과 허구를 가르는 경계선이 다르다.[150] 예부터 "『삼국유사』의 말은 혹 증거가 있을까 의아하다. 이 책을 누가 지었는지 알지 못하겠고, 또 고려 중엽 이후에 나온 것으로, 그 기재한 것이 허황함이 많아 족히 믿을 만한

---

147) 윤소희, 앞의 책(2013), 30~71면.

148) "右歌播在人口 往往書諸墻壁", "沙平郡 那必及干 新羅職 緜痼三年 不能醫療 師往見之 憫其苦 口授此願王歌 勸令常讀 他日有空聲唱言 汝賴大聖歌力 痛必差矣 自爾立效"(赫連挺 저, 최철·안대회 옮김, 譯註 『均如傳』(새문사, 1986), 55면).

149) "又靈通寺 白雲房 年遠浸壞 師重修之 因此 地神所責 災變日起 師略著歌一首以禳之 帖其歌于壁 自尒之後 精怪卽滅也"(赫連挺, 최철·안대회 옮김, 앞의 책(1986), 75면).

150) 朴魯埻, 앞의 논문(1997), 145면.

것이 못 되나, 삼한(三韓)의 설을 변증한 것은 증거가 매우 밝아, 동방의 지리를 기록하고자 하는 사람은 마땅히 보고 참고하는 것이 옳겠다."[151] 했고, "『삼국유사』는 국사(國事)에 언급되어 더러 채택할 만한 것이 있지만 역시 불가의 허황된 말이 많다"고[152] 적기도 했다. 그 결과, 요즘도 『삼국유사』를 "전하는 이야기를 설화화하거나 서술 과정에서 찬자가 윤색을 가한 결과",[153] "불교식 신이 사관의 표방"이라[154] 하여 기록의 신뢰도를 의심하는 경우가 많다.

(1) "(7세기 신라의 화엄승) 義湘이 皇福寺에서 제자들과 함께 허공을 밟고 탑돌이를 할 때, 그 **제자들이 계단에서 3척이나 떨어져 공중을 밟고 도는 것을 보고, 의상은 "우리의 이 모습을 보면, 세상 사람들이 반드시 괴이하게 여길 것이니 세상에는 가르칠 수 없다.**"라고 하였다."[155]

(2) "나는 괴이한 것을 좋아하는 사람은 아니나 부처님의 威神을 보매 이적을 드러내어 만물을 이롭게 하는 것이 이처럼 빠르거늘, 佛子된 자로서 어찌 묵묵히 아무 말이 없을 수 있으랴!"[156]

위에는 세인들이 불교의 신이를 호괴(好怪)로 여길까 염려하면서도 이

---

151) "遺事之云 恐或有徵 是書未知誰作 亦出於高麗中葉以後 其所紀載 皆荒誕不經 不足取信 然於辨三韓之說 則證據甚明欲志東方地理者 固宜參觀"(『新增東國輿地勝覽』 卷6, 京畿).

152) "三國遺事 亦是麗僧一然所撰 其書 盖撰僧家文字 而亦爲言及國事 故或有可採者 而亦多荒誕之語"(安鼎福, 『順菴集』 卷10, 東史問答, 上星湖先生書[丙子]; 『韓國文集叢刊』 229, 548면a); "麗僧無亟一然撰 三國遺事 此專爲諸僧事迹 而王曆篇亦有國事之可言者 盖多荒誕 而通鑑及輿地勝覽多取之 實不足觀也"(安鼎福, 『順菴集』 卷13, 雜著, 橡軒隨筆(下) 戶牖雜錄並附, 東國歷代史; 『韓國文集叢刊』 230, 46면a).

153) 이소라, 『삼국유사의 서술 방식 연구』(제이앤씨, 2005), 136면.

154) 남동신, 삼국유사의 사서로서의 특성, 『일연과 삼국유사』(신서원, 2007), 98면.

155) "湘住皇福寺時 與徒衆繞塔 每步虛而工(上) 不以階升 故其塔不設梯磴 其徒離階三尺 履空而旋 湘乃顧謂曰 世人見此 必以爲怪 不可以訓世"(『三國遺事』 卷4, 義解 제5, 義相傳教).

156) "余非好怪者 然見其佛之威神 其急於現迹利物如此 爲佛子者 詎可默而無言耶"(『三國遺事』 卷3, 塔像 제4, 五臺山文殊寺石塔記).

적을 전하지 않을 수 없는 심정을 적었다. 그러므로 종교적인 신이를 쉽게 팩트 체크하기란 어려운 일이다. 일연은 『삼국유사』를 찬술하기 위해 많은 자료를 전거로 삼았고, 오래전부터 그 방대한 인용 서목을[157] 인정해왔다. "『삼국유사』는 내용의 신빙성을 높이기 위해 인용된 사료와 찬자의 의견을 엄밀히 구분하여 서술하고, 인용 사료의 전거를 제시한다. 상이한 자료들을 전거와 함께 인용하면서 자기 의견을 협주(挾註)로 고증한다.", "실제 『삼국유사』에서 인용한 자료를 보면 『삼국사기』의 불교 관계 자료를 거의 모두 그대로 전재하면서, 『삼국사기』에 빠진 고기류(古記類)·사지(寺誌)·고문서·금석문·자기관찰기·민간구전설화·고로의 말 등 여러 자료의 차이점을 가려서 역사적 진실을 정확하게 하려 한다. 양속송(梁·續·宋) 고승전 등 중국의 고승전류[158]에 대해서만은 고기류 등의 다른 자료와 차이가 있거나 사실이 아니라고 생각되는 것을 들어 곳곳에서 비판하고 있다."[159]

『삼국유사』는 자국의 역사 전반에 걸치는 사서로 편찬하진 않았지만, 선승 일연은 자국의 역사적 전통과 당시의 현실 인식에 신중했다.[160] "우

---

157) 崔南善 編, 三國遺事 解題, 『新訂 三國遺事』(民衆書舘, 1946), 12~22면.

158) "『삼국유사』 5권 9부 중에 興法·塔像·義解·感通·避隱·孝善 과목은 중국 梁唐宋의 3조 고승전에서 편목을 취했음에 분명하다."(閔泳珪, 三國遺事, 新東亞 1969년 1월호 附錄 『韓國의 古典 百選』, 東亞日報社, 1969, 88면).

159) 崔柄憲, 三國遺事에 나타난 韓國古代佛敎史 認識, 『三國遺事의 綜合的 檢討』(韓國精神文化硏究院, 1987), 187면; "중국 측 자료로는 유교 경전, 사서, 제자백가 등과 불교경전과 고승전, 불교사전류, 우리 측 자료로는 『삼국사기』·『삼국사』·『삼국본사』·『국사』·『가락국기』 등의 사서와 고기류, 사지, 금석문, 각종 문서, 승전류, 원효를 비롯한 신라 승려들의 저술 등이 있다. 義天이 찬술한 大文類(『新集圓宗文類』)를 인용하여 唐의 法藏賢首가 의상에게 보낸 서신도 소개하고 있다."(채상식, 『일연 그의 생애와 사상』(혜안, 2017), 282~283면); 金泰永, 三國遺事에 보이는 一然의 歷史認識에 대하여, 『三國遺事의 硏究』(中央出版, 1982), 27면; "『삼국유사』는 집필을 위해 상당기간 관련 자료를 수집하여 우리나라 책 102종, 중국의 책 33종, 일본의 책 1종, 모두 136종의 책을 언급한 저서로, 많은 기록은 직접 답사하여 현장을 확인하려는 실증적 자세를 견지했다."(권영시, 『普覺國師碑銘 따라 一然의 생애를 걷다』(민속원, 2020), 291면).

리나라의 역사 영역을 시간·내용상으로 크게 확충시켜 놓았고, 이로써 역사의 객관적인 진실을 새로 발굴한 경우도 대단히 많다."[161] 많은 전거를 밝혀 주었고, 전거를 제시한 인용문을 자의적으로 변경하지 않았다는 점 때문에 사료적 가치를 인정하는 경우도[162] 많다. "실증이 어려운 가야의 멸망 시기에 관해 두 설을 함께 기록하고, 『송고승전』과 『신라수이전』에 서로 다르게 기술된(성이 薛씨 또는 朴씨, 신라와 당나라) 圓光의 행적을 모두 기록한" 것은 뒷사람으로 하여금 판단하게 하려 한 실증적 기술 태도이다.[163]

"실증적 역사서라 할지라도 저자의 관점까지 배제하고 객관적으로 서술하긴 어렵다. 『삼국유사』는 역사의 신이를 전하여, 백성들이 난관을 극복해나가는 역사적 주체가 되기를 바라는 염원(역사의 이념)을 담은"[164] 私撰 역사서로서의 성격이 강하다. 그러므로 『삼국유사』의 정보 편들을 『삼국사기』에 견주어 반드시 일관되게 고대적 원형에 가까운 것으로 간주한다거나, 반대로 겉으로 드러난 『삼국유사』의 비합리와 초현실적 내용에서 역사성의 탐색을 문득 방기하려는 타성은 똑같이 지양해야[165] 한다.

6) 중등 교육을 위한 향가 수업 표준안 마련

예전엔 중등교육에서 향가를 주목했지만, 요즘엔 〈찬기파랑가〉와 〈제

---

160) 金泰永, 「一然의 生涯와 思想」, 『三國遺事의 문예적 硏究』(새문사, 1982), Ⅲ-6~Ⅲ-7면 참조.

161) 위의 책, Ⅲ-14면.

162) 李基白, 「三國遺事의 史學史的 意義」, 『韓國의 歷史認識』 上(創作과批評社, 1976), 123면.

163) 김두진, 『삼국유사의 사학사적 연구』(일조각, 2014), 379면.

164) 문성화, 『삼국사기와 삼국유사의 역사인식과 역사의식』(소명출판, 2015), 187~213면.

165) 이강래, 「삼국유사 '정보' 비판을 위한 제언」, 『삼국유사의 세계』(세창출판사, 2018), 58면.

망매가〉 정도만 눈에 띄고, 다른 작품은 잘 다루어지지 않는다. 향찰과 15C 표기를 함께 싣는 경우도 있지만, 이젠 현대어 풀이만 싣기도 하니 수록 방식도 다양하다. 향가의 수능 출제는 1997년 〈제망매가〉를 출제한 후,[166] 가끔 평가원 모의고사에 나오는 정도다. 현재 고등학교에서는 양주동과 김완진 해독을 제시하고, 학습자 스스로가 이해하기 쉬운 해독을 참고하라고 유도하지만, 현대어 풀이나 용어 자체가 모두 어려워 섭렵에 어려움이 크다. 사실 이 두 해독이 아직까지 권위를 가지지만, 이후 다른 학자들의 연구 성과를 수렴하지 않음으로써 학습자에게 해독의 편협성과 도식성을 강요하는 느낌이 강하다.[167]

해독의 난제가 향가의 문학적 감상을 가로막는다면, 어두(語頭)의 의미가 거의 온전히 파악된[168]〈서동요〉(11/12=92%), 〈헌화가〉(13/13=100%), 〈제망매가〉(28/32=88%),[169] 〈도솔가〉(12/13=92%), 〈처용가〉(22/22= 100%), 〈안민가〉(33/37=89%) 등에서 적절한 작품을 선정하여, 명확한 해독을 싣고, 역사와 문학적 정보를 풍부하게 제시하며, 상황에 공감하는 가운데 작품을 이해하고 탐구하고 토론할 수 있도록 배경과 해독에 대한 표준수업안을 마련해야 한다. 예컨대, 〈서동요〉라면, "만일 내가 선화공주의 입장이라면, 즉 근거 없는 모함을 받고 귀양을 가게 되었을 때 어떻게 위기를 극복할 수 있을까요?",[170] "서동처럼 사랑하는 대상을 얻고자 하

---

166) 김민지, 「09개정 교과서 수록 향가 현황 및 교육방안 연구 – 고등학교 『문학』을 중심으로」(동국대 교육대학원 석사논문, 2015), 14~21면, 34면.

167) 김형태, 「중등교육과정의 향가교육 실태연구」, 『향가의 깊이와 아름다움』(보고사, 2009), 417~418면; "향가 하면 아득한 옛날 선조들이 남긴, 신비스럽고 종교적인 색채를 띤 고전시가쯤으로 인식할 따름이다."(신재홍, 앞의 책(2017), 133~134면).

168) 박재민, 앞의 논문(2018), 49~113면.

169) 〈제망매가〉의 '毛如', '於內', '毛冬乎丁'에 대한 의미 풀이도 상당 부분 합의점에 도달했으므로 〈제망매가〉 해독의 비율은 88%보다 더 높아질 것으로 보인다.

170) 임현진 글, 김동석 그림, 『논술적 사고를 키우는 이야기 서동요』(열린 생각, 2005), 146면.

는 선한 목적에서 비롯한 루머라면 용서할 수 있겠는가? 잘못이라고 생각한다면, 서동에겐 어떤 방법을 권해 주고 싶은가? 억울한 누명을 쓰고 쫓겨난 선화공주는 어떻게 행동했어야 하는가?"[171] 등 다양한 생각거리를 던져야 할 것이다. 문학작품으로서의 다양한 해석 가능성을 열어두고, 창작 배경이나 역사와 시대에 대한 갖가지 이야기가 오갈 때 수업의 의미가 커진다.

이후에 향가에 대한 현장 수업, 즉 향가의 배경이 되는 장소나 향가비 답사, 월명재, 충담재 등 각종 향가 관련 행사 참여를 통해 향가를 역사와 함께 느끼게 하는 것도 효과적일 수 있다. 교실 안에서 현장을 답사할 수 있도록 교육 프로그램을 마련해 보는 것도 좋다. 경주문화관광, 경주문화축제위원회, 경주문화원, 신라문화원, 경주시 관광자원 영상이미지, 경주시 문화관광 VR 가상여행 등의 홈페이지를 활용할 수 있고,[172] 아래와 같이 향가와 연관된 장소에서[173] 문학과 역사를 함께 교육하는 기회를 갖는 것도 매우 이상적이다.

6C	서동요	서라벌과 부여 궁남지, 월성
	혜성가	첨성대 일대
7C	풍요	석장사, 영묘사
	원왕생가	황룡사지
	모죽지랑가	부산성(건천 오봉산)
8C	헌화가	동해
	원가	월성 왕궁
8C	도솔가	조원전 청양루, 월성
	제망매가	사천왕사
	안민가	귀정문, 월성
	찬기파랑가	수모내(양북면 卄川里), 鷄林 시가비
	도천수대비가	분황사
	우적가	지리산 대현
9C	처용가	울산 개운포, 엑스포 시가비

171) 황병익, 『노래로 신과 통하다 – 향가가 가진 신성한 힘』(역락, 2021), 340면.

172) 김민지, 앞의 논문(2015), 44~45면.

173) 이임수, 『향가와 서라벌 기행』(박이정, 2007), 19~163면; 김민지, 앞의 논문(2015), 44~49면.

고등학생을 대상으로 실시한 향가 관련 설문 중에서,[174] 학생들은 입시와 관련된 어학적 풀이와 문학적 해석에 더하여, 향가의 배경설화에 대해서 더 자세히 알고 싶다(46.8%)고 했다. 다양한 방식을 통하여 향가에 대한 관심을 제고할 수 있도록, 향가가 신라시대에 가졌던 가치와 효용, 문학적 기능, 역사와 배경 등에 대한 체계적인 교육 방안을 갖추어야 한다.

현장의 교사들이 향가 연구 100년사의 무수한 성과를 다 섭렵하지 않더라도, 공신할 만한 이론과 해석을 얻을 수 있도록 향가 연구 성과를 모아 여러 번 심의를 거친 후에 표준수업안을 만들어야 한다. 이를 통해 오랫동안 변화를 꾀하지 못한 중등 교육 현장의 향가 이론과 교육과정을 쇄신하고, 후속 세대들의 학습 동기를 유발하고 의욕을 고취해야 한다.

7) 학술연구와 대중예술의 교류와 소통

위 설문에서 학생들이 남긴 메모를 정리하면 다음과 같다.

제망매가	누이의 죽음이 슬퍼서	인상적인 문학적 비유	**극락에 가기 위해 도를 닦음**
	책이나 문제집에서 자주 다룸	슬픔과 그리움 절절함	**가족을 잃은 슬픔과 연결**
	미타찰(극락)에 대한 궁금증	고등학교 첫 작품	죽음에 대한 안타까움
	불교의례에 대한 호기심	슬픔의 종교적 승화	〈제+망매가〉 발음 강조
서동요	**초등학교 때 동화．만화로 읽음**	중학교에서 처음 배움	**백제 신라 왕자 공주의 사랑**
	노래와 함께 배움	**역사를 통해 배워서**	향찰문자 배울 때 단골로 등장
	흥미로운 동요	관련 설화의 재미	짧고 쉬움
	내용 기억이 잘 됨	**그 당시에 몰래한 사랑**	**드라마를 통해**

174) 이 자료는 2019년 9월에서 10월에 서울예고, 수리고, 경화여고 등 서울·경기 지역, 경화여고 등 대구 지역, 가야고, 부산국제고, 동천고, 데라사여고 등 부산지역 고등학교 1~3학년 학생 662명을 대상으로 한 설문 결과이다.(황병익, 앞의 논문(2020), 40면).

처용가			
처용가	**귀신, 귀신 쫓는 이야기**	**아내를 침범**(내용 충격)	**어릴 적에 만화로 접함**
	시험 범위	**그 상황에 처용이 물러나 춤춤**	기억에 잘 남는 내용
	감동적인 성취	처용이 한국인 아님	**내용 외설, 야해서**

이 가운데 글자를 짙게 칠한 응답은 향가의 대중화를 위해서 주안점을 두고 참고해야 하는 사항이고, 바탕색에 음영을 넣은 응답은 체계적인 설명이 덧보태지지 않으면 중등학교 학생들이 왜곡된 시선을 갖거나 오해할 만한 사항을 담고 있다.

〈처용가〉에 대한 학생들의 반응은 1924년에 신채호가 신문 기사에서 〈처용가〉의 성격, 가치를 논평하던 때부터 예견된 문제이다.

> (1) 『삼국유사』, 『악학궤범』의 두 처용가는 이름은 같으나 내용이 다르다. 전자는 처용이 간부(奸夫)와 간통하는 처를 목격하고 지은 노래로, 역신(疫神)이라 한 것은 간부의 사장(詐裝)이거나 후인의 전회담(傳會談)이니 본가와 관계없는 것이고, 후자는 처용의 장엄한 꼴과 위대한 힘으로 역신을 쫓는 무가이다. 전자는 처용의 자작이요 후자는 후인의 연작(演作)이니 후자가 전자에 비하면 가치가 없으니 …[175)]

일찍부터 〈처용가〉를 처용의 아내가 외간 남자와 간통하는 장면을 두고, 후대에 역신이 처용의 아내를 범하는 것으로 꾸며 설화적으로 전승한 것이라 했다. 여기에 처용이 그 장면을 목격하고도 물러나 춤을 춘 일에 갖가지 해석을 덧붙이면서 정설이 점점 약해지고 있다.

> (2) "그런데 나는 정말 간이/콩알만해졌었다오./피는 얼어붙고 머리칼은/곤두서고,

---

175) 申采浩, 앞의 기사(1924년 1월 1일).

당신을 덮친 그 사나이가/어쩌면 나를/고대로 빼내다니, 엄지발가락/긴 것까지./나는 그만 어이없는 웃음이/새 나왔소./도대체 어떤 개새끼가/이 따위야,/처용(處容)은 빼낸 또하나/다른 처용…"(〈처용가〉)[176)]

(3) "**누가 (누가)누가 (누가)누가 (누가) 그녀와 잤을까?** X4 verse.1 난 항상 너랑 어른 놀이하기 전에 지갑 속에 자고 있던 고무장갑을 꼈어 술에 떡이 돼도 언제 어디서라도 절대 잊지 않고 장갑은 꼭 꼈어 그런데 어느 날 코 꼈어 청천벽력 같은 임신했다는 너의 그 말 ×됐어 난 믿을 수 없어 (아~미치겠네! 기억이 안나)(G-Ma$ta, 〈신처용가 2〉)[177)]

(4) "밤마다 나는 당신을 만난다./궁궐, 닫혀진 모든 방들을 지나/**방안 가득히 묻어나는/사내 내음으로 다가오는,**/그리하여 첫 새벽닭 울기 전,/홀연히 떠나는/그대 낭낭한 옷깃", "저자의 떠도는 노래가/조금도 거짓이 아님을 나는/너무나도 잘 안다./아버지 또 궁중의 모든 대신들/믿으려 하지 않아도/**이미 당신의/뜨거운 한 점으로 불타는 나를/나는 조금도 부인하지 못한다.**"(〈善花公主의 말〉)[178)]

(5) 부인이 그저 고개를 한 번 끄덕인 건 사실이다. 노인을 의심하기도 전에. 그러자 모든 일은 일순에 이루어졌던 모양./부인의 비취 팔찌가 무색하게 **지금 그녀의 손에는 한아름 활활 철쭉꽃이 불타고 있다./꽃을 바쳤을 때의 노인의 눈빛처럼.**(〈獻花歌〉[179)]

(6) "선생님은 살인도 할 수 있을 만큼 욕망이 강한 사람이다. **선생님을 단순히 늙은이로 본 것은 나의 잘못이다. 성욕도 나보다 셀지 모르고, 실제 성적 능력도 뜻밖으로 나보다 강할지 모른다. "나는 걔 섹시하던데. 갖고**

---

176) 朴喜璡, 『散花歌 신향가집』(佛日出版社, 1988), 18~19면.

177) 앨범 Memoir Of G-Ma$ta, 발매일 2010.3.19, 장르랩/힙합.

178) 윤석산, 『處容의 노래』(문학아카데미, 1992), 21면.

179) 朴喜璡, 앞의 책(1988), 18~19면.

> **싶던데.**" 선생님의 말이 굴껍질처럼 내 귓구멍에 달라붙어 있었다. 들을 때는 나를 떠보려고 하는 줄 알았는데, 그게 아닌 것이 확실하다. 나는 잘못 보았다. 선생님은 노인의 탈을 쓰고 있을 뿐이다. 더럽고, 무섭다. 내가 은교를 당신의 노망난, 미친 욕망으로부터 지킬 것이므로."(박범신, 『은교』 중 〈헌화가〉)[180]

(2)는 처용과 발가락까지 빼닮은 한 사내가 처용의 아내와 동침하는 장면을, (3)은 자신은 항상 철저히 피임을 하는데 여자 친구가 갑자기 임신 소식을 전해 와서 '누가 (누가)누가 (누가)누가 (누가) 그녀와 잤을까?' 라고 의심하는 내용의 랩이다. (4)와 (6)은 선화공주와 은교(≒수로부인)를 성적 대상으로 삼았고, (5)는 수로에게 꽃을 꺾어다 주는 노인의 이글거리는 눈빛으로 에로틱한 분위기를 자아낸다. (4)에 대해, "환상적 이미지를 손상하지 않은 채, 서동과 선화공주의 사랑을 인간적 맥락에서 풀어놓는"다[181] 하지만, (4)나 "얘들아 노래를 부르자/선화공주님은 남자를 좋아해/나를 너무 좋아해 날이면 날마다/밤마실 간대요", "제대로 되는 것 하나 없고 늘 쌀쌀맞고/서동이 내 또 하나의 구멍동서여/선화공주를 얻어 한평생 행복하셨는가/사랑만 하면 밥도 생기고 술도 생기던가/제기랄, 사랑을 알아 폐인 된 사람 여기 있다고"에는[182] 향가에 등장하는 여성들을 통속화하는 경향이 짙다.

고전 텍스트에 관심을 두고 문학적 상상을 더함은 권장할 만한 일이다. 영상매체가 대부분의 장르를 잠식해가는 요즘에, 문학을 통해 적극적 사유와 창조적 영감을 표함은 문학교육의 목표이기도 하다. 그러나

---

180) 박범신, 『은교』(문학동네, 2010), 329~330면.

181) 金慶洙, 「素材傳承의 현대적 의미 – 尹錫山의 시세계」, 『處容의 노래』(문학아카데미, 1992), 99면.

182) 이승하, 「서동요(薯童謠)」, 『불의 설법』(서정시학, 2014), 96~97면.

위 작품들은 선화공주와 수로부인과 처용의 아내를 편향적으로 이해하여 문학적 다양성을 열지 못하고 있다. 그러므로 학계의 향가 연구 이론들을 정리하고, 대중 도서를 발간하여 문화예술인들의 상상과 창의의 열망을 자극하는 일은 시급한 과제이다.

4. 신라 향가 연구의 미래 전망

한 세기가 넘는 연구 기간 동안 향가의 명칭과 개념은 보편적 타당성을 얻을 만큼 정리되었고, 향가 연구는 『삼국유사』와 더불어 국학과 민족문화 연구의 주축을 형성했다. 향가 해독의 보편적 기준 셋이 마련되었고, 향가의 내용적 측면에 대한 연구도 풍부하게 천착되었다. 향가 생성·발전·소멸의 역사는 사회문화적 배경과 함께 시대적으로 체계화되었고, 향가 연구 성과는 해외로까지 확장되고, 향가 관련 대중문화 콘텐츠의 창작도 꾸준하다.

그렇다고 향가 연구가 이미 다 완성된 것도, 더 이상 연구 거리가 없는 것도 아니다. 그간 향가는 85%의 해독률을 보이지만, 주로 난해한 것들이 남았다. 먼저 해독과 해석상의 난맥부터 제거해야 하고, 국어학과 국문학 연구의 일관된 총합(叢合), 인접 학문 분야와의 통섭과 융합을 이루어내야 한다. 어학과 문학을 넘어, 향가가 당시에 어떠한 정치사회문화적 효용성을 가졌었는지를 고찰해야 하고, 『삼국유사』의 역사적 사실성과 문학적 가공성을 어떻게 이해해야 할지를 분명히 해야 한다. 입시교육의 현실에 맞추어 중등교육을 위한 향가 수업 표준안을 마련해야 하고, 학술연구와 대중예술의 교류와 소통은 지속적으로 이루어져야 한다. 향가를 음악적으로 재현할 만한 문헌적 단서가 매우 약하기 때문에, 동아시아 불교음악뿐만 아니라 10구체 향가와 흡사한 형식의 〈정과정〉(진작)에서 향가의 형식적, 선율적 연결고리를 찾아 가곡창 만대엽, 시조, 고려가요를 연관 지어 향가의 통시적 전통과 연원(영향) 관계를 밝히고자 하는 노력은 매우 중요하다.[183] 분과학문의 프레임과 경계를 넘어, 1980년 이후의 연구 성과를 체계적으로 점검하여 현실 교육에 적용하는 일은 이제 매우 시급한 일이 되었다.

그동안 이상에서 언급한 성과 이외에도 "작가와 창작 연대, 형식과 구조, 배경과 사상, 장르·양식·내용, 표현론과 미학, 비교문학과 문학사", "적합한 장르명의 필요성 제기", "관련 설화의 불가(佛家)적 해석", "향찰 문제 어휘의 개별적·체계적 연구와 어학, 문학적 연구", "향가 음악, 중국(불교) 시가와 비교 연구" 등의 전망을 제시하기도 했다.[184]

다만 위에서 다루지 못한 키워드로 3句6名이 있다. 3구6명의 해명을 위해 그동안 120여 편 이상의 논저가 나왔다. 여전히 3구와 6명을 관련 체계로 보는 견해와 개별 체계로 보는 견해로 나뉘어 있다.[185] 3구6명의 문제해결을 위해선 먼저 "3구6명이 均如의 十願歌에 국한한 것인가, 아니면 향가 전반에 대한 형식론인가? 노래의 기본단위(가락), 구성단위, 의미단위 중 무엇인가"에 대한 의구심이[186] 줄어야 한다. 이에 한시·음악·불교 용어로 본 3구6명 변증을 시도하고, 5언7자와의 대구를 고려하여, 균여의 저술이나 『아비달마순정이론』 등의 불경에서 명과 구의 의미를 찾으려는 양희철의 연구 방향과 성과는[187] 용어의 보편적 개념화에

183) 박재민, 「향가와 시조의 형식적 연관성에 대한 재고」, 『한국시가연구』 58(한국시가학회, 2023), 113~144면.

184) 楊熙喆, 앞의 책(1992), 27~45면.

185) 金學成, 「三句六名의 解釋」, 『韓國文學史의 爭點』(集文堂, 1986), 128~137면.

186) 黃浿江, 「鄕歌 硏究史 序說」, 앞의 책(1984), 42면.

187) 양희철, 삼구육명 해석의 종합적 변증, 『향가 문학론 일반』(보고사, 2020), 246~312면; 양희철, 삼구육명 해석이 당면한 과제, 위의 책(2020), 211~245면; 이와 함께 허정주, 「한국민족시학 정립을 위한 양식사학적 시론 – 삼구육명을 중심으로」, 『건지인문학연구』 13(전북대 인문학연구소, 2015) 등의 연구가 지속되고 있다.

유용할 것으로 보인다. 『균여전』의 3구6명은 한시의 '오언칠자(五言七字)'에 상응하는 개념으로 제시했고,[188] "향찰은 범서(梵書)처럼 쭉 펼쳐지니 중국에서 알기 어렵다.", "신라의 훌륭한 글은 서쪽으로 가지 못하니 의사소통은 답답하고 한탄스럽다."는[189] 취지에서 제시한 형식론으로, 중국 등 동아시아 지식인들이 우리 향가를 통해 우리 불교신앙의 깊이를 널리 알기를 바랐으므로, 구와 명은 우리말 단어나 문장에만 국한되지 않고 동아시아 문학이나 불경·불교 가요에 두루 적용되는 보편적 용어였을 가능성이 높기 때문이다.

최근 10구체 향가 제9구의 '後句, 後言, 隔句, 落句' 등이 후렴이었을 가능성을 제기하고,[190] 향가 2개 연은 '초-중-종장'의 연속 구성으로, 이 분단법이 고려가요와 시조로 이어져 한국 시가의 전통을 이루었다는[191] 주장도 관심을 끈다. 유중교(柳重敎)는 『현가궤범(絃歌軌範)』에서 율곡 이이 〈고산구곡가〉 10장(章)의 각 장은 6구씩이라 했는데, 이 용례까지 아우를 수 있는 개념을 도출하고, 향가 작품에 대입하여 결론을 도출하려면 아직 더 많은 노력을 요한다.

또, "『화랑세기』는 개인을 돌보지 않고 국가를 위하는 애국적 행동을 강조해, 화랑에서 현좌와 충신, 良將과 勇卒이 생겨났다"[192] 하는데,

---

188) "然而詩構唐辭 磨琢於五言七字 歌排鄉語 切磋三句六名"(赫連挺 저, 崔喆·安大會 譯注, 第8, 譯歌現德分者, 『均如傳』, 새문사, 1986, 58~61면).

189) "鄉札似梵書連布 彼土難諳", "希隨西傳之星 其在扃通 亦堪嗟痛"(赫連挺 저, 위의 책(1986), 58~61면).

190) "3句는 하나의 연이 3개의 구로 이루어져 있음을 표현한 것이고, 6名은 2개의 연 전체가 6구로 이루어져 있음을 표현한 것이다. 기존 10구체의 분단으로 이해한다면, 1개의 연은 (4개의 구+후렴 2구)+(4개의 구+후렴 2구)에서 중복되는 앞의 후렴 2구를 뺐다"는 논리이다.(김성규, 「향가의 구성 형식에 대한 새로운 해석」, 『국어국문학』 176(국어국문학회, 2016), 177~193면).

191) 김양진, 「시조 초중종 3장 형식의 연원과 전승」, 『국어국문학』 192(국어국문학회, 2016), 65~94면.

192) 李基白, 「金大問과 그의 史學」, 『歷史學報』 77(歷史學會, 1978), 5~8면.

『화랑세기』의 진위에 관한 역사학계의 논증을 지속적으로 살피면서, 〈모죽지랑가〉나 〈찬기파랑가〉를 실증하는 일도 꾸준히 이루어져야 할 것이다.

향가 중에는 직설적인 표현도 있지만, 달에게 우회적으로 자기 마음을 고백하고, "'이 몸 남겨두고 48대원 이루실까?'처럼, 아미타불의 옛 맹서를 가져와 자신의 염원을 한층 고양된 차원에서 표현하며",[193] 있는 현실을 있어야 할 현실로 전환하는 등 문학적 수사가 빼어난 작품이 많다. "(기파랑의) 마음의 끝을 좇겠다"는 표현에서, "그 정신의 최고 경지, 그 정점에까지 도달하여 이를 자신의 삶의 지표로 삼겠다는 뜻"을[194] 읽고, 〈찬기파랑가〉에서 기파랑를 고고한 잣나무에 비유한 것을 "기의심고(其意甚高)라는 평어와 연결하여, 기파랑이 지니던 지의(志義), 곧고 바른 인물됨"과 연결 지은 설명은[195] 향가 해독에 남은 난제들이 줄어, 향가의 유려한 문학성을 언급할 때 거론될 수 있는 업적들이다. 『만엽집』에는 〈원가〉의 한 구절과 흡사한 "아침에 많은/바람이 불어오고/저녁도 많은/파도가 밀려오네/파도와 함께/흔들흔들 밀리는/해초와 같이"(131)와 같은 작품,[196] 〈제망매가〉의 무상감이나 피안의식, 그 대안으로서 수도를 맹세하는 내용을 담은 작품(16-3848, 20-4468)이 있는데, 이들 작품과의 대비를 통해 중세적 사고와 문학적 수사의 보편성을 확인해 나갈 필요가

193) 신재홍, 「향가, 문학적 재미의 원천」, 『고전문학과 교육』 32(한국고전문학교육학회, 2016), 11면.

194) 박노준, 『옛사람 옛노래 향가와 속요』(태학사, 2003), 148면.

195) 楊熙喆, 「讚耆婆郎歌의 어문학적 연구」, 『한국고전연구』 2(한국고전연구학회, 1996), 45~46면; 양희철, 「唐代批評으로 본 其意甚高와 〈찬기파랑가〉」, 『韓國詩歌硏究』 18(韓國詩歌學會, 2005), 68~72면.

196) "朝羽振 風社依米 夕羽振流 浪社來縁 浪之共 彼縁此依 玉藻成/朝はふる 風こそ寄せめ 夕はふる 浪こそ來寄せ 浪の共 か寄りかく寄る 玉藻なす/あさはふる かぜこそよせめ ゆふはふる なみこそきよせ なみのむた かよりかくよる たまもなす"(「柿本朝臣人麿従石見國別妻上來時歌」, 『만엽집』 권2, 131; 이연숙, 『한국어역 만엽집 1』(박이정, 2012), 186~187면).

있다.

50여 개의 AI 기술을 활용하여 만든 영화 〈AI 수로부인〉은 향가가 열어가는 콘텐츠 산업의 미래다. 2084년에 이르러, 그때까지 인간이 배출한 우주와 바다 쓰레기로 인하여 자연이 심각하게 파괴된 일에 경각심을 불어넣고자 제작하였다. 과거의 수로부인이 미래 세대의 잘못을 대신 사과하고 용서를 구하면서 신의 분노는 누그러진다. AI 무당 백남준은 예술을 통해 사람, 자연, 우주와 소통하는 초월적 존재가 된다.[197)]

향가 연구 또한 인문학이 당면한 문제에서 예외적이지 않다. "분과학문은 저마다 자기만의 프레임과 경계를 가져, '분리'와 '구별'이라는 벽을 쉽게 넘지 못한다."[198)] 그러나 그 프레임과 경계, 분리와 구별은 총체적인 조망을 불가능하게 한다. 향후 향가 연구는 어학과 문학의 경계, 민속·종교·역사·심리학, 한의학·천문학·수사학 등과 교류하고, 분과 내의 벽은 더욱 과감히 허물어야 한다. 그 결과, "『삼국유사』 텍스트를 이젠 동일성이 아닌 차별성·상호텍스트성의 관점에서 풀어내고, 향가나 금석문 등 문자 텍스트뿐만 아니라 불상과 불탑, 발굴 유물 등 비문자 텍스트를 바탕으로, 문학·철학·기호학·역사학·인류학·정치학·미학·문화론적 연구를 종합하여 향가를 향유하던 시대와 인간, 사회와 문화, 당대의 세계관과 미학관을 총체적으로 재구성하고 그 맥락 속에서 향가를 해석"하여,[199)] 향가를 신라의 정치·사회·문화적 기반, 신라인의 사상과 감정 속에서 이해하는 일은 향가 연구의 궁극점이다. 일례로, 『삼국유사』를 설화적 허구로 여기는 관점에서 벗어나, 〈혜성가〉 서사 입증을 위해 한중

197) 심은록, 「세계 최초 AI 영화 : 미술평론가 심은록, 영화감독 데뷔작 〈AI 수로부인〉」, 『Art in culture』 24(에이엠아트, 2023), 160~161면.

198) 박희병, 『통합인문학을 위하여』(돌베개, 2020), 32~33면.

199) 이도흠, 「향가 연구 방법론 – 공과 한계, 지향점」, 『韓國詩歌研究』 45(韓國詩歌學會, 2018), 42면.

일 역사서를 뒤져 570년부터 640년까지의 혜성 관측 기록을 찾고 이 가운데 608년의 혜성이 심대성과 가장 가까운 방수까지 이동해 사라졌다는 추적과 재구성은 매우 값지다.[200)]

이 글은 『한국시가연구』 57(한국시가학회, 2022)에
수록한 논문을 수정·보완한 것이다.

---

200) 신기철, 「한국 고대 혜성 관측기록의 현대 과학적 해석과 목록의 재구성」, 『한국고대사연구』 111(한국고대사학회, 2023), 363~412면.

고려속요 연구의 현황과 전망

임주탁
부산대학교 국어교육과 교수

1. 서론

『악학궤범(樂學軌範)』, 『악장가사(樂章歌詞)』 등 조선시대의 악서(樂書)에 그 텍스트가 실려 전하는 노래 가운데 고려시대에 창작된 것으로 추정되는 노래를 고려가요(高麗歌謠)라 하고, 그 가운데 경기체가(景幾體歌)라는 장르로 분류되지 않은 노래를 통칭 고려속요(高麗俗謠)라고 부른다. 고려속요는 그 텍스트의 가시적인 형태가 매우 다양해서 하나의 장르로 분류할 수 있는가는 문제[1)]만이 아니라 어떤 명칭이 해당 텍스트들을 포괄하기에 적절한가는 문제[2)]부터 오래도록 쟁점이 되어 왔다. 1980년 이전까지의 고려속요 연구사는 김학성, 권두환에 의해 거듭 정리된 바 있고, 그 이후 가장 최근에는 『고려가요 연구사의 쟁점』에서도 정리된 바 있다. 필자 또한 선행 논문에서 연구의 시각과 방법의 문제를 중심으로 고려속요 연구사를 비판적으로 검토한 적이 있다. 이러한 논의들은 고려속요 연구가 어떻게 전개되어왔는지 가늠하는 데 도움이 될 것이다.[3)]

---

1) 이 논란은 金學成, 「高麗歌謠의 作者層과 受容者層」, 『韓國學報』 9(2)(일지사, 1983), 208~234면에서 재론되었는데, 김학성은 독자적인 장르로 볼 수 있다고 주장했다.

2) 趙東一, 「고려가요의 갈래 시비」, 金烈圭·申東旭 편, 『高麗時代 가요문학』(새문社, 1982), Ⅱ-2~15면.

현재 시점에서 고려속요 연구사를 다시금 정리하는 일은 이전 작업에 비해 한층 더 진전된 면모를 보여야 하는데, 필자가 그런 역할을 제대로 감당할 수 있을지 저어된다. 다만 이 글에서는 고려속요 연구의 시작에서 오늘날까지 연구자들이 고려속요를 왜 연구했는지, 그 과정에서 중요하게 고려한 문제가 무엇이었는지, 그리고 앞으로 어떤 문제를 중요하게 고려하면서 연구해 나가야 할지 짚어봄으로써 미래 연구 방향을 설정하는 데 필수적인 성찰의 계기를 마련해 보고자 한다.

2. 고려속요는 왜, 어떻게 연구해왔는가?

고려속요에 대한 학술적 관심은 최남선, 이광수가 참여한 『조선민요의 연구』에서 나타나기 시작했지만, 그 텍스트가 수집, 정리된 것은 안확과 김태준에 의해서다.[4] 안확은 고려가요를 삼대목체(三代目體), 정읍체(井邑體), 첩성체(疊聲體), 경기체(景幾體)로 분류하여 각각의 텍스트를 소개했으며, 김태준은 텍스트에 간단한 주석과 해석을 덧붙여 소개했다. 오늘날과 같이 고려가요를 고려속요와 경기체가로 2분하는 관행은 조윤제가 고려장가(高麗長歌)[5]를 고속가(古俗歌)와 경기체가로 2분[6]한 데서

---

3) 金學成, 「高麗歌謠 硏究의 硏究史的 批判」, 金烈圭·申東旭 편, 위의 책, Ⅲ-13~25면; 權斗煥, 「古典詩歌」, 閔丙秀·李秉根 외, 『國語國文學硏究史』(宇石, 1985), 272~302면; 고가연구회, 『고려가요 연구사의 쟁점』, 보고사, 2016; 임주탁, 「고려가요 연구의 시각과 방법」, 『국문학연구』 12(국문학회, 2004), 29~62면.

4) 市山盛雄 편(增補再版, 坂本書店, 1927(초판, 1926)); 安自山, 「朝鮮歌詩의 條理」 3(14), 『東亞日報』 1930년 9월 4~11일자, 13~14일자, 18~19일자, 각 5면; 金台俊, 『朝鮮歌謠集成』(朝鮮語文學會, 1934).

5) 여기에 정과정은 포함되지 않는다. 『時用鄕樂譜』에 실린 '鄕歌'의 특성을 고스란히 보여주고 있는 텍스트라 할 수 있는 사모곡이나 유구곡 등은 연장체 노래일 가능성을 고려하여 고려장가에 포함시킨 듯하다.

6) 趙潤濟, 『朝鮮詩歌史綱』(東光堂書店, 1937). 조윤제는 이른바 '鄕歌系' 가요는 고려가

비롯되었다. (고)속가라는 명칭은 이후 별곡(別曲),[7] 속요(俗謠)[8] 등 딴 용어로 대체하자는 제안이 나타났고, 오늘날에는 그중 속요라는 명칭이 가장 널리 사용되고 있다.[9]

고래로 인민이 쉽게 알아들을 수 있는 말소리로 지은 노래를 민속가요라 불렀다. 민속의 속(俗)은 따라 바뀐 것을 가리킨다. 어떤 단위 사회든 민(民)은 그 사회의 리더의 심성에 기초한 정교(政敎)[10]에 따라 변하게 마련이다. 속악(俗樂)이란 그렇게 변화된 인민의 심성에 맞게 변화된 음악을 일컫는 말이고, 따라서 그 속악에 담긴 노랫말, 곧 속악가사는 모두가 민속가요라고 부를 수 있다. 고려속요의 명칭 문제는 향가와 시조를 국가 지배층에서 만들어진 민족어 정형시(set-form verse of ethnic language)로 보는 시각이 일반화된 상황에서 'folk song'의 번역어인 민요의 개념이 우리 학계에 정착하면서[11] 이후 주요 쟁점의 하나로 불거졌다. 이렇게 새롭게 개념화되기 이전에 민요란 민속가요를 줄여서 부르는 말 가운데 하나였을 뿐이다. 민속가요는 근대 이전에도 민가, 민요, 속가, 속요 등으로 줄여서 불렀다. 그렇다고 그것이 민중들 사이에서 자연발생적·적층적으로 형성되어 구전된 민중 문화로 환원할 수 있는 것은 아니었다. 민속가요는 국인(國人)이든 향인(鄕人)이든 국가 사회에서 정교의 역할을 일정

요에서 제외했다.

7) 李秉岐·白鐵, 『國文學全史』(東國文化社, 1957). 李秉岐는 경기체가는 別曲體라 명명할 것을 제안했다면, 鄭炳昱은 둘을 합쳐 別曲이라 부를 것을 제안했다(「別曲의 歷史的 形態考－別曲의 장르的 考察을 爲한 試考」, 『思想界』 1955년 3월호; 『國文學散藁』(新丘文化社, 1959), 140~159면).

8) 李明九, 『高麗歌謠의 硏究』(新雅社, 1973).

9) 텍스트만을 지칭할 때에는 俗樂歌詞라는 용어를 쓰기도 하지만, 景幾體歌 또한 俗樂歌詞라는 점에서 고려속요를 제한적으로 일컬을 때는 부적절하다. 해당 용어는 崔正如, 「高麗의 俗樂歌詞論攷」, 『論文集』 4(1)(淸州大學校, 1963), 7~48면에서 본격적으로 사용했다.

10) 政은 의도적인 변화를, 敎는 점진적인 그래서 자연스러운 변화를 꾀하는 것이다.

11) 高晶玉, 『朝鮮民謠研究』(首善社, 1949).

하게 담당했던 사람이 지은 것이기 때문이다. 그런 노래는 민(民)이 발화하며 알아들을 수 있는 말소리로 지었기에 민(民)이 따라 부르며 기억하고 향유하며 전승할 수는 있어도 민(民)이 민속가요의 핵심 창작 주체였다고 보기는 어렵다. 고려속요는 국가에서 생산한 문헌에 전하고 상당수는 궁중과 조정에서 주관하는 의례 공간에서 연행된 이력이 확인된다. 그런 까닭에 1970년대까지만 해도 일상생활 공간에서 흔히 들을 수 있는 민요와 고려속요 사이에는 상당한 거리가 있다는 판단이 우세해지면서 고려속요는 민요와는 다른 명칭으로 불러야 한다는 시각이 널리 받아들여진 듯하다. 물론 같은 노래라도 궁중 의례에서 연행되느냐, 조정 의례에서 연행되느냐, 향당(鄕黨) 의례에서 연행되느냐에 따라 적잖은 차이가 있었다. 악기가 다르고 선법이 다르고, 템포가 다를 수 있었다. 하지만 어느 층위에서 연행되든, '화이부동(和而不同)'에 어긋나지 않도록 고악률(古樂律)에 부합하도록 만든 것이었다고 보아야 한다. 따라서 어느 명칭을 쓰느냐가 실상은 중요한 문제는 아니라고 할 수 있다. 그런데도 어느 명칭을 쓰느냐는 고려속요에 대한 연구자의 태도와 이해의 차이를 드러냈고, 그러한 차이가 용어를 둘러싼 논쟁으로 가시화하기도 한 것이다.[12]

안확, 김태준에 의한 고려속요 텍스트의 수집과 정리 작업만이 아니라 '조선인[13]'에 의한 '고문화(古文化)'의 발굴과 수집, 정리 작업은 1930년대에 활발하게 전개되었다. 작업의 결과는 대부분 신문 매체를 통해 발표되었는데, 이렇게 신문 매체로 소개되는 고려속요는 대중 독자의 감상 대상으로 던져진 것이라 할 수 있다. 하지만 일반 신문 독자의 관점에서 새로

12) 해당 쟁점은 權璟順, 「高麗俗謠는 民謠인가」, 張德順 外, 『韓國文學史의 爭點』(集文堂, 1986), 262~270쪽에서 처음으로 정리된 바 있다.

13) 이 말은 대한제국이 사라진 이후에 조선총독부(조선총감부)에서 대한제국 시기의 인민을 일컫는 말로 쓰도록 한 것이다. 그래서 1910년대에는 대한인(大韓人)과 조선인(朝鮮人)이란 용어가 혼용되기도 했다.

운 문화를 만들어가는 데 고문화를 새삼 감상할 가치가 어디에 있는지에 대해 적잖은 반론이 제기되었던 듯하다. 그에 대한 학계의 반응으로 1937년 벽두에 『조선일보』에서는 '고문화의 재음미'라는 기획 기사를 싣기도 했다. 고문화의 발굴과 수집, 정리 등에 각별한 관심을 가진 학자와 고문화의 계승, 발전을 추구한 문예 창작인, 그리고 저널리스트 등의 생각을 한자리에 모은 것이다.[14] 그중 방종현의 「고대속요연구와 시속의 전변고」[15]는 특히 속요에 관심을 가지고 연구를 해야 하는 이유에 대한 당시 학계의 생각을 헤아려 볼 수 있게 한다.

방종현은 속요는 "민간에서 순연하게 발생된 아름다운 자연의 문학"이며 "일민간(一民間)이 공동으로 감명되는 심정을 여실히 발로한 것"이어서 "그 민간의 사상의 전변"을 살필 수 있을 뿐 아니라 "그 시대의 인정풍속"을 관찰할 수 있는 문화라고 보았다. 또한, 그 향유와 창작에 "유식함이 소용이 업고 한문이 필요"하지 않은 문화였다는 점도 강조하고 있는데, 이는 한자와 한문이 문학 언어의 자리를 상실한 시기에 속요가 계승, 발전시켜 나갈 고문화의 하나로 인식되었음을 말하고자 한 것으로 보인다. 그런 생각을 전제하여 "문학방면, 방언학방면, 사학방면, 지리학방면, 풍속학방면 등의 제대가(諸大家)가 협력하야 이것('속요')을 애껴가며 수집하고 또 정밀하게 정리"해 나갈 필요가 있음을 역설했다. 그러나 그런 작업이 이후에 활발하게 이루어지지는 않았다.

속요를 "정밀하게 정리"하는 작업이 쉬운 일이 아님은 방종현 스스로 분명하게 인식하고 있었다. 특히 고려속요와 같은 '고속요'는 창작 맥락에 관한 직접적인 정보가 거의 확인되지 않았기 때문에 그 이전부터도

14) 학회 성립 이전 시기에 대부분의 학술 논문은 신문 매체와 문예잡지를 통해 발표되었다. 해방 이후 국어국문학회, 우리어문학회 등이 창립되면서 학술 논문은 학회 발행 잡지를 통해 발표되기 시작했다.

15) 『朝鮮日報』 1937년 1월 1일자, 1면.

"정밀하게 정리"하는 작업이 상당히 어려운 상황에 직면했다.[16] 안확과 김태준이 고려속요에 관심을 가지고 연구 대상으로 삼기 시작한 데에도 그것이 조선 민족성을 가장 잘 반영한 문화이며 민족어로서 '조선어'의 문학을 만들어가는 데 중요한 참조 자료가 된다는 생각 때문이었다. 시조부흥운동이 전개되던 시기에 안확과 김태준은 민족어 시가의 다양성을 중시하며 시조만이 아니라 고려속요를 비롯한 고가요 또한 새로운 시대의 시가 창작의 모태가 될 수 있다고 생각한 것이다. 민중주의 이데올로기가 일정하게 작용한 것이라 할 수 있다. 물론 또 하나의 맥락은 오구라 신페이(小倉進平)의 『鄕歌及び吏讀の硏究』[17]의 출판과 닿아 있다. 해당 연구는 조선인의 정신을 본격적으로 탐구하기 시작한 1910년대부터 일본인 학자를 중심으로 활발하게 이루어졌던 조선민속 자료의 수집·정리와 연구의 연장선상에서 이루어진 것이다. 특정 언어는 그 언중이 세계를 인식하는 방식과 인식한 결과를 온축한다. 그런 까닭에 식민지학의 첨병이었던 문화인류학은 무엇보다 언어, 특히 민족어에 가장 깊은 관심을 가졌었다. 오구라 신페이의 조선어와 향가에 대한 관심과 연구도 같은 차원에서 이루어진 것이라 볼 수 있다. 그리고 그의 연구 성과에 대한 반향으로 안확과 김태준은 해당 저서에서 다루지 않은 '조선가요'에 더 많은 관심을 가졌고, 그것이 고려속요의 텍스트 수집과 정리 작업으로 가시화된 것이다. '조선가요'를 모아 소개하는 자리에서 오구라 신페이에 의해 분할되어 해독된 향가 텍스트를 인용한 데서 김태준이 오구라 신페이의 학문 역량을 존중했음과 아울러 오구라 신페이가 연구 대상으로 삼지 않았던 '조선가요'에 대한 자신의 관심이 증대했음을 가늠해 볼 수 있다. 연구를 위해서는 무엇보다 먼저 대상이 되는 자료를 수집, 분류하

16) 金台俊, 「別曲의 硏究 (1)」, 『東亞日報』 1932년 1월 15일자, 5면의 "方言으로써 된 歌謠"의 "讀法, 起源, 源流까지도 모다 漠然"하다는 진술을 통해 가늠해 볼 수 있다.

17) 京城帝國大學, 1929.

고 정리하는 작업이 선행되어야 했고, 그 작업이 고려속요에서는 안확과 김태준에 의해 비로소 이루어진 것이다.

하지만 고려속요 텍스트는 알기 어려운 어휘와 문법 요소로 가득했다. 의미론적 통일성을 보장하는 내외적 맥락을 온전하게 파악할 수 있게 하는 주석이 이루어질 때 비로소 텍스트에 대한 이해가 가능해진다. 실증적 방법에 기초한 작품 연구를 지향했던 조윤제는 『朝鮮詩歌史綱』의 '충렬왕대의 가단', '고려의 속악' 항목에서 서경별곡·청산별곡·만전춘(별사)·이상곡·정석가·사모곡 등 『고려사』에서 관련 정보를 찾을 수 없지만 『악장가사』에 그 텍스트가 전재되어 있는 노래까지 다루었다. 그러나 실증을 통해 검증한 결과가 아니었기에 "단순한 상상"에 의한 것임을 거듭 밝히기도 했다. 창작 맥락을 추론할 근거를 담고 있는 자료를 전혀 발견하지 못한 상황이었기 때문이다. 이런 상황에서 해당 작품에 대한 해석이 인상비평에 그칠 수밖에 없었음은 물론이다.

고려속요 연구에 획기적인 변화를 가져온 것은 양주동의 『麗謠箋注』[18]의 출판이었다. 오구라 신페이의 향가 해독에 대한 대안을 제시한 『朝鮮古歌硏究』[19]의 속편이라는 부제가 달린 이 주석서는 이후 고려속요 연구에서 바이블 같은 기능을 수행했다. 거의 같은 시기에 출판된 지헌영의 『鄕歌麗謠新釋』[20] 또한 고려속요에 대한 본격적인 주석 작업을 담고 있지만, 이후 이루어진 주석 작업에서는 한동안 주목을 받지 못했던 듯하다. '신석(新釋)'이라면 이전의 주석이나 해석에 어떤 결함이나 문제점이 있는지를 논박하고 대안을 제시하는 쪽으로 나아가야 하는데 그러지 않

18) 乙酉文化社, 1947.

19) 博文書館, 1942. '新釋'은 고려속요의 경우, 양주동의 주석이 「古歌謠의 語學的 硏究」라는 글이 『朝鮮日報』(1939년 6월 21일~1940년 11월 16일자, 각 5면)에 연재, 발표되었음을 전제한 것이다.

20) 正音社, 1947.

았다. 또한, 『麗謠箋注』가 어휘와 문법 요소의 쓰임에 대해 상당한 전거를 통해 문증하는 과정을 보여 주고 있다면, 『鄕歌麗謠新釋』은 선언적(declarative) 지식의 형식으로 어휘와 문법 요소를 풀이하고 있다. 이러한 차이가 이후 주석서의 선택적 수용에 상당한 영향을 끼쳤던 것이 아닐까 싶다. 『麗謠箋注』의 주석 또한 직관에 의한 선언적 진술을 적잖이 포함하고 있음은 물론이다.[21] 이러한 부분은 이후 주석 작업에 뛰어든 연구자가 해결해야 할 주요 과제로 남겨졌다.

양주동은 해방 이전에 주석 작업을 완성했지만, 해방 이후에 저서로 출판했다. 그 서문에서 그 작업의 목적이 "민족문화·예술의 새로운 건설"을 위해 계승할 만한 "고전문화·예술의 유산"을 "정리"하고 "해명"하는 데 있었음을 분명하게 밝히고 있다. 방종현처럼 계승·발전시켜 나가야 민족의 문화유산이라는 데서 고려속요의 "정리"와 "해명"이 필요하다고 생각한 것이다. 그리고 당시 학계에서는 "우리 선민(先民)의 남긴 문화적·예술적 유산"을 "민족적 긍지와 입장 우에서 선양·발휘"하려는 "태도"와 "새로운 사상적 각도에서 비판적으로 섭취"하려는 "태도"가 대립했음을 증언하면서 양주동은, 어느 태도를 견지하든 "정리"와 "해명"이 "선행적으로 요청"된다고 보았다. 그에 비해 지헌영은 "근세문학작품의 시대성과 멋을 해명함에는 고대문학을 체계화하여야만 하겠고, 고대문학을 역사적으로 파악하기 위하야는 먼저 그 작품들을 해석하는 것이 오늘의 학계의 현상으로써는 첫째의 과제로 될 것"이기 때문에 주석 작업을 수행했음을 밝히고 있다. 여기서 "근세문학"이란 곧 시조와 가사를 가리킨다. 그러므로 지헌영이 고려가요와 향가를 함께 정리하며 주석한 데에

21) 이러한 성격은 『毛詩』에 대한 朱熹의 주석에서 두드러진다. 주지하다시피 『毛詩正義』와 『詩集傳』 또는 『詩經集註』의 가장 큰 차이점은 후자가 대안적인 주석을 제안할 때 충분한 근거를 제시하지 않을 뿐 아니라, 선행하는 주석에 대한 비판 작업은 결여하고 있다는 것이다. 그래서 주희에 의해 제시된 대안적 주석은 대부분 선언적이다.

는 시조와 가사가 여기에서 “흘러나려온 것”이라는 추론적 가설을 전제하고 있었다고 할 수 있다. 방종현, 양주동이 제시한 것과는 또 다른 이유를 더한 듯한데, 그것은 조윤제의 『朝鮮詩歌史綱』에서 보여준 장르의 진화 과정으로서의 민족어 시가사를 보완한다는 것이다. 그런데 조윤제가 고려속요를 비롯한 ‘고시가’를 연구했던 것 또한 방종현, 양주동이 염두에 두었던 ‘새로운 시대의 조선 문화·예술의 건설’을 위한 것이었다고 보면,[22] 얼핏 결을 달리하는 듯하면서도 고려속요 연구의 궁극의 공통 목적이 그 ‘민족문화의 계승·발전’에 있었다고 할 수 있다. “국가는 전통문화의 계승·발전과 민족문화의 창달에 노력하여야 한다.”라는 「대한민국헌법」 제9조는 이렇게 1920년대부터 고려속요를 포함한 ‘고문화’에 관심을 가졌던 학자들이 스스로 가졌던 사회적 책무가 후학들에 의해 견지되고 확장되면서 국가 차원의 책무로 확정된 결과라 할 수 있을 것이다.

한편, 『麗謠箋注』는 그 이전에 신문 매체를 통해 발표한 주석 작업 결과에 2편의 고려속요, 즉 가시리와 서경별곡에 대한 평설을 덧붙였다. 두 평설은 주석에 기초한 작품 해석의 방법과 결과를 최초로 보여준 셈인데, 그것이 주석 결과와 함께 이후 고려속요의 해석에 끼친 영향력은 매우 지대했다.[23] 그에 상응하는 수준을 보여 주지 않고서는 고려속요 주석이나 작품론을 발표하기 어렵다는 인식을 강화한 듯하기 때문이다. 물론 “소박한 인상비평의 차원에서 벗어나지 못할 뿐 아니라, 치밀한 객관적 분석이라기보다 아전인수식의 견강부회적 작품해설에 머무르고 있는

22) 임주탁, 「고시가 연구의 현재와 미래 – 시각과 방법을 중심으로」, 『어문학』 134(한국어문학회, 2016), 346~351면에서 조윤제의 문학사를 ‘서구적이고 미래 지향적인 문학사’라고 본 것과 궤를 같이한다.

23) “실상 「가시리」와 「西京別曲」의 높깊은 評說은 高麗歌謠의 正體와 聲價를 오늘에 굳히신 정론이시며 그 조심스런 剔抉과 높넓은 敷衍은 本歌의 英華를 咀嚼하여 그 質朴을 靈活시킨 동시에 格律까지 짚어 사뭇 眞境을 꿰뚫으셨고”, 李丙疇, 「哭无涯先生」, 『東亞日報』 1977년 2월 7일자, 7면.

것"[24]이라는 후대의 비판이 없지 않았다. 하지만 이러한 비판적 평가는 양주동 사후였기에 가능했다고 볼 수 있다. 양주동은 두 평설을 통해 고려속요가 민족문화로서 계승할 만한 가치가 매우 높다는 것을 보여 주고자 한 것인데, 모호한 해설과 일방적 찬탄으로 일관하고 있는 것은 분명한 사실이다.[25]

정병욱은 "해방 전 20년과 해방 후 30년을 합친 50년간의 국문학 연구사를 한마디로 표현한다면 정지작업(整地作業)의 시대였다고 할 수 있을 것"이라고 진단하며, "그 정지작업의 두드러진 과제는 문헌 정리와 배경연구, 새로운 방법론의 도입과 그 적응 등이었"고, "따라서 국문학을 문학작품으로 다룰 수 있는 바탕이 대충 이루어지게 되었고, 그 다루는 방법을 겨우 익히게 되었다"라고 증언했다.[26] 김학성은 이러한 진단을 고려가요 연구사를 대상으로 구체화했다. 그는 1980년까지 고려가요 연구사를 제1기(1920년대~1940년대)는 '문헌학적·실증주의적 연구의 전횡기', 제2기(1950년대)는 '문헌적·실증적 연구의 발전기', 제3기(1960년대)는 '새로운 방법의 모색기', 제4기(1970년대)는 '방법론적 전환기'로 구분했다.[27] 『高麗時代의 言語와 文學』[28], 『高麗歌謠研究』[29]와 『高麗時代의 가요문학』[30] 등은 1970년대 후반에서 1980년대 초반 사이에 고려속요를 포함한 고려가요 연구의 성과를 집성하며 새로운 연구 방향을 모색하는

24) 金學成, 앞의 논문(1982), Ⅲ-16면.

25) 임주탁, 「〈가시리〉의 독법과 해석의 방향」, 『국어교과교육연구』 2(국어교과교육학회, 2001), 105~133면에서는 두 편의 평설이 『麗謠箋注』에서 가장 빈약한 주석을 보완하려는 의도가 강하게 반영된 것이라고 보았다.

26) 鄭炳昱, 「고전문학 연구의 과제와 전망」, 『韓國文化研究院論叢』 33(이화여자대학교 한국문화연구원, 1979), 7~14면.

27) 金學成, 앞의 논문(1982).

28) 韓國語文學會 편(螢雪出版社, 1975).

29) 國語國文學會 편(正音文化社, 1979).

30) 鄭炳昱 해설, 金烈圭·辛東旭 편(새문社, 1982).

노력이 활발하게 이루어졌음을 방증하는 것이다.

1950년대 이후 고려속요 연구는 보편적 기준으로 그 민족문화예술로서의 가치를 높이는 방향으로 전개되었다. 그런데『麗謠箋注』,『鄕歌麗謠新釋』등 주석서가 출판되었어도 텍스트의 의미론적 통일성을 보장하는 작품론은 발표되기 어려웠다. 작품의 맥락을 재구하는 일과 작품의 의미와 가치를 해석하는 일이 정합적으로 연결되기보다는 엉성하게 동거하고 있는 형국이었다. 정병욱의 표현을 빌리자면, 1970년대까지 고전문학 학계는 고전적 학풍이 압도했고 해석은 문단비평의 몫이라 여겨진 형국이었다. 문단비평은 주로 인상비평의 성격을 띤 것이었다. 정병욱은 해석 문제를 문단비평에 전적으로 내맡길 것이 아니라 강단비평에서도 다루어야 한다는 생각을 일찍부터 가지고 있었던 듯하다. 그리고 그런 생각은 다양한 서구 문예 및 비평 이론의 도입과 적용으로 가시화했다. 고려속요에 대한 강단비평은 그 예술성 혹은 문학성 해명을 학계의 주요 과제로 부각하는 결과를 낳았다. 인상비평을 넘어서는 강단비평의 사례를 묶은 것으로 볼 수 있는『高麗詩歌의 情緖』[31]는, 강단비평에 도입, 적용된 방법과 내용이 매우 다양했음을 아울러 확인해 주고 있다.

문헌에 기초한 실증적 연구가 고려가요 텍스트의 외적 맥락을 재구하는 작업이라면, 텍스트의 해석은 의미론적 통일성을 가지는 내적 맥락을 분석하는 작업이라 할 수 있다. 두 작업이 긴밀한 연관 관계를 맺고 이루어질 때 고려가요의 맥락은 온전하게 복원될 수 있다. 고려속요가 계승해서 발전시켜 나가야 할 민족문화라면, 맥락의 온전한 복원을 통한 해석이 가능할 수 있어야 한다. 그런데 고려속요 텍스트는『麗謠箋注』이후에 여러 주석서가 출판되기도 했지만, 여전히 알 수 없는 어휘와 문법 요소가 상당한 비중을 차지하고 있다.[32] 그뿐 아니라 정병욱이 제안한 강단비

31) 金大幸 편(開文社, 1985).

평이 학계에 점진적으로 큰 비중을 차지하면서 저마다의 노력이 고려속요의 실체를 이해하는 방향으로 수렴될 가능성은 오히려 줄어들었다. 신문 매체를 통해 일반 독서 대중을 설득하며 고려속요 연구의 사회적 토대를 만들려고 했던 선학의 취지가 점진적으로 쇠퇴하고 경우에 따라서는 고려속요가 연구자의 취향에 따른 학문 욕구를 충족하는 애호 대상으로 자리하게 된 듯하다.[33] 이는 1937년 당시 '고문화의 재음미'라는 기획 기사에서 박치우가 우려했던 형국이라 할 수 있다. 박치우는 "일허버린 시간에 대한 인간의 미련을 유물을 통하야 푸러보려는 인간고유의 자연적인 충동, 즉 유물애가 중독적으로 과장될 때 우리는 곳 골동취미에 떠러지고 마는 것"[34]이라고 우려했다. 박치우는 냉정하고 객관적인 시각을 견지해야 함을 역설한 것인데, 그의 시각에 의하면 유물은 우선적으로 '본디 있던 자리'에 두어야 하고, 그 자리에서 그 유물이 왜, 어떻게 만들어지고 어떤 기능을 감당했는지 규명하는 것이 가장 중요한 과제가 된다. 물론 고려속요의 경우 그 과제를 해결하기에 충분한 자료가 전하지 않는다는 현실적인 조건이 늘 큰 장벽이 되어왔다. 강단비평은 그런 장벽을 인정하면서도 고려속요의 가치를 높이는 길을 다각적으로 마련해 보려는 시도였다는 긍정적인 평가도 가능하지만, 결과만을 놓고 볼 때는 그와 상반된 평가도 가능하다.[35]

---

32) 가장 근년에 출판된 두 주석서(최철·박재민, 『釋註 高麗歌謠』(이회문화사, 2003); 김명준 편저, 『고려속요집성』(다운샘, 2008))을 통해서 충분히 확인할 수 있을 것이다.

33) 권두환, 앞의 논문(1985), 299면에서는 "형식주의 비평 내지 분석 비평, 역사주의 비평, 심리주의 비평 등 각 연구자가 지향하고 있는 비평 방법에 따르거나, 또는 민속학적, 연극학적, 사상사적, 미학적 관점 등 각 연구자가 취하고 있는 관점에 따르거나, 혹은 장르론, 작자 및 수용자론, 형태론, 율격론, 작품론 등 각 연구자의 주요 관심 분야에 따라 그 연구사를 정리하는 것이 가장 바람직하다"는 의견을 제시한 바 있다. 강단비평이 도입 확장되면서 고려속요 연구자의 관심이 매우 多岐하게 분화된 현실을 긍정적으로 바라본 것이다.

34) 朴致祐, 「古文化 再吟味의 現代的 意義」, 『朝鮮日報』 1937년 1월 1일자, 1면.

35) 물론 정병욱은 다각적인 시각과 방법을 통한 접근이 그 장벽을 넘어서게 해 줄지도 모른다

강단비평으로 포괄할 수 있는 고려속요 작품론은 명확하지 않은 주석에 기초해서 분석한 텍스트의 의미를 막연하거나 특수한 시기와 연관지어 해석하는 경향이 뚜렷했다. 이러한 경향은 역사주의나 지식사회학의 방법을 적용한 연구에서도 흔히 발견되는 경향이었다. 박노준의 『高麗歌謠의 硏究』[36]는 고려속요에 대한 관심이 일기 시작한 때부터 많은 학자들이 공감한 그 형성에 대한 가설적 이론[37]을 정리하고, 그 바탕 위에서 역사주의적 방법으로 작품의 해석을 새롭게 보여줌으로써 해당 방법의 문제점을 극복하려는 시도를 보여 주고자 한 것이다. 최미정의 「高麗俗謠의 受容史的 硏究」[38], 김수경의 「高麗處容歌의 傳承過程 硏究」[39], 김명준의 「〈樂章歌詞〉의 成立과 所載 作品의 傳承 樣相 硏究」[40] 등 고려속요의 후대 수용과 전승 문제를 다룬 연구 또한 그러한 경향을 지양하는 대안적 연구로 나타났다. 필자 또한 「고려시대 국어시가의 창작 및 전승 기반 연구」[41]를 통해 고려속요와 같은 노래가 만들어지고 연행되고 전승되는 문화적 기반을 탐색하고, 이를 바탕으로 텍스트의 내외적 맥락을 추론한 작품론[42]을 통해 고려속요가 국가라는 체제의 유지와 국민의 통합이라는 차원에서 생성되고 전승된 것이라는 견해를 제시했다. 고려속요 연구의 출발점에서 학자들이 선차적으로 중요한 과제로 고려하면서도

는 기대를 가지고 있었던 듯하다. 이에 대해서는 임주탁, 앞의 논문(2004)을 참조할 것.

36) 새문社, 1990.

37) 이에 대해서는 임주탁, 앞의 논문(2004)을 참조할 것.

38) 서울대학교 박사논문, 1990; 최미정, 『고려속요의 전승 연구』(계명대학교, 2002)로 출판되었다.

39) 이화여자대학교 박사논문, 1995; 김수경, 『고려처용가의 미학적 전승』(보고사, 2004)으로 출판되었다.

40) 고려대학교 박사논문, 2003; 김명준, 『악장가사연구』(다운샘, 2004)로 출판되었다.

41) 서울대학교 박사논문, 1999; 임주탁, 『고려시대 국어시가의 창작·전승 기반 연구』(부산대학교출판부, 2004)로 출판되었다.

42) 작품론 일부가 임주탁, 『강화 천도, 그 비운의 역사와 노래』(부산대학교출판부, 2004)로 출판되었다.

해결하기 어려웠던 '본디 있던 자리'를 찾아가는 작업의 일환이었던 셈이다. 하지만 이러한 노력에도 불구하고, 고려속요가 본디 있던 자리는 온전하게 복원되지 못하고 있다. 「고시가 연구의 현재와 미래」라는 글에서 문헌 연구의 중요성을 새삼 강조한 것은 그것이 필자를 비롯한 고시가 연구자들이 좀 더 열정적으로 참여해야 할 작업이라고 생각했기 때문이다. 본디 무엇이었는지를 알아야 계승할 만한 것인지, 또 어떻게 계승할 것인지에 대한 판단 또한 분명한 근거를 가지기 때문이다.[43)]

3. 무엇을 고려하며 연구해야 하는가?

필자가 고려속요에 관심을 가진 계기는 국어국문학과에 진학한 계기와 맞물려 있다. 당시 '고전(古典)'이라는 고등학교 교과서를 통해 상당수의 고려속요도 접하게 되었다. 그런데 도무지 읽을 수 없고, 읽어도 무슨 뜻인지 이해하기 어려웠다. 마음속에 작가의 생각과 감정을 불러일으킨 대상이 도무지 그려지지 않았던 것이다. 교과서의 해설 또한 온전하게 이해되지 않았다. 그런데도 이해 가능하다고 여기는 동급 학생과 선생님이 한편으로는 존경스러웠지만, 다른 한편으로는 나와는 사뭇 다른 존재라는 생각도 들었다. 해설서를 참고해도 이해는 어려웠다. 국어국문학과에 진학하려는 결심에는 그런 어려움을 해소해 보려는 욕구가 가장 강하게 작용했다.

---

43) 윤성현, 「고려속요의 서정성 연구」(연세대학교 박사논문, 1995); 趙然淑, 「高麗俗謠의 時空意識 硏究」(숙명여자대학교 박사논문, 1996); 조하연, 「문학 감상 교육 연구: 고려속요를 중심으로」(서울대학교 박사논문, 2010); 韓敎暻, 「고려속요의 문화콘텐츠 활용을 위한 서사구조와 정서기호 연구: 『익재난고』 「소악부」 분석을 중심으로」(성균관대학교 박사논문, 2011) 등은 고려속요에 대한 연구가 강단비평으로 포괄될 수 있는 것이 양적 우위를 차지하고 있음을 단적으로 보여 주고 있다.

'고전'에 수록되는 글을 이해하자면 그 글의 규칙 곧 문법을 알아야 한다고 생각했다. 글은 어릴 적부터 몸에 익은 언어가 아니라 학교 교육과정에 진입하면서부터 배우기 시작한 언어였기 때문이다. 대학 입학 후에 접하게 된 수많은 문단비평과 강단비평의 언어는 솔직히 이해하기 어려웠다. 무엇보다 그 언어 자체가 글말의 규칙을 외면하거나 도외시하고 있었기 때문이다. 여러 주석에조차도 그러한 경향이 뚜렷했다. 물론 노래의 언어는 입말에 가까우나 글말의 특성을 아울러 가져야 보편적인 소통이 가능해진다. 고려속요가 고려시대에 생성되어 조선시대까지 지속적으로 수용되고 전승된 것이라면 글말이 가지는 보편적 소통의 가능성을 일정하게 지니고 있었음을 말하는 것이다. 따라서 고려속요 텍스트는 우선 글말의 문법에 기초해서 읽어야 한다는 판단은 늘 존중될 필요가 있다. 국어사 연구는 글말의 문법 또한 역사적으로 변천되어왔음을 확인해 주고 있다. 그렇다면 주석 작업이든 해석 작업이든 간에 텍스트의 내적 맥락을 재구할 때 가장 중요하게 고려할 것이 역사적 변천까지도 고려하는 글말의 문법이라 할 것이다. 글말의 문법에 벗어나면 그 이유가 무엇인지도 충분하게 해명될 수 있을 때 의미론적 통일성을 보장하는 텍스트 독법의 기초가 마련될 수 있을 것이다.[44)]

---

44) 필자는 글말의 문법이란 "글쓴이의 마음속에 그려진 물상(物象)과 물사(物事)를 읽는이(혹은 듣는이)의 마음속에 오롯하게 전이할 수 있도록 문자(어휘)를 조직하는 규칙"이라 생각한다. 『詩經』의 노래와 악부, 고시, 당시(근체시)는 모두 글말의 문법에 맞게 물상과 물사를 뚜렷하게 마음속에 그릴 수 있도록 문자(어휘)를 조직한 것이지만, 많은 노래는 그 대상을 전제하여 특정한 태도를 강화하고 감정을 조절하는 데 목적이 있어 글말 아닌 입말의 특성이 더 많이 부여되어 있다. 그리고 노래의 대상은 실제 세계에서 서로 공유하고 있어 텍스트 바깥에 존재하는 경우가 많다. 그래도 대상에 대한 태도와 감정을 거의 동일하게 전이하자면 발화자와 청자 사이에 통용되는 규칙에 따라 어휘를 조직하게 마련이다. 고려속요는 입말로서 우리말 중에서 글말의 문법을 비교적 충실하게 따르고자 했던 노래라고 볼 수 있다. 특정 지역에서만 부르도록 만든 노래가 아니라 국가 사회 전역에 걸쳐 부르도록 만든 노래였기 때문이다. 그런 점에서 고려속요 연구자는 선차적으로 국어학사 연구(가령, 김완진, 『향가와 고려가요』, 서울대학교출판부, 2000)에 의해 도출된 글말의 문법에 대해 항상 유의할 필요가 있는 것이다. 비록 불완전하지만, 그 문법에 기초

그리고 입말로 지은 노래를 글말로 단순히 전환한 것인지, 아니면 글말에 기초해서 입말로 변환해 발화하도록 한 것인지 규명되어야 할 것이다. 16세기 무렵 조선의 의례 악장으로 쓰인 고려속요는 당대의 학자들에게도 이미 그 뜻을 온전하게 이해하기 어려운 면이 있었던 듯하다. 그래서 이제현의 「소악부(小樂府)」와 같이 지식인 사회에 보편적인 글말 소통 매체인 시로 풀이한 것을 통해 고려속요에 담긴 뜻을 헤아리기도 한 것이다. 그런 점에서는 고려속요 텍스트를 온전하게 해명하는 작업이 어쩌면 영원한 미제가 될 수도 있다. 하지만, 입말과 글말의 자료를 뒤섞지 않고 각각의 어법(쓰임)과 문법을 좀 더 정치하게 분석하는 작업이 병행된다면 의미론적 통일성을 보장하는 내외적 맥락을 복원하는 데 상당한 기여를 할 수 있을 것이다.[45)]

또한, 고려속요에 대한 관심과 연구가 계속되면서 당연한 사실 혹은 지식으로 고착화되고 있는 가설들을 검증 없이 수용하는 관행 역시 지양해 나갈 필요가 있다. 그중 하나가 고려속요는 남녀 간의 애정 문제를 다룬 작품이 큰 비중을 차지한다는 것인데, 이는 『조선왕조실록』과 같은 초기 문헌에서 몇몇 악장에 대해 "남녀상설지사(男女相說之詞)"니 "남녀간 음사(淫辭)가 섞여 있다"니 하는 기록이 지나치게 과장되게 이해된 결과로서, 조윤제에서부터 확고한 사실로 여겨진 것이다.[46)] 고려속요와 관련된 문헌 연구는 관련 기록의 맥락을 천착하지 않고 기록 자체의 의미를 과장하거나 확대하여 자의적으로 해석함으로써 적지 않은 오류를 범해왔다. '남녀상열지사(男女相悅之詞)'라는 비판은 다층적인 의례 가운데 군신

에서 텍스트를 읽고 거기서 벗어날 때는 그 이유를 명확하게 밝혀야 한다는 것이다.

45) 이와 관련하여 필자는 고려시대의 의례 언어를 활용해서 지은 정도전의 신도가를 새롭게 분석한 적이 있다. 임주탁, 「텍스트의 방언 특성을 고려한 〈신도가(新都歌)〉의 주석과 맥락 연구」, 『語文學』 145(한국어문학회, 2019), 179~218면 참조.

46) 趙潤濟, 앞의 책(1937), 146면.

이 마주하는 의례에는 '군신상락(君臣相樂)'의 노래를 써야 한다는 의도를 나타낸 것일 뿐, 노랫말 자체의 주제적 성격을 적시한 것은 아니었다. 또한, '남녀간 음사(淫詞)'가 섞여 있다는 비판도 그것이 성적 문란을 적시한 것이 아니라 마음 씀씀이가 정해진 기준에서 벗어난다고 판단했기 때문이고, 그러한 판단은 특히 주희의 『시경』 독법에 상당한 영향을 받은 것일 뿐이다.[47] 물론 남녀 간의 어울림은 고대에서부터 국가 사회의 유지에 가장 중요한 조건이었다. 『시경』의 첫머리에 '부부의 유별과 화친'을 기조로 하는 〈관저(關雎)〉를 배치한 것도 그것이 국가 및 세계의 어울림의 기초가 된다는 인식 때문이었다. 궁중 안팎은 다양한 층위의 남녀 관계가 형성되어 있는 공간이다. 또한 다양한 층위, 다양한 성격의 의례가 행해지는 공간이다. 모든 의례에는 악의 연행이 수반되게 마련이다. 이렇게 다양한 층위에서 허용될 수 있는 마음 씀씀이의 기준으로 인식된 것이 바로 〈관저〉에 등장하는 여성(화자)의 마음 씀씀이였다. 주희는 〈백주(柏舟)〉나 〈맹(氓)〉의 여성 화자가 곧 시인이라고 보았기 때문에 그 여성 화자의 마음 씀씀이가 사족층 여성에 합당한 수준에서 벗어난다고 판단했다. 더욱이 조선 초기의 '남녀간 음사(淫辭)'와 관련한 진술은 노래 전체가 그렇다는 것이 아니라 부분적으로 섞여 있다는 것을 적시했을 뿐이다. 그런데도 해당 진술들을 고려속요 작품의 주제적 성격을 이해하는 데 핵심적인 근거로 활용해오고 있다.

구전되다가 훈민정음 창제 이후에 비로소 기록되었다는 가설 또한 고려속요 연구 초기부터 확고한 사실로 여겨진 것이다.[48] 하지만 악부가

47) 주지하다시피 주희는 노래 텍스트 이외의 맥락 정보를 전혀 찾을 수 없는 『詩經』 시편의 독법에서 화자와 작자를 일치 시켜 읽는 경향을 드러냈다. 그런 까닭에 『詩集傳』 혹은 『詩經集註』에서는 민속가요('국풍')의 상당수가 淫詩로 특정되어 있다. 이는 『毛詩正義』에서와는 상당히 다른 면모이다.

48) 趙潤濟, 『國文學史』(東邦文化社, 1949); 『韓國文學史』(探究堂, 1985), 78~79면.

있었던 고려시대에 '방언(方言)'의 노래를 해석해서 기록하는 수단만이 아니라 차자(借字)를 통해 간접적으로 기록하는 수단 또한 있었다. 경우에 따라서는 수백 년 동안 악장으로 연행되지 않다가 고려 말에 악장으로 복원해서 쓴 것도 없지 않았던 듯하다.[49)]

고려속요가 민간에서 적층적으로 생성되고 향유, 전승되다가 궁중으로 편입된 것이라는 가설 또한 실제와 부합하지 않는 것이다. 필자가 선행 논의에서 거듭해서 주장했던 것이 고려속요 형성 가설의 실증적인 근거로 활용되었던, 삼장(三藏)·사룡(蛇龍) 관련 기록의 독법 오류였다. 텍스트는 물론 텍스트를 싣고 있는 문헌이나 텍스트의 맥락 정보를 담고 있는 문헌 또한 그 맥락을 정확하게 읽어 낼 수 있어야 한다. 고려 서울의 음악 기구가 교방(教坊)-관현방(管絃坊)-방상(坊廂)의 3중 체계로 구축되어 있었다는 점, 그 체계가 개경환도 과정에서 거의 궤멸되었다는 점 등을 고려해야, 충렬왕 5년에 주군(州郡)에서 창기(倡妓)를 뽑아 교방을 채운 일이나 충렬왕 25년 각 도에서 관기(官妓)를 뽑아 올리고 별도로 서울(開京)에서 관비와 무녀를 뽑아 악대를 만든 일 등을 온전하게 이해할 수 있다. 충렬왕은 제국공주(齊國公主)의 반대에도 불구하고 "사죽(絲竹)"을 통치 수단으로 적극적으로 활용하고자 했던 군주였다.[50)] 그런 까

49) 無㝵詞가 그런 사례에 해당한다. 無㝵詞는 고려 仁宗代에 好事者들이 만든 것인데 고려 말기에 의례 악장으로 복원해서 쓰다가(사용의 근거로 삼은 것은 『破閑集』의 기록이었다.) 조선 世宗代에 樂章에서 제외되었다(『파한집』의 기록에 대한 재검토를 통해 무애사가 고려의 의례에 쓰인 것이 아니었다고 판단했기 때문이다). 그 과정에서 중요한 역할을 한 것이 慣習都監이었다. 관습도감은 공민왕대에 설립된 음악 기구로서 流傳되는 歌樂 레퍼토리를 수습하여 복원하는 차원에서 설립되었다. 원나라에 복속된 이후 고려는 歌樂을 통치 수단으로 적극 활용할 수 없었고, 충렬왕이 잠시 다시 활용하고자 했을 뿐이다. 이후 원나라와의 조공 관계를 청산하고 원나라에 복속되기 이전의 고려 국가 체제를 복원하는 차원에서 음악 유산을 수습 정리하는 차원에서 설립되었던 것이다. 어떤 레퍼토리를 의례 속악으로 정할 것인지 李齊賢과 閔思平은 각각의 小樂府를 통해 보여 주기도 했다. 참고로 無㝵詞는 『時用舞譜』(국립국악원 소장)에 실려 전하고 있다.

50) 『高麗史』 89卷 列傳 2 后妃 2, 齊國大長公主: 王, 留意音律, 嘗使內豎與伶人, 鼓樂.

닭에 교방과 관현방의 복원은 물론, 비록 방상이라는 음악 기구는 복원할 수 없어도 방상악의 복원에도 열정적이었다. 소위 별곡[51]은 방상악의 레퍼토리를 교방의 법곡(法曲)과 차별화해서 불렀던 명칭이다.[52] 고려속요 중에는 교방의 법곡에 맞춰 지은 노래도 있고,[53] 관현방의 곡으로 만든 것도 있고, 방상악의 별곡으로 만들어진 것도 있다고 보아야 한다. 또한 어느 층위에서 만들어지는 노래든 각각의 음악 기구가 연행하고 전승하는 노래는 악률에 해박한 인물이 지은 것이라고 보아야 한다. 수나라·당나라에서 교방악이 의례악으로 정착하면서 악률은 주율(周律)과 당률(唐律)의 이원 체계로 구축되었지만, 당률 또한 주율에 근거해서 그와 어울리게 만든 것이다. 당악이 당률을 기저로 하는 악이라면 향악은 주율을 기저로 하는 악이었다고 볼 수 있다. 고려의 교방악이 당악이라면, 관현방과 방상악은 당악이 속화한 것과 향악이 속화한 것이 혼재해 있었다. 기원적으로 교방악이 속악을 정비한 것인 만큼, 송나라나 고려

公主, 遣人告王, 曰: "以絲竹而理國家, 非所聞也." 遂罷之.

51) 別曲의 개념에 대한 논의는 金台俊, 「別曲의 硏究」(一)~(十三), 『東亞日報』 1932년 1월 15일자~1932년 2월 2일자, 각 5면에서 처음으로 이루어졌다. 金台俊은 "高麗中葉以後에 外國系의 漢文體로 된 樂府樂章樂歌等에 反抗하야" "樂府애 對立하는 特別한 曲調라는 意味에서 別曲이라는 것이 생겨"났다고 보았는데, 실체적 개념과는 다소 거리가 있어 보인다. 朴慶禹, 「別曲類 詩歌의 題名慣習과 空間意識 硏究」(연세대학교 박사논문, 2005)에서는 '別曲'이라는 이름이 붙은 노래의 題名을 통시적으로 분석하여 別이 '新·變'과 '外·眞·實'의 의미를 지니는 것으로 보기도 했다.

52) 俗樂을 정지한 教坊樂에 포함된 곡을 '法曲'이라 불렀다. 教坊의 法曲과 달리 궁성 바깥의 제반 의례에 쓰이던 俗樂의 곡은 '別曲'이라 불렀다. 別曲의 別은 別伎("九張機別伎"), 別調(曺允通) 등의 別과 같은 의미를 나타낸다고 볼 수 있다. 참고로 용어를 모두 사용한 인물은 李承休였다(『高麗史』 106卷 列傳 19 沈諹: 聲樂, 則斥委巷之俚音, 進教坊之法曲, 此一國之望也; 『帝王韻紀』 下, 東國君王開國年代: 花鳥月夕攜手遊, 別曲歌詞隨意製).

53) 필자는 흔히 시조라고 일컫는 노래는 과거제와 함께 도입된 교방의 법곡의 엽조(葉調)에 맞추어 우리 입말로 변환하기 쉬운 글말로 지은 것이라고 생각하고 있다. 개별 법곡은 강조(腔調)와 엽조로 구분되는데, 강조는 글말인 당사(唐辭)에 맞게 발달한 곡조이고 葉調는 입말인 이어(夷語, 혹은 胡語)에 맞게 발달한 곡조이다. 이에 대한 논의는 차후에 발표할 계획이다.

또한 당악뿐 아니라 향악 계통의 속악을 정비한 것도 교방악으로 만들어 쓰고자 했을 것이다. 고려의 속악을 연구할 때에는 이러한 점들이 세심하게 고려되어야 한다.[54]

한편, 고려속요는 노래이고 악장이었는데, 시학과 예술학(좁게는 미학)의 대상으로 다루는 것을 당연한 것처럼 여겨왔다. 향가와 시조를 시로 다루는 것도 실제와 부합하지 않은 듯한데, 고려속요 또한 시로 다루는 것에 의문을 갖는 학자는 찾아보기 힘들다.[55] 『시경』의 시는 시이면서 노래였다. 시를 노래의 성율에 맞추어 지은 것이기 때문이다. 하지만 근대 이전 지식인 사회에서 노래가 시와 동일하지 않다는 인식이 일반적이었음은 『청구영언(靑丘永言)』의 서문을 통해서도 어렵지 않게 확인할 수 있다.[56] 물론 노래에 시의 특성을 부여하거나 시에 노래의 특성을 부여하려는 시도가 시와 노래의 분리가 이루어진 당나라 이후에도 부단하게 이루어져왔음은 분명하다.[57] 하지만 그러한 노력 자체가 시와 노래가 같지 않다는 현실 인식에 바탕을 두고 있다. 근대적인 학문이 도입되던 초기에 근대 이전의 노래를 시로 연구한 데에는 와카(和歌)와 하이쿠(俳句)

---

54) 필자는 한림별곡이 두 계통의 속악을 하나로 합쳐 만든 별곡이라고 추정하고 있다. 구체적인 논의는 역시 후속 연구를 통해 발표할 계획이다.

55) 필자 또한 이전의 글(任周卓, 「受容과 傳承 樣相을 通해 본 高麗歌謠의 全般的인 性格」, 『震檀學報』 83(진단학회, 1997), 185~216면)에서 고려가요를 악장으로 다룰 때의 소득이 무엇인가는 의문을 제기하며 시학의 대상으로 삼는 길을 옹호한 바 있다. 하지만 이후 연구를 통해 필자의 생각이 상당 부분 바뀌었다. 고려속요는 시가 아니라 노래로 수용되고 전승되었음이 분명하고, 시와 노래는 서로 다른 특성을 지니고 있다는 판단이 강화되었기 때문이다.

56) 임주탁, 「『시경』 시학의 맥락을 통해 본 시와 노래의 특성」, 『韓國文學論叢』 86(한국문학회, 2020), 5~55면은 시와 노래의 차이를 탐색해 본 것인데, 『청구영언』 서문도 이 논문에서 다루었다. 詩는 物象과 物事의 分別的 認知 過程의 공유를 통해 마음을 전이하는 수단이기 때문에 보편적 소통의 문법 체계를 따라 짓는 것이었다.

57) 필자는 고가요 가운데 향가가 그런 노력의 산물이 아닐까 생각하고 있다. 그리고 용비어천가에 이르기까지 상당수의 악장 중에는 향가의 성격을 띤 노래가 포함돼 있다고 생각하고 있다.

를 일본 민족어시로 연구한 것에 상당한 영향을 받은 것으로 보이는데, 정작 와카와 하이쿠가 창작되고 향유되던 시대에도 시와 노래는 엄밀하게 구분되고 있었다.[58]

시와 달리 노래는 연행이 매우 중요한 예술이다. 예술은 고정적인 것이 아니라 사물(死物)에 생기를 불어넣어 생물(生物)처럼 보고 듣고 느낄 수 있게 만든 것이다. 시각적으로 감각되는 노랫말 그 자체가 예술이 아니라 악기와 말소리가 음률에 따라 어울리는 소리로 실행되어 다감각 기관으로 감지될 때 노래는 비로소 예술이 된다. 특정 노래가 불러일으키는 감정은 고정적인 것이 아닐 뿐 아니라 눈으로 마주하는 텍스트를 통해 온전하게 헤아릴 수 있는 것이 아니다. 그런 점에서 고려속요 텍스트를 곧장 예술학의 대상으로 다루는 경향도 지양될 필요가 있다.[59]

---

58) 우리 학계에서 노래를 시로 다루기 시작한 데에는 첫째, 일본에서 와카를 민족어시로 다룬 것, 둘째, 국학자들이 한시 문화유산을 "진정한 국문학"에서 배제한 것, 셋째, 1910년을 전후한 일본 동경유학생들부터 서구의 문예 개념을 전면적으로 수용한 것 등이 주요 원인으로 작용했던 듯하다. 노래의 성률에 맞춰 시를 지은 목적은 노래가 惑世誣民하는 수단으로 널리 횡행하는 시대에 物象과 物事의 眞僞, 是非, 善惡을 분별하며 그에 대한 태도(好惡)를 지니게 하도록 하기 위해서였다(임주탁, 앞의 논문(2020) 참조). 고려속요 중에는 시학의 대상으로 삼기에는 다루고 있는 물상과 물사가 마음속에 떠오르지 않는 노래가 매우 많다. 그런데도 감정학이라 할 수 있는 미학의 어젠다까지 중요하게 다루곤 한다. 『高麗史』 俗樂 조의 '作歌之意'는 노래가 표현하고 있는 태도와 감정이 어떤 물상과 물사를 대상으로 한 것인지 설명해 주고 있는데, 이는 고려속요의 수용자가 그와 같은 설명을 전제로 노래에 함축된 심성 작용을 자기 마음속에 전이해 보도록 한 것이라 할 수 있다. 고려속요가 시학의 대상이 되자면 최소한 각 노래가 전제하고 있는 물상과 물사는 뚜렷하게 마음속에 그려볼 수 있도록 그 맥락이 복원되어야 한다.

59) 예술은 생기있게 와닿아 사람의 마음을 감동시키는 것인 만큼, 파편화된 자료가 곧 예술일 수는 없다. 음악학이나 무용학에서 고려속요의 실제적인 연행 형태를 복원해 보고자 하는 노력은 눈으로 보는 데만 그치지 않고 눈과 귀와 피부로 감각할 수 있는 대상으로 복원해야 예술적 체험이 가능하다는 것을 전제하고 있다고 볼 수 있다. 물론 많은 부분 제한적이기는 하지만, 다감각적 감각 대상으로서의 예술을 시각 대상으로만 만나며 예술적 체험 과정을 논하는 것은 더더욱 적절하지 않다는 것이다. 필자 또한 고려속요를 예술학의 대상으로뿐 아니라 시학의 대학으로 다루는 것을 당연하게 여겼었다. 아마도 대학 입학 이후 접하게 된 학계 논의가 모두 그러했기 때문일 것이다. 하지만 시와 노래에 관한 자료를 천착하면 천착할수록 가시적 텍스트로서 노래를 예술학이나 시학의 대상으로 바

악장은 다양한 층위에서 이루어지는 의례에서 연행되는 악에 입히는 사람의 말소리다. 국가 사회의 의례는 매우 다층적이고 다양했다. 대부분의 의례는 악의 연행을 수반했다. 악의 연행을 통해 살아있는 사람만이 아니라 죽은 사람, 그리고 신기(神祇) 곧 천지신명까지 감응하게 할 수 있다는 것은 의례에 악을 쓰는 사람들이 확고하게 갖고 있던 믿음이었다. 그렇게 천지신명까지 감응할 수 있게 하는 樂이라야 사람까지 즐겁게 하는 예술이라고 여겼다. 악장으로서 고려속요의 예술성은 그것이 다 감각 기관을 통해 체험할 수 있게 복원될 때 비로소 가능할지 모른다. 그런 점에서 고려속요 텍스트에서 감성을 분석하는 작업(그래서 미학적(aesthetic)[60]인 작업)의 타당성 또한 극히 제한적이라 할 수 있다. 따라서 고려속요의 연구와 작품의 해석에서 미학적 어젠다를 전면적으로 수용하는 데에도 일정한 제약이 있을 수 있음을 늘 염두에 둘 필요가 있다.[61]

1996년 한국시가학회 창립을 위해 마련된 '고려가요 연구의 현황과 전망'이라는 주제로 열린 학술대회는 고려속요를 이해하는 연구자의 시각과 태도가 매우 다양하다는 것을 다시 한번 확인시켜 주었을 뿐 아니라 고려속요가 '본디 있던 자리'와 관련하여 부각하고 있는 새로운 논의도 소개되었다. 그중 하나가 고려에서 만들어지고 조선시대에까지 전승된 악장이라는 사실에 주목한 논의이다. 학술대회를 주관한 성균관대 인문학연구소에서 이듬해에 출판한 『高麗歌謠 硏究의 現況과 展望』은 최진

로 다루는 것은 적절하지 않다는 판단이 강화되고 있다.

60) 절대미와 그것을 감식할 수 있는 절대 미각의 존재를 상정하고, 예술작품의 맛[味]과 멋[美]을 경험하는 원리를 탐구하는 학문으로 성립한 미학은 일종의 感性學이라 할 수 있다. 그 때문에 Aesthetics는 미학보다는 感性學으로 번역되는 것이 좋지 않을까 생각하는 학자도 있다. aisthētikós에 어원을 두고 있는 aesthetic은 "perceptive, sensitive, pertaining to sensory perception"과 같이 번역되는 것이다.

61) 『時用鄕樂譜』 소재 고려가요를 복원하려는 노력은 비록 제한적이기는 하나 고려속요를 예술로 체험할 수 있는 기회를 제공해 준다는 점에서 긍정적으로 평가할 수 있을 듯하다. 이러한 노력이 한층 더 활발하게 경주되었으면 하는 바람이다.

원, 이민홍, 조만호, 허남춘 등에 의해 악장으로서의 고려속요의 성격이 재조명되고 있음을 확인할 수 있다.[62] 그리고 허남춘[63]은 고려속요가 고려의 악장이었을 뿐 아니라 조선의 악장으로도 수용된 것이기 때문에 일부의 비판은 있었어도 버려지지 않고 전승되었다고 보기도 했다.

아악이든 속악이든 국가에서 정한 의례에 쓰이는 악에 입히는 말소리는 모두 그 악에 담긴 뜻[志]을 사람이 알아들을 수 있게 나타낸 무늬[文]이다. 노래를 지은 사람이나 노래에 등장시킨 인물은 모두가 국가 사회의 안정적 유지를 위해 애쓴 인물이다. 큰 공적을 남긴 인물만이 아니라 국가 사회의 유지를 위해 통치자를 비판하는 목소리를 내는 인물도 악장에 등장했다. 그 모든 인물의 마음 씀씀이가 고성(古聖)이 악을 만들 때 가졌던 마음에 부합하는 것이라고 판단한 것이다. 정풍(正風)만이 아니라 변풍(變風)도 노래를 지은 사람의 마음 씀씀이는 고성의 마음에 부합하는 것이라 할 수 있다. 『고려사』에 명시된 속악 중에는 정풍에 해당하는 것도 있고 변풍으로 분류될 수 있는 것도 있다. 이는 고려라는 국가 사회가 안정적인 시대도 있었고 불안정한 시대도 있었음을 방증하는 것인데, 고려 의종이 지은 악장[64]을 전승하지 않고 정서가 지은 정과정을 악장으로 삼은 것은 의종의 마음 씀씀이보다 정서의 마음 씀씀이가 고성의 마음에 부합하고 국가 사회 유지에 기여할 수 있다는 후대의 판단과 무관하지 않아 보인다. 악장은 국가 사회에 공적이 있는 인물을 기리는 기능만 있

---

62) 崔珍源, 「高麗歌謠研究의 現況과 展望」, 앞의 책, 13~21면; 李敏弘, 「高麗歌謠와 禮樂思想 – 處容歌舞와 民族儺禮를 중심으로」, 앞의 책, 41~88면; 趙萬鎬, 「高麗歌謠의 情調와 樂章으로서의 性格」, 앞의 책, 111~144면; 許南春, 「動動과 禮樂思想」, 앞의 책, 335~369면.

63) 허남춘, 「고전시가와 예악사상 – 조선전기 고려가요 수용을 중심으로」, 『韓國詩歌研究』 7(한국시가학회, 2000), 99~130면.

64) 『高麗史』 19卷 世家 19 毅宗 3 24年(1170) 閏五月: 庚寅. 御大觀殿, 受朝賀, 仍宴文武常叅官以上. 王親製樂章五首, 命工歌之. 結綵棚, 陳百戱, 至夜乃罷. 賜赴宴官, 馬各一匹. 是夜, 又與韓賴·李復基, 曲宴便殿, 特賜紅鞓犀帶, 以示寵異.

는 것이 아니라 그에 그려진 사람의 마음 씀씀이가 의례에 참여하는 사람들이 닮아야 할 마음 씀씀이를 체득하게 하는 기능도 있다.[65] 따라서 악장이라는 점에 주목하면서도 송도성(頌禱性), 제의성(祭儀性)을 부각하는 것[66]은 악장의 기본 성격의 하나를 드러내는 데에 그칠 수 있다. 국가사회의 의례에 쓰는 악을 선정하는 문제는 "풍화(風化)"의 기준을 정하는 문제이기도 했다.[67] 그런 점에서 악장으로서의 고려속요 연구는 『고려사』 속악 조에 포함된 것과 그에 포함되지 않았는데 조선시대에 악장으로 쓴 것, 공통으로 포함된 것을 구별해서 고려할 필요가 있다. 조선시대에도 문헌에 따라 레퍼토리에 적잖은 차이를 보이고 있는데, 이 또한 구별해서 고려할 필요가 있다. 그리고 각각의 문헌의 편찬 맥락 또한 면밀하게 추적해 나가야 함은 물론이다. 또한, 이 모든 과정에서 텍스트의 내외적 맥락을 재구하는 노력을 항상 병행해 나가야 할 것이다.

조선 초기까지 예술학의 핵심이었던 악학(樂學)이 성종 대에 지방에서 과거를 통해 급제한 인물들이 대거 권력의 중핵으로 부상하면서 소홀하게 다루어지게 된다. 『악학궤범』은 그런 상황이 확장될 때 의례악, 특히 궁중과 조정의 의례악의 전승이 어려워질 수 있음을 대비하여 편찬한 악서였다. 『악장가사』라 널리 불리는 『속악가사(俗樂歌詞)』는 인민의 교화를 위해 국가에서 선별한 속악 레퍼토리의 노랫말을 기록한 문헌이고,[68] 『시용향악보(時用鄕樂譜)』는 특정 시기에 향당의 의례에 쓰는 악을

65) 어울림은 풍화 혹은 교화를 통해 이루어진다고 보았다. 그래서 『高麗史』 樂志의 첫머리에도 "樂이란 풍화를 세우고 공덕을 그려내는 방법이다(夫樂者, 所以樹風化象功德者也. 『高麗史』 70卷 志 24, 樂 1)."라고 밝힌 것이다.

66) 이런 측면에서의 논의는 許南春, 「高麗俗謠의 頌禱性 硏究」(성균관대학교 박사논문, 1991)에 의해 수렴되고 확장되었다.

67) 모든 악은 樂律에 맞는 것이어야 한다는 기본 요건을 충족해야 했음은 물론이다.

68) 임주탁, 「밀양 박준의 정체와 악장가사와의 관계」, 『한국문학논총』 83(한국문학회, 2019), 87~141면에서 이 문헌의 맥락을 복원하는 논의를 보여 주고 있다.

정리한 문헌인 듯한데, 각 문헌의 편찬 맥락은 온전하게 복원되지 않은 상황이다. 고려속요 텍스트를 기록해 전하는 이러한 문헌의 맥락을 복원하는 노력도 한층 더 정밀하게 이루어질 필요가 있다.

그리고 고려속요 연구의 출발점에서 학자들 사이에 널리 공유되었던 민족주의 이데올로기를 한 꺼풀 걷어낼 필요가 있다. 고려속요를 시로 연구하는 것 또한 따지고 보면 민족주의 이데올로기의 산물이라 할 수 있다. 중국의 경우 시와 노래는 구분되어 연구되고 있으며, 노래를 시로 다루지 않고 있다. 우리가 시의 유산이 없는 것도 아닌데 한시를 우리의 시로 적극 다루지 않는 대신에 노래를 시로 다루기 시작했다. 노래의 언어가 민족어이고 민족어로 표현된 문학이 진정한 문학이라고 여겼기 때문이다. 동양의 시는 세계적인 보편성을 띤 글말로 짓는 것이었다. 그 언어가 중국의 입말(여러 민족어)과 달랐음도 분명하다. 입말보다 한층 더 보편적인 소통을 꾀했기 때문에 시는 서로 다른 입말을 쓰는 사람들이 마음을 소통할 수 있는 수단이 될 수 있었다. 중국에서도 역사적으로 시가 아닌 노래 유산이 무수하게 창작되고 전승되며 향유되었다. 그 노래들을 가시적인 형태를 기준으로 장르로 분류하여 연구하는 일은 애초부터 불가능했다. 고려나 조선만이 아니라 중국의 역대 왕조에서 정한 악장 또한 형태적으로 하나같지 않았다. 그 점은 송나라 곽무천(郭茂倩)의 『樂府詩集』[69]을 통해서 분명하게 확인할 수 있다. 노래의 바탕이 되는 음악의 성격 또한 한결같지 않았음은 물론이다. 비록 고악률에 맞추었다는 공통점은 있지만, 그 선율이나 악기의 선법 등에서 다양한 양상을 띠었다. 따라서 텍스트의 가시적인 언어 형태를 기준으로 서술하는 문학사에 고려속요를 자리매김하려는 시학적 접근 방식은 그 실체에 다가가는 길을 오히려 가로막을 수 있는 것이다.[70]

---

69) 『樂府詩集』 Ⅰ·Ⅱ(里仁書局, 1984).

또 하나 걷어내야 할 이데올로기가 민중주의다. 민중주의는 모든 문화예술의 바탕이 민중문화라는 검증되지 않은 명제를 전제하고 있다. 이러한 시각은 안자산, 김태준에서 나타나던 것인데 우리문학회에서 펴낸 『國文學槪論』[71]에 수록된 고정옥의 '國文學形態發展表'[72]에서 뚜렷하게 가시화되었고, 조동일의 「민요의 형식을 통해 본 시가사」[73]에서 적극적으로 계승되었다.[74] 국가 사회에서 전승하는 음악은 아악이든 속악이든 고대부터 국가 통치자나 국가에 복무하는 악인에 의해 만들어졌고, 그것이 국가가 소멸되고 민간 전승되다가 새로운 국가가 성립하면서 일부는 새로운 국가의 악으로 다시 받아들여졌다. 송나라가 당나라의 음악을 180여 년에 걸쳐 복원할 때도 민간으로 전승되는 음악('俗樂') 유산을 수집하고 정지하는 과정을 거쳤다. 그 민간 음악이라는 것이 민중에 의해 자연발생적, 적층적으로 만들어진 것이 아니라 이전 시대 역사적 흥망성쇠를 보였던 국가들에서 만들어 정해서 쓴 음악이 민간으로 유전된 것이다. 물론 민간으로 유전되면서 여러 성격이 변모하기도 한다. 그래서 악의 정지(整地) 작업은 그 변모된 부분을 제거하고 본디 소리를 복원하는 과정이었다.[75] 누구도 그 본디 소리를 들어본 적이 없었기 때문에 송나라의 당악 복원 작업은 180여 년이나 걸린 것이다. 그렇게 당악을 복원하자마자 송나라는 다시금 주악을 복원하는 사업을 추진하는데 그 사업을 통해 복원된 것이 바로 대성악(大晟樂)이었다.

송나라에서 복원한 당악과 대성악까지 도입·정착하면서 고려 궁중과

---

70) 노래의 가시적인 다양성은 비단 고려속요에 국한되는 것이 아니다. 중국의 속요 또한 가시적인 형태가 매우 다양했다. 그런 속요를 중국에서는 시로 다루지 않는다.

71) 우리어문학회 편, 『國文學槪論』(一成堂書店, 1949).

72) 위의 책, 36면.

73) 『한국시가의 전통과 율격』(한길사, 1982), 31~46면.

74) 『한국문학통사』 또한 이러한 관점을 수용하고 있다.

75) 아악과 속악은 구분은 이러한 과정에서 뚜렷하게 가시화되었다.

조정의 의례에 쓰이는 악에 입히는 말소리는 점진적으로 『시경』의 시편과 당송의 악장으로 변모해가게 된다. 물론 고려는 방상이라는 음악 기구를 만들어 인민들도 그 악률에 맞는 소리에 익숙해질 수 있도록 했던 듯하다. 그리고 그 모든 악을 군현이나 제도의 관부에 소속된 창기도 익히게 했다. 하지만 『시경』의 시편이나 당송악장[76]의 말소리가 고려의 인민이 들어서 이해할 수 있는 말소리로 정착하는 일은 요원했다. 상하 소통은 국가 사회의 안정적 유지에 관건이 되며, 특히 내우외란 등에 의해 국가가 존망의 위기 국면에 부닥칠 때는 민심을 수습하며 국민을 통합하는 일이 매우 긴요하고, 글말 아닌 입말로서의 소통, 시 아닌 노래로서의 소통이 더욱 간절해지게 마련이다. 그런 사정은 최자의 다음 시를 통해 가늠해 볼 수 있다.

붉은 누, 푸른 집에는 칡과 오이가 얽어져 있고	丹樓碧閣葛連瓜
그림 줄지어 건 문전에는 다시 창도 줄지어 있네.	畫列門前更列戈
堂上에는 기쁜 마음을 받드느라 金印이 어지럽고	堂上承歡金印錯
계단 앞에는 獻壽하느라 玉簪이 즐비하다.	階前獻壽玉簪多
자리를 에워싼 귀가 자제한테는 사향 냄새 짙게 풍기고	繞筵紈綺濃噴麝
촛불에 비친 유리에는 나방이 나풀거린다.	映燭瑠璃巧弄蛾
무뢰한 추위에 다시 밤잔치 열었는데	無賴寒更催夜宴
태평 화기가 봄 나례보다 낫다.	大平和氣越春儺
傴老(老妓)가 전하는 재주는 보기에 물리어서	厭看傴老傳家伎
仙娃(仙女)의 절세 노래를 듣고자 하였다.	欲聽仙娃絶世歌
과연 검은 머리 버들골에서 나와서	果有鵶頭來柳谷

76) 尹誧墓誌銘(국립박물관 소장): 癸丑(1133, 仁宗 11)秋八月, 奉王旨, 撰集古詞三百首, 名唐宋樂章一部. 許興植 편, 『韓國金石全文: 中世上』(亞細亞文化社, 1984), 727면에서 재인용.

응당 학의 부리로 연꽃 봉오리 터뜨린다.　　應煩鶴觜拆蓮窠
이는 응당 하늘이 보내서 기쁨을 베풂일지니,　　是應天遣供歡耳
사람으로 볼라치면 어찌 저리 어릴 수 있겠나?　　若作人看奈幼何
여자아이 누우면 포대기 부드러움이 편할 터인데　　嬌臥尙便珠褓軟
약한 발걸음 응당 畵堂 높음이 두려우리라.　　弱躋應㤼畫堂峨
조그만 때때 저고리 圓舞하기 어렵겠고　　窄衫剪繡難專暈
뾰족한 비단 버선은 잔물결처럼 주름 잡혔네.　　尖襪縫綾細縮波
한 줌 허리는 가벼워 띠가 외려 힘에 부치고　　一搦腰輕猶困帶
쌍쌍으로 도는 아장걸음 신발을 못 이긴다.　　雙回步踒不勝靴
小梅가 일찍 상하는 것은 바람이 동산에 응하기 때문이고,
小梅早慘風和苑
細草가 처음 돋아나는 것은 해가 언덕을 따뜻하게 하는 까닭이다.
細草初茸日暖坡
난새 타고 하늘 위 궁궐에 찾아뵈려는지　　鸞馭欲朝天上闕
날개옷 입어 도로 달 속 姮娥가 되었구나.　　羽衣還作月中娥
눈썹에는 유별나게 푸른 빛깔 얕게 그려졌고　　黛山淺掃侯家綠
香醞에 취한 듯 발그레한 두 볼　　臉纈微生香醞酡
花部에 따로 한 봄 동산을 여니　　花部別開春一塢
椒房에 부질없이 많은 물 소용돌이를 벌였다.　　椒房空列水千渦
곡조는 높고 음은 빨라서 구슬을 찧는 듯하고　　調高音促舂珠顆
춤은 빠르고 몸은 바빠서 옥 베틀 북을 던지는 듯하다.
舞快身忙擲玉梭
금 연주 채 끝나지 않았는데 도로 피리를 불고　　琴弄未終還弄笛
비단을 얽어도 외려 모자라서 능라를 얽는다.　　錦纏猶歉更纏羅
일찍이 들었지, 今樂이 곧 古樂이라고,　　嘗聞今樂斯爲古
마치 文武를 게을리하여 허송세월하는 것 같다.　　正似弛文武作跎
만일에 우리 民이 管籥을 듣는다면　　若也吾民聞管籥
흔연히 기쁜 기운이 山河에 두루 퍼지리라.　　欣然喜氣遍山河
이를 진실로 천지신명이 굽어보시면,　　是誠天地神明鑑
외려 韶鈞보다 律呂에 더 어울릴 것이다.　　猶勝韶鈞律呂和

小娥에게 말을 부치노니, 모름지기 힘을 기울여 寄語小娥須努力
鄕音이 비루해도 소리 높여 부르기를 좋아해다오.[77] 鄕音雖鄙好吟哦

최우는 방상만이 아니라 교방 예능인도 자기 뜻대로 동원할 수 있었던 인물이다. 이 시편은 최우가 연 잔치 자리에서 교방 예능인이 참여하여 공연하는 연희 장면을 그려낸 이수의 시편에 대해 최자가 차운하여 지은 것이다. 이 시편에서 최자는 우선, 당시 공연한 기악이 남방의 노래와 북방의 춤, 금(琴)과 적(笛)이 서로 어울리고 있는 것으로 묘사하고 있다(①). 이어서 '금악(今樂)이 고악(古樂)'이라는 맹자의 말을 인용하며(②), 이러한 어울림이 산하를 안정시키고 문무가 서로 어울리게 할 것이라는 믿음을 드러내고 있다. 또한 이 어울림을 천지신명이 지켜본다면 고악에서의 율려의 어울림보다 오히려 낫다고 판단할 수도 있으리라는 기대를 표현하고 있다(③). 같은 제재로 먼저 차운하여 지은 시편[78]에서 최자는 역시 교방 예능인의 기악 공연 장면을 묘사하고는 "어여쁜 소아(小娥)들이여, 부디 박벌(薄伐)을 노래하고, 슬프고 한탄하는 음곡(音曲)일랑 소리 내지 말아다오(要倩小娥歌薄伐, 哀音怨曲莫吟哦)"라고 당부하는 말로 마무리했는데, 이 시편에서는 교방소아에게 향음의 노래도 소리 높여 불러주기를 당부하는 말로 갈무리하고 있다(④).

①은 진양부 설립[79] 이후에 만들어진 기악[80]이 고대의 예악사상에 바탕을 두고 있었음을, ②는 그 기악을 만들 수 있는 근거를 "금악이 고악"

77) 『東文選』 卷之十八 七言排律, 復次韻.
78) 『東文選』 卷之十八 七言排律, 次李需教坊少娥詩韻.
79) 崔瑀가 晉陽候에 책봉된 것은 1234년이고, 비로 그해에 진양부도 설립되었다.
80) 해당 기악은 『樂學軌範』의 鶴·蓮花臺·處容舞合設에 포함된 鶴·蓮花臺와 흡사하다. 학무는 북방의 음악이고 연화대 가무는 남방의 음악이다. 鶴·蓮花臺·處容舞合設은 崔滋와 같은 요구, 즉 교방 예능인에게 향음의 노래도 익혀 불러달라는 요구가 수용되면서 확장된 형태로 만들어진 기악이 아닐까 싶다.

이라고 한 맹자의 말에서 찾은 것임을 각각 말해 주고 있다. 또한, ③은 "이런 적의 처용아비옷 보시면"이란 처용가의 구절을 떠올리게도 하는데, 해당 기악 공연을 천지신명이 내려다보면 천하가 서로 어울리는 태평한 시대를 만들어줄 것이라는 사유나 처용놀이를 처용아비(숭앙의 대상으로서의 처용)가 보신다면 열병신이 산하 천리 바깥으로만 다닐 것이라는 사유는 그 방식이 매우 흡사하다. ④는 교방 예능인들이 익숙한 노래의 언어가 당음(唐音)이었음을 말해 주는 동시에, 최자는 당음 아닌 향음(鄕音)의 노래도 교방 예능인들이 익혀 부름으로써 상하 소통의 길을 확장해야 한다는 생각을 가지고 있었음을 말해 준다. "태평화기(太平和氣)"가 나라 전체, 나아가서는 세계 전체에 번져가서 혼란해진 국면이 태평한 국면으로 전환되기를 바라는 마음은 국가 사회가 위기 국면일수록 더욱 간절해지게 마련이다. 그런 국면에서 최우는 당음과 향음의 노래를 모두 포함하는 기악을 만들어 교방예능인들에게 연행하게 했고, 최자는 교방 예능인들에게 비록 익숙하지 않고 잘 이해되지 않더라도 향음의 노래까지 소리 높여 불러줄 것을 바라고 있다.[81] 그것이 다시금 태평한 시대를 맞을 수 있는 길이라고 생각한 것이다. 고려의 방상악에 입힌 노래는 본디 향음으로 분류되는 소리이다. 앞의 잔치 자리는 본디 방상 악대에서 주악하는 것인데, 최우는 교방 예능인까지 동원했다. 최자의 당부는 어릴 적부터 당음만 배우고 익히는 교방 예능인들이 방상악의 레퍼토리도 익혀 달라는 요구라고 할 수 있다. 그런 점에서 진양부 설립 이후 당음과 향음이 혼효된 복합 연희물의 생성에는 최자와 같은 학자의 의식[82]이 크게

81) 이는 교방 예능인이 공연한 伎樂(이 기악은 진양부 설립을 계기로 새로 만든 것이다.)에 鄕音의 노래가 포함되었음을 말해 준다.

82) 최우의 문객이었던 文閣學士 李需가 지은 敎坊小娥에 대해 李奎報도 차운했다. 이는 唐音과 鄕音의 노래가 복합된 伎樂의 제작과 공연에 대한 당대 학자들의 긍정적인 의식을 가늠해 보게 한다.

작용했다고 볼 수 있을 것이다.

음악적으로 볼 때 고려 속악은 크게 당악 계통과 향악 계통으로 구분될 수 있지만, 방상의 층위에서 그 속악은 혼효되었다. 그렇게 혼효된 속악(특히 기악) 레퍼토리가 궁중에서도 만들어지기도 했다. 이는 비단 고려만이 아니라 송나라에서도 그러했다. 향악 계통의 음악이 한반도에 도입 정착된 시기는 당악 계통의 음악에 비해 오랜 역사를 지니고 있었다고 볼 수 있다. 그렇다고 향악이 발생학적으로 '우리 민족' 음악이고 당악은 외래 음악이라고 보기는 어렵다.[83] 그 모든 것이 고려의 악으로 정착하고 조선의 악으로 전승된 것이라고 보는 것이 실상에 부합할 가능성이 크다. 시(詩)와 가(歌)를 포함한 음악(樂)은 보편적인 심성과 기준에 맞는 인간을 길러서 위계적인 세계 질서가 안온하게 유지될 수 있도록 하기 위해 집단 지성이 보편적인 소통의 수단으로 고안해낸 것이었다. 보편적인 심성과 행동의 기준을 체득하여 궁극에는 일국 중심의 세계 질서가 수립되고 유지되는 시대 곧 '천하태평'한 시대를 이룩하고자 했던 것이 근대 이전 지식인 사회의 공동 목표였다. 물론 국가 사회의 현실적인 여건에 따라 보편성을 구현하는 실제적인 길은 다양할 수밖에 없었지만, 특정 민족에 고유한 문화예술을 추구했던 것은 아니었다. 따라서 1920년대 고려속요에 관심을 가질 때부터 강화되어 온 민족주의, 민중주의의 이데올로기에서 벗어나서 근대 이전의 '세계'의 문화유산을 통합적으로 조망하며 연구하는 작업[84]이 좀 더 활발하게 이루어져야 고려속

---

83) 김준영은 "俗樂도 우리 固有의 音樂이 아니라"는 관점을 뚜렷하게 보여 주었다(「高麗俗歌의 系統과 本體」, 『韓國古詩歌硏究』(형설출판사, 1990), 232면). 그에 의하면, 형태적 다양성 혹은 잡연성은 우리말을 우리말이 아닌 언어에 맞게 발달한 음악에 입혔기 때문이다.

84) 민족주의와 민중주의 이데올로기에서 벗어나야 고려속요의 실상이 제대로 드러난다고 판단하는 것은 歌樂이 동양이라는 세계에 보편적인 통치 수단이었다는 사실과 관련이 있다. 가악을 통치 수단으로 활용하는 사람들은 인민들이 보편적인 심성으로 변화하고 보편적인 행동 규칙에 따라 행동해야 한다고 생각했다. 다만 눈앞에 놓인 환경과 여건

요가 본디 있던 자리도 복원하고 그 실체에 좀 더 가까이 다가갈 수 있을 것으로 생각한다.

4. 결론

동양이든 서양이든 국가 제도는 고대의 유산이다. 근대 이전의 국가는 위계적인 사회 질서가 유지되는 것을 마땅한 것으로 여겼다. 그 근거를 누구도 만나보지 못하는 '고성(古聖)'의 심성과 가르침에서 찾았음도 다르지 않다. 고성의 심성과 가르침은 역사적인 국가의 악으로 전승되었다. 그 해석을 둘러싸고 적잖이 논란도 있었지만, 사람의 심성과 행동 준칙은 고성의 제시한 길에 부합하는 것이어야 한다는 인식은 공유되었다. 근대

때문에 개별성과 보편성 사이의 접점을 어떻게 만들어갈 것인가를 고민하지 않을 수 없었을 뿐이다. 비록 시대에 따라 해석이 달라졌다고 볼 수 있지만, 고대의 樂律은 보편적인 심성과 행동의 준칙이었다. 시든 가악이든 모두 고대 성인이 만든 악률에 근거하여 만들어진 것이라 할 수 있다. 한국과 중국, 일본의 역대 왕조는 모두 동일 악률에 근거해서 현실 조건과 맞는 접점에 대한 고민을 했고, 각각의 가악 유산은 그런 고민의 산물이라 할 수 있다. 그런데 민족주의 이데올로기는 각각의 나라의 역사와 문화를 자랑하는 데 집중하게 만들어왔다. 결과적으로 개별적인 특성에 무한한 가치를 부여하고자 했다. 그러나 이는 근대 이전 가악을 통치 수단으로 활용했던 사람들의 가치관과 상반된 것이라 할 수 있다. 또한, 한편으로는 서구적 보편성을 수용하고자 하면서 우리 문화유산의 개별적인 특성에 근거 없이 높은 가치를 부여하는 것 또한 모순적이라 할 수 있다. 이러한 모순은 청산해야 한다는 생각이다. 그리고 고려속요가 보편적 자질이나 특성을 가져서 시대를 넘어 우리 민족 개개인에게 수용되었다는 판단은 실제와 거리가 있다. 역대 왕조 국가에서 정한 악의 레퍼토리에 포함되었기에 전승되고 연행되고 수용되었다고 보는 것이 실상에 부합하는 듯하다. 오늘날 언어로 표현하자면, 고려속요를 비롯한 가악 유산은 '세계(天下)' 보편성을 담지한 국민을 만드는 수단으로 활용된 것이라 할 수 있다. 이 점은 민족주의나 민중주의 이데올로기에 갇혀서는 잘 보이지 않을 수 있다. 근대 이전 한국과 중국, 일본에서 그런 이데올로기에서 벗어나 근대 이전 일국 중심의 세계 질서를 꿈꾸었던 학자들이 시와 가악을 어떻게 인식하고 당대의 시와 가악을 어떻게 만들고 유지하려고 했는지 관련 자료들을 공동으로 정리하고 분석하여 논의하며 연구해 나갈 때 고려속요가 본디 있던 자리도 복원해 나갈 수 있을 것이다.

는 출신 성분과 무관하게 사람은 누구나 스스로 사고하고 판단하고 행동하는 이성적인 개체라는 인식이 전면화된 시대라 할 수 있다. 그런 시대에 사회적 인간으로서 지녀야 할 심성과 행동 준칙은 어떤 단위의 사회든 합의를 통해 마련해 나갈 수밖에 없다. 근대 이전의 것을 참고할 수는 있어도 위계성을 당연하게 받아들이는 시대로 되돌아가는 데는 누구도 동의하지 않을 것이기 때문이다. 고려속요가 계승해야 할 민족문화유산으로 바라보는 시각은 그런 점에서 근본적인 성찰이 필요한 것이다.

몸과 생활 환경을 구성하는 모든 것이 고유한 것이 아닌 시대에 우리의 문화유산이기 때문에 계승할 만한 가치가 있다는 생각은 어쩌면 자기모순적일 수 있다. 고성이 남긴 말을 세밀하게 분석해 보면, 시를 노래로 만든 데에는 사악한 사람들, 특히 보이지 않는 존재(이를테면 신)와 소통할 수 있는 능력을 지녔다고 자처하는 사제(Shaman)들의 선동에 인민들이 감정적으로 이끌리지 않고 사리를 분별하며 세계를 바르게 인식하고 서로가 생기를 발휘하며 안온하게 살아가는 길을 만들어가고자 하는 마음이 녹아 있다.[85] 그런데 고려속요를 비롯한 근대 이전의 노래를 '시'로 계승하면서[86] 현대 시인은 스스로 사제인 듯이 여기는 모습을 보여 주기도 한다. 다중이 보지 못하는 것을 보고, 다중이 깨닫지 못한 것을 깨닫는 선지자, 선각자처럼 생각하며, 자신의 마음에 다중이 동화되기를 희구하는 경향이 두드러졌다. 우리의 교육은 그런 시인의 마음에 동화되기를 강제하고 있다.[87] 어떤 상황에서 어떤 심성에 기초한 마음 씀씀이인지를

85) 임주탁, 앞의 논문(2020) 참조.

86) 고려속요를 비롯한 고가요는 실제로는 현대 시인에 의해 계승 발전할 시의 전통으로 수용되었다고 볼 수 있다. 비단 시조부흥운동의 결과로서 현대시조라는 장르로 수용 계승된 것만이 아니라 다양한 형태의 시편은 실제로는 이전 노래의 다양한 형태를 일정하게 수용하여 계승한 것이라 할 수 있기 때문이다. 결과적으로 詩와 非詩를 구분하는 기준이 무화된 셈인데, 특히 '고문화'가 계승·발전할 민족문화로 간주되어 어릴 때부터 민족어시로 학습하도록 하면서 이러한 현상은 한층 더 확대된 것으로 보인다.

온전하게 헤아려 볼 수조차 없는데 문단비평이나 강단비평의 내용을 전이하도록 하는 것이 과연 오늘날 교육의 목적에 부합하는 것일까 하는 의문을 갖지 않을 수 없다.

필자가 향후 연구에서 고려속요가 본디 있던 자리를 복원하는 작업에 한층 더 많이 매진해야 한다고 전망하는 것은 현재의 시점에서 왜 고려속요에 관심을 가지고 고려속요를 연구의 대상, 교육의 자료로 삼아야 하는지에 대한 분명한 근거를 제시하지 않으면, 사회적으로 그런 행위에 타당성을 부여받기 어렵다고 판단하기 때문이다. 그래서 왜 고려속요와 같은 문화를 만들어 유지하려고 했는지를 밝히는 것이 가장 일차적인 과제이고, 그 과제가 지금까지 온전하게 해결되지 않았다고 보는 것이다.

이 글이 학회의 기획 취지에 부합할지, 필자가 제안한 고려속요 연구의 미래 전망이 학계의 호응을 받을 수 있을지는 의문이다. 자칫 고려속요 연구에 매진해 온 연구자들에게 불쾌하거나 불편한 마음을 갖게 할지도 모른다는 생각이 앞서기도 한다. 열정적으로 연구하여 발표한 논문과

87) 교육의 가장 기본은 글말을 읽고 이해할 수 있는 능력을 기르는 것인데, 그 능력은 유사이래 세계를 분별하며 바르게 인식하며 살아갈 길을 찾아가는 데 필수적이라고 인식된 것이기도 하다. 그런데 오늘날 고려속요 텍스트는 읽어 낼 수 있는 글이 되지 않고 있다. 읽어 낼 길이 없는 것도 아닌데, 연구자들이 만들어놓은 무수한 가설을 전제하고 텍스트의 부분 부분에서 생각과 감정을 추론하고 그것을 전면적으로 확장하는 방식으로 텍스트를 경험하게 만들고 있을 뿐이다. 이러한 상황은 결국 고려속요 연구자들이 초래한 셈인데, 필자는 이러한 문제 상황을 이제는 청산해 나가야 한다는 생각이다. 그리고 고려속요를 교육의 자료로 활용할 수 있는 실마리는 『毛詩正義』에서 찾을 수 있지 않을까 생각한다. 주지하다시피 『시경』의 언어는 그것이 복원된 한나라 시대에 이미 온전하게 이해되는 언어가 아니었다. 그런데도 후대의 학자들은 부단하게 읽어 내는 노력을 기울였고, 결과적으로 적지 않은 작품의 해석에서 역사적인 합의가 이루어졌다. 걸린 시간이 고려속요와 오늘날 사이의 시간에 못지않게 길었다. 주석과 해석을 포함한 독법 또한 『毛詩正義』에서 배울 만한 것이 많은 듯하다. 고려속요와 같은 노래가 어떻게 만들어지고 유지, 전승되었는지에 대한 전반적인 이해가 선행된다면, 그리고 『詩集傳』이나 『詩經集註』에서와 같은 방식의 註釋이 아니라 『毛詩正義』에서 보인 방식을 따른다면 어떤 작품도 교재로 쓸 수 있을 것이다. 임주탁, 「고려가요의 텍스트와 맥락 – 〈가시리〉와 〈쌍화점〉을 중심으로」, 『국문학연구』 35(국문학회 2017), 35~65면)은 그런 길을 보여 주고자 한 것이다.

저서들을 모두 세심하게 살피지 못한 점이 그런 생각을 강화한다. 다만 이 글이 오늘날 시점에서 고려속요를 왜 연구하는가에 대해 필자 자신부터 성찰하는 계기를 만들어보자는 취지에서 쓰였다는 점을 헤아려 너그러이 생각해 주었으면 하는 바람이다.

이 글은 『한국시가연구』 57(한국시가학회, 2022)에
수록한 논문을 수정·보완한 것이다.

경기체가 연구의 현황과 전망

박영재
고려대학교 국어국문학과 박사

1. 들어가며

본고의 목적은 경기체가 연구의 역사와 현황을 되짚어보고, 그 과제와 전망을 가늠하는 데에 있다. 1990년대까지의 경기체가 연구사는 임기중과 김창규 등의 노고에 힘입어 상당 부분 집성되었다.[1] 이에 본고 2장에서는 선학들의 성과를 참고하여 경기체가 연구의 흐름을 살피되, 연구자의 세대교체와 연구 동향의 변화상을 아울러 연구사를 '발아기(일제강점기~1950년대 중반)', '성장기(1950년대 후반~1970년대)', 그리고 '성숙기(1980년대~2000년대 초반)'로 크게 삼분해 본다. 3장에서는 2022년 현재까지 그 경향을 지속하는 것으로 보이는 2000년대 중반 이후의 동향을 간추려 소개한다. 뒤이어서는 앞으로의 과제와 전망을 제시해야 하겠으나, 거시적인 안목과 그에 부합하는 혜안을 선보이기에 필자의 역량이 너무도 천단하다. 이에 비교적 근래에 경기체가 텍스트를 주제로 학위논문[2]을 집필하며 겪은 난점과 해결하고 싶었던 의문을 소개함으로써, 경기체가 연구의 현주소를 미시적인 수준에서나마 대략 정리해 볼 것이다.

1) 임기중 외, 『경기체가연구』(태학사, 1997); 김창규, 『한국 한림시 평석: 경기체가』(국학자료원, 1996); 『한국한림시연구』(역락, 2001).

2) 박영재, 「안축 경기체가의 의미지향과 계승양상」(고려대 석사학위논문, 2020).

2. 경기체가 연구사의 전개

1) 제1기 발아기(일제강점기~1950년대 중반)

일제강점기부터 1950년대 중반까지의 제1기는 경기체가 연구의 발아기로, 경기체가의 개념이 정립되고 텍스트 다수가 발굴·소개된 시기다. 한국 고전시가 연구의 1세대에 해당하는 선학들은 한국어 시가사를 구상하는 큰 그림 속에 경기체가의 위상을 고민했다. 이 과정에서 형식론과 결부된 장르 기원에의 가설이 제기되어 후속 연구의 기반이 마련되었다. 그동안 상대적으로 주목받지 못한 어학적 연구나 텍스트 발굴의 성과, 그리고 식민지 시기 재조일본인(在朝日本人) 연구자의 기여도 유효한 성과로 함께 볼 필요가 있다.

현재까지 확인된바 경기체가 연구의 첫 삽을 뜬 것은 안확의 연구였다. 그는 1927년 1월 「조선가요사의 개관(上)」[3]에서 경기체가를 '별곡(別曲)'으로 지칭했는데, '사물을 열거'하는 '3자와 4자의 경쾌한 가락(調子)'으로 '유려한 선율'을 이룬다고 소개했다. 보다 앞선 『조선문학사』(1922년 4월)에는 관련 언급이 없던 점으로 미루어, 이 일본어 논문이 경기체가를 학술적으로 다룬 최초의 시도인 듯하다. 같은 해 5월 「여조시대(麗朝時代)의 가요」[4]에서는 도교와 자연주의의 영향으로 "경기체"가 발생했다고 했는데, '경기체'라는 명칭이 바로 여기에서 처음 사용된 것으로 추정된다. 1929년 「조선가시(朝鮮歌詩)의 묘맥(苗脈)」[5]에서는 "가시(歌詩)"를 삼대목체(향가), 정읍체(〈정읍사〉, 〈서경별곡〉 등), 첩성체(疊聲體)(〈정석가〉, 〈처용가〉 등), 경기체, 장편(가사), 시조의 여섯 종으로 구별하되, "첩성체는 정

3) 안확, 「朝鮮歌謠史の概觀(上)」, 『藝文』 18(1)(京都文學會, 1927), 40~49면.

4) 안확, 「여조(麗朝)시대의 가요」, 『현대평론』 1(4)(현대평론사, 1927), 152면.

5) 안확, 「조선가시(歌詩)의 묘맥(苗脈)」, 『별건곤』 4(7)(개벽사, 1929), 166~170면.

읍체의 변체(變體)로서 高麗登內에 난 것"이며 "경기체는 첩성체의 일종" 이라고 보았다. 정읍체→첩성체⊃경기체를 "북방문학"의 맥이라고 지목한 것인데, 이는 아마도 삼대목체→가사·시조를 '남방문학'으로 상정하여 대비시킨 구도로 생각된다. 그는 1933년까지 17편에 달하는 경기체가 텍스트를 소개·언급하며 연구사에 중요한 자취를 남겼다.[6)]

김태준은 1932년 1월 15일부터 2월 2일까지, 13회에 걸쳐 『동아일보』에 「별곡의 연구」를 연재했다.[7)] 논자는 고려조에 중국에서 도입한 "악부악장(樂府樂章)"을 "정곡(正曲)"으로 하면서 이에 대응되는 가요의 명칭은 '별곡(別曲)'이 되었고, 정곡이 "구조(舊調)"라면 별곡은 "신조(新調)"로 볼 수 있다는 견해를 폈다. 상하층의 가요가 나뉘면서 "문묵자(文墨者) 간에 비로소 별곡, 시조 등이 생겨"났고, 이런 맥락에서 〈서경별곡〉과 〈한림별곡〉 등은 "여말의 모든 시조와 별곡의 근원"이라는 서술이었다. 그는 또한 "본래는 별곡=신조(新調)=시조(詩調)=시조(時調)로 혼용"되다가 "한문 냄새가 농후한 별곡"으로부터 단형의 우리말노래가 분화되어 시조를 형성한 한편, 별곡의 형식이 조선조에 정극인·정철 등을 거치며 대중적인 장가(長歌)의 형태로 "개혁"된 끝에 가사가 별곡의 자리를 차지했다는 가설을 설정했다. "민간의 자연스런 음영"에서 나온 앞시기의 향가를 고려 중엽 이후 우리말 가요를 범칭[8)]하는 '별곡'과 구별하되, 뒷시기의 시조와 가사는 다시 별곡에서 각각 분화되어 나갔다고 본 시가사 인식이다. 논자는 다수의 경기체가를 소개했으나 일찍이 언급되었던 〈가성덕〉, 〈축성수〉, 〈기우목동가〉, 〈독락팔곡〉 등은 빠뜨렸기에,[9)] 안확의 성과를 온전

6) 김창규(2001), 14~17면.

7) 김태준, 「別曲의 硏究」 1~13, 『동아일보』 1932.1.15.~2.2.

8) 김승우, 「김태준의 시가사 인식과 고려가사」, 『민족문화연구』 57(고려대 민족문화연구원, 2012), 367면.

9) 김창규(2001), 17~18면.

히 이어받지는 못했던 것으로 추측된다.

기존 연구사에서는 언급되지 못했으나, 경기체가에 대한 본격적인 어석과 주석을 처음 시도한 것은 재조일본인 학자 마에마 쿄사쿠(前間恭作)라고 할 수 있다. 그는 1929년 집필을 시작해 1931년 초고를 탈고한[10] 『교주가곡집』에서, 「작가편1: 송강전록(松江前錄)」의 '주세붕' 항목에 〈죽계별곡〉과 〈도동곡〉·〈육현가〉·〈엄연곡〉을 수록하고 상세한 어석과 주석을 시도했다. 물론 〈죽계별곡〉을 주세붕의 작품으로 잘못 본 점, 『교주가곡집』의 저술이 손진태·오구라 신페이의 기여 및 이은상·양주동 등과의 교류를 바탕으로 진행된 점 등을 함께 고려해야겠지만, 텍스트의 어석 면에서 안확·김태준보다 진전되었던 그의 성취는 분명 짚고 넘어갈 필요가 있다. 한편 다다 마사토모[11]는 중국의 체계에서 벗어나 자국어로 새롭게 창작한 작품으로서 〈한림별곡〉을 주목하고, 〈한림별곡〉 이후 경기체가 장르의 역사적 변천을 재구성했다. 그는 〈관동별곡〉·〈죽계별곡〉·〈화산별곡〉·〈오륜가〉·〈연형제곡〉은 〈한림별곡〉의 직계, 〈상대별곡〉은 방계로 보았고, 다시 〈불우헌곡〉·〈화전별곡〉을 〈상대별곡〉의 직계, 〈도동곡〉·〈육현가〉·〈엄연곡〉·〈태평곡〉은 방계로 두었다.

조윤제는 『조선시가사강』[12]에서 오늘날 흔히 쓰이는 '전대절'·'후소절' 용어를 처음 사용한 것으로 추정되며, 경기체가를 단가가 장가로 발전해간 과도기의 유산으로 규정했다. 『고려가사』(1939)의 장르 설정 등을 비판하여 김태준과 대립각을 세웠으나,[13] '별곡' 명칭에 대한 가설 면에서

---

10) 유정란, 「『교주가곡집』의 편찬과 이본현황」, 『국제어문』 75(국제어문학회, 2017), 153~180면.

11) 多田正知, 「翰林別曲と漁父歌」, 『淸凉』 第拾六號別刷, 경성제국대학 예과대학 문예부, 1933; 다다의 연구에 관한 이하의 내용은 유정란, 「일제강점기 재조일본인의 국문시가연구에 대한 고찰」(고려대 석사학위논문, 2015), 95~102면 참고.

12) 조윤제, 『조선시가사강』(동광당서점, 1937).

13) 심경호, 「김태준의 국문학·한문학 연구 방법에 대한 검토」, 『애산학보』 49(애산학회,

는 영향을 받았던 것으로 추측된다. 논자는 "시가의 한역(漢譯)", "구악(舊樂) 청산 시대", "가사 송영 시대" 등으로 명명한 시대 구분에 〈한림별곡〉부터 〈독락팔곡〉까지 16편의 경기체가를 배치하여 소개·해설했다. 『국문학사』[14]에서는 경기체가가 국문학의 발전적 요구와 한학자의 현실 불만으로 발생한 "퇴폐적인 귀족문학"이자 "기형적" 문학으로, 중국의 사(詞)나 사륙변려문의 영향을 받은 새로운 형식이라는 평가가 이어졌다.

양주동은 『여요전주』[15]에서 '여요'의 일부로 〈한림별곡〉·〈관동별곡〉·〈죽계별곡〉의 어석과 주석을 시도했다. 이는 한국인 연구자가 경기체가의 어석과 주석을 본격적으로 시도한 첫 사례라 할 수 있다. 논자는 〈한림별곡〉의 "향락적·풍류적 유연한 생활감정"과 경기체가 형식 말구(末句)의 "독특한 운율미"를 언급하고 조선조 경기체가로의 계승 양상을 개관했다. 『여요전주』의 파급력은 2000년대까지도 다수의 연구자가 〈관동별곡〉·〈죽계별곡〉의 어석을 직간접적으로 참고한 면모에서 잘 드러난다. 이 책은 『고가연구』(1942) 향가 주석의 후속 기획으로서, 향가가 표상하는 신라어=남방어 문학과 (경기체가를 포함한) 여요가 표상하는 고구려-백제어=북방어 문학을 한 데 엮어 '조선의 문학' 또는 '동방문학'의 시공간을 호명하려는 시도였다.[16] 안확(1929)의 영향을 의심케 하는 발상이나, 직접적인 언급이 발견되지 않기에 확언하기는 어렵다.

제1기의 경기체가 연구는 조선어-한국어의 문학사를 구성하려는 해방 전후의 시대정신 가운데 장르의 시가사적 위상을 고민했고, 그런 고민이 형식론의 바탕 위에서 장르 기원을 추론하는 가설들로 이어졌다.

2022), 273면.

14) 조윤제, 『국문학사』(동국문화사, 1947).

15) 양주동, 『여요전주』(을유문화사, 1947).

16) 박영재, 「일제강점기 후반 식민지 조선 문단의 맥락과 양주동 고전시가 연구의 시공간적 상상」, 『고전과 해석』 31(고전문학한문학연구학회, 2020), 7~42면.

예컨대 조윤제(1947)는 경기체가가 전통적 시가 형식을 떠나 "중국의 사(詞)나 사륙변려문을 모방"했을 가능성을 지적했다. 반면 고정옥[17]은 상층 문학의 면모, "이두 표기"의 상관성, 향가 낙구(落句)와 경기체가 첩구(疊句)의 유사성을 강조하고, 가사와의 연결점을 내세워 향가→경기체가→가사로의 변화상을 상정했다. 김사엽[18]은 경기체가의 기원을 여요에서 찾았는데, 이는 조윤제와 고정옥의 가설을 반박하면서 역시 고려가요 기원설을 내세운 김기동[19]에게로 이어진다. 이외에도 이상인, 권상로, 지헌영, 김사엽, 김형규, 구자균外, 이병기, 홍기문 등의 연구자가 경기체가의 개념과 위상 설정, 텍스트의 소개 및 주석 등을 둘러싼 쟁점에 골몰했다.[20]

한편 안축의 문집『근재집』에 대한 검토에 이어 〈관동별곡〉과 〈죽계별곡〉을 소개하고 〈관동별곡〉 1~3장의 주석을 진행한 방종현의 성취는 안타깝게도 학계의 충분한 주목을 받지 못하다가 정우영에 이르러서야 그 성과가 계승되었다.[21]『문화유씨세보』소재 〈구월산별곡〉을 소개한 유인만의 경우도 학계의 관심을 거의 받지 못하여, 훗날 김창규의 연구를 통해 재발견된다.[22]

---

17) 우리어문학회 공저,『국문학개론』(일성당서점, 1947).

18) 김사엽,『(改稿)國文學史』(정음사, 1954).

19) 김기동,「한국시가의 장르적 발전에 대하여③」,『현대문학』25, 1957, 106~107면.

20) 이상인,「노래즙기-독락팔곡序·독락팔곡」,『한글』6(10) 통권 61(한글학회, 1938), 463면; 권상로,『조선문학사』(一般프린트社, 1947); 지헌영,『향가여요신석』(정음사, 1947); 김사엽,『조선문학사』(정음사, 1948); 김형규,『고가주석』(백영사, 1955); 구자균·손낙범·김형규,『국문학개론』(일성당서점, 1957); 이병기·백철,『국문학전사』(신구문화사, 1957); 홍기문,『고가요집』(국립문학예술서적출판사, 1959).

21) 방종현,「독근재집후」,『한글』14(1) 통권 107(한글학회, 1949);「관동별곡주해」,『한글』14(2) 통권 108(한글학회, 1949); 정우영,「경기체가 〈관동별곡〉의 국어사적 검토」,『구결연구』18(구결학회, 2007), 251~288면.

22) 유인만,「구월산별곡」,『국학』3(국학대, 1947); 김창규,「구월산별곡고」,『어문학』42(한국어문학회, 1982), 21~49면.

2) 제2기 성장기(1950년대 후반~1970년대)

1950년대 후반에서 1970년대까지의 제2기는 경기체가 연구의 성장기로, 1세대 연구자들이 조성한 기반 위에 2, 3세대가 속속 합류하여 괄목할 만한 성과를 일구어간 시기다. 이들은 앞 세대가 기초한 형식-기원론을 정교화하며 다양한 논쟁을 벌였고, 텍스트의 추가 발굴을 통해 연구의 영역을 확장했다. 다른 한편으로는 선행 연구와 결을 달리하여, 문학 담당층 관념의 도입을 통한 이론적 심화가 이루어졌다. 창작 배경 탐구를 본격화하고 장르의 문학 담당층으로 '신흥사대부'를 상정한 이명구와 조동일의 시도가 연구사의 분수령을 이루어 이 이후로 수많은 후속 연구를 파생한 것이다.

참고로 1980년대 초반의 회고에서 김학성[23]은 이 시기 고려가요 연구 일반의 "방법론적 전환"에 주목하여, "문헌고증적"이고 "실증주의적"이었던 1950년대의 성과 위에 "반실증주의적" 혹은 "신비평적" 연구가 새롭게 등장했다고 평가했다. 이에 이명구의 연구는 "실증주의적" 연구의 끝머리에, 조동일의 연구는 "형식주의 비평"의 성격을 지녔다며 새로운 동향의 초입에 위치시켰는데, 당대의 연구자들이 서구에서 유행하던 신비평의 영향을 받아 새로운 노선을 취했다는 관점으로 생각된다. 그러나 필자가 보기에 전술한 변화는 외려 4·19혁명 전후의 사회문화적 조류나 그에 부응한 내재적 발전론·민족문학론의 맥락[24]으로 이해할 여지가 있다. 이명구가 도입하고 조동일이 고도화한 문학 담당층으로서의 신흥사

---

23) 김학성, 「고려가요 연구의 연구사적 비판」, 『고려시대의 가요문학』(새문사, 1982), Ⅲ-20~25면.

24) 임영광, 「1960년대 《창작과비평》 담론과 번역」, 『동서인문학』 50(계명대 인문과학연구소, 2015), 39~75면; 권보드래·천정환, 『1960년대를 묻다: 박정희 시대의 문화정치와 지성』(천년의상상, 2012), 321~328면; 이찬, 「임화와 조동일의 문학사 비교 연구」, 『우리어문연구』 26(우리어문학회, 2006), 223~261면.

대부 관념은 왕조 및 집권층의 교체가 일정한 '민족문화'의 발전을 담지한다는 문화사·문학사 인식을 내포하기 때문이다.

제1기 경기체가 연구의 성과는, 제2기에 정병욱에 의해 집약되고 이명구에 의해 구체화되면서 새로운 연구를 추동했다. 정병욱[25]은 향가를 잇는 전통시가의 맥이 "한학자의 중국취미"에 적응한 형태가 경기체가라고 보았으며, 다시 악장과 가사로의 연속성을 상정했다. "신라 향가의 전통을 이어 받은 전(前)별곡적형태가 초기단계에는 희극적 방법으로 형성되었다가 드디어 삼음보 수련(數聯) 중첩의 정형시로 고정"되었고, 다시 경기체가-악장-가사 계열과 고(古)속가-시조 계열이 여기에서 분리되어 나왔다는 것이 논자가 구상한 수형도(樹型圖) 형태의 시가사 모델이다. 이 구상은 음수율, 음보율 등의 형식론을 다각도로 적용하여 당대까지의 시가사 이해를 아우른 것이었다.

이명구[26]는 선행 논의를 종합하고 자신의 연구[27]를 발전시킨 데서 나아가 문학 담당층 관념을 본격적으로 도입했다. 논자는 경기체가 16편의 음수율을 비교분석하여, 경기체가 형식이 향가의 분절체를 이으면서 송사(宋詞)의 연장체에 영향을 받았다고 주장했다. 작품별로 창작 배경 해설을 시도하고, 상대적으로 덜 조명되었던 〈화전별곡〉 등을 살폈으며[28], 텍스트와 창작 배경 등을 기준으로 경기체가의 '형성기-발전기-변천기'를 규정하기도 했다. 무엇보다 그는 이우성[29]의 한국사 연구를 인용해

25) 정병욱, 「별곡의 역사적 형태고 - 별곡의 쟝르적 고찰을 위한 시고」, 『사상계』 18(1955. 1), 20~28면.

26) 이명구, 「경기체가의 형성과정 소고 - 한림별곡을 중심으로」, 『논문집』 5(성균관대, 1960); 이명구, 「경기체가의 역사적 성격 고찰」, 『대동문화연구』 1(성균관대 대동문화연구원, 1964), 77~138면.

27) 이명구, 「경기체가소고」, 서울대 석사학위논문, 1949; 이명구, 「고려경기체가론」, 『숙대학보』 1(숙명여대, 1955).

28) 이명구, 「화전별곡」, 『고려가요의 연구』(신아사, 1980).

29) 이우성, 「고려후기의 신흥관료」, 『동아대학교 신문』, 1959.8.15; 이는 후일 이우성, 「고려

〈한림별곡〉을 비롯한 경기체가의 문학 담당층으로 '신흥사대부'를 지목함으로써, 대개 문인들의 퇴폐성과 향락성, 또는 '도교의 영향'이나 '자연주의' 같은 주제어로 규정되었었던 장르의 성격을 새롭게 개념화했다. 구체적으로 〈한림별곡〉은 "득의에 찬 문인들"의 "신선하고도 명랑한, 그러면서도 앞날의 전망과 의욕에 찬 호탕한 기풍"[30]이 넘쳐흐르는 신흥사대부의 문학으로 해석되었다. 이러한 재해석은 후속 세대의 연구에 큰 파급력을 발휘하여, 연구사에 일대 전환점을 이룬다.

조동일[31]은 이명구의 문학 담당층 관념을 철학적·이론적으로 정교화했다. 논자는 "사물의 실재성을 인정하고 인간생활은 처사접물(處事接物)로 영위됨을 강조"한 것이 신흥사대부의 특징이라 보고, 성리학에서의 심(心)·신(身)·인(人)과 물(物)을 각각 '자아'와 '세계' 관념에 대응시켰다. 서구미학의 체계를 성리학의 용어로 치환하여 '신흥사대부'의 세계관을 정의한 셈이다. 이때 경기체가의 형식은 '爲 ~景 幾何如'의 앞부분에서 작품 외적 세계의 '사물'들이 그대로 나열되는 "개별화와 포괄화", '爲 ~景 幾何如'부터는 앞 절의 '사물'이 자아가 바라보아야 할 '대상'으로 전환되는 "사물화"가 작동하는, '작품 외적 세계의 개입이 있는 자아의 세계화'로 분석된다. 서정·서사·극이 주류인 서구미학의 구도에 교술을 추가한 4분법 장르론의 구도에서, 논자는 경기체가를 '교술 장르류' 중 하나의 '장르종'인 '교술시'로 지목했다.[32] 이로 말미암아 경기체가의 장르 규정

조의 '吏'에 대하여」, 『역사학보』 63(역사학회, 1964), 1~26면으로 정리된 듯하다. 김인호, 「고려말 사대부 개념의 역사성과 정치적 분화에 대한 논의」, 『한국사상사학』 64(한국사상사학회, 2020), 1~28면 참고.

30) 이명구, 『고려가요의 연구』(신아사, 1974), 122면.

31) 조동일, 「경기체가의 역사적 성격」, 『학술원 논문집: 인문사회과학편』 15(학술원, 1971); 조동일, 「조선 전기 성리학과 국사학의 장르」, 『한국학논집』 2(계명대 한국학연구원, 1974), 341~343면.

32) 조동일, 『문학연구방법』(지식산업사, 1980); 조동일, 『한국문학과 세계문학』(지식산업사, 1991).

이 한국문학 장르론의 "범례적 쟁점"[33]으로 기능하게 되면서, 많은 후속 연구가 파생되었다.

김준영[34]은 중국·일본 문학과의 비교를 통해 장르 기원론을 정리하여 후속 연구의 가능성을 예비했다. 그는 경기체가와 속요의 계열을 상대화했는데, 경기체가가 중국 사악(詞樂)의 영향으로 발생한 반면, 속요는 4구 구성의 민요에서 출발하여 궁중에서 외래 악곡에 맞춰 부르기 위한 반복구·여음 또는 새로운 절이 추가된 장르라고 설명했다. 이러한 접근은 '외래기원론'으로 분류할 수 있는 후속 연구에 직간접적으로 영향을 미쳤다고 생각된다. 그밖에도 경기체가 일반에 대해 형식과 기원, 형성 과정, 속요와의 관계, 시가사적 위상 등에 초점을 둔 이능우, 김선풍, 모정자, 김택규, 이종출, 김문기 등의 성과가 이어졌다.[35]

지금까지 언급한 연구자들이 경기체가 연구의 이론적 심화를 이루었다면, 김창규는 연구 영역의 확장을 선도했다. 함허당 기화(1376~1433)의 경기체가 〈미타찬〉·〈안양찬〉·〈미타경찬〉 등을 소개[36]하여 불교계 경기체가 연구의 기반을 마련한 것이다. 이를 기점으로 불교계 경기체가 발굴이 진행되어, 1990년대 무렵부터는 더 본격적인 관심을 받게 된다. 논자는 이후로도 꾸준한 성과를 제출하여 연구의 편폭을 넓혔는데,[37] 〈배천

---

33) 김흥규, 『욕망과 형식의 시학』(태학사, 1999), 117면.

34) 김준영, 「경기체가와 속가의 성격과 계통에 관한 고찰」, 『한국언어문학』 13(한국언어문학회, 1975).

35) 이능우, 「국문학 장르의 이동(異同) 연구」, 『논문집』 1.(숙명여대, 1961); 김선풍, 「고려가요의 형태고(2)-경기체가를 중심으로」, 『새국어교육』 14·15, 1970; 모정자, 「경기체가 문학론」, 『청파문학』 9(숙명여대, 1970); 김택규, 「고가의 가락과 사설에 대하여-그 생성배경의 사회민속적 연구」(문교부 연구보고서, 1972); 이종출, 「경기체가의 형태적 고구」, 『한국언어문학』 12(한국언어문학회, 1974); 김문기, 「경기체가의 제문제」, 『문맥』 5(경북대 사대국어과, 1979).

36) 김창규, 「함허당고-그의 별곡체가의 소개」, 『동양문화』 6·7(영남대 동양문화연구소, 1968).

37) 김창규, 「별곡체가연구」, 『국어교육연구』 3(경북대 사범대국어과, 1971); 김창규, 「별곡

곡〉의 본격적인 소개 역시 그의 성취였다. 김창규의 연구 외에도 작품 소개 및 텍스트 분석에 집중한 사례로 〈한림별곡〉의 김동욱·윤영옥·금기창·신동일, 〈서방가〉의 김문기, 〈금성별곡〉의 이상보와 박노춘, 〈불우헌곡〉의 정재호·권영철·조병희, 주세붕의 경기체가를 다룬 김무조, 〈독락팔곡〉을 다룬 최진원, 민규의 〈충효가〉를 소개한 임기중 등의 연구가 있었다.[38)]

경기체가에 대한 일반론이나 개별 텍스트에 관한 작품론이 활성화된 반면, 문헌고증·서지학이나 표기방식·어석 등과 관련된 어학 연구는 별달리 시도되지 못한 측면이 있다. 물론 정밀한 문헌 검토를 통해 새로운 시각을 도출한 이명구의 사례도 있으나 이는 예외적인 면모였다. 박병채나 전규태[39)] 등이 고려가요 전반을 주석하면서 〈한림별곡〉·〈관동별곡〉·〈죽계별곡〉을 언급했지만, 이들의 관심은 대개 '국문으로 기록된' 가요에 있었기에 한문이나 차자표기로 기록된 경기체가의 많은 부분은 연구의 초점에서 빗겨나 있었다. 경기체가의 영역에 한정해 보았을 때 이들

체가 형식고」, 『국어교육연구』 5(경북대 사범대국어과, 1973); 김창규, 「별곡체가의 내면적 성격 고찰」, 『국어교육연구』 6(경북대 사범대국어과, 1974); 김창규, 「謹齋詩歌考」, 『논문집』 2(영주경상전문대, 1979).

38) 김동욱, 「한림별곡의 성립연대」, 『연세대80주년기념논문집』(인문과학, 1965); 윤영옥, 「한림별곡소고」, 『도남 조윤제 박사 고희기념 논총』(형설출판사, 1976); 금기창, 「한림별곡에 관한 연구」, 『우촌 강복수 박사 회갑기념 논문집』(형철출판사, 1976); 신동일, 「한림별곡연구서설」, 『논문집』 19(육군사관학교, 1979); 김문기, 「의상화상의 서방가연구」, 『동양문화연구』 5(경북대동양문화연구소, 1978); 이상보, 「박성건의 금성별곡연구」, 『논문집』 8(명지대, 1975); 박노춘, 「경기체가작품 금성별곡에 대하여」, 『도남 조윤제 박사 고희기념 논총』(형설출판사, 1976); 정재호, 「불우헌고」, 『국문학』 4(고려대, 1960); 권영철, 「불우헌가곡연구」, 『국문학연구』 2(효성여대, 1969); 조병희, 「상춘곡과 불우헌 정극인」, 『전라문화연구』 1(1979); 김무조, 「신재문학의 새로운 고찰」1~2, 『국어국문학논문집』 2~4(동아대, 1978); 최진원, 「은구(隱求)와 온유돈후-독락팔곡과 한거십팔곡을 중심하여」, 『인문과학』 1(연세대, 1971); 임기중, 「경기체가 〈충효가〉에 대하여」, 『우리문학연구』 2(우리문학회, 1977).

39) 박병채, 『고려가요어석연구』(선명문화사, 1968); 전규태 주해, 『국문학대계: 고려가요』(정음사, 1968).

의 어석이나 주석은 제1기의 양주동에 비해 큰 진전을 보였다고 하기 어려웠다.

보기에 따라서는, 경기체가의 전대절을 '작품 외적 세계의 병렬적 나열'로 본 조동일의 구도와 결합하며 어학적 궁구의 결여가 강화된 경향도 있다고 생각된다. '현존하는 사물'을 '있는 그대로 나열'했다는 전제가 선입견처럼 작용한 탓인지, 적지 않은 연구는 해당 대목의 한자구에 대해 축자역에 머무를 뿐 본격적인 주석이나 문학적인 해석을 시도하지 않은 면모를 노정했다. 한편 어학 전공의 연구자들은 차자표기 부분의 어석에 일부 관심을 보일 뿐 한문 부분의 해석에는 흥미를 보이지 않았다. 결과적으로 양주동(1947) 이후로는 텍스트 해석이 작품 전반의 어석이나 의미 풀이와는 유기적으로 붙지 못하면서, 작품의 의미 지향과도 견실히 결부되지 못한 모습이 나타나기도 한다.

3) 제3기 성숙기(1980년대~2000년대 초반)

1980년대부터 2000년대 초반의 제3기는 경기체가 연구의 성숙기라고 할 수 있다. 이 시기에는 여러 세대 연구자의 시각이 교차하며 한결 다층적인 논의의 장이 형성되었다. 제3기까지 활동을 이어간 일부 2세대 연구자들을 중심으로 비교적 전통적인 시각이 지속했고, 제2기부터 본격화된 연구 영역의 확장도 흐름을 이어갔다. 대략 3·4세대로 분류할 수 있는 연구자들을 중심으로는 '신흥사대부' 개념에 기댄 장르론·작품론 층위의 심화연구가 이루어졌다. 반면 그보다 후속 세대로 분류할 수 있는 연구자들에게서는 앞 세대의 거대 담론과 이론이 간과한 측면을 궁구하는 모습이 나타난다. 후자의 새로운 연구 경향은 고전문학 연구자들이 전통적으로 공유했던 문학 관념과 다소 배치되는 문제의식을 직간접적으로 내포했다. 경기체가가 지닌 '노래'의 속성을 어떻게 이해할 것인가 하는 의문이나 장르 속성(서정성-교술성)의 변천 또는 가변성에 관한 고민이 대표적이다. 연구사 전반을 돌이켜볼 때, 제1기의 경기체가 연구가 시가사에서의 위상 설정과 텍스트의 고증, 제2기의 연구가 개념화와 이론화였다면, 제3기의 연구는 각각에 대한 개념사 차원의 성찰과 역사주의의 심화 등을 통해 이전 시기의 빈틈 혹은 논리적 비약을 축소해나가는 지양의 시도였다고 생각된다.

장르 기원론으로는 1980년대부터 1990년대 초중반까지, 한시와의 형식 비교를 시도한 양희철, 당시(唐詩)의 영향을 언급한 김중렬, 팔경시를 지목한 김기탁과 김선기, 사륙문을 염두에 둔 박성의, 이명구·김준영에 뒤이어 송사(宋詞)의 영향에 주목한 금기창, 원대 산곡(散曲)과의 유사성에 착안한 성호주·성호경의 논의가 빈발했다.[40] 이들은 대개 향가에서 이어온 한국어 시가의 지속력은 인정하면서도, 형식이나 향유층의 돌출에 주목해 외래시가의 영향에 방점을 찍었다. 1990년대 후반부터는 성호경이나 안장리처럼 앞 시기의 관심을 이어가고 있는 경우,[41] 또는 비교문학적 방법론을 활용한 일부 사례[42]를 제외하고는 기원론 논의가 적잖이 사그라들었다. 이런 모습은 첫째로 장르 기원을 규정함으로써 시가

---

40) 양희철, 「한림별곡과 한시계의 형식대비」, 『서강어문』 2(서강어문학회, 1982); 김중열, 「경기체가의 형성에 미친 당시의 영향」, 「논문집」 4(한성대, 1980); 김기탁, 「경기체가의 성격고찰」, 『영남어문학』 8(한민족어문학회, 1981); 김선기, 「한림별곡 형성과정에 대하여」, 『충남대 인문과학논문집』 9(2)(충남대, 1982); 박성의, 『한국가요문학론과 사(史)』(집문당, 1986), 220면; 금기창, 「한림별곡에 관한 연구」, 『한국시가에 관한 연구』(형설출판사, 1982); 성호주, 「경기체가의 형성 연구」(부산대 박사학위논문, 1988); 성호경, 「경기체가의 구조 연구」(서울대 석사학위논문, 1980); 「고려시가에 끼친 원 산곡의 영향에 대한 고찰」, 『국어국문학』 112(국어국문학회, 1994), 97~136면.

41) 성호경, 「원의 산곡이 고려 후기 시가에 끼친 영향」, 『진단학보』 114(진단학회, 2012), 207~239면; 안장리, 「한국팔경시 연구: 연원과 전개를 중심으로」(한국정신문화연구원 박사학위논문, 1996); 안장리, 『한국의 팔경문학』(집문당, 2002).

42) 변유유, 「〈한림별곡〉에 미친 송사의 영향」, 『한민족어문학』 55(한민족어문학회, 2009), 115~145면; 이경백, 「안축의 「관동별곡」과 송사의 비교연구를 통한 경기체가의 형성과정연구」, 『한문고전연구』 31(1)(한국한문고전학회, 2015).

사의 전개를 재구성하려는 동력이 감소한 점, 둘째로 타 장르와의 형태적 유사성에 착안해 장르 기원을 추론한 연구 성과가 충분히 축적되었기에 새로운 가능성을 모색하기 어려워진 점 때문으로 보인다.

고려가요 연구의 제논의를 모은 『고려시대의 가요문학』(1982, 새문사)은 경기체가 연구사 차원에서 언급할 만한 여러 논문이 수록된 문제적 논저라 할 수 있다. 김동욱은 〈한림별곡〉에 관한 기존 연구를 정리하고 창작시기와 관련된 가설 등을 심화했으며, 조동일은 제2기의 성과(1971)를 발전시켜 속요와 경기체가의 장르를 논했다. 장사훈의 논의는 경기체가만을 다루지는 않았으나, 문제의식 면에서 후대의 연구경향을 일정 부분 선취했기에 눈여겨볼 필요가 있다. 국악학 기반의 연구를 진행한 논자는 전통적인 고전시가 연구가 그 음악성을 간과하고 있음을 비판했던 것이다. 〈정과정(진작)〉에서 〈한림별곡〉이 파생되었다고 주장하며 경기체가의 외래기원론을 비판한 양태순의 시도는 장사훈의 입론과 같이 음악학의 관념을 활용함으로써 성립할 수 있었다.[43]

앞 절에서 언급했듯 조동일의 연구는 장르론과 관련된 주요 후속 연구를 파생했다. 그는 경기체가를 서정시로 간주해온 것에 반대하여 '교술시'를 주장한 바 있었다. 이와 관련해 김학성은 비교적 전통적인 입장에서 경기체가의 서정성을 강조하다가, 점차 경기체가가 교술과 서정의 복합적 성격을 지니되 교술성 위주인 초기에서 서정성이 강화되는 후기로의 변천을 보인다는 입장으로 선회했다. 성호경은 반대로 본래 서정적 장르였던 경기체가가 15세기 이래에 교술 위주로 변모했다고 주장하기

43) 김동욱, 「〈한림별곡〉에 대하여」, 『고려시대의 가요문학』(새문사, 1982), Ⅰ-8~17면; 조동일, 「고려가요 갈래 시비」, 『고려시대의 가요문학』(새문사, 1982), Ⅱ-2~15면; 장사훈, 「고려가요와 음악」, 『고려시대의 가요문학』(새문사, 1982), Ⅱ-164~177면; 양태순, 「고려속요에 있어서 악곡과 노랫말의 변모양상」, 『관악어문연구』 9(서울대 국문과, 1984); 「고려속요와 악곡과의 관계」, 『논문집』 15(청주사대, 1985); 「한림별곡의 기원 재고」, 『벽사이우성선생 정년퇴직기념 국어국문학논총』(여강출판사, 1990).

도 했다. '별곡체' 명칭을 고집해온 김창규는, '가(歌)'·'요(謠)' 등 명칭을 배격하여 '한림시'라는 대체용어를 새로 주창했다.[44] 김창규의 입장은 '시가'라는 용어 자체가 일제의 잔재라는 논리에서 비롯했지만, "문학이 음악의 구속으로부터 벗어나야 한다는 당위론적 명분"[45], 이에 따라 '순수한 문학', '순수한 서정시'를 절대화하는 경향과도 연관이 있는 것으로 보인다.

김흥규[46]는 조동일에게서 본격화한 경기체가 장르론이 연구사에서 차지하는 좌표를 파헤치고 그 전망을 제시했다. 논자는 조동일이 장르의 '보편 실재론'을 철학적으로 전제하고 있음을 지적하고, 그 대신 '역사적 실재론'의 차원에서 '혼합 장르'나 '이동(변화) 중인 장르', 또는 '중간 장르'의 가능성과 필요성을 제기했다. 경기체가의 작품 내적 세계는 "객관적 실재의 세계"가 아니라 "작품 밖의 현실"을 "일정한 주관성을 통해 선택, 여과하고 재구성한 세계"이므로, 결국 경기체가는 "서정과 교술의 중간에 있는 장르"에 가깝다는 설명이었다. 이때 경기체가의 장르적 성격은 "사실의 세계를 떠나지 않으면서 그것을 완강한 주관성에 의해 선택, 폐쇄하여 관념화하고, 이를 정서적, 심미적 도취의 차원으로 드높이는 사대부적 사유의 형식화"로 규정되었다.

김흥규의 논의를 전후한 1980년대 전반기 경기체가 장르 논쟁은 당대 인문학계 전반의 추세와 연관 지어 볼 측면이 적지 않다. '자아'와 '세계' 관념의 문학적 의미, '작품 내적 세계'와 '작품 외적 세계'의 분리 등 조동일에 의해 구체화된 장르론의 주요 개념은, 명석판명한 자아, 그리고 그

---

44) 김학성, 『한국고전시가의 연구』(원광대출판부, 1980); 「경기체가」, 『한국문학연구입문』(지식산업사, 1982); 성호경, 「경기체가의 장르」, 『한국문학사의 쟁점』(집문당, 1986); 김창규, 『한국 한림시 평석-경기체가-』(국학자료원, 1996), 4면.

45) 조규익, 『선초악장문학연구』(숭실대출판부, 1990), 5면.

46) 김흥규, 「장르론의 전망과 경기체가」, 『백영정병욱선생환갑기념논총』(신구문화사, 1982).

런 자아와 분리-단절된 세계를 전제하는 칸트·헤겔식의 서구 근대철학·미학 전통에 뿌리를 두고 있었다. 물론 김흥규가 제시한 역사적 실재로서의 장르론은 기본적으로 조동일이 세운 거대 담론의 예외와 빈틈을 메꾸려는 보완에의 노력에 가까웠다. 그러나 포스트모더니즘의 조류 속에 '근대성'의 한계에 비판이 터져 나오게 되는 학술사적 맥락을 참고할 때, 조동일의 장르론이 지닌 '예외와 빈틈'을 적극적으로 인지한 것 자체로 김흥규의 문제의식은 균열의 가능성을 예비 혹은 암시한 것이었다.

박일용의 연구[47]에 즈음하여, 전술한 균열은 파급을 일으킨다. 논자는 〈관동별곡〉 등을 예로 들어 "언뜻 보기에 독립적으로 보이기도 하는" 전대절의 어휘들은 기실 "~景"이라는 개념어에 포괄되고 "어떠하니잇고"라는 감탄에 대응되어서만 그 의미를 드러내기에, 결국 "통사적 체계"를 통해 "시적 세계의 구성에 참가"하는 것이라고 주장했다. 논자는 "대부분이 잔치에서 노래 불려진" 경기체가의 가창성도 함께 언급했다. 그리고 〈불우헌곡〉으로 접어드는 시기에 〈한림별곡〉 등이 지닌 형태적 정형성이 붕괴한 것을 지목하여, 모순적 현실정치와의 거리감이나 자기 수양의 의무감을 짊어진 조선 중기 문인의 문학적 기호가 여말선초 신흥사대부와는 달라진 데 기인한다고 설명했다. 이는 전통적인 '서정시'론과는 다른 차원에서 조동일의 교술시론에 반박한 사례였다.

박노준[48]은 〈한림별곡〉의 작자 '한림제유'가 그 창작·향유의 시점에서는 상당히 한미한 위치에 있었음을 지적하며, 〈한림별곡〉을 '앞당긴 체험'의 세계를 노래한 것으로 설명했다. 후속 연구[49]에서는 안축의 〈관동별곡〉·〈죽계별곡〉을 '현재적 체험'으로 규정하면서, "현재의 시간에

47) 박일용, 「경기체가의 장르적 성격과 그 변화」, 『한국학보』 13(일지사, 1987), 40~59면.
48) 박노준, 「한림별곡의 선험적 세계」, 『한국학논집』 9(한양대 한국학연구소, 1986).
49) 박노준, 「〈한림별곡〉과 〈관동별곡〉(겸 〈죽계별곡〉)의 거리」, 『향가여요의 정서와 변용』(태학사, 2001).

서 관인으로서의 포부와 경륜을 펴"는 작자 안축이 "의기양양하게 행세하는 득의에 찬" 모습이라고 해석했다. 〈한림별곡〉과 안축 이후의 경기체가 사이에 차별성이 있다고 주장한 논자의 견해는 박일용의 시각과의 연관 속에 후속 연구에 상당한 영향을 끼쳤다.

박노준·박일용에게서 발견되는 새로운 동향은 이전의 거대 담론보다 한결 미시적인 차원에서 장르 내적인 변화 혹은 시대 변별을 탐구하는 것을 특징으로 한다. 예를 들어 안축 경기체가에 대한 김동욱의 견해[50]는 박일용의 고찰을 발전시켜 김창규 등의 비교적 전통적인 경기체가 인식에 반론을 꾀한 시도였다. 논자는 경기체가 전대절의 각 구절이 통사구조에 따라 그 의미가 한쪽으로 귀결·집약된 형태라고 보았다. 고정희[51]는 후술할 박경주의 연구와 비슷한 맥락에서 신유학 수용기이자 원간섭기였던 여말선초의 시대성에 주목하여 안축 경기체가를 장르 변화의 기점으로 지목했다. 경기체가가 안축을 기점으로 신흥사대부의 물(物)·리(理)에 대한 철학적 이해와 백성에 대한 책임의식, 민족의식을 담지하는 방향으로 나아갔다는 해석이다.

박경주[52]는 경기체가 연구의 새로운 기수로서, 경기체가가 "교술성에 기초한 장르"임을 명시하면서도 여말-선초-조선 중기의 시대적 변천이나 향유 방식의 차이에 따라 그 교술성과 서정성의 정도를 다각화하여

---

50) 김동욱, 「근재 안축과 그 시·가의 연구」(성균관대 박사학위논문, 1987); 「〈관동별곡〉·〈죽계별곡〉과 안축의 가문학(歌文學)」, 『반교어문연구』 1, 1988.

51) 고정희, 「원 복속기 신흥사대부의 계급의식과 안축의 경기체가」, 『한국문화』 30(서울대 규장각 한국학연구원, 2002).

52) 박경주, 「경기체가의 연행 방식과 성격 변화」(서울대 석사학위논문, 1990); 「고려시대 한문가요 연구」(서울대 박사학위논문, 1994); 「국문학의 장르론과 경기체가」, 『선청어문』 23(서울대 국어교육과, 1995), 233~250면; 「경기체가의 작자층과 시대적 변화양상」, 『문학과 사회집단』(집문당, 1995); 『경기체가 연구』(이회문화사, 1996); 『한문가요 연구』(태학사, 1998); 「고려후기 문학 담당층의 전개 양상과 경기체가: 무신정권기 문인층에서 여말 신흥사대부로의 변화를 중심으로」, 『국제어문』 25(국제어문학회, 2002), 1~26면.

분석했다. 이러한 분석은 문학 담당층의 성격 변화에 대한 고찰과 대응한다. 예컨대 논자는 〈한림별곡〉이 앞선 시대 문벌귀족과 대비되는 무신집권기 문인관료의 득의감을 과시한 작품이라고 이해한 반면, 〈관동별곡〉과 〈죽계별곡〉은 원간섭기 신흥사대부의 현실 개혁 욕구와 개혁에 임하는 자부심을 배경으로 한다고 풀이했다. 박사학위논문과 뒤이은 단행본에서는 '한문가요'의 큰 개념 안에서 경기체가를 다루었고, 이 과정에서 당악가사와의 연관성, 선초 불교 악장과 불교계 경기체가, 기화(己和) 소작 불교 가요의 문학사적 의의 등이 논의에 포함되었다. 박경주의 시각은 간헐적으로만 조망되던 장르의 시대적 변천을 정밀하게 논의한 데서 나아가 경기체가의 향유 방식을 적극적으로 결부했다는 점에서 제3기의 새로운 연구 동향을 대표하는 것이었고, 김동임·최선경·안지영 등의 후속 연구[53]로 이어졌다.

악장 연구의 일환으로 경기체가형 악장을 조명한 조규익[54]의 연구는, "문학이 음악의 구속으로부터 벗어나야 한다는 당위론적 명분"을 극복하려는 시도였다. 비록 경기체가에만 집중한 것은 아니었지만, 논자의 연구는 전술한 문제의식 아래 경기체가의 기능과 음악성 양쪽을 포괄하려 했다는 점에서 제3기 연구 동향의 연장선에 있다. 앞서 언급한 장사훈(1982)과 양태순(1984)이 '고려시대 시가사'의 층위에서 경기체가의 음악적 성격에 초점을 두었다면, 논자는 대개 궁중 악장으로 활용되었던 경기체가의 기능과 향유 맥락이 그 음악성과 어떻게 결부되었는지 살폈으며, 이를 문예 미학의 방식과 조화시켜 괄목할 만한 성취를 이루었다. 이는

---

53) 김동임, 「경기체가연구 – 향유방식과 형식 변화를 중심으로」(부산대 석사학위논문, 1993); 최선경, 「경기체가의 향유방식에 관한 연구」(연세대 석사학위논문, 1995); 안지영, 「경기체가 양식과 향유층의 관련 양상」(서강대 박사학위논문, 2003).

54) 조규익, 『선초악장문학연구』(숭실대출판부, 1990); 『고려속악가사·경기체가·선초악장』(한샘, 1993); 「주세붕의 국문노래연구」, 『웅진어문학』 1(웅진어문학회, 1993).

악장 연구 차원에서 진행되고 있는 2000년대 중반 이후 경기체가 연구들의 선편을 잡은 것이었다고 평가할 수 있다.

김창규[55]는 새로운 연구 동향과는 다소 거리를 두면서, 〈관동별곡〉과 〈죽계별곡〉부터 〈구월산별곡〉, 〈화산별곡〉, 세종조의 경기체가계 악장, 주세붕의 경기체가, 〈불우헌곡〉, 〈독락팔곡〉, 〈금성별곡〉, 〈배천곡〉, 〈화전별곡〉, 〈안양찬〉, 〈미타찬〉에 이르기까지 1980년대 전체에 걸쳐 경기체가 각편에 대한 다수의 기초 논의를 진행했다. 논자는 두 편의 단행본[56]을 통해 당시까지 축적된 경기체가의 어석과 관련 연구 성과를 종합하기도 했다. 이는 임기중 등이 공저한 『경기체가 연구』(1997)[57]와 더불어 당대까지의 장르 연구사를 집대성한 성과였다.

제3기에 진행된 경기체가 연구 가운데 〈한림별곡〉 이외의 텍스트를 다룬 연구로는 〈기우목동가〉부터 시작해 불교계 경기체가 전반을 개괄한 김문기[58]의 연구가 대표적이다. 조선 중기 사림의 시세계 및 국문시가 인식과 관련해서는 권호문과 주세붕의 사례를 조망한 우응순, 〈구월산별

55) 김창규, 「근재 관동별곡 평석고」, 『논문집』 16(대구교대, 1980); 「사대부시가의 자기과시 양상」, 『교대춘추』 13(대구교대, 1980); 「죽계별곡 평석고」, 『국어교육연구』 12(경북대 국어교육연구회, 1980); 「구월산별곡고」, 『어문학』 42(한국어문학회, 1982); 「화산별곡 평석고」, 『국어교육논지』 9(대구교대, 1982); 「신재(愼齋)의 존현(尊賢)시가고」, 『논문집』 20(대구교대, 1984); 「불우헌곡평석고」, 『논문집』 21(대구교대, 1985); 「송암(松巖)의 독락팔곡고」, 『멱남 김일근박사 회갑기념 어문학논총』(논총간행위원회, 1985); 「금성별곡 평석고」, 『국문학연구』 19(효성여대, 1986); 「성종조 석전악장 배천곡 평석고」, 『한실이상보박사 회갑기념논총』(논총간행위원회, 1987); 「화전별곡고」, 『국어교육논집』 13(대구교대, 1987); 「정토신앙의 안양찬과 서방가고」, 『다곡이수봉선생 회갑기념논총』(논총간행위원회, 1988); 「미타찬 평석고」, 『석천정우상박사 회갑기념논문집』(논문집간행위원회, 1990).

56) 김창규, 『한국 한림시 평석: 경기체가』(국학자료원, 1996); 『한국한림시연구』(역락, 2001).

57) 임기중 외, 『경기체가연구』(태학사, 1997).

58) 김문기, 「기우목동가 연구」, 『어문학』 39(한국어문학회, 1980), 15~35면; 「불교계 경기체가 연구」, 『성곡논총』 22(성곡언론문화재단, 1991), 1863~1899면.

곡〉과 주세붕의 경기체가를 다룬 최용수의 연구가 주효했으며,[59] 안축 경기체가의 창작 배경에 천착한 정무룡의 연구 3편, 안축의 자연관을 살핀 신영명, 〈관동별곡〉의 정서를 "선우후락(先憂後樂)적인 흥과 락"으로 정의한 김상철도 개별 텍스트 연구로서 유효한 성취를 이루었다.[60] 이외에 〈화산별곡〉을 다룬 김진세, 〈독락팔곡〉을 분석한 김상진·이신복, 주세붕의 경기체가를 살핀 허철회·김영수 등의 연구가 이어졌다.[61] 이들의 연구는 연구 대상의 다양성을 다소나마 보완한 중요한 기여였다. 물론 가장 대표적인 경기체가인 〈한림별곡〉에 대한 관심도 김창규, 김동욱, 김선기, 오민필, 박성규, 호승희, 지준모, 김정주, 박병욱, 윤영옥, 손종흠, 임희란, 여운필, 이화형, 송재주·안동주 등에 의해 계속되었다.[62]

---

59) 우응순, 「권호문의 시세계」(고려대 석사학위논문, 1982); 「주세붕의 백운동서원 창설과 국문시가에 대한 방향 모색: 황준량과의 논의를 중심으로」, 『어문논집』 35(안암어문학회(민족어문학회), 1995), 295~313면; 최용수, 「유영(柳頜)과 그의 구월산별곡」, 『배달말』(배달말학회, 1999); 「경기체가에 대한 주세붕의 인식태도」, 『한민족어문학』 38(한민족어문학회, 2001).

60) 정무룡, 「안축의 〈관동별곡〉 창작 시기와 그 배경」, 『한국시가연구』 19(한국시가학회, 2005); 「안축의 〈관동별곡〉 반추」, 『한민족어문학』 47(한민족어문학회, 2005); 「竹溪別曲 새로 읽기」, 『한민족어문학』 50(한민족어문학회, 2007); 신영명, 「경기체가의 갈래적 성격과 안축의 자연관」, 『우리어문연구』 9(우리어문학회, 1995), 265~284면; 김상철, 「안축의 〈관동별곡〉에 나타난 정서와 그 표출방식에 대하여」, 『한국학연구』 10(인하대 한국학연구소, 1999), 117~145면.

61) 김진세, 「화산별곡고」, 『한국고전시가작품론1』(집문당, 1992); 김상진, 「송암권호문시가의 구조적 이해」, 『한국학논집』 18(한양대, 1990); 이신복, 「독락팔곡에 대하여」, 『한국고전시가작품론1』(집문당, 1992); 허철회, 「주세붕의 경기체가 석주해설 -도동곡을 중심으로」, 『동악어문논집』 27(동국대, 1992); 김영수, 「주세붕의 경기체가 연구」, 『국문학논집』 19(단국대 국문과, 2003), 257~305면.

62) 김창규, 「한림별곡 평석 시고(試考)」, 『국어교육논지』 7(대구교대, 1980); 김동욱, 「한림별곡에 대하여」, 『고려시대의 가요문학』(새문사, 1982); 김선기, "한림별곡의 작자와 창작년대에 관한 고찰", 「어문연구」 12(충남대 어문연구회, 1983); 오민필, 「복양문학의 재조명-조수론과 한림별곡을 중심으로」, 『새국어교육』 35(한국국어교육학회, 1982), 379~396면; 박성규, 「한림별곡 연구」, 『한문학논집』 2(단국대, 1984); 호승희, 「한림별곡의 시적 구조와 정서」, 『고려시가의 정서』(개문사, 1985); 지준모, 「한림별곡 추의」, 『석하 권영철박사 회갑기념 국문학연구논총』(효성여대출판부, 1988); 김정주, 「한림별곡에 나타난 사회성 고찰」, 『인문과학연구』 12(조선대, 1990); 박병욱, 「한림별곡 연구」,

제3기의 연구사를 요약해 보면, 제1기에 성립한 전통적인 경기체가 인식, 그리고 제2기 이명구와 조동일이 시도한 이론적 심화와 담론 형성의 사이에서 특히 1980년대 중후반부터 새로운 연구 동향이 돌출했다고 볼 수 있다. 제3기의 연구자들은 한결 미시적인 차원에서 앞선 시기 거대담론의 예외와 빈틈을 파헤치면서, 문학 담당층의 특성과 계급의식, 텍스트의 사회·사상적 배경과 실제적인 향유 맥락을 탐구하여 경기체가에 대한 역사주의적 이해를 심화해 갔다. 물론 개별 텍스트 단위의 작품론에서도 다양한 성취가 이루어졌는데, 〈한림별곡〉에 대한 관심이 주를 이룬 한편으로 여타의 텍스트에 관한 관심도 조금씩이나마 이어졌다.

3. 경기체가 연구의 현황과 과제

1) 2000년대 중반 이후의 연구 동향

2000년대 중반 이후의 연구 동향을 보면, ① 연구의 절대량 감소라는 아쉬운 면모의 와중에 ② 연구 초점의 다각화·예각화가 진행되고 있다. 연구자의 세대교체와 더불어 이전 시기의 연구 동향에서 더욱 개별화된 모습으로, 2022년 현재까지 그 흐름을 이어 오고 있기에 앞선 제3기까지의 연구사와는 분리하여 '현황'으로 소개한다.

고전문학한문학연구학회에서 『고전과 해석』 1호(2006)부터 매해 누적

『경기어문학』 9(경기대 국어국문학회, 1991); 윤영옥, 「한림별곡」, 『고려시가의 연구』(영남대출판부, 1991); 손종흠, 「한림별곡 연구」, 『한국방송통신대논문집』 14(방송통신대학교, 1992); 임희란, 「한림별곡 연구 -도교사상의 침윤상을 중심으로」(동덕여대 석사학위논문, 1994); 여운필, 「한림별곡의 창작시기 재론」, 『수련어문논집』 23(수련어문학회, 1997); 이화형, 「한림별곡의 문학적 성격 고찰」, 『한국시가연구』 2(한국시가학회, 1997); 송재주·안동주, 『한국고전시가론』(국학자료원, 1997).

해온 「고전시가 연구동향」을 통해 경기체가 연구의 추이를 살펴보면, 2005년부터 2020년까지 경기체가를 다룬 연구 논저의 수량은 대략 40편 내외다. 1980년대에만 60편에서 70편 사이에 달하는 논저가 산출되었던 과거에 비해 감소세가 뚜렷하다고 하겠다. 연구 산출량의 축소는 일차적으로 고전시가 연구의 절대량이 줄어들고[63] 학계에 유입되는 신진 연구자의 숫자가 감소하는 추세에 따른 것일 테지만, 장르 설정의 문제와도 결부하여 고민할 필요가 있는 현상이다. 제3기 연구의 연장선에서 '경기체가계 악장'의 양상이나 향유 양상·악곡 변화와 관련된 장르의 변천을 조망하는 일련의 연구가 제출되고 있는데, 이러한 방법론의 돌출은 '시형(詩形)'에서 착안했던 기존의 장르 개념과 '기능 및 향유 양상'에 주목하는 새로운 장르 이해 사이의 격차를 함축하기 때문이다.

예컨대 16세기의 가요 향유 양상에 주목한 류속영[64]의 연구는 경기체가가 교환창 또는 선후창의 방식으로 연행되었음을 지적했다. 논자는 각 장과 전절·후절의 가창적 독립성이 경기체가 형식 붕괴의 바탕이 되었으며, 이 과정에서 엽조 악곡이 경기체가와 이별하고 시조와 결합했다고 설명한다. 이는 일견 경기체가→시조라는 전통적인 시가사 구도와 맞아떨어지지만, 논증 과정에서 시형 대신 가창 방식이나 음률의 변화 등 향유 양상에 초점을 두었기에 양태순과 조규익이 예비했던 '음악성'의 문제의식에서 한 걸음 더 나아간 사례로 평가할 수 있다.

주세붕 경기체가의 창작과 연행 양상을 분석한 박현숙[65]의 연구도 주목할 만하다. 논자는 주세붕의 경기체가가 백운동서원에서 실제 의례요

63) 시가분과, 「고전시가 2020년 연구동향」, 『고전과 해석』 35(고전문학한문학연구학회, 2021), 237면.

64) 류속영, 「16세기 경기체가 후절의 분리 독립 양상에 대한 고찰」, 『고전문학과 교육』 20(한국고전문학교육학회, 2010).

65) 박현숙, 「주세봉의 도동곡 연구」, 『국문학연구』 29(국문학회, 2014).

로 기능했다는 우응순(1995)의 지적을 본격적인 문제의식으로 승화하여 석전(釋奠) 의례 및 악장과의 비교를 시도했다. 이는 조선 중기 경기체가의 변화를 구체적인 향유 양상과 결부한 시각이었다.

김승우[66]는 "'정치문학'을 '정치적'으로"[67] 해석하려는 이른바 '정치적 독법'을 동원하여 악장을 독해하는 와중에 여러 편의 경기체가계 악장을 조명했다. 논자는 텍스트 연구에서 상대적으로 간과되어 온 제문제를 복합적으로 조망하되, 특히 텍스트가 산출된 맥락과 창작 배경, 작자 또는 향유층의 성격 등의 이해를 시형·시상·어법의 구성에 관한 분석과 견실하게 연결지었다.

하윤섭[68]은 16~19세기에 걸친 오륜 담론 변천의 전사로서 15세기의 오륜 담론과 경기체가 〈오륜가〉를 상정했고, 이에 역사적 맥락과 오륜 관념의 고전적 원천에 입각한 재해석을 주창했다. 이전까지의 연구는 오륜시조나 교훈시조를 이해하는 것과 비슷한 관점에서 경기체가 〈오륜가〉를 교화의 방편으로만 이해했다. 그러나 〈오륜가〉는 건국과 체제 완비를 통해 왕화(王化)의 실현을 체감하던 선초 사대부가 "오륜적 질서가 완비된 조종의 성덕을 칭송"하고, "그것이 태평성대의 증좌임을 표창"하며, "'미래적 현재'로서 조선의 모습을 재확인"한 텍스트라는 탁견이다.

---

66) 김승우, 「선초 악장 〈유림가〉 연구」, 『우리어문연구』 41(우리어문학회, 2011), 295~325면; 「세종대의 경기체가시형에 대한 연구-경기체가의 시상 및 어법의 활용 양상」, 『한민족문화연구』 44(한민족문화학회, 2013); 「경기체가계 악장 〈연형제곡〉의 제작배경과 지향」, 『동양고전연구』 65(동양고전학회, 2016); 「경기체가 〈화산별곡〉의 제작 배경과 구성」, 『Journal of Korean Culture』 32(고려대 한국언어문화학술확산연구소, 2016); 『조선시대 시가의 현상과 변모』(보고사, 2017); 「세종 시대 경기체가계 악장 제작의 양상: 집현전 관원의 역할을 중심으로」, 『진단학보』 135(진단학회, 2020).

67) 김흥규, 「선초 악장의 천명론적 상상력과 정치의식」, 『한국시가연구』 7(한국시가학회, 2000), 131~147면.

68) 하윤섭, 「선초〈오륜가〉의 고전적 원천과 그 의미: 경기체가 〈오륜가〉와 시조 〈오륜가〉를 중심으로」, 『어문논집』 60(민족어문학회, 2009); 「조선조 '오륜' 담론의 계보학적 탐색과 오륜시가의 역사적 전개 양상」(고려대 박사학위논문, 2012).

이복로(李福老)의 경기체가 〈화산별곡〉과 〈구령별곡〉을 발굴하여 소개한 김영진의 성과는 연구사에 활력을 불어넣었다. 이미 권순회와 박경주의 연구가 제출되었으며, 앞으로도 다양한 후속 연구가 기대된다.[69)] 조규익은 악곡 향유의 면모에 관심을 두는 한편으로, 문예 미학의 탐구를 기본 삼아 악장 연구를 이어가며 경기체가형 악장을 조망해왔다. 박경주 역시 경기체가 텍스트에 관한 소개와 분석을 이어가고 있다. 경기체가에 대한 학계의 관심이 저조한 상황에서 두 연구자가 앞선 시기부터 보여주고 있는 지속적인 노력은 연구사에 중요한 동력을 공급하고 있다.[70)]

최형우를 필두로 김종진·김기종·전재강·조연숙·조평환·한태식 등 일군의 연구자들은, 이전 시기 김창규와 김문기의 성과를 계승하여 불교계 경기체가의 의미 지향과 배경사상에 관한 연구를 지속하고 있다. 사대부의 문학으로만 여겨진 경기체가 연구의 지평을 달리할 수 있는 새로운 계기가 만들어질지 기대를 불러일으킨다. 이외에도 박경우와 이진규의 학위논문을 비롯해 허남춘, 이규배, 이복규, 전유재, 권혁명, 김동건, 나경수, 김동욱, 이진규, 임주탁, 김명준의 연구논문과 단행본이 제출되어 경기체가 연구의 명맥을 잇고 있다.[71)]

---

69) 김영진, 「신발굴 자료: 구촌 이복로의 경기체가–〈화산별곡〉과 〈구령별곡〉」, 『한국시가연구』 25(한국시가학회, 2008); 권순회, 「계명대학교 동산도서관 소장 국문시가 자료의 가치」, 『한국학논집』 37(계명대 한국학연구원, 2008); 박경주, 「구촌 이복로의 〈화산별곡〉·〈구령별곡〉이 지닌 16세기 경기체가로서의 위상 탐구」, 『고전문학연구』 40(한국고전문학회, 2011).

70) 조규익, 『조선조 악장의 문예미학』(민속원, 2005); 「선초악장 〈오륜가〉의 시대적 의미」, 『온지논총』 24(온지학회), 133~163면; 『조선조 악장 연구』(새문사, 2014); 박경주, 「경기체가의 형식미와 창작 원리 및 그 문학교육적 활용 시안 연구–고려시대 작품을 중심으로」, 『고전문학과 교육』 18(한국고전문학교육학회, 2009); 「15세기 말에서 16세기 초 경기체가 장르의 정서 변화에 대한 고찰」, 『고전문학과 교육』 24(한국고전문학교육학회, 2012); 「정극인의 시가 작품이 지닌 15세기 사대부문학으로서의 위상 탐구」, 『고전문학과 교육』 29(한국고전문학교육학회, 2015), 189~216면.

71) 최형우, 「경기체가의 불교수용과 시적형상화연구」(경북대 석사학위논문, 2012); 「불교계 경기체가의 후절 구성 방식 연구」, 『열상고전연구』 47(열상고전연구회, 2015); 박경우,

한편 정우영[72]의 〈관동별곡〉 어석 연구는 연구사 전반에 걸쳐 결여되었던 국어학적 시각에의 갈증을 채워 주는 중요한 성과라고 생각된다. 물론 텍스트 가운데 차자표기 부분을 제외한 대목에는 관심을 드러내지 않은 점은 아쉬움이 남지만, 일찍이 누락된 방종현(1949)의 성과를 계승하여 문학 전공의 연구자들이 시도하지 못했던 정교하고 적절한 어석을 여럿 추가했다. 안축 경기체가를 새롭게 해석하고 그 계승 양상을 살핀 필자의 학위논문[73]은 정우영의 어석에 많은 부분을 기대어 완성할 수 있었다.

초기 연구사를 돌이켜보면, 경기체가 연구는 경기체가의 시형, 특히 특유의 음수율에 관한 관심에서 출발하여 일제강점기와 해방 전후 당면 과제였던 시가사의 재구성이라는 문제의식을 담지했다. 그러나 오늘날의 경기체가 연구자들은 그러한 문제의식에서 조금씩 다변화한 관심사를 드러내고 있는 것으로 보인다. 이에 따라 대상 텍스트와 연구 방법론, 해석의 층위 등이 다각화하여, 기존 시각으로는 간취할 수 없었던 면모를

「별곡류 시가의 제명관습과 공간의식 연구」(연세대 박사학위논문, 2005); 이진규, 「고려 시가의 형성기반과 발달양상 연구-고려 우리말노래를 중심으로」(동국대 박사학위논문, 2017); 허남춘, 「〈한림별곡〉과 조선조 경기체가의 향방」, 『한국시가연구』 17(한국시가학회, 2005); 이규배, 「〈한림별곡〉의 미적특질과 민족예악사상」, 『어문연구』 152(한국어문교육연구회, 2011); 이복규, 「김태준의 〈한림별곡〉 관련논문 「조선 고대 가곡의 일련(一臠)」」, 『국제어문』 51(국제어문학회, 2011); 전유재, 「〈상대별곡〉에 나타난 화자의 시선과 텍스트 미의식」, 『고전문학연구』 41(한국고전문학회, 2012); 권혁명, 「〈한림별곡〉의 창작배경과 조선시대 〈한림별곡〉의 유행」, 『동양고전연구』 57(동양고전학회, 2014); 김동건, 「음주문화를 통한 〈한림별곡〉의 일고찰」, 『한국문화』 69(규장각한국학연구원, 2015); 나경수, 「한림별곡의 형태 및 갈래 이해의 준거 전환」, 『한국언어문학』 98(한국언어문학회, 2016); 김동욱, 『양심적 사대부, 시대적 고민을 시로 읊다: 근재 안축의 사대부문학』(보고사, 2014); 이진규, 「한림별곡의 형성과 성격 연구」, 『어문학』 139(한국어문학회, 2018); 임주탁, 「〈한림별곡〉의 맥락과 유선(儒仙)의 상상력」, 『한국시가연구』 55(한국시가학회, 2022), 47~90면; 김명준, 「〈한림별곡〉의 전승사와 의미 지향」, 『Journal of korean Culture』 59(고려대 한국언어문화학술확산연구소, 2022).

72) 정우영, 「경기체가 〈관동별곡〉의 국어사적 검토」, 『구결연구』 18(구결학회, 2007).

73) 박영재, 「안축 경기체가의 의미지향과 계승양상」(고려대 석사학위논문, 2020).

새롭게 조명하는 성취가 나타나고 있다. 그러나 새로운 연구자의 유입이 줄어들어 연구의 활력이 상실되고 있는 당금의 추세는 적지 않은 우려를 자아낸다.

2) 경기체가 연구의 과제와 전망

본 절에서는 필자의 학위논문 내용 및 집필 과정에서의 문제의식 등을 예시로 삼아 반추하면서 경기체가 연구의 과제를 짚어본다.

첫째로 문헌 고증·어석·주석의 미비 문제가 있다. 안축의 경기체가에 대한 연구사를 상고해 보면, 어학 연구의 차원에서 〈관동별곡〉을 다룬 방종현(1949)과 정우영(2007), 서지학 연구로서 『죽계지』를 살핀 옥영정, 『근재집』 번역을 위한 서정화·안득용·안세현의 작업을 제외하고는 기초적인 문헌자료(안축의 문집 『근재집』, 주세붕이 간행한 『죽계지』, 『대동야승』의 일부로 현전하는 권별의 『해동잡록』)에 대한 검토가 적절히 이루어지지 못했었다.[74] 이들 중에는 경기체가 연구에 관심을 둔 고전시가 연구자가 없었기에, 엄밀한 의미에서는 텍스트 이해의 기본이 될 기초 단계의 고증을 결여한 채 반세기 전 양주동(1947)의 어석에만 기대어 연구가 진행된 셈이다.

고증의 미비는 〈관동별곡〉의 1장의 "慕義趨風"이 '慕義超風', '慕義起風' 등으로 잘못 기록·오역되거나, 8장의 난해구인 "爲鷗伊鳥蘇甲豆斜羅"를 두고 "爲/鷗伊鳥/藩甲豆斜羅(아! ᄀᆯ멱이새 반갑두샤라)"의 오기라고 가정하는 결과를 낳았다. 그러나 "慕義趨風"의 '趨風' 구절이 함축한 이백의 〈양보음(梁甫吟)〉과 "高陽酒徒" 역이기(酈食其)의 전고를 끌어 오지

74) 옥영정, 「『죽계지』의 편찬과 판본에 관한 서지적 연구」, 『서지학 연구』 31(한국서지학회, 2005), 297~321면; 서정화·안득용·안세현 역, 『근재집』(한국고전번역원, 2013).

않고서는 〈관동별곡〉을 관류하는 작자의 정서를 간취할 수 없었고, 차자표기와 한국식 한문을 통틀어 보아도 '갈멱이새(鷗伊鳥)' 같은 표현은 사례나 개연성을 발견할 수 없었으며, 〈관동별곡〉이 기록된 모든 현전 판본이 '蘇(차조기 소)'로 판각되었기에 蘇를 '藩(울타리 번)'으로 오기했을 가능성은 생각하기 어려웠다. 결국 몇 개월을 고민한 연후에야 '趨風'의 오역을 눈여겨보게 되어 나름대로 대안을 도출해 보았다. 〈관동별곡〉 8장의 난해구에서는 "蘇甲豆斜羅" 부분이 작은 글씨로 판각된 것을 뒤늦게 발견하고서 "爲/四海天下/無豆舍叱多(위 四海天下 없두샷다)"(3장), "爲/羊酪/豈 勿參爲里古(위 羊酪 그 므슴ᄒᆞ리고)"(5장), "爲/四節/遊伊沙伊多(위 사철 노니사이다)"(6장), "爲/遊賞景/何如爲尼伊古(위 遊賞 景 엇더하니잇고)"(7장), "爲/四節/遊是沙伊多(위 사철 노니사이다)"(〈죽계별곡〉 5장) 사례와의 유사성에 착안해 실사(實辭) 부분은 일반 글씨, 밑줄 친 허사(虛辭) 부분은 작은 글씨로 판각되었으리라는 가설을 세워 "爲/鷗伊/鳥蘇甲豆斜羅"라는 새로운 분절을 시도할 수 있었다.

그밖에도 다음과 같은 어학적 연구 차원의 고민을 미완으로 남겨 두어야 했다. 〈관동별곡〉과 〈죽계별곡〉의 수록문헌에서, 그 차자표기는 작품이 창작된 14세기, 최초로 기록된 15세기, 혹은 현전 판본의 간행연대인 16세기(『죽계지』)와 18세기(『근재집』) 중 어떤 시기의 음성언어를 표기한 것일까? 텍스트의 차자표기는 창작 당시의 소위 중앙어였을 개성 일대의 방언인가, 아니면 작자·기록자의 출신지인 경상도 순흥 일대의 방언인가? 텍스트의 차자표기에는 구개음화, 혹은 구개음화의 확산에 따른 반향인 구개음화 과도 교정 같은 특정 시기의 (음성)언어적 현상이 반영되었으리라고 추론하거나 가정해도 좋은가?

전술한 해석이나 고민이 여태껏 시도되지 못했던 까닭은 경기체가 텍스트의 문헌 고증 및 어석에 대한 학계의 문제의식이 부족했기 때문일 것이다. 상대적으로 많은 관심을 받아온 안축 경기체가의 연구에 있어서도 이런 맹점이 있을진대, 여타 경기체가의 기초문헌 및 텍스트에 관한 고증 및 어석에는 더욱 다양한 개선의 여지가 있을 것으로 짐작한다. 앞으로의 경기체가 연구는 전술한 내용과 유사한 고증 및 어석의 단계를 차분히 되짚어 나가는 노력을 필요로 할 것이다.

경기체가 연구의 두 번째 과제는 내재적 발전론의 약화와 문학 담당층 관념의 위기에 대응하는 것이다. 2장에서 살폈듯 경기체가 연구사는 이명구(1964, 1974)의 연구를 분수령으로 중대한 발전을 이루었다. 이는 대개 문학 담당층으로서 여말선초의 신흥사대부(신진사류)나 조선 중기 사림의 특성에 주목한 결과로, 이명구 이후의 후속 연구자들은 한국사 연구의 성과에 의지해 온 셈이다. 여기에는 고려→조선이나 조선 전기→중기로의 이행에 권문세족→신흥사대부, 훈구→사림으로의 정치 세력 교체와 이를 통한 역사의 발전이 있었다는 식의 내재적 발전론의 역사 이해가 작동한다. 문제는 역사발전론 구도가 약화되고 신흥사대부나 훈구–사림의 개념에 대한 의문이 제기되고 있음에도, 그 논리를 원용한 고전시가 연구의 층위에서는 해당 문제를 충분히 고민하지 못하고 있다는 점이다. 사학계에서는 오래전부터 신흥사대부(신진사류)의 개념[75)]이나 훈구–사림의 분기 및 차별성의 실체[76)]에 관해 문제 제기와 비판이 이어지고 있다. 신흥사대부나 사림 등 정치 세력의 정체성이 의문시될수

75) 고혜령, 「고려후기 사대부의 개념과 성격」, 『택와 허선도선생 정년기념 한국사학논총』(일조각, 1992), 217~235면; 박재우, 「고려말 정치상황과 신흥유신」, 『역사와 현실』 15(한국역사연구회, 1995), 12~21면; 김광철, 「복고풍 신진사대부의 재현–현행 중학교 역사 교과서의 "신진 사대부" 서술 검토」, 『석당논총』 62(동아대 석당학술원, 2015), 1~32면.

76) E.W.Wagner, *The Literati Purges: Political Conflict in Early Yi Korea*, Harvard University Press, 1974; 김범, 「조선전기 '훈구·사림세력' 연구의 재검토」, 『한국사학보』 15(고려사학회, 2003), 75~103면; J.B.Duncan, 김범 역, 『조선왕조의 기원』(너머북스, 2013); M.Deuchler, 강훈상 역, 『한국의 유교화 과정』(너머북스, 2013); 미야지마 히로시, 노영구 역, 『양반』(너머북스, 2014); 송웅섭, 「고려 말~조선전기 '정치세력의 이해' 다시 보기」, 『역사비평』 120(역사비평사, 2017), 12~39면; 김정신, 「조선전기 사림·사림정치 연구의 쟁점과 전망」, 『한국사상사학』 64(한국사상사학회, 2020), 29~71면.

록, 이들을 경기체가의 문학 담당층으로 상정한 장르 연구의 이론적 기반이 흔들리게 된다.

〈관동별곡〉이나 〈죽계별곡〉의 작자 안축(安軸, 1287~1348)의 경우만 보더라도, 일생에 걸쳐 다변화한 경기체가와 여타 시문의 주제의식 및 현실 인식 등을 문학 담당층의 특성으로 분석하는 것은 계층·계급 담론의 단단한 지지가 없이는 불가능하다. 바로 그러한 담론 체계가 당면한 균열을 고려할 때, 경기체가 연구의 당면 과제는 '신흥사대부'나 '사림' 등 역사학계에서 빌려왔던 관념이나 담론에의 의존을 줄여 나가는 것이라 할 수 있다. 물론 누적되어 온 역사주의적 장르 이해를 부정할 수는 없겠으나, 작가론이나 작품론의 층위별로 한결 정밀하고 실증적인 재고가 요구된다. 예컨대 흔히 '사림'이라는 범주에 같이 놓이는 김구와 주세붕, 권호문은 그 삶의 궤적과 사상의 스펙트럼 면에서 상당한 편차를 보이며, 이는 이들이 창작한 경기체가의 주제 및 표현 등이 적잖은 차이를 드러내는 점과 연결 지을 측면이 많다.

한편 문학 담당층에 관한 이해를 재고하는 연장선에서, 그 논리의 방향을 전환하는 문제도 고려할 수 있을 것이다. 이는 ③ 창작 양상과 향유 양상 또는 표현론과 수용론의 간극 극복이라는 당면 과제와 결부된다. 안축의 사례를 보면, 경기체가 특유의 정서와 표현 미학 이면에 작자는 각각 충혜왕조의 혼란과 자신의 처지에 대한 부정적 현실 인식(〈관동별곡〉), 그리고 충목왕 집권을 기점으로 일신된 정치 현실에 대한 감회(〈죽계별곡〉)를 담아내었다. 반면 안축의 현손 안숭선(安崇善)이 『근재집』 편찬 시에 두 경기체가를 삽입한 데에는 순흥 안씨 세거지인 죽계(竹溪)를 현양하여 가문의 현달을 드러내려는 의식이 작동했다. 또한 주세붕이 서원지(書院志)인 『죽계지』에 〈죽계별곡〉을 수록한 행위는 도통(道統)을 '만들어 내는'[77] 작업의 일환이었다.

전술한 사례는 경기체가의 창작과 향유의 지향 사이에 실제적인 간극

이 있을 가능성을 암시한다. 이를 고려할 때 기존 연구사에서 추론해온 경기체가 텍스트의 속성 중 어떤 부분은, 엄밀한 의미에서 작가의 의도나 창작의 지향 이상으로 향유층이나 향유의식의 특성과 더 깊은 관련이 있다는 가설을 생각해봄 직하다. 이렇게 보면 텍스트 창작 시점보다 후대에 존재했던 집단의 역사인식과 자의식이, 경기체가의 향유를 매개로 그들 자신의 과거와 전통을 만들어나갔다는 구도를 상정할 수 있을 것이다. 예컨대 〈한림별곡〉과 그 작자인 한림제유(翰林諸儒)의 속성으로 여겨졌던 면모는, 기실 〈한림별곡〉을 향유하며 한림제유 또는 이전 시기의 향유층을 자신들의 이념적 조상으로 상정했던 사대부 집단의 면모였다고 바꾸어 추론하는 방식이다.

마지막으로 짚어볼 대목은 ④ 교술성 관념의 평가절하와 유효성 문제이다. 조동일의 입론 이래 교술시 혹은 교술적 문학으로 규정되어 온 경기체가 연구사를 한 꺼풀 젖혀보면, 서구적 근대의 미학론을 절대화하여 고전시가 연구와 고전문학사 인식을 그에 종속시키는 세계관이 작동한다. 조동일(1971)의 연구는 한국문학을 린네(Linné)의 생물 분류와 같은 세계문학 피라미드에서 다른 민족문학과 균질한 층위로 간주하려는 민족문학론의 구상 아래서 이루어졌다. 예컨대 논자가 '교술'을 한국문학의 주요 장르로 추인하려 한 동기는, 전통적인 3분법의 구도로는 한국 고전문학사에서 너무나 큰 비중을 차지하는 '교술적' 텍스트 전체를 문학사에서 소거해야 하는 데에 있었던 것으로 보인다. 교술 장르의 공백을 감수하고서는 세계문학의 일원이 되기에 충분한 자국어 문학사를 구성하는 것이 불가능하기 때문이다. 그런데 조동일이 차용했던 서구미학 체계는, 각종 가치 체계로부터 "그것 자체로서 자유로울 수 있는"[78] 미적 취향

77) E.J.Hobsbawm, 박지향·장문석 역, 『만들어진 전통』(휴머니스트, 2004).
78) 게오르그 헤겔, 최동호 역, 『헤겔시학』(열음사, 1987).

(Geschmack), 또는 무관심성(disinterestedness)을 문학성의 조건으로 상정했다. 즉 특정 사상·종교나 정치성과 관련 깊은 '교술적 문학'은 기실 근대 미학의 체계에서는 근본적인 배제의 대상이었기에, 4분법을 통해 한국문학 안으로 포섭된 문학의 '교술성'은 다시금 평가절하를 감수해야 했다.

시가사의 재구성이나 장르론 구도와 결부된 몇몇 논점을 제외하고는 경기체가 연구에 관한 학계 전반의 관심도가 이른바 '서정적 문학'에 비해 저조한 까닭도 이와 무관하지 않다고 여겨진다. 앞으로의 경기체가 연구는 전술한 맥락과 그 함의에 주목하여, 종국에는 '교술성' 혹은 '교술적 문학'의 위상과 그에 기인한 장르 전체의 평가절하 경향을 돌아볼 필요가 있다. 궁극적으로는 경기체가 장르의 '교술성'이 얼마만큼 유효한 개념인지 반추하고 장르 전반의 조감도를 그려보는 작업, 그리고 개별 작품론 단위에서 이 사안을 치열하게 고민하려는 문제의식의 실천이 요청된다.

4. 나오며

이상 경기체가 연구의 역사와 현황, 과제와 전망을 살펴보았다. 풋내기 연구자의 관점에서 성긴 논의를 펼쳤기에 미진한 점이 많을 줄 안다. 혹 걸러내지 못한 오독이나 서술 오류가 있다면 양해를 구하고 싶다. 이는 깜냥이 부족한 탓이지, 선학들의 고민과 노력을 간과하거나 폄하하려는 뜻이 없음을 밝힌다.

경기체가 연구사는 발아기(일제강점기~1950년대 중반)와 성장기(1950년대 후반~1970년대), 성숙기(1980년대~2000년대 초반)로 삼분하여 변증법적인 지양의 과정으로 재구성해 볼 수 있다. 제1기에는 경기체가의 개념이

정립되고 텍스트 대다수가 발굴·소개되었으며, 한국어 시가사의 재구성 와중에 형식론과 결부된 장르 기원 가설을 위주로 장르의 위상이 논하여졌다. 제2기에는 2·3세대 연구자들을 중심으로 형식-기원론이 정교화하고 새로운 텍스트가 발굴되었으며, 문학 담당층 관념의 도입을 통한 이론의 정교화가 진행되었다. 당대의 기준으로는 신비평적인, 오늘날의 관점에서는 민족문학론에 입각한 개념화의 과정을 거치며 경기체가는 '신흥사대부의 문학'으로 비정된다. 제3기에는 여러 세대 연구자의 시각이 교차했는데, 문학 담당층 관념에 기댄 장르론·작품론의 심화라는 전통적인 연구의 지속과 더불어 장르의 변천이나 향유 양상을 결부하는 새로운 연구 경향이 돌출했다.

2000년대 중반 이후로는 연구 초점이 다각화 또는 예각화하는 면모가 이어지고 있다. 제3기에 시작된 장르의 성격이나 특성에 관한 문제의식이 심화되어, 특히 불교계 경기체가로의 연구 지평 확장을 이끌고 있다. 다만 전반적인 연구 절대량의 감소 추세는 장르 연구의 활력 상실에 대한 우려를 품게 한다. 궁극적으로는 ① 문헌 고증·어석·주석의 미비, ② 내재적 발전론의 약화와 문학 담당층 관념의 위기, ③ 창작 양상과 향유 양상 또는 표현론과 수용론의 간극, ④ 교술성 관념의 평가절하와 유효성의 문제 같은 사안들에 대한 대응과 보완, 극복의 노력을 통해 경기체가 연구가 앞으로의 활로를 모색할 수 있지 않을까 전망해 본다.

이 글은 『한국시가연구』 57(한국시가학회, 2022)에
수록한 논문을 수정·보완한 것이다.

악장(樂章) 연구의 현황과 전망

김승우
이화여자대학교 국어국문학과 교수

1. 들어가며

본고에서는 고전시가의 여러 갈래 가운데 연구자들 사이에 상대적으로 소외되어 왔던 악장 연구의 현황을 살핀 후 앞으로의 논의에서 좀 더 유념해야 하리라 생각되는 사항을 몇 가지 제안하고자 한다.

악장은 향가나 시조, 가사 등에 비할 때 갈래의 성립 요건이 상대적으로 불명확한 탓에 시가 연구의 주요 대상으로 삼기에 적절한지에 대해 초기부터 논란을 빚어 왔다. 고전시가 갈래가 대개 형식적 완정성(完整性)을 기준으로 논의되는 데 반해, 형식적 일관성이 별반 발견되지 않는 악장 갈래는 다소 예외적 성격을 띠는 것이 사실이다. 형식이 시가 갈래를 설정하는 절대적 기준은 아닌 만큼 악장의 내용적·기능적 특수성을 고려하여 갈래를 설정·논의해 오고는 있으나, 그럼에도 불구하고 악장 갈래의 요건이나 범위에 대해서는 아직도 합의된 결론에 이르지는 못한 듯하다. '악장'이라는 용어의 적용 범위에 관해 서로 다른 시각이 나타나는 것은 이 때문으로 보인다.

물론 악장 갈래가 여타 갈래에 비해 크게 주목받지 못했던 이유가 꼭 이와 같은 장르상의 모호함 때문만은 아니다. 또 하나 중요한 난점은 역시 악장이 지니고 있는 공리적 목적성과 이념성이다. 악장은 진솔한 삶의 체험과 정서를 다루는 것이 아니라 국가적 영광과 이상을 표출하기 위한 부류이며 전례(典例)에 대한 존숭도 강하기 때문에 독특하고 창의적인 발상이나 표현이 결여된 경우도 적지 않다. 서구의 문학 개념이 널리 통용되고 있는 오늘날의 관점에서는 이처럼 교술적 성향이 강한 작품군에 대해서는 아무래도 관심이 덜 미치기 마련이고 이는 관련 연구의 침체로도 이어지는 양상이 지속되어 왔다.

한편, 악장 작품의 대다수가 한문으로 제작되었다는 점 또한 악장 갈래의 가치에 대한 회의를 불러일으켰던 또 다른 요인으로 지목할 수 있다. 국문 작품만을 '진정한 의미의 국문학'·'순국문학'으로 규정했던 초창기 연구에서는 물론이거니와, 한문 문학을 국문학의 정당한 일원으로 파악하고 있는 오늘날에도 이 점은 여전히 문제시된다.

이상과 같은 사항들은 그간의 악장 연구를 상기할 때 흔히 발견하게 되는 난관이다. 악장 연구에서 불거졌던 이러한 난점들이 근래의 연구에서는 어떠한 방식으로 극복되거나 논의되었는지 이하에서 검토하고 몇 가지 전망을 제시해 보고자 하는 것이 본고의 목표이다. 악장에 관한 연구 성과가 다른 갈래에 비해서 소략하다고는 해도 수십 년간의 논의를 모아 보면 그 절대 수량이 상당하고 고찰의 내역도 다양하다. 선학들의 논의를 여기에서 기계적으로 모두 다룰 수는 없는 만큼, 특정 작품이나 작가에 천착한 논의보다는 악장 갈래 전반에 걸친 주요한 성과들을 중심으로 연구 동향의 굵직한 줄기를 되짚어 보고 앞으로의 연구 방향을 전망해 보고자 한다.

2. 1990년대까지의 악장 연구 개관

조선 초기 악장의 존재와 작품의 분포, 주요 특징과 그에 대한 평가 등에 대해서는 이미 1920년대 초창기 국문학 연구에서부터 어느 정도 언급은 이루어진 바 있다.[1] 물론 이 시기 연구의 주요 관심사는 악장 전체보다는 '장편 서사시'로 흔히 규정되었던 〈용비어천가(龍飛御天歌)〉나 〈월인천강지곡(月印千江之曲)〉과 같은 국문 작품이었다. 실상 이들 작품이 존재하지 않았던들 악장에 대해 일부라도 논의할 계제가 있었을까 싶을 정도로 두 작품의 위상은 당초부터 확고했으며, 특히 훈민정음으로 제작된 첫 작품인 데다가 작품 전문을 확인할 수 있었던 〈용비어천가〉에 대해서는 더욱 더 관심이 집중되었다.[2]

두 작품을 포괄하면서도 고찰의 범위를 좀 더 넓혀서 악장이라는 부류 일반에 대해 논의를 시작했던 시기는 1950년대 이후로 파악된다.[3] 조선 초기에 이루어졌던 각종 의례의 정비와 신제(新製) 작품의 출현이 이후의 문학에 어떤 영향을 끼쳤는지에 대한 관심이 악장 연구를 촉발했던 원인이 되었던 것으로 이해된다. 특히 시조와 가사 등 조선시대 시가의 초기 창작·향유층이 대부분 사대부 문인이었다는 점에서 역시 사대부 관료들이 담당했던 악장의 특징을 이해하는 것은 문학사의 현상을 포괄적으로

1) 1980년대까지 이루어진 악장 연구에 대해서는 권두환, 「고전시가」, 민병수 외, 『국어국문학연구사』(우석, 1985), 289~291면; 조규익, 『조선초기 아송문학연구』(태학사, 1986), 19~24면; 조규익, 『선초악장문학연구』(숭실대출판부, 1990), 7~13면; 김영수, 『조선초기시가론연구』(일지사, 1991), 109~119면 등에서 정리된 바 있다.

2) 안확, 『조선문학사』(한일서점, 1922); 조윤제, 『조선시가사강』(동광당서점, 1937), 162~190면; 우리어문학회 편, 『국문학사』(秀路社, 1948), 79~84면 등.

3) 주요 연구 성과로 다음과 같은 논저들이 주목된다: 김사엽, 『이조시대의 가요연구: 특히 초중기의 형식을 주로』(대양출판사, 1956), 15~125면; 이능우, 『고시가논고』(선명문화사, 1966), 440~449면; 윤귀섭, 「악장시가의 형태사적 고찰」, 『국어국문학』 34·35합집(국어국문학회, 1967), 89~122면; 김상선, 「고시조와 선초의 송축가」, 『국어국문학』 41(국어국문학회, 1968), 47~63면; 김상선, 「한국시가의 형태적 고찰」, 『논문집』 13(중앙대, 1968), 275~302면; 이종찬, 「한국 악장과 중국 樂府와의 대비」, 『국어국문학 논문집』 7·8(동국대 국어국문학부, 1969), 241~254면; 성호주, 「소위 '악장'의 장르 처리 문제」, 『수련어문논집』 3(부산여대 수련어문학회, 1975), 83~99면; 최정여, 「조선초기 예악의 연구」(계명대 박사학위논문, 1975); 정병욱, 『한국고전시가론』(신구문화사, 1977), 125~131면 등.

가늠하는 데 필수적이라는 인식이 점차 확산되었던 현상을 이 시기 연구에서 감지할 수 있다.

이들 초기 연구에서 공통적으로 주목했던 사항은 악장 작품에 포함된 특유의 송도적(頌禱的) 성격이었다. 선학들이 악장을 거론할 때 흔히 사용해 왔던 용어에서도 이 점이 확인된다. '창업(創業)을 송영(頌詠)하는 노래'·'창업의 송영가'·'송도문학'·'송도가'·'송축가'·'송시'·'왕권을 칭송하는 것'·'아송문학' 등이 이에 해당한다. 아무래도 궁중의 제례나 회례(會禮)에 소용되는 악장 작품의 제작 배경에 먼저 착목할 수밖에 없었던 것이다. 이처럼 목적과 내용상의 친연성이 강하다고 인식된 탓에 초기에는 개별 작가나 작품 단위의 고찰보다는 부류 일반의 군집화된 특징을 개관한 사례가 대부분이었다. 또한 악장은 텍스트로만 존재했던 것이 아니라 궁중악에 올려 부르는 창사(唱詞)로 쓰였기 때문에 문학작품으로서의 독자성을 보증하기 어렵다는 회의적 시선이 흔히 표출되었던 것도 사실이다. 실상 여타의 시가 갈래들도 정도의 차이가 있을망정 악곡에 올려 부른다는 점에서는 마찬가지이지만, 의례적 성격이 더욱 강하게 나타나는 악장의 경우에는 음악의 역할이 보다 크게 인식되었던 것으로 보인다.

한편, 그 같은 의례와 규준은 악장의 내용상 성격을 가늠하는 데에도 적용되었다. 왕조 창업을 송축하고 임금을 찬양할 수밖에 없는 악장의 공식적 성격이 진솔한 자기표현이 아닌 아유(阿諛)의 수사로 귀결되었다는 점을 선학들은 극히 부정적으로 바라보았다. 악장을 '임금을 송축하기 위한 아유적인 노래'·'아유문학'·'아유적 과장적 찬사', 심지어 '아첨과 비굴의 송가'라 칭했던 사례가 대표적이라 할 수 있겠는데, 이는 현상적 차원에서 전면 부인하기는 어려운 특징이기도 하다. 국가적 의례의 일환으로, 대개 임금이 참석하는 행사에서 연행될 것을 전제로 지어진 작품인 만큼 악장에 왕조와 임금을 추앙하는 내용이 수반되는 것은 일면 당연한 결과이지만 그에 대한 초기 연구자들의 평가는 엄혹했다.

악장에 관한 초기 연구는 대체로 문학사의 흐름을 기술하는 과정에서 이루어졌기 때문에 악장 자체를 자세히 분석한 성과는 찾아보기 어렵다. 국가적 차원에서 주로 한문으로 지어진 송축가가 조선왕조 건국 직후부터 족출했으되 그 가치는 매우 제약적이라는 관점이 이 시기의 일반화된 시각이었다고 할 수 있다. 또한 '악장'이라는 명칭도 당시 연구에서는 별반 통일되어 있지 않았던 것으로 확인된다. '악장'이라는 어휘의 용례를 탐문하여 그 개념을 규정한 사례도 있기는 하나, 『고려사』나 실록 등에서 폭넓게 발견되는 '악부(樂府)' 또는 '가사(歌詞)'라는 용어를 대신 사용하거나 이들 용어를 '악장'과 혼용한 사례도 적지 않다.

이처럼 초기 연구에서는 악장이 과히 중요하게 언급되지 않았으며, 〈용비어천가〉와 같은 개별 작품에 대한 논의와 탐색이 오히려 더 우세했다고 정리할 수 있다. 한국문학 갈래론의 관점에서 악장을 교술적 갈래의 하나로 파악하거나,[4] "작품들이 공유하는 기능적 특수성의 지배가 예외적으로 강하기 때문에 그것을 하나의 특이 갈래로 인정"하는 것이 온당하다는 견해가 제출되면서,[5] 한국문학의 전체적인 판도를 가늠하는 데 있어서 악장의 존재가 좀 더 부각되기는 했으나, 이 같은 갈래론만으로는 악장에 대한 본격적인 연구를 도모하기는 어려웠다.

악장의 갈래 설정 문제와 제반 특질에 관해 한층 종합적인 논의가 이루어진 것은 조규익에 이르러서이다. 먼저 『조선초기 아송문학연구』에서 조규익은 악장을 포함한 궁정 중심의 귀족문학 일반을 『시경』의 편명(篇名)을 원용하여 '아송(雅頌)' 또는 '아송문학'이라 칭할 것을 제안했는데,[6] 이는 이들 부류가 동아시아의 문학 전통 속에서 배태되었다는 점을 드러

4) 조동일, 『한국문학통사』 2(지식산업사, 1983), 281~283면.

5) 김흥규, 『한국문학의 이해』(민음사, 1986), 110면.

6) 조규익, 앞의 책(1986).

내기 위함이다. 그러나 조규익은 조선 초기의 아송이 『시경』의 전례를 따랐으되, 별개의 독특한 양식으로 발전했다는 점에 보다 주목했다. 아송의 담당자였던 신흥사대부의 세계관을 분석함으로써 그들이 이기론·명분론·천명론 등에 입각해 왕조 창업의 정당성과 윤리적 당위성을 설파했다는 점을 설명했다. 또한 악장이 아유 일변도로 흘렀다는 기존의 견해를 반박하면서 아송은 정연한 논리와 시정신을 바탕으로 지어졌으며 뚜렷한 시대 이념과 문학관에 바탕을 두고 있다는 점을 강조했다. 아송은 군신의 이념적 결속을 목적으로 하기 때문에 내용면에서 찬양뿐만 아니라 권계(勸戒)가 함께 표출된다는 점을 드러낸 것이다. 한편, 이 책에서 조규익은 교술에 속하는 아송이 이른바 '비문학의 함정'에 빠지지 않은 계기를 논의하기도 했다. 서정적·서사적 형상화를 추구한 점이나 절대적 존재인 왕이 백성들의 차원으로 내려와 동고동락하는 모습을 등장시킨 점, 숭고미와 우아미를 결합·공존시키면서도 우아미를 우세하게 배치한 점 등이 아송이 지닌 '문예미적 요인'으로 지목되었다. 결론적으로 아송은 국문학의 통시적 변용과 지속의 원리를 구현하면서 고려의 문학과 시조·가사를 이어주는 역할을 했다고 평가했다.

조규익의 후속 연구인 『선초악장문학연구』는 작품론과 문학사적 검토가 보강된 성과라 할 수 있다.[7] 전작에서 사용했던 '아송'이라는 용어가 궁정문학 일반을 칭하는 개념이라면 악장은 아송 가운데에서도 보다 특

7) 조규익, 앞의 책(1990). 이 책은 저자의 다음 논문들을 바탕으로 한다: 「조선초기 악장의 문학사적 의미: 목적문학론의 첫 대두와 그 창작적 실현」, 『국어국문학』 100(국어국문학회, 1988), 383~392면; 「하륜 악장 연구: 주제의식과 수용양상을 중심으로」, 『동방학지』 62(연세대 국학연구원, 1989), 141~161면; 「정도전 악장의 문학사적 의미」, 『숭실어문』 6(숭실어문학회, 1989), 37~60면; 「변계량 악장의 문학사적 의미: 형태적 특질을 중심으로」, 『국어국문학』 101(국어국문학회, 1989), 43~60면; 「최항 악장 연구」, 『국어국문학』 102(국어국문학회, 1989), 221~239면; 「선초 악장의 장르적 성격」, 『숭실어문』 7(숭실어문학회, 1990), 37~59면; 「조선초기 공동 제작 악장 연구」, 『성곡논총』 21(성곡언론문화재단, 1990), 963~1005면 등.

수한 성격을 지니는 부류로 정의되었다. 시기·상황·목적·형태·내용·어조의 측면에서 모두 여섯 가지의 요건을 제시했는데, "•조선 초기 •전례적 상황에서 •왕조 영속의 당위성이나 삼대지치(三代之治)의 이념을 고양할 목적으로 •당대에 존재하던 시가들의 형태를 차용하고 •선왕 혹은 현왕에 대한 찬양을 내용으로 하여 •교술적 어조로 전개하는 특수한 문학"이 그것이다. 악장의 요건과 특징에 관한 명확하면서도 좁은 범주의 정의라 할 수 있다.[8] 이러한 정의를 바탕으로 이 책에서는 선초의 주요 작품들을 구체적으로 논의했다. 〈용비어천가〉를 가장 중시한 점은 이전 논의와 크게 다르지 않으나, 이 책에서는 〈용비어천가〉가 제작되기까지의 경위와 선행 작업들을 폭넓게 조명했다. 정도전·권근·하륜·변계량·최항의 개인 창작 악장과 예조 등 국가 기관이 간여한 공동 창작 악장을 내용과 형식, 세계관의 측면에서 세세히 분석하는 작업을 수행했다. 그러한 기반 위에서 〈용비어천가〉를 다룸으로써 이 작품이 '선초 악장의 완성형'으로 규정될 수 있는 소이를 밝혀내었다.

위와 같은 조규익의 잇따른 논의에 힘입어 악장 연구는 전기를 맞이하게 된 것으로 평가된다. 실제로 이 무렵부터 악장에 관한 학위논문이나 저술이 활발하게 제출되면서 〈용비어천가〉에 국한되지 않는 포괄적 성과들이 축적되기에 이른다.

가령 김영수는 우리 문학의 갈래에 대한 논의가 서정·서사·교술·희곡 등으로 이루어지고 있는 데에 문제를 제기하면서 『시경』의 전례에 따라 송(頌)·아(雅)·풍(風)으로 조선 전기 문학의 판도를 검토하고자 했

8) 조규익, 앞의 책(1990), 31면. 한편 조규익은 이보다 좀 더 넓은 범위의 악장을 설정하기도 했다. 실제로는 궁중에서 연행되지도 않았고 당초부터 연행되리라는 가능성조차 갖추고 있는 않은 일군의 작품들을 이른바 '의사악장(疑似樂章)'이라는 용어로 포괄했던 것이다. 가령, 임금의 행차시에 기로(耆老)나 유생(儒生)들이 지어 헌상한 작품들은 실제 활용하지는 않았지만 악장 일반의 의식 구조를 담고 있기에 넓은 범위의 악장으로 포괄할 수 있다고 했다.[같은 책, 30면.]

으며, 그 각각을 지칭하는 말로 '조종송공덕지사(祖宗頌功德之詞)' · '충신연주지사(忠臣戀主之詞)' · '남녀상열지사(男女相悅之詞)'를 제시했는데, 이 가운데 '조종송공덕지사'에서 악장의 주요한 현상을 다루었다.[9] 임금의 공덕을 찬미하고 왕조의 발전을 기원하는 송축을 기반으로 하지만, 일방적인 듯 보이는 이들 작품의 이면에는 반드시 그렇게 하기를 임금에게 요구하는 주문(注文)이 내재해 있다는 점을 강조했다. 과거의 일을 추앙하면서도 미래의 삶을 향한 기원을 함께 악장이 포함하고 있다고 본 그의 관점은 앞서 조규익의 주지와 궤를 같이한다.

한편 구사회는 이 같은 선행 연구들보다 더욱 큰 범주에서 악장의 역사를 검토했다.[10] 구사회는 악장의 중국적 연원을 정교하게 탐문한 후, 중국의 악장이 우리에게 전래되어 어떠한 변용을 거쳤는지 시대별로 살폈다. '악장'은 본래 천신(天神) · 지신(地神) · 인신(人神)에게 올리는 제례에서 음악에 올려 불렀던 노래였으나 후대에 그 의미가 점차 넓어지게 되었는데, 그러한 흐름을 고려하여 구사회 또한 '악장'을 제례악의 노랫말인 '본래적 악장'과 궁중 연향에서 사용된 송축적 노래인 '가사'를 포괄하는 명칭으로 규정했다. 악장의 연원과 정착 과정에 관한 밀도 있는 논의로서 주목된다. 논문에서는 또한 문헌적으로 확인되는 고려조의 악장을 검토하고 고려의 전례가 조선조의 악장에 끼친 영향을 가늠함으로써 악장의 역사적 전개를 조명했다. 〈용비어천가〉에 대해서뿐만 아니라 불찬가(佛讚歌)의 성격을 띠는 〈월인천강지곡〉에 대해서도 그 서사적 특성과 구성에 대해 자세히 다룬 점, 고려조의 속악가사가 조선조에 들어와 개작되는 양상을 검토한 점 등도 이 논문의 주요 성과라 할 수 있다.

앞에서는 저술 규모로 악장을 종합적으로 검토한 사례들을 주로 개관

9) 김영수, 앞의 책, 104~144면.

10) 구사회, 「한국악장문학연구」(동국대 박사학위논문, 1992).

했으나, 개별 논문 단위나 저술의 일부로 악장의 개념과 성격, 시형 등을 논의한 사례들 또한 적지 않다.[11] 특히 1980년대를 전후하여 관련 논의가 활성화되었다. 가령, 김문기는 '송도시'라는 포괄적 명칭을 제안하면서 작품의 내용적 측면에 주목하여 갈래를 다루어야 한다고 언급했다.[12] 그는 송도시의 창작 목적을 둘로 나누어, 악장은 표면적으로는 칭송을 드러내지만 이면에서는 궁중내 지도층의 질서 확립과 왕권 확립을 추구한다고 보았다. 또한 송도시를 한시체와 우리 시가체로 대별하고 각 계열 안에서 다시금 형식을 하위 분류하기도 했다. 최정여는 우리 시가의 갈래 명칭이 모두 음악과 연계된 것이므로 역시 음악에서 유래한 '악장'이라는 용어를 굳이 배척할 이유가 없다고 못박으면서 악장을 아악장(雅樂章)과 속악장(俗樂章)으로 나누어 그 형식적 특징을 검토했다.[13] 조선초기 시가사를 검토한 성호경은 현토체 악장이 시가사 전개의 중요한 단서가 된다고 파악했다. 한문악장에 현토하는 방식은 크게 '단순 현토형'과 '시구 첨가형'으로 구별될 수 있으며, 그 각각이 가사와 시조의 발생에 밀접하게 연관되어 있다고 보았다.[14] 현토체 악장의 의의에 대해서

---

11) 주요 연구 성과로 다음과 같은 논저들이 주목된다: 이종출, 「조선초기 악장체가의 연구」, 『성곡논총』 10(성곡학술문화재단, 1979), 150~185면; 김영수, 「예악사상과 선초 악장소고」, 『한문학논집』 3(단국대 한문학회, 1985), 93~130면; 조평환, 「악장에 대한 일고찰」, 『건국어문학』 9·10합집(건국대 국어국문학연구회, 1985), 461~481면; 김시황, 「조선조 악장문학 연구 (1)」, 『동방한문학』 3(동방한문학회, 1987), 193~210면; 조평환, 「악장의 형태사적 고찰」, 『중원어문학』 5(건국대 국어국문학회, 1989), 14~35면; 구사회, 「불교계 악장문학: 조선조 초기를 중심으로」, 『어문연구』 22(한국어문교육연구회, 1994), 111~127면; 김풍기, 「조선초기 악장 연구: 정도전과 권근의 악장을 중심으로」, 『어문학보』 17(강원대 국어교육과, 1994), 97~118면; 윤종배, 「악장서사시 〈평삭방송〉 연구」, 『동양고전연구』 7(동양고전학회, 1996), 1~31면; 차순자, 「악장 표기 양상 고찰」, 『한국문학논총』 21(한국문학회, 1997), 49~70면; 조흥욱, 「정도전의 악장에 대한 일고찰」, 『어문학논총』 18(국민대 어문학연구소, 1999), 107~127면 등.

12) 김문기, 「선초 송도시의 성격 고찰」, 한국어문학회 편, 『조선전기의 언어와 문학』(형설, 1976), 249~270면.

13) 최정여, 「樂章·歌詞攷」, 백강서수생박사환갑기념논총간행위원회, 『한국시가연구』(형설, 1981), 249~258면.

는 다른 논자들도 주목했는데, 〈납씨가(納氏歌)〉와 〈정동방곡(靖東方曲)〉이 각각 〈청산별곡(靑山別曲)〉과 〈서경별곡(西京別曲)〉의 악곡에 준하여 현토되었다는 점을 들어 시가사의 연계를 드러낸 사례나,[15] 한시에 토를 달면서 우리말 악장이 시작되었고 오언과 칠언에 현토한 작품의 시행이 각각 세 토막과 네 토막으로 분단될 수 있다는 형식적 특징을 논의한 사례가 대표적이다.[16] 성기옥 역시 한문악장과 국문악장의 중간적 성격을 띠는 현토악장이 한시를 국문시가화하는 형태적 이행 과정을 보여준다는 의의에 주목했으며 이 과정에서 속요의 형식이 중요한 영향을 끼쳤다고 강조했다.[17]

이상에서 개관한 1990년대까지의 연구 성과를 총괄하면 크게 두 가지 경향을 도출할 수 있을 듯하다. 하나는 악장 갈래 자체보다는 조선 초기 문학사, 특히 시가사의 흐름 속에서 악장이 차지하는 위상을 진단하고자 했던 경향이다. 향가에서 속요로, 그것이 다시 시조와 가사로 이어진다고 상정했던 시가사의 흐름 속에서 악장은 시간상으로 양자의 중간에 해당하는 조선 초기에 위치하고 있다. 따라서 양쪽을 이어주는 역할을 악장이 감당했을 여지를 타진하는 한편, 좀 더 적극적으로는 악장이 시조와 가사 갈래의 성립에 일정한 영향을 끼쳤을 가능성을 지닌다고 논의하기도 했다. 또한 진솔한 정서와 표현이 나타나는 속요가 조선 초기에 사대부 문인의 시가로 대체되면서 사뭇 엄숙한 분위기를 띠게 되는 데에도 악장의 영향력이 작용했으리라는 점이 전제되기도 했다. 특히, 소수이기는 하지만 국문악장이 존재하는 데다 세종 말년에 이르러서는 〈용비어천가〉와 〈월인천강지곡〉이라는 대작이 산출되기까지 했다는 사실은 우리

14) 성호경, 「한시현토체 악장의 일고찰」, 『논문집』 8(경남대, 1981), 161~178면.
15) 성호주, 「현토체악가의 시가사적 의의」, 『수련어문논집』 11(부산여대, 1984), 71~92면.
16) 조동일, 앞의 책, 285면.
17) 성기옥, 「악장」, 국문학신강 편찬위원회 편, 『국문학신강』(새문사, 1985), 106~117면.

문학사에서 궁중악과 그 노랫말이 지니는 의의를 도외시할 수 없는 요인이 되었다. 이러한 경향을 지닌 연구들은 대개 우리 문학 내부의 전개에 초점을 맞추고 있으며, 악장 갈래의 구체적 양상보다는 전후의 시가사를 연계하는 과도적 성격에 주안을 두고 있다.

반면, 악장의 성격과 존재 양상을 보다 독립적이고 분석적으로 살피려는 1980년대 무렵의 시각은 악장 연구를 한층 밀도 있게 추동하는 계기로 작동했다. 악장의 목적성과 교훈성을 우선 그 자체로 인정해야 한다는 관점이 이들 논의의 기본적인 바탕을 이룬다. 아울러 악장의 제작과 향유가 조선 초기에만 나타난 현상이 아니라 아송이라는 동아시아 보편의 문학적 전통 속에서 배태된 현상이라는 안목도 공유하고 있다. 그에 따라 이 부류의 연구에서는 악장의 전래 과정에 유념했으며, 중국적 전범에 따른 이른바 정격 악장과 그것이 변용된 우리식 악장을 견주어 검토하고는 했다. 또한 개별 작품에 대한 분석을 바탕으로 표면적으로 드러나는 아유의 면모뿐만 아니라 이면에 개재된 규계의 지향 역시 악장의 중요한 요건이라는 점을 강조했다. 여기에서도 〈용비어천가〉는 역시 악장을 대표하는 작품으로 지목되었으나, 그 이유가 꼭 우리말로 지어진 작품이어서만은 아니다. 선초에 악장을 제작하는 과정에서 맞닥뜨렸던 여러 난관이 〈용비어천가〉에 이르러 조정되는 양상을 띤다는 점이 더욱 중요하게 부각되었다.

앞선 시기에 이루어진 두 부류의 연구 가운데 어느 쪽이 더 의미가 있다고 단언할 수는 없다. 초기의 연구들이 이미 사명을 다했다거나 1980년대에 이르러 '극복'되었다고 단순히 평가하는 것은 실상에 맞지 않고 바람직하지도 않다. 국문시가의 전개를 드러내기 위해 악장을 거론하던 단계를 지나 악장 갈래의 독자적 성격과 의의를 강조하는 단계로 연구가 진행되어 온 것은 사실이지만, 어느 쪽이든 악장의 본질을 밝히는 데 크게 기여한 것이 사실이다.

3. 근래의 연구 동향

근래에 이루어진 악장 연구는 이전 시기에 비해 전체적으로 미시화·정교화된 특징을 드러낸다. 악장을 연구 대상으로 삼을 만한가, 악장이라는 갈래의 성립이 가능한가와 같은 몇 가지 근본적인 문제가 1980, 90년대를 거치면서 어느 정도 해명되었기 때문에 악장의 세부적 특징들을 논의해 나갈 수 있는 기반이 이미 확보되었다고 할 수 있다.[18] 물론 고전시가의 여타 갈래에 비한다면 악장에 대한 연구의 수량은 무척 적은 것이 사실이고, 악장을 주제로 한 학위논문 또한 수 편에 지나지 않는다. 그럼에도 불구하고 근래의 연구에서는 이전 시기에는 뚜렷하지 않았던 여러 참신한 안목과 방법론이 적용된 사례들을 다수 찾아볼 수 있다. 1990년대까지의 연구를 조망할 때에는 시기별 동향을 기준으로 했으나, 여기에서는 연구의 성격에 따라 부류를 나누어 살펴보고자 한다.[19]

우선 눈에 뜨이는 현상은 개별 악장 작품에 대한 논의가 활성화되었다

---

18) 악장 연구의 동향을 1990년대 이전과 2000년대 이후로 나눈 것은 2000년을 전후하여 악장 연구의 편폭이 보다 확대되었다는 판단에 따른 결과이다. 연구자의 면면이나 연구 논저의 수량, 연구 주제의 다양성 등의 측면에서 그러하다.

19) 어느 한 부류에 넣을 수 없는 총론 성격의 논의들도 이 시기에 꾸준히 제출되어 악장 연구의 기반을 이루었다. 다음과 같은 연구들이 대표적이다: 김흥규, 「선초 악장의 천명론적 상상력과 정치의식」, 『한국시가연구』 7(한국시가학회, 2000), 131~147면; 조평환, 「조선초기의 악장과 불교사상」, 『한국시가연구』 8(한국시가학회, 2000), 111~133면; 차순자, 「무악으로서의 악장 고찰」, 『수련어문논집』 26·27합집(수련어문학회, 2001), 69~97면; 조규익, 「계층화의 명분과 기득권 수호 의지: 선초 악장의 이중성」, 『고전문학연구』 23(한국고전문학회, 2003), 35~63면; 조규익, 「악장을 어떻게 읽을 것인가」, 『숭실어문』 19(숭실어문학회, 2003), 563~582면; 조규익, 「조선 초기 악장을 통해 본 전환기의 실상」, 『온지논총』 15(온지학회, 2006), 7~29면; 김명준, 「선초 악장의 정립과정과 그 의미」, 『고전과해석』 3(고전문학한문학연구회, 2007), 99~132면; 송혜진, 「세종대 동아시아 예악론의 인식 양상과 의례음악 정비」, 『한국학연구』 51(고려대 한국학연구소, 2014), 111~142면; 조규익, 「여말선초 악장의 중세적 관습 및 변이 양상」, 『우리문학연구』 44(우리문학회, 2014), 325~351면; 신경숙, 「의례와 악장, 규범을 넘어선 창발적 전략들」, 『고전과 해석』 21(고전문학한문학연구학회, 2016), 35~62면 등.

는 점이다. 초창기 연구에서 '악장'은 때로 〈용비어천가〉를 칭하기 위한 말로 사용되기도 할 만큼 〈용비어천가〉의 위상과 비중이 압도적으로 높았다. 현재에도 악장이라는 갈래를 굳이 설정하는 이유가 〈용비어천가〉를 비롯한 선초의 국문악장을 합리적으로 다루기 위함이라는 시각이 존재하며 그러한 주장에 분명 설득력이 있다.[20] 그러나 〈용비어천가〉 이외의 작품이 근래에 활발하게 논의되기 시작하면서 악장 연구가 몇몇 주요 국문악장 작품을 고찰하기 위한 예비 수순에 그치지 않고 악장 갈래 자체의 세부적 면모를 도출하는 성과로 귀결된 된 것 역시 긍정적으로 평가해야 할 지점이다.

근래의 연구 동향을 보면, 〈보태평(保太平)〉·〈정대업(定大業)〉·〈몽금척(夢金尺)〉·〈납씨곡(納氏曲)〉·〈친사문묘송(親祀文廟頌)〉·〈하황은(荷皇恩)〉·〈유림가(儒林歌)〉·〈창수지곡(創守之曲)〉·〈경근지곡(敬勤之曲)〉·〈평삭방송(平朔方頌)〉 등 그간 크게 주목하지 않았던 선초 악장 작품의 제작 배경과 지향 및 연행 양상을 검토한 개별 논문들이 여럿 제출되었다. 아울러 악장의 제작자에 대한 연구도 활성화되었다. 선초 악장의 주요 제작자라고 하면 정도전과 권근 등을 거론하는 정도였으나, 근래에는 양성지(梁誠之)·최항·상진(尙震) 등의 진상작(進上作)에 대해서도 논의가 이루어지면서 선초 악장 제작의 연혁이 한층 분명하게 드러나고 있다.[21]

20) 성기옥·손종흠, 『고전시가론』(한국방송통신대 출판문화원, 2006), 218~222면.

21) 주요 연구 성과로 다음과 같은 논저들이 주목된다: 신두환, 「눌재 양성지의 '송(頌)'에 대한 일 연구」, 『한국시가연구』 9(한국시가학회, 2001), 281~308면; 신경숙, 「야연의 〈악가삼장(樂歌三章)〉 연구」, 『고시가연구』 16(한국고시가문학회, 2005), 169~195면; 신두환, 「악장 〈평삭방송(平朔方頌)〉의 미학 탐색」, 『대동문화연구』 52(성균관대 대동문화연구원, 2005), 259~289면; 신두환, 「악장 〈친사문묘송(親祀文廟頌)〉의 미학 탐구」, 『정신문화연구』 104(한국학중앙연구원, 2006), 255~283면; 김승우, 「종묘제례악장(宗廟祭禮樂章) 〈보태평(保太平)〉, 〈정대업(定大業)〉의 특성과 변모 양상」, 『민족문화연구』 48(민족문화연구원, 2008), 1~41면; 김종수, 「조선 초기 악장 연행 양상: 〈수보록(受寶籙)〉, 〈몽금척(夢金尺)〉, 〈관천정(觀天庭)〉, 〈수명명(受明命)〉」, 『온지논총』 18(온지학회, 2008), 75~103면; 조규익, 「〈창수지곡(創守之曲)〉과 〈경근지곡(敬勤之曲)〉의 악장

'악장' 또는 '선초 악장'이라는 통칭으로 이루어지고는 했던 악장 연구가 이처럼 개별 작품과 작가 단위로 세분화됨에 따라 여러 유효한 시각을 갖출 수 있게 되었다. 무엇보다도 그간 대표적인 몇몇 작품이나 작가들의 사례를 중심으로 다소 포괄적으로 논의되어 오고는 했던 악장의 성격과 의의를 구체적으로 검증할 수 있는 발판이 마련되었다. 악장에 표면화된 칭송은 단순히 아유에 그치는 것이 아니라 국가를 유가적(儒家的)으로 경영하기 위한 작품 제작자들의 입장과 시각을 담고 있고 그 이면에는 임금을 향한 규계가 개재되어 있기도 하다는 것이 1990년대까지의 주요한

사적 의미」, 『온지논총』 23(온지학회, 2009), 75~103면; 조규익, 「문소전(文昭殿) 악장 연구」, 『고시가연구』 25(한국고시가문학회, 2010), 291~313면; 정무룡, 「정도전 악장의 형상적 함의와 시가사적 위상」, 『인문학논총』 15(경성대 인문과학연구소, 2010), 1~42면; 박현숙, 「유교식 제례의 종교적 특성과 〈풍운뢰우악장(風雲雷雨樂章)〉 연구」, 『문학과 종교』 16(한국문학과종교학회, 2011), 145~164면; 조규익, 「조선조 〈석전음복연악장(釋奠飮福宴樂章)〉 연구」, 『고전문학연구』 40(한국고전문학회, 2011), 3~33면; 조규익, 「조선조 사직악장(社稷樂章)의 성격과 의미」, 『어문연구』 152(한국어문교육연구회, 2011), 187~209면; 조규익, 「선농제의(先農祭儀) 악장의 텍스트 양상과 의미」, 『국어국문학』 160(국어국문학회, 2012), 327~361면; 조규익, 「조선조 〈선잠악장(先蠶樂章)〉 연구」, 『한국시가연구』 32(한국시가학회, 2012), 223~253면; 조규익, 「조선조 〈풍운뢰우악장(風雲雷雨樂章)〉 연구」, 『고시가연구』 30(한국고시가문학회, 2012), 273~302면; 엄국현, 「보렴의 양식과 삶의 자리 연구」, 『한국민족문화』 47(부산대 한국민족문화연구소, 2013), 3~62면; 조규익, 「봉래의(鳳來儀) 진(進)·퇴구호(退口號)의 기능적 의미와 텍스트 양상」, 『고시가연구』 32(한국고시가문학회, 2013), 215~240면; 박현숙, 「조선시대 선잠(先蠶) 악장 연구」, 『한국사상과 문화』 74(한국사상문화학회, 2014), 89~108면; 김승우, 「선초 악장 〈납씨곡(納氏曲)〉의 특징과 수용 양상」, 『한민족문화연구』 55(한민족문화학회, 2016), 89~130면; 조규익, 「세조조 〈원구악장(圜丘樂章)〉 연구」, 『우리문학연구』 52(우리문학회, 2016), 249~304면; 조규익, 「태종조 악조(樂調)에 반영된 당·속악 악장의 양상과 중세적 의미」, 『우리문학연구』 55(우리문학회, 2017), 163~200면; 조규익, 「〈풍운뢰우악장(風雲雷雨樂章)〉과 동아시아 중세생태주의 담론」, 『국어국문학』 185(국어국문학회, 2018), 181~213면; 김명준, 「선초 대외 악장의 성립 과정과 변모 양상: 태종과 세종 조를 중심으로」, 『우리문학연구』 63(우리문학회, 2019), 105~142면; 김승우, 「조선후기 〈몽금척(夢金尺)〉 악장 및 정재의 전승 양상」, 『동양고전연구』 76(동양고전학회, 2019), 41~84면; 성영애, 「조선조 문인들의 〈보허사(步虛詞)〉 수용 양상」, 『한국문학과 예술』 36(숭실대 한국문학과예술연구소, 2020), 81~113면; 조규익, 「악장으로서의 〈보허사(步虛詞)〉, 그 전변(轉變)에 따른 시대적 의미」, 『한국문학과 예술』 33(숭실대 한국문학과예술연구소, 2020), 269~321면 등.

논의 성과였다면, 근래의 개별 작품 연구를 통해서는 이러한 칭송과 규계의 양 측면이 어떠한 방식과 경로로 표출되었는지, 또한 작품과 사안에 따라 그 양상이 어떻게 서로 같고 다른지를 정교하게 가늠해 볼 수 있게 되었다.

실상 악장이 다루는 주요한 내용이라면, 왕조 창업의 영광, 임금의 자질에 대한 칭송, 왕조의 번영이 지속되리라는 전망 등이라 할 수 있지만, 한 작품에서 이들 사항을 모두 담아내기는 어려우며, 어떤 내용을 특화할지는 제작의 동인과 환경에 따라 결정되기 마련이다. 이는 표현에 있어서도 마찬가지이다. 때로는 칭송의 수사를 직접 배치하기도 하고, 때로는 명현(名賢)의 선례를 끌어와 당대를 찬양하기도 하며, 규계를 문면에 노출시키거나 이면에 감추기도 하는 등, 악장을 진상 받게 될 임금의 성향과 당시의 정치적 지형, 악장의 용도와 연행 환경에 따라 여러 표현 양상이 나타난다.

근래의 연구들은 선행 연구에서 논의되었던 악장의 전반적 특성을 구체적으로 검증하는 데 유용한 시각을 제기해 주기도 하지만, 또 한편으로는 악장 일반의 성격을 그간 다소 평면적으로 규정해 왔던 것이 아닌가 하는 반성을 촉발하기도 했다. 악장은 공식적 성격이 강한 데다가 선초라는 시대의 이상과 과업을 담아내기 때문에 대개 균질한 지향을 지니는 것으로 논의되어 왔고 그러한 시각은 당연히 유효하다. 향가·시조·가사 등을 형식적 요건에 따라 정의하는 데 비해, 악장은 내용적 요건과 기능적 특수성을 기반으로 정의하는 것도 이 때문이다. 그러나 악장의 공통된 자질이 실제 발현되는 양상은 다단하며, 작자에 따른 편차도 결코 도외시할 수 없다는 점을 근간의 연구를 통해 확인할 수 있다.

다음으로 악장 연구의 시각을 확대한 성과들이 많이 축적되었다는 점 또한 중요한 진전으로 평가된다. 시각의 확대는 다방면에서 이루어졌는데, 가령 문헌에 대한 탐구가 면밀하게 진행되었다는 점도 그 가운데 하나로 꼽을 수 있다. 악장 연구의 가장 중심에 놓였던 〈용비어천가〉와 〈월인천강지곡〉은 시가이기는 하지만, 작품을 해설하기 위한 산문이 중요한 위치를 차지한다. 〈용비어천가〉는 사서(史書)를 보지 않고서는 작품을 온전히 이해하기 어렵다는 판단에 따라 세종이 직접 주해를 붙이도록 최항 등에게 명하여 10권 10책의 서책 형태로 간행되었고, 〈월인천강지곡〉은 당초부터 『석보상절(釋譜詳節)』을 시가화(詩歌化)한 결과물이며 세조대에 양자가 『월인석보(月印釋譜)』로 합편될 만큼 산문과 시가의 관계가 긴밀하다. 근래의 연구에서 산문 자료에 대한 연구가 진행됨으로써 시가에 대한 이해를 확충함은 물론, 작품의 제작 동인과 지향에 관한 새로운 논점을 도출할 수 있게 되었다. 『국조오례의(國朝五禮儀)』·『악학궤범(樂學軌範)』·『악장가사(樂章歌詞)』·『사리영응기(舍利靈應記)』·『명황계감(明皇誡鑑)』·「국조시악(國朝詩樂)」·「국조악가(國朝樂歌)」 등 악장 관계 문헌들에 대한 연구 또한 활발해져서 연구 대상 작품의 폭을 넓히고 조선조의 의례에 대한 논의를 촉진한 것 역시 중요한 성과이다.[22]

22) 주요 연구 성과로 다음과 같은 논저들이 주목된다: 박금자, 「『월인천강지곡』의 간텍스트성」, 『텍스트언어학』 8(한국텍스트언어학회, 2000), 25~56면; 송지원, 「정조대의 악장 정비: 「국조시악(國朝詩樂)」의 편찬을 중심으로」, 『한국학보』 105(일지사, 2001), 69~88면; 김기종, 「〈월인천강지곡〉의 텍스트 문제」, 『국제어문』 36(국제어문학회, 2006), 183~214면; 김승우, 「「용비어천도(龍飛御天圖)」에 대한 연구」, 『한국문학이론과 비평』 41(한국문학이론과비평학회, 2008), 145~176면; 김승우, 「『용비어천가약본(約本)』에 대한 연구」, 『고전문학연구』 33(한국고전문학회, 2008), 153~190면; 김승우, 「세종조 『용비어천가』 보수(補修)의 정황과 실상」, 『어문논집』 59(민족어문학회, 2009), 5~41면; 정무룡, 「〈용비어천가〉의 주해문 일고」, 『한민족어문학』 56(한민족어문학회, 2010), 77~124면; 박찬수, 「기록을 통한 『용비어천가』의 원작자 변정(辨正)」, 『어문연구』 69(어문연구학회, 2011), 137~158면; 김승우, 「『용비어천가』의 전거(典據)와 체재(體裁)에 대한 연구」, 『한국학연구』 44(고려대 한국학연구소, 2013), 35~79면; 권정은, 「〈월인석보〉와 〈팔상도〉 공존의 문화사적 의의」, 『배달말』 54(배달말학회, 2014), 81~107면; 김기종, 「『사리영응기』 소재 세종의 '친제신성(親制新聲)' 연구」, 『반교어문연구』 37(반교어문학회, 2014), 173~199면; 김승우, 「『명황계감(明皇誡鑑)』의 편찬 및 개찬 과정에 관한 연구」, 『어문논집』 72(민족어문학회, 2014), 77~110면; 김승우, 「관암(冠巖) 홍경모(洪敬謨)의 연향악장 개편 양상과 그 의의」, 『우리문학연구』 51(우리문학회, 2016), 225~261면; 박찬수, 「〈용비어천가〉 주해문의 '사견상(事見上)' 유형 고찰」, 『어문연구』 90(어문연

시각의 확대는 시기의 확대로도 나타났다. 조선 초기의 작품과 현상에 집중해 왔던 악장 연구를 고려와 조선 후기로 확장시킨 논저들이 다수 제출되면서 악장의 역사적 전개를 논의할 수 있는 기반이 공고해졌다. 가령 고려의 태묘(太廟) 악장이 조선의 종묘제례악장(宗廟祭禮樂章)과 연속선상에 놓여 있다는 점이나, 고려 후기의 회례악장이 조선 초기의 여러 악장에 계승되었다는 사실이 설득력 있게 논의되었다. 조선 후기 악장에 대한 관심이 증대된 점도 특기할 만하다. 조선 후기 궁중악과 정재(呈才)를 일신한 익종(翼宗)의 신제 악장에 대해서는 근간에 여러 연구가 진행되면서 창업의 위업을 주로 형상화한 조선 초기 악장과는 또 다른 결을 지닌 조선 후기 악장에 대한 관심을 환기했다. 연산군대·숙종대·헌종대의 악장을 다룬 연구들도 주목되는데, 이들은 악장의 효용이 선초에만 국한되지 않고 이후의 정치적 사안과 군신간의 역학관계에 따라 새로운 면모를 띠면서 지속되었다는 점을 적실하게 밝혀낸 성과이다. 또한 선초의 작품이 조선 중기와 후기를 거치면서 개작되거나 그 쓰임이 확대 또는 축소되는 양상을 다룬 논의들도 악장 연구의 주요 경향으로 자리 잡아 가고 있는 형상이다.[23] 이처럼 조선 초기에 국한되었던 악장 연구가 고려

구학회, 2016), 151~176면; 옥영정, 「『월인천강지곡』의 인쇄사적 가치에 대한 재고찰」, 『국어사연구』 26(국어사학회, 2018), 129~158면; 김승우, 「세종시대 편찬물 체재의 상관성에 대한 연구: 『삼강행실도』·『명황계감』·『용비어천가』·『월인석보』의 체재를 중심으로」, 『한문고전연구』 37(한국한문고전학회, 2018), 65~101면; 이호권, 「『용비어천가』 판본의 변개와 그 해석: 서지학과 국어사 연구의 관점에서」, 『국어국문학』 186(국어국문학회, 2019), 5~27면; 천명희, 「『월인천강지곡』의 텍스트 복원」, 『어문론총』 79(한국문학언어학회, 2019), 71~111면; 김기종, 「『석보상절』의 저본과 그 성격」, 『남도문화연구』 38(순천대 남도문화연구소, 2019), 321~356면 등.

23) 주요 연구 성과로 다음과 같은 논저들이 주목된다: 박기호, 「〈구실등가〉와 〈용비어천가〉의 비교 연구」, 『고전문학과 교육』 5(청관고전문학회, 2003), 27~68면; 조규익, 「조선조 악장의 통시적 의미」, 『국제어문』 27(국제어문학회, 2003), 37~66면; 조규익, 「익종 악장 연구」, 『고전문학연구』 24(한국고전문학회, 2003), 61~96면; 신경숙, 「조선후기 연향의식에서의 가자(歌者)」, 『국제어문』 29(국제어문학회, 2004), 299~324면; 성무경, 「『국연정재창사초록(國讌呈才唱詞抄錄)』을 통해 본 고종조 연향악장 정비」, 『대동문화연구』

와 조선 후기로까지 확대됨으로써 악장이 특정 시대만의 산물이 아니라 역사성을 지닌 입체적 자료라는 사실이 드러나게 되었다.[24]

49(성균관대 대동문화연구원, 2005), 311~345면; 이의강, 「악장으로 읽어보는 효명세자의 정재 연출 의식: 순조조 무자년(1828) 〈연경당진작(演慶堂進爵)〉의 경우」, 『한문학보』 12(우리한문학회, 2005), 459~484면; 신경숙, 「조선조 외연의 성악정재, 가자(歌者)」, 『시조학논총』 23(한국시조학회, 2005), 189~212면; 조규익, 「송도(頌禱) 모티프의 연원과 전개양상」, 『고전문학연구』 32(한국고전문학회, 2007), 35~57면; 신경숙, 「조선조 악장, 그 역동성: 후기 연향악장을 읽는 네 가지 방법」, 『한성어문학』 27(한성대 한성어문학회, 2008), 65~83면; 신경숙, 「조선조 외연의 가자와 금슬」, 『한국시가학회』 31(한국시가학회, 2011), 131~166면; 정경란, 「고려 〈야심사(夜心詞)〉의 조선 종묘제례악 전승」, 『인문과학』 96(연세대 인문학연구원, 2012), 141~184면; 신경숙, 「조선조 외연의 가객 공연도」, 『시조학논총』 36(한국시조학회, 2012), 89~120면; 신경숙, 「외진연악장(1902)의 '가사(歌詞)' 연구」, 『시조학논총』 38(한국시조학회, 2013), 77~100면; 김명준, 「고려 공민왕대 태묘악장(太廟樂章)의 개찬 양상과 그 의미」, 『고시가연구』 33(한국고시가문학회, 2014), 33~62면; 김명준, 「고려 예종대 〈구실등가(九室登歌)〉의 성립 배경과 악장사적 의미」, 『어문논집』 68(민족어문학회, 2013), 5~29면; 김승우, 「연산군대의 악장 개찬에 대한 연구」, 『우리어문연구』 47(우리어문학회, 2013), 29~67면; 나동숙, 「영조의 기로소 입사 기념, 갑자(1744) 진연 악장: 〈유성지곡(維聖之曲)〉과 〈오현곡(於顯曲)〉」, 『우리문학연구』 43(우리문학회, 2014), 127~158면; 김지혜, 「세도 정치기 헌종의 궁중 연향 운용: 헌종의 어제 악장을 중심으로」, 『한민족문화연구』 53(한민족문화학회, 2016), 123~160면; 조규익, 「휘의공주혼전대향악장(徽懿公主魂殿大享樂章)의 시경 텍스트 수용 양상과 의미」, 『우리문학연구』 49(우리문학회, 2016), 87~127면; 김명준, 「관왕묘(關王廟) 악장의 형성과 개찬의 의미: 정조와 고종대를 중심으로」, 『어문논집』 77(민족어문학회, 2016), 5~39면; 신경숙, 「순조조 기축(1829) 외연 악장의 성격」, 『시조학논총』 45(한국시조학회, 2016), 151~179면; 김명준, 「송과 고려 예종 시대의 태묘악장(太廟樂章) 비교 고찰」, 『동서인문학』 53(계명대 인문과학연구소, 2017), 31~52면; 박은빈, 「조선 후기 연향악장의 기능과 의의」, 『국학연구론총』 19(택민국학연구원, 2017), 291~312면; 김승우, 「신발굴 자료 '청년문고본(青年文庫本) 『용비어천가』'(1915)에 대한 고찰」, 『국제어문』 74(국제어문학회, 2017), 343~370면; 성영애, 「연산군대 여악(女樂) 확대 정책의 전개 양상」, 『한국문학과 예술』 35(숭실대 한국문학과예술연구소, 2020), 205~247면; 조규익, 「고려말 〈신찬태묘악장(新撰太廟樂章)〉 연구: 텍스트 구성양상과 그 정치·문화적 의미」, 『한국문학과 예술』 35(숭실대 한국문학과예술연구소, 2020), 501~582면 등.

24) 이와 관련하여, 국문학의 용어로서 '악장'의 개념을 좀 더 폭넓게 규정할 필요가 있다고 생각한다. 조규익, 앞의 책(1990), 31면에서 제시한 악장의 여섯 가지 성격, 즉 "•조선 초기 •전례적 상황에서 •왕조 영속의 당위성이나 삼대지치(三代之治)의 이념을 고양할 목적으로 •당대에 존재하던 시가들의 형태를 차용하고 •선왕 혹은 현왕에 대한 찬양을 내용으로 하여 •교술적 어조로 전개하는 특수한 문학" 가운데 첫 번째 '조선 초기'는 덜어내고, 다섯 번째 '선왕 혹은 현왕에 대한 찬양을 내용으로 하여'는 대개의 경우에 그러하다는 정도로 그 적용 수위를 다소 낮추는 방식이 적합할 듯하다.

여타 갈래와의 관련성을 탐색한 사례들이 악장 연구의 시각을 확대한 또 하나의 계열을 이룬다. 초창기 논의에서는, 궁중문학인 악장은 한정된 연행 공간과 향유층을 지니고 있어서 다른 시가 갈래와는 별다른 관련 없이 독립적으로 존재해 왔으리라 전제되고는 했다. 그러나 속요 역시 당대적 개념으로는 악장의 일종이었다는 관점이 1980년대 이래 자리를 잡은 이후에는 속요와 선초 악장의 상관성에 관한 논의가 이루어지기 시작했고, 특히 선초의 한문악장을 속요의 악곡에 올려 부르기 위해 고안된 현토악장에 대해 여러 논자들이 관심을 가지고 고찰하여 중요한 진전을 이루었다. 또한 외형상으로는 경기체가의 양식을 띠지만 궁중 악장으로 쓰였던 이른바 '경기체가계 악장' 또는 '악장계 경기체가'에 대한 논의도 진행되어 〈상대별곡(霜臺別曲)〉·〈화산별곡(華山別曲)〉·〈오륜가(五倫歌)〉·〈연형제곡(宴兄弟曲)〉 등 여러 작품에 대한 성과가 축적되기도 했다. 형식상의 특징과 내용상의 지향이 균형 있게 다루어지면서 악장과 경기체가 양쪽의 연구에서 모두 여러 시사점을 제공했다. 한편, 시조와 악장의 교섭에 관한 논의들 역시 악장 연구의 외연을 확장하는 데 크게 기여했다. 조선 후기에 들어 일부 악장이 가곡창(歌曲唱)의 선율을 바탕으로 새로 지어지거나 기존 악장을 예전의 악곡 대신 가곡창 선율에 편제하여 부르는 사례들이 발견된다. 이는 완고한 의례성을 지닌 악장이 음악적 환경의 변화와 시대적 요구에 따라 그 면모를 달리하는 양상을 보여주는 것으로서, 악장의 확장성 내지 융통성을 가늠케 하는 좋은 재료가 된다.[25)]

---

25) 주요 연구 성과로 다음과 같은 논저들이 주목된다: 조규익, 「시조와 궁중 악장의 관계」, 『시조학논총』 25(한국시조학회, 2006), 145~174면; 신경숙, 「조선후기 연향의식에서의 현토체 악장 연구」, 『어문논집』 53(민족어문학회, 2006), 83~112면; 하윤섭, 「선초 〈오륜가(五倫歌)〉의 고전적 원천과 그 의미: 경기체가 〈오륜가〉와 시조 〈오륜가〉를 중심으로」, 『어문논집』 60(민족어문학회, 2009), 67~97면; 전유재, 「〈상대별곡〉에 나타난 화자의 시선과 텍스트 미의식」, 『고전문학연구』 41(한국고전문학회, 2012), 77~109면; 신두

이 시기의 또 다른 성과는 악장에 관련된 중요한 연구서들이 출간되었다는 점을 들 수 있다. 특정 작품이나 작가에만 국한되지 않고 악장의 개념 및 요건, 존재 양식, 악장 창작의 목적과 활용 양상, 악장에 대한 당대인들의 인식 등에 이르기까지 다각적 측면에서 악장을 조망하고 논의한 성과들이기에 그간의 연구를 총괄하고 이후의 과제를 도출하는 데 매우 유용한 시각을 제공한다.

조규익의 성과가 근래에도 역시 두드러진다. 『조선조 악장의 문예 미학』은 『선초악장문학연구』의 전체적 틀을 유지하되 이후 15년간의 연구 성과를 반영하여 논의를 한층 정교화한 책이다.[26] '문예 미학'이라는 제목에서도 드러나듯이 이 책에서는 특히 악장의 문학적·예술적 성격을 밝히는 데 주력했다. 악장이 교술성을 띠는 것은 분명한 사실이지만, 그간 악장을 지나치게 고착화·규정화된 텍스트로 생각해 왔던 인식이 부당하다는 점을 부각하면서 악장이 문학작품으로서, 또한 당대 예술의 중요한 구성물로서 위치할 수 있었던 근간을 파헤치고자 했다. 이를 위해 1부 '조선조 악장의 현상과 미적 본질'에서는 악장 갈래의 형성 과정과 갈래의 본질에 대해 다시금 논의했고, 악장의 성리학적 세계관과 음악관, 미적 특질에 대해 각론을 전개했다. 2부 '조선조 악장과 왕조의 현실'에서는 〈용비어천가〉·〈월인천강지곡〉·〈종묘제례악장〉 등 가장 대표적인 악장 작품들을 중심으로 선초 악장의 면모를 논의했으며, 3부 '개인의식과 집단이념의 조화'에서는 개별 악장 제작자의 특징과 편차를 분석했다. 4부

환, 「세조의 '악장' 혁신 운동과 그 수성(守成)의 미학」, 『동방한문학』 50(동방한문학회, 2012), 69~105면; 김승우, 「세조(世祖)의 농가(農歌) 향유 양상과 배경」, 『우리어문연구』 50(우리어문학회, 2014), 39~72면; 김승우, 「경기체가 〈화산별곡〉의 제작 배경과 구성」, 『Journal of Korean Culture』 32(한국어문학국제학술포럼, 2016), 157~189면; 김승우, 「경기체가계 악장 〈연형제곡〉의 제작 배경과 지향」, 『동양고전연구』 65(동양고전학회, 2016), 117~147면; 김승우, 「세종 시대 경기체가계 악장 제작의 양상: 집현전 관원의 역할을 중심으로」, 『진단학보』 135(진단학회, 2020), 289~317면 등.

26) 조규익, 『조선조 악장의 문예 미학』(민속원, 2005).

'조선조 악장의 흐름'은 '악장사(樂章史)'이다. 조선 초·중·후기에 악장이 어떠한 방식으로 논의되고 계승되었는지를 종묘제례악장 등 중요 작품에 대한 조정의 공론을 중심으로 추적하여 조선조 악장의 흐름을 총괄했다.

조규익의 『조선조 악장 연구』는 전작 『조선조 악장의 문예 미학』에서 충분히 다루지 못한 내용을 보충한 책이다.[27] 이 책에서 두드러진 점은 검토한 악장 작품의 내역이다. 앞서 〈용비어천가〉를 비롯한 대표적인 작품과 정도전을 비롯한 대표적인 작가를 위주로 조선조 악장의 특징을 다루었던 데 비해, 이 책에서는 연구가 별반 이루어지지 않았던 〈문선왕악장(文宣王樂章)〉·〈사직악장(社稷樂章)〉·〈선농악장(先農樂章)〉 등 아악악장(雅樂樂章)에 대한 검토를 대폭 확충했다. 아악에서는 전례가 중시되기 때문에 아무래도 『시경』·『주역(周易)』 등 경서(經書)의 구절을 집구(集句)하여 작품을 짓는 경향이 강한데, 이러한 특징을 '텍스트 및 주제 의식의 중세적 관습성'이라는 표제로 통괄하면서 중국의 전범이 조선에 정착된 양상을 구체적으로 검증했다. 반면 향악악장(鄕樂樂章)과 당악악장(唐樂樂章)을 다룬 부분에서는 '텍스트 및 주제 의식의 실험성과 조선조 악장의 독자성'에 유의했다. 〈문소전악장(文昭殿樂章)〉·〈석전음복연악장(釋奠飮福宴樂章)〉·〈오륜가〉·〈봉래의(鳳來儀)〉 등을 검토하면서 우리말을 선율에 올리기 위한 구체적인 방안의 모색과 그 과정에서 불거진 고민 등을 논의했다. 악장이 중세적 보편성을 기반으로 하되 우리식으로 조정·정착된 양상을 향악·당악악장을 통해 구명해 내었다.

조규익의 두 저술이 악장에 관한 연구 성과물의 집성이라면, '조선왕실문화총서'의 일환으로 간행된 신경숙의 『조선 궁중의 노래, 악장』은 조선조 악장을 활용 양상에 따라 정리하여 악장 전반을 포괄적으로 이해

27) 조규익, 『조선조 악장 연구』(새문사, 2014). 이 책에는 저자가 2005년 이래 2014년까지 발표한 성과가 반영되어 있다.

할 수 있도록 도모한 교양서 겸 학술서이다.[28] 이 책에서는 악장이 소용되는 의례의 성격을 외연(外宴)·내연(內宴)·야연(夜宴)·익일연(翌日宴)·양로연(養老宴)·영접연(迎接宴)·군사의례(軍士儀禮)·제사의례(祭祀儀禮)·농경의례(農耕儀禮)라는 아홉 가지로 나누어 각 의례의 성격과 진행 절차를 개관하고, 그러한 의례에서 악장이 어떤 역할을 하는지 상세히 서술했다. 악장을 문자 텍스트로만 간주하고서 접근하게 될 때 나타나기 마련인 한계를 극복하는 데 크게 기여하는 성과라 할 수 있다. 궁중악인 악장을 이해하기 위해서는 응당 궁중의 문화와 예식을 이해해야 한다는 당연한 전제를 새삼 일깨우는 책이다. 한편 책의 말미에 수록한 '궁을 벗어난 악장들의 여행' 장에서는 이러한 궁중악이 궁을 벗어나 사대부가나 여항에 확산되기도 했던 궤적을 문헌적 전거를 바탕으로 추적였는데, 이를 통해 악장이 궁중이라는 한정된 영역에만 머물지 않고 당대의 문학과 예술 일반에 끼쳤던 영향을 검증해 내었다.

이처럼 악장 전반을 통괄한 저서가 잇달아 출간되었다는 것은 그만큼 악장에 대한 연구 성과가 상당수 축적되었으며, 그간의 연구를 종합할 수 있는 단계에까지 이르렀다는 것을 보여 준다. 더불어 초창기부터 악장 연구의 중심을 차지해 왔던 〈용비어천가〉와 〈월인천강지곡〉에 대해서도 연구 및 주해들이 잇달아 제출되어 시가 텍스트를 둘러싼 문헌학적·역사학적·정치사적 의미들이 많은 부분 해명되었다는 점도 근래의 빼놓을 수 없는 성과이다.[29]

28) 신경숙, 『조선 궁중의 노래, 악장』(민속원, 2016).

29) 주요 연구 성과로 다음과 같은 논저들이 주목된다: 조흥욱, 「〈용비어천가〉의 창작 경위에 대한 연구: 국문가사와 한문가사 창작의 선후 관계를 중심으로」, 『어문학논총』 20(국민대 어문학연구소, 2001), 143~162면; 조흥욱, 「〈월인천강지곡〉의 내용 특징 연구」, 『어문학논총』 23(국민대 어문학연구소, 2004), 55~72면; 조규익, 「〈월인천강지곡〉의 사건 전개 양상과 장르적 성격」, 『어문연구』 46(어문연구학회, 2004), 273~301면; 신영명·김명준, 「한국 중세 정치사상과 문학: 〈용비어천가〉와 〈월인천강지곡〉을 중심으로」, 『아시아아메리카연구』 6(단국대 아시아아메리카문제연구소, 2006); 윤석민·권면주·유

이상에서 살핀 것처럼, 악장 연구는 1990년대까지의 모색기와 정지기(整地期)를 거쳐 2000년대 이후에 본격적으로 전개되었다고 할 수 있다. 이 시기에 국문학 연구자들의 시야가 넓어지고 우리 문학의 특수한 사정에 대한 이해가 심화되면서, 근대적 학문 체계가 정립되던 시기에 문학의 영역에서 다루기를 주저했던 악장에 대해서도 여러 중요한 성과들을 산출하게 되었던 것이다.[30]

승섭, 『(쉽게 읽는) 용비어천가』 1, 박이정, 2006; 김승우, 「〈용비어천가〉 향유, 수용양상의 특징과 그 의미: 〈봉래의〉 정재를 중심으로」, 『한국시가연구』 23(한국시가학회, 2007), 81~113면; 조흥욱, 『월인천강지곡의 문학적 연구』, 국민대출판부, 2008; 정소연, 「〈용비어천가〉와 〈월인천강지곡〉 비교연구」, 『우리어문연구』 33(우리어문학회, 2009), 187~222면; 김세종, 「세종대 〈용비어천가〉의 창제배경과 음악화 과정 연구」, 『고시가연구』 24(한국고시가문학회, 2009), 1~17면; 김승우, 「〈용비어천가〉의 제작 기반 연구: 선행 악장에 대한 평가와 활용 양상」, 『민족문화연구』 51(고려대 민족문화연구원, 2009), 253~294면; 임주탁, 「명칭가곡 수용의 양상과 의미」, 『한국문학논총』 51(한국문학회, 2009), 5~50면; 김기종, 『월인천강지곡의 저경과 문학적 성격』, 보고사, 2010; 이호권, 「〈월인천강지곡〉 결사(結詞)의 재구 시론」, 『국어국문학』 157(국어국문학회, 2011), 61~85면; 사재동·사진실, 「『월인천강지곡』의 훈민정음 활용과 연행적 유통 양상」, 『어문연구』 74(어문연구학회, 2012), 279~306면; 김승우, 『용비어천가의 성립과 수용』, 보고사, 2012; 조흥욱, 「〈용비어천가〉의 편찬과 세종의 정치적 의도」, 『한국학논총』 39(국민대 한국학연구소, 2013), 57~78면; 김기종, 『한국 불교시가의 구도와 전개』, 보고사, 2014, 49~57, 165~192면; 조규익, 「〈용비어천가〉와 전통 생태 담론으로서의 풍수적 사유」, 『온지논총』 41(온지학회, 2014), 9~32면; 김승우, 「〈용비어천가〉의 단락과 구성에 대한 연구」, 『Journal of Korean Culture』 28(한국어문학국제학술포럼, 2015), 175~206면; 이왕무, 「『용비어천가』의 재발견과 왕업의 재구성」, 『포은학연구』 15(포은학회, 2015), 161~185면; 최미정, 「〈용비어천가〉에 나타난 여말선초의 영토전쟁과 변경」, 『고전문학연구』 47(한국고전문학회, 2015), 103~152면; 김보현, 「〈월인천강지곡〉의 서사 구성 방식에 관한 연구」, 『우리문학연구』 51(우리문학회, 2016), 199~224면; 이근우, 「〈용비어천가〉 국문 가사와 한시의 성립 순서에 대하여」, 『민족문화』 50(한국고전번역원, 2017), 201~244면; 박찬수, 「〈용비어천가〉의 육조 서술 양상 고찰」, 『어문연구』 97(어문연구학회, 2018), 77~100면; 조규익, 「〈용비어천가〉의 『시경』 수용 양상」, 『우리문학연구』 60(우리문학회, 2018), 157~197면; 김기종, 『(역주) 월인천강지곡』, 보고사, 2018; 박찬수, 「〈용비어천가〉에 나타난 주체성 고찰」, 『어문연구』 101(어문연구학회, 2019), 173~197면; 박해진, 『월인천강지곡: 훈민정음으로 불경을 노래하다』, 나녹, 2021 등. 한편, 〈용비어천가〉와 〈월인천강지곡〉에 관한 초기의 주요 연구 성과는 각각 김승우, 앞의 책, 14~28면; 김기종, 앞의 책(2010), 9~13면에 자세히 정리된 바 있다.

30) 본고에서는 종래의 악장 관련 연구를 최대한 수합하여 정리해 보고자 했으나, 누락된

4. 악장 연구의 전망

많은 의구심으로부터 출발했다고 해도 과언이 아닌 악장 연구가 각종 성과들을 통해 크게 진전된 것은 높이 평가할 일이다. 특히 근래의 성과들에서 새로운 방향의 분석이 시도되고 연구의 외연이 확장됨으로써 악장에 대한 고찰이 한결 활기를 띠고 있는 것도 긍정적인 현상이다. 그러나 앞으로 개척해 나가거나 좀 더 유념해야 할 부분들도 여전히 적지 않다고 생각한다. 이하에서는 추후의 악장 연구를 전망하며 몇 가지 과제를 제시해 보고자 한다.

1) 한문악장에 대한 검토

여타 갈래에 비해 연구자들의 관심이 전반적으로 낮았던 악장 갈래 안에서도 한문악장의 의의에 대한 인식은 특히 박약했다. 표현언어적 특성에 따라 악장을 국문·현토·한문악장으로 나누어 볼 때, 〈용비어천가〉 등의 국문악장은 악장이라는 갈래에 대한 논의가 진행되기 이전부터 이미 언급이 이루어졌고, 1980, 90년대에 들어서는 한시의 국문화 과정을 살피기 위한 단서로 현토악장이 새로 지목되어 관련 연구 성과가 제출되었다. 그런데 현토악장에 대한 관심은 사실 악장이란 한문으로 제작되는 것이 표준이라는 점을 전제로 하고 있다. 실제로도 악장을 국문으로 제작하는 것은 상당히 이례적인 일이었다. 새로 지은 한문악장을 기존 악곡에 올리려다 보니 가사와 악곡 사이에 부조화가 발생했고 이를 무마하기 위해 토를 붙였던 것이다. 그 과정을 지나 종국에는 우리말로 악장을 짓

논저들도 적지 않으리라 생각한다. 특히 고려의 속악가사에 대한 논의, 가악(歌樂)·무악(舞樂)·가무(歌舞) 등 궁중악에 관한 논의, 조선조의 예악관(禮樂觀)에 관한 논의 등을 충분히 거론하지 못했음을 시인한다. 이는 온전히 필자의 불찰이다.

는 데까지 나아갔다는 것이 한시의 국문화 과정을 설명하는 기본적인 구도이다. 이처럼 국문악장에 이어 현토악장까지 점차 논의에 포섭되어 왔으나, 여전히 소외된 채 남아 있는 영역은 악장의 대다수를 차지하는 한문악장이다.

한국문학의 영역에서 한문 문학이 차지하는 위상과 가치에 대해서는 이미 1970, 80년대를 거치며 논의가 일단락되어 현재에는 한문 문학을 한국문학의 정당한 일원으로 파악하는 시각이 이미 정착된 상태이다. 대학의 학제상으로도 우리 고전문학에서 한문학은 중요 영역을 차지하고 있으며 한시와 한문 산문에 대한 연구가 깊이 있게 진행되고 있다. 그럼에도 불구하고 한문악장의 경우에는 여전히 연구의 사각지대에 놓여 있거니와, 어쩌면 현재의 이 같은 분과 학문 체계가 한문악장에 대한 연구를 소외시키는 한 이유가 되고 있는 듯도 하다. 즉, 『시경』이나 『초사(楚辭)』 등의 전례를 따르고 있는 상당수 한문악장은 한문학의 연구 영역으로 인식되는 반면, 정작 한문학 연구자들은 의례성이 강해서 이른바 작가의식이 명확하게 드러나 보이지는 않는 한문악장을 본격적인 고찰의 대상으로 삼기를 주저하기 일쑤이다. 반대로 시가 연구자들은 대개 국문시가의 역사적 전개와 갈래 간의 교섭 양상에 많은 관심을 두어 왔기 때문에 국문악장이나 현토악장을 논의의 중심으로 삼고 한문악장은 곁가지로 취급한 경향이 없지 않았다.

이렇듯 한문악장은 한시 연구자들에게도, 시가 연구자들에게도 과히 매력을 지니지 못하는 부류로 남아 있어서 정도전·권근·최항을 비롯한 몇몇 중요한 작가의 진상작을 제외하고는 깊이 있게 논의된 사례를 별반 찾아보기 어려운 실정이다. 그나마도 분장체(分章體)로 지어지거나 후렴을 포함하고 있는 등 고려속요 양식과 가까운 몇몇 한문악장 작품들에 시선이 집중되어 왔을 뿐, 이른바 정격 악장으로 불리고는 하는 시경체 작품들에 대해서는 특히 관심이 미진했다.

그러나 악장의 존립 기반과 특징이 밀도 있게 논의되기 위해서는 아무래도 수량상으로나 중요도에 있어서 핵심적인 위치를 점하고 있는 한문악장에 대한 연구가 보다 진전되어야 할 필요성이 다분하다. 일례로 조선조 악장 가운데 가장 중요한 작품이라 할 수 있는 〈종묘제례악장〉에는 세종 연간에서 세조 연간에 걸친 기간 동안의 악장 관련 논의와 모색이 총체적으로 담겨 있다고 해도 과언이 아니다. 영녕전(永寧殿)·문묘(文廟)·사직단(社稷壇) 등에 소용되는 악장의 경우도 마찬가지이다. 선초 악장이 어떤 의도와 세계관 속에서 제작되었는지 면밀하게 밝히기 위해서는 이 같은 주요 한문악장에 대한 논의가 필수적인 것이다.

물론, 국문악장과는 직접 연계되지 않는 한문악장 자체에 관한 연구가 얼마나 긴요하며 파급력을 지니게 될 것인지에 대해 회의적인 견해가 제기될 여지도 있다. 국문학 연구에서 중요한 의미를 지니기 때문에 한문악장을 다룬다기보다는 아직 연구되지 않았기 때문에 한번 검토한다는 정도 이상의 의미를 상정할 수 있느냐는 의문이 제기될 수 있는 것이다. 그러나 이 문제와 관련해서도, 한문 문학이 한국문학 전체에서 차지하는 위상과 의의를 되새기는 것으로 논의의 기반을 확보할 수 있을 듯하다. 한문 문학은 그 자체로 한국문학의 한 영역이기도 하지만 오랜 기간 국문문학에 활발하게 영향을 끼치면서 국문 문학이 발전해 가는 데 크게 기여하기도 했다. 따라서 국문 문학의 발전상을 온전히 도출해 내기 위해서라도 한문 문학에 관한 연구가 면밀하게 진행되어야만 한다.[31] 같은 계기에서, 한문악장은 그 자체로도 연구의 대상이 되기에 충분하지만, 또 한편으로는 초기부터 관심의 대상이 되어 왔던 국문악장에 대한 연구를 심화하기 위해서도 응당 깊이 있게 논의되어야만 할 것이다.

31) 김흥규, 앞의 책, 22면.

2) 정치사적·사상사적 맥락에 대한 탐색

다음으로 필요한 사항은 작품 제작의 구체적 경위와 동인을 분석하고 논의하는 작업일 것이다. 이 점은 근래의 연구에서 상당 정도 달성되고 있으나, 여전히 악장 연구의 핵심적 단서로서 유념하고 추진해 나가야 할 사항이라고 할 수 있다. 초기의 연구에서 악장은 칭송과 아유의 문학으로 규정되어 왔다. 그러나 1980년대에 들어 악장 작품에 개재되어 있는 규계의 지향에 주목해야 한다는 견해가 제출되면서 악장 연구의 새로운 지평을 열게 되었다.

다만, 악장 연구의 다수가 '선초'라는 시대를 다소 균질적·통상적으로 상정해 왔던 것은 아닌지 되짚어 보아야 하리라 생각한다. 대개 조선왕조의 창업부터 성종대에 이르는 기간이 악장사에 있어서 가장 중요한 시기로 인식되어 왔으며 대부분의 연구가 이 시기의 작품이나 현상을 대상으로 하고 있기도 하다. 약 100년에 걸친 이 기간은 창업의 역사와 의의를 공식화하고 신왕조의 의례와 문물을 정비하는 데 매진했던 시기이므로 기본적으로는 공통된 특징을 드러낸다. 그러나 한 세기에 걸친 기간 동안에는 허다한 정치적 사안들이 잇따랐을 뿐만 아니라, 임금의 성향·군신의 관계·시대의 관심사도 끊임없이 변화했다. 당연히 선초의 악장 작품들 사이에도 그 세부적인 제작 의도와 쓰임에 있어서는 많은 편차를 보이게 되는 것이다. 표면적으로 왕조와 임금을 향한 칭송을 포함하고 있더라도, 그러한 칭송을 왜 하필 그러한 시점에 그러한 내용과 방식으로 표출했느냐를 구명하기 위해서는 역시 해당 작품이 지어지던 전후 시기의 정치사적·사상사적·학술사적 사안들을 면밀히 고려하지 않을 수 없다.

〈용비어천가〉가 대표적인 사례이다. 왕조 창업을 칭송하려는 의도는 이미 태조 즉위년부터 표면화되었지만, 개국 후 50여 년이 지나서야 비로소 〈용비어천가〉와 같이 육대조(六代祖)의 사적이 집성된 대단위 악장을 제작할 수 있게 된 것은 창업 이래 세종 재위 후반기까지 지속적으로 추진되었던 왕조 창업사의 정리가 상당 부분 성과를 거두었기 때문이다. 『고려사』의 찬술과도 연계된 이 작업은 여말의 사적이 미비하다는 세종의 문제 제기에 따라 추가로 진행되었고 그 성과가 비로소 〈용비어천가〉에 활용되었던 것이다. 또한 고성(古聖)의 사적과 조종(祖宗)의 사적을 전후로 배치하는 이른바 '척고의금(摭古擬今)'의 제작 원리가 적용될 수 있었던 것 역시 세종 연간 내내 이루어진 사서 강독과 편람서 편찬 사업을 통해 역대사에 대한 이해가 대폭 심화되었기에 가능한 일이었다. 〈용비어천가〉가 이전의 악장에서는 찾을 수 없는 규모와 짜임으로 제작된 계기를 세종대의 학술사적 진전을 통해 가늠할 수 있는 것이다.

〈월인천강지곡〉 역시 마찬가지이다. 〈월인천강지곡〉은 불교적 내용을 담고 있어서 여느 악장과는 이질적 성격을 띠기는 하지만 〈용비어천가〉의 시형을 따랐을 뿐만 아니라 궁중악으로 불린 정황도 명확하고 특히 고유어 위주의 문장으로 구성되어 있어서 일찍부터 관심이 집중되었던 작품이다. 그러나 〈월인천강지곡〉에 대한 연구는 대개 시행의 짜임을 밝히거나 팔상(八相)을 담고 있는 작품 전반부의 서사성을 밝히는 데 치중되어 왔던 것이 사실이다. 하지만 이 작품은 『석가보(釋迦譜)』나 『석가씨보(釋迦氏譜)』 이외에 『법화경(法華經)』·『대방편불보은경(大方便佛報恩經)』·『아미타경(阿彌陀經)』 등 다수의 저경(底經)을 바탕으로 하고 있으며, 단지 팔상을 드러내려는 목적에 국한되지 않는다. 그 같은 여러 저경의 삽화(揷話)를 작품에 정연하게 배치함으로써 백성에 대한 교화(敎化)와 지치(至治)를 위한 불교의 순화를 추구했던 것이다. 이는 조선 초기의 불교사적 맥락과 유불(儒佛)의 공존을 모색한 세종의 시책을 이 작품이 구현하고 있다는 점을 시사한다.

그 밖에도 변계량이 세종 재위 초기에 임금의 여러 자질과 덕목을 직접 목도하며 비로소 왕도정치가 구현되리라는 전망과 감회를 담아 〈화산별곡〉을 지은 점이나, 〈연형제곡〉이 제진된 때가 세종이 이천에 유배된 맏형 양녕대군을 도성에 불러들이고자 하여 신하들과 크게 마찰을 빚었던 시기와 일치한다는 점 등은 개별 정치적 사안에 따라 칭송의 진정성과 표출 방식, 그리고 규계의 내역과 강도도 다양하게 나타난다는 사실을 보여 준다. 아울러 악장의 내용이나 모티프를 차용하여 지은 악부시(樂府詩)도 눈여겨볼 만하다. 궁중에서 공적으로 사용될 여지가 없는 이들 작품에는 한결 자유롭게 작자의 관점이 드러난다. 특히 왕조 교체기의 사안과 관련된 작품들에서는 〈용비어천가〉 등에서 공식화된 시각과는 다른 사관을 나타내기도 한다. 이 또한 여러 정치적 맥락과 얽혀 있는 악장의 단면을 역으로 파악해 볼 수 있는 단서가 되기에 충분하다.

실상 악장 연구가 크게 활성화되지 못했던 이유는, 악장이란 누가 언제 짓든 대개 유사한 지향을 띠기 마련이라는 인식 탓이라 할 수 있다. 그러나 모든 갈래, 작품과 마찬가지로 악장 역시 시대의 산물인 만큼, 시대적·상황적 맥락과 작품에 깃든 사상을 정교하게 밝혀내는 것이 필수적이다. 이러한 작업이 진전될수록 악장의 입체적 면모가 더욱 명징하게 드러나게 될 것이기 때문이다. 특히 악장은 실록 등에 관련 기록이 여타 갈래에 비해 풍부하게 남아 전하는 경우가 많으므로 정치사 및 사상사 분야와의 협력 연구도 긴요하다.

3) 시대적 전개와 변모 과정에 대한 유의

앞의 절은 선초를 지나치게 평면적으로 전제해 오지 않았던가 하는 문제의식에 기반을 둔다. 그런데 선초라는 시대적 한정어 자체에 대해서도 생각해 보아야 한다. 2장에서 살핀 대로 일찍이 조규익은 악장을 여섯 가지 요건으로 정의한 바 있는데, 그 정의에 포함된 종차(種差) 가운데 가장 앞머리에 놓인 것이 '조선 초기'이다. 궁중악 일반이라는 넓은 의미를 적용한다면 신라의 도솔가(兜率歌)까지도 악장으로 상정할 여지가 충분하지만, 우리나라에서 '선왕 혹은 현왕에 대한 찬양을 내용으로' 하는 궁중 작품이 군집을 이루어 등장한 시기는 역시 조선 초기이고, 국문학사적으로 악장이 중요한 의미를 띠는 시기도 역시 이때이다. 이 시기에 이르러 정격의 한문악장은 물론 '당대에 존재하던 시가들의 형태를 차용'한 여러 부류의 작품이 산출되면서 악장이 우리 식으로 수용 및 변용된 양상을 보여 주기도 하기 때문이다. 악장은 의례성이 강한 데다가 선왕대에 공식화된 악장을 사왕(嗣王)이 임의로 바꾸는 것은 참람한 일로 여겨지기도 했던 터여서, 창업 이후 약 100년에 걸쳐 활성화되었던 악장 제작의 기조는 대략 『악학궤범』이 편찬되던 성종 말년을 전후하여 점차 사그라드는 것으로 파악된다. 특히 창업의 역사를 다룬 악장들은 이 시기를 지나서는 새로 지어진 내역이 별반 발견되지 않는다. 따라서 선초의 악장에 우선 착목하게 되는 것은 지극히 자연스러운 수순이다.

그러나 선초만큼의 빈도는 아니지만 조선 중기와 후기에도 계기에 따라 악장은 꾸준히 지어졌고 선초에 지어져 이미 규례화된 작품이 이후에 내용과 활용 방식 면에서 조정되는 양상도 적지 않게 나타난다. 일반적으로 악장은 고정적으로 전승되어 왔으나, 시대와 정치적 상황, 문화적 환경의 변화에 따라 악장을 짓는 방식과 기존 악장에 대한 평가 역시 달라지고는 했던 것이다. 그러한 변화의 폭은 제례악장보다는 역시 회례악장에서 크게 나타나지만, 제례악장에서도 궤적을 살펴볼 수 있다. 심지어 가장 중요한 제례악장인 〈종묘제례악장〉의 경우도 그러하다. 세조대에 확정되어 안착되었던 〈종묘제례악장〉을 선조(宣祖)의 사적을 악장에 새로 포함시키는 쪽으로 개작하는 방안이 추진되면서 그 가부와 개작 방식을 둘러싸고 조정에 상당 기간 논란이 야기된 바 있다. 결국 태종과 원경왕후(元敬王后)의 악장을 합쳐서 하나의 성(聲)으로 만들고 그 빈자리에 선조가 임진왜란을 극복한 업적을 칭송하는 악장을 삽입하는 이례적 개작이 이루어져 오늘날까지 전해지고 있다.

비단 위와 같이 개작에 관련된 사항뿐만 아니라, 활용 및 연행 방식의 변화, 전대 악장에 대한 비평의 시각 등을 포함하면 조선 중기와 후기에도 악장과 연관된 연구 자료는 상당수 존재하는 만큼 이들을 통해 악장이 어떠한 흐름으로 우리 문학사에 존재해 왔고 문화사 전반에는 어떤 영향을 끼쳤는지 면밀히 가늠해 보아야 할 필요가 있다. 특히 연산군·영조·순조·고종 연간에는 악장에 관해 여러 시책이 추진되었거니와, 근간의 논의들에서도 이들 시기의 현상에 주목한 사례가 있으나 아직 충분한 논의가 이루어졌다고 보기는 어려운 상황이다. 연산군대와 순조대가 새로운 악장을 제작하는 데 많은 관심을 보였던 시기라면, 영조대와 고종대는 전래의 악장을 비평하고 당시의 음악적 환경에 맞게 연행 양상을 변모시키는 데 주력했던 시기라는 전반적 특징이 나타난다. 새로운 작품이 왜 필요했는지, 기존 작품에 어떤 불만을 느꼈는지를 밝힘으로써 선초 악장의 존재 양상과 특징에 대한 이해 역시도 보다 심화할 수 있다.

같은 이유에서 고려조 악장에 관한 연구 또한 더욱 진전되어야 할 것이다. 선초의 악장은 여러 측면에서 고려의 선례를 바탕으로 했다. 초기 악장의 주요 제작자였던 정도전·권근·하륜·변계량 등은 고려조에 출사하여 고려의 궁중 의례와 악장에 조예를 갖춘 인물들이었다. 실상 선초의 악장은 고려조의 악장에 대한 평가를 거쳐 일부를 계승하고 일부를 개혁하는 방식으로 제작되었다고 해도 과언이 아니다. 고려의 악장에 대한 부정적 견해와 그 개선 방안에 대한 상언이 선초의 실록에 여럿 발견되기 때문에 고려의 악장이 조선조에 들어 일신된 것으로 오해되어 오기도 했으나, 실제로는 조선의 궁중악은 고려의 것을 상당 부분 습용했으며, 악장 역시도 고려조 악장의 자장 속에서 제작된 사례들이 다수 발견된다. 이른바 '속요체 악장' 또는 '고려속요체 악장'이라고 불리어 왔던 일군의 작품들이 대표적 사례이며, 고려속요와 선초 악장의 관련성 내지 연속성에 대해서는 1980년대 이래의 연구들에서부터 중요하게 다루어 오기도 했다. 이처럼 눈에 드러나는 경우들뿐만 아니라 내면적 차원에서 고려의 악장을 계승 또는 변용한 사례들을 꾸준히 탐색해 나가야 할 필요성이 다분하다.[32)]

시조나 가사의 연구사를 되짚어 보면 각 갈래의 역사적 전개와 시대적 변천에 유의하여 왔고, 그러한 연구 성과가 시조 및 가사의 특징을 이해하는 데 중요한 착안점을 제공해 주었다. 마찬가지로 악장의 경우에도 악장사가 온전히 기술될 때 악장 자체의 특징은 물론 악장이 우리 시가사와 문학사에서 차지하는 위상도 보다 분명하게 드러나게 될 것이다.

4) 연행 양상에 대한 고려

기본적으로 악장은 연행을 전제로 한다. 제례와 연회 등 궁중의 행사에서 악곡에 올려 노래로 부르려고 제작한 작품이 악장이다. 물론, 모든 악장이 실제 연행되었던 것은 아닐뿐더러, 당초부터 연행을 전제하지 않고 지역의 기로나 유생들이 임금에게 지어 바친 진상작들까지도 '넓은 의미의 악장' 또는 '의사악장'이라는 용어로 포괄하기도 하기 때문에 적어도 국문학 연구에서 악장을 꼭 음악과 연계지어 다루어야 할 당위적 이유는 없다. 악장은 음악이 우선이며 그 노랫말의 비중은 상대적으로 낮아 문학적으로 접근해 볼 여지가 크지 않다고 회의적으로 생각해 왔던 초창기 연구의 시각이 오늘날에는 별반 유효하게 받아들여지지는 않는 것이다.

---

32) 더 나아가, 대한제국(大韓帝國) 선포를 전후하여 지어진 근대계몽기의 여러 시가 작품들 역시도 악장의 세계관과 연관 지어 다루어볼 여지가 있다. 근대계몽기 시가는 형식상으로는 대개 시조 및 가사의 양식을 바탕으로 했으나 그 속에 담긴 지향은 악장과 친연성을 지니기 때문이다.

그러나 악장의 면모를 보다 입체적으로 밝히기 위해서는 작품이 실제 어떤 선율에 실려 어떤 식으로 불리었는지 관심 있게 살펴야 할 필요성도 있다. 악곡과의 연계를 고려해야 한다는 것인데, 단지 연행의 분위기와 환경만을 가늠하기 위해 악곡에 천착하는 것은 물론 아니다. 때로는 텍스트만으로는 드러나지 않는 작품의 분단과 구성에 관한 단서를 악곡상의 특징을 통해 발견해낼 수 있다는 점에서도 선율에 대한 고찰은 중요하다. 예컨대 〈용비어천가〉 125장 전체의 단락별 구성을 어떻게 논의해야 할지에 대해서는 이견이 존재해 왔거니와, 『세종실록』 권140~145의 「악보(樂譜)」에 따르면 〈용비어천가〉의 각 장에 따라 악곡이 달리 적용되거나 몇 개의 장 단위로 악곡을 순환시키는 특징이 나타난다. 이를 통해 〈용비어천가〉의 문학적 구성을 논의하는 데에도 유효한 방증을 확보할 수 있다.

정재 역시 마찬가지이다. 악장을 단지 노래로 부르는 데 그치지 않고 무용이 동반된 정재로 그 규모를 확대하여 연행하는 경우도 적지 않다. 악장이 공연 예술의 일부를 이루게 되는 것이다. 정재에서는 무용과 음악, 의물(儀物)이 모두 의미를 지니기는 하나, 그러한 요소들을 엮어 내면서 정재 전체의 지향을 표출하는 역할은 역시 언어로 이루어진 악장이 감당해야 할 역할이다. 악장이 그와 같은 여러 공연 요소들과 어울려 과연 어떤 효과를 자아내는지 살핀다면 여러 흥미로운 논점을 발견할 수 있다. 가령, 정재에서 악장은 무기(舞妓) 한 명의 독창으로도, 여러 무기들의 중창으로도 가창되며, 때로는 악장의 일부를 독창으로 부르다가 특정 대목에 이르러 중창으로 전환하기도 하고, 같은 대목을 반복하여 가창하기도 하는 등 다양한 방식을 동원하게 되는데, 이는 악장의 내용을 보다 인상 깊게 전달하기 위한 공연 예술상의 면밀한 고려가 적용된 결과이다. 그 같은 방식을 참고하여 악장 본래의 문학적 의미와 지향을 되짚어 볼 수 있는 여지를 마련할 수 있다. 정재에서 악장을 부를 때 동반되는 춤사위와 정재를 구성하기 위해 제정한 의상 및 의물들의 특징, 정재의 시작과 끝을 알리기 위해 지어 붙인 구호와 치어(致語) 등도 악장의 내용과 연관 지어 중요하게 검토해야 할 대상들이다.

이러한 사정은 시조·잡가 등 여타의 시가 갈래나 판소리·무가 등 구비 가창물을 논의할 때 악곡과 연행 환경, 주요 연행자의 역량과 청중의 반응 등을 종합적으로 다룸으로써 보다 심도 있는 연구를 도모할 수 있는 것과 마찬가지이다. 특히 이 문제는 3)절에서 언급한 시대적 변모와도 밀접하게 연관된다. 악장 자체는 규정성이 강해서 한 번 정착된 선대의 제작은 변개하지 않는 것이 당연시되었지만, 그 악장을 연행하는 방식은 시대에 따라 보다 탄력적으로 바뀌게 되는 경우를 적지 않게 찾아볼 수 있다. 예컨대 영조는 정재의 연행 방식에 대해 깊은 관심을 표명하면서 자신이 직접 가창법과 춤사위에 대해 지침을 내리기도 했고, 고종대의 자료에서도 선초부터 전래된 정재의 연행 방식을 수정한 사례가 많이 나타난다. 이처럼 악장을 연행하는 방식의 변화는 시대가 흐름에 따라 악장의 내용에 대한 이해와 평가가 달라진 결과이기도 하므로 악곡과 정재 등 연행 요소에 대한 검토가 필요하다고 할 수 있다.

5. 나가며

이상에서 그간의 악장 연구의 흐름을 크게 두 시기로 나누어 개관하고, 앞으로의 연구에서 보다 진전될 필요가 있으리라 생각되는 사항들을 몇 가지 제시해 보았다.

향가·고려속요·시조·가사 등 일찍부터 주목을 받아 왔던 여타의 시가 갈래들에 비해 악장 연구는 비교적 뒤늦게 본궤도에 오르게 되었다. 서정성과 진솔함을 시가 작품의 가치를 판단하는 주된 요건으로 인식해 왔던 관점이 지배적이었던 탓에 의례성이 강하고 전고(典故)에의 의존도가 높은 악장에 대한 관심도는 떨어질 수밖에 없었다. 아울러 서정성과 진솔함을 담보할 수 있는 언어적 표현 요소 면에서도 대개 정격 한문이나 한문 어투로 지어진 악장은 과히 매력적인 대상으로 포착되지 못했다. 현재에도 이러한 사정이 완연히 바뀌었다고 하기는 어렵다. 이전보다는 활성화되었다고 할 수 있겠으나, 시가 연구 전체에서 악장 분야가 차지하는 비중은 여전히 크지 않은 상황이고 연구자의 폭도 좁아서 소수의 논자들에 의해 악장 연구가 견인되고 있는 실정이다.

악장 연구의 난점은 어쩌면 악장 자체의 특성에서 기인하기보다는 악장 연구의 성과를 바라보는 시선 때문에 불거지는 것 같기도 하다. 정치사·음악사·문학사·학술사적 맥락이 다단하게 얽혀 있는 악장 작품을 온전히 분석하기 위해서는 사서와 악서, 의궤 등 각종 자료를 탐문하며 품을 많이 들여야 하지만, 그렇게 해서 얻어낸 성과물이 악장의 일반적 면모를 재확인하거나 강화하는 정도에 그치게 되는 경우도 흔하다. 어느 학문 분야에서든 기존의 상식을 뒤집는 연구 성과가 빛을 발하기 마련이거니와, 악장 연구에서는 그러한 전복적 결론을 얻어낼 여지가 크지 않은 것이 사실이다. 게다가 악장 연구의 방향을 바꿀 만한 중요한 입론들, 가령 악장에는 칭송의 지향 못지않은 규계의 지향이 이면에 담겨 있다거나 중국의 규례와는 다른 우리 악장의 독자성이 여러 측면에서 발견될 수 있다는 등의 굵직한 견해들은 1980, 90년대에 이루어진 선학들의 연구에서 이미 제출된 상태이기도 하다. 때문에 연구자들의 의욕을 자극할 만한 유인이 현실적으로 그다지 크지 않아 보인다.

그러나 악장 연구의 당위성은 분명하다. 악장은 우리 궁중 문학의 특징과 상층 문인들의 문학관·음악관·경세관을 분석하는 데 직접적으로 소용될 수 있고, 악장이 궁중 바깥으로 확산되는 과정을 추적하여 시가와 음악 일반의 변화상을 가늠해 볼 수도 있다. 우리 문학과 음악의 전체상을 도출하는 데 악장은 필수적인 검토 대상이 되어야 하는 것이다. 물론,

교술성과 의례성이라는 악장의 주요한 특질이 서정성과 진솔함이라는 자질에 배치되는 것은 사실이지만, 그러한 악장의 존재태는 가치 평가의 문제를 떠나 그것대로 우리 시가를 구성하고 있는 한 축으로 인정해야 하는 것이 당연하다. 또한 일견 배타적으로 보이는 양 측면이 어떻게 길항하고 때로 조화와 융합을 이루면서 시가사와 문학사의 각 단계를 구성해 가는지 파악하는 것이 선학들의 성과를 정교화하고 보정하기 위한 오늘날의 과제라 할 수 있을 것이다.

본고는 그간의 성과를 모두 훑지는 못했다는 점에서, 그리고 악장 연구에 꾸준한 관심을 가지고는 있으나 스스로도 감당하기 어려운 여러 난제 속에서 방황하기 일쑤인 한 연구자의 관견을 바탕으로 작성되었다는 점에서 악장 연구의 현황과 전망을 온전히 담아내기에는 역부족이다. 다만, 악장 연구의 의의를 다시금 환기하는 데에 다소라도 기여하는 바가 있기를 기대할 따름이다.

이 글은 『한국시가연구』 57(한국시가학회, 2022)에
수록한 논문을 수정·보완한 것이다.

조선 전기 시조 연구의 현황과 과제

이상원
조선대학교 국어국문학부 교수

1. 논의의 방향

한국문학 연구 100년을 기념하여 시작된 연구사 정리 작업은 모든 갈래 집필자에게 큰 무게로 다가갈 수밖에 없을 것이라 생각되지만 시조의 경우 그 무게가 더욱 크게 느껴지는 것은 어찌할 수 없는 일이 아닌가 한다. 일제강점기 하에서 식민사관에 맞서 민족사관을 정립하기 위해 가장 한국적인 것을 찾는 과정에서 시조는 크게 주목을 받았고, 해방 이후에도 이런 흐름은 꾸준히 이어져 그 어떤 갈래보다도 풍성한 연구사적 성취를 이루었기 때문이다. 그나마 다행인 것은 전기와 후기로 나누어 연구사를 정리하기로 한 덕에 조선 전기 시조 연구사만 살펴보면 된다는 점이다.

100년의 연구사를 정리하는 방법은 여러 가지가 있을 수 있겠으나 크게 보면 다음 두 가지 방법이 가장 효율적이지 않을까 한다. 하나는 조선 전기 시조의 연구 흐름을 시기별로 나누어 고찰하는 것이다. 100년의 연구사를 몇 시기로 나눈 후 각 시기별 연구 경향의 특징을 부각하는 것이 그것인데, 이는 시대의 요청과 그에 따른 방법론의 변화를 파악하는 데 효과적이다. 다른 하나는 연구 주제별로 나누어 고찰하는 것이다. 이는 시조의 기원과 발생 문제, 시조의 형식, 강호가도 등 연구자들이 주로 관심을 가졌던 세부 분야나 주제별로 나눈 후 이들 주제에 대한 연구의 경향이 어떻게 변모되고 있는지를 밝히는 것으로, 100년의 연구사에서 어떤 분야나 주제가 특히 주목을 끌었는지를 살필 수 있는 장점이 있다. 이 두 가지 방법 가운데 여기서는 연구 주제별로 나누어 고찰하는 방법을 선택하기로 한다.

주제별 고찰 방법을 선택하는 경우 100년의 연구사에서 나름의 중요성을 가지고 연구된 대부분의 분야나 주제를 성실하게 정리해 주는 것이 선학들의 노력에 보답하는 기본적인 예의라 할 수 있다. 그러나 한편으로 시간과 지면이 제한된 상황에서 모든 것들을 성실하게 정리하기보다는 지금의 관점에서 특히 중요하다고 판단되는 일부를 선별하여 이를 집중적으로 살피고 거기서 새로운 과제와 전망을 읽어 내는 것이 좀 더 현실적이지 않을까 하는 고민을 하지 않을 수 없다. 고민의 결과 이글에서는 강호시조, '오륜가', '오누리', 기녀시조 등 네 분야에 국한하여 연구사적 흐름을 정리했음을 밝힌다.[1)]

2. 강호시조 연구 현황

1) 강호가도에 대한 주석의 역사

조선 전기 시조 연구사는 강호시조 연구사라고 해도 무방할 정도로 강호시조 연구가 압도적 비중을 차지하고 있다. 이는 강호시조가 조선

1) 이에 따라 시조의 명칭·기원·발생·형식·미의식 등 기본적 내용, 회고가·절의가·무인시조 등 하위 갈래, 문학교육·문학치료·생태학 등 확장 연구와 관련된 흐름과 동향에 대해서는 전혀 고찰하지 못했다. 이 점에 대해 널리 양해를 구한다.

전기 시조의 중심을 이루고 있기 때문이기도 하지만 조윤제(趙潤濟, 1904~1976)의 강호가도론이 큰 영향을 미친 결과이기도 하다.

조윤제는 『조선시가사강』 '제5장 가사영송시대'의 '제4절 농암과 면앙정의 강호가도'를 통해 이현보와 송순이 "우리 詩歌史上에 實로 劃期的이라고 할 江湖歌道를 樹立하얐다."[2]라고 천명했다. 여기서 제창된 그의 강호가도론은 『국문학사』에서 좀 더 다듬어진 형태로 다음과 같이 강조되고 있다.

> 燕山朝에 들어오면 이런 境遇, 저런 境遇로 自然은 人生에 接近되여 理解되고 同時에 文學上 그 참다운 美가 漸漸 發見되어 갔다. (……) 정말 自然이 우리에게 充分히 理解되고 그 美가 남김없이 發見된 것은 聾巖과 俛仰亭에 이르러서부터인 듯하니, 兩翁은 모다 致仕客으로 老來에 複雜한 官界를 벗어나 지나간 風波를 잊은 듯이 고요히 江湖에 물러 앉어 華麗한 自然을 즐기고 또 그 가운데 沒入하여 들어가 참다운 自然美의 價値를 發見하여 갔다. 從來에도 江湖의 美를 詠嘆한 이는 있었다고 하지마는, 참다운 江湖의 美를 謳歌하여 스스로의 한 歌道를 樹立한 이는 아마도 없었을 것이다. (……) 그럼으로 近代文學에 있어 聾巖과 俛仰亭은 可히 참된 自然美의 發見者요 또 江湖歌道를 唱導한 이라고도 할 수 있으나, 兩翁에 依하여 唱導된 江湖歌道는 곧 文壇에 反響을 주어 적지 않은 影響을 文學上에 미쳤다.[3]

『국문학사』 '제6장 육성시대'의 '제1절 자연미의 발견'에서 핵심 내용만 간추린 것이다. 이런저런 이유로 벼슬길에서 물러나 강호로 향한 작가들이 자연을 읊은 것은 이전에도 있었지만, 자연에 내재한 자연의 미를 발견하여 그 가치를 제대로 노래한 것은 이현보와 송순에 이르러서라고

---

2) 조윤제, 『조선시가사강』(동광당서점, 1937), 261면.

3) 조윤제, 『국문학사』(동국문화사, 1949), 132~141면.

보고 있다. 따라서 그가 말한 강호가도는 '강호에서 자연의 미를 발견하여 그 자연미를 노래한 것'임을 알 수 있다. 하지만 이현보와 송순이 발견한 자연미가 어떤 것인지, 그들이 수립한 강호가도의 실질이 무엇인지에 대해서는 구체적 설명이 별로 없기 때문에 많은 궁금증을 자아내고 있다. 구호만 있고 실질이 결여되어 있었던 『조선시가사강』, 『국문학사』의 강호가도론은 『국문학개설』에 이르러 조금은 실체를 드러내게 된다. 『국문학개설』 '제4편 통론'의 '제2장 국문학과 자연'을 통해 자연미의 성격과 내용을 구체적으로 서술했다. 그는 "(자연이 가지는 미적 가치가) 萬一 理解가 되였다고 한다면 그것은 꽃이요 나무라는 그 個個의 特定한 美가 아니라 꽃 一般 나무 一般에 대한 美일 것이다."[4]라고 하여 자연미의 성격이 일반미(一般美)임을 강조했다. 그리고 그 내용에 대해서는 "하나 하나의 自然은 서로가 잘 調和되어 큰 自然의 美를 새로이 創造하고 있다", "그러한 美는 一時的인 것이 아니고 永遠한 것이다"라고 하여 조화와 영원을 대표적으로 꼽았다. 또한 조화롭고 영원성 있는 자연을 이해하는 방식으로 '절로절로'를 들었다.[5]

이상에서 보는 바와 같이 조윤제는 상당한 애착을 가지고 새로운 저술을 집필할 때마다 강호가도론을 계속해서 다듬고 구체화했음을 알 수 있다. 이를 이어 그의 강호가도론을 더욱 구체화하고 심화한 것은 그의 제자인 최진원(崔珍源, 1926~2005)이다. 최진원은 「강호가도의 연구」, 「강호가도의 연구-가어옹의 세계」, 「강호가도와 풍류-영남가단을 중심하여」, 「강호가도의 미의식 서설」, 「강호가도 연구」, 「강호가도의 서정성-문인화양식에서 본 자연서정성」 등 일련의 논문을 통해 강호가도

4) 조윤제, 『국문학개설』(동국문화사, 1955), 400면.

5) "절로절로된 永遠한 自然 그대로를 즐기면서 自然間에서 절로절로 자라난 몸을 그 自然 가운데 던저 自然과 더불어 절로절로 늙어 가리라 하는 것이 우리 民族의 自然觀이요, 同時에 自然을 이해하는 方式이 되었다." 위의 책, 415면.

에 대한 집중적인 연구를 수행했고 이를 종합하여 『국문학과 자연』에 수록했다.[6)]

최진원은 먼저 조윤제가 강호가도 형성의 핵심 근거로 지목한 귀거래와 관련하여 논의를 조정하고 보강했다. 조윤제가 귀거래의 동기로 당쟁하의 명철보신(明哲保身) 위주로 강조한 것에 대해, 조선의 유학자들이 경국제민(經國濟民)의 이념을 포기한 바가 없었다는 점에서 단순히 현실도피로만 이해할 것이 아니라 은구(隱求)와 독선(獨善)을 겸한 현자피세(賢者避世)의 개념으로 이해할 필요가 있다고 보았다.[7)] 또한 귀거래를 가능하게 만든 현실적 기반으로 토지사유제로 인한 재지성[8)]을 들 수 있다는 점과, 귀거래에 편승하고 귀거래를 이용할 정도로 청풍고취(淸風高趣)로 평가되는 관념적 풍조가 존재했다는 점을 추가로 보강했다. 한편 귀거래를 통해 강호에서 발견한 자연미의 특징에 대해서도 조윤제가 언급하지 않았던 풍류를 새롭게 제시했고, 영원과 조화의 경우에는 훨씬 구체적으로 논리를 보강했다. 풍류와 관련하여 향락적 풍류와 상자연적(賞自然的) 풍류가 있다고 하면서, 조선의 양반들은 향락적 풍류를 배척하고 상자연적 풍류를 추구했다고 했다. 영원에 대해서는 순선(純善)한 자연의 규범성을 찾아서 인생의 불완전을 확충하는 것이라고 하면서 퇴계가 말한 온유돈후(溫柔敦厚)와 같은 것이라고 했다. 조화는 개체에 집착하지

6) 최진원, 「강호가도의 연구」, 『논문집』 8(성균관대학교, 1963), 5~28면; 최진원, 「강호가도의 연구 – 가어옹의 세계」(서울대학교 석사학위논문, 1963); 최진원, 「강호가도와 풍류 – 영남가단을 중심하여」, 『성대논문집』 11(성균관대학교, 1966), 27~42면; 최진원, 「강호가도의 미의식 서설」, 『성대논문집』 15(성균관대학교, 1970), 1~10면; 최진원, 「강호가도 연구」(성균관대학교 박사학위논문, 1974); 최진원, 「강호가도의 서정성 – 문인화 양식에서 본 자연서정성」, 『동양학』 5(단국대학교 동양학연구원, 1975), 315~320면; 최진원, 『국문학과 자연』(성균관대학교출판부, 1977), 5~115면.

7) "歸去來는 經國濟民의 뜻을 求하는 隱求요, 明哲保身을 꾀하는 獨善이다. 그것은 現實逃避라기보다는 現實離脫이라 함이 적절할 것이다. 한마디로 말하면 '賢者避世'다." 위의 책(1977), 34면.

8) 자기 전장(田莊)에 생활근거지를 두고 직접 농민 경작을 감독하는 양식.

않으면서 전체성을 함축하고 있는 것이라 하고, 여백과 절로절로의 둘로 나누어 설명했다. 그는 시조에 표상된 자연을 졸(拙)=박(樸)으로 규정하고 이를 단순성으로 바꾸어 이해한다. 그리고 단순성에는 세련된 단순성[9]과 소박한 단순성[10]이 있다고 하면서 여백은 세련된 단순성으로, 절로절로는 소박한 단순성으로 설명한다.

조윤제가 선언하고 최진원이 확립한 강호가도론의 핵심은 귀거래한 사대부가 강호에서 발견한 자연미의 성격을 탐구하는 것이다. 이와 같은 강호가도의 본래적 문제의식에 입각한 연구들은 최진원 이후에도 꾸준히 이어졌다. 그런데 이후의 연구들은 귀거래한 사대부가 강호에서 발견한 자연미의 공통적 성격을 탐구하기보다는 개별 작가별 차이를 드러내는 데 좀 더 관심을 기울인 것으로 보인다. 이민홍은 사림파의 강호 인식과 사림파 문학의 품격이 전반적으로 어떻게 나타나는지에 대해 정리하면서도 이황의 〈도산십이곡〉, 이이의 〈고산구곡가〉, 윤선도의 〈어부사시사〉에 나타난 자연미가 각각 온유돈후, 한미청적(閒美淸適), 물외한적(物外閒適)으로 다르게 나타난다는 점을 부각하고자 했다.[11] 김병국은 이민홍이 한미청적으로 규정한 이이의 〈고산구곡가〉를 집중적으로 연구한 후 한미청적이 부분적으로 나타나긴 하지만 전반적으로는 충담소산(沖澹蕭散)의 품격이 지배적이라고 했으며, 한미청적은 오히려 어부가계 작품[12]에서 두드러진다고 했다.[13]

한편 자연미의 발견이라는 강호가도의 본래적 문제의식을 그대로 유지하면서도 강호의 개념이나 범주와 관련하여 의문을 나타내고 강호를

9) 과잉에서 우러나고 탐닉에 환멸을 느낀 때문에 나타나는 단순성.

10) 결핍에서 오는 소박한 단순성.

11) 이민홍, 『사림파문학의 연구』(형설출판사, 1985).

12) 고려말 〈어부가〉, 이현보의 〈어부가〉, 윤선도의 〈어부사시사〉.

13) 김병국, 『고전시가의 미학 탐구』(월인, 2000).

산수(山水), 전원(田園), 자연(自然), 원림(園林)으로 대체할 것을 주장하는 흐름들이 생겨났다. 최동국과 손오규는 산수시가, 산수미라는 표현을 사용하고 있다. 최동국은 강호시가라는 용어 대신에 산수시가라는 말을 사용하고 있는데[14] 이는 노장적 은둔을 표현한 작품까지 포괄하기 위함이다. 손오규도 〈도산십이곡〉은 산수시이므로 산수문학적 입장에서 연구하는 것이 바람직하다는 견해를 나타냈는데[15] 이는 한시 및 산수기(山水記)와 연계하여 시조를 연구하기 위함이다. 반면 김병국은 강호가도 이론과 서양 전원문학 이론을 비교해서 강호가도의 작품 세계가 지닌 전원문학적 특성을 살피기 위해 전원시(문학)이라는 용어를 사용했다.[16] 또한 권정은은 강호가도의 취지에 적극 부합하는 강호시조와 성격이 변화된 전원시조를 포괄하여 자연시조라는 명칭을 사용하고 있다.[17] 이렇게 강호를 산수, 전원, 자연으로 대체하여 사용하고자 한 것은 강호가도가 갖는 특수성을 좀 더 객관적이고 보편적인 것으로 설명하고자 하는 시도에서 나온 것이라 할 수 있다.[18] 산수나 전원이 보편성을 획득하여 강호가도의 영역을 확장하는 데 초점을 맞춘 것이라면 원림은 강호가도의 성격을 좀 더 정확하고 깊이 있게 이해하자는 측면에 초점을 맞춘 것이다. 김창원은 "강호자연은 조선시대 원림의 문학적 형상"이라 규정하고 원림

---

14) 최동국, 「조선조 산수시가의 이념과 미의식 연구」(성균관대학교 박사학위논문, 1992).

15) 손오규, 「퇴계의 산수문학 연구」(성균관대학교 박사학위논문, 1990). 이후 『산수문학 연구』(부산대학교출판부, 1994), 『산수미학 탐구』(부산대학교출판부, 1998)로 이어졌고, 고승관, 「조선시대 산수시가의 전개양상과 시세계」(제주대학교 박사학위논문, 2020)로 계승되고 있다.

16) 김병국, 「한국 전원문학의 전통과 그 현대적 변이 양상」, 『한국문화』 7(서울대학교 규장각한국학연구원, 1986), 19~47면.

17) 권정은, 「자연시조의 구성공간과 지향의식」(서울대학교 박사학위논문, 2004).

18) 이런 흐름에 대한 최진원의 반응은 "江湖歌道는 山水詩와 田園詩를 포괄하며, 山水詩는 자연의 美를 읊은 것이고, 田園詩는 농촌의 樂을 읊은 것으로 산수시와 전원시는 많은 경우 합쳐져 형상된다."라는 형태로 나타났다. 최진원, 「강호가도와 산수시·전원시」, 『도남학보』 14(도남학회, 1993), 10면.

에 대한 정확한 성격 파악을 바탕으로 강호시가가 원림문화의 소산이라는 점, 강호시가의 미학을 원림미학의 관점에서 탐구해야 한다는 점을 부각하고자 했다.[19]

2) 강호가도의 재해석 또는 의도적 비틀기

강호로 귀거래한 사대부가 발견한 자연미를 탐구하려는 연구 경향은 후대로 내려오면서 개별적 차이를 부각하는 방향으로 전개되기는 했으나 큰 설득력을 얻었다고 보기는 어렵고, 이에 따라 선학들이 왜 공통분모에 집착했는지를 확인시켜 주는 측면이 강했다고 볼 수 있다. 즉 이런 연구의 방향은 확장성에 한계가 있을 수밖에 없음을 깨닫게 된 것이다. 따라서 새로운 방향의 모색은 불가피한 것이었다.

강호시조 연구에 대한 새로운 방향을 모색한 선구적 연구로 김흥규의 「강호자연과 정치현실」을 꼽고 있다.[20] 김흥규는 이전의 강호시조 연구가 "강호가도라는 汎稱 아래 크게 한 묶음으로 다루어져" 왔다고 진단하고 향후에는 "보다 구체화된 역사적 맥락 안에서 재검토하여 그 전개 양상을 정밀하게 구명하는 일"이 필요하다고 보았다.[21] 그리고 이에 대한 첫 시도로 맹사성의 〈강호사시가〉와 이현보의 〈어부가〉에 나타난 정치현실 인식의 차이를 분석 대상으로 삼았다. 그런데 여기서 한 가지 이상한 점이 발견된다. 그것은 맹사성의 〈강호사시가〉를 분석 대상으로 삼았다는 점이다.

---

19) 김창원, 「16세기 사림의 강호시가 연구 : 강호의 미적 형상을 중심으로」(고려대학교 박사학위논문, 1998); 『강호시가의 미학적 탐구』(보고사, 2004).

20) 신영명, 「강호시조 연구사의 행방」, 신영명·우응순 외, 『조선중기 시가와 자연』(태학사, 2002), 402면.

21) 김흥규, 「강호자연과 정치현실 – 맹사성 〈강호사시가〉와 이현보 〈어부가〉의 정치현실 인식」, 이상신 편, 『문학과 역사』(민음사, 1982), 109~110면.

> 時調가 李朝에 들어와 漸漸 그 形成美가 認識되게 되자 致仕閑客과 山林處士間에 消閑吟詠之具로 愛用되여 제절로 한 歌道를 이를 듯한 것이 後世의 傾向이나, 이들은 곳 그들의 前驅가 될 듯하야 注目할 만한 것이라 하겠다.[22]

> 이 글은 孟思誠의 〈江湖四時歌〉와 李賢輔의 〈漁父歌〉를 분석의 초점으로 하여 조선 전기의 이른바 '江湖歌道'가 그 초기적 전개의 국면에서 어떤 상이한 양상들을 보이는가에 대해 논하고자 한다. (……) 이 방면에 대한 관심과 연구 성과는 국문학의 어느 분야보다 풍성하다. 그중에서도 주목할 만한 업적으로서 우리는 趙潤濟 교수의 『朝鮮詩歌史綱』과 崔珍源 교수의 「江湖歌道 研究」를 꼽을 수 있을 것이다. 전자는 강호자연 속에서 유유자적하는 생활을 읊은 일련의 조선 전기 시가들에 대해 강호가도라는 이름을 부여하면서 최초의 본격적 관심과 기본 관점을 부여하였고, 후자는 이를 계승하여 강호가도의 세계관·미의식·사회적 배경 등을 논함으로써 크게 진전된 이해의 폭을 확보하였다. (……) 강호가도의 초기 단계(내지 前史的 단계)가 15세기 초에 시작하여 이현보, 宋純, 李滉, 權好文 등을 거쳐 17세기 중엽에 尹善道나 그 이후까지 이어진다고 할 때, (……) 그것에 동적인 時間相을 부여하면서 이해의 심화를 추구하는 일은 우리에게 남겨진 몫이 아닐 수 없다.[23]

조윤제는 오늘날 우리가 당연히 강호시조의 범주에 포함하여 논하고 있는 맹사성의 〈강호사시가〉와 황희의 〈사시가〉를 강호가도에 해당하는 작품들과 분리하여 서술하고 있다. 앞서 이미 언급한 바 있듯이 강호가도에 대한 서술은 『조선시가사강』 '제5장 가사영송시대'의 '제4절 농암과 면앙정의 강호가도'에서 이루어지고 있다. 그런데 위에 인용한 것은 '제4장 구악청산시대'의 '제2절 송축가와 한정가'에서 한정가를 서술한 부분

---

22) 조윤제, 『조선시가사강』(동광당서점, 1937), 217~218면.

23) 김흥규, 「강호자연과 정치현실 – 맹사성 〈강호사시가〉와 이현보 〈어부가〉의 정치현실 인식」, 이상신 편, 『문학과 역사』(민음사, 1982), 109~110면.

이다. 조윤제는 이현보와 송순에 의해 강호가도가 수립된 것으로 보기 때문에 맹사성의 〈강호사시가〉는 강호가도의 전구(前驅)로서의 의의만 부여하고 있다. 그런데 김흥규는 이를 강호가도의 초기 단계 작품으로 규정하고 강호가도의 수립이라는 엄청난 의미가 부여되고 있었던 이현보의 〈어부가〉와 비교하고 있다. 이로써 강호가도의 범주가 자연스럽게 확대되었다. 이뿐만 아니라 그는 강호가도의 개념도 새롭게 규정하고 있다. 『조선시가사강』에 대한 의미 부여를 하면서 "강호자연 속에서 유유자적하는 생활을 읊은 일련의 조선 전기 시가들에 대해 강호가도라는 이름을 부여하면서"라고 하여 '자연미의 발견'이라는 표현을 배제하고 '유유자적하는 생활을 읊은 것'이라는 표현을 사용함으로써 강호가도의 개념을 훨씬 넓게 파악하고 있음을 드러냈다. 이에서 보듯 김흥규는 본격적인 검토 과정을 거쳐 직접적으로 강호가도의 개념과 범주를 새롭게 설정한 것이 아니라, 선학의 말을 살짝 바꾸어 다르게 표현하거나 선학의 말에 가까운 것-전사적 단계-은 괄호 속에 넣고 자신의 생각-초기 단계-은 괄호 밖으로 드러내는 간접적인 방식을 통해 강호가도의 개념과 범주를 새롭게 설정하고 있다. 이런 그의 접근 방식은 고도의 전략에 입각한 것이 아닌가 의심된다. 직접적인 검토와 재설정에 따른 논란은 없애면서 자연스럽게 강호가도의 개념과 범주를 확대하는 실질적 효과를 노리는 전략을 구사한 것으로 보인다. 따라서 이는 강호가도에 대한 단순한 재해석이라기보다는 다분히 의도적 비틀기 내지 의도적 왜곡에 가까운 것이라 할 수 있다.

새로운 전망을 꿈꾸는 행위자의 의도적 비틀기는 역사의 물줄기를 바꾸고 많은 것을 창출하는 계기로 작동한다. 강호가도에 대한 김흥규의 의도적 비틀기는, 그 성과의 옳고 그름을 떠나, 강호시조 연구의 흐름을 바꾸어 놓았고 강호시조 연구가 활성화하는 데 크게 기여했다. 강호가도에 대한 새로운 이해 방식이 나타남에 따라 강호가도의 개념과 범주에 대한 혼란이 야기되고 이에 따라 강호가도의 개념에 대한 정리가 시도되기도 했지만,[24] "'강호와 속세'라는 '양분법적 전망'에 기인한 자연과 사회, 농촌과 도시 등 '대립적 분할'이야말로 강호가도 내지 전원문학의 다양한 전개를 가능케 하는 핵심"[25]이라는 지지 발언이 나오고 "자연과 현실, 더 나아가 자연과 사회의 관계를 사대부 시인들은 어떻게 설정하고 있는가"라는 질문을 던지고 이에 대해 깊이 있는 탐색을 시도한 연구[26]가 이어지면서 이런 흐름은 강호시조 연구의 중심으로 자리를 잡았고 강호시조 연구가 전례없이 활기를 띠게 만들었다. 이에 따라 강호로 귀거래한 사대부가 발견한 자연미의 전반적 특질을 파악하는 연구보다는 강호(자연)와 속세(현실, 사회)라는 이분법적 대립 구도 하에서 작가가 정치적, 철학적, 경제적, 지역적으로 어떤 입장과 처지에 놓여 있었던가를 중심으로 작품을 분석하는 연구들이 중심을 차지하게 되었다. 이 연구들은 워낙 다양하여 정리하기가 쉽지 않지만 거칠게 보자면 관심의 초점이 공시적이냐, 통시적이냐에 따라 경향을 나눌 수 있지 않을까 한다.

공시적 관점에서 연구를 진행한 경우에는 강호시조 전개에서 가장 핵심적 시기로 간주되던 16세기 작가들을 대상으로 지역적, 정치적, 철학적 입장의 차이에 따라 작품의 경향이 어떻게 다르게 나타나고 있는지 주목했다. 이 관점은 조윤제가 강호가도의 창도자로 영남의 이현보와 호남의 송순을 꼽은 데서 이미 싹을 틔웠다고 할 수 있고, 강호가도 연구의 진행 과정에서 영남 사림을 대표하는 이황의 〈도산십이곡〉과 기호 사림을 대표하는 이이의 〈고산구곡가〉가 끊임없이 대비되었으며, 지역 연구

24) 김종열, 「강호가도의 개념」, 『도남학보』 14(도남학회, 1993), 93~106면.

25) 김병국, 「한국 전원문학의 전통과 그 현대적 변이 양상」, 『한국문화』 7(서울대학교 규장각한국학연구원, 1986), 28면.

26) 성기옥, 「고산 시가에 나타난 자연인식의 기본 틀」, 『고산연구』 창간호(고산연구회, 1987), 205~248면.

의 일환으로 호남가단[27]과 영남가단[28]에 대한 연구가 축적된 것이 배경으로 작용했다. 이와 같은 기존 연구를 수렴한 신영명은 16세기 강호시조를 영남 사림의 강호시조와 기호·호남사림의 강호시조로 양분하고 이들을 대표하는 작가 6명(이현보, 송순, 이황, 이이, 권호문, 정철)의 작품을 고찰한 후 영남 사림의 강호시조는 보수적 이상주의와 주리론으로, 기호·호남사림의 강호시조는 개혁적 현실주의와 주기론으로 정리했다.[29]

한편 강호시조 연구의 새 장을 연 김흥규의 연구가, 15세기 집권사대부층(맹사성)과 16세기 사림(이현보)이 강호자연을 체험하는 모습에서 어떤 유의미한 차이를 보이는지 점검하기 위해 〈강호사시가〉와 〈어부가〉를 비교 검토한 것이었기 때문에, 이를 계승한 후속 연구들은 자연스럽게 공시적 관점보다는 통시적 관점이 훨씬 큰 비중을 차지하게 되었다. 이 방면의 연구자들이 목표하는 바를 달성하기 위해 효율적이라 판단한 것 중 하나는 유형별로 변모 양상을 고찰하는 것이었다. 그리하여 '사시가'에 나타나는 강호 인식의 차이를 고찰하기도 하고,[30] '육가'가 기본형을 중심으로 확대형과 축소형으로 변주되면서 어떻게 발전되어 갔던가를 주목하기도 했으며,[31] '어부가'에 나타난 어부 형상의 다양한 변모 양상

---

27) 정익섭, 『호남가단 연구 – 면앙정가단과 성산가단을 중심으로』(진명문화사, 1975).

28) 이동영, 『조선조 영남시가의 연구』(형설출판사, 1984).

29) 신영명, 「16세기 강호시조의 연구 : 정치적, 철학적 성격을 중심으로」(고려대학교 박사학위논문, 1990).

30) 김신중, 「사시가형 시조의 강호인식 – 이상향 추구의식을 중심으로」, 『시조학논총』 8(한국시조학회, 1992), 41~60면.

31) 최재남, 「'육가'의 수용과 전승에 대한 고찰」, 『관악어문연구』 12(서울대 국문과, 1987), 319~347면; 임형택, 「17세기 전후 육가형식의 발전과 시조문학」, 『민족문학사연구』 6(민족문학사연구소, 1994), 6~40면; 조해숙, 「전승과 향유를 통해 본 〈개암십이곡〉의 성격과 의미」, 『국어국문학』 133(국어국문학회, 2003), 253~283면; 이상원, 「'육가' 시형의 연원과 '육가형 시조'의 성립」, 『어문논집』 52(민족어문학회, 2005), 179~208면; 「17세기 육가형 시조 연구 – 장경세의 〈강호연군가〉와 이중경의 〈어부별곡〉, 『한국언어문학』 65(한국언어문학회, 2008), 239~265면.

을 당대의 역사적 현실과 관련하여 탐색하기도 했다.[32] 다른 하나는 시기별로 변모 양상을 고찰하는 것이었다. 이 경우 16세기를 전기·중기·후기로 나누어 그 변모 양상을 고찰하는 연구가 나타나기도 했으나,[33] 16세기 시조와의 대비 속에 17세기 시조의 변모 양상을 고찰하는 연구가 중심을 이루었다고 볼 수 있다. 17세기 시조의 변모 양상을 고찰하는 연구는 기존에 이미 널리 알려진 작가의 작품을 새롭게 해석하는 것[34]과 기존에 주목하지 않고 소외되어 있었던 새로운 작가를 적극적으로 발굴하여 연구하는 것[35]이 거의 동시적으로 진행되었으나, 전반적으로는 아무래도 후자의 측면이 더 지배적인 양상을 띨 수밖에 없었다. 그리하여 김득연,[36] 정훈,[37] 강복중,[38] 이중경,[39] 김광욱,[40] 신계영,[41] 이휘일[42] 등 작가

---

32) 이형대, 「어부 형상의 시가사적 전개와 세계 인식」(고려대학교 박사학위논문, 1998).

33) 한창훈, 「16세기 재지사림 강호시조의 양상과 전개」, 『시조학논총』 22(한국시조학회, 2005), 173~194면; 나정순, 「조선 전기 강호시조의 전개 국면 – '조월경운'과 '치군택민'의 개념을 중심으로」, 『시조학논총』 29(한국시조학회, 2008), 67~104면.

34) 김흥규, 「〈어부사시사〉에서의 '흥'의 성격」, 『한국 고전시가 작품론』 2(집문당, 1992), 551~558면.

35) 이상원, 「16세기말~17세기초 사회 동향과 김득연의 시조」, 『어문논집』 31(민족어문학회, 1992), 143~170면.

36) 나정순, 「김득연 시조의 문학성」, 『이화어문논집』 17(이화여자대학교 이화어문학회, 1999), 251~273면; 김상진, 「김득연의 〈산중잡곡〉 재조명 – 연작시조의 가능성을 중심으로」, 『한국시가연구』 16(한국시가학회, 2004), 189~217면; 육민수, 「김득연 문학작품의 특성 – 시조 작품을 중심으로」, 『반교어문연구』 17(반교어문학회, 2004), 5~32면; 허왕욱, 「김득연의 〈산중잡곡〉에 나타난 17세기 재지사족의 문학적 사유」, 『한어문교육』 27(한국언어문학교육학회, 2012), 452~477면; 조은별, 「17세기 재지사족의 국문시가 창작과 갈봉 김득연의 〈산중잡곡〉」, 『개신어문연구』 43(개신어문학회, 2018), 93~121면; 이승준, 「김득연의 계회 활동과 〈산중잡곡〉의 창작 맥락」, 『한국언어문학』 108(한국언어문학회, 2019), 127~157면.

37) 이상원, 「정훈 시조 연구」, 『우리어문연구』 11(우리어문학회, 1997), 237~256면; 나정순, 「17세기 초의 사상적 전개와 정훈의 시조」, 『시조학논총』 27(한국시조학회, 2007), 75~106면; 박상영, 「정훈 시조의 구조적 특질과 그 미학적 의미」, 『시조학논총』 28(한국시조학회, 2008), 29~61면; 정소연, 「정훈의 시조와 한시 비교 연구」, 『문학교육학』 43(한국문학교육학회, 2014), 321~351면.

38) 이상원, 「강복중 시조 연구」, 『한국시가연구』 창간호(한국시가학회, 1997), 439~455면;

의 작품을 새롭게 조명하는 연구들이 꾸준히 이어졌다.

17세기 시조 연구가 본격화하면서 16세기 시조와 변별되는 17세기 시조의 특성이 크게 부각되었으며[43] 이 과정에서 강호시조의 개념과 범주

박길남, 「강복중 시조에 나타난 갈등과 한계상황」, 『순천향어문논집』 7(순천향어문학연구회, 2001), 99~111면; 백순철, 「청계 강복중 시조 연구」, 『한국시가연구』 12(한국시가학회, 2002), 141~164면; 김상진, 「강복중의 〈수월정청흥가〉 재조명」, 『동방학』 25, 한서대학교 동양고전연구소, 2012, 205~238면. 육민수, 「강복중 시가문학의 담론 양상」, 『국제어문』 74(국제어문학회, 2017), 317~342면.

39) 최호석, 「〈오대어부가〉를 통해 본 17세기 강호시가의 한 양상」, 『어문논집』 36(민족어문학회, 1997), 147~167면; 박이정, 「이중경의 노래에 대한 의식 및 시가 창작의 양상과 그 의미」, 『한국시가연구』 22(한국시가학회, 2007), 139~170면; 이상원, 「17세기 육가형 시조 연구 – 장경세의 〈강호연군가〉와 이중경의 〈어부별곡〉, 『한국언어문학』 65(한국언어문학회, 2008), 239~265면; 조유영, 「〈오대어부가구곡〉에 나타난 '오대'의 문학적 형상화와 그 의미」, 『시조학논총』 41(한국시조학회, 2014), 161~185면; 양희철, 「〈오대어부가〉(9곡)의 세 텍스트 연구 – 텍스트별 결속, 종결, 구조, 주제 등으로 본 탈착형 연시조의 가능성」, 『한국고전연구』 39(한국고전연구학회, 2017), 171~202면.

40) 박연호, 「17세기 강호시조의 한 양상 – 김광욱 시조를 대상으로」, 『한국어문교육』 7(고려대학교 한국어문교육연구소, 1994), 115~135면; 이상원, 「김광욱의 〈율리유곡〉 연구」, 『어문논집』 38(민족어문학회, 1998), 97~112면; 권순회, 「〈율리유곡〉의 창작 기반과 시적 지향」, 『우리문학연구』 12(우리문학회, 1999), 157~172면; 고정희, 「17세기 전가시조의 서정적 리얼리티에 관한 연구 – 〈율리유곡〉을 중심으로」, 『한국문학연구』 3(고려대학교 민족문화연구원 한국문학연구소, 2002), 97~124면; 백민정, 「김광욱의 시조에 나타난 '강호'의 공간적 의미와 강호가도사적 의의」, 『인문학연구』 34(충남대학교 인문과학연구소, 2007), 259~280면; 허왕욱, 「〈율리유곡〉에 나타난 귀향 의식의 문학적 형상」, 『고전문학과 교육』 22(한국고전문학교육학회, 2011), 433~468면.

41) 김상진, 「신계영의 〈전원사시가〉 고찰」, 『시조학논총』 24(한국시조학회, 2006), 113~137면; 남정희, 「신계영의 〈전원사시가〉에 나타난 시간 인식과 전원의 의미」, 『어문연구』 57(어문연구학회, 2008), 135~161면; 오선주, 「신계영, 〈전원사시가〉의 표현틀과 의미구조」, 『시조학논총』 31(한국시조학회, 2009), 99~122면; 고정희, 「신계영 시조에 나타난 실존적 '서정적 자아'에 대한 고찰」, 『고전문학과 교육』 46(한국고전문학교육학회, 2021), 41~72면.

42) 양희철, 「〈전가팔곡〉의 구조와 주제」, 『한국고전연구』 28(한국고전연구학회, 2013), 125~156면; 신성환, 「17세기 재지사족의 향촌질서 재편과 〈전가팔곡〉」, 『우리어문연구』 52(우리어문학회, 2015), 289~322면.

43) 일부에서는 이런 연구 경향에 의문을 제기하면서 17세기 시조가 16세기 시조의 연장선에 있다는 점을 계속해서 강조하기도 했다. 이를 대표하는 것으로 성기옥의 일련의 논의를 들 수 있다. 성기옥, 「고산 시가에 나타난 자연인식의 기본 틀」, 『고산연구』 창간호(고산연구회, 1987), 205~248면; 「신흠 시조의 해석 기반 – 〈방옹시여〉의 연작 가능성」, 『진

에 대한 검토가 다시 시작되었다. 그리하여 기존에 강호시조의 범주에서 논의되던 작품들 중 "전원 및 農家를 공간으로 삼고, 그 속에서의 구체적 생활상과 所懷·흥취를 주된 관심사로 노래한 시조"를 전가시조(田家時調)로 구분할 필요가 있다는 의견이 제출되었다.[44] 이후 전가시조라는 별도의 범주를 설정하고 이 범주에 해당하는 작품들을 대상으로 삼은 연구들이 본격적으로 제출되기 시작하면서,[45] 이런 흐름은 어느 정도 자리를 잡은 것으로 보인다. 다만 비슷한 시기에 제기된 자영농시가[46]와의 관계 설정을 어떻게 할 것인지,[47] 이것이 과연 17세기에 새롭게 등장한 역사적 산물로 볼 수 있을지[48] 등에 대한 판단은 과제로 남아 있다.

단학보』 81(진단학회, 1996), 215~241면; 한국고전문학회, 「사대부 시가에 수용된 신선 모티프의 시적 기능」, 『국문학과 도교』(태학사, 1998), 11~49면; 「신흠의 시조 〈방옹시여〉론(1)」, 『한국시가연구』 49(한국시가학회, 2020), 317~449면. 한편 17세기 시조사를 바라보는 이런 관점의 차이를 정리하고 반성하는 연구사적 검토가 김석회, 고정희에 의해 제출되기도 했다. 김석회, 「17세기 자연시가의 양상과 그 역사적 성격」, 『고전문학과 교육』 3(한국고전문학교육학회, 2001), 21~61면; 고정희, 「17세기 시조 연구의 쟁점과 그 방법론적 성격」, 『국문학연구』 10(국문학회, 2003), 85~112면.

44) 김흥규, 「16, 17세기 강호시조의 변모와 전가시조의 형성」, 『어문논집』 35(민족어문학회, 1996), 217~242면.

45) 권순회, 「전가시조의 미적 특질과 사적 전개 양상」(고려대학교 박사학위논문, 2000); 신영명, 「17세기 강호시조에 나타난 '전원'과 '전가'의 형상」, 『한국시가연구』 6(한국시가학회, 2000), 143~162면; 고정희, 「17세기 전가시조의 서정적 리얼리티에 관한 연구－〈율리유곡〉을 중심으로」, 『한국문학연구』 3(고려대학교 민족문화연구원 한국문학연구소, 2002), 97~124면; 김창원, 「17~18세기 서울 및 근기 일대 전가시조 형성의 사회사」, 『고시가연구』 17(한국시가문화학회, 2006), 103~130면.

46) 김용철, 「〈누항사〉의 자영농 형상과 17세기 자영농시가의 성립」, 정재호 편저, 『한국가사문학연구』(태학사, 1996), 249~286면.

47) 참고로 신성환은 전가시조 중 "이휘일과 〈전가팔곡〉에서 '외부자에서 내부자로의 전환'이라고 할 수 있는 변화가 일어났"다고 하면서 이 작품을 농가류 시가의 출발점으로 잡고 있다. 신성환, 「조선후기 농가류 시가의 전개 양상과 의미 지향」(고려대학교 박사학위논문, 2016).

48) 전가시조 논의가 본격화하기 이전에 여기현은 황희의 〈사시가〉, 강익의 〈단가삼결〉, 이휘일의 〈전가팔곡〉, 위백규의 〈농가구장〉을 대상으로 주류적 강호시조에서 나타나는 강호인식과 구별되는 양상이 이들 작품에서 포착된다는 점을 고찰한 바 있는데, 여기에 15세기 황희의 〈사시가〉와 16세기 강익의 〈단가삼결〉이 포함되어 있다. 여기현, 「강호인

3. '오륜가', '오느리', 기녀시조 연구 현황

1) '오륜가' 연구 현황

조윤제는 주세붕의 〈오륜가〉에 대해 "意識的으로 詩歌를 社會 敎化에 두어서 너머 敎訓的"이라 했고, 박인로의 〈오륜가〉에 대해서는 "그다지 特出한 作品이라 할 수는 없을 듯하다."라고 했다.[49] 조윤제의 이런 부정 일변도의 평가와 달리 이능우는 긍·부정의 양면을 동시에 지적하고 있다. 그는 '儒敎理念의 時調 利用'이라는 항목에서 이황의 〈도산십이곡〉, 이이의 〈고산구곡가〉와 함께 주세붕의 〈오륜가〉와 정철의 〈훈민가〉를 묶어 고찰하고 있다. 여기에서 그는 "이처럼 시조가 儒學에까지 그 형식을 빌어 주었다는 것은 그 피어남이 지극히 보편화되었음을 말하는 것이다."[50]라고 하여 긍정적으로 평가한 뒤 "그 교훈이라든가 또는 이념의 선전은 결코 그 詩 내지 예술에 하등 맞는 것은 아니었다는 것이다."[51]라고 하여 문학성을 상실하고 이념의 도구로 전락한 것을 부정적으로 평가했다.

오륜가에 대한 부정적 시선이 걷히게 된 것은 정철의 〈훈민가〉에 대한 연구가 본격화한 것과 밀접한 관련이 있다. 정익섭의 「경민편과 훈민가」를 필두로 10여 년에 걸쳐 〈훈민가〉 연구가 집중되었다.[52] 이는 송순(宋

식의 한 양상」, 『반교어문연구』 1(반교어문학회, 1988), 139~157면.

49) 조윤제, 『조선시가사강』(동광당서점, 1937), 267면; 311면.

50) 이능우, 『이해를 위한 이조시조사』(이문당, 1956), 72면.

51) 위의 책, 73면.

52) 정익섭, 「경민편과 훈민가」, 『한국언어문학』 3(한국언어문학회, 1965), 28~44면; 박성의, 「『경민편』과 〈훈민가〉 소고」, 『어문논집』 10(민족어문학회, 1967), 156~172면; 강전섭, 「〈훈민가〉의 문제점」, 『한국언어문학』 7(한국언어문학회, 1970), 75~85면; 서만수, 「정송강의 '훈민가' 연구」, 『동악어문논집』 7(동악어문학회, 1971), 177~207면; 윤성근, 「훈민시조 연구」, 『한메 김영기 선생 고희기념논문집』(형설출판사, 1971); 황충기, 「훈민가의 계보적 신고」, 『문리학총』 6(경희대학교 문리과대학, 1972), 103~116면; 권두환,

純, 1493~1582)의 〈오륜가〉, 김정국(金正國, 1485~1541)의 〈경민편(警民編)〉, 진양(陳襄, 1017~1080)의 〈선거권유문(仙居勸誘文)〉 등과의 관련성 및 〈경민편〉의 이본 발굴 및 소개가 영향을 미친 것으로 볼 수 있지만, 근본적으로는 〈오륜가〉의 비문학성을 〈훈민가〉가 극복하고 있다고 인식한 것[53]이 결정적인 영향을 미친 것으로 보인다. 〈훈민가〉에 대한 관심으로 이 유형에 대한 인식의 전환이 일어나게 되자 자연스럽게 '오륜'이라는 용어보다는 '훈민'이라는 용어로 이 유형을 포괄하여 연구하려는 경향이 나타났다. 일부에서 '훈민가계'라는 용어를 사용하기도 했으나[54] 전반적으로는 '훈민시조'라는 용어가 대세로 자리를 잡았다.[55]

윤성근과 조태흠이 '훈민시조'라는 이름을 사용하여 이 유형이 갖는 기본적 특성을 정리하는 데 초점을 맞추었다면,[56] 김용철은 이를 기반으로 이 유형을 '지방행정관료의 훈민시조'와 '재지사족의 훈민시조'로 나누어 고찰함으로써 유형 내부의 차이를 드러내는 데 초점을 맞추었다.[57] 훈민시조에 대한 이후의 연구 방향은 어느 한쪽의 관점이 우세한 방향으로 정리되었다기보다는 논자에 따라 이 유형의 공통적 특성을 분석하는 연구[58]와 작자의 처지와 시기에 따른 차이를 부각하는 연구[59] 중 하나를

「송강의 훈민가에 대하여」, 『진단학보』 42(진단학회, 1976), 151~166면.

53) "松江은 (……) 百姓들의 문제를 그 百姓들의 思考와 어휘 속에서 나타냄으로써 보다 효과적인 결과를 얻을 수 있다고 생각한 작가였다."(권두환, 위의 논문, 165면.)라고 분석한 권두환의 연구가 대표적이다.

54) 윤영옥, 「훈민가계 시조의 일 표현」, 『한민족어문학』 9(한민족어문학회, 1982), 113~122면.

55) '윤성근, 「훈민시조 연구」, 『한메 김영기 선생 고희기념논문집』(형설출판사, 1971).'에서 처음 사용되었고, '조태흠, 「훈민시조 종장의 특이성과 향유방식」, 『한국문학논총』 10(한국문학회, 1989), 131~155면.' 이후 보편화된 것으로 보인다.

56) 윤성근, 앞의 논문; 조태흠, 「훈민시조 연구」(부산대학교 박사학위논문, 1989).

57) 김용철, 「훈민시조 연구」(고려대학교 석사학위논문, 1990).

58) 전재강, 「훈민시조 작가와 작품의 역사적 성격」, 『어문학』 79(한국어문학회, 2003), 491~516면; 권정은, 「훈민시조의 창작기반과 다원적 진술양상」, 『국문학연구』 9(국문학

선택하는 방향으로 전개된 것으로 보인다. '훈민시조'는 〈오륜가〉가 갖는 부정적 이미지를 극복하고, 〈오륜가〉보다는 〈훈민가〉를 이 유형의 대표작으로 부각하기 위한 전략적 측면에서 사용되었다고 볼 수 있다. 그런데 '훈민시조'라는 용어가 이 유형에 속한 작품 전반을 포괄하기에는 한계가 있다는 지적이 나타나면서 좀 더 포괄적 명칭인 '교훈시조'라는 용어를 사용하자는 주장이 나타났다.[60] 하지만 '교훈시조'라는 타이틀을 내걸고 수행한 연구들이 정작 기존의 〈오륜가〉 범주 내에서 대상을 선택함으로써[61] 이 유형의 영토 확장에 크게 기여하지 못하고 있는 점은 아이러니가 아닐 수 없다.

한편 '훈민시조'와 '교훈시조'를 두고 한창 논란을 벌이던 와중에 초창기 '오륜가'라는 명칭을 계승한 '오륜시조'라는 용어를 사용하자는 제안이 나타났다. 하윤섭은 기존의 '오륜가' 연구가 오륜 개념을 고정화된 실체로 간주했으며, 시조 '오륜가'에 주로 연구가 집중되어 있었다는 문제점을 지적하고, 오륜시가 전반을 대상으로 오륜 담론의 역사적 변이 양상과의 관련성을 탐색하는 데 주력했다.[62] 이 과정에서 그는 경기체가·시조·가사를 포괄하는 명칭으로 '오륜시가'를, 시조 '오륜가'에 국한하는 경우에는 '오륜시조'라는 명칭을 사용하고 있다.[63]

회, 2003), 209~233면.

59) 신연우, 「주세붕에서 정철로 훈민시조의 변이와 그 의의」, 『온지논총』 4(온지학회, 1998), 33~61면.

60) 교훈가사를 연구한 박연호가 용어의 통일을 기하기 위해 교훈시조라는 용어를 처음 사용했고, 최현재가 지지를 표명한 이후 지금까지 일부에서 사용되고 있다. 박연호, 「조선후기 교훈가사 연구」(고려대학교 박사학위논문, 1997); 최현재, 「교훈시조의 전통과 박인로의 〈오륜가〉」, 『한국시가연구』 14(한국시가학회, 2003), 63~100면.

61) 최현재, 앞의 논문; 최홍원, 「주세붕 〈오륜가〉의 표현 전략 연구 – 교훈시조 작품군과의 비교를 중심으로」, 『한국언어문학』 84(한국언어문학회, 2013), 271~300면. '김하나, 「교훈시조 연구」(영남대학교 석사학위논문, 2012).'는 예외적이다.

62) 하윤섭, 「조선조 '오륜' 담론의 계보학적 탐색과 오륜시가의 역사적 전개 양상」(고려대학교 박사학위논문, 2012).

이상에서 보는 바와 같이 '오륜가' 연구는 방향성과 명칭이 밀접한 상관성을 가지면서 진행되었다고 할 수 있다. 초기에는 그냥 '오륜가'라는 명칭을 사용하면서 대체로 부정적으로 평가되던 것이 '훈민시조'라는 명칭을 사용하면서 긍정적 평가 대상으로 바뀌기 시작했고, 이런 긍정적 인식을 바탕으로 연구 대상을 확대하고자 하는 움직임이 '교훈시조'라는 명칭을 제안하는 것으로 나타났다. 하지만 '교훈시조'가 갖는 범주의 모호성 때문에 개념과 범주를 명확히 하고자 하는 차원에서 '오륜시조'라는 명칭이 등장한 것으로 보인다. 문제는 이런 대체적인 흐름에도 불구하고 명칭에 대한 합의가 이루어지지 않은 상태에서 편의적으로 선택하여 사용함으로써 혼란을 초래하고 있다는 점이다.[64]

> 훈민시조를 시조의 하위장르로 정립하고자 할 때는 '~系 時調'나 '~歌' 등의 명칭은, 시조의 하위장르라는 개념이 분명하게 드러나지 않기 때문에 적합하지 않다. 오히려 시조의 하위장르임을 분명하게 밝히는 '五倫時調'나 '教訓時調'라는 명칭을 생각해 볼 수 있다. 그러나 '오륜시조'는 교훈의 주체와 대상이 뚜렷하게 드러나지 않으며, 그 내용도 단지 '五倫'에만 국한되는 느낌을 주기 때문에 부적절하다. '교훈시조'는 그 내용의 문제는 극복될 수 있으나, '오륜시조'와 마찬가지로 교훈의 주체와 대상이 불분명하고, 너무 기능에만 치우친 명명이기 때문에 적합하지 않다. 반면 '훈민시조'는 교훈의 주체와 대상이 분명하게 드러나며, 기능뿐만 아니라 내용마저도

---

63) 하윤섭 이전에도 '오륜시조'라는 명칭을 단편적으로 사용한 경우들이 있었다. 하지만 그들의 경우 특별한 설명 없이 편의적으로 사용하고 있기 때문에 사실상 '오륜가'라는 명칭과 구분하여 쓰고 있다고 보기 어려운 측면이 있다.

64) 최근까지도 세 용어가 혼용되고 있음을 볼 수 있다. 한창훈, 「오륜시조에서 오륜가사로의 변전 : '우정'에 관한 인식과 양상을 중심으로」, 『오늘의 가사문학』 15(고요아침, 2017), 178~190면; 김성문, 「사대부 시조에 나타난 사회적 소통 양상 고찰 – 훈민시조와 강호시조를 중심으로」, 『우리문학연구』 62(우리문학회, 2019), 7~28면; 정종진, 「교훈시조의 시적 태도와 경계짓기로서의 의미」, 『문화와 융합』 44(1)(한국문화융합학회, 2022), 367~385면.

함께 드러낼 수 있기 때문에 적합한 명칭이라 하겠다.[65)]

敎訓時調는 '訓民時調', '五倫時調', '五倫歌' 등으로 불리기도 하는데, 그 개념과 적용 대상 작품은 각각 조금씩 차이를 보인다. '五倫'이라는 주제에 주목하여 명명한 '五倫時調' 또는 '五倫歌'는 鄭澈의 〈訓民歌〉, 李叔樑의 〈汾川講好歌〉, 金尙容의 〈訓戒子孫歌〉처럼 '오륜'을 벗어난 내용을 담고 있거나 '오륜'을 다 갖추지 않은 작품들을 포함하지 못하는 난점이 있다. '訓民時調'라는 용어 역시 '民'을 '일반 대중', '일반 백성', '사족과 농민을 아우르는 개념' 등으로 다양하게 해석하고 있어 일치된 견해를 보이고 있지는 않다. 한편 '五倫時調'의 상위 개념으로 '敎訓時調'를 설정하여 논의한 박연호, 「조선후기 교훈가사 연구」(박사학위논문, 고려대학교, 1996)가 있는데, 본고는 이를 이어받아 '敎訓時調'라는 용어를 사용하도록 한다. '敎訓時調'는 〈五倫歌〉가 주종을 이루고 있지만, '訓民時調'나 '五倫歌'에서 거의 제외시킨 李叔樑의 〈汾川講好歌〉나 金尙容의 〈訓戒子孫歌〉를 포함시켜 논의할 필요가 있기에 설정한 개념이다.[66)]

먼저 '훈민시가'라는 명칭은 이미 그 안에 '治者/被治者'라는 계급적 구도가 내재되어 있기 때문에 16세기 중반 이후 주세붕·송순·정철 등과 같이 중앙에서 파견된 관료들의 작품에는 적실하다. 하지만 17세기 이후에 산출된 작품들이 위와 같은 관계 하에서만 발생한 것은 아니라는 점에서 〈오륜가〉 계열 시조 작품들을 전체적으로 포괄할 수 있는 적절한 명칭은 아니라고 생각한다. 양 시기의 작품들을 '훈민시조'라는 명칭으로 단일화시킬 경우, 양자가 갖고 있는 주요한 차이들이 자칫 무화될 수도 있기 때문이다. (……) 한편 '교훈시가'라는 명칭은 '훈민시가'와 달리 작자의 계급성을 탈각시킴으로써 17세기 이후 지속적으로 창작된 〈오륜가〉 계열의 작품들을 망라할 수 있다는 장점이 있다. 그러나 이러한 명칭에 속하지 않는 여타 하위 장르들의 작품은 교훈적 의미를 갖고 있지 않다는 의미로 곡해

---

65) 조태흠, 「훈민시조 연구」(부산대학교 박사학위논문, 1989), 9면.

66) 최현재, 「교훈시조의 전통과 박인로의 〈오륜가〉」, 『한국시가연구』 14(한국시가학회, 2003), 64면.

> 할 가능성이 있다는 점에서 주의를 요한다. 당대의 강호시조들 역시 명백한 교훈적 의도 아래 창작되었고, 이에 따라 상당 정도 '교훈'적 의미와 의도가 내장되어 있음을 부인하기 어렵기 때문이다. (……) 필자가 사용하고자 하는 '오륜시가'라는 명칭은 '오륜'이라는 개념어에 내장된 특유의 유가적 상징성으로 인해 위의 논자들이 주목하고자 했던 계급성·교훈성 등을 한꺼번에 표상할 수 있으며, 경기체가·시조·가사 등 다양한 장르로 변이를 거듭해 온 이러한 부류의 시가 작품들을 모두 포괄할 수 있다는 장점이 있다.[67]

모든 연구자들이 상대 논리의 한계를 지적하면서 자기 논리의 타당함을 강조하고 있기는 하지만 접점이 전혀 없어 보이지는 않는다. '교훈시조'를 주장하는 논자들이 '오륜시조'의 상위 개념으로 '교훈시조'를 설정하고 있는 데서 어느 정도 해법을 찾을 수 있지 않을까 한다. 다만 이 경우에도 '오륜시조'와 '교훈시조'의 경계 및 '교훈시조'의 정확한 범주에 대한 합의는 반드시 필요할 것으로 판단된다.

2) '오ᄂᆞ리' 연구 현황

강호시조와 '오륜가' 위주의 조선 전기 시조 연구에 변화의 계기를 마련한 것은 '오ᄂᆞ리'에 대한 관심이었다고 할 수 있다.[68] '오ᄂᆞ리'에 대한 관심은 처음에는 시조의 발생 문제를 논하는 차원에서 시작되었고, 이후 시조사의 구도 및 작품 성격을 논하는 차원으로 확대되었다.

---

67) 하윤섭, 「조선조 '오륜' 담론의 계보학적 탐색과 오륜시가의 역사적 전개 양상」(고려대학교 박사학위논문, 2012), 20~21면.

68) 문학 쪽에서 『금합자보』와 『양금신보』에 수록된 '오ᄂᆞ리' 가사를 처음으로 간단하게나마 언급하기 시작한 것은 '이병기, 「歌樂史草」, 『가람문선』(신구문화사, 1966), 443~444면.'이 아닌가 한다.

시조의 발생 시기와 기원에 관한 문제는 문학적 차원에서 주로 논의되다가 후에 음악과의 관련성을 강조하는 방향으로 전환되었는데, 이 과정에서 주목을 받게 된 것이 북전과 만대엽이다.[69] 그중에서도 상대적으로 더 주목을 받은 것은 만대엽이라 할 수 있는데, 이는 현행 가곡의 원류를 대엽조에서 찾을 수 있다는 국악계의 성과가 크게 작용한 것이다. 권두환은 '오ᄂᆞ리' 시조가 『금합자보』(1572) 만대엽의 가사로 실려 있으며 조선 후기 가집들에서 공통적으로 이 작품을 첫머리에 수록하고 있는 상징성을 고려할 때 이 작품이 시조의 발생과 밀접한 상관성이 있을 것이라 추정했다.[70] 시조의 발생 문제와 '오ᄂᆞ리'를 연결 지어 이해하는 이런 방식은 약간의 조정 과정을 거치며 지금까지 계속 이어지고 있다.[71]

한편 권두환은 "생활시로서의 성격을 강하게 지닌 시조 문학과 시대의 변화에 따라 다양하게 변주된 시조 음악의 자연스러운 결합 양상은 발생 초기 단계부터 예비되어 있었다고 할 수 있는 것이다."[72]라고 하여 '오ᄂᆞ리'를 후대의 생활시 양산에 기여한 것으로 봄으로써 시조사의 한 축을 담당한 것으로 파악했다. 이를 이어 임형택은 시조사의 구도를 '계산풍류(溪山風流)의 자연미'와 '향락 편향의 인생미'라는 두 축으로 설정하고

69) 성호경, 「고려시가 후전진작(북전)의 복원을 위한 모색」, 『국어국문학』 90(국어국문학회, 1983), 213~245면; 김대행, 『시조유형론』(이화여자대학교출판부, 1986), 50~86면; 권두환, 「시조의 발생과 기원」, 『관악어문연구』 18(서울대학교 국어국문학과, 1993), 21~45면; 조규익, 「초창기 가곡창사의 장르적 위상에 대하여 – 〈북전〉과 〈심방곡〉을 중심으로」, 『국어국문학』 112(국어국문학회, 1994), 191~210면.

70) 권두환, 「시조의 발생과 기원」, 『관악어문연구』 18(서울대학교 국어국문학과, 1993), 21~45면.

71) 김진희, 「시조 시형의 정립 과정에 대하여 – 악곡과 관련하여」, 『한국시가연구』 19(한국시가학회, 2005), 125~155면; 박재민, 「시조의 발생 시기에 대한 소고 – 〈만대엽〉과 〈진작일〉을 중심으로」, 『한국어와 문화』 33(숙명여자대학교 한국어문화연구소, 2023), 5~47면.

72) 권두환, 「시조의 발생과 기원」, 『관악어문연구』 18(서울대학교 국어국문학과, 1993), 45면.

'향락 편향의 인생미'를 논하는 자리에서 '오ᄂᆞ리'를 거론함으로써 이 작품이 인생미 지향의 시조와 연결되어 있고 나아가 조선 후기 유흥적 가요들에까지 맥락이 닿고 있음을 지적했다.[73] 이에 대해 '오ᄂᆞ리'를 생활시 또는 인생미 지향의 시조와 직접적으로 연결 지을 수 있을지 의문을 표하고, 이 작품은 원래부터 잔치 석상에서 불린 기원의 노래였고 후대에도 의례적인 자리에서 불린 특수한 노래로 국한되어 전승되었다는 견해가 제출되기도 했다.[74]

'오ᄂᆞ리'를 시조사에서 어떻게 자리매김할 것인가의 문제는 이 작품의 성격을 어떻게 규정할지의 문제와 밀접한 관련을 맺고 있다. '오ᄂᆞ리'의 성격과 관련하여 처음부터 지속적으로 관심을 끈 것은 무속적 전통과의 관련성이었다. 왜냐하면 '오ᄂᆞ리'가 여러 금보에 "속칭 심방곡"이라 기록되어 있으며, '심방'은 무당을 가리키는 말이기 때문이다. 이보형은 제주 무가, 강릉 성주고사소리, 일본 규슈 나에시로가와[苗代川] 한국인 도공 신가(神歌)에 '오ᄂᆞ리' 노랫말이 보인다고 하면서 "만대엽과 중대엽 평조를 심방곡이라 이른 것은 무가 내용을 담은 가사 때문"이라 했다.[75] 이후 여러 논자들에 의해 무가 또는 무속적 전통과의 상관성이 검토되었다.[76] '오ᄂᆞ리'와 무속적 전통과의 관련성은 최근 심방곡이 무의식과 연향 등에서 두루 활동했던 현수(絃首/絃手)가 연주했던 음악을 가리킨다는 견해가

73) 임형택, 「17세기 전후 육가형식의 발전과 시조문학」, 『민족문학사연구』 6(민족문학사연구소, 1994), 6~40면.

74) 이상원, 「초기 시조의 형성과 전개」, 『민족문학사연구』 17(민족문학사연구소, 2000), 122~145면; 이상원, 「조선시대 생일노래의 성격과 전승 연구」, 『국제어문』 26(국제어문학회, 2002), 1~26면.

75) 이보형, 「한국무의식의 음악」, 김인회 외, 『한국무속의 종합적 고찰』(고려대학교 민족문화연구소, 1982), 212면.

76) 김기형, 「〈오ᄂᆞ리〉 유형의 기원과 전승 양상」, 『한국민속학』 30(한국민속학회, 1998), 5~22면; 신연우, 「시조와 서울 굿 노랫가락의 관계」, 『동방학지』 132(연세대학교 국학연구원, 2005), 221~255면; 강경호, 「'오ᄂᆞ리' 노래의 무가적 전통과 〈심방곡〉과의 관련 양상」, 『영주어문』 17(영주어문학회, 2009), 5~35면.

제출됨으로써[77] 새로운 전기를 맞게 된 것으로 보인다. 한편 무속적 전통과의 관련성을 중시한 앞의 흐름과 다르게 '오ᄂᆞ리'의 노랫말 자체에 주목하여 그것의 성격을 파악하고자 하는 논의가 제출되기도 했다. 양태순은 '오ᄂᆞ리'의 노랫말이 명제적 진술로 되어 있다고 보고 이를 정명론(正名論)의 구도에 입각하여 풀이했다. 그리고 이를 바탕으로 이 노래가 유교적 가치관을 배경으로 삼고 있으며, 시적 화자가 청자인 좌상객에게 기원이나 축원의 의미로 부른 노래로 그 성격을 규정했다.[78] 이에 대해 김석회는 명제적 진술로 볼 수 없음을 지적하고, 노래의 성격도 한마디로 순연한 '오늘 예찬'의 노래라 했다.[79]

3) 기녀시조 연구 현황

기녀시조는 처음에는 여성(또는 여류)작가의 작품들을 다루는 것의 일부로 언급되기 시작했다. 조윤제는 『국문학사』의 '제6장 육성시대'의 '제3절 시조문학의 점진'에서 조선 전기 사대부 작가의 작품을 두루 검토한 후 마지막에서 여류작가(女流作家) 황진이(黃眞伊)를 소개하고 그의 작품 2수를 인용했다. 이능우는 『이해를 위한 이조시조사』의 별장(別章)으로 「이조 여성 작품」을 설정하여 시, 소설, 가사로 나누어 서술하고 있는데 이 중 시 부분에서 기녀가 지은 시조들을 개괄적으로 소개하고 있다. 최동원은 「고시조의 여류작가고」에서 고시조의 여류작가를 일반여류작가와 기류작가로 분류하고 기류작가가 지은 시조를 기류시조(妓流時調)라

77) 윤아영, 「기악 심방곡의 궁중교류 발생설에 관한 추론」, 『국악원논문집』 37(국립국악원, 2018), 247~265면.

78) 양태순, 「청구영언 소재 초중대엽 노랫말 〈오ᄂᆞᆯ이〉의 수용양상에 대하여」, 『한국시가연구』 35(한국시가학회, 2013), 87~120면.

79) 김석회, 「〈오ᄂᆞᆯ이〉의 성격과 그 변용 양상 재론」, 『문학치료연구』 31(한국문학치료학회, 2014), 9~37면.

명명하고 기류작가의 신빙성 문제를 검토한 후 이를 바탕으로 기류시조의 범주를 설정하고자 했다.[80)]

여성문학 또는 여류문학의 일부로 취급되던 기녀시조를 '기녀시조'라는 이름으로 별도로 독립시켜 본격적인 연구 대상으로 삼기 시작한 것은 윤영옥이다. 그는 「황진이 시의 Tension」, 「송이의 시조」, 「기녀 매화의 시조」, 「기녀시조의 고찰」 등 일련의 논문을 통해 기녀시조 전반에 대해 순차적인 고찰을 시도했다.[81)] 다수의 작품을 남긴 황진이, 송이, 매화에 대해서는 별도의 고찰을 시도했고 한 작품 또는 소수의 작품만 남긴 여타 기녀의 작품에 대해서는 기녀시조라는 이름으로 묶어 고찰했다. 이로써 기녀시조 작품에 대한 본격적인 작품론적 고찰이 이루어지기 시작했다고 볼 수 있다.

윤영옥의 연구 이후 기녀시조는 독자적 연구 대상으로 확실하게 자리를 잡은 상태에서 지속적인 관심의 대상이 되었는데 그 이유는 기녀시조가 갖는 독특한 문학사적 위상 때문으로 보인다. 기녀시조는 한편으로 기생이라는 특수 신분이 지은 시조로 이해되기도 했고, 다른 한편으로 여성이 지은 시조라는 점에서 여성문학의 일부로 이해되기도 했다. 전자의 경우 사대부시조와 확연히 구별되는 기녀시조의 특성을 드러내는 데 초점을 맞추었다. 기생으로서의 존재론적 고민과 이를 극복하기 위한 방향성과 방법을 어떻게 찾고 있는지에 주목하여 기녀시조를 연구한 이화형의 일련의 연구,[82)] 사대부들의 평시조가 주류를 형성한 가운데서 그

80) 조윤제, 『국문학사』(동국문화사, 1949), 161~163면; 이능우, 「이조 여성 작품」, 『이해를 위한 이조시조사』(이문당, 1956), 223~243면. 이 글은 원래 『현대문학』 1(7)(1955)에 발표한 것이다; 최동원, 「고시조 여류작가고」, 『한국문학논총』 3(한국문학회, 1980), 39~58면.

81) 윤영옥, 「황진이 시의 Tension」, 『국어국문학』 83(국어국문학회, 1980), 29~39면; 윤영옥, 「송이의 시조」, 『여성문제연구』 10(효성여대 한국여성문제연구소, 1981), 21~31면; 윤영옥, 「기녀 매화의 시조」, 『여성문제연구』 11(효성여대 한국여성문제연구소, 1982), 85~94면; 윤영옥, 「기녀시조의 고찰」, 『여성문제연구』 12(효성여대 한국여성문제연구소, 1983), 177~205면.

형식을 원용하여 주류 언어에 대항하는 소수자 문학으로 기녀시조를 규정하고자 한 연구들[83]이 이에 해당한다고 할 수 있다. 후자의 경우 기녀시조에 나타난 여성성 또는 감성 특성에 주목하고, 이를 남성 작자층이 여성성을 표현한 시조와 비교하거나[84] 같은 여성문학인 내방가사와 비교하는[85] 방식을 주로 사용했다.[86]

한편 기녀시조 연구에서는 가집에 기록된 기녀 작가를 얼마나 신빙할 수 있는가의 문제가 지속적인 검토의 대상이 되어 왔다.[87] 이는 본격적인 연구에 앞서 기녀시조의 범주를 정확히 설정해야 할 필요가 있었기 때문이다. 처음에는 신빙성 여부를 따져 신빙성이 낮은 작가를 배제하는 방식으로 범주를 정하는 경향을 띠다가 김용찬에 이르러서는 가집에 기록된

---

82) 이화형, 「기녀시조를 통해본 인간적 한계 인식과 극복 의지」, 『국제어문』 22(국제어문학회, 2000), 91~111면; 이화형, 「시조에 나타난 기녀들의 존재의식 탐구 - 절대적 임에서 주체적 자아까지」, 『한국언어문학』 46(한국언어문학회, 2001), 125~139면; 이화형, 「기녀시조의 해학성과 구경적 소망」, 『국제어문』 25(국제어문학회, 2002), 1~24면.

83) 김승희, 「소수 문학으로서의 기녀시조 읽기 - "해어화 텍스트"와 "전복적 욕망의 텍스트"」, 『시학과 언어학』 3(시학과 언어학회, 2002), 61~84면; 박애경, 「기녀 시에 나타난 내면 의식과 개인의 발견」, 『인간연구』 9(가톨릭대학교 인간학연구소, 2005), 75~98면; 박애경, 「'소수자 문학'으로서의 기녀문학」, 『고전문학연구』 29(한국고전문학회, 2006), 177~209면.

84) 나정순, 「시조와 여성 작자층」, 『문학과 사회집단』(집문당, 1995), 131~160면; 신은경, 「기녀의 언술과 페미니즘」, 『고전시 다시 읽기』(보고사, 1997), 343~400면; 성기옥, 「기녀시조의 감성 특성과 시조사」, 『한국고전여성문학연구』 창간호(한국고전여성문학회, 2000), 27~54면.

85) 안지영, 「기녀시조의 시조사적 의미」, 『시조학논총』 17(한국시조학회, 2001), 233~252면; 김지은, 「기녀시조와 규방가사의 한의 표출양상 비교연구 - 개방적 표출과 폐쇄적 표출」, 『시조학논총』 36(한국시조학회, 2012), 71~88면.

86) 이 경우에는 기녀시조의 정체성으로 여성성만을 고려하기보다는 기생이라는 특수 신분을 함께 고려하는 가운데 여성성을 좀 더 부각하는 것이 대부분이지만 여기서는 전자와의 선명한 대비를 위해 이렇게 분류했음을 밝힌다.

87) 최동원, 「고시조 여류작가고」, 『한국문학논총』 3(한국문학회, 1980), 39~58면; 성기옥, 「기녀시조의 감성 특성과 시조사」, 『한국고전여성문학연구』 창간호(한국고전여성문학회, 2000), 27~54면; 김용찬, 「기녀시조의 작자 변증과 작품의 향유 양상」, 『민족문학사연구』 53(민족문학사연구소, 2013), 196~223면.

기녀 작가의 작품을 '기녀가 직접 창작한 작품'과 '기녀가 즐겨 부르던 작품'으로 구분하고 양자를 공히 기녀시조의 범주에 포함시켜 논하고 있다. 그 밖에 기녀시조 연구에서 하나의 경향성을 띠고 있는 것으로 기녀시조의 사적 변모를 다룬 것을 들 수 있다. 성기옥은 기녀시조 전반을 대상으로 기녀시조 특유의 감성 특성을 몇 가지 양상으로 구분한 후 기녀시조의 감성 경향이 전기(15~17세기)에서 후기(18~19세기)로 가면서 일정한 변화를 겪고 있다는 점에 주목했다.[88] 정흥모는 기녀시조 중 수작시조만을 대상으로 시대적 변모 양상과 그 의미를 검토했다.[89]

4. 질문이 필요한 과제

1) 단일기원설 또는 단선적 구도에 대하여

지금까지 시조의 기원과 발생에 관한 논의들의 결과를 종합하면 "진작[90]에서 파생된 만대엽의 악곡에 '오ᄂᆞ리' 가사를 얹어 부르는 것으로 시조가 발생하였다."라는 정도로 요약할 수 있다. 현행 가곡의 원류를 대엽조에서 찾을 수 있고, '오ᄂᆞ리'가 가곡의 초기 노랫말로서의 상징성을 충분히 확보하고 있다는 점에서 이 견해는 당연히 존중될 필요가 있다고 생각한다. 다만 문학과 음악이 결합된 시조라는 양식이 어떤 특정 시기에 특정 악곡이나 가사만을 계기로 탄생했다고 볼 수 있느냐에 대해서

88) 성기옥, 앞의 논문.

89) 정흥모, 「기녀 수작시조의 변모와 그 의미」, 『한민족문화연구』 56(한민족문화학회, 2016), 43~69면.

90) 국악계와 문학계 공히 기존에는 진작3에 주목해 왔으나 최근 진작1에 주목해야 한다는 연구가 새롭게 제출되었다. 박재민, 「시조의 발생 시기에 대한 소고 – 〈만대엽〉과 〈진작일〉을 중심으로」, 『한국어와 문화』 33(숙명여자대학교 한국어문화연구소, 2023), 5~47면.

는 여전히 계속해서 의문을 가져야 한다고 본다. 문헌에 의거하여 보자면 만대엽이라는 악곡은 『대악후보』에 실려 있기 때문에 15세기 중반 무렵에 처음 등장한 것이고, '오ᄂᆞ리'는 16세기 후반에 편찬된 『금합자보』(1572)에 실린 것이 최초의 기록이다. 따라서 대부분의 논자들은 15세기 중반에 시조음악으로 만대엽이 탄생했다기보다는, 처음에는 기악곡으로 탄생한 만대엽이 어느 시점에 시조 노랫말을 얹어 부르는 성악곡으로 전환된 것으로 이해하고 있다. 그런데 만대엽이 성악곡으로 전환된 시점은 현재 확인된 바로는 16세기 중반을 넘어서기 어렵다.[91)]

그러면 16세기 중반 이전에는 오늘날 우리가 시조라고 분류하는 작품이 없었는가? 이에 대해서는 논란이 있을 수 있지만 이별의 〈육가〉를 고려할 때 시조의 범주에 해당하는 작품이 이전에도 이미 존재하고 있었다는 점은 부인하기 어렵다. 따라서 우리는 시조의 노랫말이 대엽조의 음악과 결합한 것이 대세를 형성했고 최종적으로는 대엽조에서 파생된 삭대엽과 결합하는 것으로 정리되었다는 점을 인정하더라도, 이 과정에서 단일한 흐름만 존재한 것이 아니고 다양한 실험적 시도들이 함께 존재했을 수 있다는 가능성을 검토할 필요가 있다.[92)] 이와 관련하여 기존 연구에서도 이미 대엽조 외에 북전을 거론한 바가 있다. 북전의 경우 비록 1~2 작품에 국한되기는 하나 조선 후기 가집에 중대엽, 삭대엽과 함께 수록되어 있으므로 그 실체를 인정할 수밖에 없다. 이렇게 보면 금보나 가집에 시조 노랫말을 얹어 부르는 악곡으로 제시된 것만도 만대엽(중대엽), 삭대엽, 북전의 셋이다.[93)]

---

91) 『금합자보』 이전 기록은 이현보가 〈어부가〉를 개작하면서 "爲葉而唱之"라 한 것이 유일하기 때문이다.

92) 이에 대해서는 '이상원, 「〈하여가〉의 이중 전승과 여말선초 시조사의 문제」, 『고전과 해석』 26(고전문학한문학연구학회, 2018), 269~304면.'에서 한 차례 문제 제기가 있었다.

93) 만대엽과 중대엽을 함께 묶은 것은 『금합자보』(1572)에 만대엽으로 수록된 '오ᄂᆞ리'가 『양금신보』(1610)에는 중대엽으로 수록된 것을 고려한 것이다. 중대엽은 빠르기에서만

그렇다면 대엽조, 북전 외에 시조와 연관된 노래들로 어떤 것이 있었을까? 이와 관련하여 주목해야 할 것이 조선 전기 시조에는 유독 연시조가 많다는 점이다. 조선 전기 시조 연구사에서 연시조에 주목한 연구들이 꾸준히 나타나고 있는데,[94] 이는 조선 전기 시조의 특징으로 연시조 집중 현상을 포착했기 때문일 것이다. 조선 전기 연시조 중에서 가장 큰 비중을 차지하고 있는 것은 '육가'다. 이별의 〈육가〉를 비롯하여 최학령의 〈속문산육가〉, 이황의 〈도산십이곡〉, 김우굉의 〈개암십이곡〉, 장경세의 〈강호연군가〉 등 16~7세기에 많은 '육가형 시조'들이 창작되었다. 그런데 이 '육가'들은 어떻게 불렸을까? 대엽조의 악곡에 얹혀 불렸을까? 아니면 독자적인 노래로 불렸을까? 단언하기는 어렵지만 대엽조의 악곡에 얹혀 불렸을 가능성보다는 독자적인 노래로 불렸을 가능성이 높다.[95]

차이가 있을 뿐 기본 형식은 만대엽과 동일하기 때문에 '오ᄂᆞ리'의 악곡 이동이 자연스럽게 가능했을 것이다. 반면 삭대엽을 별도로 독립시킨 것은 이것이 만대엽이나 중대엽과 구별되는 지점이 있는 곡이라 보기 때문이다. 만대엽과 중대엽은 중여음이 독립적으로 존재하지 않지만 삭대엽은 독립적인 중여음이 존재하고 있다. 이는 사소한 차이 같지만 의외로 중요한 차이일 수도 있다. 삭대엽은 중대엽보다 먼저 탄생했고 장기간 기악곡으로 존재하다 어느 시점에 시조 노랫말을 얹어 부르면서 성악곡으로 전환되었다. 문제는 삭대엽과 시조 노랫말이 결합하는 단계에서 왜 '오ᄂᆞ리'는 계속해서 중대엽곡으로 남아 있었는가 하는 점이다. 가곡의 역사적 전개가 '만대엽→중대엽→삭대엽'의 단선으로 진행되었다면 있을 수 없는 현상이다. 만대엽, 중대엽, 삭대엽의 형식에 대해서는 '황준연, 「가곡의 형식」, 『한국음악연구』 10(한국국악학회, 1980), 87~94면.'을 참조했으며, 삭대엽이 중대엽보다 먼저 탄생했다는 것은 '전지영, 「『시용향악보』 평조대엽과 소엽 연구」, 『한국음악사학보』 39(한국음악사학회, 2007), 145~169면.'을 참조했다.

94) 박규홍, 「조선 전기 연시조 연구」(영남대학교 석사학위논문, 1983); 임주탁, 「연시조의 발생과 특성에 관한 연구 : 〈어부가〉, 〈오륜가〉, 〈도산육곡〉 계열 연시조를 중심으로」(서울대학교 석사학위논문, 1990); 김상진, 「조선 중기 연시조의 연구 : 사시가계, 오륜가계, 육가계 작품을 중심으로」(한양대학교 박사학위논문, 1996); 이현자, 「조선조 연시조의 유형별 변이양상 연구」(경희대학교 박사학위논문, 2002).

95) 이와 관련하여 김중청(金中淸, 1566~1629)의 〈송경유수댁차사운(松京留守宅次使韻)〉에 "세 기생으로 하여금 번갈아 가며 도산십이곡을 부르게 했다."(令三妓迭唱十二曲.)라는 기록이 있어 주목된다. 이로 미루어 '육가'는 3+3의 구조로 불렸을 가능성이 있는 것으로 보인다. 김중청의 자료에 대해서는 '류속영, 「〈도산십이곡〉의 후대적 향유 양상」, 『코기토』 93(부산대학교 인문학연구소, 2021), 91면.'에 소개된 것을 보고 알게 되었다.

이황은 〈도산십이곡발〉에서 세상에 성대하게 전하던 이별의 〈육가〉를 모방하여 〈도산육곡〉 두 편을 지었다고 했다.[96] 이는 〈도산십이곡〉이 만대엽이나 중대엽에 얹혀 불린 것이 아니라 '육가' 형태로 불렸음을 말하는 것이다. 그리고 이 '육가'는 늦어도 15세기 말~16세기 초 이별에 의해 탄생하여 16세기 중반에는 만대엽이나 중대엽보다 성창되고 있었다. 따라서 16~17세기 '육가형 시조'들은 모두 이 '육가'의 곡조로 불렸을 가능성이 높다. 어쩌면 '육가'의 곡조로 불린 노래가 '육가형 시조'에 국한되지 않았을 가능성도 있다. 정격 '오륜가'는 왜 6수로 되어 있을까? 권호문의 〈한거십팔곡〉은 왜 6의 3배수인 18수로 되어 있을까? 윤선도가 지은 〈만흥〉과 〈오우가〉는 왜 또 6수로 되어 있을까?

한편 '육가'의 예로 미루어 '사시가', '어부가'도 별도의 독립된 노래로 존재했을 것으로 보인다. 즉 맹사성의 〈강호사시가〉, 황희의 〈사시가〉, 신계영의 〈전원사시가〉, 이휘일의 〈전가팔곡〉은 '사시가'의 곡조로 불렸을 것이고[97] 이현보의 〈어부가〉, 윤선도의 〈어부사시사〉는 '어부가'의 곡조로 불렸을 것이다.

연시조의 경우, 지금은 확실하게 시조로 간주하고 있는데 당시에는 대엽조가 아닌 다른 곡조로 존재했을 가능성이 높은 것들이다. 그런데 다음 노래들처럼 시조와 비시조(非時調) 사이에서 경계가 모호한 작품들도 꽤 있었던 것으로 보인다.

> 먹디도 됴흘샤 승경원 션반야
> 노디도 됴흘샤 대명뎐 기슬갸

96) "오직 근세에 이별(李鼈)의 〈육가(六歌)〉가 세상에 성대하게 전하니 (……) 그래서 내가 일찍이 이씨의 노래를 모방하여 〈도산육곡〉이란 것을 지은 것이 둘이니 (……)(惟近世有李鼈六歌者, 世所盛傳, (……) 故嘗略倣李歌, 而作爲陶山六曲者二焉, (……))." 〈陶山十二曲跋〉, 『퇴계선생문집』 권43, 『한국문집총간』 30(한국고전번역원, 1989).

97) 이신의의 〈사우가〉, 조존성의 〈호아곡〉도 '사시가'의 곡조로 불렸을 가능성이 있다.

가디도 됴흘샤 부모다힛 길히야[98]

國家 太平ᄒᆞ고 萱堂에 날이 긴 제
머리 흰 判書 아기 萬壽盃 드리ᄂᆞᆫ고
每日이 오ᄂᆞᆯ ᄀᆞᄐᆞ면 셩이 무ᄉᆞᆷ 가싀리
아마도 一髮秋毫 聖恩잇가 ᄒᆞ노라.[99]

위는 이현보(李賢輔, 1467~1555) 모친 권씨가 자식이 동부승지로 승진한 것을 축하하기 위하여 지었다는 노래고, 아래는 노진(盧禛, 1518~1578)의 모부인(母夫人) 수연(壽宴)에서 모부인이 노진의 노래에 화답하여 부른 것이다. 이 노래들은 어떻게 불렸을까? 대엽조로 불렀을까? 아니면 그와는 다른 곡조로 불렀을까? 만약 대엽조로 불리지 않았다면 이 노래들은 시조인가, 아닌가? 현대의 사전이나 자료집들에서는 어떻게 정리하고 있을까? 정병욱의 『시조문학사전』(1966)에는 이현보 모친의 노래는 실려 있으나[100] 노진 모친의 노래는 실리지 않았다. 심재완의 『교본 역대시조전서』에는 두 작품 다 실리지 않았다. 김흥규 외 『고시조 대전』에는 이현보 모친의 노래는 실리지 않았고 노진 모친의 노래는 실렸는데,[101] 2행과 3행을 묶어 중장으로 처리함으로써 사설시조로 파악했음을 알 수 있다.

이상에서 보는 바와 같이 시조사의 초기적 국면에서는 '3장 6구 12음보'에 '초장 첫 구는 소음보+과음보 형태를 갖출 것'이라는 형식적 요건이 통일되어 있었던 것도 아니고, 후대에 시조로 정리되어 간 것이 단일

98) 이현보, 〈愛日堂戱歡錄〉, 『농암선생문집』 권3, 『한국문집총간』 17(한국고전번역원, 1988), 409a.

99) 노진, 〈母夫人壽宴歌〉, 『옥계선생속집』 권1, 『한국문집총간』 37(한국고전번역원, 1996), 353a.

100) 정병욱, 『시조문학사전』(신구문화사, 1966), 184면.

101) 김흥규 외 편저, 『고시조 대전』(고려대학교 민족문화연구원, 2012), 86면.

한 하나의 곡조로만 존재했던 것도 아니다. 형식적 제약이 비교적 느슨한 단가 형태의 노래들이 복수로 존재하다가 후대로 가면서 점차적으로 시조라는 동일 범주로 묶여 갔을 가능성이 높다. 이 과정에서 중요한 변곡점이 되는 시기가 있었을 것으로 보이는데, 1차 변곡점은 16세기 말이고 2차 변곡점은 18세기 초가 아닌가 한다.

1차 변곡점을 16세기 말로 보는 것은 정철 시조에서 많은 변화의 조짐들을 확인할 수 있기 때문이다. '육가', '사시가', '어부가' 등의 연시조 창법은 17세기까지 이어진 것으로 보이지만 16세기 말 정철의 시대를 전후로 연시조 창법보다는 단시조 창법이 우위를 점한 것이 아닌가 한다. 정철은 연시조 〈훈민가〉 외에도 수십 수의 단시조를 창작했다. 그가 전례 없이 수십 수의 단시조를 창작할 수 있었던 것은 단시조를 얹어 부르는 새로운 악곡이 보편화했거나 아니면 정철이 새로운 악곡을 발견했기 때문으로 보인다. 새로 발견된 악곡은 아마도 삭대엽일 가능성이 높다. 우리는 흔히 가곡의 역사적 전개를 '만대엽→중대엽→삭대엽'의 단선적 구도로 이해하고 있기 때문에 삭대엽에 시조의 노랫말을 얹어 부르기 시작한 시기로 17세기 후반을 상정하는 경우가 대부분이다. 하지만 삭대엽이 중대엽보다 먼저 탄생했을 가능성이 높다는 국악계의 견해를 존중한다면 삭대엽과 시조 노랫말의 결합은 중대엽과 비슷하게 16세기 말을 전후로 나타나지 않았을까 한다. 그리고 가곡의 역사적 전개는 '만대엽→중대엽'으로 이어지는 것과 처음부터 삭대엽에 얹어 부르던 것의 이원적 구도로 나누어 봐야 하지 않을까 싶다. 이 경우 '만대엽→중대엽'으로 이어지는 것은 '오ᄂᆞ리'류의 기원적이고 송축적인 노래로 국한되었을 것으로 보이고, 다수의 일반적 노래들은 삭대엽으로 불렸을 것으로 보인다. 이런 가설에 입각할 때 정철의 〈훈민가〉가 기존의 6수의 틀을 벗어나 16수로 대폭 확대된 형태로 나타날 수 있었던 것도 연시조 창법으로 불리는 '오륜가'를 벗어나 단시조 창법으로 불리는 노래를 선택한 때문이 아

닌가 한다.[102)]

2차 변곡점은 김천택의 『청구영언』 편찬이다. 왜냐하면 김천택이 『청구영언』을 편찬하면서 가곡의 범주가 설정되었기 때문이다. 김천택이 『청구영언』을 편찬하기 전까지 상층 사대부 사회에서는 중대엽, 삭대엽, 북전, 〈장진주사〉, 〈맹상군가〉, 〈어부장가〉, 가사 등 꽤 다양한 형태의 노래들이 존재했던 것으로 보인다. 김천택은 이 중 중대엽~〈맹상군가〉까지는 선택하면서 〈어부장가〉와 가사는 배제했다. 단가와 장가 가운데 단가만 선택한 것이다. 이로 보아 '육가', '사시가', '어부가' 등의 연시조는 그 이전에 연시조의 틀이 무너진 상태로 삭대엽에 얹혀 불린 것이 아닌가 한다.[103)] 한편 김천택은 상층 사대부 사회에서 불리던 단가를 하나로 범주화했을 뿐만 아니라 다수의 사대부들이 꺼리던 여항 가요를 '만횡청류'라는 이름으로 이 범주에 포함시켜 버렸다. 이렇게 하여 원래는 제각각 다른 노래로 인식되던 중대엽, 삭대엽, 북전, 〈장진주사〉, 〈맹상군가〉, 만횡청류가 가곡이라는 하나의 범주로 통합되었다. 그리고 이 가곡의 범주는 오늘날 우리가 시조의 범주로 설정하고 있는 것과 완전히 일치한다.

---

102) 이런 선택에 기본 윤리인 오륜보다 확장된 사회 윤리가 필요하다고 느꼈고, 이를 위해 진양의 〈선거권유문〉을 적극적으로 참고한 것이 크게 작용했음은 물론이다.

103) 『청구영언』을 비롯한 18세기 가집에 '육가', '사시가', '어부가'가 연시조의 형태를 유지한 채로 실려 있기 때문에 이때까지도 연시조 창법으로 불린 것이 아닌가 의문을 가질 수도 있다. 하지만 모든 연시조가 이삭대엽에 수록되어 있다는 점, 18세기 가집에서도 가집별로 연시조 작품 수에 차이가 나타난다는 점, 음악 위주의 편집 방식이 본격화한 19세기 가집에서는 연시조 작품들이 해체되어 수록된다는 점, 윤선도의 〈어부사시사〉 중 2수가 이삭대엽 무명씨에 단시조 형태로 실려 있다는 점 등을 고려할 때 17세기를 거치면서 연시조 작품들은 삭대엽으로 수렴되었다고 보는 것이 옳을 듯하다. 그럼에도 불구하고 18세기 가집에서 연시조를 원래의 모습대로 수록한 것은 문학작품으로서의 속성을 중시한 18세기 가집의 편집 방식 때문으로 보인다.

2) 이른바 '가창의 필요성'에 대하여

> 退溪 자신이 산수 간에서 한가롭게 지내는 가운데 마음의 느낌을 매양 詩(漢詩)로 나타냈다는 것이다. 그런데 지금의 詩는 詠할 수는 있어도 歌할 수는 없고, 만약 歌를 하고자 할 경우에는 반드시 우리말로 엮은 것이어야 한다는 것이었다. 요컨대 **歌唱의 필요성 때문에 退溪는 漢詩가 아니고 우리말로 엮은 〈陶山十二曲〉을 짓게 된 것이다**.[104]

임형택은 〈도산십이곡발〉을 근거로 이황이 〈도산십이곡〉을 창작한 것은 '가창의 필요성' 때문이었다고 밝혔다. 그의 이 주장은 현재 학계에서 지극히 당연한 것으로 받아들여지고 있다. 그런데 '가창의 필요성'이라는 것을 어떤 차원에서 이해하고 있는지는 논자마다 차이가 있을 것으로 보인다. 이 말은 강조점을 어디에 두고 읽는가에 따라 의미가 달라진다. '가창'에 강조점을 두고 읽으면 '노래를 부르고 싶은 욕구' 때문에 〈도산십이곡〉을 지었다가 되고, '필요성'에 강조점을 두고 읽으면 '노래의 전파력'을 고려하여 〈도산십이곡〉을 지었다가 된다. 어느 쪽이 이황이 〈도산십이곡〉을 지은 진짜 동기에 가까울까? 마음에 감동이 있을 때마다 시를 지었는데, 지금의 시는 읊을 수는 있어도 노래할 수는 없어서 〈도산십이곡〉을 지었다[105]는 〈도산십이곡발〉의 논리에 따르면 '노래를 부르고 싶은 욕구' 때문에 〈도산십이곡〉을 지었을 가능성이 높아 보인다. 그런데 이황은 〈도산십이곡발〉에서 이런 논리만 편 것이 아니다. "우리 동방의 노래는 대부분 음란하여 족히 말할 것이 없다."[106]는 말도 했고, "온유돈

---

104) 임형택, 「국문시의 전통과 도산십이곡」, 『퇴계학보』 19(퇴계학연구원, 1978), 257면.

105) "凡有感於情性者, 每發於詩. 然今之詩異於古之詩, 可詠而不可歌也. 如欲歌之, 必綴以俚俗之語, 蓋國俗音節, 所不得不然也. 故嘗略倣李歌, 而作爲陶山六曲者二焉." 〈陶山十二曲跋〉, 『퇴계선생문집』 권43, 『한국문집총간』 30(한국고전번역원, 1989).

106) "吾東方歌曲, 大抵多淫哇不足言." 위의 책.

후한 내용이 적다."[107]는 말도 했으며, "아이들이 스스로 노래하고 춤추고 뛰기도 하게 한다면 거의 비루한 마음을 씻어버리고, 감화되어 분발하고 마음이 화락해져서 노래하는 자와 듣는 자가 서로 유익함이 있을 것이다."[108]라는 말도 했다. 이는 온유돈후한 노래를 만든 다음 '노래의 전파력'을 활용하여 최대한 많은 이들을 교화해 보겠다는 의지의 표명이기도 하다. 이렇듯 〈도산십이곡〉 창작에는 '노래 자체에 대한 욕구'와 '노래를 도구로 활용하고 싶은 욕구'가 공존하고 있다.

한편 '가창의 필요성'을 위와 같이 분석적으로 나누어 이해할 수도 있지만 대체적으로는 이 말이 시조를 비롯한 국문시가가 시보다는 노래의 속성이 강하다는 의미로 사용되는 것이 아닌가 한다. 여기서는 바로 이 부분에 대한 질문을 던져 보고자 한다. 시가라는 말은 시(문학)와 노래(음악)가 결합된 말이다. 시(문학)와 노래(음악)의 두 속성 가운데 과거 한때 우리는 노래(음악)의 측면은 외면하고 시(문학)의 측면만을 보려고 했던 적이 있었다. 그런데 '가창의 필요성'에서 국문시가의 존재 의의를 찾을 수 있다는 주장이 대두하게 되면서 그동안 외면했던 노래(음악)의 측면을 부각하게 되었다. 이에 따라 지금은 시(문학)와 노래(음악)의 양면을 최대한 균형 있게 고려하는 상태에서 연구가 진행되고 있는 것으로 보인다. 다만 '가창의 필요성'에서 시조가 존재했다는 것을 지나치게 강조함으로써 자칫 시(문학)로서의 속성을 간과할 수 있는 위험성이 있다는 점, 또는 시조에서 노래가 차지하는 비중이 어느 정도일까에 대한 진지한 검토가 새삼 필요하다는 점을 짚을 필요가 있다고 본다.

과연 우리말 노래라고 해서 다 같은 노래일까? 시조는 다른 갈래의 노래들과 같은 노래일까, 다른 노래일까? 고려가요는 개별 작품별로 곡

---

107) "少溫柔敦厚之實也." 위의 책.

108) "亦令兒輩自歌而自舞蹈之, 庶幾可以蕩滌鄙吝, 感發融通, 而歌者與聽者, 不能無交有益焉." 위의 책.

조가 다 다르다. 조선 전기 연시조의 경우 가능성을 열어 놓아야 하겠지만 이 역시 작품마다, 또는 적어도 유형마다 곡조가 달랐을 가능성이 높다. 그런데 대부분의 단시조들은 삭대엽이라는 하나의 곡조에 얹어 불렀다.[109] 시조의 창작은 다른 갈래의 노래들과 달리 이미 정해진 곡조에 얹어 부를 가사만 짓는 것이다. 그렇다면 이른바 '노가바(노래 가사 바꾸어 부르기)' 스타일인 시조를 왜 지었을까? 나만의 노래가 필요해서 지었을까? 그럴 수 있다. 다만 이 경우에는 한두 편이면 족하다. 그런데 시조 작가 중에는 수십 편의 작품을 남긴 사람들이 꽤 있다. 이들 작가가 이렇게 많은 작품을 창작한 것은 노래가 필요해서라고 보기는 어려울 듯하다. 그들은 '가창의 필요'에서 그렇게 많은 작품을 지었다기보다는 시를 짓는 데서 오는 쾌감을 맛보기 위해서 지었을 것으로 보인다. 그럼 노래로서 시조를 짓는 관습에서 시로서 시조를 짓는 관습으로 전환된 시점은 언제쯤일까? 여기서 또다시 정철을 주목할 필요가 있다. 정철 이전에는 다수의 단시조를 창작한 작가를 거의 찾을 수 없다. 그런데 정철을 기점으로 17세기로 넘어가게 되면 다수의 단시조를 창작한 작가들이 꽤 많이 나타나는 것을 볼 수 있다. 이를 통해 16세기 말~17세기 초에 강호시조뿐만 아니라 시조사 전체 구도에도 대전환이 일어났음을 알 수 있다. 그 대전환은 노래도 즐기고 싶고, 시도 즐기고 싶은 행위자들에 의해 일어난 것으로 보인다.

한편 노래와 시의 양면을 함께 고려하여 시조를 즐기는 것은 비단 작가적 측면에 국한된 문제가 아니었던 것 같다. 몇몇 연구들에 따르면 수용자들 또한 시조를 노래로만 향유했던 것은 아닌 듯하다. 당연히 노래로 향유한 것이 많이 나타나기는 하지만 일부에서는 시로 송영(誦詠)하며

---

109) 물론 후대로 가면서 삭대엽의 분화가 일어나 몇 개의 곡조가 더 추가되기는 한다. 그래도 극히 소수의 곡조에 수천 수의 시조를 얹어 부른 것은 달라지지 않는다.

즐긴 사례도 나타나고 있다.[110] 따라서 노래로서 시조가 갖는 특성과 시로서 시조가 갖는 특성을 제대로 규명해 내는 것이 우리의 과제가 아닐까 한다.

이 글은 『한국시가연구』 60(한국시가학회, 2024)에
수록한 논문을 수정·보완한 것이다.

110) 성호경, 『조선전기시가론』(새문사, 1988), 53~82면; 최규수, 「송강 정철 시가의 미적 특질 연구」(이화여자대학교 박사학위논문, 1996), 30~32면; 류속영, 「〈도산십이곡〉의 후대적 향유 양상」, 『코기토』 93(부산대학교 인문학연구소, 2021), 81~118면.

조선 후기 가집 연구의 현황과 전망

송안나
강릉원주대학교 국어국문학과 조교수

1. 머리말

조선 후기 가집(歌集)은 18세기 초반 편찬된 현전하는 최고(最古)의 가집인 김천택의 『청구영언』을 비롯하여 현재까지 150여 종이 전한다. 불과 200여 년 사이에 상당히 많은 가집이 편찬된 셈이다. 『청구영언』보다 앞선 가집도 있을 수 있으며, 이후 전하지 않는 가집까지 고려해 헤아려 본다면 더 많은 가집들이 당대 문화 공간에서 활발하게 유통되고 향유되었을 것이라 여겨진다. 시가 예술사에서 조선 후기를 가히 '창곡왕성시대'라고 일컬을 만하다.

가집은 텍스트만을 기록한 문헌 자료가 아니라 시조 작가들에 대한 정보는 물론, 음악에 대한 당대인들의 인식 및 연행 문화의 실상 등을 담아낸 아주 풍부한 예술 자료라 할 수 있다. 이러한 가집들은 조선 후기 우리 시가 문학 연구의 풍부한 자료적 토대를 이루었으며, 가집을 통해 당대의 문화예술상을 그려볼 수 있게 했다.

그렇기에 가집 연구는 단순한 서지 연구가 아니다. 물론 연구에 따라서는 서지 정보 분석과 문헌의 실증적 고증 정도에 머물기도 하지만 그 또한 궁극적인 목적은 조선 후기 예술사의 일면을 재구하고자 하는데 맞닿아 있다. 시조는 기록으로만 남겨진 문자 문학이 아니라 당시 사람들이 감정을 풀어내며 심신을 수양하거나 흥취를 돋게 해주었던 '노래'라는 점을 생각하면 가집은 다양한 측면에서 바라봐야 할 복합적인 연구 대상이라 할 수 있다.

한국시가학회에서는 이미 20여 년 전에 18~19세기 시가사와 예술사를 거시적 구도에서 바라보며 조선 후기 시가 문학의 여러 장르를 종합적으로 고찰하는 학술대회의 장을 마련한 바 있다.[1] 여기에서 산출된 연구 성과들은 가집을 비롯한 시가 예술사 연구의 튼실한 기반이 되었고 이러한 논의들을 바탕으로 이후 가집 연구 또한 괄목할 만한 질적·양적 성장을 이루었다. 18~19세기 시가사와 예술사의 거시적 흐름 속에서 전승된 『청구영언』, 『해동가요』, 『가곡원류』 등 주요 가집들의 편찬 특징들이 새롭게 밝혀졌고, 소수 가집들에 대한 연구도 적극적으로 발표되었다. 또한 문헌적 관점에서의 분석, 가집 간 유사성을 비교한 계보의 추적, 음악과의 접목을 통한 해석 등 다양한 방법으로 가집을 분석한 연구들이 하나씩 모여 18~19세기 가집사와 가곡사를 구체적이고도 종합적으로 파악할 수 있게 되었다 하겠다.

가집 연구사에서 또 하나의 큰 변화는 『고시조 대전』(2012)의 출간이라고 할 수 있다. 시조 연구를 위한 자료들로는 『시조 문학 사전』(정병욱), 『교본 역대시조전서』(심재완), 『한국시조대사전』(박을수) 등이 있는데 가집 연구는 전적으로 『교본 역대시조전서』에 의지한 바가 크다. 『고시조 대전』은 『교본 역대시조전서』를 계승한 시조 대교 사전으로서 더 많은 가집과 문헌을 수집하여 시조 텍스트를 확충했고, 사설에 따른 분류 기준을 설정해 연구자들이 쉽게 가집 간 텍스트 비교를 할 수 있게 만듦으로

1) 한국시가학회 2001년 전국학술대회에서는 "고전시가와 예술사의 관련 양상"을 주제로 18~19세기 시가사를 논의하는 장이 펼쳐졌다. 이번 학술대회와 관련지어 볼 때 참고할 만한 주요 발표 내용을 소개하면 다음과 같다. 김학성, 「18~19세기 예술사의 구도와 시가의 미학적 전환」; 신경숙, 「18~19세기 가집, 그 중앙의 산물」; 성무경, 「18~19세기 음악 환경의 변화와 가사의 가창전승」; 권오경, 「19세기의 시조와 민요」.

써 가집 연구의 새로운 지평을 열었다고 볼 수 있다.

여전히 가집은 국문학자들에게 매력적인 연구 대상으로 여겨지며 이에 대한 다양한 논의가 꾸준히 제출되고 있다. 본고에서는 지난 30여 년간 축적된 연구 성과들을 돌아보며 가집 연구사를 조명해 보고자 한다. 물론 이러한 작업은 가집 연구의 새로운 과제를 제시하고 나아갈 바를 전망하기 위함이다. 필자가 수십 년에 걸쳐 축적된 연구 업적들을 제대로 분류하고 정리할 수 있을지 모르겠지만, 여러 훌륭한 선학 연구자들의 업적을 시기별로 가집에 따라 정리하여 18~19세기 가집 연구의 흐름에 대해 논해 보고자 한다. 이 글을 준비하며 만난 수많은 연구를 통해 가집 연구의 깊이와 무게를 체감할 수 있었다. 혹여 선학들의 업적을 곡해하여 누가 되지 않을까 조심스러울 뿐이다. 부족하나마 이 기회를 통해 가집 연구의 새로운 방향이 제시될 수 있길 기대해 본다.

2. 18~19세기 가집 연구의 현황과 쟁점

1) 18세기 가집 연구의 쟁점

[1] 18세기 가집 연구의 중심은 김천택 편 『청구영언』에 있다 해도 과언이 아니다. 『청구영언』의 최초 소장자는 오장환으로 알려졌으며 원본은 통문관에 소장되어 있었으나 학계에 공개되지는 않았다. 다만 1948년 조선진서간행회(朝鮮珍書刊行會)에서 활자본으로 간행한 『청구영언』이 김천택 편찬본에 가장 가깝다고 인식되어 원본을 대신해 연구 자료로 활용되었다. 이후 2016년 국립한글박물관에 전시된 『청구영언』이 1728년 편찬된 김천택의 자찬본 『청구영언』임이 밝혀졌으며, 2017년 김천택 편 청구영언을 공개하는 기획 전시회가 열리고 원본과 주해본이 출판되

었다. 따라서 『청구영언』에 대한 연구는 2017년 이전까지는 진본 『청구영언』을 대상으로, 2017년부터는 원본인 국립한글박물관 소장 김천택 편 『청구영언』을 대상으로 이루어졌다고 할 수 있다.

『청구영언』에 대한 논의는 국문학 연구 초기부터 시작되었다.[2] 이후 심재완[3]에 의해 좀 더 체계적인 검토가 이루어졌고, 후속 연구들을 통해 가집의 체제, 서발문, 작가 표기의식, 만횡청류에 대한 상세한 분석이 이어졌다고 볼 수 있다. 이러한 연구 과정 속에서 김천택이 사대부들에게 발문을 받거나 홍만종과 같은 문인의 기록을 적극적으로 활용하여 가집 편찬의 정당성을 부여받으려고 했으며 김창업을 중심으로 한 노론 문사들과 관계가 있음이 밝혀졌다.[4] 또한 『청김』에 드러난 현상 너머에 일정한 체계로 규칙화되어 있는 원리를 읽어내 평시조와 사설시조, 고조와 신조, 정성과 음성의 원칙 속에 작품이 수록되었음이 가집 편제를 통해 밝혀지기도 했다.[5]

주지하듯 『청구영언』은 작가별·악곡별 분류 원칙에 따라 작품이 수록되었는데 이삭대엽은 유명씨와 무명씨로 나뉘어 있다. 이중 특히 연구자들의 관심을 많이 받은 항목은 '무명씨'이다. 무명씨 부에 수록된 작품들

2) 『청구영언』을 비롯한 가집 연구는 국문학 연구 초기에서부터 진행되었지만, 본 발표에서는 논의의 편의상 2000년대를 기점으로 그 전후에 이루어진 주요 연구 성과들을 주 대상으로 다뤘으며, 사안에 따라서는 그 이전 연구도 함께 언급하도록 하겠다. 조윤제, 「역대 가집편찬의식에 대하여」, 『진단학보』 3(진단학회, 1935); 조윤제, 『조선시가사강』(박문출판사, 1937).

3) 심재완, 「시조 작품의 원문전화의 제유형에 대한 고찰 – 靑丘永言 珍本(寫本原典)과 그 活字本의 對照를 通하여」, 『어문학』 6(한국어문학회, 1960), 1~10면; 심재완, 『시조의 문헌적 연구』(세종문화사, 1972).

4) 김용찬, 「〈청구영언 진본〉의 성격과 편집의식」, 『어문논집』 35(안암어문학회, 1996), 373~394면.(재수록, 『조선후기 시가문학의 지형도』(보고사, 2002), 163~188면)

5) 김학성, 「18세기 초 전환기 시조 양식의 전변과 장르 실현 양상 – 珍本 『靑丘永言』의 가집체계를 통하여」, 『한국시가연구』 23(한국시가학회, 2007), 275~313면.

에는 주제어가 표기되어 있고, 이는 김천택이 시조 작품에 대한 내용별 혹은 주제별 분류를 시도한 것이라고 이해되어 왔다.[6] 주제 분류 기준이 명확하지 않아 보이는 이유에 대해서는 당대인들과 오늘날의 관점 차이 내지는 새로운 유형의 시조들을 받아들여 그것을 질서화하는 과정에서 발생한 시간차, 혹은 주제어가 아니라 주제적 지향이 유사한 작품을 배열했기 때문으로 보았으며, 작품의 향유 및 창작과 관련해서는 서울 중심의 사대부(내지는 경화사족)의 미감이 반영되어 생성된 것으로 논의되었다.

반면『청구영언』이삭대엽 무명씨 부가 주제 혹은 내용에 따라 작품을 분류한 것이 아닐 수도 있다는 시각도 존재한다. 이는 문학보다는 '음악적 시선'에서 가집을 해석하는 관점으로『청구영언』의 무명씨 부는 단순히 주제에 따라 내용을 묶은 것이 아니라 하나의 세트로 부르는 편가(編歌)적 질서와 관련지어 볼 수 있거나, 혹은 악곡에 따라 작품을 분류하고 수록할 때 어휘나 소재, 이미지, 내용 등 다양한 연상의 원리에 의해 작품을 배열했음을 확인할 수 있다고 본다.[7]

만횡청류에 대해서는 상반된 견해가 존재하는데 ① 만횡청류는 가곡창 계통이 아닌 다른 장르로 보거나 ② 만횡, 낙시조, 편삭대엽의 전 형태를 묶은 것이 만횡청류이며 명확하게 양식화되지 않았을 뿐 분명한 가곡창 계열이라고 보는 논의가 있다.[8] 가곡이라고 보는 입장은 가곡의 양식

---

6) 김용철,「『진청』「무씨명」의 분류체계와 시조사적 의의」,『고전문학연구』16(한국고전문학회, 1999) 109~144면; 남정희,「『진본 청구영언(靑丘永言)』무명씨(無名氏)에 대한 고찰」,『어문연구』53(어문연구학회, 2007), 125~154면; 김창원,「조선시대 서울 양반의 거주지 공간개념과『진청』「무씨명」주제의 의미」,『한국시가연구』32(한국시가학회, 2012), 102~122면; 이승준,「『진본 청구영언』무명씨 후반부 항목의 배열 체계와 그 의미 –『진청』382~391을 대상으로」,『어문론총』70(한국문학언어학회, 2016), 179~204면.

7) 박연호,「한글박물관 소장『청구영언』無名氏 항목의 종합적 고찰」,『한국시가연구』43(한국시가학회, 2017), 89~115면; 강경호,「김천택 편『청구영언』'무명씨(無名氏)' 작품 배열의 내적 체계 –『청구영언』무명씨, 주제별 분류인가?」,『국제어문』75(국제어문학회, 2017), 101~127면.

8) 만횡청류가 평시조와 다른 독립된 하나의 양식 혹은 가곡이 아닌 다른 계열의 노래로

에 적합한 작품의 구조, 만횡청류에 실린 정철의 시조 작품, 사대부들이 농·낙·편을 향유한 전례 등을 근거로 내세우고, 가곡이 아니라고 보는 입장은 만횡청류에 수록된 시조 작품들의 소재, 만횡청류에 대한 김천택의 언급 등을 근거로 내세운다. 만횡청류의 정체에 대한 학계의 합의는 아직 이루어지지 못했으며 우리 시가사에서 여전히 논쟁적인 주제라고 할 수 있다. 이 외에도 만횡청류에 수록된 시조 텍스트, 즉 사설시조에 대한 논의들이 지속되어 다양한 측면에서 풍성한 성과를 이루었다.[9)]

한편 『청구영언』에는 홍만종의 『순오지』와 같은 문헌 자료에서 볼 수 있는 유사 기록들이 많다. 김천택이 홍만종의 글을 가져와 자신의 가집에 수록한 경우들이 있기 때문이다. 이러한 이유로 김천택과 홍만종의 관련성에 대한 의문점이 제기되었는데 홍만종이 『청구영언』과 『이원신보』라는 가집을 편찬한 것으로 추정되는 기록이 발견되어 눈길을 끌기도 했다. 바로 홍만종이 작성한 「청구영언서」, 「이원신보서」라는 두 가지 서문이다. 김학성[10)]은 이 서문의 전문을 분석해 홍만종이 편찬한 가집의 체제와 성격, 편찬 의도 등을 밝히기도 했다. 물론 홍만종의 가집이 현전하지 않기 때문에 가집의 실체를 온전히 확인할 수는 없지만 서문의 내용으로 김천택의 『청구영언』 이전에 존재했을 가집의 형상을 그려보았다는 점

존재했다고 보는 근래의 논의 중 일부를 소개하면 신윤경(「진본 청구영언」 소재 만횡청류의 존재 양상 연구」(이화여자대학교 박사학위논문, 2015))과 이상원(「만횡청류의 운명 -『청구영언』 수록 전과 후」, 『한국시가연구』 43(한국시가학회, 2017), 117~150면), 신경숙(「『청구영언』과 사설시조」, 『한국시가연구』 58(한국시가학회, 2023), 251~277면)이 있다. 만횡청류가 가곡임이 분명하며 김천택의 청구영언 이후 음악이 다듬어지면서 가곡의 편가로 편입되었다고 보는 대표적 논의로는 김학성(앞의 논문(2007))과 송안나(「18세기 중·후반 가집의 특징과 변모 양상 연구」(성균관대학교 박사학위논문, 2018))를 소개할 수 있다.

9) 본 발표의 초점이 가집에 맞춰져 있기에 여기에서는 만횡청류에 대한 관점의 차이만 간략히 언급했으며 사설시조에 대한 연구 소개도 생략했다.

10) 김학성, 「시조의 향유전통과 홍만종의 가집편찬」, 『고전문학연구』 34(한국고전문학회, 2008), 1~33면.

에서 논의의 의의를 찾을 수 있다 하겠다.

앞서 언급한 바와 같이 김천택의 『청구영언』은 2017년 국립한글박물관을 통해 원본이 공개되었다. 원본 공개와 함께 한국시가학회와 국립한글박물관의 공동 주최로 "국립한글박물관 소장 김천택 편 『청구영언』의 종합적 고찰"이라는 학술대회가 개최되기도 했다. 이 학술대회를 통해 김천택 편 『청구영언』의 다양한 특징과 의미들이 다시 한번 재정립되었다. 『청구영언』 자찬 원고본의 서지적 특징과 편집 특성이 심도 있게 다뤄졌고,[11] 이삭대엽 유명씨 부분을 검토하여 문헌 전승과 당대 여항 예인들의 작품이 통합적으로 구성되었음이 밝혀지기도 했다.[12] 또한 가곡이 아니었던 만횡청류가 『청구영언』 수록을 계기로 가곡으로 인정받는 과정을 거치게 되었음을 논했으며,[13] 만횡청류에 수록된 작품들의 면면을 통해 당대인들의 삶을 그려내기도 했다.[14] 최근에는 이러한 연구를 바탕으로 지속적인 연구가 이루어져 김천택 편 『청구영언』의 완성도, '여항육인'의 표기 문제 등을 고려해 박순호본 『청구영언』과 같은 가집이 선행본이었을 가능성을 점친 논의도 학계에 제출된 바 있다.[15]

최초의 종합 가집인 『청구영언』에 대한 학계의 연구 성과들이 축적됨

11) 권순회, 「김천택(金天澤) 편 『청구영언(靑丘永言)의 문헌 특성과 편찬 맥락」, 『한국시가연구』 43(한국시가학회, 2017), 17~45면.

12) 강경호, 「김천택 편 『청구영언』의 편제적 특징과 가곡 문화사적 의미 – 유명씨 항목의 내적 체계와 작품 변화상에 주목하여」, 『한국시가연구』 43(한국시가학회, 2017), 47~88면.

13) 이상원, 「만횡청류의 운명 – 『청구영언』 수록 전과 후」, 『한국시가연구』 43(한국시가학회, 2017), 117~150면.

14) 신윤경, 「김천택 편 『청구영언』의 만횡청류에 담긴 삶의 장면과 의미」, 『한국시가연구』 43(한국시가학회, 2017), 151~181면.

15) 조해숙, 「자료로 본 김천택 편 『청구영언』의 몇몇 문제에 대하여」, 『국문학연구』 47(국문학회, 2023), 7~44면. 박순호본 『청구영언』이 소개된 이후 해당 가집이 김천택 편 『청구영언』의 선행본일 가능성을 논의한 연구는 강혜정의 연구가 있다.(「『청구영언』 박순호본, 국립한글박물관 소장 김천택 편 『청구영언』의 선행본일 가능성에 대하여」, 『열상고전연구』 60(열상고전연구회, 2017), 223~265면.)

으로써 18세기 시조문학사의 수많은 일면들을 조명할 수 있게 되었다. 특히 김천택 편 『청구영언』의 발견은 우리 시가사와 조선 후기 가집 연구의 새로운 전환점이 되었다고 본다. 앞으로도 『청구영언』과 김천택에 대한 연구가 끊임없이 이어진다면 18세기 예술사에 대한 이해가 좀 더 깊어질 수 있으리라 기대한다.

② 『청구영언』 못지않게 연구자들의 관심을 끈 18세기 가집으로는 김수장이 편찬한 『해동가요』가 있다. 『해동가요』는 현재 원전은 전하지 않고 주씨본, 박씨본, 일석본, 정재호본과 같은 이본만이 존재한다. 그 가운데 『해동가요』 박씨본은 가집의 편제가 타 이본에 비해 온전하고, 서문과 발문 등이 충실히 수록되어 있어 주된 연구의 대상이 되었다.

초기 연구가 『해박』을 중심으로 김천택 편 『청구영언』 혹은 해동가요 계열 이본 가집과 비교하며 김수장과 김천택과의 관계, 『해동가요』의 편찬 저본에 대한 탐색 등에 초점이 맞춰졌다면[16] 이후 『해박』 연구는 본 가집과 관련있는 대구 지역 가객 한유신과 『영언선』, 김유기 등을 중점적으로 다루었다.[17]

---

16) 『해동가요』에 대한 초기 선행 연구를 간략히 소개하면 다음과 같다. 정병욱, 「해동가요 편찬과정 소고」, 『국문학산고』(신구문화사, 1959); 황충기, 「朴氏本 『海東歌謠』에 대하여」, 『어문연구』 7(한국어문교육연구회, 1979), 347~368면; 최동원, 「朴氏本 「海東歌謠」 攷 -「青珍」·「海朴」·「海周」의 對比的 考察」, 『문리과대학논문집』 18(부산대 인문학연구소, 1979), 1~20면; 강전섭, 「해동가요의 형성과정」, 『한국고전문학연구』(대왕사, 1982); 김용찬, 「18세기 가집편찬과 시조문학의 전개양상」(고려대학교 박사학위논문, 1997); 양희찬, 「『海東歌謠』의 編纂과 性格에 대한 論考 - 『해동가요』 朴永弴 소장 이본의 기록을 중심으로」, 『순천향어문논집』 5(순천향어문학연구회, 1998), 125~136면.

17) 심재완, 「한유신과 영언선」, 『모산학보』 3(동아인문학회, 1992), 169~182면; 손태룡, 「영남가객 한유신의 가곡활동」, 『한국음악사학보』 16(한국음악사학회, 1996), 9~46면; 손태룡, 「『해동가요 박씨본(海東歌謠 朴氏本)』의 영언선 해제」, 『한국음악사학보』 21(한국음악사학회, 1998), 299~332면; 조규익, 「영언선의 정체와 가집 편찬사적 의미」, 『시조학논총』 15(한국시조학회, 1999), 45~66면; 김용찬, 「김유기의 작품세계와 18세기 가곡전승의 양상」, 『시조학논총』 17(한국시조학회, 2001), 149~179면; 김용찬, 「한유신의

하지만 연구의 방향은 대부분 해동가요 계열의 오리지널(original)이 무엇인지, 『해박』을 비롯한 가집에서 김수장의 흔적은 얼마나 발견되는지에 집중되어 있었다. 물론 그동안 『해동가요』, 그중에서도 『해박』을 후대의 전사본이라고 보고 그것을 통해 원본의 실체를 복원하고자 하는 의도를 갖고 진행된 연구들의 성과 역시 인정할 만하다. 그러나 현전 『해박』이 김수장에 의해 편찬된 원본이 아니라는 사실이 분명하다면 해당 가집을 김수장의 자장에서 분리한 후 조금은 다른 관점에서 바라볼 필요가 있을 것이다.

이러한 문제의식을 바탕으로 이상원[18]은 한유신과 연관이 있는 사람이 『해박』을 편찬했을 가능성이 높으며, 김수장 서문과 장복소 발문 등이 실려있다는 점에서 『해박』은 김유기의 『영언선』, 김천택의 『해동가곡』, 김수장의 『해동가요』 등 세 가집을 참고하여 편찬되었을 것으로 짐작했다. 또한 김수장의 『해동가요』는 이삭대엽 유명씨부까지만 존재하기에 『해박』의 무명씨 부는 김수장과 관련이 없는 독자성을 드러내는 항목으로 대구 지역, 혹은 한유신 그룹의 문화가 반영되어 있다고 파악했다. 이상원은 『해동풍아』 일석본 역시 김수장과의 관련성보다는 독자적인 개별 가집으로 접근해야 한다는 논의를 펼친 바 있다.[19] 성무경[20] 또한 『해박』의 체제가 다른 해동가요 계열과는 너무나도 다르다는 점을 들며 『해동가요』 자체를 편집의 완결성이 결여된 불완전한 편집본으로 보았

가창활동과 작품세계」, 『한민족어문학』 40(한민족어문학회, 2002), 141~167면; 성영애, 「해동가요 부영언선 번역문」, 『온지논총』 10(온지학회, 2004), 227~254면.

18) 이상원, 「조선후기 가집 연구의 새로운 시각 - 『海東歌謠 朴氏本』을 대상으로」, 『시조학논총』 18(한국시조학회, 2002), 221~246면.(재수록, 『조선시대 시가사의 구도와 시각』(보고사, 2004), 281~305면.)

19) 이상원, 「『海東風雅』의 성격과 無名氏 작품배열 원리」, 『한국문학연구』 3(고려대 민족문화연구원 한국문학연구소, 2002), 125~149면.(재수록, 위의 책, 307~329면.)

20) 성무경, 「18세기 중반 가집 편찬의 동향과 『詩歌』」, 『열상고전연구』 19(열상고전연구회, 2004), 119~147면.

다. 체제가 정연한 『해박』에서 발견되는 김수장의 영향력은 매우 미미한 편이라는 점을 근거로 『해박』과 김수장의 관계를 부정하며 오히려 김천택 이후 이루어졌을 수많은 『청구영언』 개편본 가운데 하나가 『해박』일 가능성을 제시했다.

최근 학계에 제출된 『해박』 관련 연구도 이와 유사한 관점에서 가집을 바라본 논의이다.[21] 『해박』에 수록된 시조 작품의 노랫말을 분석하여 다른 해동가요 계열 가집과 결을 달리하는 노랫말 변개 양상, 혹은 『해박』에서만 나타나는 독자적인 노랫말 변화상을 밝혔으며 이러한 사설 변개의 의미를 연행공간의 현장성과 전승의 지역적 한계가 반영된 것으로 진단한 바 있다.

해동가요 계열 가집에 대한 그간의 연구는 김수장이 편찬한 원본 『해동가요』의 실체가 무엇인지 밝히려 했다는 점, 현전하는 해동가요 계열 가집 자체에 반영된 특징들을 통해 각각에 내재된 연행성과 가집의 개별적 의미를 논하고자 했다는 점에서 그 의의를 찾을 수 있을 것이다.

③ 18세기를 대표하는 또 다른 가집 중 하나는 『병와가곡집』이라 할 수 있다. 1956년 『여중락(與衆樂)』이라는 이름으로 손완섭에 의해 소개된 이 가집은 심재완에 의해 기본적인 서지 사항과 편찬 연대, 편찬자, 체제 등에 대한 검토가 이루어졌다. 『병가』에 대한 초기 연구는 편찬 시기와 편찬자를 밝히려는데 집중되었다. 『병가』의 편찬자를 이형상으로 보는 입장[22]은 이형상의 저서목록에 나타나는 『악학습령』의 정체가 바로 『병

21) 송안나, 「『해동가요』 박씨본에 반영된 가창전승의 특징적 국면」, 『어문논집』 93(민족어문학회, 2021), 5~33면.

22) 권영철, 『병와 이형상 연구』(한국연구원, 1978); 김동준, 「악학습령고」, 『악학습령』(동국대 한국학연구소, 1978); 김학성, 「조선후기 시조집의 편찬과 국문시가의 동향」, 『동양학』 22(단국대 동양학연구소, 1992), 103~117면.

가』라고 본다. 『병가』에 여러 사람의 필적이 등장하는 이유는 이형상의 초고본에 한두 사람이 가필을 했기 때문이며 현존 『병가』가 후대인에 의해 가필·증보되었다 하더라도 17세기의 초고본 내지는 원본의 모습을 내재하고 있다고 논했다.

이와 달리 『병가』의 편찬자를 이형상으로 보지 않는 논자들[23]은 가집에 수록된 작가의 연대가 이형상의 생존 시기와 맞지 않다는 점, 가집에 나타난 '영종조(英宗朝)'라는 기록은 필사 연대가 적어도 영조 이후라는 사실을 뜻한다는 점을 근거로 제시했다. 또한 여러 사람의 필체가 나타나는 이유는 후대인에 의한 가필이 아니라 『병가』의 수록 작품이 워낙 방대하다보니 이를 필사하기 위해 2인 이상의 인물들이 돌아가며 필사를 했기 때문이라고 보았다. 『병가』의 편찬 연대가 18세기 후반이며 이형상의 편찬물로 보기 어렵다는 것이 학계의 중론이지만 최근에는 『귀전록』에 실린 농암의 〈효빈가〉, 〈농암가〉, 〈생일가〉와의 비교를 통해 『병가』에 실린 이 작품들이 18세기 초반의 사설이라는 점, 동일 작가의 작품이 추록된 것을 『병가』 최초 편찬 이후 지속적인 수정과 보완의 과정으로 봐야 한다는 점 등을 논하며 『병가』의 최종 편찬은 18세기 후반이지만 18세기 초반 시기의 편찬 징후 또한 존재한다는 연구가 제출된 바 있다.[24]

이후 『병가』에 대한 관심은 악곡과 가집 자체의 편제와 수록 내용에 대한 검토로 옮겨 갔다. 타 가집에서 보기 힘든 명칭인 '삭대엽'이나 '낙희조'에 주목하여 삭대엽을 '유동적 악곡'이라 규정하거나[25] 삭대엽은 '율

---

23) 심재완·황충기, 「악학습령고」, 『국어국문학』 87(국어국문학회, 1982); 강전섭, 「『병와가곡집』의 형성년대」, 『천봉이능우박사 칠순기념논총』(논총간행위원회 편, 1990); 양희찬, 「시조집의 편찬계열 연구」(고려대학교 박사학위논문, 1993); 김용찬, 「『병와가곡집』의 형성연대에 대한 검토」, 『한국학연구』 7(고려대 한국학연구소, 1995), 495~519면.

24) 육민수, 「18세기 가집 편찬의 두 가지 문제에 대한 탐색 – 『병와가곡집』 편찬 시기와 『청진』의 위상을 중심으로」, 『어문연구』 41(2)(한국어문교육연구회, 2013), 179~205면.

25) 김태웅은 18세기 후반~19세기 초반을 사회문화적 변혁으로 인한 변화의 시기로 보고

당삭대엽'으로, 낙희조는 우락, 계락, 얼락, 편락 등의 '낙' 계열 악곡을 두루 포괄하는 것으로 해석했다.[26] 『병가』의 전 항목을 상세히 살핀 논의도 제출되었는데 그간 연구 대상에서 중점적으로 다뤄지지 않은 '권수(卷首)' 부분을 상세히 검토하여 금보(琴譜)와의 연관성을 밝혔다.[27] 이 연구들은 편찬자에 대한 쟁점에서 벗어나 『병가』를 당대 연행 환경의 실질을 담은 가집으로 접근하여 18세기 후반 가곡 문화의 단면을 조망하고자 했다는 점에서 그 의의를 찾을 수 있을 것이다.

④ 18세기 대부분의 가집들이 가집 편집의 주된 기준으로 악곡별 작품 수록이라는 원칙을 내세운 것과 달리 그렇지 않은 가집도 존재한다. 바로 18세기 중반에 편찬된 『고금가곡』이다. 『고금가곡』은 주제 및 내용별 분류 체계를 갖춘 가집으로서 당대 보편적이지 않은 편제 특성으로 인해 많은 연구자들의 관심을 받았는데 그간의 논의를 살펴보면 크게 네 가지 유형으로 나눌 수 있다.

첫째, 『고금』의 이본에 대한 탐색과 원본을 고구하려는 노력이다. 『고금』은 아사미 린타로(淺見倫太郎)가 소장하고 있었으나 그 원본의 행방은 묘연하고 4종의 전사본—남창본(南滄本), 동양문고 소장 마에마 쿄오사쿠본(前間恭作本), 가람본(嘉藍本), 도남본(陶南本)—이 전승되었으며 그중 마에마 쿄오사쿠가 전사한 동양문고본이 원본에 준하는 것으로 평가받아 왔다.[28] 이 외에도 이본 중 하나인 『고금』 남창본에 대한 실증적 조명[29]과

가집 역시 이러한 영향을 받아 유동적 악곡이 나타난 것으로 보았다. 이에 대해서는 김태웅(「18세기 후반~19세기 초중반 가집의 전개 양상 연구 – 『병와가곡집』, 서울대본 『악부』, 『흥비부』를 중심으로」(성균관대학교 박사학위논문, 2013))을 참조.

26) 이상원, 「『병와가곡집』의 악곡 편제와 가곡사적 위상 – 삭대엽과 낙희조를 중심으로」, 『한국시가문화연구』 33(한국시가문화학회, 2014), 239~263면.

27) 허영진, 「『병와가곡집』의 편찬 양상과 가집사적 특질」(고려대학교 박사학위논문, 2015).

28) 성무경, 「주제별 분류 가곡 가집, 『古今歌曲』의 문화도상 탐색」, 『한국시가연구』 19(한

마에마 쿄오사쿠본을 통한 『고금』의 가사부와 가곡부에 대한 통합적 고찰[30] 등이 이루어진 바 있다. 그러던 중 일본 궁내청 서릉부에 소장된 『가사유취(歌詞類聚)』라는 제목의 필사본 가집이 아사미 린타로가 소장했던 『고금』의 원본이며 이 가집이 현재 국립중앙도서관 고문헌실에 마이크로필름 복본으로 소장되어 있음이 확인되었다.[31]

둘째, 『고금』의 가곡 항목을 검토한 경우이다.[32] 단가이십목(短歌二十目)의 주제적 층위와 수록 작품의 특징 및 시조사적 의의를 밝히거나 『고금』에 수록된 만횡청류의 특징 및 노랫말 변이 양상을 살핀 연구들이 여기에 해당한다. 주제에 따라 시조 작품을 배분한 편찬자의 의도, 김천택 편 『청구영언』과의 비교를 통해 달라진 노랫말의 양상을 검토하는 등의 의미있는 논의들이라 할 수 있다.

셋째, 편찬자에 주목하여 가집을 고찰한 연구이다.[33] 사적(私的) 가집으로서 『고금』이 지닌 독자성, 편자의 성향과 지역성 등을 다룬 논의가 이어졌다. 『고금』이 지극히 개인적인 목적에서 편찬되었다고 보거나, 편찬자의 보수적 성향 및 강원도 고성, 간성 지역과의 관련성에 대해 고찰하며 가집의 편찬 목적과 배경을 밝혀내려 했다.

국시가학회, 2005), 255~298면.

29) 허영진, 「남창본 『고금가곡』의 실증적 재조명」, 『국제어문』 31(국제어문학회, 2004), 115~138면.

30) 윤덕진, 「『古今歌曲』의 장가 체계」, 『고전문학연구』 28(한국고전문학회, 2005), 186~212면; 성무경, 앞의 논문(2005).

31) 권순회, 「『古今歌曲』의 원본 발굴과 轉寫 경로」, 『우리어문연구』 34(우리어문학회, 2009), 129~159면.

32) 남정희, 「『고금가곡』 내 「단가이십목」에 대한 고찰」, 『한국고전연구』 23(한국고전연구학회, 2011), 163~194면; 강재헌, 「『고금가곡』의 〈만횡청류〉 고찰」, 『어문연구』 68(어문연구학회, 2011), 181~204면.

33) 강재헌, 「고금가곡의 편찬 목적과 독자성」, 『어문연구』 69(어문연구학회, 2011), 89~113면; 이상원, 「『고금가곡』의 체제와 성격」, 『한민족어문학』 59(한민족어문학회, 2011), 681~711면; 최지혜, 「『고금가곡』에 나타난 무반의 가집 편찬 의식과 가곡 향유」, 『이화어문논집』 40(이화어문학회, 2016), 185~202면.

넷째, 『고금』의 편제, 즉 내용별 분류라는 가집 편찬 방식의 전통과 그 기준에 대해 탐색한 논의이다.[34] 유사한 내용을 문학적으로 분류하여 하나로 묶어 수록했다기보다는 작품 배분 기준에 '음악'이 작용했다고 본 연구로, 『고금』의 작품 배분 의식 기저에 '내용별 편가' 구성이 자리 잡고 있으며 이는 당대 가창 현장에서 향유된 하나의 개별적 편가로 보았다. 또한 홍만종의 「청구영언서」와 「이원신보서」를 통해 17세기 말까지 존재했던 가집 편찬 전통의 한 양상을 『고금』이 계승했을 가능성에 대해 논했다.

내용별 분류라는 가집 편찬 방식에 대한 검토는 『고금』과 유사한 『근화악부』에서 이미 이루어졌다.[35] 『고금』과 『근악』 두 가집을 비교하여 『근악』의 내용별 분류 작품을 중대엽의 대가로 부르기 위한 삭대엽 작품의 모음이라고 보거나, 『근악』의 간기와 장서인을 확인해 그 편찬 연도를 1779년 즈음으로 추정하기도 했다.

[5] 이외에 『청구영언』, 『해동가요』, 『병와가곡집』과 같은 주요 가집이 아닌 개별 가집들을 분석하려는 논의들도 이어졌다. 『가조별람』, 박씨본 『시가』, 가람본 『청구영언』 등과 같은 18세기 중·후반 가집들의 특징에 대해서도 여러 연구자들에 의해 다뤄졌다.[36] 『청구영언』과 같은 주요 가

---

34) 송안나, 「조선후기 가집 편찬의 전통과 『고금가곡』」, 『국제어문』 89(국제어문학회, 2021), 107~137면.

35) 김은혜, 「『근화악부』의 체재와 특성」, 한국시가학회 제75차 정기학술발표회 논문집(한국시가학회, 2015); 유정란, 「『근화악부(槿花樂府)』의 성격과 작품 수록의 특징」, 『국제어문』 82(국제어문학회, 2019), 187~218면.

36) 이상원, 「18세기 歌集 편찬과 『靑丘永言 精文硏本』의 위상」, 『한국시가연구』 14(한국시가학회, 2003), 135~163면; 성무경, 「18세기 중반 가집 편찬의 동향과 『詩歌』」, 『열상고전연구』 19(열상고전연구회, 2004), 119~147면; 김윤희, 「18세기 중·후반 가집 특성의 일국면 - 『永言類抄』, 『解我愁』를 대상으로」, 『한국시가연구』 25(한국시가학회, 2008), 105~134면; 이상원, 「『가조별람』의 문헌적 특성과 『시가』와의 관계」, 『한민족어문학』 54(한민족어문학회, 2009), 5~38면; 이상원, 「『청구영언』(가람본)의 성격과 계보학적 위

집만으로는 설명할 수 없는 18세기 가곡사의 많은 부분들이 이 가집들로 인해 세밀하게 연구될 수 있었다. 이를 통해 김천택의 『청구영언』 이후 편찬된 가집들의 계보와 각각의 가집이 지닌 독자성이 밝혀져 18세기 가집사가 한층 더 풍부해졌다고 할 수 있다.

⑥ 마지막으로, 이 시기 가집들을 종합적으로 검토하여 당대의 가집사, 시조문학사를 그려내고자 하는 논의들을 정리해 본다.[37] 양희찬은 시조집들의 편찬 계열과 편찬 시기를 추론하기 위해 『청김』, 해동가요 계열은 물론 『시박』, 『청가』, 『병가』, 『청연』, 『동가선』, 육당본 『청구영언』, 『고금』, 가람본 『청구영언』에 이르는 방대한 가집들을 분석했다. 서발문과 가집 말미에 수록된 작가, 곡조 배열 등을 검토해 각 가집의 편찬 시기를 추정했으며, 서발문, 음악적 기록, 작품의 배열과 변이상 등을 비교하여 가집의 계열을 분류했다. 김용찬은 18세기에 편찬된 주요 가집들을 중심으로 가집 자체의 성격을 분석하고 그 속에 내재된 의미를 찾아내 당대 예술사와의 관련 양상을 살펴보았다. 『청김』, 『해박』, 『해일』, 『해주』, 『병가』는 물론 이한진 편 『청구영언』을 두루 살펴 18세기 여항 가창인의 등장과 그들의 주도로 활발해진 연행환경이 가집에 내재되어 있음을 논했다. 최근에는 김천택 편 『청구영언』과 해동가요 계열 가집을 비롯하여, 『가조별람』, 박씨본 『시가』, 장서각본 『청구영언』, 가람본 『청구영언』(청가) 등을 통해 18세기 가집의 공통 편찬 담론에 따른

상」, 『고전과 해석』 9(고전문학한문학연구학회, 2010), 159~194면; 이상원, 「『해아수(解我愁)』의 정체와 가치」, 『국제어문』 57(국제어문학회, 2013), 169~196면; 송안나, 「18세기 후반 가집의 편찬 체제와 편가 구성의 방향 – 『청구영언』(가람본) 수록 낙 계열 악곡의 변화 양상을 중심으로」, 『국제어문』 73(국제어문학회, 2017), 359~388면.

37) 양희찬, 「시조집의 편찬 계열 연구」(고려대학교 박사학위논문, 1993); 김용찬, 「18세기 가집편찬과 시조문학의 전개양상」(고려대학교 박사학위논문, 1997); 송안나, 「18세기 중·후반 가집의 특징과 변모 양상 연구」(성균관대학교 박사학위논문, 2018).

가집의 편집 체제 변화 및 그 동인, 소가곡의 전개 양상 등에 대해 조망한 논의가 제출되어 18세기 가곡 문화와 가집 편찬의 흐름을 통합적으로 고찰한 바 있다. 특히 18세기 가집에서 발견되는 낙 계열 악곡의 전개 양상을 살펴 시기별 유형을 나누고 소가곡 악곡의 구성 변화를 통해 편가의 자율성을 추구한 시대적 특징을 읽어낸 점이 흥미롭다 하겠다.

현전하는 가집 중에서 18세기에 편찬된 가집은 20여 종에 불과하다. 18세기 가집 연구가 『청구영언』, 『해동가요』 등과 같은 주요 가집을 중심으로 이루어질 수밖에 없었던 이유가 여기에 있다. 이런 어려움 속에서도 여러 연구자들에 의해 18세기 가집사·가곡 문화사의 편폭을 넓히려는 시도가 진행 중이다. 다행히 최근 이를 확인할 수 있는 신자료 가집들이 조금씩 발굴되어 이 시기 가곡 문화의 다양한 일면들을 확인할 수 있게 되었다.[38] 신자료와 기존 자료들을 통합적으로 검토한다면 18세기 가곡 전개 양상을 좀 더 섬세하게 논의할 수 있을 것으로 보인다.

---

38) 최현재, 「새 자료 『청구영언』의 특징과 의의」, 『한국언어문학』 80(한국언어문학회, 2012), 105~128면; 강혜정, 「新資料, 尊經閣 所藏 30張本 『青丘咏言』의 編纂年代와 編纂者 考察」, 『한민족문화연구』 57(한민족문화학회, 2017), 125~151면; 강혜정, 「新資料, 尊經閣 所藏 44張本 『詩調』의 特性 및 編纂 時期 考察」, 『한국시가연구』 42(한국시가학회, 2017), 175~205면; 강혜정, 「『青丘永言』 박순호본, 국립한글박물관 소장 김천택 편 『청구영언』의 선행본일 가능성에 대하여」, 『열상고전연구』 60(열상고전연구회, 2017), 223~265면; 권순회, 「『영언』(이근배본)의 문헌 특성과 계보」, 『한국시가연구』 51(한국시가학회, 2020), 93~120면; 신경숙, 「『永言』(이근배본)의 三數大葉, 聳歌, 蔓横의 성격」, 『한국시가연구』 51(한국시가학회, 2020), 165~195면; 이상원, 「무명씨를 통해 본 『영언』(이근배본)의 가집사적 위상」, 『한국시가연구』 51(한국시가학회, 2020), 121~163면; 김명준, 「새로 발견된 가집 『신정가보(新正歌譜)』의 성격과 의의」, 『인문학연구』 50(조선대 인문학연구원, 2020)), 221~263면.

2) 19세기 가집 연구의 쟁점

18세기와 비교했을 때 19세기에는 훨씬 많은 가집이 전해져 조선 후기 가곡 문화 해석의 세밀한 틀을 마련할 수 있었다. 지면상 한계로 인해 이 글에서 각각의 개별 가집에 대한 연구 성과를 모두 다루기는 어려울 것으로 생각되며, 19세기 초반 대표적 가집이라 할 수 있는 육당본 『청구영언』과 규장각본 『영언』, 19세기 중반 방각본 시조창 가집인 『남훈태평가』, 그리고 19세기 후반 가곡 문화의 정점을 보여 주는 가곡원류 계열 가집에 대한 연구들을 중심으로 소개하고자 한다. 더불어 19세기 중·후반 지방을 거점으로 향유되었던 나손본 『악부』와 『교방가요』 등에 대해서도 간략하게나마 언급해 보려 한다.

1 육당본 『청구영언』은 최남선이 소장했으나 한국 전쟁으로 소실되어 현재 그 원본은 전하지 않으며 이를 저본으로 발간된 활자본이 존재한다. 『청육』은 총 999수의 시조가 실린 대형 가집으로 우조와 계면조가 나뉘어 있어 19세기 가곡 문화의 특징을 보여 주는 가집으로 본다. 『청육』의 신출작에 대한 분석을 통해 본 가집의 편자는 익종(翼宗)의 진연(進宴)에 참여했던 서울의 전문 가객들이고, 『청육』은 사대부 좌상객의 취향을 반영하여 만든 가집임이 밝혀졌다.[39] 『청육』의 후반부는 '우조 이삭대엽'부터 다시 악곡이 반복되며 109수의 시조 작품이 실려있는데 해당 시조 작품들의 주제가 남녀애정 비율이 63%에 가깝다는 점, 전반부와 창곡이 중복된다는 점 등을 논거로 여성 창자에 의해 가창된 여창 가곡부라는 사실이 드러났다.[40]

---

39) 신경숙, 『19세기 가집의 전개』(계명문화사, 1994); 김용찬, 「〈청구영언 육당본〉의 성격과 시가사적 위상」, 『19세기 시가문학의 탐구』(집문당, 1995)(재수록, 『조선후기 시가문학의 지형도』(보고사, 2002), 212~267면).

40) 신경숙, 위의 책(1994); 신경숙, 「조선후기 여창가곡의 연구」(고려대학교 박사학위논문,

『청육』의 이삭대엽 편제는 작가명을 명시하는 『청김』의 체제를 이어받았다. 이런 점에서 가집 편찬 방식의 18세기적 속성과 19세기적 면모를 모두 가지고 있으며 18세기와 19세기 후반의 가집을 이어주는 교량적 위치에 놓인 가집으로 본다.[41] 한편 『청육』에서 발견되는 18세기 가집 편찬 방식의 속성을 검토해 보면, 18세기 방식인 유명씨/무명씨의 구도를 그대로 우/계면으로 치환해 기록한 것이어서 이삭대엽의 우계면 배분에서 당대 연창의 실질을 반영하지 못한 것으로 보기도 한다.[42]

『청육』에 대한 연구는 이후에도 이어져 작품의 노랫말 비교 분석을 통해 실험적 변주가 다양하게 시도된 가집임이 밝혀졌으며,[43] 소창본 『청구영언』, 연희전문본 『청구영언』과의 비교를 통해 각 이본의 특징 및 소실되기 전 존재했던 『청육』의 원형을 추정하려는 연구들이 시도되기도 했다.[44] 최근에는 『청육』의 여창 가곡부에 대한 재검토를 통해 가집의 전반부가 남창만으로 구성되지 않았으며 18세기 가집 편찬 방식의 관습대로 남창과 여창이 혼합되어 있다고 밝힌 논의도 제출된 바 있다.[45]

우조와 계면조의 분화 내지는 여창 가곡의 수록이라는 19세기적 특징은 『동국가사』, 『객악보』, 『시가곡 권순회본』, 『가보』, 규장각본 『영언』 등의 19세기 전반기 가집에서도 발견된다.[46] 이들 중 가장 편제가 정연한

1994).

41) 성무경, 「가곡 가집, 『永言』의 문화적 도상」, 『고전문학연구』 23(한국고전문학회, 2002), 65~91면.

42) 성무경, 「19세기 초반, 가곡 향유의 한 단면 – 『永言』과 『靑六』의 '이삭대엽 우·계면 배분방식'을 대상으로」, 『시조학논총』 19(한국시조학회, 2003), 235~260면.

43) 김석회, 「19세기 초중반 가집의 노랫말 변용 양상(2) – 『청구영언 육당본』의 경우」, 『고전문학연구』 24(한국고전문학회, 2003), 97~120면.

44) 임재욱, 「小倉本 『靑邱永言』에 대하여 – 六堂本 『靑丘永言』과의 차이점 대비를 중심으로」, 『한국시가연구』 34(한국시가학회, 2013), 317~343면; 박재민, 「六堂本 『청구영언』의 세 異本 비교 연구」, 『한국시가연구』 36(한국시가학회, 2014), 135~174면.

45) 송안나, 「19세기 여창 가곡과 가집 편찬 방식에 대한 새로운 이해 – 『청구영언』 육당본을 대상으로」, 『고전과 해석』 38(고전문학한문학연구학회, 2022), 221~253면.

가집은 『영언』이라 할 수 있다. 『영언』은 최소 수록 빈도와 노랫말의 유사성을 확인해 보면 『청육』과 친연성이 높은 것으로 드러난다. 하지만 『영언』이 『청육』과 다른 점은 이삭대엽에서 작가명 표기를 하지 않았다는 사실이다. 『청육』에 18세기와 19세기 가집 편찬 방식이 모두 내재되어 있다면 『영언』은 19세기 전반기 가곡 연창의 현장성이 여실하게 반영된 가집으로 해석되었다.[47]

2 『남훈태평가』는 1863년, 가집 편찬의 중심이 가곡창에 있던 시기에 방각본으로 출판된 시조창 가집이다. 특히 이 가집은 '방각본' 출판물로서의 성격과 연결시켜 주목받았으며 최초의 대중적 시조창 가집이라는 점에서 그 가치를 인정받았다. 『남태』는 조윤제[48]에 의해 개략적인 해제가 작성되었고 이후 서지 사항, 편찬 목적, 편찬 연도 및 방각소 '석동(石洞)'에 대한 고찰이 이루어졌다.[49]

이후 연구자들의 관심을 받지 못하다가 『남태』에 수록된 시조 작품들에 대한 분석을 통해 19세기 시조의 특징을 밝히려는 시도들이 이어졌다.[50] 최규수는 『남태』에 '통속적 민요 세계'를 지향하는 문학적 취향이

46) 이 가집들에 대해서는 다음의 연구를 참고할 수 있다. 이상원, 「『객악보』의 성격과 가곡사적 위상」, 『고전과 해석』 3(고전문학한문학연구학회, 2007), 135~159면; 권순회, 「19세기 전반 가곡 가집 『詩歌曲』의 특성과 계보」, 『한국시가연구』 29(한국시가학회, 2010), 157~179면; 김태웅, 「18세기 후반~19세기 초 가집(歌集) 편찬과 『동국가사』의 가치」, 『한국시가연구』 37(한국시가학회, 2014), 305~327면.

47) 성무경, 앞의 논문(2002).

48) 조윤제, 「고도서해제 雜組. 6, 남훈태평가」, 『조선어문』 7(조선어문학회, 1933), 48~49면.

49) 심재완, 『시조의 문헌적 연구』(세종문화사, 1972), 62~63면; 이능우, 「보급용 가집들에 대하여」, 『한국시가문학연구』(신구문화사, 1982), 174~175면.

50) 최규수, 「남훈틱평가를 통해본 19세기 시조의 변모양상」(이화여자대학교 석사학위논문, 1989).(재수록, 『19세기 시조 대중화론』(보고사, 2005)); 고미숙, 「19세기 시조의 전개양상과 그 작품세계 연구」(고려대학교 박사학위논문, 1994). (재수록, 『19세기 시조의 예술사적 의미』(태학사, 1998)); 박이정, 「대중성의 측면에서 본 〈남훈태평가〉시조의 내적 문

반영되어 있는데 이는 조선 후기 상업적 문화 풍토 조성으로 수용층의 확대가 일어남과 동시에 본 가집이 서민층을 대상으로 한 영업적 출판도서이기 때문이라고 보았으며, 19세기 전반에 시조 장르의 대중화가 진행되었다는 사실을 『남태』를 통해 알 수 있다고 논했다. 고미숙은 19세기 시조사를 전문적인 고급 예술과 대중적인 통속 예술로 나누어 파악하고 이에 해당하는 시조를 크게 『가곡원류』 계열과 『남훈태평가』 계열로 나누었다. 『남태』 계열 가집은 시조창에 대한 간단한 안목을 갖춘 아마추어 애호가들을 겨냥한 것으로 통속적인 정조를 만들어낸다는 점에서 가곡원류 계열과 질적으로 구분된다고 보았다. 박이정은 『남태』에 수록된 시조 작품의 수준을 질적 하락으로 볼 것이 아니라 대중성의 주요 요소인 유형성과 참신성으로 인한 것으로 보았다. 『남태』는 진정한 대중성을 획득하기 위해 치밀하게 계산된 산물이며, 현실의 복합적인 삶의 모습을 오히려 단순하게 제시하여 고급문학에서 소외되었던 이들을 포용하고자 한 가집이라고 해석했다.

『남태』의 대중성이라는 측면에서 접근한 논의들은 개별 가집으로서 『남태』의 성격을 규명하고 19세기 시조의 대중성을 대표하는 가집이라는 의의를 부여하는 성과를 거두었다고 할 수 있다. 이외에도 『남태』로 대표되는 시조창 가집과 가곡창 가집의 상호 소통 양상을 탐색하는 등 『남태』 수록 작품에 대한 연구가 지속되었다.[51]

『남태』 연구의 또 다른 쟁점은 가집 인간(印刊)과 관련된 사안들이다.[52] 『남태』는 1권 1책본(단권)과 2권 2책본(상하 분권)으로 인간되었는데

법 연구」(서울대학교 석사학위논문, 2000).

51) 송안나, 「19세기 중·후반 시조창 가집과 가곡창 가집의 상호소통 양상 연구 – 『남훈태평가』와 그 이후 시조창 가집을 대상으로」(성균관대학교 석사학위논문, 2008).

52) 성무경, 「普及用 歌集 『남훈태평가』의 印刊과 시조 향유에의 影響(1)」, 『한국시가연구』 18(한국시가학회, 2005), 347~386면; 전재진, 「『남훈태평가』의 인간과 개화기 한남서림 서적발행의 의의」, 『인문과학』 39(성균관대 인문과학연구소, 2007), 3~29면; 이유진,

이 중 단권본은 1909년 출판법 시행 이전에 한 차례 간행되었고, 1913년에 최남선이 신문관에서 육전소설 시리즈의 하나로 인간했으며 1920년 한남서림에서 다시 한번 만들어졌음이 밝혀졌다. 이후 이렇게 다양하게 간행된 『남태』의 현 소장 상황과 상하권 분권이 시장에서 소멸된 이유, 한남서림의 주인 백두용의 행적과 서적 발행의 의의 등이 논의되기도 했다. 『남태』 연구에서 해결되지 못한 것은 초판본의 실체인데 연구자들마다 의견이 갈려 고려대학교 중앙도서관본(육당문고)을 초판본으로 보는 시각[53], 현전 자료를 모두 새 판목으로 인쇄한 재판본으로 보는 시각[54], 그리고 상하 분권본이 초판본을 저본으로 사용하여 초판본에 가장 근접한 것으로 보는 시각[55] 등이 존재한다.

한편 『남태』가 방각본이라는 사실은 결국 그 유통의 파급력이 컸음을 의미한다는 점에 주목해 『남태』의 유통이 파생한 결과물인 필사본 『남태』 여태명 소장본과 국립민속박물관 소장본을 고찰하는 논의[56]도 제출된 바 있다. 방각본 가집이 존재함에도 필사본 가집이 발생한 배경으로 당대 시조창의 빠른 변화를 방각본이 반영하는 데 한계가 있다는 점, 이로 인해 방각본 가집이 시조창 향유자들의 욕구를 충족시킬 수 없었다는 점 등을 꼽았다. 이와 같이 『남태』의 방각본 간행 현황에 대한 세밀한 검토와 필사본 편찬에 대한 연구는 19세기 중·후반 시조창의 저변 확대와 가창의 실상을 논한 점에서 그 의의를 찾을 수 있을 것이다.

「방각본 한글가집 『남훈태평가』의 서지 연구」, 『한국문화』 43(서울대 규장각한국학연구원, 2008), 301~323면; 김유경, 「방각본 남훈태평가의 간행 양상과 의의」, 『열상고전연구』 31(열상고전연구회, 2010), 169~212면.

53) 성무경, 앞의 논문(2005).

54) 전재진, 앞의 논문(2007).

55) 이유진, 앞의 논문(2008).

56) 이상원, 「『남훈태평가』의 필사본 유통 양상」, 『한국시가연구』 27(한국시가학회, 2009), 185~220면.

[3] 19세기 말 가곡 문화의 중심에는 박효관과 안민영에 의해 편찬된 『가곡원류』가 있다. 『가곡원류』는 20종이 넘는 다수의 이본이 존재하는 가집으로, 그간 학계에서는 이 이본들 가운데 원본 혹은 선본(先本)을 찾으려는 시도가 이루어졌고, 또한 각각의 이본에 대한 특징들을 검토하거나 가곡원류 계열 가집들을 종합적 살펴보려는 통합적 연구도 이루어졌다.

국문학 초기 연구 과정에서는 가곡원류 계 가집들의 기본적인 정보와 서지 사항이 정리되었으며 원전을 모색하는 작업들이 이루어졌는데 학자에 따라서는 국립국악원본이나 『해동악장』 등을 대표 이본, 선본으로 평가하기도 했다.[57] 이후 심재완[58]은 국립국악원본 『가곡원류』를 원본이거나 그에 가장 가까운 본으로 보았으며 김근수, 장사훈, 황순구 등도 견해를 같이 했다.[59]

2000년대 이후 『가곡원류』의 이본에 대한 심도있는 논의는 신경숙과 강경호에 의해 이루어졌다. 특히 신경숙은 19세기 가곡 문화와 『가곡원류』에 대한 일련의 연구들을 발표함으로써 이 시기 가곡 문화사 연구의 기틀을 마련했다고 말할 수 있다.[60]

---

57) 조윤제, 「歌曲源流」, 『조선어문』 5(조선어학회, 1932); 안확, 「李朝時代의 문학」, 『조선』 189(朝鮮總督府, 1933). 崔元植·丁海廉 편역, 『安自山 國學論選集』(현대실학사, 1996), 213면에서 재인용; 多田正知, 「青丘永言と歌曲源流」, 『朝鮮論集』(小田先生頌壽記念會編, 1934); 조윤제, 「역대 가집 편찬의식에 대하여」, 『진단학보』 3(진단학회, 1935); 이병기, 「序文」, 『증보 가곡원류』(함화진 편)(鐘路印文社, 1943).

58) 심재완, 「가곡원류계 가집 연구」, 『영남대학교 논문집』 1(영남대학교, 1967); 심재완, 『시조의 문헌적 연구』(세종문화사, 1972), 50~51면.

59) 김근수, 「'歌曲源流'考」, 『명대논문집』 1(명지대학교, 1968); 장사훈, 「가곡원류」, 『한국음악학자료논총』 5(국립국악원, 1981); 황순구, 「해제 가곡원류」, 『시조자료총서 3, 가곡원류』(한국시조학회, 1987).

60) 신경숙, 「19세기 가곡사 어떻게 볼 것인가」, 『한국문학연구』 창간호(고려대 민족문학연구소, 2000), 177~202면; 「안민영과 예인들 – 기악연주자들을 중심으로」, 『어문논집』 41(민족어문학회, 2000), 267~299면; 「안민영 예인집단의 좌상객 연구」, 『한국시가연구』 10(한국시가학회, 2001), 229~256면; 「18·19세기 가집, 그 중앙의 산물」, 『한국시가

이후 신경숙은 『가곡원류』의 최종 완성본을 『원국』으로 확정한 후 이것이 박효관의 원고본(原稿本)일 가능성을 논했다.[61] 우선 『원국』이 『가곡원류』의 완성본인 이유로는 박효관의 발문 수록과 발문의 내용을 그대로 반영한 편집 방식을 들었다. 박효관이 발문에서 언급한 편집 방식에서 가장 중요한 부분은 노래 가사에 고저·장단 점수를 표하는 악보로 이는 연음표를 의미하는데 이 연음표가 있는 가곡원류 계 가집–『원국』, 『원규』, 하순일 편집본 『가곡원류』– 가운데 모든 조건에 부합하는 가집을 『원국』으로 본 것이다. 이와 더불어 하순일 편집본 『가곡원류』의 발문에 기록된 간기(壬申, 1872)와 함화진 편 『증보가곡원류』 서문의 기록을 근거로 『원국』이 하순일이 소장하고 있던 박효관의 원고본이라는 결론을 내렸다. 또한 『가곡원류』는 『지음』을 저본으로 만들어졌으며, 『지음』이 『현학금보』, 경대본 『시조집』과 유사하다는 점을 근거로 본 가집[『지음』]은 『가곡원류』보다 먼저 19세기 중반 서울 지역에서 형성된 가집이라고 진단한 바 있다.[62] 이후 논자의 관심은 『가곡원류』 초기본 탐색으로 이어져 육당본 『가곡원류』와 프랑스본 『가곡원류』가 지닌 『지음』과의 친연성을 근거로 이들 역시 『원국』보다 이전에 만들어진 가집으로 해석했다.[63]

강경호[64]는 그간의 『가곡원류』에 대한 논의가 거시적 시각에서 전체

연구』 11(한국시가학회, 2001), 29~46면; 「『가곡원류』의 소위 '관습구'들, 어떻게 볼 것인가? – 평시조를 중심으로」, 『한민족어문학』 41(한민족어문학회, 2002), 101~126면; 「『가곡원류』의 재조명」, 『가객 박효관을 통해본 조선시대 정가세계』(국립국악원 국악학 학술회의 발표요지집, 2002); 「조선후기 연향의식에서의 가자」, 『국제어문』 29(국제어문학회, 2004), 299~324면 외.

61) 신경숙, 「『가곡원류』 편찬 연대 재고」, 『한민족어문학』 54(한민족어문학회, 2009), 71~100면.

62) 신경숙, 「19세기 서울 우대의 가곡집 『가곡원류』」, 『고전문학연구』 35(한국고전문학회, 2009), 1~32면; 「가집 지음 (乾)」의 시대와 지역」, 『시조학논총』 32(한국시조학회, 2010), 217~242면.

63) 신경숙, 「『가곡원류』 초기본 형성과정과 의미 – 〈육당본〉, 〈프랑스본〉을 중심으로」, 『한민족문화연구』 36(한민족문화학회, 2011), 38~71면.

적 특성을 조망하는 데 목적을 두다 보니 개별 가집들의 미시적 실체들에 대해서는 정확히 파악하지 못했다고 진단했다. 논자는 가곡원류 계열 가집들의 편찬 특성과 전개 양상을 살펴 '해동악장 계열', '국립국악원본 계열', '화원악보 계열', '동양문고본 계열'의 네 가지 유형으로 나누고 가곡원류 계 가집의 전개 과정은 '수정과 증보, 재편의 역사'이며 각 이본들은 소용 목적과 편찬 및 향유 기반의 변화에 따라 조금씩 형태를 달리하며 편찬된 것으로 이해했다. 특히 당시 편찬된 '가곡원류'라는 가집은 그 실체가 하나가 아니었을 가능성을 언급했고 따라서 각각의 가집들이 지닌 세세한 문화상을 읽어 내는 데 중점을 두어야 한다고 했다. 이를 토대로 해동악장 계열은 '왕실 소용적 성격의 가집', 국립국악원본 계열은 '후대 완본적 성격의 가집', 화원악보 계열은 '전기 지향적 성격의 가집', 동양문고본 계열은 '변형 생성적 성격의 가집'들로 정리했다. 이후 논자의 연구는 가곡원류 계열 가집 편찬 이후의 가곡 문화로 확장되어, 20세기 초 가곡원류 계열 가집 및 가곡창 가집들의 전승 양상과 20세기 초 가곡 문화의 탐색으로 이어졌다.[65]

가곡원류 계열 가집에 대한 연구들은 이본에 대한 세밀한 검토를 통해 가집 간 상관관계는 물론 가집의 편제, 당대 가집 전승의 맥락, 이본 가집의 편찬 목적 등을 섬세하게 읽어 내려 했다는 점에 연구의 의의를 둘 수 있다. 『가곡원류』만큼 방대한 이본을 생성해 낸 가집도 드물 것이다. 최근에는 『가곡원류』의 추가 이본이 발견되어 이본 간 계보학적 맥락이 좀 더 선명하게 밝혀졌다. 박효관이 생애 마지막으로 편집하여 직접 하순

---

64) 강경호, 「가곡원류계 가집의 편찬 특성과 전개 양상 연구」(성균관대학교 박사학위논문, 2011). (재수록, 『조선 후기 가곡원류 계열 가집의 전개』(보고사, 2021))

65) 강경호, 「20세기 초 가곡 문화의 변모와 가집 편찬의 양상」, 『한국시가연구』 33(한국시가학회, 2012), 225~263면; 「가집 『협률대성』의 편찬 특성과 전승·향유의 문화적 의미」, 『시조학논총』 40(한국시조학회, 2014), 31~57면; 「20세기 초 재편된 『가곡원류』(가람본)의 성격과 시가사적 의미」, 『한민족어문학』 68(한민족어문학회, 2014), 451~478면 외.

일에게 건네준 가집인 한창기본 『가곡원류』와 연대본 『가곡원류』를 저본으로 삼아 재필사한 고태진 필사본 『가곡원류』이다.[66] 이들 신발굴 가집을 포함하여 19세기 후반 가곡 문화의 중심에 있었던 『가곡원류』의 영향력과 문화상에 대한 논의가 앞으로도 계속되어야 할 것이다.

④ 가곡사에서 18세기와 구별되는 19세기의 특징 중 하나는 여창 가곡이다. 19세기 초반 가집인 『청육』이나 『영언』, 『흥비부』 등의 후반부에 독립적으로 존재하는 별도의 악곡 편제를 여창 가곡이라 이른다. 여창 가곡에 대한 연구는 신경숙[67]에 의해 본격적으로 진행되었다. 신경숙은 『청육』, 『흥비부』, 『가곡원류』에서부터 『시가요곡』, 『대동풍아』, 『무쌍신구잡가』, 『가곡보감』에 이르기까지 19세기 초반~20세기 초까지 여창을 확인할 수 있는 가집들을 검토했다. 이 시기 여창은 초기에는 여창이라는 표시 없이 남창에 부속되어 있는 듯한 체제로 수록되다가 19세기 후반으로 갈수록 별도 항목이 표기되거나, 혹은 단독으로 독립하여 여창만의 가집이 유포되기에 이른다. 여창의 주제들 가운데 남녀 애정과 송축가의 노래가 많은데 이는 여창의 성격이 풍류 공간 내에서 사랑 노래와 더불어 좌상객을 위한 송축을 주요 기능으로 담당했기 때문이라고 진단했다.

이후 신발굴 자료인 양승민본 『여창가요록』이 학계에 소개되어 『가곡원류』 초창기 형성 과정을 보여 주는 자료로 밝혀졌고[68], 양승민본 『여창가요록』, 동양문고본 『여창가요록』, 『원국』의 여창 사설을 비교 분석하

---

66) 권순회, 「박효관이 하순일에게 준 생애 마지막 가집, 한창기본 『가곡원류』」, 『열상고전연구』 41(열상고전연구회, 2014), 161~190면; 국립한글박물관 소장 『歌曲源流』(고태진 필사본)의 특성과 계보」, 『고전문학연구』 50(한국고전문학회, 2016), 73~97면.

67) 신경숙, 「조선후기 여창가곡의 연구」(고려대학교 박사학위논문, 1994).

68) 양승민, 「『여창가요록』 양승민본의 문헌적 특징과 자료적 가치」, 『한국시가연구』 33(한국시가학회, 2012), 165~189면.

여 단독 여창 가집의 형성 과정이 논의되기도 했다.[69] 근래에는 남창과 여창을 구분하지 않고 하나로 모아 가집에 수록하는 방식이 19세기 초반에도 유효했음을 지적하며 『청육』의 전반부는 남창과 여창의 집합으로, 19세기 가곡사의 중요 키워드인 '여창의 분화'는 '여창 편가의 생성'으로 이해해야 한다는 시각이 제기되었다.[70]

5 서울이 아닌 지방에서 향유된 가집은 많지 않다. 가곡창 가집으로는 나손본 『악부』, 『교방가요』 정도가 전한다. 그렇기에 이 두 가집은 19세기 서울이 아닌 지방에서의 가곡 연행상을 가늠할 수 있게 해주는 소중한 자료라 할 수 있다. 『악나』는 19세기 전반 가집인 『흥비부』의 이본으로 통영 지방의 관변 풍류 현장에서 소용된 것으로 추정되는데 건편에는 당대 가곡 연행의 보편적 실질상을, 곤편에는 통영 지역의 가곡 연행상을 담고 있는 것으로 밝혀졌으며, 최근에는 『악나』의 각조음 항목을 둘러싼 다양한 논의들도 진행된 바 있다.[71]

1872년 진주 목사 정현석에 의해 편찬된 『교방가요』는 19세기 후반 진주 교방에서 기녀들에 의해 연행되었던 공연물의 실상을 알려 주는 자료이다. 가곡과 가사, 정재, 판소리, 잡희 등 악가무에 대한 기록과 설명이 도상(圖像)과 함께 실려있어 그간 학계의 많은 관심을 받았다. 『교

---

69) 권순회, 「단독 여창 가집의 형성 과정」, 『우리어문연구』 47(우리어문학회, 2013), 7~27면.

70) 송안나, 「19세기 여창 가곡과 가집 편찬 방식에 대한 새로운 이해 – 『청구영언』 육당본을 대상으로」, 『고전과 해석』 38(고전문학한문학연구학회, 2022), 221~253면.

71) 전재진, 「가집 『興比賦』의 전사본과 19C 후반~20C 초반 가곡의 변화양상」, 『한국학』 30(2)(한국학중앙연구원, 2007), 145~177면; 전재진, 「『樂府』와 統制營의 風流 – 『興比賦』 1의 관계를 중심으로」, 『한국학논집』 42(한양대 한국학연구소, 2007), 149~187면; 권순회, 「『樂府』(羅孫本)의 계보학적 위상」, 『한국시가문화연구』 27(한국시가문화학회, 2011), 69~98면; 배대웅, 「『악부 나손본(건)』의 가집사적 위상 – 각조음 항목 수록 작품을 바탕으로」, 『한국시가연구』 57(한국시가학회, 2022), 365~392면; 강경호, 「현행 영제(嶺制) 시조창의 노랫말 고증을 위한 문헌적 접근 – 나손본 『악부』(건) 소재 시조창 작품을 대상으로」, 『동양고전연구』 89(동양고전학회, 2022), 205~238면.

방가요』 소재 가곡을 분석하여 가곡의 정재 창사화가 궁중보다 지방에서 먼저 이루어지고 있었으며, 동시대 서울의 가곡 문화와 비교해도 지방과 큰 차이가 나타나지 않는다는 점 등이 밝혀졌다.[72] 최근에는 『교방가요』의 이본 중 고려대 도서관본이 원본 지향적 성격을 지녔다는 사실과 가곡부가 남녀 교환창이 아니라 여창 일변도로 이루어졌다는 점이 밝혀졌으며, 독자적 노랫말 변이 양상을 통해 가집에 담긴 지역성과 시조창 문화와의 상호 교섭 양상이 논의되었다.[73]

3. 조선 후기 시조와 가집 연구의 확장을 위한 제언

지금까지 살펴봤듯이, 조선 후기 가곡 문화사를 조망하기 위한 시조·가집 연구는 오랜 기간에 걸쳐 활발하게 진행되었다. 이러한 논의들의 축적을 통해 18·19세기의 가곡 전승의 문화적 기반과 그 특징적 면모들이 어느 정도 밝혀졌다고 할 수 있으며, 그 연구 성과들의 가치와 의의 역시 적지않다 하겠다. 근래에 들어서는 『청구영언』, 『해동가요』, 『가곡원류』와 같은 기존의 주류 가집에 대한 새로운 해석뿐 아니라 신발굴 가집 자료들이 학계에 꾸준히 소개되고 있다는 점 역시 긍정적이라 할 수 있다.

다만 이제는 개별 가집에 대한 분석을 넘어 가집 연구의 성과를 활용한 통합적 시조 연구가 필요하다고 생각한다. 이에 3장에서는 시조 및 가집

72) 신경숙, 『19세기 가집의 전개』, 계명문화사, 1994, 92~97면; 성무경, 「『敎坊歌謠』를 통해 본 19세기 중·후반 지방의 官邊 풍류」, 『시조학논총』 17(한국시조학회, 2001), 315~345면.

73) 강경호, 「『교방가요』 가곡부의 편찬 특징과 가곡문화사적 함의」, 『고전과 해석』 35(고전문학한문학연구학회, 2021), 85~122면; 강경호, 「『교방가요』 수록 가곡 작품들의 특징과 지역성」, 『JKC』 56(고려대 한국언어문화학술확산연구소, 2022), 155~185면.

연구의 방법론적 전환과 확장을 위해 음악적·문화적 측면의 관점에서 접근한 몇 가지 제언을 하고자 한다. 이미 많은 선학들이 새로운 연구 방법론과 시각으로 조선 후기 시조 문학과 문화사를 조망하고 있기에 발표자의 이러한 제언이 유의미할지는 모르겠다. 물론 여기에서 언급하는 내용이 참신한 연구 방법이 아닐 수도 있다. 하지만 가집 연구가 한 권의 가집 분석에만 한정되지 않고 전체 시조 연구와 소통하기 위해서는 한 번쯤 고민해 봐야 할 사안이라고 생각한다.

1) 변형 생성 노랫말(변주가사)의 의미 고찰

과거, 시조 문학 및 가집 연구에서 『교본 역대시조전서』는 이 분야를 탐색하는 데 있어 반드시 검토하고 넘어가야 하는 필독서였다. 기초적인 서지 정보는 물론 시조의 작가 및 악조, 악곡 정보도 담아냈고, 수많은 시조 작품들의 가사 즉, 노랫말까지 보여 주었다. 그러나 한정된 가집 자료와 원전 고증의 문제, 노랫말 텍스트의 오류 문제 등 수정·보완이 필요한 부분들도 있었기에 분명한 한계 또한 갖고 있었다. 그럼에도 불구하고 이 사전의 미덕과 가치는 수많은 양의 시조 작품들의 가사 즉, 가집별 수록 작품들의 노랫말을 제시하여 이를 한눈에 대교해 볼 수 있었다는 데에 있다. 이와 같은 문제의식들로 인해 더 정확하고 온전한 정보들을 담아낸 '시조·가집 DB'의 필요성을 많은 연구자들이 느끼고 있었다.

최근 출간된 『고시조 대전』(2012)은 이러한 필요성의 인식으로 기존의 『교본 역대시조전서』를 한층 더 업그레이드해서 나온 저서이다. 『교본 역대시조전서』의 미비한 부분을 대폭 수정·보완했을 뿐만 아니라 수많은 가집과 문헌 자료가 더해졌고, 이로 인해 작품과 작가 및 악곡에 대한 정보들을 보다 쉽고 정확하게 확인할 수 있게 되었다. 『교본 역대시조전서』 이후 지속적으로 발굴된 새 자료들까지 포함하여 『고시조 대전』에 집성된 문헌 자료는 316종이며 이 중에서 가집은 153종, 가집에 수록된 시조 작품 수는 44,282수이다.

하지만 안타깝게도(?) 이 방대한 자료가 실제 연구 현장에서 충분히, 잘 활용되고 있는지는 다소 의문이 든다. 『교본 역대시조전서』, 『고시조 대전』과 같은 대교 사전은 하나의 시조 작품이 홀로 존재했던 것이 아니라 수많은 가집에 다양한 형태와 의미로 존재했던 노래임을 보여 주고 있다. 그럼에도 연구자들에게 시조는 여전히 '하나의 노랫말'로 고정된 문학 텍스트로 다뤄지는 경우가 많은 것 같다.

그렇지만 가집에 기록된 시조는 고정적이지 않으며 '구비 연행적 산물'임을 상기할 필요가 있다. 시조는 당대 가창 공간에서 늘 변화하고 움직이는 역동적인 연행 텍스트이자 음악과 결합된 예술 텍스트이다.[74] 기록과 가창이라는 두 가지 방식을 통해 전승되지만 음악적 환경 속에서 '연행'을 통해 구비 전승된 작품들이 훨씬 많았을 것이다. '읽고 쓰기' 위한 시조가 아니라 '부르고 듣기'[노래하기] 위한 시조였다. 그 노랫말 변화의 중요성에 대해서는 꾸준히 언급되어 왔지만[75] 가집 혹은 시조 연구에서 노랫말 변형 양상의 의미를 비중있게 다루는 연구는 많지 않다. 『고시조 대전』은 주해 사전이 아닌 가집별 수록 작품의 노랫말 비교가 가능한 대교 사전인 만큼, 이를 활용하여 하나의 작품에서 일어나는 변화상, 즉

74) 신경숙은 "대교 사전이 오늘날 시조 연구자들에게 연행 텍스트라는 새로운 관점을 제시한다."고 논한 바 있다.(신경숙, 「시조의 '대교'형식 창안과 『역대시조전서』」, 『모산심재완선생기념총서』 1(한국예총 구미지회, 2022), 87면)

75) 신경숙은 변주 가사의 중요성에 대해 자주 논의했는데 특히 종장에서의 반복적인 변주 가사 생성이 "시조 장르의 주요한 양식적 본질"이라고 진단한 바 있다.(신경숙, 앞의 논문(2022), 97면) 변주 가사의 중요성을 논한 연구 성과를 일부 소개하면 다음과 같다. (「시조 문헌 편찬의 역사: 『청구영언』에서 『고시조 대전』까지」, 『민족문화연구』 57(고려대 민족문화연구원, 2012), 475~514면; 「시조사전, 어떻게 만들어지는가?」, 『한성어문학』 32(한성대학교 한성어문학회, 2013), 99~123면; 「고전시가연구와 가집문헌」, 『고전과 해석』 18(고전문학한문학연구학회, 2015), 7~39면; 「시조의 '대교'형식 창안과 『역대시조전서』」, 『모산심재완선생기념총서』 1(한국예총 구미지회, 2022), 78~107면.)

변형 생성 노랫말에 대한 분석이 활발하게 이루어져야 할 것이다.

이 글에서는 몇몇 작품들의 특징적인 양상들을 통해 이를 논의해 보고자 한다.

술 붓다가 업다는 妾과 妾ᄒᆞᆫ다 새오는 안ᄒᆡ
ᄒᆞᆫ ᄇᆡ에 모도 실어 쓰이고져 無邊大海 ᄒᆞᆫ가온ᄃᆡ
狂風이 大作거든 **도로 품어 오리라**

2837.1[76] – 1개 가집(청가.0698)

술 붓다가 잔 골케 붓는 첩과 첩한다 ᄒᆞ고 ᄉᆡ옴 심히 ᄒᆞ는 안ᄒᆞ
헌 ᄇᆡ에 모도 시러다가 씌우리라 한 바다에
狂風에 놀나 <u>ᄉᆡ닷거든</u> **즉시 다려 오리라**

2837.2 – 6개 가집(객악.0423 외)

술 두고 날 안주ᄂᆞᆫ 妾과 妾ᄒᆞᆫ다고 새오ᄂᆞᆫ 안ᄒᆡ
둘 다 잡아내여 **보내고져** **<u>濟州 귀향</u>**
<u>一年의 열 두 赦 ᄂᆞ린들 풀릴 주리 이시랴</u>

2825.1 – 1개 가집(근악.0390)

2837번 작품은 가부장이 아내와 첩을 대하는 태도가 드러나는 시조로, 『고시조 대전』에서는 두 가지 군집으로 나뉘어 있다. 하지만 좀 더 세밀히 살펴보면, 이와 유사한 다른 노랫말 유형(2825.1)이 하나 더 존재하는 것으로 확인된다. 이 작품들을 감상하는 핵심은 다채롭게 변화하는 노랫말 변이상에 있다.[77] 이 시조 작품들에는 첩질한다고 시샘하는 아내, 그

76) 이 작품들은 노랫말 변이상을 살펴보기 위해 『고시조 대전』의 가번을 제시한다. 크게 보면 두 가지 유형인데 그중 하나의 유형이 다시 두 가지 군집으로 이루어져 총 세 가지 버전의 노랫말이 파생되었다.

77) 이 작품의 노랫말 변개 양상에 대해서는 가족 담론과 관련하여 상세히 논의된 바 있다. 송안나, 「조선후기 가족 담론 시조의 실현 양상과 전승 맥락」, 『한국고전여성문학연구』

리고 술을 따르는 첩의 모습, 아내와 첩의 행동에 화가 난 남성이 가부장의 위엄을 보이고자 엄포를 놓는 장면 등이 그려진다. 흥미로운 점은 세 명의 인물 가운데 아내에 대한 묘사는 고정적이지만, 첩과 남성의 모습을 보여 주는 노랫말은 달라진다는 사실이다. 아내는 한결같이 투기하지만, 첩은 남성에게 술을 따르는 행위가 작품마다 조금씩 달라지고, 처와 첩을 훈계하고자 하는 남성의 발언 수위는 점차 높아진다.

만약 이 작품을 『청가』에 수록된 버전(2837.1)으로만 접한다면 가부장의 위엄과 대인배적인 풍모(?)를 엿볼 수 있는 것으로 이해할 수도 있다. 하지만 전승 상황에 따라 변형 생성된 노랫말을 함께 검토하고 보면, 작품 전반에 걸쳐 나타나는 희화화, 웃음, 재미 등의 코드가 더욱 두드러짐을 알 수 있게 된다. 애초에 작품이 창작될 때에는 가부장의 권위를 내세우려는 의도가 반영되었을지도 모르겠으나 점차 풍류 현장에서 회자되면서 수용자들에 의해 제2, 제3의 노래가 변형 생성되었다고 할 수 있겠다. 물론 이 작품들을 각각 따로 보면 어느 작품이 원본인지 알 수 없을 정도로 개별 작품들의 의도와 의미가 분명하게 드러난다고 할 수 있지만, 이는 어디까지나 각 작품들을 고정된 실체로 다루었을 때의 결과이다. 가집 간 상호 교섭과 변이 양상을 통해 이 작품군들을 살펴볼 때 작품군의 가치는 물론 개별 작품들의 의미 또한 보다 더 선명하게 다가오는 것이 아닌가 생각된다.

> 졋 건너 **흰 옷 닙은 사름** 존밉고도 양믜왜라
> 쟈근 돌드리 건너 큰 돌드리 너머 밥 쒸여 간다 ᄀᄅ 쒸여 가는고 애고애고 내 書房 삼고라쟈
> 眞實로 내 <u>**書房**</u> 못 될진대 **벗의 님**이나 되고라쟈
>
> 4244.1 – 21개 가집(청김.0517 외)

46(한국고전여성문학회, 2023), 69~102면 참조.

져 건너 **色옷 닙은 사ᄅᆞᆷ** 얄밉고도 잣믜여라

ᄌᆞ근 ᄃᆞᆯ다리 건너 큰 ᄃᆞᆯ다리 지나 가롭 씌여 가ᄂᆞᆫ고 빕씌여 가다 어허 내 ᄉᆞ랑 삼고라지고

眞實노 내 **ᄉᆞ랑**이 못될 양이면 **벗의 ᄉᆞ랑**이나 삼으리라

4244.1(시경.0280)

져긔 가난 져 **ᄉᆡ악시** 얄밉고도 ᄌᆞᆺ뮈웨라

큰 ᄃᆞᆯ다리 너머 ᄌᆞ근 ᄃᆞᆯ다리 건너 이리로 뱟독 뎌리로 뱟독 뱟독 뱟독여 가난고나 ᄋᆡ고 ᄂᆡ 샤랑 샴고지고

ᄎᆞ라로 ᄂᆡ **샤랑**이 못 될 양이면 **님의 쳡**이나 될가 ᄒᆞ노라

4244.2 – 1개 가집(시단.0108)

앞서 살펴본 작품들처럼 노랫말 변화 폭이 크게 드러나지는 않더라도 미세한 노랫말의 차이로 인해 작품의 변별적 의미가 나타나는 시조들이 더 많다고 할 수 있다. 여기 인용한 작품들은 몇 어휘의 변화로 상당히 다른 의미 지향을 보이는 시조 작품들이라 생각한다.

『청김』의 경우, 이 작품 속 화자는 마음에 둔 상대방이 있지만 그 사람이 내 서방이 될 수 없다면 ‘벗의 님’이라도 되길 바라는 소망을 노래에 투영시켰다. 이 시조(4244번)는 『고시조 대전』에서 2개의 군집으로 분류되었으나 세밀하게 검토해 보면, 4244.1번의 동일 군집 내에서도 시어의 변화가 나타나고 있음이 확인된다. 이 변화상을 정리하면 ‘흰옷 입은 사람’은 ‘色옷 입은 사람’이나 ‘ᄉᆡ악시’로, ‘서방’은 ‘사랑’으로, ‘벗의 님’은 ‘벗의 사랑’이나 ‘님의 첩’으로 바뀌었다.

시어의 변화가 크지 않아 보이지만 이 작은 변화가 큰 차이를 만들었다. ‘서방’과 ‘사랑’은 유사할 수 있으나 ‘첩’은 전혀 다른 대상이다. ‘서방’을 원했던 화자의 성별은 여성이지만, 나의 소유가 되지 못한 대상이 ‘임의 첩’이 되길 바라는 화자는 더 이상 여성이 아니다. ‘흰옷’이 ‘色옷’

으로 바뀜으로써 노랫말을 통해 떠올릴 수 있는 장면의 이미지 역시 달라진다.

물론 여기에서 '흰옷', '色옷'의 상징적 의미를 결정짓고자 하는 것은 아니다. 이러한 미세한 차이를 들여다볼 수 있는 연구 시각의 필요성을 논하고자 함이다. 가집을 토대로 시조 노랫말을 바라볼 때 도출되는 작품의 해석과 의미의 범주는 보다 확장되고 다채로워질 수 있음을 알 수 있다.

여기서 살펴본 시조들을 어느 한 가집에 실린 하나의 텍스트로만 접한다면 우리가 특정 시조 작품에서 볼 수 있는 단면은 상당히 제한적일 것이다. 고정 텍스트만으로는 가집의 향유 공간 및 시기적 거리에 따라 달라지는 시조 작품[노래]의 미묘한 변화상을 발견하기 어렵다. 가집을 통해 변형 생성된 노랫말을 통합적으로 분석할 때 '연행 텍스트'로서의 시조 작품에 대한 풍부한 해석과 이해가 가능하다. 물론 가집이 소용된 실제 연행 공간에 대한 정보가 많지 않은 상황에서 노랫말만으로 이 모든 것을 추적해 내기란 쉽지 않다. 그렇지만 노래 가사의 변화로 달라지는 이미지나 정서, 사회적 환경과 문화적 배경 등 텍스트와 컨텍스트 자료들을 종합적으로 논의한다면, 조선 후기 시조 문화예술의 세세한 결들을 지금까지와는 또 다른 관점에서 접근하여 풀어 봄으로써, 시조 연구의 새로운 방향성을 제안할 수 있지 않을까 생각한다.

문학작품들은 사료로는 확인할 수 없는 당대 삶의 장면들을 생생하게 담고 있다. 가집에 수록된 시조 작품에도 찰나의 순간을 살아간 조선 후기 사람들의 이미지와 정서가 저장되어 있음은 물론이다. 이러한 측면에서 보자면 가집 간 노랫말 비교[변주가사 고찰]는 시조 작품을 더욱 다양한 관점에서 흥미롭게 이해할 수 있게 해주며, 통시적 혹은 공시적 관점에서의 변화상을 확인할 수 있게 해준다는 점에서 그 의의가 크다고 할 수 있다.

2) '신번(新飜)·신성(新聲)[새로운 버전의 노래]'으로서의 시조에 대한 인식 재고

> 청산은 내 뜻이오 록슈는 님의 정이
> 록슈 흘너간들 청산이냐 변홀손가
> 록슈도 청산을 못 니져 우러 예어 가는고
>
> 0922.1 – 17개 가집(대동, 128)

위 예문은 고등학교 문학 교과서에서 '황진이'의 시조로 소개하고 있는 작품이다. 또한 학계에서도 이 작품은 '황진이 작품'의 범주에서 다뤄지는 경우가 많다. 그런데 이 작품의 작가가 황진이로 기록된 것은 『대동풍아』와 박재연본 『시조집』, 그리고 잡가집뿐이다. 최초 수록된 가집은 경대본 『시조집』인데 무명씨로 실렸고, 『근화악부』에도 작가명이 없다. '어져 내일이야~', '청산리 벽계수~' 같은 작품들이 18세기~19세기 가집에 황진이로 기록되어 꾸준히 전승된 것과는 다른 면모를 보이는 작품이라 할 수 있다. 수록 가집 역시 『시경』과 『근악』을 제외하면 20세기 초 가집, 시조창 가집, 잡가집뿐이다.

그렇다면 이 작품은 작가명이 잘못된 것인가? 고등학교 교과서에까지 실린 마당에 이 작품의 작가를 다시 되돌려야 할까? 아니면 『대동』의 편자 김교헌이 작가 정보를 잘못 기입한 것으로 이해해야 하는가? 원래는 누가, 어떤 곡으로 지어 부른 노래였을까?

보통 시조 작품에 대한 작가 정보는 대부분 가집을 통해 확인할 수 있다. 그런데 가집 간 전승이 똑같이 이루어진 경우도 있지만 그렇지 않은 경우들도 비일비재하다. 작가명이 달라지기도, 작가명이 사라지기도, 혹은 무명씨였던 작품이 작가명을 부여받아 유명씨 작품이 되기도 한다. 이렇듯 유명 작가의 작품이 작가 표기가 없거나 다른 작가의 이름으로 바뀐 이유에 대해 보통은 '작가 표기가 잘못 됐다'고 판정하기도 하지만,

구비 연행적 관점에서 작가 표기의 정확성보다는 가창 현장에서의 노랫말과 음악성 자체가 중요한 시기가 되었기에 이러한 현상이 나타난다고 설명하기도 한다.

그렇다 하더라도 문제가 다 해결된 것은 아닌 것 같다. 어찌 되었든 다수의 가집에서 고증된 작가명이 어느 한 가집에서 틀어질 경우, 우리는 이를 부정적으로 바라보는 경향이 강하기 때문이다. 다시 말해, 작가명의 진위를 따지려는 것이다. 물론 실제 작가명을 정확히 밝히는 일도 중요하다. 시조 작품을 연구할 때 고증 가능한 작가를 확정하는 일은 선행되어야 한다. 하지만 달라진 작가명의 경우 그 진위를 따지기에 앞서 '왜 달라졌는가?'에 주안점을 두고 바라볼 필요가 있다.[78)]

다시, 시조 "청산은 내 뜻이오~"의 경우를 얘기해 보자. 기존 가집에서 작가 정보를 알 수도 없었고 많은 가집에 수록되지 않아 널리 애창되지도 않은 이 노래를, 왜 『대동』의 편자는 '황진이'가 작가라고 내세웠는지 고민해야 할 것이다. 가집에서 보이는 작가 정보의 변화상은 판정의 문제가 아니라 '왜 그렇게 받아들여졌는지'에 대한 수용자적 관점에서 바라봐야 할 사안이며, 우리 연구자들에게는 문화사적 시각에서 그 배경을 고찰하려는 노력이 필요해 보인다.[79)]

---

78) 선행 연구에서도 이러한 문제의식을 통해 18세기 시조 작품들에 주목한 바 있다. 이상원은 가집에 따라 달라지는 작가 표기를 '작가성 상실'로 치부하는 관점에 문제를 제기하며 이정보의 시조 작품을 '신사(新詞)'와 '신성(新聲)'의 개념으로 설명했다. 이정보의 작품을 '특이하다'고만 볼 것이 아니라 기존에 존재했던 작품의 노랫말을 작가가 변형하여 새롭게 생성한 신사, 혹은 노랫말 변화와 더불어 가사를 얹어 부르는 악곡까지 바꾼 신성의 시각에서 접근하여 해석해야 하며, 이는 단순히 이정보 시조에만 국한되는 것이 아니라 18세기 시조사를 이해하는 유용한 도구가 될 수 있다고 했다. 이러한 문제의식은 18세기뿐만 아니라 19세기를 비롯하여 20세기 초까지 확장될 필요가 있다. 이정보 시조와 신사, 신성에 대해서는 이상원(「李鼎輔 時調 해석의 시각」, 『한국시가연구』 12(한국시가학회, 2002), 165~193면)의 논의를 참조.

79) 황진이에 대한 기록의 변화를 당대인들의 '기억'의 정착 과정이라는 관점에서 바라본 흥미로운 연구도 존재한다. 이에 대해서는 송태규, 「'황진이'에 관한 기억과 그 변모 양상

이런 제언이 혼란스럽게 느껴질 수도 있겠다. 비교 사례로 적합할지 모르겠으나 요즘 MZ세대에게 〈캔디〉는 NCT DREAM의 노래이지 H.O.T의 노래가 아니다. 필자 역시 〈풍선〉이란 곡은 동방신기의 노래로, 〈제주도 푸른밤〉은 성시경의 노래라고 알고 있었지 그 원곡의 주인이 다섯손가락, 최성원이라는 것은 비교적 최근에서야 알았다. 누군가에게는 〈캔디〉가 H.O.T의 노래이지만 또 다른 이에게는 NCT의 노래인 것처럼, 같은 시대를 살아가더라도 음악을 향유하는 개별 주체에 따라서 같은 노래가 다른 가수의 곡으로 인식될 수도 있을 것이다. 하지만 그렇다고 해서 해당 노래에 대한 대중의 가수 인식이 잘못되었다고 탓하지는 않는다. 엄밀히 말하면, 이 노래들은 같은 노래이면서도 한편으로는 '리메이크된' 다른 노래이기 때문이다. 리메이크된 곡의 가치는 원곡과는 또 다른 지점에서 찾아야 한다.

이러한 문화적 현상을 보는 관점은 21세기만이 아니라 조선 후기 가곡문화를 바라보는 데에도 유효해 보인다.[80] 100년이 넘는 세월 동안 한 사람의 노래로 고정되었던 시조가 특정 가집에서 다른 인물로 대체되었거나 무명의 작품이 갑자기 새로운 작가로 바뀌었다면 이 역시 넓은 범주의 새로운 노래[신성, 신번]에 속한다고 할 수 있을 것이다. 구비전승 상황에서 발생한 오기 혹은 오류로만 볼 문제는 아니라고 생각한다. 'A' 작가의 작품이 특정 가집에서만 'B'로 바뀌었다면 이는 연행 텍스트로서 실제 노래를 향유하는 사람들 내지는 가집 편찬자의 적극적인 개입으로 생겨

연구」(고려대학교 석사학위논문, 2020)를 참조.

80) 지금의 리메이크곡 또는 커버곡의 의미가 과거 가곡문화의 '신번, 신성'과 일치한다고 볼 수는 없다. 다만 '신번', '신성'을 '새로운 노랫말', '새로운 작품', '새로운 소리'라는 뜻보다 확장된 개념으로 받아들일 필요가 있다고 생각한다. 오늘날의 리메이크곡처럼 신번과 신성이란 용어는 당시에 좀 더 포괄적인 개념으로 쓰였을 것으로 추정된다. '새로운' 작가가 상정되고 상황에 따라서는 '새로운' 음악 혹은 '새로운' 노랫말로 재편되어 '새로운' 미감으로 받아들여지는 노래가 바로 '신번' 혹은 '신성'일 것이다.

난 현상이며 결국 이러한 노래들은 당대 가곡 문화권에서 'B' 작가의 새로운 노래로 인식되었다고 이해할 수 있을 것이다.

가집은 연창대본으로 활용되었기 때문에 가창의 실질을 담보하고 있다고 논한다. 노랫말의 변형이 이러한 가창 공간의 현장성을 보여 주는 사례라고 한다면 작가명에 대한 변화상 또한 동일한 맥락으로 읽어 낼 수 있을 것이다. 시조 작품의 작가명이 일부 가집에서 달라졌다는 사실은 기록의 오류라기보다는 노래[곡]의 재편과 확장을 의미할 것이다.

황진이의 작품도 마찬가지이다. 가곡 예술 공간에서 널리 알려지지 않았던 무명의 작품이 황진이의 노래로 탈바꿈했다. 이 노래가 진짜 황진이의 작품인지 아닌지는 중요하지 않다. 그보다는 '왜 황진이의 노래로 인식되었을까?'에 대한 고민이 더욱 필요한 시점이다. 황진이 노래뿐만 아니라 작가명이 달라진 작품들 모두 해당한다. 쉽지 않은 연구지만 실제 작가명이 달라질 수밖에 없었던 여러 외적 요인들을 함께 탐색할 수 있다면 해당 가집에 대한 흥미로운 결과를 도출할 수 있을 것이다.[81] 새로운 노래의 주인이 된 작가에 대한 정보, 가집 편찬자와의 관계, 당대 가곡 문화의 흐름 등을 종합적으로 고찰할 때 가집에 반영된 중첩된 의도 내지는 취향에 한걸음 더 가까이 다가갈 수 있으리라 생각한다.

3) 음악적 해석과 융복합 연구의 필요

시조 연구에서 '음악적 관점'을 통해 작품을 새롭게 바라보게 된 탁월한 연구 가운데 하나로 안민영의 〈매화사팔절〉에 대한 논의를 꼽을 수

81) 첨언하자면, 시조[작품]와 작가의 관계도 여러 층위로 설정하여 연구 가능할 것이다. '작자성이 견고한' 작품군과 작가를 잃어버려 무명씨화 된 '작자성을 상실한' 작품군, 또는 원래의 작가에서 새로운 작가로 바뀌어 의명화(擬名化) 현상이 일어난 '작자성이 바뀐' 작품군 등등 작가 정보의 다층적 범주를 설정하여 새로운 논의를 이끌어갈 수 있지 않을까 생각한다.

있다. 1990년대 초반, 안민영의 〈매화사〉는 연시조의 미학을 살리지 못한 작품으로 평가되기도 했지만[82] 이후 가집의 기록을 통해 악곡과 밀접하게 결합되어 창작되었다는 사실이 밝혀졌다.[83] 안민영의 〈매화사〉를 문학 텍스트로만 접근하면 작품 배열의 원칙조차 결여된 것처럼 보이나, 시가 텍스트라는 관점에서 음악적 구조를 분석하면 편가(編歌) 구성을 위해 상당히 유기적으로 배치된 작품이라는 사실을 알 수 있게 된 것이다. 편가의 측면에서 연시조를 살펴본 성기옥의 논의 이후 〈매화사〉를 음악적 측면에서 접근하여 살펴본 성과들이 학계에 제출되어 악곡의 특성에 따라 작품의 구조, 각 연의 기능 등을 논하기도 했다.[84]

사실 가집 연구의 본질은 한 권의 책에 '기록'으로 남겨진 당대 음악문화의 일면들을 파악하는 데 있다. 각각의 개별 가집이 함의하고 있는 문화상을 탐색하여 조선 후기 가곡의 실제 향유상과 문화적 의미를 밝히려는 것이다. 이를 위해 해당 가집의 악곡과 수록된 작품들에 대한 분석, 동 시기 가집 및 고악보와의 비교 연구 등이 그간 활발하게 진행됐으며 어느 정도 소기의 성과를 이루었다고 판단된다.[85]

하지만 전체 가곡 문화의 거시적 흐름과 개별 가집의 편제 및 계보학적 관계에 대해서는 충분히 다뤄졌음에도 불구하고, 실제 가곡 연행현장에

---

82) 류준필, 「안민영의 〈매화사〉론」, 백영 정병욱 선생 10주기 추모논문집 간행위원회, 『한국고전시가작품론』 2(집문당, 1992), 569~581면; 이동연, 「19세기 시조의 변모양상 – 조황·안민영·이세보의 개인시조집을 중심으로」(이화여자대학교 박사학위논문, 1995), 95~102면.

83) 성기옥, 「한국 고전시 해석의 과제와 전망 – 안민영의 〈매화사〉 경우」, 『진단학보』 85(진단학회, 1998), 111~137면.

84) 송원호, 「가곡 한바탕의 연행 효과에 대한 일고찰(2) – 안민영의 羽調 한바탕을 중심으로」, 『어문논집』 42(민족어문학회, 2000), 5~23면; 김용찬, 「안민영 〈매화사〉의 연창환경과 작품세계」, 『어문논집』 54(민족어문학회, 2006), 43~75면.

85) 대부분의 가집 연구가 이를 전제로 이뤄지기에 여기에서는 선행 연구 소개를 생략한다.

서 가창된 작품의 선별 방법 내지는 편가 구성의 원칙 등 세부적인 부분은 아직까지 잘 논의되지 못한 경향이 크다. 안민영의 〈매화사〉는 악곡과 편가의 흐름에 따른 시상의 변화 등이 분명하게 확인되며, 가집의 부가 기록 등을 통해 이를 밝혀낼 수 있었지만, 이러한 몇몇 작품을 제외하고는 악곡별로 배속된 수많은 시조 작품 중 어떤 것이 실제 현장에서 취사 선택되어 하나의 공연 레퍼토리가 되었을지 짐작하기란 쉽지 않다. 이는 사설과 선율의 상관성, 가곡 한바탕의 구조 등에 대한 이해가 선행되어야 하는데 국악 관련 지식이 충분하지 않은 상황에서 가집 자료만을 토대로 편가 구성의 원리 원칙을 밝혀내기란 분명 한계가 존재한다.

최근 가집 전체 수록작 가운데 일부를 선별하여 구성한 소규모 편가를 추적하는 연구들이 시도되고 있어 주목할 필요가 있다.[86] 박연호는 『청김』에 이삭대엽이란 악곡명이 실제로는 존재하지 않는다는 점에 착안하여 이 항목에 속한 일부 작품들의 시상 전개 양상과 후대 가집에서 변모된 악곡을 고려해 현행 삭대엽 한바탕과 유사함을 논했다. 일반적으로 연행 문화는 '시작-전개-마무리'라는 패턴으로 구성되는데 『청김』에 실린 주의식, 김유기, 한유신, 김천택의 작품들 역시 주제를 포괄하는 노래로 시작하여 정서의 고양과 하강의 반복을 통해 시상이 전개된 후 태평성대를 노래하는 작품으로 완결된다는 것이다. 이 모든 작품을 이삭대엽으로 부르진 않았으며, 일부는 19세기에 생성된 두거, 평거 및 농낙편의 소가곡과 유사한 곡조에 얹어 가창했을 가능성이 있다고 보았다. 이 논의는 그간 가집 연구의 보편적 방법론과는 다른 방식으로 대상에 접근하여

86) 박연호, 「『靑丘永言(珍本)』 所載 18C 시조의 數大葉 한바탕 가능성 – 주의식 시조를 중심으로」, 『한국시가연구』 38(한국시가학회, 2015), 37~71면; 「編歌의 측면에서 본 『靑丘永言』(珍本) 無名氏 연구 – 遊樂을 대상으로」, 『한국시가문화연구』 39(한국시가문화학회, 2017), 111~134면; 「안민영 〈매화사팔절〉의 편가 구성과 시적 구조」, 『한국시가연구』 50(한국시가학회, 2020), 71~101면; 「주의식 시조의 전승양상과 그 의미」, 『한국시가연구』 57(한국시가학회, 2022), 231~262면.

18~19세기 가곡 연행의 실질을 '노랫말'과 '선율'의 조응을 통해 구체적으로 구현하려고 했다는 점에서 그 의의를 찾을 수 있을 것이다.

이러한 연구 방법론은 앞으로의 가집 연구, 가곡 연구에서 적극적으로 도입될 필요가 있다고 본다. 필자 또한 『고금가곡』을 통해 소규모 편가의 사례를 제시한 바 있다.[87] 주제별 분류 가집이라고 일컬어지는 『고금가곡』에서는 정서적 고양 혹은 상황의 점진적 고조에 따라 연결되는 내용별 편가 구성의 경향성이 발견되는데, 이를 가곡 향유의 관습 내지는 전통의 반영으로 진단했다. 그러나 가곡에 대한 음악적 소양이 부족한 탓에 하나의 완결성을 갖는 편가의 기준과 내재적 원칙을 일관되게 반영한 정치(精緻)한 논의로 이끌어가진 못한 점에서 연구의 한계점을 갖는다.

조선 후기 가곡 연행현장에서 가객들에 의해 만들어졌을 편가의 양상을 추적하기란 여간 어려운 일이 아니다. 가집은 18~19세기 가곡 문화와 관련하여 우리에게 많은 정보를 제공하지만 풍류 공간 곳곳에서 생성되었을 편가의 유형이나 구성 방식에 대해서는 알려 주지 않기 때문이다. 하지만 그럼에도 불구하고 가집의 향유권마다 존재했을 무수히 많은 편가들을 재구하고 검토하려는 시도는 앞으로도 계속되어야 한다고 생각한다. 가곡을 즐긴 향유 그룹들의 실제적 연행 양상들이 확인될 때, 가곡 문화의 미시적 흐름을 보다 구체적으로 기술할 수 있게 될 것이다.

우리에게 시조는 글로 배운 음악과 다름없다. 그래서 시조가 노래라는 점을 인지하면서도 그 속성에 대해서는 깊이 알지 못하는 경우가 많다. 연구의 난점을 해결하기 위해서는 국악학과의 접목도 필요하다고 본다. 현행 가곡창에 대한 이해가 동반되어야 편가 구성의 흐름을 이해할 수 있기 때문이다. 18~19세기 가곡과 오늘날의 가곡이 완전히 동일하다고 할 수는 없지만 악곡의 성격과 경향성은 유사하다. 따라서 가집에 대한

87) 송안나, 앞의 논문(2021).

1차적 연구인 서지학적·문헌학적 분석을 바탕으로 음악적 해석을 더한다면 편가의 양상을 가시화할 수 있을 것이다. 국문학과 국악학의 융복합 연구가 가집 연구의 확장을 위한 하나의 방편이 될 수 있길 기대한다.

4. 맺음말

이상 조선 후기 가집 연구의 현황과 성과를 정리해 보았고 앞으로의 과제에 대해 필자의 생각을 거칠게나마 피력해 보았다. 그간 가집 연구는 김천택의 『청구영언』을 비롯하여 해동가요 계열, 가곡원류 계열 같은 대형 주류 가집은 물론 개별 가집, 시조창 가집 등 광범위한 대상을 바탕으로 이루어졌다. 그 결과 우리는 오랜 기간 축적된 선학들의 연구를 통해 가집 간 계보, 향유의 맥락, 당대 문화예술 담론 등은 물론 더 나아가 18~19세기 시가 예술사를 다각도에서 섬세하게 읽어 낼 수 있게 되었다. 가집을 통해 고전시가 연구의 폭이 문학뿐만 아니라 사회문화예술을 아우르며 더욱 확장될 수 있게 된 것이다.

이 글에서는 연구 성과의 정리와 더불어 가집 연구의 새로운 방향성을 모색하기 위한 필자 나름의 제안을 몇 가지 제시했다. 한 권의 가집에 대한 서지학적·문헌적 검토가 완료된 이후에는 어떠한 시각으로 가집을 바라보고 접근해야 할 것인지, 『고시조 대전』이라는 방대한 시조 대교 사전을 활용할 수 있는 방법은 무엇인지, 가집을 통해 확인할 수 있는 당대 가곡 문화의 '구체적 실체'를 그려낼 수는 없을지 등의 문제는 필자에게 오랜 시간 난제로 남아 있었다. 3장의 내용은 선행 연구자들의 문제의식에 필자의 고민이 더해진 결과물이다. 물론 필자가 제시한 내용은 빙산의 일각에 불과하다. 앞서 살펴본 선학들의 연구 성과를 바탕으로 보다 깊이 있는 연구가 진행된다면 새로운 방향의 가집 연구물이 학계에 제출될 수 있으리라 생각한다.

제언에서 논했듯 앞으로의 가집 연구에서는 가집에 대한 1차적 논의를 넘어 이를 활용한 시조 문학 내지는 문화예술에 대한 확장적 논의가 요구된다. 물론 필자의 이러한 제언과 상통하는 현재 진행형, 혹은 이미 가시적인 성과를 보인 논의들이 있을 수 있다. 미처 소개하지 못한 부분이 있다면 이는 필자의 역량 부족이다. 이 글에서 다루지 못한 것에 양해를 구하며 글을 마무리하고자 한다.

이 글은 『한국시가연구』 60(한국시가학회, 2024)에 수록한 논문을 수정·보완한 것이다.

사설시조 연구의 현황과 전망

박영민
한국방송통신대학교 국어국문학과 조교수

1. 서론

사설시조는 조선 후기의 사회·문화적 역동성을 조망하기 위한 단초로서 일찍부터 고전문학 연구자들의 관심을 끌었다. 덕분에 적지 않은 연구성과가 축적되었고 그 성과에 힘입어 사설시조의 발생 시기와 담당층, 미의식 등을 둘러싼 논쟁이 벌어지기도 했다. 한편 2000년 무렵이 되면 좀처럼 입장 차를 좁히지 못했던 그간의 논란에 대한 연구사적 성찰과 전망이 시도된다. 몇 차례에 걸친 반성과 제언은 사설시조 연구가 비로소 새로운 국면에 접어드는 계기가 되었다고 할 수 있다. 본 논문은 이상과 같은 논의 과정을 간략히 되짚어 본 다음, 2000년 이후의 연구 동향을 검토하고 그 성과를 종합함으로써 앞으로 유념해야 할 사설시조 연구의 과제를 도출하는 데에 목적을 둔다.

1970년대까지 한국문학 연구가 당면한 과제 중 하나는 우리 안에서 근대화를 이루기 위한 동력이 싹트고 있었음을 밝히는 것이었다. 당시의 연구가 사설시조를 반봉건적 서민문학으로 규정한 배경도 여기에서 찾을 수 있다. 곧 비판 정신과 서민 의식의 성장에 기반하여 근대적 전환을 달성한, 조선 전기의 평시조보다 진일보한 장르로 본 것이다.[1)] 큰 틀에서 이와 같은 맥락 안에 있으나 사설시조를 평시조에서 파생된 장르로 보지 않고 독자적으로 발전한 장르로 보아야 한다는 주장이 제기되기도 했다.[2] 하지만 그 가능성을 타진하는 데서 그쳤기에 별다른 반향이 없었던 듯한데 2000년 무렵부터 다시금 연구자들의 이목을 끌고 있다.

한편 80년대에서 90년대까지는 역사·실증주의가 부상한 시기이다.[3] 이때에는 조선 후기의 사회 변동과 물적 토대를 중심으로 사설시조의 유흥성과 대중성을 부각하려는 경향이 두드러졌다. 특히 담당층 논쟁이 본격적으로 벌어졌는데, 이 논쟁은 연행 문화를 주도한 사대부 계층의 역할을 적극적으로 평가한 데서 촉발되었다. 사설시조는 17세기 이전에 발생했으며 그 담당층은 양반들이었다는 주장이 제기된 것이다.[4] 반면 조선 후기 유흥 문화를 주도한 집단은 당시에 경제적 실력자로 떠오른 중간 계층이었다는 반론도 거셌다. 발생 단계에서 사대부가 이바지한 것을 인정하더라도 전성기를 이끈 것은 중간 계층이라는 견해가 제출되었고, 발생 시기 자체를 17세기 중반 이후로 늦추어 잡는 데까지 나아가기도 했다.[5]

이상의 연구는 조선 후기의 사회경제적 토대와 담당층의 의식 지향을 규명하여 사설시조란 무엇인가, 그 존재 기반과 의의는 어디에 있는가 하는 물음에 대한 사유의 극점을 제시했다고 할 수 있다. 이를 통해 사설시조 이해의 밑바탕을 다졌으며 이행기의 장르로서 사설시조의 위상을

---

1) 고정옥, 『고장시조선주』(정음사, 1949); 김동욱, 「사설시조 발생고」, 『국어국문학』 1(국어국문학회, 1952); 조윤제, 『한국문학사』(동국문화사, 1963).

2) 이능우, 『고시가논고: 그 본성 파악을 위한 연구』(선명문화사, 1966); 장사훈, 「엇시조와 사설시조의 형태론」, 『국악논고』(서울대학교출판부, 1966).

3) 이도흠, 「한국 시가 연구 100년의 자취와 전망」, 『한국시가연구』 57(한국시가학회, 2022).

4) 김대행, 『시조유형론』(이화여자대학교출판부, 1986); 김학성, 「사설시조의 장르형성 재론」, 『대동문화연구』 20(성균관대학교 대동문화연구원, 1986); 김학성, 「사설시조의 담당층 연구」, 『성균어문연구』 29(성균관대학교 국어국문학과, 1993).

5) 고미숙, 「사설시조의 역사적 성격과 그 계급적 기반 분석」, 『어문논집』 30(고려대학교 국어국문학연구회, 1991); 강명관, 「사설시조의 창작향유층에 대하여」, 『민족문학사연구』 4(민족문학사학회, 1993).

확고히 했다. 하지만 각자 자신의 관점을 뒷받침하고자 사설시조를 다분히 편향적으로 독해한 것은 아닌가 하는 의구심이 들기도 한다. 사설시조를 둘러싼 외적 조건을 규명하는 데에 주력한 나머지 작품 자체를 소홀히 다루거나 작품 해석의 지평을 제한하지 않았나 하는 의문이 이는 것이다. 그 미의식 분석마저 발생 시기나 담당층 문제로부터 자유롭기 어려웠다.

따라서 2000년을 전후한 시점에는 담당층 중심의 사설시조 연구가 지닌 한계를 성찰하고 나아갈 방향을 모색하는 논문이 여러 편 발표되었다. 먼저 담당층은 창작과 향유를 아우르는 개념인데 한쪽은 창작에, 다른 쪽은 향유에 초점을 두고 서로 다른 의미로 사용했다는 비판이 눈에 띈다. 담당층 개념에 역사성을 부여하여 17세기 이전, 18세기 전반, 18세기 후반~19세기 세 시기로 이어지는 사적 추이를 파악해야 한다는 전망을 제시한 것이다.[6] 또한 소재나 언어 층위에서 곧바로 주제나 미의식, 근대성 등으로 건너뛰는 등 사설시조에 대한 작품론적 이해가 여전히 미흡하다는 견해가 연구자들의 공감을 샀다. 여기에서는 작품에 대한 미시적 독해를 토대로 인식론적, 문화사적 흐름을 도출해야 한다고 제안했다.[7]

이와 같은 논의 끝에 사설시조 연구는 거시 담론에서 벗어나 문학적 실질로 관심을 옮겨간 듯하다. 더 이상 사설시조를 수단화하는 거시 담론에 휘둘리지 않고 사설시조 자체를 주목하려는 연구 풍토가 조성된 것이다. 사설시조 작품을 진지하고 섬세하게 읽은 성과가 제출되는 것도 이러한 분위기를 방증한다.[8] 그렇다면 2000년 전후의 성찰과 전망은 사설시조 연구를 구체적으로 어떻게 바꾸어 놓았을까? 아무래도 이미 몇 번이

6) 최규수, 「사설시조의 장르론적 연구 성과와 전망」, 『한국시가연구』 2(한국시가학회, 1997); 조해숙, 「사설시조의 담당층과 문학적 성격」, 『국문학연구』 9(국문학회, 2003).

7) 김흥규, 「사설시조의 시적 시선 유형과 그 변모」, 『한국학보』 18(일지사, 1992); 김흥규, 「사설시조의 애욕과 성적 모티프에 대한 재조명」, 『한국시가연구』 13(한국시가학회, 2003).

8) 김흥규, 『사설시조의 세계 – 범속한 삶의 만인보』(세창출판사, 2015).

나 정리된 연구사를 다시 논하는 것보다는 이 물음에 답하는 편이 앞으로 유념해야 할 사설시조 연구의 과제를 도출하는 데에 유리할 것으로 판단된다.[9] 따라서 본고에서는 2000년 이후로 어떠한 연구가 진행되었는지 검토하여 그동안 축적된 연구 성과를 종합해 보고자 한다.

2. 2000년 이후의 연구 동향

본 장에서는 학술연구정보서비스(RISS)에서 사설시조, 만횡청류 등의 주제어로 검색된 학술논문, 학위논문, 단행본 중 사설시조를 본격적으로 다룬 논저 114편을 대상으로 2000년 이후의 연구 동향을 검토하려 한다. 대상 논저의 연구 주제는 ① 시학과 미의식 분석에 기반한 장르적 성격 도출 ② 여성적 형상과 목소리를 통한 여성의 삶과 욕망 고찰 ③ 가집이나 악곡 이해에 기반을 둔 문화사적 접근 ④ 개별 작품이나 난해 어구에 대한 재해석 ⑤ 빈번하게 출현하는 주제 단위나 모티프에 대한 탐구 ⑥ 비슷한 시기 국내·외 다른 장르와의 비교 등으로 분류할 수 있을 듯하다.[10]

---

9) 물론 2000년 이전에 이루어진 사설시조 연구사를 이상과 같이 단순하게 파악해서는 안 된다. 다만 "최규수, 앞의 논문(1997)"이나 "조해숙, 앞의 논문(2003)" 등에서 상세하게 논했으며 "김흥규, 위의 책"에서 다시 정리했으니 여기서는 간략하게 줄이고자 한다. 필자 또한 조금 더 세밀하게 정리한 바 있다. 이상의 내용은 그것을 토대로 하되 발표 목적에 맞게 다시 쓴 것이다. 박영민, 「사설시조의 주제구현 방식 연구 – 발화의 시점과 시적 태도를 중심으로」(서울대학교 석사학위논문, 2011).

10) 그 밖에 교육학 분야의 논문도 상당수 제출되어 경청해야 할 내용이 많다. 다만, 사설시조 자체를 논한 연구에 주목하기 위하여 본고에서는 다루지 않기로 한다. 류수열·이지선·김세림, 「학술 담론과 교육 담론의 거리에 대한 비판적 성찰 – 사설시조 향유층 논란을 중심으로」, 『문학교육학』 47(한국문학교육학회, 2015); 하윤섭, 「고전문학교육과 텍스트 해석의 문제 – 2009 개정 문학 교과서 소재 사설시조 작품들을 대상으로」, 『한국어문교육』 19(고려대학교 한국어문교육연구소, 2016); 송지언, 「이탈리아 대학에서의 시조 번역 수업 사례 연구」, 『문학교육학』 79(한국문학교육학회, 2023) 등.

물론 상기 연구 주제는 서로 맞물려 있어 그 경계가 모호할 때가 많고 한 논문이 하나의 주제에 국한된다고 하기도 어렵다. 비록 이처럼 거친 분류라 할 수밖에 없지만 논의의 효율을 높이는 데는 도움이 될 것으로 예상한다.

위 주제 가운데 비교적 일관된 논점을 향하여 수렴하는 것은 ①, ②, ③이다. ①과 ②는 사설시조의 이행기 문학적 특질에 주목한다는 점에서 서로 맞닿는 것으로, 전자는 작품 자체로 깊이 들어가 그 장르적 성격을 규명하려 한 논의이고 후자는 여성 화자에 주목하여 여성주의가 무르익던 시대적 요청에 부응하려 한 논의이다. ③에서는 사설시조 하면 으레 떠오르지만 아직은 다 밝히지 못한 미시사적 의문, 즉 사설시조는 무엇을 어떻게 노래한 장르인가 하는 물음에 새로이 접근한다. 한편 ⑤는 현대인이 관심을 둘 만한 주제나 모티프를 끊임없이 모색해야 한다는 점에서, ⑥은 사설시조의 성격과 그 위상을 이해하기 위해 연구 시야를 넓혀야 한다는 점에서 앞으로 지속해야 할 연구라고 여겨진다. 끝으로 ④는 고전시가 연구가 성숙하는 발판이 되는바, 언제나 염두에 두어야 할 필요가 있다. 따라서 여기에서는 ①~③을 중심으로 2000년 이후의 사설시조 연구 동향을 정리하도록 한다.

① 시학과 미의식 분석에 기반한 장르적 성격 도출

시학과 미의식, 즉 작품이 지닌 문학성을 토대로 사설시조의 장르적 성격을 고찰한 연구가 활발해진 것은 2000년 이후로 나타난 주요한 변화 가운데 하나라고 할 수 있다. 주지하듯 문학성은 문학작품에 내재한 예술적 특징을 지칭하는 용어로, 작품 속 세계와 실제 현실을 구분하게 하는 문학의 어떤 속성을 의미한다. 여기에는 문학이 현실을 반영하되 장르 관습과 문법에 따라 그것을 재구성한다는 인식이 전제되어 있다. 반면 90년대까지 사설시조 연구는 문학과 현실을 직접 결부하여 조선 후기의 사회 변동과 물적 토대를 앞세우는 경향이 없지 않았다. ①에서는 이렇듯 사설시조가 이행기의 사회와 현실을 있는 그대로 보여 준다는 관념에 문제를 제기하면서 사설시조의 구조와 담론, 언어와 의식 등을 재론해 왔다.

먼저 주체가 자신의 체험을 어떻게 언어화했는가 하는 점이 문제가 되었다. 관련하여 상상적 차원에서 표상된 사설시조의 시·공간과 그 의미를 고찰한 연구가 눈에 띈다.[11] 곧 "시·공간의 연쇄성이 소멸되고 과거와 현재, 미래의 사실들이 현실계와 초월계의 경계를 넘어 공존하면서 새로운 의미망을 형성하"는 "환시적 시·공간의 표상"이 나타나는데 이것은 도시 시정의 시·공간 체험을 표상하는 사설시조 나름의 방식이라는 것이다. 나아가 이러한 관심은 세계 속에 던져진 몸으로서의 주체가 살면서 부딪히는 감각과 욕망의 문제를 어떠한 방식으로 시각화하는가, 어떠한 이미지로 어떻게 표상하여 시적 형상을 창출하는가 하는 논의로 이어진다.[12]

또한 작품 세계 속 일상성을 현실 세계의 일상적 삶과 동일시하는 관점에 대한 비판이 제기되었다. 문학적 일상성이 꼭 객관적 현실을 모사할 때만 의미를 획득하는 것은 아니며 마찬가지로 환상성이 오히려 실제 현실을 표상하는 수단이 되기도 한다는 것이다. 나아가 일상성을 "이행기라는 시대적 특수성 속에서 배태된, 일상을 일상답게 만드는 특성을 통칭하는 개념"으로 재정의하고 "근대성과 관련된 하나의 미학적 개념으로서의 일상성"이 담론화되는 방식을 고찰한다. 그 결과, 현실의 모순을

---

11) 이형대, 「사설시조에 나타난 시·공간 표상의 양상」, 『한국시가연구』 12(한국시가학회, 2002).

12) 이형대, 「사설시조와 근대성 – 사설시조의 시적 시선과 근대적 시각 장의 연관에 대한 시론적 탐색」, 『한국시가연구』 28(한국시가학회, 2010); 이형대, 「사설시조와 감각 체험의 시적 형상」, 『한국시가연구』 46(한국시가학회, 2019).

폭로하고 비판할 뿐만 아니라 소외된 존재의 가치를 부각하는 환상성의 의미가 드러났다.[13] 아울러 사설시조의 사물 분류 방식을 분석하여 사설시조가 조선 후기의 보편적인 지적 관심을 반영하되 의미론적 병렬이라는 문학적 장치를 통해 일상적 사물을 긴장감 있는 시어로 직조해 낸 장르임을 밝힌 연구가 제출되기도 했다.[14]

위 논의는 시·공간이라는 삶의 조건이나 그 안에서 영위하는 일상적 삶 및 살면서 부대끼는 대상들이 작품 속에 있는 그대로 옮겨지는 것이 아니라 사설시조의 관습과 문법에 따라 재구성되는 것임을 강조한다. 이로써 언뜻 볼 때 현실과는 거리가 멀 것 같은 문학적 표상도 현실과의 관계 속에서 해석될 여지가 있음을 시사했다. 그리고 사설시조가 조선 후기의 현실을 언어화하는 방식에 초점을 두고 그것이 내포한 근대적 징후를 읽어 내는 데에 주력한다. 곧 사설시조의 언어와 담론에서 평시조와는 무언가 다른 주체의 욕망과 인식을 포착할 수 있다고 본 것이며, 그 결과에 비추어 사설시조의 이행기 문학적 특징을 도출할 수 있다고 본 것이다.

재현의 담론은 사설시조가 사회사적, 인식론적 전환의 국면을 언어화하는 방식으로 다루어졌다. 사설시조는 이행기의 새로운 인식소(認識素)로 등장한 재현의 담론을 지향함으로써 차이를 부각하는 시학적, 문체적 특질을 드러냈다는 것이다. 그러면서도 서정시로서 유사성의 원리를 여전히 유지했기에 한편으로는 당대의 주담론 원리를, 다른 한편으로는 그것과 상충되는 대항 담론의 원리를 동시에 지니게 되었다고 한다.[15] 이러

---

13) 박상영, 「사설시조에 드러난 일상성 담론과 미학, 그리고 근대」, 『시조학논총』 37(한국시조학회, 2012).

14) 고정희, 「사설시조의 사물 분류 방식과 그 시적 의미」, 『고전문학연구』 41(한국고전문학회, 2012).

15) 조세형, 「사설시조의 시학적 고찰」, 『국어교육』 112(한국어교육학회, 2003); 조세형, 「사설시조의 중층성과 욕망의 언어」, 『한국고전여성문학연구』 7(한국고전여성문학회, 2003).

한 중층성에 주목한 까닭은 사설시조가 윤리와 욕망 사이에서 배회하는 주체의 면모나 중심 담론에 의해 주변부로 밀려났던 하위주체의 욕망을 담론화하는 방식을 규명하려 했기 때문이다.[16]

'우화적 비전'이라는 개념이 정립된 것도 같은 맥락에 있는 것으로 이해된다. 이 개념은 문체 층위에서는 리얼리즘을 지향하나 담론 층위에서는 내면 표현을 욕망하는 사설시조의 진술 방식을 드러낸다.[17] 그리고 서정시와 서사시 개념에 비추어 사설시조의 장형성을 재해석하고 중장과 종장 각각이 길어지게 되는 원인을 살폈다.[18] 여기에 따르면 사설시조는 타자의 체험에 조회된 주관성을 보여 주는데, 그것은 개별적 체험의 합으로부터 보편적 진리에 육박하려는 인식론적 운동을 암시한다고 한다. 동시에 그것은 개별적 경험과 보편적 이해가 쉽사리 일치할 수 없었던 조선 후기의 현실을 환기하는 것이기도 하다.

사설시조의 시적 시선과 대화 양상을 분석한 연구도 궁극적으로 주체가 자신의 체험과 욕망을 언어로 옮기는 담론 구조에 관심을 둔다.[19] 여기에서는 실제 작가와 시적 화자의 관계, 시적 화자와 대상 간의 거리, 작품과 독자 사이의 관계 및 독자와 관련된 제반 환경 등 소통론의 관점

16) 이 논의는 근대로의 이행을 논하면서 근대성을 성찰하는 데까지 이어진다. 조세형, 「동아시아적 근대의 문제와 사설시조의 장르지향」, 『도시인문연구』 10(1)(서울시립대학교 도시인문학연구소, 2018).

17) 고정희, 「사설시조에 나타난 우화적 내면 표현」, 『국어교육』 108(한국어교육학회, 2002).

18) 고정희, 「사설시조의 장형성과 이행기 문학적 의의」, 『고전문학과 교육』 10(한국고전문학교육학회, 2005).

19) 이수곤, 「사설시조의 거리두기 양상에 대한 고찰」, 『시학과 언어학』 5(시학과 언어학회, 2003); 류해춘, 「대화체를 수용한 사설시조와 그 실현양상」, 『국학연구논총』 9(택민국학연구원, 2012); 류해춘, 「현상적 청자를 설정한 사설시조의 유형과 그 존재양상」, 『온지논총』 35(온지학회, 2013); 이재준, 「사설시조에 나타난 현실 인식과 그 의미 – 대상과의 관계 맺기 방식을 중심으로」, 『온지논총』 37(온지학회, 2013); 조성진, 「대화체 사설시조의 극적 성격과 그 의미 – 명대 악부민가와의 비교를 중심으로」, 『국문학연구』 29(국문학회, 2014); 조태성, 「사설시조의 모더니티 – 자설의 사설 담론화를 중심으로」, 『한국시가문화연구』 36(한국고시가문화학회, 2015).

에서 사설시조에 접근했다. 대상과의 관계에 초점을 두는 경우 주체가 자신의 존재를 타자와의 관계 속에서 해명했다는 결론에 이르고 독자와의 관계에 초점을 두는 경우 흥겨운 연행 현장 안에서 자신의 감정과 인식을 다른 사람과 공유했다는 결론에 이른다. 하지만 주체를 둘러싼 다양한 관계를 고려하여 평시조와 다른 사설시조의 특징을 도출한 점은 서로 다르지 않다.

사설시조의 희극성 논의도 진전을 거듭하는 중이다. 먼저 시학적 측면에서 웃음이 유발되는 구조적 원인을 분석하고 그 효과를 규명하려는 경향이 발견된다.[20] 웃음을 자아내는 작품 내적 원리와 작품을 둘러싼 담론 구조 사이의 관계를 정립하고 그 미학적 함의를 고찰한 연구가 대표적이다.[21] 최근에는 사설시조의 희극성을 수용자에게 전달하기 위한 교육적 방법을 이론적으로 모색한 논문이 제출되기도 했다.[22] 그뿐만 아니라 인식론의 측면에서 희극성의 사회사적 의미를 고찰하려는 일련의 흐름이 있다. 이 논의는 희극성이 개인의 심리 층위를 넘어 사회적 인식의 차원에서 비롯한다는 사유에 바탕을 둔다. 곧 사설시조의 희극성은 욕망과 한계의 긴장 사이에 끼인 인간의 모습을, 규범과 욕망 사이에서 분열하는 주체의 행동을 그 모순성 속에서 보여 준다는 것이다.[23] 어느 쪽이

20) 고정희, 「사설시조의 희극적 특징 고찰」, 『한국문학논총』 35(한국문학회, 2003); 박상영, 「사설시조에 드러난 희비극성의 양상과 그 미학적 의미」, 『한국언어문학』 77(한국언어문학회, 2011); 조성진, 「사설시조 사랑노래에 나타난 웃음의 의미」, 『한국시가연구』 35(한국시가학회, 2013); 이형대, 「사설시조에 발현된 희극성의 육체적 표상들」, 『한국시가문화연구』 33(한국고시가문학회, 2014); 정종진, 「사설시조에 나타난 욕의 양상과 의미」, 『국제어문』 88(국제어문학회, 2021).

21) 박상영, 「사설시조 웃음의 미학적 연구」(경북대학교 박사학위논문, 2009).

22) 정은선, 「사설시조의 희극성 교육을 위한 이론적 고찰 – 제리 파버의 웃음 이론을 중심으로」, 『선청어문』 52(서울대학교 국어교육과, 2023).

23) 고정희, 「조선시대 규범서를 통해 본 사설시조의 희극성」, 『국어국문학』 159(국어국문학회, 2011); 김흥규, 앞의 책(2015); 송지언, 「기다림의 사설시조에 나타난 웃음의 해석 – '임이 오마 하거늘'을 중심으로」, 『고전문학과 교육』 32(한국고전문학교육학회, 2016).

든 희극성은 이질적인 것이 서로 뒤섞여 있던 이행기에 상호 소통과 공감을 가능하게 하는 매개가 되었다는 것을 긍정한다.

이상의 논의는 사설시조가 조선 후기의 일상과 경험, 감각과 인식, 감정과 욕망의 문제를 어떻게 다루었는지 묻고 있어 결과적으로 리얼리즘 개념을 환기한다고 할 수 있다. 근래에는 리얼리즘을 문학이 현실을 있는 그대로 반영한다는 주장 정도로 취급하는 태도에 대한 반성이 촉구된 바 있는데, 이 또한 우연만은 아닐 것으로 여겨진다. 여기에 따르면 작품세계는 현실을 있는 그대로 재현한 것이 아니라 언어로써 구성한 세계이므로 그 총체성 또한 재현에 의한 성취를 기준으로 평가될 필요가 있다고 한다.[24] 담당층 논쟁이 한창일 때도 리얼리즘적 성취가 이목을 끈 것을 상기하면 사설시조 연구는 조선 후기 현실과의 관련성을 염두에 두지 않을 수 없을 듯하다. 다만 근래의 연구는 사설시조가 재구성한 현실을 어떠한 리얼리즘의 관점에서 어떻게 바라볼 것인가 하는 문제를 제기한다는 점에서 앞 시기의 연구와는 다르다.

② 여성적 형상과 목소리를 통한 여성의 삶과 욕망 고찰

사설시조에서는 "쇼대남진의 밥을 담다가 놋쥬걱 잘를 부르쳐시니"(청김#478)나 "眞實로 나의 平生 願ᄒᆞ기ᄂᆞᆫ (중략) 품자리 잘ᄒᆞᄂᆞᆫ 져믄 書房이로다"(청김#559)처럼 여성의 애욕과 성을 담론화한 텍스트가 적지 않게 발견된다. 자연스레 여성적 형상이나 목소리를 빈 애욕과 성 담론을 어떻게 평가할 것인가 하는 논점이 형성되었다. 한편에서는 남성의 욕망과 관음적 시선이 투사된 대상화에 지나지 않는 것으로 보았고 다른 한편에서는 중세적 규범과 억압의 틀을 비집고 나오는 여성의 삶과 욕망, 혹은 그 흔적으로 보았다. 그렇다면 이러한 차이는 어디에서 비롯한 것일까.

---

24) 고정희, 「사설시조와 리얼리즘」, 『국문학연구』 28(국문학회, 2013).

전자의 경우, 사설시조에 등장하는 여성 화자는 대체로 간통이나 성애에 편향된 자아를 고백하는 분열된 목소리를 들려준다는 점에 주목한 연구가 대표적이다.[25] 이러한 양상은 여성 화자와 발화 주체의 분리를 감지하게 한다는 것이다. 논의에 따르면 사설시조의 여성 화자는 "기방 등 남성이 주도하는 유흥 공간에서 성욕을 대리 체험하고 대리 진술하는 욕망의 투사체로 기능"한다. 따라서 여성 화자는 "일탈적 욕망의 대상"이나 "희화화된 관음의 대상"에 지나지 않는다. 곧 온갖 도발적 포즈와 적극적 태도에도 불구하고 타자성이라는 망에서 벗어나지 못한 채 관음과 욕망의 주체인 남성에 의해 대상화될 뿐이라고 할 수 있다.[26]

최근에는 〈양동가마〉, 〈송과부 노래〉, 〈조리장수〉 등 서사민요에 등장하는 여성 인물의 욕망 표출 방식과 각 작품과 소재나 주제가 비슷한 사설시조에 등장하는 여성 인물의 욕망 표출 방식을 비교한 논문이 제출되었다. 비교의 결과, 여성의 진솔한 감정과 욕망을 담아낸 서사민요와 달리 사설시조는 여성 인물을 비판하거나 희화화할 뿐이라는 결론에 다다랐다. 나아가 이러한 차이가 발생한 배경을 작자층, 향유층, 향유 공간과 분위기 속에서 찾았다. 다시 말해 사대부 남성을 위해 생산·소비된 사설시조의 유흥성은 젠더 인식의 차이를 유발할 수밖에 없었으며 그에 따라 사설시조 작품 속에는 여성을 대상화하는 태도가 반영될 수밖에 없었다는 것이다.[27]

---

25) 박애경, 「사설시조의 여성화자와 여성 섹슈얼리티」, 『여성문학연구』 3(한국여성문학학회, 2000).

26) 류해춘, 「금전을 매개로 한 사설시조의 성담론」, 『시조학논총』 25(한국시조학회, 2006); 류해춘, 「가족갈등을 매개로 한 사설시조의 성담론」, 『시조학논총』 27(한국시조학회, 2007); 류해춘, 「상행위를 매개로 한 사설시조의 성담론」, 『우리문학연구』 22(우리문학회, 2007); 류해춘, 「불륜을 매개로 한 사설시조의 성담론」, 『우리문학연구』 24(우리문학회, 2008). 이상은 유사한 관점에서 성적 담론을 고찰한 연구이다.

27) 이민규, 「서사민요와 사설시조 속 젠더 인식의 차이와 성적 대상화의 문제」, 『어문학』 155(한국어문학회, 2022).

반면, 남성 중심의 성 습속이 관류하는 일탈적 욕망의 교환처에서 여성 존재는 성적 도구 이상의 의미를 갖기 어렵다는 사실을 인정하면서도 남녀가 모두 비인격성을 향할 수밖에 없는 처지에서 벗어나려면 경계선상에 있는 유동적 욕망과 경계를 넘어 탈주하는 욕망에 주목해야 한다는 견해가 제기되기도 했다. 사설시조는 몸과 욕망을 지닌 주체로서의 인간에 대한 전체적 이해를 요구하는 면이 있다는 것이다.[28] 이러한 논의는 기존의 통념에 대한 파괴의 미학을 성취한 작품으로 관심을 이어가 당시의 질서에 이질성을 도입하고 스스로의 존재방식, 삶의 새로운 가능성을 창출하는 여성 주체를 모색하는 데까지 나아간다.[29]

여성 화자의 목소리뿐만 아니라 그들이 맺는 관계들이 언어화된 결과로서 '수사적 상황'을 분석해야 한다는 제안도 비슷한 맥락에 있는 듯하다. 수사적 상황, 즉 여성의 삶과 욕망을 언어 속에 각인하기 위해 벌인 투쟁을 간파함으로써 감추어져 있으면서도 암시되고 있는 여성 형상을 탐구해야 한다는 뜻이다. 이를 통해 사회적 억압에도 불구하고 삶에 대한 여성의 욕망이 희화화된 표현 속에서 섬광처럼 나타난다는 사실을, 당황스러운 외부 상황을 극복하고 그 고통의 감정을 익살로 넘겨 본능적 욕구를 상하게 하지 않는 희극성을 발견했다.[30] 결국 사설시조의 담론을 통해 비집고 나오는 여성의 삶과 욕망을 어떻게 평가할 것인가 하는 물음을 남겼다.

나아가 사설시조 속 여성이 대담하게 자신의 욕망을 표현할 수 있게 된 데에 주목한 연구도 눈길을 끈다. 여기에서는 이러한 문학적 언표화가 가능했던 배경이 여성의 성에 대한 당시 사회의 인식 변화나 중세적

28) 이형대, 「사설시조와 성적 욕망의 지층들」, 『민족문학사연구』 17(민족문학사학회, 2000).
29) 이형대, 「사설시조와 여성주의적 독법」, 『시조학논총』 16(한국시조학회, 2000).
30) 고정희, 「사설시조에 나타난 여성의 수사적 상황」, 『국어교육』 114(한국어교육학회, 2004).

규범을 대하는 여성의 의식 변화에 있다고 보았다.[31] 곧 여성의 삶과 욕망을 담론화하기 위한 투쟁이 없었다면 대담한 여성 형상 자체가 나타나지 못했을 수 있다는 것이다. 이 견해는 통속성, 일상성, 대중성 논의에 문제를 제기하면서 개인의 각성을 북돋는 근대와의 관련성 속에서 그 의미를 찾아야 한다는 생각으로 이어진다.[32] 아울러 소수자/주변부 담론은 물론 지배층-피지배층, 중심-주변, 남성-여성 구도의 해소를 꾀한 이전의 연구들과 상통하는 면이 있다.[33]

여성적 형상이나 목소리를 빈 애욕과 성 담론을 남성에 의한 대상화에 불과하다고 보는 견해는 사설시조가 남성 중심의 유흥 공간에서 희학적으로 소비되었을 뿐이라 평가한다. 이에 대해 여전히 거시 담론이 지시하는 인과성 속에서 그 특징을 설명한 것이 아닌가 하는 의문이 제기된 바 있다.[34] 반대로 중세적 규범과 억압의 틈을 비집고 나온 삶과 욕망의 흔적으로 보는 견해는 사설시조가 조선 후기 여성에게 언어와 담론을 부여했다고 평가한다. 이러한 논의는 텍스트 자체에 주목했으나 더 풍부한 자료적 뒷받침이 필요할 것이다. 정리하자면 여성적 형상과 목소리에 비추어 여성의 삶과 욕망을 고찰하려 한 연구는 사설시조의 담당층이나 연행 환경을 너무 의식한 나머지 앞 시기 연구의 영향을 떨치지 못한 면도 없지 않지만, 조선 후기 여성의 현실이 사설시조의 언어와 담론을 통해 드러나게 되는 복잡다단한 과정을 고찰함으로써 그 영향에서 벗어

---

31) 박상영, 「사설시조의 여성을 향한 두 시선 : 저항과 욕망, 그 대립을 넘어서」, 『시조학논총』 50(한국시조학회, 2019).

32) 박상영, 「사설시조와 여성 : 그 흔적들과 시선의 지층들」, 『한국시가문화연구』 45(한국시가문화학회, 2020).

33) 박상영, 「사설시조에 나타난 권력의 흔적들」, 『국어국문학』 181(국어국문학회, 2017); 박상영, 「사설시조에 나타난 '장애'의 일면」, 『국어국문학』 183(국어국문학회, 2018); 박상영, 「조선후기 시가에 나타난 혐오의 한 양상과 그 문화론적 의미」, 『국어국문학』 185(국어국문학회, 2018).

34) 김흥규, 앞의 책(2015), 20~21면.

나는 중이라고 할 수 있다.

③ 가집이나 악곡 이해에 기반을 둔 문화사적 접근

서론에서 언급한 것처럼 만횡청(蔓橫淸)의 독립을 주장한 이능우의 논의가 최근 다시 주목받고 있다. 아무래도 형식 면에서 "시조와의 유기성"을 발견하기 어렵고 내용 면에서 "시조를 쫓으려는 어느 구구한 정신"이 포착되지 않는다는 것이다. 그러므로 사설시조라 호칭하여 시조에서 파생된 장르인 듯한 인상을 주지 말고 시조로부터 독립시켜 "민족의 저류, 백성들의 세계 속에서 발생하고 성장"한 장르로서 만횡청의 의의를 부각해야 한다고 했다.[35] 물론 근래의 연구는 김천택 편 『청구영언』(이하 『청김』) 소재 「만횡청류」의 사적 위상과 그 의미를 논하고 있어 논의의 초점은 조금 다르다.

착점은 『청김』 내에서 「만횡청류」의 입지가 독특하다는 데 있다. 곡조와 작가, 내용을 기준으로 시조를 분류한 전체 편제와 비교할 때 「만횡청류」는 편제 바깥에 놓인다는 것이다. 또한 홍만종의 국문 시가 비평과 〈만횡청류 서〉, 즉 서문 역할을 하는 글을 2종이나 동원하여 그 수록의 논리를 강조했다.[36] 게다가 『고금가곡』은 내용별 분류 방식을 취한 가집인데 충분히 다른 항목에 배치될 수 있는 34수를 모아 「만횡청류」에 따로 실었다.[37] 이상에 비추어 김천택이 『청김』을 편찬할 당시에는 「만횡청류」가 평시조와 다른 별도의 '양식'으로 인식되지 않았나 하는 추론을 제기한다. 그렇다면 별도의 '양식'이란 무엇을 의미하는가?

연구자들은 "여항의 노래 가운데 음률에 잘 맞는 것 수백여 수(及閭井歌

35) 이능우, 앞의 책(1966), 286~292면.

36) 이상원, 「만횡청류의 운명 – 『청구영언』 수록 전과 후」, 『한국시가연구』 43(한국시가학회, 2017), 121면.

37) 김용찬, 『18세기 시조문학과 예술사적 위상』(월인, 1999), 46~49면.

謠之自中音律者數百餘闋)"(〈청구영언 서〉), "여항과 시정의 음란한 이야기와 저속한 말들도 또한 왕왕 있다(委巷市井, 淫哇之談, 俚褻之設詞, 亦往往而在)"(〈청구영언 후발〉), "두드러지게 세상에 성행한다(表表盛行於世)"(홍만종의 국문 시가 비평), "그 유래가 이미 오래되어 일시에 폐기할 수 없다(其流來也已久, 不可以一時廢棄)"(〈만횡청류 서〉)는 등의 평어를 주목한 바 있다. 곧 「만횡청류」는 당시에 성행한 여항과 시정의 노래이므로 그 유래와 성격이 평시조와 다를 수밖에 없다는 것이다.[38)]

굳이 '류(類)'라는 말을 써서 서로 다른 무언가를 한데 엮어 놓은 듯한 인상을 주는 것도 문제적이다. 이로 인해 「만횡청류」를 단일한 장르로 묶기는 어렵다는 주장이 제기되었다. '짧은 노래→긴 노래' 순서로 배열되어 형태상 다양할 뿐만 아니라 표기 체계나 언어 운용 측면에서도 복잡한 양상을 띤다는 것이다. 그리고 「만횡청류」가 기존 시가(고려속요, 악장 등)나 민요 등에서 유래한, 혹은 18세기 초 여항에서 널리 향유된 잡다한 가창물의 집성이라는 데에 그 원인이 있는 것으로 진단했다. 나아가 「만횡청류」는 가곡창에 얹어 부르는 삭대엽 위주의 노래나 〈장진주사〉, 〈맹상군가〉와 다른, 『청김』이 편찬될 당시까지 아직 노래 양식이 확정되지 않은 작품군이었고 『청김』에 수록된 덕분에 가곡창 영역에 편입되어 그 위상을 굳혔다는 결론에 이르렀다.[39)]

이후, 김천택이 『청구영언』에 「만횡청류」를 수록한 의도는 서울의 유흥 공간을 주름잡던 사대부나 가객들로부터 그것을 가곡으로 인정받기 위함이었고 18세기 중·후반까지 그것은 가곡으로 편입되기 위해 일정한 투쟁의 과정을 겪어야 했음을 논한 연구가 제출되었다.[40)] 아울러 「만횡

38) 강혜정, 「만횡청류의 형성 기반과 여항가요와의 친연성에 대한 고찰」, 『어문논집』 62(민족어문학회, 2010).

39) 신윤경, 「『진본 청구영언』 소재 만횡청류의 존재 양상 연구」(이화여자대학교 박사학위 논문, 2015).

청류」가 후대 가집에 수록되고 분화하는 과정과 그 의미를 분석하기도 했다.[41] 최근에는 「만횡청류」의 유래를 도시 가요로 재정립하고 도시 가요의 노랫말을 수용할 수 있었던 시조의 양식적 특질을 선율과 가사의 유연성 측면에서 고찰한 논의로 이어졌다.[42] 이상의 논의는 사설시조의 발생과 유래, 담당층 등을 원점에서 다시 생각하게 한다. 물론, 반론이나 저항도 만만치 않을 것이라 예상되는데 이에 대해서는 다음 장에서 기술할 예정이다.

가곡 향유의 사적 추이를 논할 때 18세기 중·후반은 만횡청류의 유행에 따른 농·낙·편의 분화와 정립, 새로운 가풍의 수립, 편가의 모색 등이, 19세기 초·중반은 우·계면 양 조의 정리에 따른 가곡의 분배, 여창 편가의 수립, 두거의 파생 등이, 19세기 중·후반은 이삭대엽에서 파생한 두거·평거·중거의 성립, 농·낙·편 곡목 분화에 따른 악곡의 재분배, 여창 편가의 완성 등이 주요 관심사로 떠오른 시기라고 보는 데는 큰 이견이 없는 듯하다.[43] 그 유래는 차근차근 따져 보아야 할 테지만 만횡청류의 유행이 18, 19세기 시가 문화의 변화를 주도한 것으로 보이는바, 『청구영언』 내에 「만횡청류」 항목이 설정된 것은 특기할 만한 사건이 아닐

---

40) 이상원, 앞의 논문(2017).

41) 배대웅, 「만횡청류의 분화와 분화의 의의」, 『한국시가문화연구』 48(한국시가문화학회, 2021).

42) 신경숙, 「『청구영언』과 사설시조」, 『한국시가연구』 58(한국시가학회, 2023). 이 논의는 가집 산출과 가곡 연행에 주목하여 서울, 즉 도시의 음악·풍류 문화를 고찰한 연구 (신경숙, 「19세기 연행예술의 유통구조 – 가곡(시조문학)을 중심으로」, 『어문논집』 43(안암어문학회, 2001); 신경숙, 「18·19세기 가집, 그 중앙의 산물」, 『한국시가연구』 11(한국시가학회, 2002); 신경숙, 「19세기 서울 우대의 가곡집, 『가곡원류』」, 『고전문학연구』 35(한국고전문학회, 2009); 신경숙, 「조선후기 가곡 향유의 범위와 그 의미」, 『시조학논총』 34(한국시조학회, 2011))의 연장선 위에서 「만횡청류」를 도시 가요로 보아 온 이상의 논의를 재정리한 것이라 할 수 있다.

43) 성무경, 「19세기 초반, 가곡 향유의 한 단면 – 『영언』과 『청육』의 '이삭대엽 우·계면 배분 방식'을 대상으로」, 『시조학논총』 19(한국시조학회, 2003).

수 없다.

한편 본가곡(本歌曲)과 소가곡(小歌曲)이라는 용어가 제안되기도 했다. 논의에 따르면 『학포금보(學圃琴譜)』에서는 농·낙·편 등의 악곡을 소가곡이라 칭했다고 한다. 그리고 『서금가곡(西琴歌曲)』과 『학포금보』에는 긴 노랫말을 가창할 때 늘어난 자수를 소화하기 위한 장치로 활용된 각(刻·脚·角)을 나타내고자 '각표(角標)'라는 항목이 설정되어 있다고 한다. 곧 농·낙·편은 전각(全刻)과 반각(半刻)을 활용하여 악곡을 확장하는 면모가 확인된다는 것인데, 이렇게 변주되는 악곡을 소가곡이라 개념화한 것이다. 여기에 대비하여 악곡이 확대되기 이전의 삭대엽 본래 구조를 지닌 악곡을 본가곡이라 명명했다.[44] 그렇다면 18, 19세기 가곡 향유는 본가곡에서 소가곡으로 무게중심이 옮겨 갔다고 할 수 있다.

각의 존재는 긴 노랫말에 대한 악곡 층위의 대응을 시사한다. 나아가 각을 통해 악곡을 엮어 갔다는 점에 착안하여 '만횡'을 엮음의 뜻으로 풀기도 했다.[45] 앞에서는 『청김』 소재 「만횡청류」가 '짧은 노래→긴 노래' 순서로 배열되는 양상을 드러낸다 했는데 엮음의 원리가 그 다양성을 해명하는 단서일 수 있지 않을까. 실제로 각의 활용과 사설의 짜임이 어떻게 관련되는지 분석한 연구도 제출되었다.[46] 이로써 각이 늘지 않은 단형시조, 각이 늘지 않은 중형시조, 각이 늘어난 중형시조, 각이 늘어난 장형시조의 네 유형을 도출하고 농·낙은 비교적 적게 늘어난 노랫말과 관련이 있고 편은 비교적 길게 늘어난 노랫말과 관련이 있음을, 『청김』에

---

44) 김영운, 『가곡 연창형식의 역사적 전개 양상』(민속원, 2005). 본 가곡은 16박 10점 한 장단을 사용하여 5장 171박을 구성한 것이다. 여기에 10점 10박 한 장단의 전각과 그 절반에 해당하는 반각을 덧붙여 악곡을 확장했다는 뜻이다.

45) 김영운, 위의 책, 143~144면.

46) 변미혜, 「가곡 작창 원리에 대한 소고 – 노랫말의 음보, 배자, 장단 점수의 상관성을 중심으로」, 『한국음악연구』 54(한국국악학회, 2013); 신혜선, 「『삼죽금보』 각을 통해 본 가곡 농·낙의 특징」(한양대학교 박사학위논문, 2019).

실린 「낙시조」는 각이 늘어나지 않은 중형시조를 모아둔 것일 가능성이 있음을 주장했다.

초점을 당겨 보면 낙시조가 눈에 띈다. 가람본 『청구영언』에는 낙과 관련된 것으로 보이는 악곡이 여럿 있기 때문이다. 「삼삭대엽낙희병초」, 「만대엽낙희병초」, 「편락병초」, 「낙」 등이 그것이다. 이는 낙시조가 연원이 서로 다른 다양한 성격의 악곡임을 가리키는 것으로 해석되기도 했고,[47] 낙시조를 중심으로 한 변주곡의 불안정성을 보여 주는 것으로 이해되기도 했다.[48] 낙 계열을 세 시기로 나누어 그 변모 양상을 고찰한 최근 논의는 낙시조에 대한 이해를 심화한다.[49] 곧 편가 내에서 삼삭대엽 다음에 불린 평시조 중심의 낙시조 단계에서 사설시조를 담아내는 낙시조가 등장하며 다양성을 드러냈으나 그 악곡명은 분화되지 못한 단계를 거쳐 낙 계열 악곡이 다변화하면서 정착하는 단계로 이행했다는 것이다.

끝으로 각에 대한 논의는 사설과 악곡이 서로 밀착하게 되는 과정을 시사한다. 소가곡은 같은 악곡이라도 노랫말로 어느 것을 선택하는지에 따라 다양한 각이 출현하여 길이나 선율 면에서 가변성을 띠기도 하지만 사설과 악곡이 고착되는 면도 있다. 그래서 기왕의 인식과 달리 가창 현장에서 즉흥적으로 연주하거나 새로운 노랫말을 선택하기 어려웠을 것이라는 주장도 제기되었다.[50] 반대로 말하면 현행 가곡은 사설과 악곡을 치밀하게 안배한 결과일 수 있다. 따라서 악곡의 정조와 사설의 내용이 어떠한 관련을 맺는지 추적할 필요성이 도출된다.[51] 다만, 아직은 가곡의

47) 이상원, 「『청구영언』(가람본)의 성격과 계보학적 위상」, 『고전과 해석』 9(고전문학한문학연구학회, 2010).

48) 어진호, 「가람본 『청구영언』을 중심으로 한 '낙시조'의 쟁점과 향유 양상」, 『한국시가문화연구』 29(한국시가문화학회, 2012).

49) 송안나, 「18세기 후반 가집의 편찬 체제와 편가 구성의 방향 – 『청구영언』(가람본) 수록 낙 계열 악곡의 변화 양상을 중심으로」, 『국제어문』 73(국제어문학회, 2017).

50) 김영운, 「현행 가곡의 사설시조 가창 양상」, 『시조학논총』 43(한국시조학회, 2015).

선율과 리듬을 섬세히 전달할 만한 언어를 갖추지 못한 듯하여 관련 연구를 지속할 필요가 있다고 본다.

이상의 연구는 사설시조가 무엇을 어떻게 노래한 장르인가 하는 물음에 미시적으로 접근했다고 할 수 있다. 여기에서는 김천택 편 『청구영언』 소재 「만횡청류」가 연원이 다양한 도시 시정의 노래를 집성한 결과물일 가능성을 제시했다. 아울러 만횡청류가 지난한 투쟁의 과정을 거쳐 가곡 문화권 안으로 편입되는 것은 새로운 가풍이 수립되거나 악곡이 분화하게 되는 계기였을 수 있음을 밝혔다. 그뿐만 아니라 각이라는 음악적 장치가 농·낙·편 성립의 기저가 되었을 가능성을 논한 연구나 낙시조가 사설시조를 담아내기 위한 악곡으로 등장하는 과정을 살핀 연구도 중요한 성과이다. 이러한 문화사적 접근은 ①, ②와 같은 연구의 바탕이 되므로 끊임없는 갱신이 필요하다.

3. 사설시조 연구의 과제와 전망

사설시조 연구가 거시 담론에서 벗어나 문학적 실질에 관심을 두기 시작한 것은 무척 고무적인 일이다. 이러한 연구사적 전환은 다양한 담론을 새롭게 축적하는 가운데 시대적 요구에 부응하는 과정이었다고 할 수 있다. 이제껏 서로 다른 시각과 관심에서 비롯한 다채로운 연구 성과를 몇 가지 맥락으로 꿰어 보려 한 이유도 그 과정과 의의를 조금 더 세밀하게 파악하기 위함이었다. 덕분에 문학 내적, 외적으로 일군 결실을 한데 모아 볼 수 있었다. 이 장에서는 2000년 이후 형성된 주요 논점을

---

51) 박연호, 「남창 가곡 우조 농, 락의 선율과 노랫말의 관련성」, 『한국시가연구』 36(한국시가학회, 2014); 정일영, 「『증보가곡원류』 농·낙 사설과 악곡의 연관성 고찰」, 『시조학논총』 46(한국시조학회, 2017).

되짚어보면서 남은 과제가 무엇인지, 나아갈 방향이 어디에 있는지 모색하고자 한다.

1) 조선 후기 문학에 대한 리얼리즘적 탐색

사설시조의 문학성을 탐구한 논의는 관심의 초점이 어디에 있든 그 끝에서 조선 후기의 현실을 마주하게 된다. 곧 사설시조에서는 이행기의 일상과 경험, 감각과 인식, 감정과 욕망 등이 어떻게 문학적으로 재구성되는가, 어떠한 언어를 통해 드러나는가 하는 의문을 제기한다는 것이다. 따라서 사설시조 연구는 이행기의 사회상을 도외시할 수 없을 것이라, 문학성과 사회상의 관계를 탐색하는 리얼리즘론을 간과하기 어려울 것이라 예상한다. 시학과 미의식에 기반하여 장르적 성격을 고찰한 연구가 종국에는 리얼리즘 개념을 환기한다고 한 이유도 이상과 같다.

주지하듯 리얼리즘(realism)이라는 개념은 다양한 의미와 의도를 내포하고 있어 단적으로 정의하거나 우리말로 옮기기가 쉽지 않다.[52] 후술하겠지만 'real'이라는 말이 시대와 관점에 따라 폭넓게 해석될 여지가 있기 때문이다.[53] 그런데 70년대부터 90년대까지 이른바 리얼리즘 논쟁을 거치면서 서구에서 그랬던 것처럼 우리나라에서도 그 함의가 무척 좁아졌다. 다소 독단적인 면모가 없지 않았던 사회주의 리얼리즘이 유행처럼 번졌다가 퇴조한 결과 리얼리즘은 사회 현실을 객관적으로 반영하여 주체성과 상상력을 제한할 뿐인 단순하고 정형화된 문학론으로 치부되기

52) 주지하듯 리얼리즘의 번역어로 '사실주의'나 '현실주의'라는 용어가 거론되었다. 전자는 '낭만주의'와 대비되는 문예사조 개념으로 그 기법적 측면을 강조하고 후자는 현실과의 긴장 관계에 주목한 세계관적 개념으로 그 의도의 측면을 강조한다. 그런데 이렇듯 어느 한 면만을 부각하는 것은 오해의 소지가 있는바, 외래어를 그대로 사용하는 편이 나을 것으로 보인다.

53) 김응준, 『리얼리즘』(연세대학교출판부, 2009), 7~45면.

시작한 것이다. 당시에도 그 폐단을 경계하며 리얼리즘 운동의 성숙을 도모한 논의가 있었으나,[54] 한물간 문예사조 정도로 취급되는 흐름을 막기는 어려웠다.

하지만 우리가 발 딛고 선 세계는 우리가 상상할 수 있는 것보다 훨씬 더 풍부하다. 다시 말해 현실을 있는 그대로 작품 속에 재현한다는 것은 애당초 불가능에 가깝다는 뜻이다.[55] 게다가 현실과 닮았다는 이유만으로 그것이 어떤 진실을 드러낼 수 있는 것도 아니다. 따라서 모두 다 그려낼 수도 없으나 모두 다 포착할 필요도 없는 객관적 현실과의 관계만을 기준으로 리얼리즘의 가치와 의의를 평가하는 것은 온당치 못하다. 모든 예술은 결국 제작된 것일 수밖에 없으며 리얼리즘 문학 역시 언제나 상상의 세계를 창조해 왔다는 지적은 객관성, 혹은 전체성에 기울어진 리얼리즘 이해가 어떤 오해에서 비롯한 것임을 일깨워 준다.[56]

2장에서 검토한 것처럼 근래에는 사설시조 연구사에서 루카치의 리얼리즘 이론이 충실하게 적용되지 않았다는 성찰이 시도되었다. 이 논의는 위와 같은 맥락의 문제를 제기한 것으로 보이는데, 여기에 따르면 루카치는 현실 그 자체가 아니라 언어로써 창출된 미학적 현실에 관심을 두었고 전형과 총체성 개념을 통해 개별적인 것과 보편적인 것을 종합하려 했으며 그렇게 구축된 작품 세계에 의미를 부여하는 독자의 권한을 인정했다고 할 수 있다.[57] 이로써 사설시조가 현실을 어떻게 해석하고 재구성했는지 물어야 했으나 그동안의 사설시조 연구는 현실의 모순성과 재현의 핍진성을 맹목적으로 추구한 나머지 사설시조의 담당층으로 지목된 계층

---

54) 백낙청, 「민족문학론과 리얼리즘론」, 기념논총간행위원회, 『벽사이우성교수 정년퇴직 기념논총 – 민족사의 전개와 그 문화(하)』(창작과비평사, 1990), 732~735면.

55) E. H. 곰브리치, 「진실과 고정관념」, 게오르그 루카치 외, 최유찬 외 편역, 『리얼리즘과 문학』(지문사, 1985), 247면.

56) 르네 웰렉, 「문학 연구에 있어서 리얼리즘의 개념」, 위의 책, 38면.

57) 고정희, 앞의 논문(2013), 12면.

의 전망에 따라 그 문학적 성취를 재단하고 말았다는 것이다.

한편, 총체성(totality) 개념은 리얼리즘에 대한 이상과 같은 오해, 혹은 반감을 초래한 원인 가운데 하나로 지목되기도 했다. 총체성을 인식해야 할 대상으로만 파악할 경우, 그것은 모든 개별적인 것을 옭아매는 전체로서의 객관적 실체로 곡해될 여지가 있기 때문이다.[58] 아울러 리얼리즘은 객관적 현실을 탐구한다는 미명 아래 겉보기에만 보편적인 고정된 형상을 창출할 따름인, 개체가 지닌 자율성이나 부분들 사이의 상호성을 억압하여 결국은 결정론으로 기우는 이론이 될 가능성이 있다. 하지만 루카치 또한 "총체성이란 우리가 접근할 수 있을 뿐 도달할 수는 없는 것"임을 강조한바, 그것은 인간의 인식이 장악할 수 있는 것이 아니라 점근(漸近)할 수밖에 없는 것임을 염두에 두어야 한다는 주장도 제기되었다.[59]

따라서 최근에는 인식 대상으로서의 총체성보다는 인식 방법으로서의 총체성 개념에 더욱 주목한다. 특히 "총체성은 어떤 궁극적인 진리의 형태로 접근될 수 없을 뿐 아니라 재현되지도 않는다."라는 지적이 눈에 띈다. 이 논의에 따르면 이데올로기란 사유될 수 있는 것은 그 자체의 일관된 모습을 허용하되 사유될 수 없는 것은 경계 너머로 억압하는 봉쇄의 전략이며 총체성이란 "본질적으로 비판적이고 부정적인, 탈신비화하는" 이데올로기 비판의 방법이다. 곧 총체성은 이데올로기에 의해 억압된 것들을 드러냄으로써 사유의 범위와 인식의 지평을 넓혀 나가는 방식으로 이해해야 한다는 뜻이다.[60] 나아가 총체성에 운동성을 부여하여 현실을 포착하려는 끊임없는 의지와 시도의 다른 이름으로서 그 의의를

58) 김세준, 「운동성으로서의 총체성과, 문학비평담론 연구」, 『현대문학이론연구』 76(현대문학이론학회, 2019), 28~31, 33~36면.

59) 신광현, 「'총체성'과 문화연구의 미래: 프레드릭 제임슨의 주제에 의한 변주」, 『비평과 이론』 11(2)(한국비평이론학회, 2006), 57~61면.

60) 프레드릭 제임슨, 『정치적 무의식』(민음사, 2015), 66면.

강조하기도 한다.[61)]

앞에서 'real'이라는 말이 폭넓게 번역될 여지가 있다고 했는데, 이제는 그것이 사물이나 사실, 현실의 층위를 넘어서 해석되는 정황이 포착된다. 억압된 것을 바꾸어 말하면 드러남을 허락받지 못한 것, 즉 사유와 인식의 경계 바깥에 놓여야 할 것이라고 할 수 있다. 어쩌면 억압된 것이란, 언제나 자기 품으로 세계를 끌어들여 간직하는 경향이 있으며 그것을 드러내려는 모든 시도 앞에서 끊임없이 숨어 버리는 면모를 드러내는 하이데거의 '대지' 개념과 상통할는지 모른다.[62)] 혹은 블랑쇼가 모든 것이 사라졌다가 나타나는 '또 다른 밤' 개념을 통해 주목한 사라져 버린 것, 따라서 보이지도 않고 들리지도 않기에 말할 수도 없는 것과 비슷한 맥락에 놓인다.[63)]

그런데 "보이지 않는 것은 그리하여 계속해서 보지 않을 수 없는 것, 스스로를 보이게 하는 끊이지 않는 것"이기도 하다.[64)] 다시 말해 보이지 않는 것은 끊임없이 자신을 드러내 보이기 위해서 애쓰며 마침내 그것이 발견되는 순간 보이는 것을, 보이는 것들의 시간인 낮을 재구축한다는 뜻이다. 마찬가지로 억압된 것은 억압하는 것을, 숨은 대지는 드러난 세계를 다시 사유하는 계기가 된다. 이러한 투쟁이 계속되므로 억압된 것, 숨겨진 것, 사라진 것은 더 이상 부재한다고 하기 어렵다. 오히려 그것은 이미 사실이나 현실의 지위를 획득한 무엇을 극복하는 동력이 되는바, 사실이나 현실보다 더 중요한 자리를 차지한다. 그렇다면 'real'이라는 말은 무엇을 지칭하며, 리얼리즘은 어디를 지향해야 하는가. 필자 역시 단정할 수는 없지만 이른바 진리, 혹은 존재의 층위로 그 무게중심이 옮

61) 김세준, 앞의 논문(2019), 33~36면.

62) 마르틴 하이데거, 한충수 역, 『예술 작품의 샘』(이학사, 2022), 68~69면.

63) 모리스 블랑쇼, 이달승 역, 『문학의 공간』(그린비, 2010), 236~249면.

64) 위의 책, 237면.

겨간 것만은 분명해 보인다.

정리하자면 리얼리즘은 우리가 인식하지 못한 것을 인식하고 이미 인식된 것을 재인식하는 방법이라고 할 수 있다. 여기에 따르면 문학은 현재의 우리가 아니라 현실과의 관계 속에서 새롭게 만들어져 가는 가능성으로서 우리의 모습을 비추어 주는 거울이 된다. 곧 자신이 처한 언어·문화적 세계 속에서 새로운 세계를 이루어 가는 계기로 작용한다는 것이다. 이상의 논의는 현실 그 자체가 무엇인지 묻지 않고 현실이 사람들에게 어떻게 지각되고 어떻게 받아들여지는지, 언어를 통해 창출된 작품 세계는 현실에 어떠한 영향을 미치는지 물었다.[65] 이로써 단순하고 정형화된 담론에서 벗어나 리얼리즘 개념을 확대 적용할 수 있는 토대를 마련했다고 할 것이다.

2장에서 확인했듯 시학이나 미의식에 주목한 사설시조 연구는 궁극적으로 리얼리즘 개념과 맞닿는 경향이 없지 않았다. 하지만 리얼리즘 이론의 확대 적용을 본격적으로 모색할 기회는 드물었기에 근래의 리얼리즘 논의를 빙산의 일각이나마 되짚어보았다. 그 결과, 인식의 방법으로서 총체성 개념에 기반하여 아직은 은폐된 상태에 있는 어떤 것을 재현하려 하고 이러한 문학적 재현을 통해 현재를 갱신하려 하는 리얼리즘의 지향이 드러났다. 그런데 고정희가 주목한 것처럼,[66] "'일견 하찮아 보이는 것들'에 대한 진정한 관심에서 우러나온 (……) 세부묘사는 단순한 기교나 그 자체가 목적인 것이 아니라 '도'를 포착하기 위한 리얼리즘 특유의 방법"이라며 연암의 문학론을 고찰한 논의가 이른 시기에 제출된 바 있어 흥미롭다.[67] 총체성이 인식의 대상이자 방법이라는 사실을 이미 간파한

65) 이진경, 「현실과 비밀, 혹은 수많은 리얼리즘들」, 『오늘의 문예비평』(오늘의 문예비평, 2010), 25면.

66) 고정희, 앞의 논문(2013).

67) 여기에서는 '하찮은 것'에 대한 관심에서 우러난 세부 묘사를 통해 도(道)를 더욱 분명하게

것이다.

이제는 이행기로서 조선 후기를 살아야 했던 사설시조의 담당층이 자기 시대를 어떻게 해석했는지 물어야 할 때다. 특히 당시로서는 사회적 질서 밖으로, 사유의 경계 너머로 억압되거나 숨겨지거나 사라질 수밖에 없었던 것들을 어떠한 언어로 옮겼는지, 이를 통해 어떻게 총체성에 다가서고 어떻게 새로운 세계를 열어 보였는지 고찰해야 할 필요가 있다. 앞에서 언급했듯 루카치는 언어로써 창출된 작품 세계에 의미를 부여하는 독자의 권한을 인정했다. 리얼리즘의 성패는 결국 읽는 사람이 작품을 통해 그 시대의 총체성에 다가갈 수 있는가 하는 데에 달렸기 때문일 것이다. 우리에게도 한편으로는 리얼리즘 이론의 쇄신을 염두에 두면서 한편으로는 끊임없이 사설시조를 재해석하는 독자의 자세가 필요하다.

아울러 문학성과 사회상의 관계를 탐색하는 것이 비단 사설시조 연구에만 국한되는 것은 아니다. 특히 판소리계 소설 등 조선 후기의 문학 장르는 현실적 삶의 조건과 주체의 욕망이 빚어내는 갈등을 다루는 경우가 적지 않으며,[68] "18세기부터 19세기 초반에 이르는 기간에 문학예술 전반에 걸쳐 폭넓고 깊이 있는 현실주의적 경향이 발달했"다는 것도 이미 오래전에 논의된 바 있다.[69] 그러므로 사설시조의 언어와 담론을 고찰한 다음, 비슷한 시기의 다른 장르와 견주어 볼 필요가 있다. 사설시조와 후기가사 및 판소리 등의 표현 특성을 비교한 논의도 비슷한 맥락으로 이해된다.[70] 이러한 연구는 이행기의 장르로서 사설시조의 보편성과 특

드러내려 한 연암의 문학론이 경험을 매개로 하되 경험의 한계를 넘어서 도를 인식해야 하는 총체성의 문제에 다가서고 있다고 논평했다. 김명호, 「실학파의 문학론과 근대 리얼리즘 - 연암의 문학론을 중심으로」, 『한국한문학연구』 19(한국한문학회, 1996), 97~99면.

68) 강명관, 「판소리계 소설에 나타난 식욕과 판타지」, 『고전문학연구』 32(한국고전문학회, 2007).

69) 임형택, 「실학사상과 현실주의문학」, 『한국문학사의 논리와 체계』(창작과비평사, 2002), 390면.

수성을 드러내는 동시에 조선 후기 문학의 리얼리즘적 성취를 고찰하는 토대가 되지 않을까 한다.

고전시가 연구의 진전을 이루기 위해서는 실증적 연구를 소홀히 하지 않아야 하되 서양의 사상과 이론을 비판적으로 수용하여 그 시학과 미의식을 규명해야 한다는 견해가 제기된 바 있다.[71] 그뿐만 아니라 인간의 주관성으로 환원되지 않는 사물들을 통해 인간을 둘러싼 사회 현실을 다시 환기한 것이 사설시조의 리얼리즘적 성취라고 평가한 논의는 한국문학의 특수성과 이론적 전통을 바탕으로 한 리얼리즘 이론이 모색되어야 한다고 주장한다. 한국문학의 리얼리즘적 성취가 정체된 것으로 보이는 서구 리얼리즘의 대안이 될 수 있다는 뜻이다.[72] 비록 리얼리즘에 관한 이론을 부분적으로 정리하는 데서 그쳤지만, 이상의 논의가 이러한 제안을 수행하는 데에 조금이나마 일조할 수 있기를 기대한다.

2) 담론 분석에 기반한 주체성 도출

사설시조 연구에서 여성적 형상이나 목소리에 담긴 애욕과 성 담론을 남성의 욕망과 관음적 시선이 투사된 대상화에 지나지 않는 것이라 평가할 것인가, 아니면 여성의 삶과 욕망이 중세적 억압의 틈을 비집고 나온 것이라 평가할 것인가 하는 문제가 여전히 논란이 되는 까닭은 무엇일까? 여기에서는 사설시조 창작과 향유의 주체를 단일한 성격과 취향을 지닌 존재로 동일화한 것이 그 배경 가운데 하나일 수 있다고 본다. 곧 남성 중심의 유흥 공간에서는 희학적, 향락적 소비가 이루어질 수밖에 없음을

---

70) 조세형, 「조선후기 문학의 표현특성과 그 문학사적 의미」, 『고전문학과 교육』 27(한국고전문학교육학회, 2014).

71) 이도흠, 앞의 논문(2022), 36~37면.

72) 고정희, 앞의 논문(2013), 32~34면.

논의에 앞서 상정하지 않았나 하는 것이다. 물론 이러한 논의는 사설시조의 담당층이나 연행 환경을 비판적으로 조명한 의의가 적지 않지만, 작품에 대한 열린 해석을 어렵게 한다는 점에서 그 한계도 분명하다.

20세기 이후, 주체는 타자와의 관계 속에서 자신을 정립해 나가는 존재로 재정의된다.[73] 이 논의에 따르면 주체는 더 이상 고정된 실체를 지닌 존재가 아니며 주어진 상황과의 관계에 따라 달라지는 가변적 존재이다. 사실 사설시조의 창작과 향유에 관여한 주체의 실체를 규명하는 것은 몹시 요원한 일이다. 그 성별과 계층을 알아도 성격과 취향은 알기가 어렵기 때문이며 간혹 그 성격과 취향이 드러나도 어디까지 일반화할 수 있을지 판단하기가 어렵기 때문이다. 어쩌면 닿을 수 없는 곳에 닿고자 하는 노력일는지 모른다. 따라서 근래의 주체 개념을 수용하여 주체의 가변성을 인정하는 것은 더 풍부한 논의가 이루어지는 발판이 될 가능성도 없지 않다.

특수한 사례를 제외하면 사설시조는 작가를 명시하지 않는다. 그렇게 된 배경을 자세히 알 수는 없으나 어떻든 사설시조는 익명성을 지향한 장르로 추정된다. 그럼에도 후대의 연구는 남성 아니면 여성, 상층 아니면 하층 등의 구도로 재단하여 사설시조의 익명성을 간과한 경향이 있다. 그런데 어차피 주체가 고정된 실체를 지닌 존재가 아니라면 사설시조 텍스트와 그 주변을 둘러싼 제반 환경 사이에 울타리를 쳐 놓고 텍스트 자체에 주력하는 것은, 아울러 텍스트가 시사하는 주체의 성격을 도출해 보는 것은 어떤가 한다. 사설시조가 지닌 익명성과 관련하여 질펀한 유흥을 마음 놓고 즐기기 위한 장치라는 해석이 제기되었는데 그러한 판단은 그 뒤에 해도 늦지 않을 것이다.

담론(Discourse) 이론은 개별 언술이 이질적이면서 동질적인 하나의

---

73) 서동욱, 『차이와 타자』(문학과지성사, 2000).

전체에 참여하여 연속된 질서를 형성하는 방식에 주목한다. 여기에는 여러 문장이 담화의 형태로 결합하여 하나의 텍스트를 이루는 것처럼 어떤 텍스트가 다른 텍스트와 결합하여 더 큰 담화를 이루는 것까지 포함된다. 문제는 주체나 의미가 담론에 선행하는 것이 아니라 담론을 통해 드러난다고 보는 데에 있다.[74] 다시 말해 텍스트 내에서 언어가 짜이는 방식, 즉 담론을 분석하면 담론 형성에 관여한 주체의 성격과 주체가 대상과 맺는 관계를 도출할 수 있다는 것이다. 그리고 그렇게 포착되는 주체와 세계는 저마다 다른 면모를 드러내기 마련이다.

아울러 사설시조는 노래인바, 부르는 사람과 듣는 사람을 상정할 수밖에 없다. 시대를 거듭하여 여러 사람에 의해 불린다면 그것은 새로운 관계를 잇는 매체로 작용할 것이다. 게다가 이러한 향유와 전승의 면모는 가집을 통해 드러날 때가 많은데 가집에는 편찬자의 편찬의식도 중첩되어 있다. 그렇다면 사설시조는 노래를 만든 사람뿐만 아니라 그것을 부르는 사람과 듣는 사람 및 기록한 사람의 의식을 반영한, 사회·문화적 관계의 산물일 수 있다.[75] 담론 분석에 주목하는 이유는 텍스트에 주목함으로써 이와 같은 소통 관계를 논하기 위한 단서를 마련할 수 있을 것이라 예상하기 때문이다. 나아가 익명성 뒤에 감추어진 사설시조 담당층의 성격을 이해하는 단서가 될 수 있지 않을까.

> 어이려뇨 어이려뇨 싀어마님아 어이려뇨
> 쇼대남진의 밥을 담다가 놋쥬걱 잘를 부르쳐시니 이를 어이 ᄒᆞ려뇨 싀어마님아
> 져 아기 하 걱졍 마스라 우리도 져머신 제 만히 것거 보왓노라
>
> (『청김』 #478)

74) 앤터니 이스톱, 박인기 역, 『시와 담론』(지식산업사, 1994).
75) 박영민, 「정철 시조의 담화 특성과 전승 의식」(서울대학교 박사학위논문, 2020).

『청김』 #478은 간통에 공감하는 풍속을 묘사하는 데 그친 것으로 평가된 바 있다.[76] 중간 계층의 시각에서 기층의 삶을 희화화했다고 본 것이다. 그런데 여기에서는 며느리와 시어머니 사이의 대화가, 더욱이 실제로는 일어나지 않을 법한 과장된 대화가 제시된 사실을 간과한 채 텍스트에 반영된 현실만을 주목한다. 하지만 『청김』 #478을 정말로 모사론에 근거하여 해석할 수 있을는지, 단순히 자기보다 낮은 계층의 비속한 삶을 조소하기 위해 상상력을 동원하여 이와 같은 대화를 구성했을는지 의문이다. 따라서 며느리와 시어머니가 주고받는 대화의 양상을 조금 더 면밀하게 분석할 필요가 있다.

인용문에 보이듯 시어머니는 "싀어마님"으로, 며느리는 "져 아기"로 호명되는바, 텍스트 내부의 인물로 소환된다고 할 수 있다. 곧 텍스트 바깥의 작가나 독자의 개입 없이 두 인물이 주고받는 말로만 텍스트가 짜인 것이다. 따라서 내포 작가는 텍스트 내부의 인물을 통해서만 발언권을 행사하게 되고 내포 독자는 마치 극장의 관객처럼 한 발짝 떨어진 위치에서 두 인물의 갈등을 관찰하게 된다. 그렇다면 두 인물은 무엇 때문에 대화를 주고받는지, 이렇듯 극적으로 직조된 텍스트의 구조는 어떠한 효과를 유발하는지 물어야 하겠다.

며느리는 시어머니를 향해 묻고 있는데, 그 짧은 말에서 "어이(ᄒᆞ)려뇨"가 네 번이나 반복된다. 이는 무언가 잘못되어 난처한 상황에 놓인 며느리의 처지를 부각한다. 사연인즉, 샛서방에 대한 애정이 지나쳤는지 그의 밥을 푸다가 "놋쥬걱" 자루를 부러뜨렸다는 것이다. 며느리는 이 상황을 염려한 탓에 "어이(ᄒᆞ)려뇨"라는 말을 연신 늘어놓게 되었다. 며느리의 언술은 "놋쥬걱"을 부러뜨린 이 사건이 억압되거나 숨겨지거나 사라져야 할 것임을 시사한다고 할 수 있다. 다시 말해 본남편이 아니라 샛서

76) 고미숙, 앞의 논문(1991), 62면.

방에게 마음이 끌리는 자신의 내밀한 감정, 혹은 욕망이 드러나게 된 사건을 마주하고서 그것을 감추지 못해 전전긍긍하는 것이다.

그런데 우리도 젊었을 적 많이 겪어 보았으니 너무 걱정하지 말라는 시어머니의 답변이 압권이다. 텍스트 내적 대화만 고려할 때 시어머니는 며느리에게 어떤 윤리적 잣대를 들이대는 것이 아니라 샛서방에게 마음이 가는 며느리의 욕망을 살면서 누구나 한 번쯤 겪게 되는 보편적 인간사의 하나로 감싸 안는다고 할 수 있다. 여기에서 며느리와 시어머니는 욕망을 지닌 한 명의 인간으로 대등해지며 비로소 경계 밖으로 밀려나야 했던 며느리의 내밀한 감정 내지 욕망은 사유의 영역 안으로 들어오게 된다. 아울러 초·중장에 나타난 며느리의 걱정과 염려도 불식되기에 이른다.

따라서 『청김』 #478의 텍스트 내적 언술은 며느리의 말을 들을 때 기대하게 되는 것과 사뭇 다른 시어머니의 반응을 중심으로 의미 작용이 이루어지며, 며느리의 질문과 시어머니의 답변이 형성하는 "긴장-이완의 구조"로부터 웃음이 유발된다고 할 수 있다. 나아가 이와 같은 인물들 사이의 관계는 독자를 텍스트 해석의 주체로 끌어당겨 텍스트 안과 밖의 대화 구조를 만들어 낸다. 이렇듯 텍스트 안과 밖의 층위에서 복합적 소통 양상을 드러내는 담론 구조를 직조한 결과, 내포 독자는 한 발짝 떨어진 위치에서 두 인물의 대화를 관찰하되 자기 나름의 시각에서 둘 사이의 관계와 그 의미를 해석해 나가게 된다.[77)]

텍스트 내적 언술은 내포 독자의 기대를 어그러뜨린다. 샛서방에게 끌리는 마음을 시어머니에게 고백하는 면모는 며느리라는 존재에 대한 기대와 어긋나고 그러한 며느리의 모습조차 감싸 안는 면모는 시어머니라는 존재에 대한 기대와 어긋나기 때문이다. 그래서 독자는 "극도로 희

77) 박상영, 앞의 책(2013), 177~178, 246~249, 254~255면.

화화된 '눈 먼 욕망의 전형'"에 대한 풍자적 태도를 드러내게 될는지도 모른다.[78] 하지만 텍스트 내부에 창출된 웃음을 풍자로 해석하는 사이에 그동안 언어화될 수 없었던 내밀한 감정 혹은 욕망이 언어화되는 순간을 맞닥뜨리게 된다. 텍스트 내부의 대화를 접하여 욕망에 사로잡힌 두 인물을 조소하는 과정은, 동시에 그러한 욕망이 실재한다는 것을 인정하게 되는 과정이기도 한 것이다.

위와 같은 담론 구조는 윤리와 규범이 감추어 온 내밀한 감정 혹은 욕망을 언어로 옮긴 주체의 면모를 드러낸다. 비록 며느리와 시어머니 사이의 대화를 통해 윤리와 욕망의 대립을 나타냈으나 그것은 비단 두 사람만의 문제가 아니며 기층민의 비속한 일상에 국한된 문제는 더더욱 아니다. 오히려 그것은 감정과 욕망을 부정한 채 살아갈 수 없는 인간 존재에 대한 물음이고 윤리와 규범에 근거하여 감정과 욕망을 은폐하는 것만이 능사는 아니라는 사회에 대한 문제 제기이다. 따라서 『청김』 #478은 "윤리적 위반을 풍자할지언정 그 바탕에 있는 욕망까지 부정하거나 냉소하"지는 않은, 규범과 욕망 사이에서 방황하면서 나아가야 할 방향이 어디에 있는지 묻게 된 사설시조 담당층의 성격을 시사한다고 할 수 있다.[79]

인간과 사회에 대한 이상과 같은 물음은 사설시조의 창작과 향유에 관여한 주체의 의도와는 무관한 것일지도 모른다. 언어와 담론은 주체보다 앞서서 언표할 수 있는 것과 없는 것을 규정하기 때문이고 주체는 그러한 언어와 담론이 부여한 자리에서 자신의 언술을 감행하기 때문이다.[80] 하지만, 그래서 우리는 사설시조의 언어와 담론을 분석하는 가운데 주체의 위치와 성격을 가늠할 수 있다. 다시 말해 앞에서 언급한 것처럼

78) 김흥규, 앞의 책(2015), 199~202면.

79) 위의 책, 201면.

80) 앤터니 이스톱, 앞의 책(1994), 56~62면.

주체의 의도를 규명하는 일은 상당히 요원한 일이지만, 무엇을 감추어야 했고 무엇을 드러내려 했는지 물음으로써 그 삶과 사유의 흔적을 추적하는 일은 조금씩 단계를 밟아나갈 수 있는 일이라는 것이다. 이를 통해 당시 여성의 삶과 욕망이 남긴 흔적을 찾아갈 수 있지 않을까.

앞서 텍스트와 그 주변을 둘러싼 제반 환경 사이에 울타리를 친다고 했지만, 사실 그것은 닫힌 빗장을 열어젖히는 하나의 방식이기도 하다. 사설시조에서 남성의 욕망과 관음적 시선을 읽어 내는 것은 가부장적 현실에 대한 비판으로서 의미를 지니는 것이 분명하다. 그러나 어떤 텍스트를 접하든 비슷한 결론에 다다를 수밖에 없기에 사설시조가 닫힌 텍스트로 여겨질 가능성도 있다. 그러므로 텍스트에 나타난 언어적 짜임을 분석하되 그 결과에 비추어 텍스트 주변을 둘러싼 제반 환경과 소통 관계를 파악하고 여성의 삶과 욕망이 언어화되는 과정을 고찰하는 것이 지금 시점에서 사설시조를 열린 텍스트로 읽어내는 방법이 아닌가 한다. 담론 분석에 기반한 주체성 도출의 필요성을 제기하는 이유는 이상과 같다.

3) 사적 추이 고찰을 위한 미시적 접근

사설시조가 무엇을 어떻게 노래한 장르인지 고찰한 문화사적 접근은 김천택 편 『청구영언』에 「만횡청류」가 수록된 배경과 그 의미를 묻는 데서 논의를 시작했다. 2장에서 논의한 것처럼 그것이 18~19세기의 문화·예술적 전환을 이끌었다는 것은 부정하기 어려운 사실인 듯하다. 그러나 「만횡청류」를 기존의 가곡과 전혀 다른 양식의 노래로 보면서 도시 상공업자와 하급 예능인을 중심으로 향유되던 노래가 『청김』이 편찬된 이후 가곡 문화 안으로 편입되었다고 하는 것은 더 많은 논의가 필요할 것이라 예상된다. 사료로써 뒷받침해야 할 지점이나 신중하게 해석해야 할 자료도 적지 않지만, 사설시조의 발생과 유래 및 담당층 등을 원점에서 다시 생각하게 하기 때문이다. 따라서 그 가능성을 열어 두되 차분하게 접근할 필요가 있다.

먼저 김천택이 「만횡청류」 수록을 주저한 까닭은 그 노랫말 때문이지 삭대엽과 계통이 전혀 다른 양식, 즉 가곡이 아니었기 때문은 아니라는 반론이 제기되었다.[81] 〈만횡청류 서〉에서 "만횡청류는 노랫말이 음란하고 뜻이 하찮아서 본보기로 삼기에는 부족하다(蔓橫淸類, 辭語淫哇, 意旨寒陋, 不足爲法)."라고 한 것을 보면 "노랫말(辭語)"과 "뜻(意旨)"을 문제 삼은 것이 확인된다. 그렇다면 1728년 무렵 이미 「만횡청류」에 실릴 만한 노랫말을 가곡에 얹어 부르는 것은 별다른 문제가 되지 않았던 것이 아닐까 하는 추론이 가능해진다.[82] 물론 다양한 성격을 지닌 노래의 집합인 것은 분명한 듯하나 그것이 가곡이 아니라는 증거를 찾기는 어렵다.

하지만 노래의 연원을 다양한 데서 찾아야 한다는 생각은 여전히 유효할 것으로 보인다. 실제로 그 이전의 국문 시가(고려속요와 악장 등)나 민요 등에서 유래한 것으로 추정되는 사설시조 작품이 적지 않게 발견되었다.[83] 혹시 조선 후기 시정에 떠돌던 이야기나 산문 텍스트도 어떤 작품의 연원을 밝히는 단서가 될지 모를 일이다.[84] 그러므로 다른 장르와의 비교를 통해 「만횡청류」의 연원을 모색할 필요가 있겠는데 자료가 부족한 탓인지 그다지 많은 연구가 축적되지는 않았다. 민요와 잡가는 물론

---

81) 송안나, 「18세기 중·후반 가집의 특징과 변모 양상 연구」(성균관대학교 박사학위논문, 2018), 33~36면.

82) 김학성, 『한국 고전시가의 전통과 계승』(성균관대학교출판부, 2009). 「만횡청류」의 노랫말이 5장 형식으로 부르는 가곡에 적합한 구조를 드러낸다는 논의도 이러한 추론을 뒷받침한다.

83) 서영숙, 『한국 서사민요의 날실과 씨실』(역락, 2009); 신윤경, 앞의 논문(2015); 박지애, 「사설시조의 여성민요 수용과 장르적 변주」, 『배달말』 61(배달말학회, 2017).

84) 신은경, 「사설시조 연구의 신 지평 - 조선후기 야담과의 대화적 양상을 중심으로」, 『한국문학이론과 비평』 26(한국문학이론과 비평학회, 2005). 이 논문은 사설시조와 야담이 서로 교섭했을 가능성을 타진하고 있다.

악부, 한시, 야담, 설화 등을 대상으로 조금 더 적극적인 탐색 작업이 필요하다.

주지하듯 사대부 계층의 개인 문집에 수록된 사설시조 작품에 대한 실증적 보고가 일찍부터 이루어졌다.[85] 예를 들어 정철의 『송강가사』에서는 〈심의산 세네 바회〉를 여느 시조와 함께 싣고 〈장진주사〉를 별도의 항목에 따로 실었다. 그런데 김천택은 〈심의산 세네 바회〉를 「만횡청류」에 배치한 바 있으니 적어도 『송강가사』가 편찬될 당시에는 〈심의산 세네 바회〉가 다른 시조와 아울러 가곡으로 인식된 것을 방증한다. 게다가 18세기 전반 이덕수(李德壽)나 이광덕(李匡德) 같은 경화사족도 농·낙·편을 짓고 즐겼다는 기록이 보인다.[86] 만일 「만횡청류」의 독자성을 인정한다면 이러한 사대부 작 파격 시조의 존재를 어떻게 이해할지 고민해야 할 것이다.

「만횡청류」의 독자성 논의는 결국 사설시조의 사적 추이를 재서술하는 문제로 이어진다고 할 수 있다. 그 발생과 향유를 논할 때 사대부나 중간 계층의 역할이 축소되고 도시 상공업자와 하급 예능인의 역할이 부각될 수밖에 없기 때문이다. 이 점에 대해서는 도시 가요로서 다양한 연원의 실체를 규명하고 사대부 작 파격 시조의 존재를 논하면서 학계의 합의를 구해야 한다. 「만횡청류」 안에 송축가나 태평가가 적지 않은 점에 대해서도 해명이 필요하다. 그것이 어렵다면 17세기 이전, 즉 사설시조의 발생기를 사대부 중심으로 파악하는 기존의 기술을 다각화하는 정도로 받아들여야 할 듯하다. 아직도 사설시조의 사적 추이를 고찰하기 위해서는 미시적으로 풀어야 할 문제가 많다.

한편 각(刻·脚·角)의 활용 양상과 그 의미를 고찰한 연구는 농·낙·편

85) 최동원, 「장시조의 발생과 그 시대적 전개」, 『고시조론』(삼영사, 1980).
86) 남정희, 「18세기 경화사족의 시조 향유와 창작 양상에 관한 연구」(이화여자대학교 박사학위논문, 2002).

등 악곡의 분화 과정을 해명하는 수단이 될 뿐만 아니라 사설이 길게 엮이는 양상을 분석하는 단서가 될 것으로 예상된다. 지금까지는 현행 가곡 내의 사설 붙임새를 분석하는 데에 주력했는데, 가능하다면 『청김』 소재 「만횡청류」부터 19세기 가집에 실린 작품까지 사설시조 전반의 사설 붙임새를 검토할 필요가 있지 않을까 한다. 이를 통해 악곡이나 작품에 따른 사설 붙임새의 차이를 비교하고 분석할 수 있는 토대가 마련된다면 노랫말을 붙이고 줄이는 원리와 그 변화의 방향을 파악할 수 있을 것으로 보인다.

아울러 악곡과 사설 사이의 연관에 대해서도 지속적인 관심을 두어야 할 필요가 있다. 악곡의 정조와 사설의 내용이 어떠한 관련을 맺는가 하는 것은 우리의 호기심을 자극할 만한 주제이다. 하지만 아직은 악곡의 선율과 리듬을 표현할 만한 언어를 갖추지 못하여 이 문제에 섬세하게 답하기 어렵다. 따라서 우선은 악곡이 풍기는 정조와 분위기를 선율과 리듬 등 객관적 요소에 비추어 언어화하려는 노력이 필요할 듯하다. 이로써 악곡과 사설이 결합하는 양상을 분석하고 그 변화 과정을 추적할 수 있다면 이 또한 사설시조의 사적 추이를 고찰하는 미시적인 단서가 될 것이기 때문이다.

서론에서 검토한 것처럼 담당층 개념에 역사성을 부여해야 한다는 문제 제기, 즉 17세기 이전에 시작하여 18세기 전반을 거쳐 18세기 후반~19세기로 이어지는 사설시조의 사적 추이를 파악해야 한다는 문제 제기는 여전히 유효할 것으로 판단된다. 다만, 「만횡청류」의 유래와 가치를 어디에서 찾을 것인가 하는 논점이 새롭게 마련되었으며 악곡 및 사설의 분화 과정과 둘 사이의 연관을 파악하기 위한 단초가 서서히 그 모습을 드러내는 중이다. 그러므로 미시적 접근을 지속함으로써 사설시조의 사적 추이를 기술하고 사설시조가 무엇을 어떻게 노래한 장르인가 하는 물음에 답할 수 있어야 할 것이다. 이러한 논의는 앞에서 제시한 사설시조 연구의 과제를 더욱 깊게 논하는 바탕이 될 것이라 예상한다.

4. 결론

본고는 2000년 이후 사설시조 연구의 성과를 종합하여 2000년 전후로 제기된 성찰과 전망이 사설시조 연구를 어떻게 바꾸어 놓았는지 고찰하고 앞으로 유념해야 할 사설시조 연구의 과제를 도출하는 데에 목적을 두었다. 이를 위해 2000년 이후의 사설시조 연구 주제를 여섯 가지로 분류하고 그 가운데 비교적 일관된 논점을 향하여 수렴하는 경향이 있는 세 가지를 중심으로 논의를 진행했다: ① 시학과 미의식 분석에 기반한 장르적 성격 도출 ② 여성적 형상과 목소리를 통한 여성의 삶과 욕망 고찰 ③ 가집이나 악곡 이해에 기반을 둔 문화사적 접근. 이로써 2000년 이후의 사설시조 연구가 문학성에 관한 다양한 담론을 새롭게 축적하는 가운데 시대적 요구에 부응하는 과정을 겪어 온 것을 확인했다.

①에서는 사설시조가 조선 후기의 일상과 경험, 감각과 인식, 감정과 욕망 등을 어떻게 문학적으로 재구성했는지, 어떠한 언어와 담론을 통해 드러냈는지 물었다. 이행기 문학으로서 사설시조의 장르적 성격에 관심을 두는 이 연구는 결과적으로 리얼리즘의 문제를 제기한다고 할 수 있다. 다만 리얼리즘을 문학이 현실을 있는 그대로 반영한다고 보는 단순하고 정형화된 문학론 정도로 치부하는 경향이 있었기에 그 이론을 확대 적용할 가능성이 있는지 모색해 보았다. 그 결과, 인식의 방법으로서 총체성 개념에 기반하여 은폐된 상태에 놓인 무언가를 재현하려 한, 그와 같은 문학적 재현을 토대로 당면한 현실을 끊임없이 갱신해 나가려 한 리얼리즘의 지향이 드러났다. 이로써 사설시조 담당층은 자기 시대를 어떻게 언어화했는가, 그것을 통해 어떻게 새로운 세계를 열어 보였는가

하는 문제를 제기할 수 있었다. 나아가 이 물음에 답하기 위해서는 조선 후기 문학에 대한 리얼리즘적 탐색이 필요할 것으로 보인다.

②에서는 여성적 형상과 목소리를 빈 애욕과 성 담론을 어떻게 평가할 것인가 하는 논점이 형성되었다. 한편에서는 남성의 욕망과 관음적 시선이 투사된 대상화에 지나지 않는 것이라 보았고 다른 한편에서는 여성의 삶과 욕망이 중세적 규범과 억압의 틈을 비집고 나온 것이라 보았다. 그런데 이러한 논점은 사설시조가 지닌 익명성을 간과한 채 남성 아니면 여성, 상층 아니면 하층 등의 구도로 그 담당층을 재단한 데서 비롯했다고 할 수 있다. 따라서 텍스트 내에서 언어가 짜이는 방식, 즉 담론을 분석하여 담론 형성에 관여한 주체의 성격과 주체가 대상과 맺는 관계를 도출할 것을 제안했다. 사설시조를 열린 텍스트로 간주하여 여성의 삶과 욕망이 언어화되는 과정을 고찰할 때 성적 담론과 젠더 문제를 둘러싼 주체성의 문제를 더욱 풍부하게 논할 수 있을 것이라 예상한다.

③은 ①, ②와 같은 연구의 바탕이 되는 것으로, 사설시조가 무엇을 어떻게 노래한 장르인가 하는 물음에 미시적으로 접근했다. 특히 「만횡청류」를 기존의 가곡과 전혀 다른 양식의 노래로 보면서 도시 상공업자와 하급 예능인을 중심으로 향유되던 노래가 『청김』이 편찬된 이후 가곡 문화 안으로 편입되었다고 하는 주장이 제기되어 논란이 빚어졌다. 물론 그것이 다양한 성격을 지닌 노래의 집합인 것은 분명한 듯하나 가곡이 아니라는 증거를 찾기는 어렵다는 반론도 만만치 않은 것이다. 이 논의는 결국 사설시조의 사적 추이를 재서술하는 문제로 이어진다고 할 수 있다. 「만횡청류」의 유래와 가치를 어디에서 찾을 것인가 하는 논점이 새롭게 마련되었으며 악곡 및 사설의 분화 과정과 둘 사이의 연관을 파악하기 위한 단초가 서서히 그 모습을 드러내는 중임을 염두에 두면서 사설시조의 사적 추이를 파악하기 위한 미시사적 연구를 지속해야 한다.

이상으로 2000년 이후의 사설시조 연구를 돌아보면서 앞으로 풀어나

가야 할 과제가 무엇인지 도출해 보았다. 고전시가 연구는 문학성을 좇아 본질을 해명하는 동시에 엮어 읽고 통으로 읽는 미덕을 갖추어야 한다.[87] 2000년 이후의 사설시조 연구는 문학적 실질을 분석하는 다양한 방법을 보여 주면서도 조선 후기 문학에 대한 리얼리즘적 탐색과 담론 분석에 기반한 주체성의 도출, 사적 추이 고찰을 위한 미시적 접근을 요구했다. 그러나 그것은 거시 담론에 휘둘리는 것이 아니라 선입견 없는 문학성에 근간을 두기에 이전 시기의 연구 경향과 다르다. 미시적 관찰과 거시적 통찰을 아울러 고전시가 연구의 미덕을 발휘한다면 사설시조의 장르적 성격은 물론 이행기의 시대상을 더욱 입체적으로 파악할 수 있을 것이라 믿어 의심치 않는다.

끝으로 본론에서 미처 다루지 못한 ④~⑥에 대해 간략하게나마 언급하면서 논의를 마치려 한다. ④ 개별 작품이나 난해 어구에 대한 재해석은 고전시가 연구가 성숙하는 발판이 된다는 사실에 동의하지 않는 연구자는 없을 것이다.[88] 일례로 사설시조에 빈번하게 등장하는 '중'이 사실은 사당패 구성원인 거사였음을 규명한 논의는 승려의 타락상을 비판한 것으로 해석되기도 했던 중 등장 사설시조에 대한 오해를 바로잡는 계기가 되었다.[89] 아울러 손진태의 『조선고가요집』에 수록된 사설시조 135수를 우리말로 다시 번역한 작업은 "胖부로 낫는 가문 암소" 등과 같은 난해

87) 박노준, 「시가 연구 방법론 수제」, 『한국시가연구』 17(한국시가학회, 2005).

88) 김성면, 「이정보 애정류 사설시조의 구조 고찰 – 성적 내용을 다룬 세 작품을 대상으로」, 『시조학논총』 21(한국시조학회, 2004); 이영태, 「'각씨네~' 시조의 검토와 「각씨네 내 첩이 되나」의 해석」, 『시조학논총』 22(한국시조학회, 2005); 이수곤, 「'소대남편[샛서방, 간부]' 등장 사설시조의 특성 고찰」, 『한국고전연구』 33(한국고전연구학회, 2016); 이상원, 「사설시조 〈댁들에 단저 단술 사오〉의 정확한 해석」, 『고전과 해석』 28(고전문학한문학연구학회, 2019); 하윤섭, 「인간 존재에 대한 사설시조의 시선 – 〈두터비 푸리를 물고~〉와 〈님이 오마커늘~〉에 대한 재해석」, 『Journal of Korean Culture』 52(한국어문학국제학술포럼, 2021).

89) 이상원, 「중 등장 사설시조에 대한 새로운 해석」, 『한민족문화연구』 60(한민족문화학회, 2017).

어구를 풀이하는 단서를 제시한다.[90] 따라서 쉽지는 않겠으나 우리가 늘 염두에 두면서 지속해야 할 연구라고 할 수 있다.

⑤ 빈번하게 출현하는 주제 단위나 모티프에 대한 탐구[91]는 “이 시대의 독자와 교양인들에게 좀 더 가까이 다가갈 수 있는 논점”을 제시하여 “거시적 성찰과 해석의 시야를 제공”할 수 있다.[92] 그러므로 앞에서 검토한 연구 성과를 기반으로 대중과 소통할 수 있는 논점을 만들고자 하는 노력도 필요하다. 그뿐만 아니라 ⑥ 비슷한 시기 국·내외 다른 장르, 특히 사설시조와 문학사적 위상이 비슷한 장르와의 비교 성과를 축적할 수 있다면 사설시조의 동아시아적 보편성과 그 위상을 고찰할 수 있을 것이라 예상된다. 이러한 논의를 통해 사설시조 이해의 지평을 더욱 넓힐 수 있을 것이다. 그 밖에도 본고에서 상세히 다루지 못한 논의나 주제가 많을 텐데, 이에 대해서는 추후 보완할 기회가 있기를 기대한다.

이 글은 『한국시가연구』 60(한국시가학회, 2024)에
수록한 논문을 수정·보완한 것이다.

90) 고정희, 「손진태의 〈조선고가요집〉을 통한 사설시조 난해어구의 해석」, 『국문학연구』 22(국문학회, 2010).

91) 류해춘, 「사설시조에 나타난 여가활동의 양상」, 『시조학논총』 21(한국시조학회, 2004); 이정옥, 「사설시조의 ‘산것들’과 그들에 대한 작가인식」, 『시조학논총』 20(한국시조학회, 2004); 신윤경, 「사설시조에 나타난 ‘연애걸기’의 양상과 그 의미 – 〈만횡청류〉를 중심으로」, 『이화어문논집』 26(이화어문학회, 2008); 이수곤, 「노년의 형상화 양상과 그 문화적 의미에 대한 시론적 고찰 – 조선 후기 사설시조를 중심으로」, 『한민족문화연구』 31(한민족문화학회, 2009); 신윤경, 「김천택 편 『청구영언』의 만횡청류에 담긴 삶의 장면과 의미」, 『한국시가연구』 43(한국시가학회, 2017).

92) 김흥규, 「한국 고전시가 연구와 주제사적 탐구」, 『한국시가연구』 15(한국시가학회, 2004).

조선 전기 가사 연구의 현황과 전망

김진희
아주대학교 다산학부대학 부교수

1. 연구 대상 및 방법

본고의 논의 대상은 조선 전기 가사다. 문학사의 시대 구분에서 조선 전기와 후기는 임진왜란을 기점으로 갈라지며, 가사 연구 또한 임진왜란을 시대의 분기점으로 주로 잡고 있다. 본고에서 또한 이러한 시대 구분의 시각을 받아들여 임진왜란 이전에 지어진 작품으로 조선 전기 가사를 한정하여 연구를 진행하고자 한다. 본고에서 검토할 조선 전기 가사의 작가와 작품은 다음과 같다.[1)]

〈표 1〉 조선 전기 가사의 작가와 작품

번호	작가	작품	김태준 1934	조윤제 1937	김성배 1961	이상보 1965	강전섭 1978	최강현 1986	임기중 1998
1	丁克仁 1401~1481	賞春曲	○	△	○	○	△ (傳丁克仁)	△ (傳丁克仁)	○(2종)
2	李仁亨 1436~1503	梅窓月歌						△	○(1종)

1) 표에서 '△'는 제목만 소개된 경우다. 작품명 좌측의 '*'은 이수광의 『지봉유설』(1614)에, 우측의 '*'은 홍만종의 『순오지』(1678)에 동일 작품명이 보이는 경우를 참고로 표시해 놓은 것이다. 『芝峯類說』 권14, 문장부7, '歌詞'; 『旬五志』(국립중앙도서관본 88~91면) 참조.

3	曺偉 1454~1503	萬憤歌*(流民歌) 1498년경		△ (流民歌)		○	△ (傳曺偉)	△	○(1종)
4	李緖 1484~?	樂志歌 1520년 이후				○	△ (作李緖)	△ (傳李緖)	○(4종)
5	宋純 1493~1583	*俛仰亭歌 1582년 이전		한역만		○	△	△	○(2종)
6	楊士彦 1517~1584	*南征歌				○	△	△	○(1종)
7	楊士彦	美人別曲				○	△	△	○(1종)
8	許橿 1520~1592	西湖別曲 (西湖詞)				○		△	○(1종)
9	白光弘 1522~1556	*關西別曲*		△		○	△	△	○(3종)
10	李珥 1536~1572	自警別曲				○		△ (傳李珥)	○(1종)
11	鄭澈 1536~1593	성산별곡 1582?	○	△	○	○	△	△	○(15종)
12	鄭澈	*관동별곡* 1580	○	△	○	○	△	△	○(5종)
13	鄭澈	*사미인곡* 1587~1588	○	△	○	○	△	△	○(7종)
14	鄭澈	*속미인곡* 1587~1588	○	△	○	○	△	△	○(10종)
15	許蘭雪軒 1563~1589	閨怨歌							○(1종)
16	許蘭雪軒	鳳仙花歌			○				○(1종)

위의 목록[2]은 주요 자료집에 소개된 가사 작품들의 작가 중 조선 전기에 활동한 작가들을 추린 것이다. 작자의 신빙성이 대체로 의심되는 상황인 경우는 논의에서 제외했다. 반면 작자에 대한 반론이 본격적으로

2) 김태준, 『조선가요집성』(조선어문학회, 1934); 조윤제, 『조선시가사강』(동광당서점, 1937); 김성배·박노춘·이상보·정익섭, 『주해 가사문학전집』(정연사, 1961); 이상보, 『이조가사정선』(정연사, 1965); 강전섭, 「낙은별곡의 연구」, 『어문연구』 6(어문연구학회, 1970), 65~86면; 최강현, 『가사문학론』(새문사, 1986), 38~49면; 임기중, 『역대가사문학전집』(아세아문화사, 1987~1998).

제기되지 않았거나 혹은 제기되었더라도 이론이 병존하는 경우에는 논의 대상에 포함시켰다. 제외한 작가와 작품은 다음과 같다.

〈표 2〉 제외 작품

번호	작가	작품	김태준 1934	조윤제 1937	김성배 1961	이상보 1965	강전섭 1978	최강현 1986	임기중 1998
1	백광홍	香山別曲			○				○(3종)
2	백광홍	箕城別曲			○				○(5종)
3	李滉 1501~1570	琴譜歌 (=琴賦詞)				○		△ (傳李滉)	○(1종)
4	이황	牧童問答歌			○			△ (任有後 作)	○(4종, 임유후)
5	이황	*退溪歌							○2종)
6	이황	環山別曲	○						○(4종)
7	이황	相杵歌				○			○(1종)
8	이황	勸義指路辭				○			○(1종)
9	이황	歸田歌							○(1종)
10	조식	勸善指路歌*		△					○(1종, 이기원)
11	이이?·이황?	樂貧歌		△					○(11종)
12	이이?·이황?·조식?	道德歌			○				
13	서산대사 1520~1604	回心曲			○	○		△	○(22종)

〈향산별곡〉과 〈기성별곡〉은 〈관서별곡〉의 일종으로 오인되어 백광홍의 작품으로 소개되기도 했다.[3)] 하지만 두 작품의 작자는 정시숙(鄭時淑, 1680~1714)과 김재찬(金載瓚, 1746~1827)으로 비정되었으며 현재 백광홍의 작품으로는 논의되지 않는 추세다.[4)] 〈목동문답가〉 또한 이황의 작품

3) 이주홍, 「관서별곡: 실전으로 전해오는 고전가사의 내용여하」, 『국어국문학』 13(국어국문학회, 1955).

4) 강전섭, 「향산별곡의 작자에 대하여」, 『어문학』 32(한국어문학회, 1975), 101~116면;

으로 소개된 바 있지만,[5] 이후 임유후(任有後, 1601~1673)의 작품으로 인정되었다.[6] 이황이나 조식이 지었다고 하는 여러 가사들이나 서산대사가 지었다는 〈회심곡〉 또한 조선 후기의 시대상을 반영하는 작품들로 해석되어 작자의 신빙성이 부정되는 추세다.[7] 따라서 이상의 작품들은 논의에서 제외했다.[8]

강전섭, 「해석 김재찬의 기성별곡에 대하여」, 『동양학』 19(단국대학교 동양학연구소, 1989), 163~186면; 김윤희, 「기성별곡에 형상화된 '평양'과 심상 지리적 특질」, 『어문론집』 53(중앙어문학회, 2013), 185~206면. 한편 여기서 논하는 〈향산별곡〉은 묘향산의 경치를 노래한 것으로, 19세기 현실비판가사인 〈향산별곡〉과는 다른 것이다.

5) 이가원, 「목동문답가」, 『현대문학』 35(현대문학사, 1957), 246~251면.

6) 〈목동문답가〉의 작자 논의에 대한 연구 논저들은 육민수, 「목동문답가 창작 시기 및 이본의 실현 양상」, 『반교어문연구』 26(반교어문학회, 2009), 201면 참조.

7) 이동영, 「퇴계의 가사소작설 변정」, 『한국문학논총』 5(한국문학회, 1982), 39~57면; 박연호, 「퇴계가사의 퇴계소작 여부 재검토」, 『우리어문연구』 36(우리어문학회, 2010), 7~32면; 권정은, 「'회심곡'에 반영된 조선 후기 대기근의 영향과 시왕 도상의 훈민 기능」, 『새국어교육』 124(한국국어교육학회, 2020), 391~421면 참조. 한편 시대상으로 조선에 속하지는 않지만 이른 시기의 가사를 논의할 때 주요 쟁점이 되는 것으로 나옹화상(1320~1376)의 가사 창작이 있다. 대표적인 작품은 〈서왕가〉가인데, 나옹화상이 작가로 명기된 가사 작품은 이외에도 〈증도가〉·〈자책가〉·〈심우가〉 등이 있고, 〈회심곡〉 또한 나옹의 작으로 표기된 이본이 존재한다. 그러나 이 작품들은 나옹화상이라는 이름 외에는 고려의 흔적을 찾기 어렵고 조선 후기의 불교가사와 그 내용이 방불하다. 나옹화상의 가상 창작에 대해서는 현재까지도 여러 이설들이 나오고 있으나, 일단 시대상으로 조선 전기의 범주에서 벗어나고, 또한 나옹작으로 명기된 작품들을 모두 전기 가사의 범주에서 다룬다는 것도 적절치 않은 것으로 보이기에 본고의 논의 대상에는 넣지 않았다. 김기종, 「나옹화상 명기 가사작품의 성격과 작가 문제」, 『국어문학』 83(국어문학회, 2023) 참조.

8) 조선 전기의 가사로 그 제목만 전하는 가사들도 있는데, 참고로 제시하면 다음과 같다.

작품명	출처
古別離曲	지봉유설
南冥歌	지봉유설
歷代歌	지봉유설 / 순오지(作 陳復昌, ?~1563)
江村別曲	순오지(作 車天輅, 1556~1615) / 조윤제(1937)
寃憤歌	순오지(作 洪暹, 1504~1585)
朝天前後二曲	지봉유설 / 조윤제(1937)
曹植, 王弄歌	조윤제(1937)
林亨秀(1514~1547), 鰲山歌	조윤제(1937)
宋寅?(1517~1584), 水月亭歌	조윤제(1937)

조윤제가 가사 장르를 논의한 이래[9] 근 백 년이 다 되어 가는 가사 연구의 흐름을 한 자리에서 논의하기는 어려운 일이다. 다행히 그 동안 가사 연구사를 정리한 업적들이 축적되어 있으므로,[10] 본고에서는 선행 업적들을 참고하여 가사 연구사의 시기를 구분하고 각 시기에 이루어진 가사 연구의 성과들을 간략히 살핀 후, 조선 전기 가사에 대한 근래의 연구 동향에 대해 보다 자세히 검토하고자 한다.

2. 가사 연구사의 시기 구분과 시기별 동향

가사 연구사의 시기 구분은 다음과 같은 방식으로 이루어진 바 있다.[11]

〈표 3〉 가사 연구사 시기 구분의 예

	정재호(1972)	조규익(1992)	박영주(2019)
1기	부흥기: ~1950	장르 발견 및 출발기: 1929~1948	연구사 초기~1950년 이전
2기	발전기: 1950~	이론 모색기 및 정착기: 1948~1969	1950년대~1970년대
3기		반성적 확장기: 1969~	1980년대~

연구자별로 시기 구분의 기준은 상이하지만,[12] 시점상으로는 일치하

9) 조윤제, 「古歌謠 一章」, 『신흥』 4(신흥사, 1929).

10) 임기중, 『한국 가사문학 연구사』(이회문화사, 1998)에 기존 가사문학 연구 논저들(연구 초기~1998년 이전)의 목록을 자료집·단행본·학위논문·일반논문으로 분류하여 정리해 두었다. 조규익, 「시조·가사 연구 60년 개관」(『국어국문학 40년』(국어국문학회편, 집문당, 1992), 65~103면)에도 1920년대부터 있었던 시조와 가사 관련 주요 논저들을 소개해 놓았다.

11) 정재호, 「시조·가사연구사」, 『국어국문학』 58~60 合集(국어국문학회, 1972); 조규익, 「시조·가사 연구 60년 개관」, 『국어국문학 40년』(국어국문학회편, 집문당, 1992), 65~103면; 박영주, 「한국 가사문학 연구 성과와 전망」, 『동아인문학』 46(동아인문학회, 2019), 131~152면.

는 면이 있다. 제1기와 2기의 구분이 그러한데, 모두 1950년을 전후하여 제2기가 시작하는 것으로 보았다. 이것은 광복이라는 일반사의 기점, 또 조윤제의 『한국문학사』(1948) 출간이라는 국문학사적 사건과 관련하여 본 것이기도 하다. 한편 가사 연구사의 시점에서 보아도 이러한 시각은 적절해 보인다. 광복 이후 1950, 60년대를 거치면서 다양한 가사 작품의 원전이 발굴되고 집성되는 특징을 보이고 있으므로,[13] 이러한 5, 60년대를 묶어 가사 연구사의 제2기로 규정할 수 있는 것이다.

반면 제2기와 제3기의 구분은 연구자에 따라 다름을 위 표에서 볼 수 있다. 조규익은 조동일의 「가사의 장르 규정」(1969)이 발표된 1970년경을, 박영주는 이보다 10년 늦은 1980년 즈음을 각기 2기와 3기의 분기점으로 잡았다. 그런데 가사 연구사의 시각에서 본다면 1970년이 더 의미 있는 시점으로 보인다. 앞서 언급했듯이 5, 60년대의 왕성한 자료 발굴을 토대로 70년대부터는 가사 연구의 양적·질적 발전을 이룰 수 있었다. 따라서 이때부터를 가사 연구사의 제3기로 삼을 수 있겠다.

70년대 이후로 가사 연구의 또다른 도약이 이루어진 것은 2000년 즈음이다. 그 계기가 된 것은 임기중의 『역대가사문학전집』의 완간(1998)이다. 그간의 가사 작품들을 총망라하여 집대성한 이 자료집은 가사 연구사에서 획기적 사건이라 이를 만하다. 따라서 이때를 전후로 가사 연구사의 시기를 제3기와 제4기로 다시 나누어 볼 수 있다.

---

12) 정재호는 광복과 한국 전쟁이라는 역사적 사건을 기준으로 시기를 나누었는데, 이러한 시기구분은 고대 민족문화연구원의 『한국논저해제』 1 '언어문학편'의 견해에 따른 것이라고 했다. 한편 정재호는 시조와 가사 연구사를 함께 논의하는 가운데 '부흥기' 이전 단계로 '태동기'(1910~1928)와 '출발기'(1928~1945)를 설정하기도 했는데, 이 두 시기의 구분은 시조 연구와만 관련된 것이고, 가사 연구로만 한정하여 본다면 '부흥기'와 '발전기'의 시기 구분만 의미를 지닌다. 한편 조규익은 조윤제의 『한국문학사』(1948)와 조동일의 『한국문학통사』(1969)를 기준으로 시기구분을 했다.

13) 김성배·박노춘의 『가사문학전집』(1961), 이상보의 『이조가사정선』(1965) 등이 그 대표적 업적이다.

이상과 같은 이유로 본고에서는 가사 연구사의 시기를 다음과 같은 4기로 구분하고자 한다. 제1기: 가사라는 개념을 점차 잡아가던 일제시대 및 해방기. 제2기: 가사 자료집을 편찬하고 문학 연구의 체계화를 이루어낸 50~60년대. 제3기: 원전 자료를 고증·집대성하고 이론적 연구를 심화한 70~90년대. 제4기: 원전 자료를 디지털화하여 아카이빙한 2000년대~현재. 각 시대를 대표하는 자료집에는 다음과 같은 것이 있다. 제1기: 김태준 편, 『조선가요집성』. 제2기: 김성배 외 3인 편, 『역주가사문학전집』. 이상보 편, 『이조가사정선』, 제3기: 임기중 편, 『역대가사문학전집』. 제4기: 『한국역대가사문학집성』 디지털 자료 및 각 도서관과 연구소가 제공하는 디지털 아카이브. 이상의 시기구분을 표로 정리하면 다음과 같다.

〈표 4〉 가사 연구사의 시기 구분

시기	연대	대표 자료집	연구 동향
1기	1930~40년대	김태준, 조선가요집성(1934)	가사 장르의 인식과 규정
2기	1950~60년대	김성배·박노춘 외, 가사문학전집(1961) 이상보, 이조가사정선(1965)	자료 집성과 비평 체계 수립
3기	1970~90년대	임기중, 역대가사문학전집(1987~1998)	자료 고증 및 해석의 이론화
4기	2000년대~현재	임기중, 한국역대가사문학집성 디지털 데이터베이스(2005)	

아래는 각 시기별 연구 동향에 대한 개괄이다.

1) 제1기: 가사 장르의 수립기(1930~40년대)

제1기는 일제 식민지 시기와 한국 전쟁까지의 기간으로, 가사에 대한 본격적 논의가 시작된 때이다. 1기의 초기 상황을 보면 '장르로서의 가사'는 아직 정립되지 못했다. 당대에는 '歌辭'와 '歌詞'가 혼용되어 쓰이고 있었는데, 현재 우리가 歌辭라고 부르는 작품을 최초로 집성했던 김태준의 『조선가요집성』에서 가사가 수록된 항의 목차 명칭은 李朝歌詞篇으로 되어 있다. 그리고 집성한 작품들도 歌辭 장르만 있는 것이 아니라 악장, 잡가 등 다양한 곡의 노랫말[歌詞]들이 수록되어 있음을 본다. 즉 당시에는 歌辭가 별곡이나 잡가에 방불하는 '긴 노래' 정도로 인식되었을 뿐, 하나의 장르로 인지되지 못했던 것이다.[14)]

그런데 김태준이 『조선가요집성』에서 여러 종류의 시가 작품들을 한 권의 책으로 엮고 보니, 유사한 형식을 가진 일군의 작품들이 차츰 변별되기 시작했다. 여기서 歌辭라는 문학 장르가 새롭게 인지되었던 것인데, 그러한 선구적 장르 인식을 행한 이가 바로 조윤제였다. 1937년 『조선시가사강』에서 그는 '歌辭體'라는 이름으로 정극인의 〈상춘곡〉에 주목한다. 이 작품을 모범적인 歌辭體 작품으로 설정한 후 이러한 형식을 갖춘 작품들을 '歌辭'라고 불러야 함을 그는 주장했다. 그리고 다음과 같은 짧지만 핵심적인 언급을 남김으로써 '상춘곡에서 시작하는 4·4조의 장르'인 가사라는 장르를 성립시켰다.

> 賞春曲 … 그가 쓴 歌辭體는 次期에 크게 發達한 歌辭의 先驅가 될것으로, 그의 淵源이라 하면 아직 語弊가 있을지 모르나 그것이 이에 이르러서 完成하였다는 것은 詩歌史上 잊지 못할 事實이라 하겠다.[15)]

결국 제1기의 가사 연구는 김태준의 『조선가요집성』이 교두보 역할을 하고, 그 바탕에 조윤제의 이론적 연구가 견실한 첫발을 뗀 것이라 하겠

---

14) 이는 조선인들의 가사에 대한 관념과 명명법을 이어받은 것이기도 하다. 조선시대의 문헌들에서도 현행의 장르로서의 가사는 수립되지 못함을 볼 수 있는데 이수광의 『지봉유설』에서도 "我國歌詞 雜以方言…"으로 시작하여 〈감군은〉, 〈한림별곡〉, 〈어부사〉, 면앙정가 등이 나란히 놓임으로써 '歌辭'와 여타 긴 노래가 미분화된 채로 다루어지고 있다.

15) 조윤제, 앞의 책(1937), 227면.

다.[16] 한편 이 시기에는 송강가사에 대한 이병기의 종합적 연구가 나오고, 방종현이 송강가사의 판본을 소개하여 주요 작품의 문헌비평과 작가론 및 작품론이 이루어지기도 했다.[17] 또한 발생론의 측면에서 경기체가와 악장, 한시와 여요 등이 가사에 미친 영향이 논의되기도 했다.[18]

그런데 제1기에는 본격적인 가사 자료집의 출간은 아직 이루어지지 않았다. 김태준의 업적으로 여러 작품들이 집성되기는 했지만 이것은 가사만 모은 것은 아니고 여러 장르의 시가 작품들을 함께 모아 놓은 것이었다. 그리고 『지봉유설』 등에서 언급한 〈면앙정가〉, 〈고공가〉, 〈관서별곡〉 등 여러 작품이 아직 원전을 확인하지 못한 상태로 남아 있었다. 이러한 제1기의 한계는 제2기에 들어와 극복된다.

2) 제2기: 가사 자료 집성기(1950~60년대)

제2기의 핵심적인 연구사적 성취는 '가사 작품의 왕성한 발굴과 집성'이라 할 수 있다. 전술했듯이 1기가 드리운 학계의 과제 중 하나는 〈면앙정가〉, 〈고공가〉, 〈관서별곡〉 등 이수광과 홍만종이 언급한 주요 작품들을 발굴해 내는 것이었다. 이 지난한 작업을 2기의 학자들은 열띠게 수행해 나갔다. 〈관서별곡〉에 대한 1955년 이주홍의 비정과 1963년 이상보의 변증, 1964년 김동욱의 〈고공가〉 및 〈고공답주인가〉 발굴, 1964년 김동욱의 〈면앙정가〉 발굴 등[19]은 1기가 남긴 숙제, 즉 이름만 전하던 작품들

---

16) 당시의 또다른 연구자들에는 「조선가시의 묘맥」(별건곤 12월호, 1929)에서 가사를 다른 안확, 『歌詞集』(1936)을 편찬한 신명균, 『조선문학정화』(1937)를 편찬한 이희승 등이 있다. 그러나 이 연구들에서는 모두 '歌辭'를 변별하지 않은 채 그저 長歌 또는 歌詞의 한 종류로서 가사를 바라보고 있다. 즉 미분화의 견지에서 歌辭를 바라보았던 것이다.

17) 이병기, 「송강가사의 연구」 1~3, 『진단학보』 4, 6, 7(진단학회, 1936~37); 방종현, 「송강가사 판본고」, 『조선일보』 1942.7.12.

18) 조규익, 앞의 책(1992), 86~87면 참조.

의 발굴을 열정적으로 해결해 나간 바로 그 현장이라 할 수 있다.

또한 이 시기에는 새로운 조선 전기 작가들의 작품도 추가로 발굴되었다. 1961년 정익섭이 조명한 율곡의 〈자경별곡〉과 이서의 〈낙지가〉, 1962년 김동욱이 발굴한 허강의 〈서호별곡〉과 양사언의 〈미인별곡〉 및 〈남정가〉, 또 1963년 이가원이 발굴한 조위의 〈만분가〉 등[20]은 60년대 전반의 뜨거웠던 가사 연구열을 보여 주는 중요한 업적들이라 하겠다. 이러한 작품수집의 열기는 김성배·박노춘 등 4인이 편찬한 『주해가사문학전집』(1961)에서 일차적으로 갈무리됐고, 그로부터 4년 후에는 다시 그간의 새로운 성과들을 반영한 이상보의 『이조가사정선』(1965)으로 모아졌다.

이처럼 제2기의 학자들은 다종의 가사 작품들을 발굴함과 동시에 연구 방법론적 측면에서도 다양한 방식을 소개하여 가사 연구의 체계를 잡아 나갔다. 1950년대에는 가사문학의 본격적인 작가론과 작품론을 서술한 단행본 저서들과 원전의 영인본이 출간되었고,[21] 축적된 텍스트를 바탕으로 다양한 방식의 작품 비평 또한 행해졌다. 우선 전대의 발생론이 계속 활발히 논의되어 시조 기원설 등이 더해졌고,[22] 그 외 형태론과 내용

19) 이주홍, 앞의 논문(1955); 이상보, 「關西別曲 硏究」, 『국어국문학』 26(국어국문학회, 1963); 김동욱, 「고공가 및 고공답주인가에 대하여」, 『조윤제박사회갑기념논문집』(신아사, 1964) 161~182면; 김동욱, 「임란전후 가사연구 – 특히 면앙정가에 대하여」, 『진단학보』 25(진단학회, 1964), 429~474면.

20) 정익섭, 「율곡선생 자경별곡 고찰抄」, 『국어국문학』 23(국어국문학회, 1961), 120~124면; 정익섭, 「이서의 낙지가 고찰(抄)」, 『국어국문학』 24(국어국문학회, 1961), 11~18면; 김동욱, 「허강의 서호별곡과 양사언의 미인별곡: 임란전의 자필 고본의 출현」, 『국어국문학』 25(국어국문학회, 1962), 47~65면; 이가원, 「만분가 연구」, 『동방학지』 6(연세대학교 국학연구원, 1963), 153~169면.

21) 김사엽, 『정송강연구』(계몽사, 1950); 방종현, 「노계가사」, 『한글』 118(1956), 38~43면; 박성의, 『노계가사통해』(백호서점, 1957); 김사엽 해제, 『송강별집추록유사』(영인본)(경북대학교 대학원 국어국문학연구실, 1958); 방종현 해제, 『송강가사』(영인본)(통문관, 1954); 이준철 해제, 『원본노계가사』(영인본)(계몽사, 1956) 등.

22) 김사엽, 『이조시대의 가요 연구』(학원사, 1956); 이태극, 「가사 개념의 재고와 장르고」, 『국어국문학』 27(국어국문학회, 1964), 55~81면 등.

론, 비교론, 작가론, 작품론, 배경론 등 문학연구의 제반 분야에서 연구가 진행되었다.[23] 특히 '호남가단'처럼 공간을 기준으로 한 작품의 유형화가 이루어지기도 했는데,[24] 뒤에서 보겠지만 근래 주목되고 있는 공간을 기준으로 한 시가 연구의 방법 또한 이때 시작된 것이다.

한편 제2기의 왕성한 자료 발굴과 집성은 이에 대한 고증의 문제를 낳았다. 예를 들어 김동욱이 60년대 초반에 소개한 가집 『잡가(雜歌)』는 송순의 〈면앙정가〉를 비롯하여 여러 편의 조선 전기 작가의 가사 작품들을 수록해 놓은 가사 연구사상 귀중한 책이다.[25] 하지만 거기에 나온 조식의 〈지로가〉, 율곡의 〈낙빈가〉, 퇴계의 〈귀전가〉·〈용저가〉 등은 작자의 신빙성에 대한 의문을 낳았다.[26] 그리하여 이 시기에 발굴된 작품 및 작가의 고증이 다음 시기의 숙제로 남게 되었다.

3) 제3기: 고증과 이론의 시대, 그리고 원전 자료의 집대성(1970~90년대)

제3기에 들어서도 가사 작품의 목록은 계속 추가되었다. 강전섭은 문

23) 조규익, 앞의 글(1992), 84~85면 참조.

24) 김동욱, 「임란전후가사연구 – 특히 면앙정가에 대하여」, 『진단학보』 25·26·27합집(진단학회, 1964), 429~474면.

25) 이 순간을 김동욱은 다음과 같이 생생하게 표현하고 있다. "1963년 가을 제1회 국어국문학 자료전시회를 덕수궁에서 개최할 적에 출품 교섭차 華山書林에 들렀을 때, 여러 가사책과 같이 내놓은 것이 이 『雜歌』이었다. 열어보니 〈고공가〉, 〈면앙정가〉 失傳 가사가 있는 것이 아닌가! 이것은 우리 국문학계로서는 놀랄만한 일이었다. 나는 일부러 평온한 마음가짐을 유지하고, 그날 그대로 돌아오고 다시 그 뒤에 이를 팔 것을 교섭했다. 그러나 그분은 놓지 않았다. 다만 臨寫를 허락하여 주었다. 韓紙에 임사한 寫本을 다시 원본과 대조하니 틀린 곳이 많았다. 그래 원본과 대조하기 위하여 차용해서 촬영한 것이 본 영인본이다." 김동욱, 「雜歌」, 『국어국문학』 39·40(국어국문학회, 1968), 224~254면.

26) 『잡가』에 수록된 작품들과 부기된 작자명은 다음과 같다. 〈고공가〉(선조), 〈답가〉(이원익), 〈지로가〉(조남명), 〈관동별곡〉(정송강), 〈관서별곡〉(백광홍), 〈성산별곡〉(정송강), 〈면앙정가〉(송순), 〈목동가〉(작자 언급×), 〈답가〉(임유후), 〈낙빈가〉(율곡), 〈귀전가〉(퇴계), 〈어부사〉(작자 언급×), 〈장진주사〉(정송강), 〈권주가〉(善山 수령), 〈맹상군가〉(무명씨), 〈은사가〉(작자 언급×), 〈처사가〉(不知何人之所製), 〈용저가〉(퇴계), 〈호남가〉(작자 언급×).

헌 기록에는 나와 있으나 실물은 현전하지 않는 작품들을 추가적으로 학계에 소개했고,[27] 최강현은 그간 가사집에 수록되지 않았던 〈역대전리가〉, 〈모하당술회가〉 등의 자료를 수록하여 연구 대상의 지평을 넓혔다.[28] 그리고 이러한 작품 발굴과 함께 한편으로는 그간 발굴된 작품과 작가들에 대한 진위를 검증하는 것이 가사 연구의 중요한 영역이 되었다. 예를 들어 〈역대전리가〉가 과연 고려 때의 작품이 맞는지 검증한 정재호의 연구, 〈향산별곡〉, 〈강촌별곡〉 등의 작자 진위 문제에 대한 일련의 논문들을 발표한 강전섭의 연구[29] 등이 있었다. 그리고 제1기부터 진행된 발생론 또한 이 시기에는 작가 및 작품 고증의 형태로 바뀐다. 〈서왕가〉, 〈승원가〉, 〈상춘곡〉 등의 진위를 검증함으로써 가사 작품의 효시를 찾는 방법론으로 전환된 것이다.[30]

한편 전 시기의 장르 및 내용·형식에 대한 이론 연구와 비평이 한층 심화하는 양상을 보인다는 점도 이 시기의 특징이다. 특히 기존의 역사적 장르로부터 보편적 장르로 연구의 초점이 전환되면서 장르 연구가 활발히 이루어졌다. 제1·2기에는 가사라는 역사적 장르를 인식하고 그 특징을 운문/산문 등의 형태적 측면을 통해 규정하는 데 힘썼다면, 제3기에 들어와서는 가사가 어떠한 보편 장르에 속하며 양식적 특성을 지니는지에 대해 논의하게 된 것이다. 이러한 논의의 시발점은 장덕순에서 찾아볼

27) 이런 작업은 가사 목록의 지평을 넓힌다는 점, 당대 향유 정황을 간접적으로 인지하게 한다는 점, 자료 탐구의 동기를 부여한다는 점 등에서 꼭 필요한 일이라 하겠다. 강전섭, 「낙은별곡의 연구」, 『어문연구』 6(어문연구학회, 1970), 65~86면.

28) 최강현, 앞의 책, 38~49면.

29) 정재호, 「역대전리가 진위고」, 『동방학지』 36(연세대학교 국학연구원, 1983), 477~508면; 강전섭, 「향산별곡의 작자에 대하여」, 『어문학』 32(한국어문학회, 1975), 101~116면; 강전섭, 「강촌별곡에 대하여」, 『어문학』 35(한국어문학회, 1976), 1~17면.

30) 김문기, 「가사문학 발생고」, 『국어교육연구』 4(국어교육학회, 1972), 91~116면; 정재호, 「서왕가와 승원가의 비교고」, 『겨레어문학』 9·10(겨레어문학회, 1985), 401~422면; 전일환, 「가사문학의 연원과 형성에 관한 연구」 1, 『한국언어문학』 24(한국언어문학회, 1986), 147~180면; 정재호, 「가사문학생성론」, 『민족문화연구』 20(고려대, 1987), 117~148면.

수 있지만, 장르 논의를 본격적으로 촉발한 것은 조동일이었다.[31] 장덕순이 소개한 서사적·서정적·극적 양식의 3분류에 더해 조동일은 교술이라는 장르류를 더하고 여기에 가사와 경기체가 등의 역사적 장르를 포함시켰는데, 이러한 이론화 시도는 국문시가의 문학성을 보편적으로 규정하고자 했던 당대 학자들의 관심을 유발하기에 충분했던 것으로 보인다. 이처럼 역사적 장르를 보편적 장르를 통해 이해하는 이론화 작업은 제3기인 1970~90년대 내내 국문학 연구사의 큰 흐름을 이루었고,[32] 그 가운데 가사 장르는 중심적인 자리를 차지했다. 또한 가사문학에 초점을 맞춘 박사학위논문이 배출되기 시작한 것도 이때부터로 언급되는데,[33] 뒤에서도 보겠지만 인접 학문의 틀을 원용하여 작품의 구조를 분석하는 내재적 비평의 심화 또한 이 시기에 이루어졌다.[34]

고증과 문학이론의 심화로 특징지어진 이 시기는 임기중의 『역대가사문학전집』 50권 완간이라는 가사 자료 집성의 기념비적인 업적을 기점으로 다음 시기로 넘어간다. 이 거질은 임기중 및 여타 가사 연구에 헌신하던 여러 학자들이 수집·소장하던 원본들[35], 전국의 도서관이나 개인 소

31) 장덕순, 『국문학통론』(신구문화사, 1960); 조동일, 「가사의 장르 규정」, 『어문학』 21(한국어문학회, 1969), 65~86면.

32) 가사를 비롯한 국문학 장르론의 예는 다음과 같은 논저들에서 찾아볼 수 있다. 주종연, 「가사의 장르고」, 『국어국문학』 62·63 합병호(국어국문학회, 1973), 275~279면; 김병국, 「장르론적 관심과 가사의 문학성」, 『현상과 인식』 가을호(한국어교육학회, 1977), 17~35면; 김흥규, 『한국문학의 이해』(민음사, 1986), 31~35면; 성기옥, 「국문학 연구의 방향과 과제」, 『이화어문론집』 12(이화어문학회, 1992), 521~523면; 성무경, 『가사의 시학과 장르실현』(보고사, 2000)

33) 박영주, 앞의 논문(2019), 134면.

34) 대표적인 예로 김병국의 「가면 혹은 진실 – 송강가사 관동별곡 평설」, 『국어교육』 18(한국어교육학회, 1972)을 들 수 있다. 〈관동별곡〉의 이중적 작품 구조와 심리 구조를 분석한 이 논문은 이후 송강가사의 이해에 중요한 틀을 제공해 주었다.

35) "이번의 역대가사문학전집 제21권부터 제30권까지에는 유재영 교수 소장본 17책 34작품, 강전섭 교수 소장본 30책 71작품, 김문기 교수 소장본 59책 104작품, 임기중 교수 소장본 47책 144작품을 실었다. 이상보 교수 소장본 76책 173작품은 편집 과정에서 분량

장되던 작품들을 모두 모아 영인한 것으로 약 2,500건의 이본들을 모은 것이다. 지금까지 살펴본 가사 연구사의 시기들은 직전 시기의 업적과 한계를 딛고 나아간 모습을 볼 수 있다. 제1기의 장르 인식이라는 업적과 자료 부족이라는 한계를 딛고 제2기 가사 자료의 대대적 발굴이 일어났으며, 제2기의 자료 확장이라는 업적과 작가 및 작품의 신빙성 의혹이라는 문제를 딛고 제3기 고증적 연구와 이론적 심화가 가능했다. 이제 제3기의 『역대가사문학전집』이라는 원전 집대성의 업적이 제4기 가사문학 연구를 어떻게 이끌었을지 탐구할 차례다.

다음 장에서는 제4기 가사 연구의 동향을 온라인으로 검색 가능한 논저를 전수조사하는 방식으로 살펴볼 것이다. 조선 전기 가사의 작가와 작품명, 그리고 '조선 전기 가사' 등의 키워드를 통해 관련 논저를 검색한 결과 총 195편의 결과를 얻었는데, 이 중 1997년까지 이루어진 46편의 연구는 제외하고 1998년부터 제출된 149편의 연구 논저를 분석하고자 한다.[36)]

3. 조선 전기 가사 연구의 동향

본장에서는 제4기 조선 전기 가사 연구의 동향을 연구 방법론별로 나누어 기술하고자 한다. 1절에서는 문헌비평과 작가론, 그리고 유형론을 함께 묶어 논의한다. 제2절에서는 작품론을 볼 것인데, 근래 많이 이루어

조정 관계로 제4차 수록분으로 넘겼다." 임기중, 『역대가사문학전집』 3차(21~30) 續刊辭(아세아문화사, 1992) 참조.

36) 1997년까지의 연구 논저가 정리된 바 있으므로 본고에서는 1998년부터의 자료를 분석 대상으로 했다. 참고로, 1998~1999년에 나온 논저는 총 13편이다. 한편 연구 주제가 조선 전기 가사로 한정된 경우에 대해서만 분석하고 학위논문은 제외했는데, 단행본은 거의 없고 절대다수가 학술지에 발표된 소논문들이다.

지고 있는 공간 관련 논의에 대해 먼저 살피고, 이어 여타 기준에 의한 작품론들을 검토할 것이다. 제3절에서는 수용론의 시각을 살펴본다. 수용론은 다시 작품이 지어진 당대 및 인접 시대 작품들과의 영향 관계를 검토하는 당대적 수용론과, 현 시대에서의 고전 작품 수용의 문제를 다루는 현대적 수용론으로 나누어 볼 것이다. 그리고 당대적 수용론에서는 조선조의 한역에 대한 연구를, 현대적 수용론에서는 현대의 번역 작업에 대한 연구 또한 포함하고자 한다. 마지막 제4절에서는 비교문학과 교육학 분야의 업적을 검토한다. 그중 비교문학은 다시 인접작품과의 영향 관계를 고찰하는 것과, 시대적·공간적 또는 분야별 거리가 먼 작품들을 비교하는 경우로 나누어 살펴볼 것이다.[37]

1) 문헌비평, 작가론, 유형론

문헌비평은 총 6편이 조사되었다. 분포는 〈상춘곡〉 3편, 송강가사 일반 2편, 〈성산별곡〉 1편 순이다.

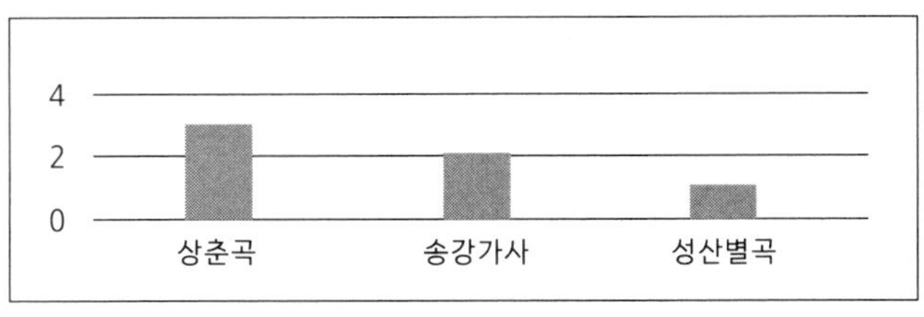

〈그림 1〉 문헌비평

〈상춘곡〉은 가사의 효시로 거론되는 작품인 만큼 많은 관심을 받아 왔는데 그에 대한 작자 논란이 여전히 끊이지 않고 있다. 전 시대에 권영

37) 이 장에서 분석대상에 포함한 연구 논저들은 편의상 각주 대신 내주로 처리한다. 분석대상 논저의 전체 목록은 뒤에 첨부했다.

철, 강전섭, 최강현 등[38]이 정극인 작자설을 의심해 왔는데, 이 같은 논의가 여전히 계속되고 있는 것이다(권순회 2002, 양희찬 2012). 그러나 한편에서는 정극인 작자설을 지지하는 논문도 발표되는 등(윤인현 2023) 논란이 계속되고 있다.

한편 송강가사의 경우에는 이본에 대한 연구가 이루어졌다. 정재호·장정수(2005)에서는 판본에 대한 정리와 함께 작가의 생애 및 가사작품 네 편의 어석과 현대역을 종합 제시했다. 이외 〈성산별곡〉의 진위를 논하면서 성주본의 중요성을 부각한 연구와(윤영옥 2003), 이선본이 지닌 善本으로서의 가치를 논의한 연구(김진희 2018)가 있었다. 송강가사는 그 중요도만큼 판각본과 필사본 등 다양한 이본이 존재하므로 이에 대한 정리와 후속 연구가 여전히 필요해 보인다.

다음으로 작가론은 13편이 조사되었다. 분포는 송순 5편, 정철 4편, 이인형·이서·양사언·백광홍 각 1편 순이다.

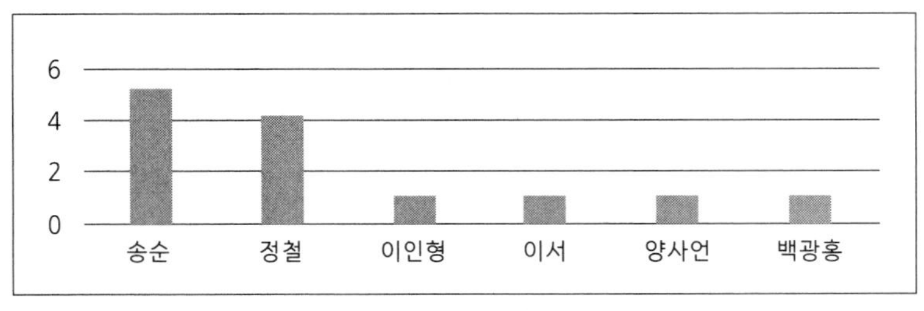

〈그림 2〉 작가론

면앙정 구축이라는 컨텍스트와 관련하여 송순에 대한 논의가 여전히 많이 이루어지고 있는 것이 눈에 띈다. 또 최현에 대한 논의도 비교적

---

38) 권영철, 「불우헌 가곡 연구」, 『국문학연구』 2(효성여대, 1962), 39~91면; 강전섭, 「상춘곡의 작자를 둘러싼 문제 - 일민가와 상춘곡의 화동성」, 『동방학지』 24(연세대학교 국학연구원, 1980), 229~251면; 최강현, 「상춘곡과 불우헌집 연구」, 『홍대논총』 16(홍익대학교출판부, 1984), 229~264면.

많았는데, 전쟁의 체험과 현실 인식이라는 측면에서 연구자들의 주의를 끌었던 것으로 보인다. 한편 이인형, 이서, 양사언, 백광홍 등에 대한 연구도 각 한 편씩 이루어져서 논의의 다양성을 더했다. 이들은 비교적 덜 알려진 조선 전기 가사의 작가들이라 하겠는데, 작가 고증을 위한 문헌비평과 작가론의 양 측면이 더 요청되는 상황이라 하겠다. 또한 이들 외에도 〈만분가〉의 작가로 알려져 있으나 여전히 이견이 존재하는 조위 등에 대해서도 추가적인 작가론적 관심이 필요해 보인다.

마지막으로 유형론적 연구는 9편이 있었다. 그중 강호가사에 대한 것이 3편으로 가장 많고, 기행가사에 대한 것도 1편 보인다. 또 전기가사, 사대부 가사, 사대부 문학 등에 대한 것이 각 1편씩 있었으며, 가사 또는 시가 전체에 대한 논의도 각 1편씩 있었다.

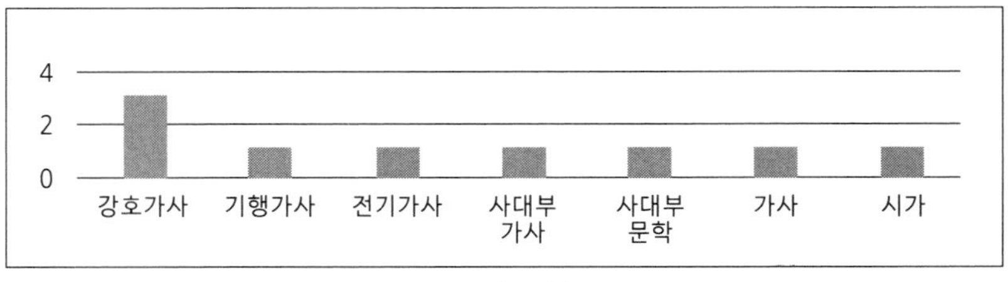

〈그림 3〉 유형론

이 논의들은 대체로 송강가사처럼 작가가 확실한 작품을 대상으로 특정 장르 및 유형의 성격을 추론하는 형태를 띠고 있다. 장르와 유형에 대한 이해는 미시적으로는 개개 작품을 이해하기 위해, 거시적으로는 문학사의 흐름을 파악하기 위해 중요한 부분이라는 점에서 이러한 유형론적 논의의 의의가 있다. 그러나 이러한 유형론이 보다 명확한 의미를 띠기 위해서는 먼저 분석 대상이 되는 작품들을 충분하고도 적절히 확보해야 할 텐데, 그러기 위해서는 앞서 거론한 문헌비평과 작가론적 고찰에 좀 더 힘쓸 필요가 있어 보인다.

2) 작품론

작품론 중 공간과 관련하여 이루어진 논의를 먼저 살펴보면, 전체 14편이 조사되었다. 〈면앙정가〉 4편, 〈관서별곡〉 3편, 〈상춘곡〉 2편, 〈관동별곡〉 2편, 〈성산별곡〉 1편, 〈면앙정가〉·〈성산별곡〉 복합 각 1편 등이다.

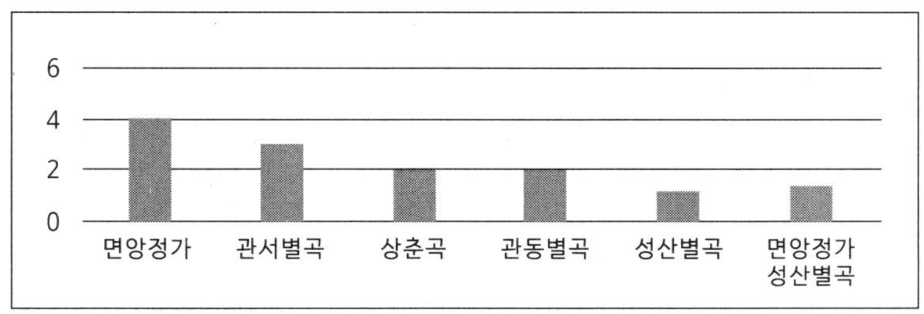

〈그림 4〉 작품론(공간 관련)

가사문학에 대한 공간 관련 연구는 누정이라는 실제 공간에 대한 논의로부터 시작했다. 강호가사와 기행가사에는 누정이 공간적 배경으로 자주 등장하는데, 조선시대에는 누정에서 문학작품을 짓고 향유하던 관습이 존재하여 관련 작품들이 여럿 남아 있다. 이러한 공간적·문화적 맥락에서 가사 작품들의 특징이 파악되었고, 이 작품들을 일찍이 '누정가사'라는 용어로 유형화하기도 했는데,[39] 그러한 경향이 여전히 이어지고 있는 추세다.

한편 근래에는 공간에 대한 주관적 인식의 측면이 보다 강조되었고, 이에 '장소성'과 같은 개념이 새롭게 주목을 받기도 했다(박연호2005, 김창원2009, 박수진2009, 김종진2010, 김은희2013·2015, 고은혜2015, 최상은2015). 현상학적 관점에서 시간이 주관적 속성을 띠듯이 공간 또한 인간의 삶 속에서 서로 다른 맥락적 의미를 부여받게 되는데 이를 인본주의 지리학

39) 배정일, 「樓亭歌辭 小考 - 상춘곡, 면앙정가, 성산별곡의 비교 고찰」, 『나랏말쌈』 6, 1991 참조.

에서는 공간과 구분하여 장소라고 지칭한다.[40] 이 같은 장소의 주관적 속성을 분석하여 작품 또는 작품군에 내재된 심층 의미와 유형적 특징을 해석하는 작업들이 있었다. 이러한 방식은 작품이 형성된 현실 기반을 보다 입체적으로 바라볼 수 있게 하여 기존의 작가론에서 한 걸음 더 나아간 분석틀을 제공한다는 의미가 있다.

공간 또는 장소라는 분석틀은 지역 문학적 관점과 연결되기도 하는데, 이는 시간을 기준으로 한 시대적 유형론에 비한다면 비교적 덜 주목받은 것이라고 할 수 있다. 그러나 작품의 공간적 이해가 지닌 중요성은 시간적 이해에 못지않을 것이다. 또 문학작품을 공간과 관련 짓는 것은 작품에 대한 이해를 돕는 것만이 아니라 공간의 현재적·문화적 의미를 풍요롭게 하는 도구가 되기도 한다. 따라서 문학작품의 공간 또는 장소에 대한 연구 결과를 현대에 문화적으로 소통할 수 있게 하는 방법에 대해서도 보다 주의를 기울일 필요가 있겠다.

한편 여타 기준에 의한 작품론은 총 35편이 조사되었다. 분포를 보면, 〈성산별곡〉 8편, 〈관동별곡〉 7편, 〈속미인곡〉 6편,[41] 〈사미인곡〉 2편,

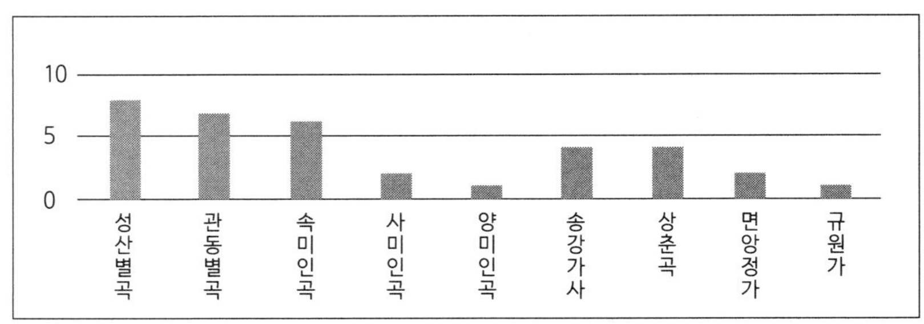

〈그림 5〉 작품론(여타 기준)

40) 최현재, 「노계가사에 나타난 장소성의 양상과 그 의미」, 『한국시가연구』 34(한국시가학회, 2013), 59면.

41) 〈관동별곡〉, 〈사미인곡〉, 〈속미인곡〉의 작품론 중에는 〈성산별곡〉을 포함한 연구가 각각 한 편씩, 총 3편이 있다.

양미인곡 1편, 송강가사 일반 4편, 〈상춘곡〉 4편, 〈면앙정가〉 2편, 〈규원가〉 1편 등이다.

이 중 정철의 가사 작품에 대한 것이 28편으로 전체에서 월등히 많아서 송강가사의 문학성에 대한 관심이 여전히 높음을 알 수 있다. 한편 사용된 분석 방법의 면면을 살펴보면, 작품 내적 구조의 분석을 위해 담화구조와 시간성, 정신분석과 기호학 등의 분석틀을 활용하기도 하고, 표현이나 모티프의 해석에 집중하기도 하는 등 다채로운 양상을 띤다. 이 같은 연구 방법론들은 인접 학문의 다양한 틀을 통해 문학작품의 구조를 심층적으로 분석함으로써 작품이 지닌 다양한 의미와 문학성을 규명한다는 점에 그 의의가 있다. 전 시기에 김병국이 칼 융(Carl Gustav Jung, 1875~1961)의 정신분석학에 나오는 페르소나와 아니마 등의 개념을 원용하여 〈관동별곡〉에 내포된 의식 지향과 무의식 지향의 중층 구조와 심리를 해석한 것이 그 좋은 예다.[42] 이와 유사한 심리학적 접근이나 대화체 등의 담화구조에 대한 관심이 근래까지 꾸준히 이어진 접근법이라면, 최근에는 인지언어학 같은 비교적 낯선 개념이 작품 분석에 사용되기도 했다.

조선 전기 가사의 작품론은 전 시기부터 많은 양이 축적된 만큼 기존의 틀과 해석을 되풀이해서는 의미가 없겠다. 또 그렇다고 작품 분석보다는 생경한 이론을 소개하는 데 치우쳐서도 곤란하다. 고전의 의미를 새롭게 느끼게 해 줄 수 있는 해석의 틀을 사용한다면 기존에 아무리 많이 논의된 작품이라도 해석의 의미가 있을 것이다. 또 송강가사 외의 작품들에 대해서는 아직 그다지 다양한 연구가 이루어지지 못했으니 이들에 대해서도 보다 적극적인 작품론을 시도해 볼 만하겠다. 한편 이 같은 다양한 분석 방법을 시도하기 전에 토대 연구로서 어석 연구도 소홀히 할 수

42) 김병국, 「가면 혹은 진실 – 송강가사 관동별곡 평설」, 『국어교육』 18(한국어교육학회, 1972), 43~63면.

없는데 이 방면의 연구는 김진우(2022) 외에는 보이는 것이 없다는 점도 주의할 필요가 있다.

3) 수용론

먼저 당대적 수용에 대한 연구는 총 28편이 조사되었다. 〈관동별곡〉 8편,[43] 〈사미인곡〉 5편, 양미인곡 3편, 〈성산별곡〉 1편, 송강가사 일반 7편, 〈상춘곡〉·〈만분가〉·〈면앙정가〉·〈규원가〉 각 1편 등이다.

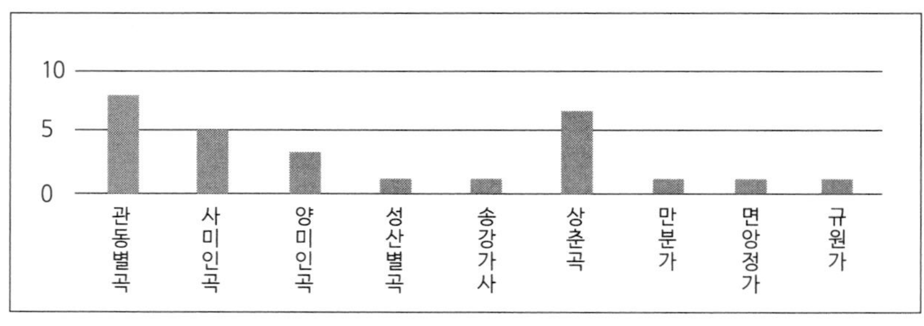

〈그림 6〉 당대적 수용론

이 중 송강의 가사 작품에 대한 것이 24편에 달해서 수용론에서도 송강의 비중이 월등하다. 송강가사와 관련한 당대적 수용론은 다양한 각도에서 진행되었다. 먼저 그의 가사 작품들이 당대의 어떠한 문학적 전통 속에서 형성될 수 있었는지를 고찰한 영향론적 시각이 있다. 굴원의 〈사미인(思美人)〉이나 〈이소(離騷)〉가 〈사미인곡〉에 미친 영향을 살피는 것과 같은 방식(김진욱 2003, 최상은 2010)이 대표적인 예다.[44] 이러한 영향론

43) 이 중 1편은 〈관서별곡〉을 함께 연구한 것이다.

44) 굴원과 정철의 시대적 거리는 멀지만, 굴원의 문학은 정철 시대에 살아 있는 문학전통으로 수용되어 정철 문학에 직접적인 영향을 미친바, 이에 대한 수용은 당대적인 것이라고 보았다.

적 관점은 같은 조선 전기 가사 작품인 〈관서별곡〉이나 〈만분가〉 등과 관련하여 이루어지기도 했고(유근안 2000, 류연석 1999, 최상은 2010), 송강 자신이 지은 한시와의 연관성 속에서 고찰되기도 했다(김주수 2010). 한편 송강가사가 후대에 미친 영향에 대해서도 수차례의 검토가 이루어졌다. 주지하듯이 송강의 문학이 후대에 커다란 영향을 미쳤음은 그의 문집에 전하는 여러 평어와 한역 작품들을 통해 잘 드러나는데, 이러한 평어에 대한 직접적인 고찰은 물론 후대의 가사작품이나 한문학 작품들에까지 미친 영향이 검토되었다(최규수 2000, 이문규 2004, 곽미선 2008).

한편 다양한 시각에서 송강가사에 대한 수용론적 연구가 이루어졌지만 영향사적 측면에서 전후대의 국문시가 장르나 작품들과의 관련성에 대한 논의가 적은 것은 아쉬운 점이다. 수용론은 문학사에 대한 시각으로 이어지게 마련인데, 김진희(2008, 2016)에서는 송강의 가사가 고려속요 등 전대의 장르나 사설시조와 기행가사, 또 애정시가와 연군시가 등 후대의 국문시가 장르들과 어떤 관련성을 지니는지를 검토하여, 한문학 관련 영향만이 아니라 국문시가 내부에 존재하는 문학사적 연결고리를 총체적으로 파악할 수 있게 했다.

조선시대 한역에 대한 연구 또한 송강가사를 중심으로 이루어졌는데, 조사된 8편의 논문이 모두 송강의 작품들에 대한 것으로, 그중 〈관동별곡〉에 대한 것이 7편이고, 〈사미인곡〉에 대한 것이 1편이다.

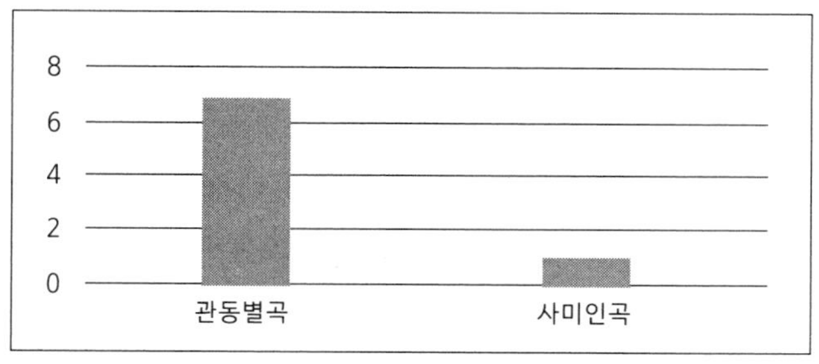

〈그림 7〉 한역에 대한 연구

특히 〈관동별곡〉의 한역에 대한 연구가 많은데, 이는 한역시의 편수 자체가 많기 때문인 것으로 보인다. 『송강별집추록유사(松江別集追錄遺詞)』에 전하는 김상헌(金尙憲, 1570~1652), 김만중(金萬重, 1637~1711), 이양렬(李揚烈, 1581~1616)의 한역시에 더하여 박창원(朴昌元, 1683~1753), 신승구(申升求, 1810~1864), 유한재(兪漢宰, 1757~1817) 등의 한역시가 추가로 소개되어(정한기 2005, 구사회 2005, 조해숙 2008), 현재 〈관동별곡〉 번역시는 총 6편이 전하는 것으로 현재까지 조사되었다. 특히 초고본 『택당선생집(澤堂先生集)』에 수록된 「번관동별곡가(飜關東別曲歌)」와 관련해서는 한역시 간 이본 관계에 대한 연구가 이루어지기도 했는데(김미정 2013), 송강가사의 한역시에 대한 전체적이고 체계적인 검토가 필요해 보인다.

다음으로 조선 전기 가사의 현대적 수용과 번역에 대한 연구 또한 모두 송강가사에 대해 이루어졌다. 총 6편이 조사되었는데, 이 중 〈사미인곡〉에 대한 것이 3편, 송강가사 일반에 대한 것이 3편이다. 그리고 〈사미인곡〉에 대한 연구 3편 중 1편은 영어 번역에 대한 논의다.

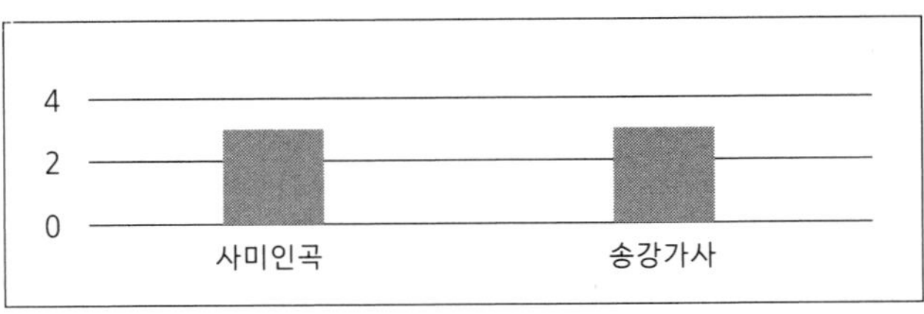

〈그림 8〉 현대적 수용론과 번역론

이들 연구에서는 학계와 교육계, 문학계와 문화계의 다방면에서 현대에 송강의 가사작품들이 수용된 양상이 검토되었다. 이러한 연구들은 현대적 수용에 대한 연구사적 의미를 띠기도 하며 기존 수용의 의미와 한계, 가능성 등을 함께 보여 준다(김윤희 2013, 김진희 2015). 그런데 디지털

문화 콘텐츠에 대한 관심이 고조된 지 오래되었다는 점을 감안할 때 이와 관련한 수용론적 고찰은 아직 많이 부족해 보인다. 송강의 작품들뿐 아니라 다른 조선 전기 가사 작품들에 대해서도 이본과 문헌, 다양한 컨텍스트적 상황을 데이터베이스화하고 문화 콘텐츠화하는 등 디지털 작업과 관련한 향후의 연구와 실행이 기대된다. 또한 가사의 번역과 관련한 논의는 인접 장르인 시조와 비교해 보아도 드문 편인데, 현대적·세계적 수용의 저변을 확장하기 위해 이 부분에 대해서도 보다 많은 관심을 기울일 필요가 있겠다.

4) 비교문학·교육학 분야

비교문학적 논의는 두 경우로 나누어 살펴볼 수 있다. 하나는 인접 작품들을 서로 비교한 것이다. 이는 비교라는 설명 방식을 통해 인접 작품들의 같고 다른 특성을 부각하고 서로 간의 영향 관계를 파악하기 위한 방식이다. 다른 하나는 서로 다른 시대와 공간에서 만들어진 작품이나 장르, 또는 다양한 문화물들을 서로 비교하는 것이다. 이는 상이한 작품들 간의 비교를 통해 작품이 지닌 특성과 의의를 더욱 심화하여 이해하는 방식이다. 이 중 인접 작품들에 대한 비교 연구는 모두 10편이 조사되었는데, 그 분포는 다음과 같다.

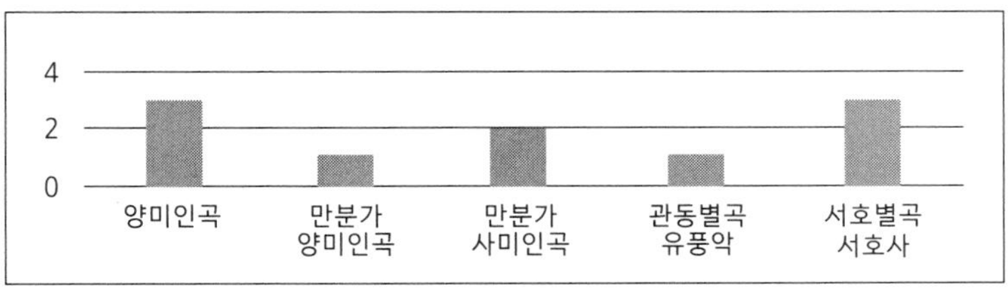

〈그림 9〉 비교문학(근거리 작품 비교)

양미인곡에 대한 연구가 3편으로 가장 많은데, 모두 〈사미인곡〉과 〈속미인곡〉에 대한 비교다. 또 〈만분가〉와 양미인곡, 〈만분가〉와 〈사미인곡〉을 비교한 경우도 각기 1, 2편씩 존재한다. 송강의 작품으로는 관동별곡에 대한 비교 연구도 1편 있는데, 율곡 이이(栗谷 李珥, 1536~1584)의 〈유풍악(遊楓嶽)〉과 비교한 것이다. 한편 허강의 〈서호별곡〉과 〈서호사〉를 비교한 것도 3편 존재한다. 이 같은 당대 작품들 사이의 비교는 동일 작가가 지었거나 비슷한 유형에 속하여 친연성이 강한 작품들을 서로 비교한 것이다. 이 같은 방식은 내재적 비평의 연장선상에 있되 비교라는 설명 방식을 위주로 한 경우라고 이해할 수 있다.

한편 맥락상 거리가 먼 작품들을 서로 비교한 경우로는 4편이 조사되었다. 송강의 가사작품들에 대한 것이 3편으로 많은데, 〈관동별곡〉, 〈사미인곡〉, 양미인곡에 대한 것이 각 1편씩 있다. 이외 〈규원가〉에 대한 것도 1편 있다.

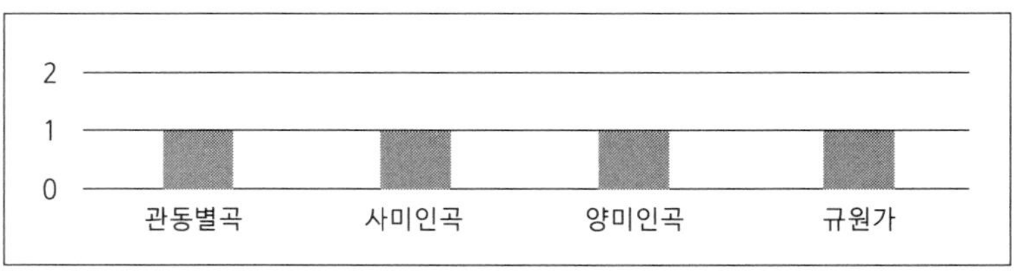

〈그림 10〉 비교문학(원거리 작품 비교)

비교 대상이 된 작품들은 일문학과 신라의 향가 등이다. 전 시기에도 이 같은 이종 장르, 작품 간의 비교문학적 연구가 간간히 있었는데, 영문학이나 독문학, 또 회화와 같은 다른 영역들과 송강의 가사 작품들을 비교했다.[45] 이러한 넓은 스펙트럼의 비교 연구는 작품의 의미 해석을 심화

45) 이상란, 「Paul de Man의 문학비평론과 정철의 관동별곡과 Wordsworth의 The Prelude」, 『비교문학』 12(한국비교문학회, 1987); 오현일, 「계절에 따른 감정의 변화 – Johann

할 뿐 아니라 보다 넓은 독자층을 확보한다는 의미도 띠고 있다. 비교문학적 연구는 작품 해석의 깊이와 넓이를 동시에 확장하여 세계문학적 관점을 가능케 하는 방법이라는 점에서 송강가사뿐 아니라 다른 작품들과도 좀 더 적극적으로 관련하여 볼 필요가 있겠다.

마지막으로 살펴볼 교육학적 논의는 모두 17편 조사되었다. 〈관동별곡〉에 대한 연구가 7편, 〈속미인곡〉과 송강가사 일반, 그리고 〈규원가〉에 대한 것이 각 2편, 〈사미인곡〉, 〈성산별곡〉·〈면앙정가〉, 〈면앙정가〉, 〈상춘곡〉 등을 다룬 것이 각 1편씩 있다.

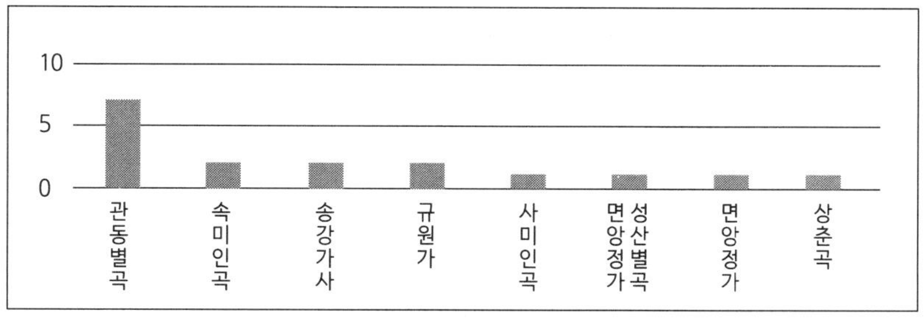

〈그림 11〉 교육학

역시 고등학교 교과서의 단골 소재인 〈관동별곡〉에 대한 연구가 많다. 교육학 쪽에서도 공간이나 문화코드 등과 관련한 해석이 주목되었고, 감성이나 여성주의 등 다양한 수용시각과 결합하여 교육적 의미가 검토되었다. 또한 북한이나 조선족 교과서와의 비교 등 다문화적 연구 경향도 주목된다. 갈수록 심화되는 사회 다원화의 양상에 따라 고전문학에 대한 교육적 논의 또한 이러한 사회적 경향을 반영하는 다차원적 측면을 띠게 될 것으로 전망된다.

Wolfgang v. Goethe의 Die Leiden des jungen Werther와 송강 정철의 사미인곡을 중심으로」, 『괴테연구』 3(한국괴테협회, 1988); 유준영, 「겸재 정선의 '금강전도' 고찰 – 송강의 관동별곡과 관련하여」, 『고문화』 18(한국대학 박물관협회, 1980).

4. 조선 전기 가사 연구의 전망

1999년부터 현재까지의 논저를 분석하여 얻은 결과, 제4기 조선 전기 가사 연구의 주제 분포는 수용론, 작품론(여타 기준), 작품론(공간 관련), 교육학, 비교문학, 작가론, 문헌비평의 순으로 나타난다. 이것은 온라인 검색을 통해 얻은 1999년 이전 논저들의 주제 분포와 차이가 나는데, 이전 논저들의 주제는 작품론(여타 기준), 문헌비평, 수용론, 작가론, 비교문학, 교육, 작품론(공간 관련) 순으로 나타났다. 이 같은 결과값을 놓고 볼 때, 제4기 조선 전기 가사 연구의 특징으로는 수용론과 교육학의 강세 및 공간과 같은 컨텍스트에 대한 관심, 그리고 문헌비평의 약세를 들 수 있겠다. 이 같은 경향은 조선 전기 가사에 대한 연구가 작품의 본질적 측면에 대한 탐구보다는 작품에 대한 다양한 해석 추구 쪽으로 가고 있음을 보여 준다.

역사적 장르로서의 가사를 인식하고 그 특징을 규명하고자 했던 제1기, 다양한 가사 작품들을 발굴·소개하고 그 작가를 비정하고자 했던 제2기, 그리고 가사의 양식적 특성과 작품의 구조적 개성을 설명하고자 한 제3기의 논의들은 장르와 유형, 작품의 기본적이고 핵심적인 사항을 밝히고자 한 것이다. 이에 비해 제4기의 연구는 작가나 작품 자체보다는 수용자와 컨텍스트에 초점을 맞추고 인접 학문의 여러 분석 틀을 원용함으로써 작품의 다양한 의미를 해석하는 데 집중하고 있다.

사회 다원성의 증대와 문학작품 향유의 확장이라는 측면에서 볼 때, 고전 작품 해석의 다양성을 추구하는 것은 타당하다. 이러한 제4기의 경향은 1~3기에서 축적해 놓은 방대한 자료와 실증적·이론적 연구의 토대 위에서 꽃피울 수 있었던 것인바, 이 같은 풍요와 자유를 마음껏 누리고 즐기는 것이 이 시대 연구자들의 윤리일 것이다. 그러나 과연 우리는 그러한 자유를 십분 활용하고 있는가 하는 점에 대해서는 다시 생각해 볼 여지가 있다. 송강가사를 제외한 여타의 조선 전기 가사 작품들에 대한 해석적 시도가 아직 그리 많지 않음을 볼 때, 더 다양한 틀과 시각으로 고전 작품의 의미를 살찌울 후속 연구들이 기대되는 것이다.

비교문학과 문화 콘텐츠에 대한 관심도 고전 작품의 외연과 내포를 키우는 데 중요한 일부가 되리라 본다. 서로 다른 시대와 사회를 배경으로 한 문화적 산물들을 비교함으로써 작품의 의미를 새롭게 발견하고 그것을 세계인과 소통할 수 있는 기회를 얻을 수 있다. 또한 문학의 영역을 지역 사회와 생활 세계의 다양한 문화적 영역으로 연결·확장·변용하는 문화 콘텐츠 작업을 통해 고전 작품의 현대적 수용을 촉진할 수 있다.

그러나 한편으로는 이 같은 해석적 다양화의 추세와 전망은 어디까지나 견실한 토대 연구 위에서 가능하다는 점 또한 잊지 말아야겠다. 물론 전 시기 연구자들의 노고에 힘입어 해석의 풍요를 누리고 있는 지금이지만, 이 시대 연구자들의 자유가 공허한 논쟁에 그치지 않기 위해서는 아직 다 풀리지 않은 전 시기의 의문과 한계를 해결·보완하려는 부단한 노력을 병행해야 할 것이다. 조선 전기 가사는 아직도 작가 고증과 관련한 많은 문제가 남아 있다. 또한 이전 시기에 축적해 놓은 방대한 이본들을 정리하고 그 체계를 세우는 것은 이 시대 연구자들에게 부여된 커다란 과제다.

지난 시기에 이룬 『역대가사문학전집』이라는 유산은 가사작품의 원본 이미지들을 총망라하여 제공함으로써 가사 연구자들의 편의를 획기적으로 증대시켰다. 이제 그 산더미 같은 자료들을 스마트하게 정리하여 체계를 세우는 일이 앞으로 활약할 연구자들 앞에 주어졌다. 다행히 선학의 예지로 방대한 자료들이 종이뿐 아니라 디지털 이미지로도 확인 가능하도록 이미 구축되어 있다. 『역대가사문학전집』은 책 출간만으로 그치지 않고 『한국역대가사문학집성』(누리미디어 https://www.krpia.co.kr, 2005)이라는 디지털 자료로 구축되어 고전문학 아카이브의 모범적인 사례가 되어준 것이다.

2000년대에 들어서면서 구축되기 시작한 고전문학 아카이빙의 흐름에 부응해, 현재 조선 전기 가사의 대부분이 온라인으로 확인 가능한 수준에 이르렀다. 대표적인 사이트로는 국립중앙도서관, 고려대학교해외한국학자료센터, 서울대학교규장각한국학연구원, 한국학중앙연구원의 디지털장서각, 가사문학관의 디지털 가사자료 등이 있는데, 조선 전기 가사의 대부분을 여기에서 구득할 수 있다.

가사 연구사의 제4기는 가사 자료의 디지털 데이터베이스화와 함께 진행되고 있다. 여러 사이트에 산재해 있는 원전 자료들을 연결·종합함으로써 작품의 이본 관계와 형성 맥락을 확연히 드러내는 길이 이러한 디지털 데이터베이스의 토대 위에서 열릴 것이다. 지난하지만 흥미진진한 길이 우리 앞에 놓여 있다.

이 글은 『한국시가연구』 61(한국시가학회, 2024)에
수록한 논문을 수정·보완한 것이다.

조선 후기 가사 연구의 현황과 전망

백순철
대구대학교 국어교육과 교수

1. 논의의 출발

이 글은 2000년대 이후 조선 후기 가사문학 연구의 동향을 점검하고 향후 가사문학 연구의 방향을 전망하는 데에 초점을 둔다.

한국 시가 연구 100년의 자취를 1세대 일제강점기, 2세대 해방 이후~70년대 초반, 3세대 70년대 후반~90년대, 4세대 90년대 이후로 크게 나누어 살펴 본 연구에 따르면, 한국 시가의 대표적 연구 주제는 향가와 시조가 늘 중심이 되어 왔음을 알 수 있다.[1] 가사는 전해지는 작품의 수가 많고 개개의 작품이 가지는 문학사적 비중이 작지 않음에도 상대적으로 역사적 전체상을 조망하는 통시적 연구는 별로 없는 실정이다.[2]

---

1) 이 논문에서 가사에 대한 언급은 김학성과 성무경의 장르론을 부분적으로 언급하는 데 그치고 있다. 이도흠, 「한국 시가 연구 100년의 자취와 전망」, 『한국시가연구』 57(한국시가학회, 2022.

2) 가사문학의 역사적 전개를 살핀 독립적 연구는 류연석의 『한국가사문학사』(국학자료원, 1994)가 유일하다. 최근 개정판인 『새로 쓴 가사문학사』(태학사, 2020)가 간행되었는데, 내용을 보면 서론과 결론의 내용을 일부 수정하고, 본론에 해당하는 시대별 연구에서 다섯째 시대인 '쇠퇴기'를 '변전기'로 명명을 바꾸고 대상 작품을 일부 추가한 데 그치고 있다. 특히 변전기의 대상 작품이 572편에서 599편으로 늘어났는데, 추가된 작품들은 2014년부터 담양군 한국가사문학관에서 간행하는 『오늘의 가사문학』에서 공모한 한국가사문학대상 수상작들이 대부분이다. 가사라는 전통 갈래의 생명력을 근현대로 확장하여 현재진행형으로 보려는 시각은 나름 인정할 수 있으나, 초판이 간행된 이후 추가로 연구

가사문학에 대한 연구는 대체로 시조사의 전개를 살피는 틀 속에서 함께 묶여 논의되는 것이 일반적이며, 동일성을 가지는 유형별 연구나 개별 작품론, 창작 및 소통 관련 연구 등이 파편적으로 진행되어 온 것이 사실이다. 그런데 1990년대 이후 학계에 쟁점적 논의를 촉발하는 주목할 만한 박사논문들이 제출되면서 가사문학 연구도 전기를 맞이하게 된다.[3)]

범박하게 요약하자면 2000년대 이후 가사문학 연구의 특징은 조선 후기에 주로 집중되면서 새로운 연구 주제의 개척, 대상 자료의 확대, 다양한 방법론의 적용 등을 통해 쟁점적 주제에 과감하게 도전하는 점이라고 할 수 있다. 물론 이러한 변화의 중심에는 한국시가학회, 한국고시가학회(현 한국시가문화학회), 고전문학한문학연구학회[4)], 한국고전여성문학회와 같은 학회가 자리하고 있다. 또한 2014년부터 담양군 한국가사문학관에서 간행된 가사 전문 문예지 『오늘의 가사문학』이 현재 41호에 이르고 있다.[5)] 이 문예지에서는 주요 가사 작품의 해제, 가사 작가와 지역 설명, 신자료 소개, 신작 가사 소개 등을 지면에 싣고 있는데, 이 문예지를 중심으로 하나의 학문적 에콜을 형성할 만큼 체계화된 연구 성과를 지속적으로 제출하고 있다.

된 새로운 자료와 연구 성과들이 충분히 반영되지 못한 점은 다소 아쉽게 느껴지는 부분이다. 이 부분은 후학들의 과제로 남겨진 셈이다.

3) 참고문헌 목록을 보면 각 유형별로 주목할 만한 학위논문들의 제출 시기가 1990년대 후반에서 2000년대 중반에 집중되어 있는 것을 알 수 있다. 예를 들어 이 시기에 교훈가사, 강호가사, 기행가사, 규방가사, 종교가사, 계몽가사 관련 논문이 제출되었다. 박연호, 「조선후기 교훈가사 연구」(1996); 김용철, 「박인로(朴仁老) 강호가사(江湖歌辭) 연구」(2001); 장정수, 「금강산 기행가사(紀行歌辭)의 전개(展開) 양상 연구」(2001); 백순철, 「규방가사의 작품세계와 사회적 성격」(2001); 김동국, 「회심곡 연구」(2004); 고은지, 「계몽가사의 문학적 형상화 방식과 그 의미 – 양식적 원리와 표현기법을 중심으로」(2004).

4) 2006년부터 고전문학한문학연구학회에서 간행하는 학술지 『고전과해석』에서는 매년 고전시가, 고전서사, 한문학의 연구 동향을 수렴하여 정리하는 글을 싣고 있다. 이 글을 작성하면서 혹시나 누락한 연구가 없는지 점검하고 확인하는 데에 많은 도움을 받았다.

5) 창간호부터 36호까지는 담양군 한국가사문학관에서 발행해 왔는데, 최근 37호부터는 발행처가 전남도립대로 변경되었다.

대개의 고전문학 연구자들이 그러하지만 특히 가사문학 연구자들에게 있어서 소중한 미덕으로 내세울 만한 점은 연구자들이 그 연구 성과에 대해 독점적 전유의 태도를 보이고 있지 않다는 점이다. 이는 대상 자료의 공유, 문제의식의 교환 등을 통해 개별 연구의 고립성과 배타성을 지양하는 학문 공동체 내부의 경향성에 기인한다. 물론 이러한 틀을 마련하는 데는 오랜 기간 고심하며 마련한 선학들의 성과가 든든한 배경으로 자리했기에 가능했다는 점을 간과할 수 없을 것이다.

2000년대 이후 제출된 조선 후기 가사문학 연구의 현황을 점검하면 학위논문 29편, 단행본 59편, 일반논문 436편 등 도합 524편에 달하는 연구 성과가 확인된다.[6] 다양한 유형과 주제에 걸쳐 폭넓게 연구가 진행되어 왔음을 알 수 있다.[7] 여기서 이 모든 연구들을 대상으로 상세하게 분석하는 것은 쉽지 않은 일이다. 그래서 20세기 이후의 새로운 자료들이 추가되면서 관심을 모으고 있는 유형인 내방가사, 기행가사의 연구 현황에 입체적으로 주로 초점을 맞추되, 꾸준히 연구가 진행되고 있는 사대부 가사, 종교가사의 연구 현황도 함께 정리해 보고자 한다. 그리고 조선 후기 가사 연구의 성취를 종합적으로 살펴보면서 특징적 국면으로 나타나는 근현대기 가사 연구의 가능성과 전망을 검토해 보고자 한다.

---

6) 이 글에서는 논문검색사이트인 RISS, KISS, DBPIA 등을 참고하고, 『고전과해석』의 시가문학 연구 동향을 중심으로 목록을 정리해 보았다. 여기서 유형별로 보면 규방가사가 총 160편으로 전체 1/3에 가까울 정도로 가장 많고, 그 뒤를 기행가사(73편), 종교가사(68편), 근현대기가사(61편), 사대부가사(57편), 노계박인로가사(17), 유배가사(30편)가 잇고 있다. 뒤의 3유형은 사대부 관련 가사로 합하면 100편이 넘는 셈이니 사대부 가사에 대한 연구도 갈수록 심화되고 있는 편이라고 할 수 있다.

7) 이를 박사논문/단행본/학술논문의 순서로 각 유형별로 실상을 정리해 보면 내방가사 14/14/132(160), 기행가사 4/8/61(73), 종교가사 3/7/58(68), 근현대기가사 1/6/54(61), 노계가사 2/0/15(17), 유배가사 4/2/24(30), 사대부가사 0/2/56(58), 가사장르론 1/4/2(7), 신자료소개 0/0/35(35), 주해본 및 개론 16 등 도합 525편에 달한다. 미처 확인하지 못해 통계에서 누락된 연구들이 있을 수 있으므로 유형별 수나 총합의 수는 변동될 수 있음을 밝혀둔다.

왜냐하면 2000년대 들어 조선 후기 가사의 연구 대상이 조선 후기에서 20세기 이후로 옮겨가고 있는 점이 뚜렷하게 나타나기 때문이다. 연구사를 정리하는 입장에서 이런저런 이유로 목록에서 제외한 연구들이 있다.[8] 이는 그 연구 성과를 폄하하거나 비중을 낮추어 본 때문이 아님을 밝혀둔다.

2. 내방가사의 연구 현황

내방가사에 대한 초기 연구는 1931년 도남 조윤제의 「영남 여성과 그 문학-가사문학에 대하여」[9]와 다카하시 도루(高橋亨)의 내방가사 연구[10]로부터 시작되었다. 다카하시 도루의 논문이 역사적 배경에 치우치고 여성이나 가사에 대한 관심이 소홀한 데 반해, 도남 조윤제의 연구는 창작주체인 여성들과 자국어시가사로서 가사에 대한 이해가 상당히 깊이 있게 논증된 것이 특징적이다.[11] 그런데 이러한 초기의 관심에 비해 이후 내방가사 연구는 큰 줄기를 형성하지 못하고 간헐적으로 연구가 진행되었다.[12]

---

8) 문학교육의 관점에서 조선 후기 가사문학 작품의 교육적 의의를 거론하거나 교과서 분석을 시도한 연구는 목록에서 제외했고, 가사보다는 중심이 다른 주제에 놓여 있는 연구 또한 목록에 포함하지 않았다.

9) 조윤제, 「영남여성과 그 문학 – 특히 가사문학(歌詞文學)에 관하야」, 『신흥』 6(신흥사, 1931).

10) 高橋亨, 「嶺南大家 內房歌詞」, 『朝鮮』 222(1933); 高橋亨, 「嶺南の民謠に現れたる女性生活の二筋道」, 『京城帝國大學創立十周年記念論文集』 6 文學篇(京城帝國大學文學會, 1936), 大阪屋號書店.

11) 김윤희, 「영남 여성의 가사문학에 대한 1930년대 도남의 학술 연구와 그 의미망」, 『Journal of Korean Culture』 63(2023).

12) 심재완, 「최송설당의 가사」, 『국어국문학연구』 3(청구대, 1959); 고봉자, 「내방가사연구」, 『국문학』 7, 고대(1963); 사재동, 「내방가사연구서설」, 『한국언어문학』 2(한국언어

먼저 첫 번째 관심은 대상 유형의 개념 용어와 그 개괄적 성격 규정에 대한 것이다. 일찍이 다카하시 도루가 '내방가사'라는 용어를 사용한 이후 60년대까지는 계속 이 '내방가사'용어를 연구자들이 사용하다가, 70년대 들어 '규방가사'라는 용어가 쓰이고 권영철에 의해 학문적 개념으로 정착되었음을 알 수 있다.[13] 2000년대 이후의 연구에서도 '규방가사'와 '내방가사' 용어는 여전히 혼용되어 쓰였다. 그런데 2022년 11월 내방가사의 유네스코 세계 기록유산 등재를 전후하여 개최된 전시회와 학술대회에서 현장에서 많이 쓰이는 '내방가사'라는 용어를 주로 공식적으로 사용했고, 한국국학진흥원과 국립한글박물관 홈페이지에서도 '내방가사'라는 용어를 사용하여 어느 정도 학문적 용어로 자리 잡았다고 할 수 있다.

그리고 이재수, 권영철 등 초기 연구자들의 성과를 바탕으로 90년대 후반에서 2000년대에는 박사논문과 단행본들이 본격적으로 출간되었다.[14] 여기서 다루어진 새로운 작품과 자료집들에 대한 미시적 접근이

문학회, 1964); 이재수, 「내방가사연구」, 『문교부학술연구보고서』 16(1968); 조애영, 『은촌내방가사집』 내 내방가사 관련 주제별 연구; 이종숙, 「내방가사 연구 – 영주 봉화 지역의 자료를 중심으로」, 『논총』(이화여대 한국문화연구원, 1971); 이재수, 「계녀가 연구」, 『학술원논문집』 11(대한민국학술원); 어영하, 「규방가사의 서사문학성 연구」, 『국문학연구』 4(효성여대, 1973); 이동영, 「규방가사 전이에 대하여」, 『영남공고 논문집』(1973) 등으로 연구가 진행되었다고 할 수 있다.

13) 권영철, 『閨房歌辭: 身邊歎息類』(효성여대출판부, 1985); 권영철, 『閨房歌辭 I』(精神文化研究院, 1979); 권영철, 『閨房歌辭各論』(형설출판사, 1986); 권영철, 『閨房歌辭研究』(이우출판사, 1980).

14) 백순철, 「규방가사의 작품세계와 사회적 성격」(고려대 박사학위논문, 2001); 손앵화, 「규방가사에 나타난 여성의식 연구: 놀이 기반 규방가사의 여성놀이문화를 중심으로」(전북대 박사논문, 2009); 정길자, 「閨房歌辭의 史的 展開와 女性意識의 變貌」(숙명여대 박사논문, 2003); 최연, [계녀가류 규방가사 연구](숭실대학교 대학원 박사학위논문, 2016); 박경주, 『규방가사의 양성성』(월인, 2007); 백순철, 『규방가사의 전통성과 근대성』(고려대학교민족문화연구원, 2017); 이정옥, 『내방가사 현장 연구』(역락, 2017); 국립한글박물관 국학진흥원 공동연구서, 『여성, 한글로 소통하다: 내방가사 속 여성들의 이야기』(국립한글박물관, 2020).

이루어지면서 내방가사 연구는 탄력을 받게 되었다. 내방가사에 대한 개괄적 연구의 특징을 정리한 한 예를 살펴보면, 백순철은 규방가사 전체의 특징을 창작 배경, 작품 세계, 사회적 성격으로 나누어 고찰했다. 규방가사의 내용은 '연대의식과 자긍심', '소외의식과 회고성', '사회의식과 교훈성', '분열의식과 혼돈성'을 보인다. 이러한 규방가사의 문학적 특질은 규방가사 작자들의 특수한 사회적 성격과 상관성이 있다. 즉 고난 속에서 여성의 자각은 어떻게 이루어지고 있는가에 주목한 것이다.[15]

다소 선험적 접근의 위험성을 안고 시도된 이러한 여성주의적 접근은 90년대 후반 한국여성문학학회와 한국고전여성문학회의 출범 이후 좀 더 밀도 있고 정교화된 연구로 진행되었다.[16] 이러한 연구의 핵심은 가부장제와 유교적 이데올로기 아래 관습적으로 생성된 작품을 경직된 시각으로 접근하지 말고, 여성과 남성, 여성과 가족, 혹은 여성과 사회의 관계성에 주목하여 인간관계의 정서적 가치를 중시하는 내방가사의 본질에 주목하자는 것이다. 내방가사의 창작과 향유 과정에는 남성들이 동참하는 경우도 적지 않고, 손윗어른과 젊은 여성들 사이의 소통의 모습도 나타난다. 내방가사를 현재의 학문적 관점에서 근대주의나 여성주의 등으로 보아서 과도한 자유와 해방의 언어로 독해하다 보면 원래의 의도를 벗어날 수 있다는 지적은 이후 내방가사 연구에 적지 않은 시사점을 주었다.[17] 그리고 백순철, 정길자, 손앵화 등의 논문[18]에서 언급된 20세기

---

15) 백순철, 「규방가사의 작품세계와 사회적 성격」(고려대 박사학위논문, 2001).

16) 나정순, 「규방가사의 본질과 경계」, 『한국고전여성문학연구』 16(한국고전여성문학회, 2008).

17) 박경주, 『규방가사의 양성성』(월인, 2007); 김석회, 「주제적 관심을 통해 본 규방가사의 세계, 『고시가연구』 23(한국고시가문학회, 2009).

18) 백순철, 앞의 논문(2001); 정길자, 「閨房歌辭의 史的 展開와 女性意識의 變貌」(숙명여대 박사논문, 2003); 손앵화, 「규방가사에 나타난 여성의식 연구: 놀이 기반 규방가사의 여성놀이문화를 중심으로」(전북대 박사논문, 2009).

내방가사의 주요 작자들과 작품들은 이후 개별 연구로 심화되면서 조선 후기 내방가사 연구를 풍성하게 하는 데 기여했다.

내방가사 연구가 상당히 축적되고 그 성과의 확산을 통한 새로운 연구 단계로의 발전을 모색하게 되면서 기록유산으로서 내방가사의 문화적 가치에 주목하는 연구들도 제출되었다. 이정옥은 내방가사 자료 수집 및 정리의 필요성, 내방가사 필사자료의 DB화 및 전자화, 멀티미디어 콘텐츠화 등을 강조했고, 고순희 역시 필사본 및 활자본 자료집의 활용 가능성을 높이기 위해서는 정교한 자료 정보의 기록과 DB화의 필요성을 강조했다.[19]

두 번째로 살펴볼 내방가사 연구의 성과는 계녀가가 여전히 논쟁적이며 토론 거리를 제공하는 주제라는 점을 환기하는 연구들이 지속적으로 제출되고 있는 점이다. 계녀가 유형의 전형은 아니지만 그 대중적 인기로 인해 지속적으로 관심의 대상이 되어 온 「복선화음가」와 관련된 논의는 2000년대 들어서도 꾸준히 제출되었다. 초기의 연구에서 보여준 '반봉건적 주제의 경향과 문체의 서사화'라는 갈래 변화의 시각이[20] 오랫동안 이 작품을 바라보는 틀로 작용하면서 이후의 연구들 역시 상당 부분 그 자장 아래 진행되었다고 할 수 있다.[21] 특히 이들 연구에서는 근대성의

---

19) 고순희, 「내방가사의 기록문학적 가치와 연구방향」, 『한국시가연구』 60(한국시가학회, 2024); 이정옥, 「내방가사의 기록유산적 가치」, 『국학연구』 40(한국국학진흥원, 2019).

20) 최원식, 「가사의 소설화 경향과 봉건주의의 해체」, 『창작과 비평』 46(창작과비평사, 1977 겨울)

21) 성무경, 「〈복선화음가〉류 가사의 이본현황과 텍스트 소통」, 『민족문학사연구』 22(민족문학사학회, 2003); 조자현, 「誡女歌에 나타난 조선후기 양반 여성들의 감정구조」, 『국제어문』 46(국제어문학회, 2009); 조자현, 「〈福善禍淫歌〉의 서술구조에 대한 和諍記號學的 분석」, 『한국시가연구』 26(한국시가학회, 2009); 조해숙, 「근대전환기 국문시가에 나타난 주체와 타자: 〈복선화음가〉 계열 가사를 중심으로」, 『국문학연구』 15(국문학회, 2007); 김석회. 「〈복선화음가〉 이본의 계열상과 그 여성사적 의미」, 『한국시가연구』 18(한국시가학회, 2005); 김석회. 「우산본 〈복선화음가〉의 가문서사 양상과 그 여성사적 함의」, 『고전문학과교육』 10(한국고전문학교육학회, 2005).

단초와 함께 여성성까지 더해져 흥미로운 해석들이 더해지고 있다. 작품 속 화자의 모습을 '집안의 생계를 책임지는 데 대한 양반 여성의 자각의식이 반영'되어 있으며, '치산을 통해 부를 획득하고 집안을 일으키는 주체적인 여성의 모습이 형상화되어 있다'[22]고 하거나, '계녀형으로부터 전기형에 이르는 동안 다양한 방식으로 변용되면서 여성 어문 생활의 다양한 실험과 성취를 이루게 되었다'고 하면서 '향촌사족층 부녀의 삶의 조건을 냉철하게 인식하고 체면과 인습을 벗어 던지고 솔선하여 곤경의 타개에 나서는 과감한 여성의 형상을 부조해 내고 있다'[23]고 평가하기도 했다. 「복선화음가」 속 여성의 근면한 치산 활동을 긍정적 측면에서 의미부여할 수는 있지만, 이를 새로운 경제 영웅으로 탄생하는 여성의 서사로 읽어도 되는지는 사실 의문이다. 작품 속 여성의 자각과 선택이 온전히 자신의 주체적 결정에 따라 이루어진 것은 아니기 때문이다.

근대적 지향으로 이 작품을 읽어 내는 경향성에 반론을 제기하며 '강화된 가부장제의 산물'로 규정하고 이를 논증해 낸 연구들도 있다. 강명관은 '「복선화음가」의 여성이 과연 남성으로부터 벗어난 주체일 수 있는가'라는 질문 아래 이 작품의 배경에는 가난으로 위기에 처한 집안을 일으키기 위해 여성에게 과도한 치산의 책임을 부과하는 모습에서 가부장제 강화의 부정적 의도를 읽어 내고 있다.[24] 하윤섭은 여기에 더해 괴똥어미의 형상을 '작자가 의도한 사회적 적대의 응축으로 파악하고, 이를 통해 가부장적 이데올로기의 모순을 은폐하고자 하는, 다시 말해 상상적으로 봉합하고자 하는 시도'로 파악했다. 당대 여성들로 하여금 가부장제의

---

22) 조자현, 「誡女歌에 나타난 조선후기 양반 여성들의 감정구조」, 『국제어문』 46(국제어문학회, 2009).

23) 김석회, 「〈복선화음가〉 이본의 계열상과 그 여성사적 의미」, 『한국시가연구』 18(한국시가학회, 2005).

24) 강명관, 「가부장제의 완성과 〈복선화음가〉」, 『코기토』 60(부산대학교 인문학연구소, 2006), 128면.

모순에 대한 자각 없이 치산에 전념케 하려는 가부장적 이데올로기의 기도가 그 이면에 깔린 것으로 해석한 것이다.[25] 동일한 텍스트를 두고 근대적 지향으로의 해석과 가부장제의 강화라는 해석의 양 극단을 오가는 이러한 넓은 해석적 스펙트럼은 이 작품이 독자들에게 매우 풍부한 의미로 수용될 가능성을 보여 주는 것이기도 하다.

절충적 입장에서 살펴본 이종필은 「복선화음가」는 '봉제사(奉祭祀), 접빈객(接賓客)과 같은 '여성의 도리'를 다하기 위해서라도 반드시 치산(治産)과 치부(致富)에 힘써야 함을 강조한 변이형 계녀가(誡女歌)로 정의'한다. 즉'주인공 이씨 부인은 단순히 가부장제의 음험한 논리에 포섭된 수동적 주체도 아니며 더욱이 노동과 치산이라는 행위를 통해 도래할 근대를 예비한 선각자적 주체도 아닐'것으로 보는 것이다.[26]

「복선화음가」에서 노동과 치산을 선택한 여성의 자각과 행위는 도덕적 깨달음을 유도하는 계몽적 장치가 아니라 생계를 위해 삶의 안전성과 안정성을 확보하기 위한 치열한 쟁투의 장면을 고스란히 재현함으로써 정서적 공감과 대중적 흥미를 의도한 담당층의 기획은 아니었을까 과감히 추정하면서 후속 논쟁이 이어지기를 기대한다.

이외에도 계녀가류 규방가사와 관련하여 최근에 제출된 연구는 새로운 자료의 추가를 통해 계녀가의 분포 지역이 서울, 경기, 충남북, 경남북 등 다양한 지역에 걸쳐 있으며, 창작 시기가 19세기 후반에서 20세기 초반까지 집중되었음을 밝히고 있다.[27] 또한 계녀가의 발신자와 수신자의 관계를 혈연, 혼인, 친분 등 원근관계가 다른 사회적 관계성에 따라

---

25) 하윤섭, 「가부장적 이데올로기의 모순과 상상적 봉합 – 〈복선화음가〉에 대한 연구사 검토와 새로운 독법의 마련」, 『한민족어문학』 63(한민족어문학회, 2013).

26) 이종필, 「〈복선화음가〉에 구현된 치산(治産)의 의미와 텍스트 향유의 내적 기반」, 『한국고전여성문학연구』 30(한국고전여성문학회, 2015).

27) 정기선, 「자료적 특성으로 본 계녀가류 규방가사의 주제구현 방식」(서울대학교 박사학위논문, 2022).

세 유형으로 나누어 창작 동기와 주제구현 방식을 살펴보았다. 이에 따르면 발신자와 수신자의 정서적 거리가 가까울수록 '정서적 유대와 경험의 공유' 성격이 강하며, 사회적이고 공적인 관계일수록 '이념의 전달과 논리적 동조'의 성격이 짙어진다. 그리고 그 관계의 친밀성과 결합도가 느슨한 경우는 '서사적 형상화를 통한 체험과 공감'의 의도가 강해지는데 이는 곧 계녀가 향유의 범위가 확대되는 계기가 되기도 한다. 계녀가의 새로운 해석적 접근을 위한 이러한 시도와 무관하게 여전히 계녀가 고유의 교훈적 성격을 분석한 일련의 연구들 역시 지속적으로 진행되었다.[28)]

세 번째는 내방가사의 일종으로 분류되면서도 그 이본의 다양성으로 인해 오랫동안 연구자들의 관심을 모은 작품으로 「노처녀가」와 「덴동어미화전가」가 있다.[29)] 이들 작품에 대한 해석은 그 중층적이고 복합적인 화자의 삶과 의식을 통해 폭력적인 세계 아래서 한 인간의 실존적 대응방식을 어떻게 이해할 것인가 하는 기본 질문에서 시작하고 있다.

---

28) 최규수, 「계녀가류 규방가사에서 〈貴女歌〉의 특징적 면모와 '貴女'의 의미」, 『한국시가연구』 26(한국시가학회, 2009); 최상은, 「誡女歌의 교훈과 정서: 道學歌辭와의 비교를 중심으로」, 『한국시가연구』 8(한국시가학회, 2000); 하성운, 김영, 「계녀가류 규방가사 〈별교사〉의 새로운 이본 자료와 작품 분석」, 『문화와 융합』 41(한국문화융합학회, 2019).

29) 2000년대 이전 「덴동어미화전가」에 대한 연구를 일별하면 다음의 연구들을 살펴볼 수 있다.(김문기, 『서민가사연구』(형설출판사, 1983); 신태수, 「조선 후기 개가긍정문학의 대두와 〈화전가〉」, 『한민족어문학』 16(한민족어문학회, 1989), 389~408면; 류해춘, 「화전가(경북대본)의 구조와 의미」, 『어문학』 51(한국어문학회, 1990), 51~74면; 정흥모, 「〈덴동어미 화전가〉의 세계인식과 조선후기 몰락 하층민의 한 양상」, 『어문논집』 30(민족어문학회, 1991), 81~99면; 김종철, [운명의 얼굴과 신명 - 〈된동어미화전가〉], 『한국고전시가작품론』 2(백경전병욱선생십주기추모논문집간행위원회, 집문당, 1992), 763~774면; 박혜숙, 「여성문학의 시각에서 본 〈덴동어미화전가〉」, 『인제논총』 8(2)(인제대학교, 1992); 김용철, 「덴동어미 화전가 연구(1) - 서사구조와 비극성을 중심으로」, 『19세기 시가문학의 탐구』(고려대학교 집문당, 1995), 257~284면). 이에 비해 노처녀가에 대한 연구는 2000년대 이후 본격화되었는데 대표적으로는 강경호, 「19세기 가사의 향유 관습과 이본 생성 - 〈노처녀가(2)〉와 그 관련 작품을 통해 본 가사 향유의 한 양상」, 『반교어문연구』 18(반교어문학회, 2005); 고순희, 「〈노처녀가 Ⅰ〉 연구」, 『韓國詩歌研究』 14(韓國詩歌學會, 2003); 성무경, 「'노처녀' 담론의 형성과 문학양식들의 반향」, 『조선후기 시가문학의 문화담론 탐색』(보고사, 2004) 등을 들 수 있다.

『삼설기』본 「노처녀가」에서 화자인 노처녀는 외모도 아름답지 못한데다 부덕도 크게 갖추고 있지 못한 처지에 집안마저 궁핍해 혼인하지 못한 여성이다. 노처녀는 혼인을 강력히 희망하지만 여러 불리한 조건에다 체면을 중시하는 집안 식구들로 인해 혼사가 이루어지지 않는다. 이 작품이 흥미를 끌게 된 대목은 바로 여기서 현실에 대응하는 화자의 태도라고 할 수 있다. 자신을 억압하는 가난한 현실과 유가적 규범에 대해 불수용적(不受容的) 태도를 견지하면서 상상적 결혼을 감행하고 결국에는 소망을 성취하고 행복한 결말을 맞이한다. 최근에도 이 작품에 대한 관심과 열기가 여전히 식지 않고 있는 중요한 이유는 바로 이러한 성공의 서사에 있다고 할 수 있다.

「노처녀가」의 경우 일부의 연구에서는 혼인에 대한 희망을 포기하고 체념으로 종결되는 이본으로 가부장제 하의 여성 현실을 여실히 보여주는 작품으로 분석하고 있다. 김용찬은 「노처녀가」에 나타난 여성의 목소리에 초점을 맞추어, 결혼이라는 제도에 편입되고자 하는 화자의 욕망과 그 좌절의 과정에서 무력한 개인의 실존적 인식을 읽어 내었다.[30] 그러나 대체로 서사적 성격이 강하고 긍정적 결말을 맞이하는 『삼설기』 소재 작품이 주로 관심의 대상이 되고 있다.[31]

성무경은 이 작품에 대해 매우 흥미롭고 논쟁적인 견해를 제출했다. 해학적이고 서사적 성격이 강한 「노처녀가」(2)[32]는 18세기 중후반 지식

30) 김용찬, 「〈노처녀가〉에 나타난 여성의 목소리와 그 의미」, 『한국시가문화연구』 49(한국시가문화학회, 2022).

31) 조자현, 「조선후기 규방가사에 나타난 여성의 경제현실 및 세계인식」(한양대 박사논문, 2012); 박상영, 「〈노처녀가〉 이본의 담론 특성과 그 원인으로서의 '시선'」, 『한민족어문학(구 영남어문학)』(한민족어문학회, 2016); 신희경, 「三說記 소재 〈노처녀가〉의 영웅 서사적 성격」, 『한국고전여성문학연구』 22(한국고전여성문학회, 2011).

32) 성무경은 서정적 성격이 강한 이본을 노처녀가(1)로, 서사적 성격이 강한 이본을 노처녀가(2)로 분류했다.

인 사이에 새롭게 일었던 학풍과 문풍, 사설시조가 지향한 '인간본성 드러내기' 등 다양한 문학 양식이 나타내는 인간 이해의 활발성이 그 미감의 바탕으로 작용하여 형성된 것으로 보았다. 반면 19세기 중후반의 복고적 학풍과 문풍, 가곡과 시조 양식의 정제, 다양한 문학 양식에 나타나는 이념적 경직성 등의 풍조로 선회하는 현상 속에서 잡가 문화권에서 나타나는 신종 버전이 「노처녀가」(1)일 것으로 추정하고 있다.[33] 조선 후기 가사문학 연구에서 오랫동안 정설처럼 받아들여 온 '가사의 소설화' 내지는 '가사의 서사화'[34]라는 구도에 문제를 제기한 것이다. 조선 후기 정치 경제적 상황이 문화 변동에 관여하는 양상을 진화론적 시각에서 파악한 기존 논리를 일반화된 현상으로 볼 수 없다는 시각이다. 이러한 논리가 설득력을 얻기 위해서는 이와 유사한 경로를 보여 주는 다른 사례들이 좀 더 추가되어야 할 것으로 보인다.

조선 후기 하층 여성의 경제 현실과 인생관을 보여 주는 「덴동어미화전가」는 류탁일에 의해 작품이 소개되고, 김문기에 의해 작품 전문이 실린 이후 현재까지 꾸준히 연구되어 온 주제이다.[35] 박혜숙에 의해 작품 전문에 대한 주해가 이루어진 이후[36] 후속 연구는 이 텍스트를 대상으로 하여 진행되었다.[37] 「덴동어미화전가」에 대한 기존 연구는 그 수를 헤아

---

33) 성무경, 앞의 논문(2004).

34) 최원식, 「가사의 소설화 경향과 봉건주의의 해체」, 『창작과 비평』 46(창작과비평사, 1977 겨울); 김학성, 「歌辭의 장르性格 再論」, 『한국시가문학연구』(白影鄭炳昱先生還甲紀念論叢, 신구문화사, 1983); 서인석, 「가사와 소설의 갈래교섭에 대한 연구」(서울대 박사학위논문, 1995).

35) 류탁일, 「덴동어미의 비극적 일생」(제14회 한국어문학회 전국발표대회, 1979)에서 작품 소개; 김문기, 『서민가사연구』(형설출판사, 1983).

36) 박혜숙, 「주해 〈덴동어미화전가〉」, 『국문학연구』 24(국문학회), 325~370면.

37) 김영미, 「덴동어미화전가에 나타난 놀이적 서사 연구」, 『국어문학』 63(국어문학회, 2016); 김하라, 「〈덴동어미화전가〉에 대한 역사지리적 고증」, 『한국고전여성문학연구』 35(한국고전여성문학회, 2017); 박상영, 「〈덴동어미화전가〉의 중층적 담론 특성에 관한 一考」, 『한민족어문학(구 영남어문학)』 76(한민족어문학회, 2017); 박성지, 「〈덴동어미

리기 어려울 만큼 매우 활발히 진행되어 왔다. 그 연구 성과에 대해서는 최은숙이 정리한 있다.[38] 내방가사 중 화전가류에 속하면서도 그 액자 구성의 덴동어미 인생에 담긴 뛰어난 서사성과 인물 형상이 주로 분석의 토대가 되었다.

「덴동어미화전가」에서 '덴동어미'는 4번의 상부(喪夫) 과정에서 신분의 추락과 경제적 궁핍을 경험하게 되는데, 이 과정에서 행상과 임노동(賃勞動) 등 하층 노동에서 겪는 고난이 핍진하게 묘사되어 있다. 그녀의 재가(再嫁)는 생계와 생존을 위한 최소한의 안전판을 마련하기 위한 불가피한 선택이었으나, 끊임없는 재난 속에서 그녀의 노력과 소망은 번번이 좌절된다. 그녀가 운명을 자각하고 인생을 성찰하게 된 계기는 화재로 인해 네 번째 남편을 잃고 하나 남은 자식마저 불구의 몸이 되었을 때이다.

그녀는 신산스런 자신의 인생을 운명으로 수용하면서 화전놀이에 함께한 여성들에게 자신의 운명에 대한 성찰적 태도를 전이시켜 나가게 된다. 조자현은 이러한 덴동어미의 삶을 별다른 노동 없이 생산물을 지속적으로 획득해 나가는 상층 신분에 비해, 끊임없이 노동을 하면서도 생계를 이어갈 만큼의 생산물을 얻지 못하는 하층 노동자의 모습으로 표현했다.[39] 끊임없이 생산 노동을 하면서도 아무런 경제적 보상을 받지 못했던

화전가〉에 나타난 욕망의 시간성」, 『한국고전여성문학연구』 19(한국고전여성문학회, 2009); 박혜숙, 「덴동어미화전가의 작자 문제」, 『국문학연구』 38(국문학회, 2018); 신송, 「〈덴동어미화전가〉에 나타난 여성의 주체의식 성장」, 『국학연구론총』 20(택민국학연구원, 2017); 정무룡, 「〈덴동어미화전가〉의 형상화 방식과 함의」, 『한민족어문학』 52(한민족어문학회, 2008); 허희수, 「『덴동어미화전가』의 구조와 그 의미」, 『한국학연구』 43(계명대학교 한국학연구소, 2016).

38) 최은숙, 「〈덴동어미화전가〉의 연구 성과 및 현대적 의미」, 『국학연구논총』 18(택민국학연구원, 2016).

39) 조자현, 「조선후기 규방가사에 나타난 여성의 경제현실 및 세계인식」(한양대 박사논문, 2012).

하층민의 삶과, 그들의 삶을 불합리한 경제 구조 속에 놓이게 한 조선 후기의 경제적 실상, 그리고 여성의 개가 문제 등 「덴동어미화전가」에는 사회 문화적으로 살펴볼 만한 현실의 반영 내지는 재현의 서사가 자리 잡고 있음을 잘 지적하고 있다.

이외에도 작품 속에 나타난 경제 현실에 주목하여 당대 화폐경제 발달의 양상을 주목하고 작품 속 배경인 영주 순흥이라는 지역과 그 생활문화를 살펴본 연구도 있다.[40] 문학작품을 당대 현실의 반영으로 본다고 할 때 작품 속에 나타나는 도매업자, 고리대금업자, 임노동꾼, 유민(流民), 영세 자영업자 등의 모습에서 조선 후기 상업 경제의 실상을 볼 수 있다는 점은 충분히 가능한 해석이다. 다만 남편의 죽음과 경제적 몰락을 겪은 덴동어미의 불행을 돈에 대한 집착으로 인한 무리한 경제 활동과 인과적 관계로 볼 수도 있다는 시각은 다소 비약적인 해석으로 보인다. 이 작품 속 덴동어미와 남편의 경제 활동은 치부의 달성을 위한 욕망에 있기보다는 실추된 사회적 지위의 회복과 안정된 가족 생활의 복원에 있는 것으로 보아야 할 것으로 생각한다.

「덴동어미화전가」와 관련된 최근의 연구에서 관심을 끄는 주제는 지역 문화 콘텐츠를 교육과 문화에 활용하는 방안을 구상하는 연구들이다.[41] 전통의 올바른 계승이라는 명분을 넘어서 교육 콘텐츠로서의 본질을 훼손하지 않고 대중적 산업적 콘텐츠로서의 가능성을 확장해 갈 수 있다면, 향후 민요와 설화를 비롯한 고전문학 작품들의 현재적 활용도

---

40) 정인숙, 「〈덴동어미화전가〉에 나타난 조선후기 화폐경제의 발달 양상 및 도시 생활문화의 탐색」, 『국어교육』 127(한국어교육학회, 2009).

41) 김공숙, 「〈덴동어미화전가〉의 문화콘텐츠적 가치와 문학관광 콘텐츠화 방안」, 『영남학』 68(영남문화연구원, 2019); 백순철, 「문화콘텐츠 원천으로서 〈화전가〉의 가능성」, 『한국고시가문화연구』 34(한국고시가문화학회, 2014); 김윤희, 「고전문학의 문화콘텐츠화 현황을 통해 본 지역 문화의 가능성 – 경북 지역 〈원이엄마〉, 〈덴동어미화전가〉 사례를 중심으로」, 『우리문학연구』 65(우리문학회, 2020).

충분히 구상할 수 있을 것이다. 「덴동어미화전가」의 문화 콘텐츠화 과정에서 그 본질적 정체성으로 지켜나가야 할 부분은 지역성과 역사성, 축제가 지니는 해방과 연대의 속성[42] 등을 들 수 있을 것이다. 화전가류 작품들이 창작과 소통의 과정에서 획득하는 사회적 관계성과 친목과 화합 지향의 성격[43] 역시 여기서도 꼭 살펴야 할 부분이다. 이외에도 학계의 다양한 의견을 수렴하고 참고하여 대중과의 접점을 넓혀 나가면서 그 장점들을 지켜 나간다면 더욱 잠재력과 가능성을 확장시켜 나갈 수 있을 것이다.

마지막으로 2000년대 이후 내방가사 연구에서 관심이 집중된 주제는 근현대기 여성작가의 가사문학과 이 시기 가사에 나타난 근대적 성격과 역사성에 대한 탐구들이다. 주요 작가들과 대표적 작품을 살펴보면 다음과 같다.

경북 김천 출신의 최송설당(1855~1939)[44] : 문집의 「언문사조」 속 가사 49편

42) 박경주, 「〈화전가〉의 의사소통 방식에 나타난 문학치료적 의미」, 『고전문학과교육』 10(한국고전문학교육학회, 2005); 유정선, 「근대 화전가 속 놀이문화의 재현 양상과 그 의미 – 1950~70년대 작품을 중심으로」, 『한국문화연구』 40(이화여대 한국문화연구원, 2021); 유정선, 「화전가에 나타난 여성의 놀이 공간과 놀이적 성격: '음식'과 '술'의 의미를 중심으로」, 『한국고전연구』 19(한국고전연구학회, 2009); 김향남, 「'힐링(healing)'의 관점에서 본 「덴동어미화전가」의 의미」, 『한국언어문학』 117(한국언어문학회, 2021).

43) 권순회, 「조롱 형태의 놀이로서의 규방가사」, 『민족문화연구』 42(고려대 민족문화연구원, 2005); 권순회, 「화전가류 가사의 창작 및 소통 맥락에 대한 재검토」, 『어문논집』 53(민족어문학회, 2006); 박경주, 「〈반조화전가〉·〈기수가〉 연작에 나타난 해학과 풍자의 변주」, 『한국문학이론과비평』 26(한국문학이론과 비평학회, 2005).

44) 김종순, 「崔松雪堂 文學硏究」(한성대 박사논문, 2007); 백순철, 「崔松雪堂 歌辭의 문체와 현실인식」, 『한국시가문화연구』 15(한국시가문화학회(구 한국고시가문학회), 2005); 손앵화, 「최송설당 가사에 나타난 꽃의 의미화 방식」, 『고전과 해석』 8(고전문학한문학연구학회, 2010); 최혜진, 「최송설당 문학에 나타난 자아표출 양상과 의미」, 『한국언어문학』 86(한국언어문학회, 2013); 신윤경, 「최송설당(崔松雪堂) – 내유외강(內柔外剛)을 노래하다」, 『이화어문논집』 41(이화어문학회, 2017).

경북 영양 주실마을 출신의 은촌 조애영(1911~2000)[45] : 「산촌향가」, 「일월산가」, 「한양비가」, 「학생의거혁명가」

대구의 소정(素亭) 이휘(李煇, 1931~)[46] : 『소정가사 1~30』 60권 30책, 대보사, 2017. 『소정가사』 2집 12책, 대보사, 2017.[47]

경북 안동 출신의 김우락(1854~1933)[48] : 「해도교거사」, 「간운사」, 「조손별서」, 「정화가」

경북 영덕 출신의 이동(1892~1982)[49] : 「쌍친수연가」, 「니여사 격근 역사」, 「형이 아우계 제문」, 「심회풀」, 「탄식가」, 「딸의 애연 심회」, 「백발가」, 「부부이별가」, 「바늘제문」, 「이와 빈대 베럭」, 「잊지 못할 내딸일다」

서울 출신의 윤희순(1860~1935)[50] : 「ᄋᆞᆫᄉᆞ룸으병ᄀᆞ」, 「ᄋᆡ달픈 노ᄅᆡ」, 「붕어중」, 「병정노ᄅᆡ」, 「으병군ᄀᆞ」, 「병정ᄀᆞ」, 「신ᄉᆡᄐᆞ령」

위 작가들은 19세기 후반에서 20세기 전반기에 태어나 구한말 국권 상실의 시기를 거쳐 일제강점기, 해방 전후, 한국 전쟁 이후의 시대를 살아간 여성들이다. 이들의 출신 지역은 주로 경북과 안동으로 지역 특

---

45) 백순철, 「은촌 조애영 가사의 문체와 여성의식」, 『한국고전여성문학연구』 22(한국고전여성문학회, 2011).

46) 박요순, 「이휘와 그의 가사 연구」, 『한남어문학』 29(한남대 국어국문학회, 2005); 백순철, 「素亭歌辭의 독립의식과 문체적 특징」, 『어문론총』 45(한국문학언어학회, 2006); 신송, 「소정 이휘의 기행가사 연구」, 『감성연구』 10(전남대학교 호남학연구원, 2015).

47) 소정가사 2집 12책은 다음과 같다. 소정가사 별록 1, 견문취류 속 1~3, 견문취류 天·地·人, 한란화, 민들레, 음식조리 1·2, 전통의상 등이다.

48) 한경희, 「김우락 가사 고찰」, 『한국지역문학연구』 11(1)(한국지역문학회, 2022); 성호경·서해란, 「만주 망명 여성가사 〈히도교거ᄉᆞ〉·〈정화가〉와 〈정화답가〉」, 『한국시가연구』 46(한국시가학회, 2019).

49) 정인숙, 「李東의 歌辭와 祭文에 나타난 친정 형제에 대한 정서 표출 양상과 그 의미」, 『어문연구』 47(한국어문교육연구회, 2019); 정인숙, 「이동(李東) 가사 〈니 여사 격근 역ᄉᆞ〉와 〈심회풀〉에 나타난 생애 서술의 특징과 기억 재현의 양상」, 『한국시가연구』 45(한국시가학회, 2018); 정인숙, 「이동(李東) 가사(歌辭)에 나타난 가족 사별의 서술 특징과 기억 환기의 양상 – 〈형이 아우계 제문〉, 〈딸의 애연 심회〉, 〈부부이별가〉를 중심으로」, 『반교어문연구』 50(반교어문학회, 2018).

50) 고순희, 「윤희순의 의병가와 가사」, 『한국고전여성문학연구』 1(한국고전여성문학회, 2000).

유의 역사적 배경과 내방가사의 창작이 무관하지 않은 것으로 보인다. 유림(儒林)의 문중에서 가학(家學)을 통해 성장했거나 남편이 국권 회복을 위해 독립운동에 나서면서 가문 또는 향촌의 구성원들과의 사회적 소통을 위해 가사 창작이 적극적으로 활용되었다고 할 수 있다. 예를 들면 초대 국무령을 지낸 석주(石洲) 이상룡(李相龍, 1858~1932)의 부인으로 유명한 김우락(1854~1933) 여사는 만주 망명 시기에 가사를 창작했는데, 주로 가족과의 이별에 대한 슬픔과 그리움을 노래하면서도 망명의 현실과 국권 회복의 의지를 드러내고 있다. 작가 자신이 이미 일본에 대한 뿌리깊은 저항의식을 가지고 망명지에서의 삶을 받아들이면서도, 헤어진 가족들과의 재회와 귀향에 대한 의지를 가사의 창작을 통해 표출하고 있는 것이다.[51)]

또한 진성(眞城) 이호(李鎬, 1885~1964) 부인의 가사 6편 「이씨회심곡」, 「송별답가」, 「노탄가」, 「노탄답곡」, 「사모가」, 「송별애교사」 역시 모녀 사이의 정서적 교류의 매개로 기능하고 있음을 알 수 있다.[52)] 독립운동가 김대락의 종질 김문식의 아내 이호성(1891~1968)이 어머니를 위로하기 위해 지은 「위모사」,[53)] 안동의 여성 독립운동가 김락(1862~1929)이 가문 구성원들에 대한 그리움을 담아 지은 「유산일록」[54)] 등도 같은 맥락에서 그 창작 의도와 배경을 이해할 수 있다. 을사늑약으로 본격화된 일본의 보호국화 조치와 경술국치 이후 한일병합이 이루어지면서 조선은 본격적인 식민지 시대로 접어들게 된다. 바로 그 1910년대에 경북 명문가의 문중

---

51) 한경희, 「김우락 가사 고찰」, 『한국지역문학연구』 11(1)(한국지역문학회, 2022).

52) 이은화, 「계남가사(溪南歌辭)를 통해 본 경북 내방가사의 향유 양상과 그 의미」(안동대학교 박사학위논문, 2019).

53) 고순희, 「만주 망명 여성의 가사 〈위모사〉 연구」, 『한국고전여성문학연구』 18(한국고전여성문학회, 2009).

54) 김윤희, 「안동의 여성 독립 운동가 김락의 가사 〈유산일록〉에 대한 고찰」, 『한국문학과 예술』 22(한국문학과예술연구소, 2017).

구성원들 상당수가 만주 서간도로 재산과 식솔들을 거느리고 이주를 하게 된다. 그 과정에서 여성들은 간절한 그리움을 드러내는 망명지에서의 가냘픈 정서와 국권 회복의 강인한 정서를 동일한 가사 작품 내에서 드러냄으로써 사적 정서와 공적 정서를 함께 교차시켰던 것이다.

일본에 대한 적대감이 극대화된 표현은 여성 독립운동가 윤희순(1860~1935)의 의병가사에 와서 좀 더 과감하고 선동적으로 표출된다.[55] 윤희순의 『의병가사집』에는 여러 유형의 글이 수록되어 있는데 이 중에서 문, 서한, 일생록의 문체를 제외하고 장르 설정의 문제가 되는 작품은 의병가 7편이다. 조동일의 『한국문학통사』에서 이를 가사로 설명하면서 국문학계에서는 통상 가사로 분류해 왔다. 고순희는 이 작품들이 그 형식을 보면 4음보 연속체의 율문이라는 가사의 형식에 어울리지 않게 불규칙하여 장르 설정에 의문이 제기되므로, 그냥 '의병가'라는 명칭으로 별도로 귀속시키는 것이 좋겠다는 의견을 제시했다.[56] 여기서는 이에 대한 장르 논의는 유보하고 작가에 주목하여 넓은 의미에서 근현대 내방가사에 포함시켜 다루고 있으나, 형식이나 내용, 소통의 맥락 등에서 매우 이질적인 것은 분명하다.

이외에도 20세기 초 신여성의 등장으로 인한 부부관계의 해체와 이혼의 문제를 주제로 삼은 문제작 「시골여자 설은사정」[57] 이본들을 다룬 일련의 연구들이 있다.[58] 이들은 근대에 대응하는 구여성들의 주체성과 자

55) 신성환, 「여성독립운동가 윤희순의 현실인식과 대응」, 『동양고전연구』 71(동양고전학회, 2018).

56) 고순희, 「윤희순의 의병가와 가사」, 『한국고전여성문학연구』 1(한국고전여성문학회, 2000).

57) 이본에 따라 「싀골색씨 설은 타령」, 「시골여자 슬픈사연」 등 제목과 일부 내용에 차이가 있지만 전체적인 전개는 대동소이하다고 할 수 있다.

58) 신성환, 「20세기 초 이혼의 문제와 문학을 통한 공론장의 기획: 〈시골여자 셜은사정〉의 의미」, 『Journal of Korean Culture』 52(한국어문학국제학술포럼, 2021); 이상숙, 「가사문학 속 근대 여성과 의식 변화 – 〈싀골색씨 설은 타령〉, 〈위모스〉, 〈망향가〉를 중심으

아 인식을 적극적으로 해석하고 있는데, 내방가사의 창작과 소통이 근대로 옮겨 가면서 나타난 변화의 측면을 긍정적으로 조명하고 있다. 이러한 인식의 연구는 해방 이후의 내방가사 연구에도 그대로 이어진다.[59)]

3. 기행가사의 연구 현황

기행가사 연구의 선편을 잡은 최강현은 기행가사를 관유가사, 유배가사, 사행가사의 세 범주로 분류한 바 있다.[60)] 이를 이어 정기철은 관유기행가사, 유배기행가사, 사행기행가사, 표류기행가사로 분류하여 '표류' 항목을 추가했다.[61)] 아마도 18세기 후반 이방익의 「표해가」 같은 작품의 독특한 위치 때문에 마련한 분류 체계라 이해된다. 90년대를 거쳐 2000년대 이후에는 사행가사를 포함한 기행가사 연구가 새삼 관심을 얻으면서 새롭게 연구의 지평을 확대해 나간다. 기행가사의 개념과 외연, 작품에 대한 발굴과 새로운 해석적 접근도 이에 발맞추어 함께 이루어진다.

먼저 유정선은 기행가사를 분류하면서 유배가사를 제외하고 크게 국내 기행과 국외 기행으로 성격을 나누고, 국내 기행을 외직에 관리로 부임하면서 이루어지는 환유(宦遊)와 개인적인 동기로 명승고적과 명산을

로」, 『어문연구』 111(어문연구학회, 2022); 정인숙, 「근대전환기 규방가사 〈시골여자 슬픈사연〉의 성격과 여성화자의 자아인식: 〈싀골색씨 설은타령〉과의 비교 분석을 중심으로」, 『한국언어문학』 72(한국언어문학회, 2010); 조세형·정인숙, 「〈시골여자 슬픈사연〉과 〈녀자의 설음〉에 나타난 근대전환기 구여성의 위기와 목소리」, 『국어교육』 133(한국어교육학회, 2010); 최정아, 「개화기 여성 가사에 나타난 여성 의식 고찰」, 『여성문학연구』 29(한국여성문학학회, 2013).

59) 김정화, 「현대 규방가사의 문학적 특징과 시사적 의미: 광복 이후의 작품을 중심으로」, 『고전문학연구』 32(한국고전문학회, 2007).

60) 최강현, 『한국기행문학연구』(일지사, 1982).

61) 정기철, 「기행가사 연구」(한남대 박사학위논문, 1996); 정기철, 『한국 기행가사의 새로운 조명』(역락, 2001).

탐승하는 유람(遊覽)으로 구분하고, 국외 기행을 사행(使行)으로 규정하여 세 가지 유형으로 분류했다. 특히 이 3가지 분류 체계 속에서 18세기 12작품, 19세기 13작품을 다루면서 산수에 대한 경관 의식의 변화, 여정과 견문 체험의 변화, 이국 체험의 양상 등을 그 차이점에 주목하여 논증했다.[62] 유정선은 이후 20세기 이후 창작된 근대 기행가사 연구를 지속하여 근대기 이후 가사 장르가 생명력을 가지고 창작 전승된 향유 과정과 그 사회적 성격을 고찰했다.[63] 여기에서는 기명 작가 16명, 익명 작가 7명의 작품 53편을 대상으로 하고 있는데, 일본 체험을 다룬 「대일본유람가」와 「동유감흥록」, 영국 사행을 다룬 「셔유견문록」, 미국 기행을 다룬 「해유가」와 「신한민보」 연재 가사 22편, 그리고 나머지는 모두 국내 기행을 다루고 있다.

국내 기행가사 중에서 작품 수가 특히 많은 금강산 기행가사에 주목한 연구들도 있다. 김기영은 금강산 기행가사 6편을 전기와 후기로 나눠 작품의 출현 배경, 내용과 형식의 특성, 서지 및 창작 배경 등을 중심으로 논의했고,[64] 장정수는 금강산 기행가사를 17세기 이전, 18세기, 19세기, 20세기 이후로 나누어 여행의 성격, 자연관, 표현 양상 등 시대별 특성과 변모 양상을 풍부한 예증을 들어 보여 주고 있다. 대상 작품은 모두 25편이며 이중 유명씨가 13편, 작자 미상이 12편이다.[65]

김윤희는 조선시대 사행가사의 세계 인식과 문학적 특질을 통시적으로 살피면서 산문이나 한시와 변별되는 가사의 특징적 국면을 살피는

---

62) 유정선, 「18·19세기 기행가사의 작품세계와 시대적 변모양상」(이화여대 박사학위논문, 1999); 박사 논문과 기행 주제를 다룬 논문을 묶어 다시 단행본으로 간행하게 된다.(유정선, 『18·19세기 기행가사 연구』(역락, 2007)).

63) 유정선, 『근대 기행가사 연구』(보고사, 2013); 유정선, 『근대 기행가사와 근대 기행문』(새문사, 2019).

64) 김기영, 「금강산 기행가사 연구」(충남대 박사학위논문, 1999).

65) 장정수, 「금강산 기행가사의 전개양상 연구」(고려대 박사학위논문, 2000).

데 주력했다. 대상 작품을 보면 17세기는 중국과 일본 양국의 사행 체험을 다룬 남용익(南龍翼, 1628~1692)의 「장유가(壯遊歌)」,[66] 유명천(柳命天, 1633~1705)의 「연행별곡」, 박권(朴權, 1658~1715)의 「서정별곡」 두 작품은 모두 중국 사행 체험을 다룬 작품들이다. 18세기는 계미년(癸未年) 일본통신사 서기로 다녀온 김인겸(金仁謙, 1707~1772)의 「일동장유가(日東壯遊歌)」, 중국 사행을 다녀와 쓴 한글연행록 『을병연행록』에 삽입된 홍대용(洪大容, 1731~1783)의 「연행장도가」, 그리고 특이하게 표류 체험을 통해 중국 견문을 다룬 이방익(李邦翼, 1757~1801)의 「표해가」 등 세 편이다. 19세기는 모두 중국 사행가사로 김지수(1787~?)의 「무자서행록」, 서염순(1820~?)의 「임자연행별곡」, 홍순학(洪淳學, 1842~1892)의 「병인연행가」, 유인목(柳寅睦, 1839~1900)의 「북행가」 등 모두 4편을 대상으로 한다. 그리고 20세기 작품으로 일본 체험을 기록한 이태직(1859~1903)의 「유일록」,[67] 서구 체험을 다룬 이종응(1853~1920)의 「셔유견문록」 등 2편이 있다. 전체적으로 보면 중국 사행이 8편(「표해가」를 포함하면 9편), 일본 사행이 3편, 영국 사행이 1편 등이다. 작품 수가 많지 않은 탓에 대표적인 작품들을 중심으로 대명의리론(對明義理論)이나 대청의식(對淸意識), 일본과 서구에 대한 인식 등 대타적(對他的) 자국 의식의 변화를 추론하는 논리는 다소 선험적 성격을 가지고 있고 여전히 논쟁적이라고 할 수 있다. 다만 이후의 지속적인 연구를 통해 이러한 문제의식을 심화하고 있어서 후속 연구의 향방에 따라 그 논리가 강화 또는 재조정될 수 있을 것이다.[68]

---

66) 이 자료는 신발굴 가사자료를 주해본인 임형택, 『옛 노래, 옛 사람들의 내면 풍경』(소명출판, 2005)에 소개되었다.

67) 「대일본유람가」와 동일한 작품에 해당한다.

68) 김윤희, 「조선후기 사행가사의 세계 인식과 문학적 특질」(고려대학교 박사학위논문, 2010); 김윤희, 『조선 후기 사행가사의 문학적 흐름』(소명출판, 2012).

2000년대를 전후하여 제출된 기행가사 연구 중에서 박사논문을 통해 전대의 업적을 계승하고 외연을 더욱 확대한 연구들을 우선적으로 살펴보았다. 2000년대 이후 기행가사의 연구는 위에 제시한 연구자들이 기존 연구를 심화하고 새로운 자료에 대한 발견과 탐구를 통해 연구 영역을 확장해 가면서 관심 있는 연구자들이 가세하는 형국으로 진행되었다.

먼저 국내 기행가사의 연구를 살펴보면 금강산 기행가사에 대한 연구가 우선 눈에 띈다. 개별 작품론을 통해 작품의 실상에 주목하거나,[69] 약 20여 편에 이르는 금강산 기행가사를 대상으로 그 미학적 특질을 밝히는 연구도 있어서 주목을 요한다. 시적 주체의 시선에 따라 동일한 경관도 다르게 조형된다는 이형대의 분석은 작품 속 화자의 내면의식과 태도에 따라 형상화된 풍경에도 차이가 노정된다고 설명한다.[70] 이는 '감각적 시선의 투사와 이의 재현에 의한 즉물적 풍경, 자연에 대한 사색적 관조를 통해 그 이면의 정신을 포착한 풍경, 환상적인 담론과 주관적 정취의 극단에서 펼쳐지는 상상적 풍경, 인간적 삶의 자취를 주목하고 그 역사를 성찰한 문화적 풍경'의 넷으로 나뉘게 된다. 정교한 독해를 필요로 하는 것이어서 후속 연구로의 확장은 쉽지 않다. 하지만 이러한 분석의 틀이 시계열적(時系列的) 계보를 가지고 전개되는 것으로 논증되거나, 개별 작가의 사회적 처지와 배경으로 설명될 수 있다면 더욱 흥미로운 접근이 가능할 것으로 보인다. '금강산'이라는 공간의 역사성과 함께 창작 의도와 향유 맥락에 따른 금강산 기행가사의 문화적 의미 또는 교육적 효용성 등을 살핀 연구들도 있다.[71]

---

69) 김기영, 「〈금강슨유람가〉의 작품 실상과 현재적 의미」, 『인문학연구』 84(충남대학교 인문과학연구소, 2011); 정영문, 「19세기 금강산 기행가사 〈금강산완샹록〉」, 『한국문학과 예술』 34(숭실대 한국문학과예술연구소, 2020).

70) 이형대, 「금강산 기행가사의 시선과 풍경」, 『민족문화연구』 42(고려대 민족문화연구원, 2005).

71) 박경우, 「금강산 기행가사의 문학적 공간 비교를 통한 〇〇별곡의 의미 고찰」, 『열상고전연

국내 기행가사 연구에서 지역성에 천착하여 향토성과 국토미를 강조하고, 기행가사의 하위 영역을 확대한 연구들도 눈에 띈다. 특히 명산이나 고을을 유람하고 이를 가사로 기록한 작품들이 영남에 집중되어 있는 점은 흥미로운 현상이 아닐 수 없다.[72] 최은숙은 영남지역 기행가사의 대부분이 작자 미상이지만, 그 어법과 유통 양상 등으로 볼 때 내방가사의 범주에 속하는 작품이 대부분임을 논증했다.[73] 이러한 분석이 좀 더 설득력을 확보하기 위해서는 그 어법과 문체와 함께 사대부 남성들의 유산(遊山) 체험에서 나타나는 산수관과 다른 이질적 지향이 증명되어야 할 것으로 보인다. 사대부 남성과 여성의 공간 인식과 문체의 차이성을 영남문화의 또다른 지역성으로 설명할 수 있다는 점에서 후속 연구가 필요한 주제이다.

그리고 신자료 소개를 통해 가사 창작과 향유의 문화가 20세기 초를 지나 해방 이후에도 지속되고 있음을 기행가사에서 살피는 연구도 있다.[74] 여기서 소개한 「무역박람회 상경일기」는 경북 영주에 사는 김제국(金濟國, 1913~1992)이라는 남성이 지은 기행가사이다. 작가가 1968년 55세의 나이로 기차를 타고 상경하여 서울에서 개최된 제1회 한국무역박람

구』 21(열상고전연구회, 2005); 장정수, 「19세기 처사작(處士作) 금강산 기행가사에 나타난 금강산의 의미」, 『한국시가연구』 34(한국시가학회, 2013); 장정수, 「기행가사와 산수유기(山水遊記) 비교 고찰 – 어당(峿堂) 이상수(李象秀)의 「금강별곡」과 「동행산수기」를 대상으로」, 『어문논집』 81(민족어문학회, 2017); 정한기, 「19세기 금강산 기행가사에 나타난 寫景의 문학교육적 의의」, 『고전문학과 교육』 14(한국고전문학교육학회, 2007).

72) 김기영, 「경주 기행가사의 작품 실상을 살핌」, 『어문연구』 98(어문연구학회, 2018); 김기영, 「주왕산 기행가사의 문예적 실상과 현재적 의미」, 『한국언어문학』 73(한국언어문학회, 2010); 최은숙, 「가야산 기행가사의 작품 양상과 표현방식」, 『온지논총』 41(온지학회, 2014); 최은숙, 「청량산 기행가사에 나타난 유산(遊山)체험의 양상과 의미」, 『영남학』 64(경북대학교 영남문화연구원, 2018).

73) 최은숙, 「영남지역 기행가사의 텍스트 존재 양상과 의미」, 『어문학』 122(한국어문학회, 2013).

74) 하성운, 「새로 나온 기행가사 〈무역박람회 상경일기〉의 작자 검토와 작품 분석」, 『한국언어문학』 113(한국언어문학회, 2020).

회를 다녀온 내용을 담은 가사이다. 일종의 서울 기행가사라고 할 수 있다. 작품의 주요 내용은 영주에서 서울까지의 상경 과정과 서울 시내 고궁과 무역박람회를 견학하고 귀가하기까지의 여정을 담고 있다. 급속한 산업화와 현대화의 과정에서 전통적 관습과 문화에 익숙해 있는 지방민의 문화적 충격이 잘 드러나 있어서 현대에 지어진 가사 작가의 정체성을 흥미롭게 보여 주고 있다.

그리고 기행가사이면서 내방가사의 성격을 함께 지니고 있는 여성기행가사에 대한 일련의 연구도 이 시기에 집중적으로 진행된다. 20세기 이전의 작품들에 대한 연구와[75] 20세기 이후의 작품들에 대한 연구로[76] 나누어 살펴볼 수 있다. 이들 작품들에는 남성들과는 다른 여성의 기행동기, 여정의 구성과 풍속 체험의 특징 등이 전통 갈래인 가사의 형식을 통해 끊임없이 변주되고 있다. 근대에 와서도 문예 양식으로서의 가사의 가능성이 담당층에게 여전히 수용되고 있음을 알 수 있다.

국외 기행가사에 대한 연구 역시 2000년대 이후 활발히 진행되었는데, 크게 보면 중국, 일본, 영미를 비롯한 서구권으로 그 기행 공간을 나누어 특징을 살펴볼 수 있다.

먼저 중국 사행가사에 대한 연구를 보면 새롭게 소개된 주요 자료를 중심으로 연구가 심화되거나,[77] 국내 여정 또는 국외 여정의 과정에서

75) 백순철, 「조선후기 여성기행가사의 여행 형태와 현실인식」, 『고전과 해석』 5(고전문학한문학연구회, 2008); 권오윤, 「19세기 여성기행가사 연구」(서울대학교 박사학위논문, 2023).

76) 유정선, 「1920년대 여성 기행가사 속 '출입'(出入)과 근대 체험 재현의 의미 – 〈노정기〉를 중심으로」, 『한국고전여성문학연구』 37(한국고전여성문학회, 2018); 유정선, 「1930년대 여성 기행가사와 구여성의 여행체험 – 〈경성노정기인력거〉를 중심으로」, 『한국고전연구』 33(한국고전연구학회, 2016).

77) 김윤희, 「사행가사 〈임자연행별곡〉의 창작 맥락과 문학적 특질」, 『고시가연구』 25(한국고시가문학회, 2010); 곽미라, 「〈임자연행별곡(壬子燕行別曲)〉의 작자와 창작시기 변증」, 『고시가연구』 30(한국고시가문학회, 2012); 김유경, 「최초의 사행가사 〈壯遊歌〉 연구」, 『한국시가연구』 23(한국시가학회, 2007); 김윤희, 「〈壯遊歌〉의 표현 양상과 空間觀

각 지역의 민속과 역사, 이국 체험 등에 주목한 연구들이 있다.[78] 여기서 특히 분석 대상이 되는 작품은 19세기 중국 사행가사인 김지수(1787~?)의 「무자서행록」과 홍순학(1842~1892)의 「병인연행가」이다.[79] 이 두 작품이 비교 대상이 된 이유는 내용상 유사한 부분이 많아 일정한 영향 관계가 추정되면서도 작가의 처지에 따른 상이점도 나타나고 있기 때문이다.

이외에 동일한 사행 체험을 기록하면서도 한문 산문과 국문 가사의 내용과 표현상의 차이에 주목하기도 한다.[80] 동일한 체험의 기록임에도 현저한 차이가 나타나는 이유는 한문/국문이라는 표기 양태가 겨냥하는 독자층의 차이, 일기/가사라고 하는 갈래의 차이, 공적 기록/사적 문학의 차이 등 다면적으로 살펴볼 필요가 있다. 장정수는 1866년 사행 체험을 다룬 「병인연행가」와 「동사기사시략(東使紀事詩略)」을 비교하면서, 전자는 연행 사신으로서의 자부심과 여행에 대한 흥분이 드러나는 데 반해,

---

을 통해 본 17세기 사행가사의 특징」, 『어문논집』 56(민족어문학회, 2007); 김미정, 「使行歌辭 〈壯遊歌〉의 文學的 價値 考察」, 『어문연구』 65(어문연구학회, 2010).

78) 홍종선·백순철, 『연행가』(신구문화사, 2005); 김종진, 「평양의 文化圖像學과 기행가사」, 『어문연구』 40(2012); 김정화, 「19세기 연행가사에 나타난 대외관 및 서술태도에 대한 연구 – 〈서행록〉과 〈연행가〉를 중심으로」, 『어문론총』 58(한국문학언어학회, 2013); 김종진, 「연행록(燕行錄)과 연행가사(燕行歌辭)에 나타난 관서(關西)도시 비교의 양상」, 『한민족문화연구』 40(한민족문화학회, 2012); 최미정, 「연행가사의 국내 여정에 나타난 취한 사행의 모습과 그 의미」, 『한국학논집』 40(계명대학교 한국학연구원, 2010); 최상은, 「〈燕行歌〉의 독자와 작가의식」, 『한민족어문학(구 영남어문학)』 78(한민족어문학회, 2017).

79) 박수진, 「19세기 연행가사에 나타난 연희 양상 – 〈무자서행록〉과 〈병인연행가〉를 중심으로」, 『한국시가연구』 42(한국시가학회, 2017); 박수진, 「타자의 시선으로 바라본 북경[燕京]의 재현 양상 – 〈무자서행록〉 과 〈병인연행가〉를 중심으로」, 『한국언어문화』 58(한국언어문화학회, 2019); 유정선, 「19세기 중국 사행가사에 반영된 기행체험과 이국취향 – 〈서행록〉과 〈연행가〉를 중심으로」, 『한국고전연구』 17(한국고전연구학회, 2008).

80) 장정수, 「19세기 조선사행록(朝鮮使行錄)과 연행록(燕行錄)의 상호 인식 고찰: 괴령의 『동사기사시략(東使紀事詩略)』과 홍순학의 「병인연행가(丙寅燕行歌)」를 중심으로」, 『한국어문교육』 31(고려대 한국어문교육연구소, 2020); 정한기, 「〈연행가〉에 나타난 客愁의 특징과 그 의미–『국역 연행록선집』에 수록된 연행록과의 대비를 중심으로」, 『고전문학과 교육』 16(고전문학교육학회, 2008).

후자에는 자신의 처지에 대한 자괴감과 문사로서의 정체성 확보 의지가 드러난다고 보았다. 국문 가사인 「연행가」는 집안의 여성들까지 독자로 고려하며 지은 것이고, 한문 산문인 「동사기사시략」은 시문집 출간을 고려한 공적 의도 아래 지은 것이어서 겨냥하는 독자가 다르다고 보았다. 대청의식의 차이 역시 작자의 정체성 인식의 차이에 기인한 것으로 보았다. 즉 갈래의 차이에 주목할 때 한문 산문에서 단순한 사건 정보를 객관적으로 기술하는 것과 달리, 국문 가사에서는 사건의 경과에 따른 심리 변화와 감정 등을 입체적으로 표현한 특성 등을 주목해 볼 수 있다.

또한 사행은 아니지만 표류 체험을 통해 중국이라는 이국 체험을 다룬 이방익의 「표해가」에 대한 연구도 있다.[81] 공적 목적이나 사적 의지에 의한 것이 아닌 일종의 재난으로 맞이하게 된 '초국적(超國的) 이동'의 경험은 낯선 세계에 대한 추상적인 선이해(대체로 명분에 의거한)와 문물과 현실에 대한 직관과 발견이 겹쳐지면서 매우 중층적이고 이중적인 양상을 띠게 된다. 생동감 넘치는 묘사, 발견과 탐구의 시선 등은 대상을 형상화하는 데에 있어서 차이를 드러낼 수밖에 없음을 확인시켜 주고 있다.

다음으로 일본 사행가사에 대한 연구도 이루어진다. 계미통신사 체험을 기록한 「일동장유가」에 대한 연구,[82] 구한말 일본 외교를 다룬 기행가사에 대한 연구[83] 등을 들 수 있다. 박애경은 이 가사들을 모아 역사적

81) 김윤희, 「〈표해가〉의 형상화 양상과 문학사적 의의」, 『고전문학연구』 34(한국고전문학회, 2008); 백순철, 「이방익(李邦翼)의 〈표해가(漂海歌)〉에 나타난 표류 체험의 양상과 바다의 표상적 의미」, 『韓民族語文學』 62(한민족어문학회, 2012).

82) 신명숙, 「〈日東壯遊歌〉에 대한 비판적 성찰 – 18세기 서얼출신 향반의 사행체험」, 『한민족어문학』 59(한민족어문학회, 2011); 최재남, 「〈일동장유가〉의 표현과 내포」, 『진단학보』 126(진단학회, 2016).

83) 유정선, 「1920년대 인쇄본 기행가사, 전통의 지속과 변용 – 〈동유감흥록〉을 중심으로」, 『고전문학연구』 41(한국고전문학회, 2012); 정인숙, 「19세기 말 조선 외교관의 근대 일본의 도시체험과 그 서술의 특징 – 〈유일록〉을 중심으로」, 『한국시가연구』 32(한국시가학회, 2012).

계보를 구성하고, 그 시계열적 특성을 대일본관을 중심으로 살펴보았다.[84] 또한 표기 양태와 갈래, 그리고 작가층의 사회적 처지에 따른 내용상의 차이를 다룬 연구 역시 계속 이루어졌다. 계미통신사행의 체험을 다룬 조엄(趙曮, 1719~1777)의 『해사일기』와 김인겸의 「일동장유가」를 비교한다든가,[85] 19세기 말 주차일본공사를 지낸 이태직(李台稙, 1859~1903)의 『범사록』과 「대일본유람가」를 비교하는 연구[86] 등이 그것이다.

김인겸의 「일동장유가」를 보면 도훈도 최천종 피살 사건이나, 서기 원중거와 김선장 사이의 갈등 등이 생생하게 다뤄지고 있는데, 다른 공식적 기록에서는 그만큼 주목받지 못하는 내용이다. 이는 문체와 갈래의 차이('歌'와 '錄'), 작자층의 차이(재경 사족과 서얼 출신 향촌사족)와 무관하지 않은 듯하다. 전통적인 화이관(華夷觀)에 근거한 문화적 우월감이 나타나면서도 일본의 근대적 문물에 대한 호기심과 선망이 가사에서 훨씬 두드러지는 점 역시 같은 접근의 해석이 가능한 부분이다.

또한 계미통신사행에서 저술된 사행록은 이전 사행록과 비교해 두드러진 변화 양상이 나타난다. 저술 주체가 다양화하고 저술된 기록의 양도 많아진다는 점, 이 때 이루어진 필담창화집 역시 刊本 23종, 寫本 20종 등 43종이나 발간되었다는 점,[87] 조선 후기 통신사행 문화교류의 방향 전환이 있었다는 점 등이다.[88] 18세기 이후 일본의 한문학 성장이 서로의

84) 박애경, 「일본 기행가사의 계보와 일본관의 변모 양상」, 『열상고전연구』 23(열상고전연구회, 2006).

85) 정한기, 「〈일동장유가〉에 나타난 일본에 대한 인식 연구: 『해사일기』와의 비교를 중심으로」, 『관악어문연구』 25(1)(서울대 국어국문학과, 2000).

86) 장정수, 「〈대일본유람가〉와 「범사록」의 내용 및 작가의식 비교」, 『한국어문교육』 41(한국어문교육연구소, 2022).

87) 남옥의 『일관기』에 따르면 계미사행 때 필담창화에 참여한 일본인 문사가 500여 명으로, 1719년 기해통신사행 때 100명 정도였던 것에 비해 눈에 띄게 증가했다는 사실이 언급되어 있다.

88) 하우봉, 「계미통신사행의 문화교류 양상과 특징」, 『진단학보』 126(진단학회, 2016).

문화를 바라보는 관점의 변화를 가져왔다는 증거라고 할 수 있다.

20세기 들어서 중국과 일본 외에도 미국과 영국 등 서구권을 돌아보고 지은 기행가사도 다수 창작되는데, 주로 연구된 작품은 영국 기행을 다룬 「셔유견문록」과 미국 기행을 다룬 「해유가」이다.[89] 이 둘을 묶어서 전통적 사행가사와의 비교뿐만 아니라 두 작품 사이에 나타나는 차이를 다루면서 작가층의 성격을 다룬 연구들도 진행되었다.[90] 이외에 미국에 이주하여 정착한 교민으로서 미국내 여행 체험을 다룬 작품들에 대한 연구도 있다.[91] 특이한 것은 초국적 이동이 아닌 미국 국내여행의 체험을 다루고 있고, 작품의 형식 역시 분연체의 짧은 길이로 이루어져 있는 것이 특징적이다.

4. 사대부 가사 및 종교가사의 연구 현황

1) 사대부 가사 연구 현황

조선 후기 사대부 가사에 대한 연구는 2000년대 이후에도 꾸준히 진행되었다.[92] 기존의 연구 성과를 좀 더 강화하는 방향으로 실증적 연구가 진행되거나, 반성적인 차원에서 새로운 해석적 접근이 이루어지기도 했

---

89) 김상진, 「李鍾應의 〈셔유견문록〉에 나타난 서구 체험과 문화적 충격」, 『우리문학연구』 23(우리문학회, 2008); 최현재, 「미국 기행가사 〈海遊歌〉에 나타난 자아인식과 타자인식 고찰」, 『한국언어문학』 58(한국언어문학회, 2006).

90) 김기영, 「서양기행가사에 나타난 도시 풍광과 그 의미」, 『어문연구』 74(어문연구학회, 2012); 박애경, 「대한제국기 가사에 나타난 이국 형상의 의미: 서양 체험가사를 중심으로」, 『고전문학연구』 31(한국고전문학회, 2007); 정흥모, 「20세기초 서양 기행가사의 작품세계」, 『한민족문화연구』 31(한민족문화학회, 2009).

91) 김미정, 「홍언의 미국 기행가사 고찰」, 『어문연구』 88(어문연구학회, 2016).

92) 각주 7)의 주제별 연구현황을 참고하면 사대부 관련 가사는 사대부 가사, 유배가사, 노계가사를 합한 숫자인 100편을 상회한다.

다. 또한 새로운 작가와 자료의 발굴을 통해 가사문학의 다양한 주제적 지향과 문학적 특성을 더욱 풍성하게 하는 성과를 보여 주기도 했다. 물론 연구의 양적 비중에 비해 다소 파편화되거나 분절적인 연구에 그치는 경우도 확인된다. 여기서는 문학사의 시대별 추이를 따라가면서 주요 작가와 작품을 중심으로 그 연구 성과를 점검하는 방식으로 살펴보고자 한다.

먼저 17세기 사대부 가사 연구에서 집중적 주목을 받은 작가는 노계(蘆溪) 박인로(朴仁老, 1561~1642)가 대표적이다. 오래된 논쟁적 주제인 노계의 경제적 토대에 대한 상이한 해석은 최근까지지도 지속되었다. 이종문은 노계 박인로의 경제적 상황에 대해 노주(蘆洲) 이전과 이후 상당한 경제력의 변화가 있었음을 논증하고, 이것이 한시와 가사 작품의 의미 해석에서도 차이를 보여 준다고 언급했다.[93] 기왕의 연구에서 궁핍한 사족 또는 중소지주층 등 다소 이분법적으로 접근하는 것에 비하여 노주로 이주한 이후 황무지 개간으로 크게 상승한 노계의 경제력에 주목한 점이 흥미롭다. 이에 대해 박연호는 경제적 처지의 사실성 여부보다는 작품 속 주요 표현이 우의적으로 보여 주는 현실에 주목했다. 「누항사」 속 '가난'은 경제적 어려움보다는 부조리한 현실에서 사족으로서의 직분을 다할 수 없는 화자의 불우한 정치적 처지를, '우활'은 사족으로서의 직분과 정체성을 올곧게 지켜나가려는 신념과 의지를 반어적으로 표현한 것으로 본 것이다.[94] 이는 작가의 현실 극복 의지에 주목하여 유가적 이상을 지향하는 박인로세계관을 강조했던 기존의 논의[95]를 좀 더 강화한 것으

93) 이종문, 「노계 박인로의 경제적 상황의 변화와 노주(蘆洲) 이주의 현실적 동인」, 『한국언어문학』 104(한국언어문학회, 2018); 이종문, 「〈蘆溪歌〉의 창작 연대와 蘆溪 朴仁老의 蘆洲 隱遁 시기에 대하여」, 『한국학논집』 47(계명대학교 한국학연구원, 2012).

94) 박연호, 「〈누항사〉에 나타난 "가난"과 "우활"의 의미」, 『한민족어문학』 64(한민족어문학회, 2013).

95) 손대현, 「〈누항사〉의 서술 양상과 의미」, 『어문학』 105(한국어문학회, 2009); 박현숙,

로 보인다.

이러한 노계의 세계관에 대한 연구는 노계가사의 공간의 의미에 주목하여 사족으로서의 지위와 경험, 그의 도학적 사유체계 등이 공간에 표상되어 있음을 밝히는 연구로 발표되기도 했다.[96] 이종문은 또한 「영남가」의 찬양 대상이 이명(李溟, 1570~1648)이 아니라 경상감사를 지낸 호암(浩庵) 이기조(李基祚, 1595~1653)임을 논증하기도 했다.[97] 김성은은 노계 박인로의 가집 이본으로 알려진 새 자료 『영양역증(永陽歷贈)』을 연구범위에 포함시켜 기존 연구의 미비점을 보완했다.[98]

18세기 사대부 가사 중 가장 연구가 많이 이루어진 작가는 옥국재(玉局齋) 이운영(李運永, 1722~1794)이다. 신현웅은 『언사』 수록 작품 중 아들 이희현(李羲玄, 1765~1828)의 「정주가」를 제외한 「착정가」, 「순창가」, 「수로조천행선곡」, 「초혼사」, 「임천별곡」, 「세장가」에 대한 분석을 통해, 개성적인 사상과 문학을 추구하던 18세기 경화사족(京華士族) 가사의 경향을 보여 주고 있다고 분석했다. 시정의 문화에 익숙한 작자층의 성격은 판소리와 연관하여 「순창가」의 연행문학적 특성을 밝힌 연구로 이어지기도 했다.[99]

이승복은 「순창가」와 「임천별곡」의 창작 시기를 추정했다. 「임천별곡」은 작가가 1781년경에 지었으며, 「순창가」는 창작 시기를 1760년 9월

「박인로의 〈누항사〉 연구」, 『국어국문학』 157(국어국문학회, 2011).

96) 최현재, 「노계가사(蘆溪歌辭)에 나타난 장소성(場所性)의 양상과 그 의미」, 『한국시가연구』 34(한국시가학회, 2013); 최현재, 「박인로의 〈노계가〉에 나타난 강호 인식의 양상과 그 의미」, 『한민족어문학』 65(한민족어문학회, 2013); 김성은, 「노계 박인로 가사의 공간 연구」(경북대학교 박사학위논문, 2014).

97) 이종문, 「蘆溪 〈嶺南歌〉의 讚揚 對象 人物에 對한 考察」, 『어문논집』 59(민족어문학회, 2009).

98) 김성은, 「노계 박인로 가사의 공간 연구」(경북대학교 박사학위논문, 2014).

99) 신현웅, 「옥국재 가사 〈순창가〉의 송사 서사 성격과 진술 특징」, 『한국시가문화연구』 49(한국시가문화학회, 2022).

이후부터 1761년 11월 사이로 추정했다. 작가의 문집 속 만시(輓詩)인 「이여신만(李汝信輓)」 속 해학적인 대화가 「임천별곡」의 창작에 영향을 미친 것으로 보았다. 또한 작자의 연보와 「기년록(紀年錄)」의 기록을 견주어 「순창가」의 창작시기를 추정했다.[100] 그리고 이운영의 경화사족 출신으로서의 문화적 취향과 지방관으로서의 서민적 감성이 공존하고 있음을 작품 속 일상성과 다기한 성격을 통해 확인하기도 했다.[101]

다음으로 유배가사로 분류되지만 넓은 의미에서 사대부 가사로 볼 수 있는 「만언사」에 대한 연구도 꾸준히 제출되었다. 정인숙은 「만언사」 연작의 다층적 성격을 통해 18세기 시정의 예술 문화에 능한 중인층으로서의 작가적 면모를 살피고, 문체와 표현 방식에 나타난 작가의 자전적 술회의 양상을 분석하기도 했다. 염은열은 〈만언사〉를 인문지리적 관점에서 읽어 내어 공간의 이동에 따른 지리적 경계의 확장과는 달리 화자의 심리적 좌절이 더욱 깊어지는 과정을 짚어 내었다. 최현재는 「만언사」 연작에 나타난 가족애와 그리움의 정서, 그리고 지난 삶에 대한 반성과 개과천선에의 다짐에 주목하여 유배가사 외에 규방가사 및 교훈가사적 면모에 주목했다. 이러한 해석들은 곧 이 작품의 독자층과 향유 과정이 상당 부분 고려된 분석에 해당한다.[102]

새롭게 발굴 소개된 18세기 사대부 가사 작가와 작품에 대한 연구도

---

100) 이승복, 「〈순창가〉의 서술방식과 작가의식」, 『고전문학과교육』 17(한국고전문학교육학회, 2009); 이승복, 「〈임천별곡〉의 창작 배경과 갈등의 성격」, 『고전문학과교육』 18(한국고전문학교육학회, 2009).

101) 김수경, 「옥국재 가사 〈착정가〉에 나타난 "장소"의 의미」, 『한국시가연구』 34(한국시가학회, 2013); 신성환, 「玉局齋 李運永 가사에 보이는 地方民에 대한 시선: 〈淳昌歌〉와 〈林川別曲〉을 중심으로」, 『Journal of korean Culture』 35(한국어문학국제학술포럼, 2016).

102) 정인숙, 「연작가사 만언사의 특징과 중인층 작가의 의미 지향」, 『한국언어문학』 69(한국언어문학회, 2009); 정인숙, 「〈만언사〉에 나타난 자전적 술회의 양상과 그 의미」, 『한국시가연구』 25(한국시가학회, 2008); 염은열, 「지리적 경계 넘기와 심리적 좌절의 이야기, 〈만언사〉」, 『한국시가연구』 53(한국시가학회, 2021); 최현재, 「〈만언사〉의 복합적 성격과 현실적 맥락에서의 의미」, 『한국시가연구』 37(한국시가학회, 2014).

진행되었다. 주요 작품으로는 강호가사인 김정묵(金正默, 1739~1799)의 「매산별곡(梅山別曲)」, 도학가사인 이천섭(李天燮, 1730~1807)의 「사여재가(四餘齋歌)」, 소악루(小岳樓) 이유(李渘, 1675~1753)의 가사들, 그리고 두암(斗庵) 김약련(金若鍊, 1730~1802)의 『두암제영(斗庵題詠)』 등이 있다. 이중 『두암제영』 소재 가사인 「과폐탄(科弊歎)」, 「소학가(小學歌)」, 「노부탄(老婦歎)」, 「답부사(答婦詞)」, 「육가(六歌)」 등은 영남지역 향촌사족의 의식 지향을 잘 보여줄 뿐 아니라 부부가 서로 화답한 작품도 있어서 관심을 모았다.[103]

19세기 사대부 가사 중에는 정학유(丁學游, 1786~1855)의 「농가월령가」가 눈에 띈다. 월령체 작품이 가지고 있는 짜임새에 주목하여 절기에 따른 세시풍속과 농사 정보가 어떻게 효과적으로 배치되었는지 그 구성 전략을 살피기도 했고,[104] 문화론적 접근의 일환으로 월령과 권농의 전통, 농서의 전통, 세시기와의 관련성, 농부가류 가사의 전통을 제시하고, 창작의 당대적 맥락으로 1832년 대흉년과 1833년 순조의 권농윤음을 제시했다.[105] 신성환은 19세기를 살아가는 농민들의 공동체의식과 삶의 안

---

103) 구사회, 「새로 발굴한 過齋 金正默의 〈梅山別曲〉 연구」, 『고시가연구』 29(한국고시가문학회, 2012); 윤지아, 「조선 후기 영남 향촌사족의 현실 인식과 가사 창작－竹下 李天燮의 〈四餘齋歌〉를 중심으로」, 『고전과해석』 38(고전문학한문학연구학회, 2022); 최은숙, 「소악루 이유 시가의 소통지향성과 담화 특성」, 『동양고전연구』 42(동양고전학회, 2011); 손대현, 「斗庵題詠」 소재 가사의 형상화와 문학사적 가치」, 『어문론총』 63(한국문학언어학회, 2015); 손대현, 「〈科弊歎〉의 서술 양상과 문학적 가치」, 『어문학』 139(한국어문학회, 2018); 백두현, 「斗庵 金若鍊의 한글가사와 시조－「老婦歎」, 「答婦詞」, 「科弊歎」, 「小學歌」, 「六歌」」, 『어문론총』 63(한국문학언어학회, 2015); 이상원, 「조선후기 향촌지식인의 삶과 부부의 기억: 순천 김씨의 〈노부탄〉과 김약련의 〈답부사〉, 『한국시가문화연구』 42(한국시가문화학회, 2018).

104) 김은희, 「〈農家月令歌〉의 짜임새와 그 意味」, 『어문연구』 144(한국어문교육연구회, 2009); 권정은, 「조선시대 농서(農書)의 전통과 〈농가월령가〉의 구성 전략」, 『새국어교육』 97(한국국어교육학회, 2013).

105) 이상원, 「고전시가의 문화론적 접근: 〈농가월령가〉를 중심으로」, 『어문론총』 60(한국문학언어학회, 2014).

정성을 추구하는 태도를 작품 속에서 읽어 내었다.[106]

이외에 새로 발굴된 윤희배(尹喜培, 1827~1900)의 「미강별곡(嵋江別曲)」, 이관빈(李寬彬, 1759~?)의 「황남별곡(黃南別曲)」 및 윤영섭(尹永燮)의 「황산별곡(黃山別曲)」에서는 성리학적 질서에 충실한 선비의 도학정신을,[107] 우고(又顧) 이태로(李泰魯, 1831~1885)의 『면암집초부제가서(勉菴集抄附諸家書)』 수록 개화가사 5편 및 문집 속 「농부가」에서는 우국의 정신을 확인할 수 있었다.[108] 아마도 이러한 선비들의 비분강개의 정서가 이후 개화기 의병활동 및 항일정신의 토대가 되었을 것이다.

2) 종교가사 연구 현황

2000년대 이후 종교가사 연구는 작품의 내용을 주로 소개하는 해제 성격의 연구를 벗어나 자료의 발굴 및 집성,[109] 문체와 내용에 대한 섬세한 독해 등을 시도하여 교술적 원리의 효과를 검토하는 작업이 진행되었다. 하지만 유형의 특성상 종교에 대한 각별한 관심과 집중력을 지닌 특정 연구자들을 중심으로 진행되다 보니 다양한 방법론의 시도와 다각적인 해석이 이루어지지 못한 점은 한계로 생각된다. 동학가사의 비중이

---

106) 신성환, 「시간관을 통해 본 〈농가월령가〉의 지향」, 『한민족문화연구』 64(한민족문화학회, 2018).

107) 구사회, 「새로 발굴한 가사 작품 〈嵋江別曲〉에 대하여」, 『국어국문학』 142(국어국문학회, 2006); 조유영, 「조선 후기 영남지역 가사에 나타난 道統 구현 양상과 그 의미 – 「黃南別曲」과 「黃山別曲」을 중심으로」, 『한국언어문학』 103(한국언어문학회, 2017); 조유영, 「조선 후기 향촌사족의 이상향 지향과 그 의미 – 〈황남별곡(黃南別曲)〉을 중심으로」, 『우리말글』 71(우리말글학회, 2016).

108) 구사회, 「又顧 李泰魯의 『勉菴集抄』와 자료적 가치」, 『고시가연구』 20(한국고시가문학회, 2007); 구사회, 「우고 이태로의 〈농부가〉와 애국적 형상화」, 『국어국문학』 147(국어국문학회, 2007).

109) 김영수 편, 『천주가사자료집(상)』(가톨릭대학교출판부, 2000); 임기중, 『불교가사 원전연구(한글발원노래 모두 모음)』(동국대학교출판부, 2000).

적은 탓에 여기서는 주로 불교가사와 천주가사를 중심으로 현황을 살펴보고자 한다.

먼저 불교가사를 보면 김종진은 문학사회학적 배경에서 불교가사의 유통 양상을 살피는 데 주력했다. 불교가사의 유통 양상에 참여한 다양한 주체들에 주목한 점이 특징적이다. 창작의 주체는 선원이라는 공간을 중심으로 한 선승과 교학승으로 보았고, 전승의 주체는 사찰 공간을 중심으로 화청승, 탁발승, 걸립패로 나누어 살폈다. 수용의 주체로는 독경무와 향두꾼 그리고 일반독자(청자)를 설정했다. 다양한 주체들에 의해 불교가사의 생성과 향유가 이루어지면서 작품의 형식과 표현기법 또한 일정 부분 영향을 받고 있음을 분석하기도 했다.[110] 이외에도 불교가사의 전승 경로와 작가 논증 등 꾸준히 연구를 지속했다.[111]

전재강은 불교가사 연구에서 눈에 띄는 성과를 제출했다. 특히 불교가사의 다양한 유형을 설정하고 그 표현 방식과 구조 및 갈래적 성격을 살펴봄으로써 궁극적으로 불교가사 전반의 종합적 특징을 구명하고자 했다.[112] 다만 유사한 방법론을 적용한 양적 확대 재생산의 연구로 이어

---

110) 김종진, 「불교가사의 유통 연구」(동국대 박사학위논문, 2000).

111) 김종진, 「동아시아 禪歌와 자국어 시가의 관련성」, 『한국어문학연구』 61(한국어문학연구학회, 2013); 김종진, 「근대 불교가사 창작의 한 흐름 – 회명 일승(晦明日昇)의 가사 자료 소개를 중심으로」, 『우리어문연구』 43(우리어문학회, 2012); 김종진, 「〈토굴가〉 전승의 경로와 문학사적 의의」, 『우리어문연구』 25(우리어문학회, 2005); 김종진, 「19세기 불교가사의 작가 복원과 그 문학사적 함의: 영암 취학의 〈토굴가〉를 중심으로」, 『국제어문』 35(국제어문학회, 2005).

112) 전재강, 「몽환가류 불교 가사의 개방성과 작가 의식」, 『한국시가연구』 33(한국시가학회, 2012); 전재강, 「발원가류 불교 가사의 존재 위상과 성격」, 『어문학』 117(한국어문학회, 2012); 전재강, 「염불가류 불교 가사의 성격」, 『우리말글』 54(우리말글학회, 2012); 전재강, 「왕생가류 불교 가사의 표현 방식과 세계 인식」, 『고시가연구』 27(한국고시가문학회, 2011); 전재강, 「찬불가류 불교 가사의 지향적 주제와 다층적 갈래 성격」, 『우리문학연구』 37(우리문학회, 2012); 전재강, 「참선곡류 불교 가사의 구조적 성격」, 『우리말글』 50(우리말글학회, 2010); 전재강, 「토굴가류 불교 가사의 갈래 성격과 이념 지향」, 『국어교육연구』 50(국어교육학회 2012).

지지 않도록 경계할 필요가 있다.

천주가사 유형에 대한 연구는 작가들의 의식 지향과 텍스트 구조를 살피는 작업이 주를 이루었고, 새로운 작품에 대한 소개 역시 꾸준히 진행되었다. 조지형은 1906년~1910년 사이에 간행된 『경향신문』 소재 천주가사 41편을 분석하고 작가들의 의식 지향을 검토했다. 김윤선은 『경향잡지』에 발표된 장편 천주가사 「자탄가」의 작자를 추론하고 주제의식을 분석했다. 주로 천주의 가르침을 통해 깨달음을 얻고 개인의 영성을 희구하는 내용에 주목했다. 그리고 한국인으로 두 번째 사제가 된 최양업(토마스) 신부의 천주가사인 「삼세대의」를 텍스트언어학적으로 분석한 연구도 제출되었다.[113)]

그리고 19세기 천주가사 가운데 널리 불리고 필사본 이본도 가장 많은 「사향가」에 대한 연구도 다수 제출되었다. 조원형은 「사향가」 개작본의 여러 이본들을 대상으로 텍스트 구조를 상호 대조하여 영남지방에서 구전되다가 한 차례 개작된 것으로 보았다. 그중 가장 온전한 형태를 갖춘 것은 『김베두루가첩』에 수록된 것이라 했다. 김문태는 「샤향가」의 교리 실현화 양상을 분석하여 벽사위정(闢邪衛正)의 논리를 반박하고자 지어진 창작 배경에 주목했다. 고성혜는 「사향가」의 감성적 설득 기법에 대해 포교의 목적을 위해 아리스토텔레스의 파토스를 원용한 설득의 기법을 동원하고 있다고 보았다.[114)]

113) 조지형, 「1996년~1910년 경향신문(京鄕新聞) 소재 천주가사의 특성과 그 지향」, 『국어문학』 46(국어문학회, 2009); 김윤선, 「문 베드로 〈자탄가(自歎歌)〉 연구 – 경향잡지 소재 〈자탄가〉를 중심으로」, 『인문학연구』 42(경희대학교 인문학연구원, 2020); 조원형, 「천주가사 삼세대의에 대한 텍스트언어학적 분석」, 『한국학연구』 22(인하대학교 한국학연구소, 2010).

114) 조원형, 「천주가사 〈사향가〉 개작본의 텍스트 구조 대조 분석」, 『교회사 연구』 36(한국교회사연구소, 2011); 김문태, 「천주가사 〈샤향가(思鄕歌)〉의 교리 실현화 양상」, 『신학전망』 184(신학연구소, 2014); 고성혜, 「천주가사 〈사향가〉의 감성적 설득기법」, 『감성연구』 15(전남대학교 호남학연구원, 2017).

이밖에 유교의 윤리를 고수하고 천주교의 교리를 배척하는 벽위가사(闢衛歌辭)에 대한 연구도 있어서 주목된다. 대표적인 작품이 척암(瘠菴) 이기경(李基慶, 1756~1819)의 「심진곡」과 「낭유사」이다. 이기경은 천주교 신앙을 배척하기 위해 여러 문헌을 모아 엮은 『벽위편(闢衛編)』을 편찬했는데, 후에 후손들이 내용을 보완하기도 했다. 천주교사연구에 중요한 자료이다. 김정호는 천주교를 유교의 진리를 거역하는 사교로 보고 정서적으로 비판적 측면을 강조하고 있다. 천주가사와의 비교 속에서 2편의 벽위가사의 어조와 서술방식을 분석했다.[115)]

5. 근현대기 가사의 연구 현황과 전망

2000년대 이후 조선 후기 가사 연구 중 연구자들의 관심 속에서 다양한 자료들의 발굴과 함께 집중적으로 연구된 유형은 '근현대기 가사'이다. 가사의 유형을 내방가사나 기행가사처럼 담당층이나 내용에 따라 설정하지 않고, 20세기 이후라는 역사적 시기를 '근현대기'라는 포괄적 수식어로 설정한 데는 몇 가지 이유가 있다. 먼저 지금까지의 문학 연구에서 19세기 말에서 20세기 초는 '개화기, 저항기, 애국계몽기, 근대계몽기' 등으로 지칭되어 왔으며, 1910년대를 지나게 되면 현대문학의 시기로 규정되었다. 19세기 말에서 1910년대는 고전문학과 현대문학의 경계에 놓여 있는 시기이기도 하고, 전통적 문학 양식과 현대적 문예 양식이 길항과 경쟁을 거듭한 시기이기도 하다. 그래서 지금까지의 연구에서는 『대한매일신보』, 『제국신문』, 『대한민보』에 연재된 새로운 형태의 시조 및

115) 김정호, 「천주가사의 어조와 서술방식 연구 – 18세기말 작품을 중심으로」, 『南冥學研究』 57(경남문화연구원, 2018).

가사들의 계몽적 성격을 규정하기 위해 개화기, 애국계몽기, 근대계몽기 등의 수식어를 붙여 왔던 것이다.

그런데 20세기 이후에는 신문이나 잡지를 통해 발표된 계몽적 성격의 가사 외에도 전통 갈래의 창작·향유의 속성을 유지하는 가사가 지속적으로 창작되었다. 이 가사들은 전통적 어법을 수용하면서도 변화하는 시대의 현실 인식과 표현들을 적극 수용한다. 시기 또한 20세기 초, 일제강점기, 해방 이후, 한국 전쟁 이후, 산업화 이후 시대에 이르기까지 그 역사적 편폭이 넓게 펼쳐져 있다. 그럼에도 작품의 형식과 수사 등 문학적 자질에 있어서 현저한 차이를 보여 준다고 하기 어렵다.

따라서 20세기 이후 신문과 잡지를 통해 발표된 계몽적 성격의 가사와 함께 오랫동안 전통 가사의 속성을 지속적으로 유지하고 있는 가사 작품 중에서 전통적 분류 체계에 귀속되지 않는 작품들을 '근현대기 가사'로 함께 묶어 다룰 필요성이 제기된다.

근대 매체를 통해 새로운 형식과 계몽적 주제로 발표된 계몽가사(또는 애국계몽기가사)와 전통 갈래로서의 가사는 이질적인 속성을 가지고 있는 것이 사실이다. 하지만 시대성과 역사성이 그 존재론적 의의가 되고 있다는 점은 공통적이다. 이것이 공통 유형으로 묶어서 다루게 된 이유이다. 이를 『대한매일신보』, 『제국신문』 등 신문매체 수록 가사에 대한 연구와 전통 갈래의 속성을 지니되 시대성을 노정한 가사에 대한 연구로 크게 나누어 연구 경과를 살펴볼 수 있다.

먼저 신문에 발표된 계몽가사 또는 개화기가사에 대한 연구는 가독성을 높여 간행한 자료집이 출간되면서 연구가 본격화되었다.[116] 계몽가사는 애국계몽기 계몽주의 문학운동의 일환으로 시가가 적극적으로 활용된 기획의 산물이다. 고은지는 계몽가사는 계몽담론의 효과적 전언을 위한

116) 강명관·고미숙, 『근대계몽기시가자료집』 1~3(성균관대학교출판부, 2000).

양식적 원리를 내장한 유형으로 평가했다.[117] 또한 양식적 원리의 특징으로 4음 4보격의 율격, 분연 양상, 반복 어구의 삽입 등을 들었고, 이것이 신문매체를 통한 독자들과의 소통을 가능케하는 원동력이 되었음을 논증했다.[118]

신문 수록 가사 중에서 특히 경제 관련 논평에 가까운 가사들을 '경제가사'로 개념화하고 그 계몽적 성격을 강조한 연구도 제출되었다.[119] 김아연은 경제가사의 개념을 역사적 과정 속에서 규정하기 위해 17세기 「누항사」와 「탄궁가」, 18세기 이후에는 『초당문답가』 연작 속의 「치산편」·「우부편」·「용부편」, 「덴동어미화전가」 등의 작품을 『대한매일신보』 소재 시평가사와 함께 경제담론을 전파하는 작품들로 설명하기도 했다.[120]

이외에도 가사에 나타난 다양한 주제와 소재 속에서 식민지 근대화의 음험한 의도를 읽어 내는 연구도 있다.[121] 근대화의 표상이라고 할 수

---

117) 고은지, 「계몽가사의 형성과정과 그 형식적 특성의 의미」, 『어문논집』 43(민족어문학회, 2001); 고은지, 『계몽가사의 소통환경과 양식적 특징』(보고사, 2009).

118) 고은지(2004)는 계몽가사의 소통환경과 형성과정, 계몽가사의 양식적 구성요소와 기능, 계몽가사의 표현기법 등을 고찰하여 그 문학사적 위상을 새롭게 했다. 특히 정치적 상황이나 시대적 조건보다 문학 환경을 더욱 강조했는데, 20세기 초를 전통과의 결별을 통해 근대로 발전해 가는 시기로 보는 시각에서 전통의 지속 위에 근대가 혼효되는 시기로 보는 시각은 연구사에 시사하는 바가 크다.

119) 김아연, 「『대한매일신보』 소재 경제가사 연구」(전남대학교 박사학위논문, 2014); 강동완, 「대한매일신보 경제소재 시평가사에 반영된 자본주의 정신과 그 윤리: 베버의 방법론적 논증을 바탕으로 하여」, 『한국문학논총』 67(한국문학회, 2014).

120) 김아연, 「경제가사의 형성과 문학적 특질」, 『고시가연구』 33(한국고시가문학회, 2014).

121) 김아연, 「대한매일신보 철도가사와 철도의 표상: 식민지 근대의 표상으로서 철도에 대한 매혹과 부정의 관점에서」, 『인문과학』 55(성균관대학교 인문학연구원, 2014); 정선희, 「근대계몽기가 낳은 '소년'의 자질과 질적(質的) 변화 – 대한매일신보 소재 시가 작품을 중심으로」, 『열상고전연구』 56(열상고전연구회, 2017); 하성운, 「근대계몽기 시가를 통해 본 위생담론과 그 표현방식 – 대한매일신보를 중심으로」, 『문화와융합』 43(한국문화융합학회, 2021); 김아연, 「『제국신문』에 수록된 철도 소재 시가 연구」, 『한국시가문화연구』 40(한국시가문화학회, 2017); 신현웅, 「제국신문 게재 계몽가사의 형식적 특징 재론」, 『국문학연구』 44(국문학회, 2021).

있는 철도, 소년 담론, 청결을 강조하는 위생 담론 등이 근대적 국가 건설을 통한 국민 통제를 의도하는 국가적 기획의 산물일 수 있음을 분석한 것이다. 신문 수록 계몽가사 속에서 선구적인 신문 지식인들의 계몽 기획을 읽어낸 것이다. 그리고 계몽가사의 형식과 모티프 속에서 전통 양식의 비판적 계승의 양상을 찾아냄으로써, 그 문학적 특질의 독자적 위상을 찾기도 했다.[122)]

다음으로 계몽의 주제를 다양화하고 자료의 범위를 넓혀서 개화기 계몽담론을 전파한 작품들의 외연을 확대한 연구도 있었다.[123)] 그리고 독자층의 관심을 유도하고 경제적 이익도 추구하기 위해 단행본으로 간행한 가사집 『편편기담경세가』와 『만고기담처세가』에 대한 연구도 진행되었다.[124)] 이 가사집은 『초당문답가』의 이본으로 신문이나 잡지와는 다르지만 대중적이고 통속적인 성격이 강한 점이 특징적이다.

---

122) 윤덕진, 「애국계몽기 가사의 전통양식 계승과 개신」, 『열상고전연구』 36(열상고전연구회, 2012); 이민규, 「계몽 가사의 약성가·권주가·담배노래 변용 양상」, 『국제어문』 73(국제어문학회, 2017).

123) 신지연 외 3명이 편찬한 자료집은 1870년~1910년까지 각종 신문과 잡지, 개인 문집, 교과서, 찬송가집 등에 수록된 1,400여 수의 가사를 모은 것이다. 수집된 가사에 한글독음을 달고, 현대국어 규범에 따라 띄어쓰기를 하여 최소한의 해석을 가했으며, 작자, 연대, 원전, 내용 요약 등을 포함하는 간단한 해제를 붙였다. 그리고 개별 작품에 대한 내용분석을 바탕으로 문명·개화, 민족·애국, 교육, 전통·윤리, 여성, 종교, 기행 등의 7개의 주제 유형을 마련하고 분류했다. 신지연·최혜진·강연임, 『개화기 가사 자료집』 1~6(보고사, 2011). 이밖에도 신문과 잡지 수록 작품 및 개화기 내방가사 등으로 대상을 확대하여 진행된 연구들도 있다. 김영철, 「개화기시가에 나타난 알레고리의 미학」, 『한국시학연구』 35(한국시학회, 2012); 김형태, 「근대계몽기 가사(歌辭)와 개인의 발견 - 신문과 잡지 수록작품의 일단을 중심으로」, 『한국문학논총』 82(한국문학회, 2019); 변승구, 「개화가사에 나타난 문명개화의 양상과 의미」, 『인문학연구』 84(충남대학교 인문과학연구소, 2011); 최혜진, 「애국계몽기 가사에 나타난 교육의 문제」, 『한국학연구』 44(고려대학교 한국학연구소, 2013); 최혜진, 「개화기 가사에 나타난 여성의 몸 담론」, 『語文硏究』 68(어문연구학회, 2011).

124) 신성환, 「근대계몽기 여성의 호명과 교육, 그리고 片片奇談警世歌 : 〈녀자교육편〉을 중심으로」, 『어문논집』 71(민족어문학회, 2014); 육민수, 「『片片奇談警世歌』와 『萬古奇談處世歌』의 출판 배경과 텍스트 지향」, 『한민족어문학』 50(한민족어문학회, 2007).

전통 갈래의 속성을 지니되 시대성을 노정한 가사에 대한 연구는 2000년대 들어서 더욱 가속화되었다. 고순희는 이를 앞서서 견인하고 새로운 방향을 제시했다. 예를 들면 19세기 말에서 1920년대까지의 작품들,[125] 1930년대에서 한국 전쟁 시기까지의 작품들,[126] 만주 망명의 체험을 다룬 작품들,[127] 만주 망명 가사의 지역성을 다룬 작품들[128]이 이에 해당한다. 여기에 포함된 작품들을 세부적으로 보면 내방가사나 기행가사에 귀속될 작품도 있고, 사대부 가사로 다룰 작품도 있을 것이다. 하지만 더욱 중요한 지점은 근현대 시기 격동의 역사 속에서 시대성과 역사성, 지역성이 작품 속에서 부각되고 있는 점이다. 한 예로 전통적 가사가 지니고 있는 정서와 문체적 특질들을 구비하고 있되, 일본에 대한 저항감과 국권 회복의 의지 등 역사 현실에 대한 자각이 잘 나타나고 있어서 근대기 문학으로서의 성격을 잘 보여 주는 작품이 새삼 조명을 받기도 했다.[129]

다음으로 자발적 유학이나 강제 동원 등의 과정을 통해 식민지 조선인의 정체성을 자각하고, 그 경험적 현실을 가사로 기록한 작품에 대한 연구도 제출되었다. 1906년 윤정하(尹定夏, 1887~?)에 의해 창작된 「일본유학가」는 일본 유학 체험을 가사라는 갈래로 형상화한 작품이다. 동 저자

125) 이 시기에 대한 연구들을 모아서 다음 책에 수록했다. 고순희, 『근대기 역사의 전개와 가사문학』(박문사, 2021).

126) 이 시기에 대한 연구들을 모아서 다음 책에 수록했다. 고순희, 『해방 전후 역사의 전개와 가사문학』(박문사, 2021).

127) 이 시기에 대한 연구들을 모아서 다음 책에 수록했다. 고순희, 『만주망명과 가사문학』 연구편·자료편(박문사, 2014).

128) 고순희, 「일제강점기 망명 관련 가사에 나타난 만주의 장소성」, 『한국시가연구』 34(한국시가학회, 2013); 고순희, 「안동의 지역성과 만주망명 관련 가사문학: 지역문화콘텐츠 제안」, 『한국고시가문화연구』 35(한국고시가문화학회, 2015).

129) 김윤희, 「만주 망명 가사 〈해도교거사〉의 새로운 이본(異本) 자료 소개」, 『우리문학연구』 67(우리문학회, 2020); 김윤희, 「만주 망명 가사 〈해도교거사(海島僑居辭)〉와 〈분통가(憤痛歌)〉에 대한 비교 고찰: 여성과 남성의 인식 차이와 문화적 의미를 중심으로」, 『한국고전연구』 49(한국고전연구학회, 2020); 정연정, 천명희, 「고성 이씨 소장 『해도교거사』의 국어학적 가치」, 『어문론총』 68(한국문학언어학회, 2016).

의 『유학실기』라는 한문 또는 국한문 실기류의 후반부에 함께 수록되어 있다. 20세기 초 일본 유학생들의 사회적 처지와 현실 인식을 잘 보여 주는 작품으로, 정재호의 초기 성과[130]를 이어 받아 작품 내용에 대한 분석과 작가 의식에 천착한 연구들이 뒤를 이었다.[131]

일본의 강제동원으로 고난을 겪은 피해자가 4·4조의 가사로 기록한 두 권의 『북해도 고락가(北海道苦樂歌)』는 문학사적 가치뿐만이 아니라 일제강점기 자행된 강제동원 실태를 알 수 있는 사료로서의 가치 또한 높은 자료이다.[132] 작품 속에는 일본의 강제동원 과정과 노무동원의 실상이 잘 그려져 있다. 식민지 관료들의 강제동원 과정을 부정하는 일본 정부의 주장이 얼마나 허구인지를 가사 작품이 잘 보여 주고 있는 셈이다.

이밖에 일제강점기 초기인 1916년을 전후한 시기에 나온 손영모의 가사집 수록 가사 5편, 1926년 봉화지역 전통지식인 김홍기가 지은 「몽유가」, 1967년 김대헌이 지은 「담배노래」 등에 대한 연구들은 근대 초기부터 현대에 이르는 시대 변화 속에서도 지역에서는 전통적인 구성과 문체를 견지하는 가사의 창작이 지속되는 문학 현실을 잘 보여준 사례들이라고 할 수 있다.[133]

20세기를 전후하여 대중매체를 통해 발표된 계몽가사와 전통 가사의

130) 정재호, 「일본유학가고 – 유학실기를 중심으로」, 『인문과학연구』 2(성신여대 인문과학연구소, 1983).

131) 김윤희, 「〈일본유학가(日本留學歌)〉에 형상화된 유학(留學) 체험과 가사 문학적 특질」, 『한민족문화연구』 40(한민족문화학회, 2012); 백순철, 「〈일본유학가〉에 나타난 유학 체험과 초국적 자아의 형성」, 『민족연구』 81(한국민족연구원, 2023).

132) 주영민, 「북해도고락가(北海道苦樂歌)를 통해본 강제동원」, 『역사교육논집』 64(역사교육학회, 2017).

133) 하성운, 「손영모의 『가사집』과 새로운 가사 작품 5편에 대하여」, 『리터러시 연구』 12(한국리터러시학회, 2021); 최은숙, 「몽유가사의 "꿈" 모티프 변주 양상과 〈길몽가〉의 의미」, 『한국시가연구』 31(한국시가학회, 2011); 최은숙, 「〈몽유가〉의 작가 및 기록 방식과 몽유의 역할」, 『한국시가연구』 53(한국시가학회, 2021); 하성운, 「새로운 근대가사 〈담배노래〉의 표현 방식과 작품세계」, 『동아인문학』 52(동아인문학회, 2020).

속성을 지속적으로 유지하고 있는 가사는 그 창작 주체와 향유 맥락에 있어서 차이를 가진다. 하지만 그 이질적 속성에도 불구하고 이 작품들에는 20세기 이후 직면하게 된 우리의 시대적 현실과 지난한 역사적 경험에 대한 의식과 대응 태도 등이 담겨 있다. 또한 상당수의 작품은 전통적 분류 체계에 귀속되지 않는 작품들도 있다. 따라서 이들을 포괄적으로 '근현대기 가사'로 묶어 다루는 것은 나름대로 연구 의의를 가진다고 할 수 있다.

향후 조선 후기 가사 연구에서 근현대기 가사 자료의 발굴과 이들 사이의 의미망을 연결하는 연구는 더욱 늘어날 것으로 보인다. 따라서 존재론적 의의 외에도 섬세한 독해를 통해 작품에 나타난 향토성, 시대성, 역사성 등을 논증해낸다면 근현대기 가사의 연구 가능성은 충분히 확장성을 가질 수 있을 것이다.

6. 남은 과제

이 글에서는 내방가사, 기행가사, 사대부 가사 및 종교가사에 초점을 맞추어 연구사를 정리하고 그 경과에 의미를 부여했다. 또한 19세기 후반과 20세기 이후 창작된 근현대기가사 작품들에 논의가 집중되는 경향성에 주목하여 이 시기 작품들의 연구 가능성을 전망해 보았다.

2000년대 이후 제출된 가사문학의 연구 성과를 검토하면서 크게 두 가지 고민에 직면하게 되었다. 그 하나는 연구의 중요도를 어떻게 평정할 것인가 하는 문제와,[134] 다른 하나는 새로 발굴 소개되는 신자료들의 문

134) 이 부분은 일종의 메타 비평 또는 메타 연구에 해당하는 것이어서 보편적이고 객관적인 기준을 마련하기가 쉽지 않다고 생각한다. 일정 부분 연구자의 주관적 판단에 의거할 수밖에 없으므로 누락과 오독에 대한 비판은 겸허하게 수용할 것이다.

학사적 가치를 어떻게 검증할 것인가 하는 문제였다.[135] 사실 고전시가 연구에 있어서 거시적 구도와 개별적 층위를 조화시키는 문제는 언제나 어렵지만 필요한 작업이고, 개별 연구들 사이의 의미망을 구축하여 연구 성과의 보편적 확산을 전망하는 것 또한 늘 염두에 두어야 하는 부분이다. 일정한 연구사가 축적될 때마다 이를 정리하고 의미화하는 작업이 필요한 것도 이 때문이다.

이상에서 살펴본 것처럼 2000년대 이후 제출된 가사 분야의 연구 성과들은 그 나름의 특장을 내장(內臟)한 채 아직까지는 학계에 풍성한 논의 거리를 던져주고 있는 것으로 보인다. 시간이 지나면 그 성과가 검증되어 유의미한 문학사적 사실로 기록될 수도 있고, 도전적인 연구자들의 냉정한 비판에 직면하게 될 수도 있을 것이다.

따라서 앞으로 남은 과제는 연구자 본인이나 후속 연구자들이 긴밀한 학문적 유대감을 가지고 튼튼한 자기 방어 논리를 마련할 수 있도록 해야 할 것이다.

이 글은 『한국시가연구』 61(한국시가학회, 2024)에
수록한 논문을 수정·보완한 것이다.

135) 참고문헌 목록을 보면 선문대 구사회 교수는 꾸준하게 신자료를 수집하고 이를 논문으로 제출하고 있다. 연구자로서의 근면성에 존경을 표할 수밖에 없는 부분이다. 다만 이러한 성과들이 파편화되지 않고 후속 연구로 이어지려면 자료의 공개, 활자화와 주석 작업, 작가 및 지역 연구 등이 함께 이루어질 필요가 있다.

잡가 연구의 현황과 전망

박지애
국립창원대학교 국어국문학과 부교수

1. 서론

잡가는 18세기 중·후반부터 20세기 전반에 걸쳐 향유되었으며, 향유의 시기, 수록 문헌 또는 향유 매체에 따라 다양한 노래들을 포괄하는 방식으로 존재해 왔다.[1] 시기, 매체 등 향유 환경에 따라 잡가로 지칭되는 범주가 달라진 까닭에, 적지 않은 연구 성과가 축적되는 동안에도 개념과 범주, 장르적 정체성 등을 논의하는 과정에서 수많은 논쟁이 벌어지기도 했다.

초기의 연구는 주로 잡가의 장르적 정체성을 파악하는 데 초점을 맞추었고, 그 과정에서 잡가는 독립된 갈래로서 다루어지기보다 여타의 시가 갈래와의 관계 속에서 이해되기도 했다. 고정옥은 잡가를 '민요도 아니고 가사도 아닌 유행가의 일종'으로 보고,[2] 조윤제는 형식상의 유사함을 근거로 잡가를 가사의 하위 장르로 규정했다.[3] 이병기는 '민요(民謠), 속요(俗謠), 동요(童謠)의 총칭'으로 잡가를 규정하기도 했다.[4] 이들은 주로

---

1) 연구자에 따라 잡가의 발생 시기에 대해 이견이 있으며, 이에 대해서는 잡가 연구의 동향을 점검하며 상세하게 다루도록 하겠다.

2) 고정옥, 『조선민요연구』(수선사, 1949), 41면.

3) 조윤제, 『한국시가의 연구』(을유문화사, 1948), 68~72면.

민요나 가사의 하위 장르로서 잡가를 다루고, 잡가를 자체의 자질과 관습을 지닌 독자적 갈래로 규정하지는 않았다.

1970년대에 들어서면서 정재호에 의해 잡가가 하나의 독립된 갈래로서 주목받기 시작했고, 이후의 연구는 독립된 갈래로서 잡가가 갖는 정체성을 파악하는 것에 주력했다. 정재호는 잡가집에 수록된 작품 중 시조와 가사, 창가, 한시 등을 제외한 노래들을 잡가로 지칭하며 '직업적 가수들에 의해 창작·전승된 시가로, 주로 사랑과 인생무상·취락을 노래한 시가의 유형'으로 정의하며, '담당층'과 '주제'를 기준으로 잡가를 범주화했다.[5] 정재호의 논의는 잡가를 독자적인 장르로 인정하고 그 변별적 자질을 논의함으로써 이후의 잡가 연구의 기반을 닦았다는 점에서 그 연구사적 의의를 찾을 수 있다.

이후 잡가의 개념과 범주, 장르적 정체성, 향유 기간과 향유 방식, 잡가 생성과 향유의 문화적 배경, 사설이 지닌 문학성, 음악적 특성 등 잡가를 대상으로 한 다양한 방면의 연구 성과가 축적되었다. 이러한 과정을 거치며 잡가는 점차 시가사의 주변부에 머물던 장르에서 독자적 관습과 자질을 지닌 19세기와 20세기를 대표하는 중심 장르로서 자리매김하게 되었다.

한편 잡가 연구의 성과가 축적되면서 잡가 연구 자체에 대한 학문적 성찰이 시도되고 연구 방향에 대한 의견이 제출되기도 했다.[6] 본고는 이러한 연구의 성과를 계승하면서, 학문적 성찰 이후 발표된 연구를 포괄하

4) 이병기, 『국문학개론』(일지사, 1961), 14면.

5) 정재호, 「잡가고」, 『민족문화연구』 6(고려대학교 민족문화연구소, 1972), 202면.

6) 잡가에 대한 연구사적 성찰은 박애경에 의해 본격적으로 이루어진 바 있으며, 손종흠은 잡가 연구의 쟁점을 세 가지(잡가의 발생 과정에 대한 문제, 잡가의 본질적 성격, 잡가의 문학적 갈래에 대한 문제)로 나누어 간략하게 제시했다. 박애경, 「잡가 연구의 현황과 과제 - 국문학계의 연구를 중심으로」, 『열상고전연구』 17(열상고전연구회, 2003); 손종흠, 『한국 고전시가의 난제와 대안』(소명, 2023), 56~59면.

여 최근까지의 잡가 연구와 쟁점을 바탕으로 경향성을 파악하고 이를 토대로 연구의 방향에 대해 제언하고자 한다.

2. 잡가 연구의 동향과 쟁점

잡가는 생성 시기에 대한 학설이 나누어져 있기는 하지만 18세기 중반 혹은 말엽에 시정문화가 발달한 지역을 중심으로 유흥의 공간에 등장하여 대중적인 지지와 유행성을 확보한 뒤, 19세기를 지나 20세기 초에 이르면 당시의 새로운 매체(근대식 극장, 유성기음반, 라디오방송)를 기반으로 향유되면서 외래에서 이입된 신가요와의 경쟁 구도에서도 전통 시가 양식의 굳건함을 보여준 장르이다. 이렇듯 중세에서 근대이행기를 거쳐 근대에 이르는 시기 동안 향유 방식을 달리 하며 대중들의 지지를 받아왔고, 유행성을 획득하는 과정에서 잡가로 분류되는 노래의 레퍼토리 또한 변화해 왔기에 향유 시기 전체를 아울러 잡가를 일관되게 범주화하기에는 난맥상을 드러낼 수밖에 없다. 따라서 잡가 연구가 진행된 초기부터 오랜 기간 동안 잡가의 개념과 범주, 장르적 정체성을 구명하는 연구가 주를 이룰 수밖에 없었고, 문화적 환경이나 역사적 배경과 밀접하게 연관된 잡가의 생성 맥락, 향유의 환경에 주목하여 잡가의 특징을 밝히는 데 연구의 초점이 맞추어질 수밖에 없었다. 이러한 연구의 흐름을 바탕으로 이 장에서는 잡가 연구의 현황과 주요 쟁점에 대해 살피도록 하겠다.

1) 잡가의 개념과 범주, 장르적 정체성 고찰

잡가의 개념과 범위를 파악하기 위해서는 향유 당시 잡가로 범주화된 노래의 실상을 재구할 필요가 있다. 가령 18세기 후반에 악곡별로 분류하여 편찬된 『동가선(東歌選)』의 경우, 〈장진주사〉 외 3수의 시조를 첨부하여 잡가라고 지칭하고 있다.[7] 19세기에 출판된 방각본 시조집인 『남훈태평가』에는 '잡가편'에 〈쇼춘향가〉, 〈ᄆᆡ화가〉, 〈ᄇᆡᆨ구사〉가 수록되어 있고, '가사편'에 〈츈면곡〉, 〈쳐사가〉, 〈상사별곡〉, 〈어부사〉가 수록되어 있다.[8]

한편 20세기 이후 잡가로 범주화된 몇 가지 사례를 살펴보면, 1916년에 발행된 『조선잡가집』은 잡가의 범주에 12잡가와 서도 소리 및 남도 소리, 산타령 계열, 통속민요 등을 포괄하고 있다.[9] 1928년에 기성권번에서 발행한 『가곡보감』은 '가곡, 가사, 시조, 잡가'로 분류하여 작품을 수록하고 있는데, 잡가는 다시 서도잡가, 남도잡가, 경성잡가로 나누어 수록하고 있다.[10] 1920년대~30년대 유행한 유성기음반에 잡가로 분류되어 취입된 노래는 〈수심가〉, 〈난봉가〉, 〈육자백이〉 등 서도잡가와 남도잡가, 〈유산가〉 등의 12잡가, 선소리산타령 외에도 〈아리랑〉 등의 통

---

7) 이병철, 「가집 〈동가선〉의 존재 양상」, 『한민족문화연구』 26(한민족문화학회, 2008), 97~102면.

8) 최규수, 『19세기 시조 대중화론』(보고사, 2005), 21~22면.

9) 『조선잡가집』의 머리말에는 잡가를 다음과 같이 설명하고 있다. "(전략) 요(謠)라 ᄒᆞ는 것은 즉(卽) 잡가(雜歌)이니, 그 종류(種類)가 심다(甚多)ᄒᆞ야 얼마라고 수(數)ᄒᆞ기 어려운 ᄌᆞ(者)요 잡가(雜歌)에도 수천년젼(數千年前)에 된 것도 잇고 수ᄇᆡᆨ년혹수십년젼(數百年或數十年前)에 된 것이 잇스며 각 디방(各地方)과 각 도(各道)에셔 부르는(唱) 잡가(雜歌)가 ᄐᆡ반(太半)은 다른(異) 것이 만(多)토다 ᄎᆞ편(此編)은 순젼(純全)ᄒᆞᆫ 잡가(雜歌)만 수십종(數十種) 만드러 혹(或) 참고(參考)에 공(供)할가ᄒᆞ노라." 그리고 잡가편에 〈방아타령〉, 〈이팔청춘가〉, 〈양산도〉, 〈서울흥타령〉, 〈긴난봉가〉, 〈자진난봉가〉, 〈신난봉가〉, 〈개성난봉가〉, 〈숙천난봉가〉, 〈양류가〉, 〈긴수심가〉, 〈엮음수심가〉, 〈영변가(혹 지름수심가)〉, 〈배따라기〉, 〈놀량〉, 〈긴산타령〉, 〈자진산타령〉, 〈육자백이〉, 〈흥타령〉, 〈개구리타령〉, 〈개타령〉, 〈몽금포타령〉, 〈도라지타령〉, 〈화포타령〉, 〈아리랑타령〉, 〈장타령〉, 〈길군악〉, 〈걸승타령〉, 〈운자타령〉, 〈넋두리〉, 〈오호타령〉, 〈농부가〉, 〈성주풀이〉, 〈산염불〉, 〈지양〉, 〈진양〉, 〈영산가〉, 〈자진중모리〉, 〈새타령〉, 〈토끼화상〉, 〈적벽가〉, 〈유산가〉, 〈수양산가〉, 〈선유가〉, 〈제비가〉, 〈추풍감별곡〉을 수록하고 있다. 『조선잡가집』(정재호 편, 『한국속가전집』 3(다운샘, 2002), 325~467면.)

10) 『가곡보감』(정재호 편, 『한국속가전집』 5(다운샘, 2002), 167~351면.)

속민요 등이다.[11)]

이처럼 시기에 따라, 수록 문헌 및 매체에 따라, 또 향유의 공간에 따라 잡가의 범주는 크게 달라져왔다. 범주는 당시 잡가를 바라보는 시각을 바탕으로 체계화될 수밖에 없기 때문에, 개념과 범주 관련 논의는 결국 잡가를 바라보는 시각, 당대의 인식 등과 밀접하게 연관되어 있다. 이런 까닭으로 잡가에 대한 당대의 시각을 읽어 내고 당시 향유된 잡가를 개념화하고 범위를 밝히는 연구는 잡가 연구의 초기부터 지금까지도 꾸준하게 진행되고 있다.

앞서 살펴보았듯이 국문학 연구 초기의 대표적 연구자로서 조윤제, 고정옥, 이병기 등은 잡가를 가사의 하위 장르로 논의하거나, 독립된 장르라기보다는 유행가의 일종 정도로 인식했다. 이후 1970~80년대에 이르러 잡가는 고유의 자질과 관습을 지닌 독자적 장르로서 인정받기 시작했다. 정재호는 잡가를 '직업적 가수들에 의해 창작·전승된 시가로, 주로 사랑과 인생무상·취락을 노래한 시가의 유형'으로 정의하고,[12)] 김문기는 잡가집에 수록된 노래들을 '①4음보 연속체, ②4음보 위주로 연속되나 음보격과 음수율에 변화가 다소 있는 형태, ③입타령이나 반복구가 있는 분연체'로 나누고, 이 중 ③만을 잡가로 분류했다.[13)] 김흥규는 잡가를 '조선 후기의 시정에서 직업적·반직업적 소리꾼들에 의해 가창된 유락적(遊樂的) 노래'로 지칭하고, 십이가사에 비해 훨씬 통속적이며 일반 민요보다는 선율과 창법이 세련되어 유흥적 화려함을 짙게 띤 가요류로 규정했다. 특히 악곡상의 특징으로 잡가를 구분할 때에는 잡가류의 창법으로 불리는 일부 시조와 민요가 포함되지만, 문학적 갈래로서 잡가는 시조와

11) 박지애, 「유성기음반 소재 잡가의 현황과 레퍼토리의 양상」, 『어문학』 99(한국어문학회, 2008), 145~146면.

12) 정재호, 앞의 논문(1972), 202면.

13) 김문기, 『서민가사 연구』(형설출판사, 1983), 47면.

민요를 제외한 가요들만으로 범주화된다고 논의했다.[14] 이규호는 잡가의 정체를 유행가로 보며 음악이 허용하는 한에서 기존의 문학 장르를 변형·수용하는 특징을 지닌다고 보았다. 아울러 그는 문학적으로 잡가를 가사·사설시조·민요 세 장르의 양식적 복합현상이라고 규정했다.[15]

이처럼 1970~80년대의 연구는 잡가를 독립된 갈래로 규정하고 그 장르적 독자성을 해명하기 시작한 것에서 연구사적 의의를 찾을 수 있다. 담당층으로서는 '직업적(또는 반직업적) 가수'를 제시하고, 향유의 공간과 배경으로서는 '시정문화를 바탕으로 한' '유흥의 공간'을, 주제는 '사랑, 인생무상, 취락' 등을 제시하며 그 성격으로는 '통속, 세련' 등을 제시했다. 이러한 연구의 결과에 힘입어 시가사의 주변부이자 문제영역에 머물던 잡가는 '조선 후기 일반적인 시가사에 있어서 서민 시가로서는 가장 괄목할 만한 위치를 확보한 시가'[16]로까지 평가받으며 시가사의 중심 장르로서 그 가치를 인정받기 시작했다.

1990년대 이후에는 잡가의 독자적 정체성 해명에 이어 잡가의 시가사적 지위를 대중문화의 발생과 성장이라는 관점으로 이해하기 시작했다. 이노형은 잡가가 자생적 자본주의의 주체인 대중에 기반을 두고 성장했으며 생산과 소비가 분리된 상업적 생산 목적을 지향하고 있었고, 자유분방하고 발랄하며 반봉건적인 대중들의 정서를 반영하고 있음을 근거로 들어 잡가를 자생적 대중가요의 효시로 판단했다.[17] 고미숙은 제양식을 자유롭게 흡수할 수 있는 양식적 탄력성과 강한 리듬감·다채로운 사설이 바탕이 되어, 잡가가 20세기 초반 근대 대중가요로 부상한 후 1930년대 유행 신민요로 변질되기 이전까지 외래양식을 누르고 대중을 장악한 장

14) 김홍규, 『한국문학의 이해』(민음사, 1986), 57면.

15) 이규호, 「잡가의 정체」, 『한국문학사의 쟁점』(집문당, 1986), 409면.

16) 이노형, 『한국 전통 대중가요의 연구』(울산대학교출판부, 1994), 12면.

17) 이노형, 「한국 근대 대중가요의 역사적 전개과정 연구」(서울대 박사학위논문, 1992).

르로서 그 가치를 높이 평가했다.[18] 잡가 연구의 초창기 고정옥에 의해 뒤를 이어 이규호에 의해 잡가가 유행가로 분류됨으로써 잡가가 지닌 대중적 성격이 주목받기는 했지만, 잡가의 정체성을 논의하는 과정에서 부분적으로 언급된 것일 뿐, 본격적인 연구로까지 나아가지는 못했다. 그러나 이노형과 고미숙에 의해 잡가가 지닌 대중문화적 요소가 본격적으로 조명되고 대중가요로서의 성격이 구명되어 후속 논의의 기반으로 작용했다. 잡가가 한국문학의 원형적 형질을 내포하고 있으면서 중세문학에서 근대문학으로 나아가는 길목에서 교량적 역할을 충실히 수행했다는 관점[19] 또한 중세에서 근대로의 이행기 또는 근대 초기 잡가의 면모에 주목했다는 점에서 자생적 대중가요로서의 지위를 부여한 연구와 맥을 같이 하고 있다. 이들 연구는 잡가를 바라보는 관점의 변화와 시각의 확대라는 점에서 연구사적 의의를 지닌다.

그러나 상대적으로 19세기 말과 20세기 초로 논의의 초점이 맞추어지고 해당 시기의 사회·문화적 의미망 속에서 잡가를 이해함으로써 잡가 향유의 전체 시기를 아울러 논의한 성과라고 보기는 힘들다. 이들 연구 성과를 바탕으로 후속 연구에서는 전체 향유 시기를 아울러 논의하기보다 18세기, 19~20세기, 20세기 초 등으로 향유의 시기를 세분화하고 각 시기별 잡가가 지닌 대중적(또는 통속적) 성격을 세밀하게 살피는 연구의 필요성이 제기되고 관련 연구들이 진행되었다.[20] 이들 연구는 잡가의 개

---

18) 고미숙, 「대중가요의 선구, 20세기 초반 잡가 연구」(『역사비평』 봄호, 1994), 「20세기 초 잡가의 양식적 특질과 시대적 의미」(『창작과 비평』 여름호, 1995), 『18세기에서 20세기 초 한국시가사의 구도』(소명, 1998) 재수록.

19) 최동안, 「잡가연구」(가톨릭대 박사학위논문, 2003).

20) 잡가가 지닌 대중문화로서의 면모는 주로 문학계를 중심으로 논의되었고, 음악계에서는 이현정, 권도희 등이 같은 맥락에서 논의를 진행했다. 권도희, 「1910년대 잡가집과 초기 유성기 음반을 통해 본 조선대중음악의 기반」, 『남도민속연구』 19(남도민속학회, 2009); 이현정, 「잡가의 장르적 성격에 관한 연구」, 『한국음악문화연구』 9(한국음악문화학회, 2016).

념과 범주를 규정하고 정체성을 구명하는 논의이면서 동시에 잡가 생성과 향유의 맥락을 해명하는 연구이기도 하기에, 잡가 향유의 맥락과 문화적 배경에 대한 연구를 다루면서 보다 상세하게 후술하도록 하겠다.

한편 이질적 속성의 작품들이 시기에 따라 또 수록문헌과 향유매체에 따라 잡가의 범주에 포함됨으로써, 잡가의 개념과 범주, 또 '잡(雜)'의 의미망에 대한 고찰 또한 꾸준하게 이루어졌다. 음악계에서는 잡가의 범위를 '서울 지방의 12잡가, 휘몰이잡가, 산타령, 전라도지방의 산타령계인 화초사거리, 보렴, 서도 지방의 공명가, 초한가, 제전 등 비교적 장편의 노래'로 규정하고 있다.[21] 그러나 한편에서는 직업적 가수들이 부르는 화초 사거리, 산타령, 12잡가 등의 긴 노래를 협의의 잡가로 보고 긴 노래에 더해 각 지방의 민요까지도 포괄하여 광의의 잡가로 규정하기도 한다.[22]

텍스트의 문학적 자질이 상이한 노래들을 음악적 어법에 기반을 두고 잡가로 분류한 까닭에 문학계에서는 잡가의 개념과 범위에 대해 일관된 기준을 제시하는 것이 쉽지 않았다. 문학계에서 잡가의 개념과 범위에 대한 보다 진전된 논의는 박애경과 김학성에 의해 이루어졌다. 박애경은 잡가가 확정된 장르라기보다는 장르 간의 공존과 경쟁 속에서 끊임없이 자신의 외연을 확산할 수 있는 일종의 동태적인 장르라는 관점에서 접근해야 함을 주장했다. 애초에 잡가는 정가·정악에 대한 타자로 출발했지만, 중심과 주변, 아정(雅正)한 것과 비속한 것이 끊임없이 혼류하는 19세기를 거치며 가창문화권의 수면 위에 부상하고, 이것이 점차 장르 개념으로 굳어졌다고 본 것이다.[23] 그의 논의는 잡가가 지닌 문화적 역동성에

---

21) 장사훈, 『최신 국악총론』(세광음악출판사, 1985), 510~511면.

22) 장사훈, 『국악 대사전』(세광음악출판사, 1984). 손태도, 「1910~20년대의 잡가에 대한 시각」, 『고전문학과 교육』 2(청관고전문학회, 2000), 178면 재인용.

23) 박애경, 「잡가의 개념과 범주의 문제」, 『한국시가연구』 13(한국시가학회, 2003), 299~

주목하고, 확정된 장르가 아닌 역사적 장르로서 잡가를 바라봄으로써 잡가가 시기에 따라 범주를 달리해가며 변화를 거듭하는 현상을 이해하고 주목하는 관점을 제시했다. 이러한 관점에 따라 '잡'의 의미망을 '비주류 장르의 범칭'으로 규정했다. 즉 가곡 등 이미 공인된 장르로서의 귀속성을 획득하지 못한 작품군을 지칭하는 범칭으로 잡가가 사용되었다고 본 것이다.[24] '잡'이 지닌 의미망이 격이 낮음을 의미하는 것이 아니라 가곡창과 같은 본류적 정통성을 갖지 않은 음악이라는 의미로 사용되었을 것이라고 판단한 김학성의 논의 또한 '비주류 장르의 범칭'이라는 관점과 동일한 맥락에서 이해할 수 있다.[25] 이렇듯 잡가는 당대 유행하던 성악곡의 범칭으로서 시기에 따라 또 대중적 지지에 따라 그 범주를 달리해가며 변화를 거듭하는 방식으로 존재해 왔으므로 전체 향유 시기를 포괄하여 확정된 장르로 접근하기보다 역사적 장르로서 시기를 세분화하여 논의하는 것이 타당해 보인다.

잡가의 개념과 범주 논의에서 함께 연구될 수 있는 영역이 있다면 바로 잡가 발생의 시기에 대한 문제일 것이다. 문학계에서는 잡가가 수록된 가집을 토대로 발생의 시기를 재구하거나, 잡가 발생의 문화적 배경이 되는 도시 시정문화와의 관련성 속에서 논의를 진행할 수밖에 없다. 따라서 대체로 문헌에서 잡가 작품이 보이는 19세기를 중심으로 잡가의 향유 시기를 논의하거나 또는 잡가의 생성기반이라고 할 수 있는 시정문화가 발달한 18세기 후반~19세기 중반, 조선 후기, 중세에서 근대로의 이행기 등의 용어를 사용하여 발생 및 향유의 시기에 대한 연구를 진행해 왔다. 이에 반해 음악계에서는 음악 어법(장단과 좌창 방식)을 바탕으로

303면.

24) 위의 논문, 303~304면.

25) 김학성, 「잡가의 사설 특성에 나타난 구비성과 기록성」, 『대동문화연구』 33(성균관대 대동문화연구원, 1998), 53면.

연구를 진행하여 12잡가의 발생 시기를 도드리장단이 유행한 18세기 중엽 무렵까지 소급하여 논의를 진행하고 있다.[26] 이렇듯 음악적 특성과 당시 사회·문화적 배경이 함께 고려되어야 잡가의 발생 및 향유 시기를 보다 구체적으로 파악할 수 있으며 음악과 문학의 융합적 연구를 통해 각 연구의 상승효과를 창출할 수 있음을 확인할 수 있다.

2) 잡가 생성과 향유의 맥락 및 문화적 배경 고찰

잡가의 개념과 범위 및 발생 시기와 함께 중요하게 다루어진 연구 분야가 있다면 바로 잡가 생성의 역사적·문화적 기반, 생성의 맥락 등 작품을 둘러싼 외적 생성 요건과 관련된 연구 분야일 것이다. 18세기 중·후반에 시정문화가 발달한 도시의 유흥 공간을 중심으로 흥행한 성악곡 장르는 '가곡과 가사' 중심에서 '가곡과 시조와 가사' 등으로 바뀌었으며, 19세기를 거쳐 20세기 초에 이르면 점차 흥행의 장르가 '시조와 가사와 잡가'에서 '시조와 가사와 잡가, 그리고 민요'의 방향으로 변화했다고 보고 있다. 또한 중심축의 이동은 크게 보았을 때 '정가에서 민요로의 이동'이라고 판단하고 있다.[27] 18세기 중반에 도시의 유흥 공간에 등장한 잡가는 고급문화의 취향과도 구별되고 소박한 하층문화와도 구별되면서 동시에 대중적 지지를 받고 흥행에 성공할 수 있는 음악적 전문성과 대중의 취향을 갖추어야만 하는 위치에 놓여 있었다. 당시 잡가가 처한 문화적 상황에 대한 이해는 잡가의 생성 기반과 맥락을 이해하는 데 필수적인 관점이라고 할 수 있다.

---

26) 백대웅, 「잡가발생의 시대적 당위성과 전개과정: 경기잡가에서 판소리까지」, 『예술원논문집』 36(대한민국예술원, 1997), 209~242면.

27) 성무경, 「시조 가집, 『調및詞』의 문화도상 탐색」, 『조선후기, 시가문학의 문화담론 탐색』(보고사, 2004), 131면.

18세기 중·후반 잡가가 처한 문화적 상황과 생성의 맥락에 대한 문화론적 시각의 연구는 김학성에 의해 견인되었다.[28] 그는 잡가가 중세적 전통 사회 문화가 견지되는 아(雅)/속(俗)의 양분체계의 산물이 아니라 17·8세기 이래로 여항·시정을 중심으로 새로운 문화기류가 형성되고 발전함으로써 상층문화와 하층문화라는 양분체계에서 시정문화(혹은 여항문화)를 추가하는 3분 체계로 전환하게 된 사회 문화적 변화의 기류 속에서 발생한 것으로 상층문화와 하층문화 어느 면에서 속하지 않는 제3의 문화로서 독자적인 의의를 갖는다고 보았다.[29] 그의 논의는 3분 체계 시대의 산물이라는 관점으로 잡가를 바라봄으로써 잡가를 민속악의 하나로 간주하는 관점을 극복하고 잡가에 대한 시각의 다양성을 확보하는 계기가 되었다. 그의 논의 이후 19세기 시정문화와의 관련성 속에서 잡가 장르의 생성 또는 개별 작품의 형성 과정을 읽어낸 후속 연구들이 잇따라 발표됨으로써 잡가를 둘러싼 생성과 향유의 문화적 맥락이 상당 부분 밝혀졌다.[30] 즉 시정문화 또는 도시문화의 발달, 상업의 발달에 따른 가창문화권의 확대 과정 속에서 잡가가 민속악과 정악을 가리지 않고 기존 장르들과 상호 교섭함으로써 생성되고 활발하게 향유되었음을 밝히고 더 나아가 이러한 과정이 잡가 사설이 생성되고 구성되는 하나의 원리로서 작용하고 있음이 드러났다.

이렇듯 잡가를 둘러싼 역사·문화적 생성 맥락 및 생성의 요건에 주목

28) 김학성, 앞의 논문(1998); 「18·19세기 예술사의 구도와 시가의 미학적 전환 – 여항 – 시정문화와의 관련양상을 중심으로」, 『한국시가연구』 11(한국시가학회, 2002); 「잡가의 생성기반과 장르 정체성」, 『한국 고전시가의 정체성』(성균관대학교 대동문화연구원, 2002).

29) 김학성, 앞의 논문(1998), 52면.

30) 대표적인 연구 성과는 다음과 같다. 박애경, 앞의 논문(2003); 「19세기말·20세기초 시정문화의 동향과 잡가 〈유산가〉」, 『한국문화연구』 33(이화여대 한국문화연구원, 2017); 성무경, 「'가사'와 '잡가'의 접점에 대한 일고찰 – 〈관등가〉, 〈사친가〉, 〈달거리〉를 중심으로」, 『반교어문연구』 9(반교어문학회, 1998); 「시조 가집, 『調및詞』의 문화도상 탐색」, 『조선후기, 시가문학의 문화담론 탐색』(보고사, 2004).

한 문화론적 연구가 진행되었다면 한편으로는 잡가 생성 이후 향유와 전승의 실상에 대한 자료적 접근 또한 중요한 연구의 방향이라고 할 수 있다. 특히 20세기 초반 대중매체를 통해 향유된 잡가의 실상에 대한 연구가 2000년대 이후 많이 진행되었다. 이는 근대 대중매체 자료가 구축되면서 잡가 연구의 기반이 확보된 데 따른 결과라고 할 수 있다. 이에 반해 19세기 잡가 향유의 실상에 대해서는 상대적으로 연구가 진행되지 못했으며, 이는 19세기 자료의 부족에 기인한 바가 컸다. 그러나 최근 19세기 필사본 가집이 잇따라 발굴되고 연구되면서 19세기 잡가 향유의 실상을 파악하는 유의미한 연구 성과가 보고되고 있다.

1914년부터 활자본 잡가집이 대량으로 간행되기 시작했고, 이는 정재호가 편찬한 『한국속가전집』을 통해서 그 실상을 확인할 수 있다. 그러나 이 수많은 활자본 잡가집의 저본은 과연 무엇이었으며, 활자본 잡가집 간행 이전 잡가집의 생산과 유통은 어떠한 방식으로 이루어졌는지는 사실상 확인하기가 쉽지 않았다. 19세기 말은 잡가가 근대적 대중가요로 부상하기 전 대중성을 확보하고 그 외연을 확장해 가는 시기로 잡가사에서 중요하게 다루어져야 할 시기이다. 그러나 기록의 공백으로 인해 잡가의 역동적 변모 과정을 파악하는 데 한계로 작용하기도 했다. 최근에 발굴되어 학계에 소개된 필사본 잡가집 연구는 19세기 잡가 향유의 실상을 재구하는 데 중요한 역할을 수행할 것으로 보인다.[31] 발굴된 잡가집을 학계에 소개하고 편찬의 방식이나 그 특징을 밝히는 것이 무엇보다 중요하지만, 연구 성과가 축적되어 잡가집 간의 영향 관계 등을 파악하

31) 대표적인 연구 성과는 다음과 같다. 권순회, 「미국 클레어몬트대학도서관 맥코믹 컬렉션 소장 『雜歌』의 성격」, 『우리어문연구』 72(우리어문학회, 2022); 「필사본 『流行雜歌』의 특성과 활자본 잡가집의 생성 경로」, 『우리어문연구』 75(우리어문학회, 2023); 이상원, 「필사본 잡가집 『타령이라(단국대본)』의 특성과 의의」, 『국어국문학』 191(국어국문학회, 2020); 「『잡가(단국대본)』 2의 성격과 가집의 유형 분류」, 『시가문화연구』 48(한국시가문화학회, 2021).

여 19세기 잡가의 실상을 세밀하게 재구하는 것이 앞으로의 과제라 할 수 있다.

이렇듯 19세기 말까지의 잡가 향유의 실상이 가집과 필사본 잡가집을 중심으로 재구되었다면, 20세기 이후 잡가 향유의 실상에 대해서는 기구축된 대중매체 자료를 바탕으로 많은 연구자에 의해 연구 성과가 제출되었다.[32] 20세기에 들어오면 잡가를 둘러싼 매체 환경은 새로운 국면을 맞게 된다. 1902년 최초의 실내 극장인 협률사가 설립된 이후 연이어 근대식 극장이 설립되고 잡가는 극장의 주요 공연 종목으로 자리 잡게 된다. 당시 극장 공연에서 대중적 지지를 받은 노래들을 주로 수록한 활자본 잡가집이 1914년부터 출판되기 시작했다. 현재까지 학계에 보고된 활자본 잡가집의 수는 1914년부터 1958년까지 50종에 이른다.[33] 한편, 1907년 최초의 상업 음반이 취입된 이후 1920~30년대를 거치며 유성기 음반은 본격적인 노래 향유 매체로서 자리매김하게 되었다. 1927년 방송이 시작된 경성라디오방송국 또한 대중을 라디오 앞으로 불러 모으기 위해 황금시간대에 노래 방송을 편성했고, 잡가는 노래 방송의 주요 레퍼

32) 대표적인 연구 성과는 다음과 같다.

① 20세기 초 잡가 전체를 대상으로 매체와의 관련성을 논의한 연구 성과 – 고은지, 「20세기 전반 소통 매체의 다양화와 잡가의 존재 양상 – 잡가집과 유성기 음반을 중심으로」, 『고전문학연구』 32(한국고전문학회, 2007); 「20세기 초 시가의 새로운 소통 매체 출현과 그 의미 – 신문, 잡가집, 그리고 유성기음반을 중심으로」, 『어문논집』(민족어문학회, 2007); 김지혜, 『근대 활자본 잡가집의 출판콘텐츠화 양상』(민속원, 2023); 박애경, 「19세기 말, 20세기 초 잡가의 소통 환경과 존재양상 – 근대적 노래 공동체의 형성 과정을 중심으로」, 『구비문학연구』 21(한국구비문학회, 2005); 박지애, 「유성기음반 소재 잡가의 현황과 레퍼토리의 양상」, 『어문학』 99(한국어문학회, 2008); 「20세기 전반기 잡가의 라디오 방송 현황과 특징」, 『어문학』 103(한국어문학회, 2009; 「20세기 전반기 잡가의 향유방식과 변모 연구」(경북대 박사학위논문, 2010)

② 개별 잡가 작품을 대상으로 매체와의 관련성을 논의한 연구 성과 – 장유정, 「대중매체의 출현과 전통가요 텍스트의 변화 양상 – 〈수심가〉를 중심으로」, 『고전문학연구』 30(한국고전문학회, 2006); 최현재, 「20세기 전반기 잡가의 변모양상과 그 의미 – 잡가집과 유성기 음반 수록 〈난봉가〉계 작품을 중심으로」, 『한국문학논총』 46(한국문학회, 2007).

33) 김지혜, 『근대 활자본 잡가집의 출판콘텐츠화 양상』(민속원, 2023), 25~26면.

토리로 자리 잡았다. 이렇듯 20세기 이후 잡가 향유의 방식이 다원화되면서 상업성은 더욱 강화되고 잡가는 대중문화로서 확고한 지위를 확보하게 되었다. 20세기 이후 잡가의 향유 방식에 대한 연구는 매체별로 잡가의 실상을 살피거나 개별 잡가의 매체별 존재 양상을 주목하는 방식으로 진행되었다. 이러한 연구는 18세기 중·후반 시정문화와의 관련성 속에서 형성된 잡가가 19세기 이후 통속화의 과정을 겪고 20세기 초 근대적 대중문화로 자리 잡게 되는 과정에 대한 연구이자, 잡가가 지닌 대중성의 실체를 구명한 연구라는 점에서 의미를 지닌다고 할 수 있다.

한편 20세기 이후 잡가의 향유 방식에 대한 연구가 대부분 대중매체를 기반으로 향유된 잡가의 대중예술적 면모에 주목했다면, 잡가집에 수록된 잡가의 한역 양상에 주목한 연구도 있어 함께 살펴볼 필요가 있다.[34] 한학자이자 계몽운동가로서 다양한 활동을 펼친 유근은 잡가집에 수록된 잡가를 한역하여 『매일신보』에 「신악부(新樂府)」라는 이름으로 기고했다. 독서물로서 잡가가 향유된 사례이자 조선의 전통문화로서 잡가를 주목했다는 측면에서 의미 있는 작업이라고 할 수 있다.

3) 사설 구성의 원리 및 인접 장르와의 영향 관계 고찰

잡가 연구가 시작된 이후 오랜 기간 동안 그 개념과 범주, 장르적 정체성을 논의하는 데에 연구의 초점이 맞추어지다보니 상대적으로 잡가가 지닌 문학적 자질에 대해서는 많은 연구가 축적되지는 못했다. 이런 이유와 함께 잡가가 지닌 장르적 정체성 또한 잡가의 문학적 자질을 논의하는 데 한계 요소로 작용하기도 했다. 즉 잡가는 상층과 하층 어느

---

34) 이고은, 「20세기 초 잡가의 한역 양상과 그 의미 – 『매일신보』 소재 석창 유근의 신악부를 중심으로」, 『열상고전연구』 67(열상고전연구회, 2019).

쪽에도 소속되지 않은 제3의 문화로서 그 자체로 독자성을 지닌 장르이기 때문에, 하층의 문화에서 보여 주는 민중의식이나 공동체의식을 찾아내기도 어렵고 고급문화의 개성이나 독창성을 기대하기도 쉽지 않다는 것이다.[35]

따라서 잡가의 문학적 자질을 논의하는 연구는 잡가 텍스트를 관통하는 작품성이나 문학성을 구명하는 대신, 잡가의 장르적 정체성에서 기인한 특성이라고 할 수 있는 개방성, 즉 다양한 선행 장르와의 상호 교섭을 통해 기존 장르를 수용하는 장르적 개방성에 주목하여 사설 자체보다는 사설의 구성 원리에 주목한 연구가 이루어졌다.

김학성은 기존 갈래의 낯익은 관습을 따르면서 도식적이고 진부한 관습을 그대로 추수하기만 해서는 대중의 취향을 만족시키기 어려우므로 낯익은 관습에 끊임없는 자극을 가하는 방식, 즉 '낯익은 것을 자극하기'의 방식이 잡가 사설의 구성 원리라고 파악했다.[36] 성무경 또한 같은 맥락에서 논의를 진행했는데, 그는 잡가 중 비교적 유기적 짜임을 보여 기록적 창작성을 강하게 지닌 것으로 평가받는 〈유산가〉 또한 작품 전체가 모두 당대에 공존했던 연행문학장르(시조, 사설시조, 가사, 판소리, 민요, 무가, 노랫가락, 고소설, 판소리계소설, 한시)에서 발견되는 수사적 정형구(절)의 차용 혹은 수정, 변용으로 짜여 있음을 확인하고 이러한 방식이 잡가가 지닌 무제한적 개방성이라고 논의했다.[37] 신은경 또한 잡가가 지닌 텍스트로서의 구조적 특성에 주목하면서, 잡가의 구조적 특징은 비유기성에 기반하고 있으며 이러한 구조적 특징은 창작과정의 개방성, 표현의 개방성, 수용의 개방성이 연계 지어져 나타난 현상이라고 판단했다.[38]

35) 김학성, 「잡가의 생성기반과 사설 엮음의 원리」, 『신편 고전시가론』(새문사, 2002), 481면.
36) 김학성, 앞의 논문(1998), 61~63면.
37) 성무경, 「잡가, 〈유산가〉의 형성 원리」, 『신편 고전시가론』(새문사, 2002).
38) 신은경, 「창사의 유기성에 대한 텍스트 언어학적 조명 – 잡가의 경우」, 『고전시 다시

잡가가 지닌 장르적 개방성에 기인하여 잡가가 타 장르를 수용하는 방식이나 그 양상에 주목하면서 인접 장르와의 영향 관계를 고찰하는 연구도 지속적으로 이루어졌다.[39] 고정희는 〈영변가〉와 김소월의 〈진달래꽃〉을 대상으로 상호텍스트성의 관점에서 두 작품의 특징을 살폈다. 최원오는 잡가가 선행 텍스트를 수용하면서 정형성을 가진 교섭 갈래임을 증명하면서 이러한 점이 바로 잡가의 장르적 본질이라고 판단했다. 박경수는 잡가가 지닌 형식상의 불통일성과 창사구성의 비유기성을 패러디적 관점으로 이해했다. 김상훈은 판소리 〈적벽가〉에 기반을 두고 서도잡가 〈적벽가(화용도)〉, 〈전쟁가〉등이 지어진 과정을 고찰했다. 박관수는 잡가의 무속 수용 양상을 고찰했다. 잡가는 대중적 취향을 고려하여 다른 장르에서 구절을 가져오거나 낯익은 표현들, 또는 음악적 자질까지 가져오는 방식으로 사설과 악곡을 구성하는 등 어떠한 장르에 대해서도 개방적인 면모를 보여 주었다. 이러한 개방성 자체가 잡가가 지닌 본질적 특성이자 잡가가 지닌 구술문화적 특성이라고 할 수 있으며, 앞으로도 개별 작품을 대상으로 지속적인 연구를 통해 잡가가 지닌 개방적 면모를 밝혀 나가야 할 것이다.

한편 생성의 측면에서 주목한 것은 아니지만 잡가와 동시대에 향유된 인접 장르와의 유사성에 주목하면서 잡가 사설의 특징을 밝힌 연구 또한 진행되었다. 임재욱은 사설시조와 잡가에 표현된 '미물' 시어를 찾아 그 의미와 시적 기능을 살폈다. 이를 바탕으로 평시조에서 발견되지 않는

읽기』(보고사, 1997).

39) 대표적인 연구 성과는 다음과 같다. 김상훈, 「판소리 〈적벽가〉와 적벽가 계열 잡가의 교섭 연구 – 김관준 작 서도창 〈적벽가〉·〈전쟁가〉를 중심으로」, 『판소리연구』 39(판소리학회, 2015); 고정희, 「〈영변가〉와 〈진달래꽃〉의 상호텍스트적 양상과 의미」, 『한국시가연구』 30(한국시가학회, 2011); 박관수, 「20세기 초 유성기음반에 실린 잡가계 가요의 무속 수용양상」, 『한국민속학』 44(한국민속학회, 2006); 박경수, 「잡가의 패러디적 성격」, 『국어국문학』 119(국어국문학회, 1997); 최원오, 「잡가의 교섭갈래적 성격과 그 이론화의 가능성 검토시론」, 『관악어문연구』 19(서울대 국어국문학과, 1994).

소재가 사설시조와 잡가에는 다수 발견되고 그것이 시적 소재로 적극 활용된다는 것은 일상적, 현실적 세계에 대한 관심의 발로라고 해석하며 두 갈래의 계층적, 세계관적 유사성을 입증했다.[40] 정충권은 〈곰보타령〉을 예로 들어 사설에 나타난 판소리와 휘모리잡가의 공통 특질을 추출했다. 그리고 이러한 공통성은 19세기 말, 20세기 초 두 갈래의 공연 환경 또는 존재 방식의 유사성에 기인한 것이라고 판단했다.[41]

이처럼 잡가가 지닌 문학적 자질에 대한 연구는 사설 구성 원리(또는 방식)를 중심으로 논의되었고, 이러한 구성 원리에 대한 해명은 잡가 장르의 본질적 특성과 연결되면서 잡가가 지닌 복합적 면모를 드러내는 이론적 틀을 마련했다는 측면에서 유의미한 성과라고 할 수 있다. 그러나 이러한 관점으로 논의된 연구 성과가 양적으로 많이 집적된 것은 아니기에, 개별 작품의 형성 원리 또는 잡가 전체를 대상으로 한 종합적인 관점의 연구가 이루어져야 할 것이다. 아울러 이러한 사설 구성의 방식이 갖는 시가사적·문학사적 의미 또한 구명되어야 할 것이다.

3. 잡가 연구의 과제와 전망

본고에서는 잡가 연구의 동향과 쟁점을 세 가지 측면에 주목하여 살펴보았다. 먼저 잡가 연구가 시작된 이래로 가장 많은 성과가 축적된 잡가의 개념과 범주, 장르적 정체성에 대한 연구의 흐름과 쟁점을 살펴보았다. 잡가 개념과 범주를 구명하는 연구 성과가 집적되면서 잡가는 고유의 자질과 관습을 지닌 독자적 갈래로 인정받기 시작한 데에서 나아가 시가

40) 임재욱, 「사설시조와 잡가에 표현된 미물의 의미와 시적 기능」, 『어문연구』 45(4)(한국어문교육연구회, 2017).

41) 정충권, 「휘모리잡가와 판소리의 공통 특질」, 『판소리연구』 18(판소리학회, 2004).

사의 주변부에 머물던 장르에서 시가사의 중심 장르로서 그 지위를 인정받기 시작했다. 잡가 장르의 정체성을 해명하는 과정에서는 장르적 개방성이 주목받으면서 이를 잡가 생성의 기반이자 원리로 제시하기도 했다. 그리고 잡가가 생성된 역사·문화적 맥락이 18세기 이후의 시정문화와 연결되고, 19세기를 지나 20세기 이후 근대 대중매체를 통해 향유된 실상까지 구체적으로 연구되고 있음을 확인했다. 이러한 연구 성과를 바탕으로 이 장에서는 잡가 연구의 논점을 되짚어 보면서 앞으로의 연구 방향을 모색하고자 한다.

첫째, 자료를 바탕으로 잡가 연행의 맥락을 탐색하고 잡가 향유의 실상을 재구하는 연구가 지속적으로 진행되어야 할 것이다. 잡가는 18세기 중·후반부터 시정문화를 바탕으로 한 유흥의 공간에서 생성되어 고급의 문화와 하층의 문화 사이를 끊임없이 횡단하며 교섭하고 고유의 장르적 개방성을 바탕으로 외연을 변화·확장하면서 성장하다가 20세기 초반에 이르면 새로운 매체에 맞게 장르 내·외적인 변화를 거듭하면서 생명력을 유지하고 외래에서 이입된 신가요와의 경쟁에서도 우위를 차지했다. 그러나 잡가가 지닌 장르적 개방성은 연구 초기까지만 하더라도 오히려 장르 귀속 문제를 야기하는 원인으로 작용하기도 했다. 이후 잡가가 지닌 유동성, 개방성 등이 잡가 장르를 규정짓는 본질적 특성이라는 관점이 제기되면서 잡가의 개념과 범주, 장르 논의가 어느 정도 정리된 것으로 보인다.

고정된 실체가 아니라 유동적으로 장르 내·외적인 변화와 개편을 거듭하는 역사적 장르이기에, 잡가를 대상으로 한 연구는 텍스트에 한정하여 논의를 진행하는 것보다 잡가를 둘러싼 생산과 향유의 문화적 맥락과 시대적 상황까지도 고려하는 것이 필요해 보인다. 따라서 잡가가 생성되고 향유된 시기를 세분화하여 당시의 역사·문화적 배경을 고려하여 살피는 것이 필요할 것이다.

잡가 향유 시기를 세분화하여 그 실상을 재구하기 위해서는 자료를 바탕으로 한 텍스트 연구, 또 연행 맥락에 대한 문화론적 연구가 무엇보다도 중요하다. 18세기 후반~19세기에 이르는 기간 동안 간행된 가집을 대상으로 잡가로 분류된 곡목에 대한 연구와 가집을 둘러싼 컨텍스트 연구는 잡가의 장르적 정체성을 밝히는 데 크게 기여했다. 20세기 초반 대중예술로 성장한 잡가에 대한 실증적 연구는 활자본 가집, 유성기음반, 라디오방송 등 체계적으로 구축된 자료를 활용하여 상당 부분 진척된 것으로 판단된다. 그리고 최근 기록의 공백기에 해당하는 19세기 필사본 잡가집에 대한 연구 성과가 제출되어 잡가사를 재구한 것은 고무적 성과라고 할 수 있다. 필사본 잡가집 외에도 잡가 향유의 실상을 재구할 수 있는 고악보와 문집 등의 자료 연구도 지속적으로 이루어져야 할 것이다.

잡가는 시정의 유흥 공간에서 연행된 가창문화와 긴밀하게 연결되고 당시의 연행예술과도 밀접한 연관관계를 갖고 있다. 그리고 중세에서 근대로의 이행기에서 근대에 이르는 기간 동안 변화를 거듭하며 향유되었다는 특수성 또한 지니고 있다. 이러한 점을 감안할 때, 잡가가 지닌 실상의 재구는 당시 가창문화, 인접 장르, 시정문화와 도시문화 등 잡가 향유를 둘러싼 전방위적 관점의 연구를 필요로 한다. 이를 위해서 당시의 가창문화를 이해할 수 있는 잡가집의 발굴과 연구도 중요하며, 가집 간의 영향 관계 및 선후 문제, 같은 가창문화권에서 연행되었던 갈래들과의 상관관계 등 자료를 토대로 한 연구는 앞으로도 지속적으로 진행되어야 할 것이다. 이들 연구 성과를 통해 비로소 잡가사의 면모가 분명하게 드러날 것으로 전망된다.

둘째, 잡가의 범주에 포함되는 개별 작품에 대한 고찰과 작품 간의 상관관계에 주목하는 연구가 필요하다. 잡가에 대한 연구는 오랜 기간 동안 개념과 범주를 확정짓고 장르적 정체성을 파악하는 데 주력했다. 장르적 정체성에 대한 기왕의 연구 성과를 바탕으로 이제는 개별 작품에 대한 고찰이 필요해 보인다. 잡가가 지닌 장르적 개방성을 사설 구성의 원리로 파악하고 〈유산가〉를 대상으로 실제 사설 구성의 방식을 확인하는 연구 성과가 제출되기도 했고, 잡가가 지닌 창사의 비유기성이 잡가 사설의 특징으로 제시되기도 했다. 또한 20세기 대중매체에 수용된 이후에는 잡가의 비유기적 사설이 정제되는 모습이 확인되기도 했다.

그러나 아직까지는 대표 작품 위주로 연구가 진행되면서 잡가의 범주에 포함되는 개별 작품에 대한 연구가 부족한 것이 사실이다. 상대적으로 음악계에서는 잡가의 범주에 포함되는 개별 작품의 음악성에 대한 연구가 꾸준히 진행되고 있는 편이다.[42] 오히려 음악계에서는 잡가 전체에 대한 연구보다는 십이잡가, 휘모리잡가, 경서도잡가, 남도잡가 등의 세부 계열을 구분하고 세부 계열에 대한 음악성을 분석하는 연구가 활발하게 이루어지고 있다. 음악계의 연구 성과를 바탕으로 문학계에서도 계열별 작품에 대한 연구, 계열별 작품의 생성 맥락이나 연행의 기반에 대한 연구가 진행되어야 할 것이다.[43] 아울러 개별 작품에 대한 연구, 작품 간의 상관관계나 영향 관계에 대한 구명도 앞으로의 과제라고 할 수 있다. 이를 통해 잡가의 형성 방식도 확인할 수 있지만, 잡가와 다른 갈래와의 관계를 규명함으로써 우리 문학사에서 잡가가 차지하는 위상에 대한 확인도 가능할 것으로 판단된다.

셋째, 잡가의 현대적 활용이나 계승의 문제 또한 앞으로의 과제라고 할 수 있다. 잡가는 대중적 취향을 고려하여 장르 내·외적인 변화를 거듭

---

42) 음악계의 대표적 연구 성과는 다음과 같다. 김영운, 「경기 십이잡가의 음악 형식」, 『한국민요학』 10(한국민요학회, 2002); 「경기 십이잡가의 음조직 연구」, 『한국음악연구』 32(한국국악학회, 2002); 송은주, 「12잡가 형장가 연구」, 『국악교육』 32(한국국악교육학회, 2011); 이성초, 「서도잡가 연구」(서울대 박사학위논문, 2015).

43) 문학계에서도 잡가를 계열(선소리 산타령, 경·서·남도 민요, 십이잡가, 휘모리잡가)별로 구분하고 각 계열별 담당층과 특성을 논의한 연구 성과가 제출된 바 있다. 앞으로 관련 연구가 더욱 활발하게 진행될 필요가 있다. 전계영, 「잡가의 범주와 계열별 특성에 관한 연구」(충북대 박사학위논문, 2012).

하며 생명력을 유지해 왔다. 잡가가 지닌 대중예술적 면모는 여러 연구자에 의해 논의된 바 있다. 그러나 잡가의 현대적 활용이나 계승의 문제와 관련해서는 관심이 적은 것이 사실이다. 잡가의 활용과 관련해서는 음악계에서 교육적 활용 방안에 대해 연구한 논의가 대부분이다.[44] 잡가는 대중적 취향이 반영된 문화적 형질로서 대중적 지지를 받는 콘텐츠로서 충분한 가치를 지니고 있다. 콘텐츠로서의 잡가가 지닌 면모에 주목하고 이를 다양한 문화 현장에서 활용할 방안에 대한 고민이 필요해 보인다.

넷째, 음악계와 문학계의 융합적 관점의 연구 또한 앞으로의 과제라고 할 수 있다. 즉 노래문학으로서 음악과 밀착된 형태로 존재하는 잡가의 실상을 이해하기 위해서는 음악계와 문학계의 융합적 관점의 연구가 필요하다. 음악계에서는 잡가를 잡가류의 창법으로 부르는 노래의 총칭으로 보고 있다. 음악 어법을 기준으로 범주화된 잡가의 개념을 원용하여 문학 연구를 진행하면서 음악적 특징을 고려하지 않을 수는 없다. 음악계 또한 잡가 사설이 지닌 문학적 자질을 고려함으로써 잡가에 대해 심도 있는 논의를 진행할 수 있을 것이다. 융합적 연구는 잡가가 지닌 고유의 자질과 관습을 발견하는 데 기여할 수 있을 것이다.

4. 결론

본고는 잡가 연구의 동향과 쟁점을 바탕으로 경향성을 파악하고 이를 토대로 연구의 방향에 대해 제언하는 것을 목표로 했다. 잡가는 생성 시기에 대한 학설이 나누어져 있기는 하지만 18세기 중반 혹은 말엽에 시

44) 대표적 연구 성과는 다음과 같다. 오지연, 「경기 12잡가를 위한 국악 교수·학습 내용 연구」, 『이화음악논집』 28(이화여대 음악연구소, 2024); 조수경, 「휘모리잡가를 활용한 국악교육 지도방안」, 『국악교육연구』 14(한국국악교육연구학회, 2020).

정문화가 발달한 지역을 중심으로 유흥의 공간에 등장하여 대중적인 지지와 유행성을 확보한 뒤, 19세기를 지나 20세기 초에 이르면 당시의 새로운 매체(근대식 극장, 유성기음반, 라디오방송)를 기반으로 향유되면서 외래에서 이입된 신가요와의 경쟁 구도에서도 전통 시가 양식의 굳건함을 보여준 장르이다. 이렇듯 중세에서 근대이행기를 거쳐 근대에 이르는 시기 동안 향유 방식을 달리 하며 대중들의 지지를 받아 왔고, 유행성을 획득하는 과정에서 잡가로 분류되는 노래의 레퍼토리 또한 변화해 왔기에 향유 시기 전체를 아울러 잡가를 일관되게 범주화하기에는 난맥상을 드러낼 수밖에 없다. 따라서 잡가 연구가 진행된 초기부터 오랜 기간 동안 잡가의 개념과 범주, 장르적 정체성을 구명하는 연구가 주를 이룰 수밖에 없었고, 문화적 환경이나 역사적 배경과 밀접하게 연관된 잡가의 생성 맥락, 향유의 환경에 주목하여 잡가의 특징을 밝히는 데 연구의 초점이 맞추어질 수밖에 없었다. 이러한 연구의 흐름을 바탕으로 본고에서는 잡가 연구의 현황과 주요 쟁점을 세 가지 측면으로 나누어 살펴보았다.

먼저 잡가 연구가 시작된 이래로 가장 많은 성과가 축적된 잡가의 개념과 범주, 장르적 정체성에 대한 연구의 흐름과 쟁점을 살펴보았다. 잡가 개념과 범주를 구명하는 연구 성과가 집적되면서 잡가는 고유의 자질과 관습을 지닌 독자적 갈래로 인정받기 시작한 데에서 나아가 시가사의 주변부에 머물던 장르에서 시가사의 중심 장르로서 그 지위를 인정받기 시작했다. 잡가 장르의 정체성을 해명하는 과정에서는 장르적 개방성이 주목받으면서 이를 잡가 생성의 기반이자 원리로 제시하기도 했다. 그리고 잡가가 생성된 역사·문화적 맥락이 18세기 이후의 시정문화와 연결되고, 19세기를 지나 20세기 이후 근대 대중매체를 통해 향유된 실상까지 구체적으로 연구되고 있음을 확인했다.

이러한 연구 성과를 바탕으로 본고에서는 잡가 연구의 방향성을 네 가지 측면으로 제시했다. 첫째, 자료를 바탕으로 잡가 연행의 맥락을 탐색하고 잡가 향유의 실상을 재구하는 연구가 지속적으로 진행되어야 함을 주장했다. 둘째, 잡가의 범주에 포함되는 개별 작품에 대한 고찰과 작품 간의 상관관계에 주목하는 연구가 필요하다고 주장했다. 셋째, 잡가의 현대적 활용이나 계승의 문제를 앞으로의 과제로 제시했다. 넷째, 음악계와 문학계의 융합적 관점의 연구가 필요함을 주장했다.

이 글은『한국시가연구』61(한국시가학회, 2024)에
수록한 논문을 수정·보완한 것이다.

참고문헌

한국 시가 연구 100년의 자취와 전망 _이도흠

고운기, 「鄕歌의 근대 1 – 金澤庄三郎와 鮎貝房之進의 향가 해석이 이루어지기까지」, 『한국시가연구』 25, 한국시가학회, 2008.

고정옥, 『朝鮮民謠研究-原始藝術로서의 民謠一般과 庶民文學으로서의 朝鮮民謠』, 首善社, 1949.

고정옥 저, 김용찬 교주, 『고장시조선주(古長時調選註)』, 보고사, 2005.

고정옥, 「향가의 근대 2 – 小倉進平가 『鄕歌及び吏讀の研究』에 붙인 自筆 메모」, 『한국시가연구』 37, 한국시가학회, 2014.

具滋均, 『朝鮮平民文學史』, 民學社, 1974.

金大幸, 『韓國詩의 傳統研究』, 開門社, 1980.

김대행, 『韓國詩歌 構造研究』, 三英社, 1982.

김대행, 『詩歌 詩學 研究』, 이화여자대학교출판부, 1991.

김대행, 『시조 유형론』, 이화여자대학교출판부, 1994.

김영희, 「고정옥의 〈조선민요연구〉: 탈식민적 전환의 모색과 잉여 – 경성제국대학 학부 졸업논문(1938년)과 수선사 발간본(1949년)의 비교」, 『온지논총』 49, 온지학회, 2016.

김완진, 『鄕歌解讀法研究』, 서울大學校出版部, 1982.

김태준, 김명준 교주, 『교주 조선가요집성』, 다운샘, 2007.

김학성, 『한국 고전시가의 연구』, 원광대출판부, 1980.

김학성, 『國文學의 探究』, 성균관대학교출판부, 1987.

김학성, 『한국 고시가의 거시적 탐구』, 집문당, 1987.

김학성, 『한국시가의 담론과 미학』, 보고사, 2004.

김학성, 『한국고전시가의 전통과 계승』, 성균관대학교출판부, 2009.

김학성, 『현대시조의 이론과 비평』, 보고사, 2015.

김학성, 『가사의 쟁점과 미학』, 월인, 2019.

김헌선, 「고정옥의 구비문학 연구」, 『구비문학연구』 2, 한국구비문학회, 1995.

김흥규, 『朝鮮後期의 詩經論과 詩意識』, 高大 民族文化研究所 出版部, 1982.

金興圭, 『욕망과 형식의 詩學: 韓國 古典詩歌論』, 태학사, 1999.

김흥규, 『고시조 데이터베이스의 계량적 분석과 시조사의 지형도』, 고려대학교 민족문화연구원, 2002.
김흥규·이형대·이상원·김용찬·권순회·신경숙·박규홍, 『고시조 대전』, 고려대민족문화연구원, 2012.
김흥규, 『옛시조의 모티프·미의식과 심상공간의 역사』, 소명, 2016.
밀그램, 스탠리, 정태연 옮김, 『권위에 대한 복종』, 에코리브르, 2009.
박노준, 『新羅歌謠의 研究』, 悅話堂, 1982.
박노준, 『高麗歌謠의 研究』, 새문社, 1995.
박노준, 『조선후기시가의 현실인식』, 고려대민족문화연구원, 1998.
박노준, 『향가여요의 정서와 변용』, 태학사, 2001.
박노준, 『향가여요 종횡론』, 보고사, 2014.
朴乙洙 編, 『韓國時調大事典』, 亞細亞文化社, 1992.
브레흐만, 뤼트허르, 조현욱 역, 『휴먼카인드』, 인플루엔셜, 2021.
성기옥, 『한국시가율격의 이론』, 새문社, 1986.
신동흔, 「국문학자 열전 2 – 고정옥의 삶과 학문세계」 상, 『민족문학사연구』 7, 민족문학사학회, 1995.
沈載完 編, 『校本 歷代時調全書』, 世宗文化社, 1972.
아렌트, 한나, 김선욱 옮김, 『예루살렘의 아이히만』, 한길사, 2006.
양주동, 『朝鮮古歌研究』, 博文書館, 1942.
옹, 월터 J, 이기우·임명진 옮김, 『구술문화와 문자문화』, 문예출판사, 2000.
윤재민, 「중인문학(中人文學)의 개념과 성격」, 『韓國漢文學研究』 17, 한국한문학회, 1994.
이도흠, 『화쟁기호학, 이론과 실제』, 한양대출판부, 1999.
이도흠, 「사설시조 담론 주도층의 사회문화적 맥락과 예술적 지향성 – 유가적 미학·놀이의 興·통속성·탈중세성」, 『한국시가연구』 36, 한국시가학회, 2014.
이도흠, 「향가 연구방법론 – 공과 한계, 지향점」, 『한국시가연구』 45, 한국시가학회, 2018.
이도흠, 「동아시아 문학, 새로운 패러다임과 방법론」, 『비교문학』 77, 한국비교문학회, 2019.
이도흠, 『18~19세기 한국문학 – 차이의 근대성』, 소명출판, 2022.
이민홍, 『朝鮮中期 詩歌의 理念과 美意識』, 成均館大學校出版部, 1993.
이민홍, 『韓國 民族樂舞와 禮樂思想』, 集文堂, 1997.
이민홍, 『한국 민족예악과 시가문학』, 성균관대학교출판부, 2001.
임경화, 「식민지기 일본인 연구자들의 향가 해독: 차용체(借用體)에서 국문으로」, 『국어학』 51, 국어학회, 2008.
임기중, 『新羅歌謠와 記述物의 研究: 呪力觀念을 中心으로』, 二友出版社, 1981.
임기중, 『歷代歌辭文學全集』 1~30, 東西文化院, 1992~1999.
임기중, 『한국가사문학 주해연구』 1~20, 아세아문화사, 2005.

鄭炳昱 編, 『時調文學事典』, 新丘文化社, 1971.
鄭炳昱, 「李朝後期詩歌의 變異過程考」, 『창작과 비평』 31, 창작과비평사, 1974(봄호).
정병욱, 『한국고전시가론』, 신구문화사, 1977.
정병욱, 『증보판 한국고전시가론』, 신구문화사, 2003.
정옥자, 「19세기 초 中人文學의 새로운 結集形態: 溪社遺唾」, 『泰東古典研究』 10, 翰林大學校 泰東古典研究所, 1993.
조동일, 『한국시가의 전통과 율격』, 한길사, 1982.
조동일, 『한국문학통사 1』, 지식산업사, 1984.
조동일, 『한국문학의 갈래이론』, 집문당, 1992.
趙潤濟, 『朝鮮詩歌史綱』, 東光堂書店, 1937.
최동원, 『고시조론』, 삼영사, 1986.
최철, 『新羅歌謠研究: 그 作者와 背景說話를 中心으로』, 開文社, 1979.
최철, 『향가의 문학적 해석』, 연세대학교출판부, 1990.
홍기문, 김지용 해제, 『향가해석』, 여강출판사, 1990.
黃浿江, 『鄕歌麗謠研究』, 二友出版社, 1985.
黃浿江, 尹元植, 『韓國古代歌謠』, 새문社, 1986.
황패강, 『한국문학작가론』, 집문당, 2000.
小倉進平, 『鄕歌及び吏讀の研究』, 京城帝國大學, 1931.
Braidotti Rosi, *Posthuman Feminism.* Cambridge, UK: Polity, 2022.
Moore, J, W, *Anthropocene or Capitalocene? Nature, History, and the Crisis of Capitalism,* Oakland: PM Press, 2016.
Online Etymology Dictionary (https://www,etymonline,com/word/literature#etymonline_v_12314(검색일: 2022.7.30)

신라 향가 연구의 성과와 과제 _황병익

姜吉云, 『鄕歌新解讀研究』, 한국문화사, 2004.
고영섭 외, 현대 향가1 『노래 중의 노래』, 연기사, 2018, 현대 향가2 『가사 중의 가사』, 달샘 시와 표현, 2019, 현대 향가3 『시가 중의 시가』, 달샘 시와 표현, 2020, 현대 향가4 『송가 중의 송가』, 시산맥, 2021. 현대 향가5 『가요 중의 가요』, 문예바다, 2022. 현대 향가6 『고대의 노래 현대의 노래』, 문예바다, 2023.
고운기, 「鄕歌의 근대 2 - 小倉進平가 『鄕歌及び吏讀の研究』에 붙인 自筆 메모」, 『한국시가학회』 37, 한국시가학회, 2014.
고운기, 『삼국유사의 재구성』, 역락, 2021.

權英五, 「진성여왕대 농민 봉기와 신라의 붕괴」, 『新羅史學報』 11, 新羅史學會, 2007.
권영오, 『新羅下代 政治史 硏究』, 혜안, 2011.
金光洙, 『訓民正音創製前的漢字文獻』, 亦樂出版社, 2021.
김광식, 「삼국유사는 왜 필요했을까」, 『한국인의 역사의식』, 청년사, 1999.
金東旭, 「鄕歌의 硏究」, 『韓國歌謠의 硏究』, 乙酉文化社, 1961.
金東旭, 「鄕歌와 佛敎文化」, 『韓國思想史 – 古代篇』, 日新社, 1966.
金烈圭 외, 『鄕歌의 語文學的 硏究』, 西江大 人文科學硏究所, 1972.
金思燁, 『日本의 萬葉集 – 그 內包된 韓國的 要素』, 民音社, 1983.
김석훈 편, 『우리말 범어사전』, 다일라출판사, 2020.
김성규, 「향가의 구성형식에 대한 새로운 해석」, 『국어국문학』 176, 국어국문학회, 2016.
金聖基, 「〈怨歌〉의 해석」, 『한국 고전시가 작품론 1』, 집문당, 1995.
김성혜, 『신라음악사연구』, 민속원, 2006.
金壽泰, 『新羅中代政治史硏究』, 一潮閣, 1996.
김승찬, 『신라 향가론』, 세종출판사/부산대출판부, 1993/1999.
金烈圭, 「怨歌의 樹木(栢)象徵」, 『국어국문학』 18, 국어국문학회, 1957.
金完鎭, 『鄕歌解讀法硏究』, 서울大學校出版部, 1980.
金完鎭, 「鄕歌의 解讀과 그 硏究史的 展望」, 『三國遺事의 문예적 硏究』, 새문사, 1982.
金雲學, 『新羅佛敎文學硏究』, 玄岩社, 1976.
김종명, 『한국중세의 불교의례 – 사상적 배경과 역사적 의미』, 문학과지성사, 2001.
金鍾雨, 「鄕歌文學의 佛敎的 性格」, 『新羅歌謠硏究』, 백문사, 1979.
金泰永, 「三國遺事에 보이는 一然의 歷史認識에 대하여」, 『韓國의 歷史認識』 上, 創作과批評社, 1976.
金泰永, 「一然의 生涯와 思想」, 『三國遺事의 문예적 硏究』, 새문사, 1982.
金學成, 「三句六名의 解釋」, 『韓國文學史의 爭點』, 集文堂, 1986.
김학성, 『한국 고시가의 거시적 탐구』, 집문당, 1997.
김형태, 「중등교육과정의 향가교육 실태연구」, 『향가의 깊이와 아름다움』, 보고사, 2009.
나까지마히로미, 「鄕歌와 萬葉集의 표기법 비교를 통한 鄕歌 解讀 硏究」, 『語文硏究』 117, 한국어문교육연구회, 2003.
남동신, 「삼국유사의 사서로서의 특성」, 『일연과 삼국유사』, 신서원, 2007.
南豊鉉, 『借字表記法硏究』, 檀大出版部, 1981.
남풍현, 「鄕歌 解讀論」, 국문학 연구총서1 『鄕歌 硏究』, 태학사, 1998.
梁柱東, 訂補 『古歌硏究』, 博文書館, 1960.
梁柱東, 「鄕歌의 解讀, 특히 〈願往生歌〉에 就하여」, 『靑丘學叢』 19; 梁柱東, 『國學硏究論攷』, 乙酉文化社, 1962.
루시싱陸錫興 저, 全香蘭 옮김, 『한자 전파의 역사』, 민속원, 2017.
류병윤, 「향가 연구의 방향 모색을 위한 고찰」, 『한어문교육』 17, 한국언어문학교육학회,

2007.
李基白, 「三國遺事의 史學史的 意義」, 『韓國의 歷史認識』 上, 創作과批評社, 1976.
李崇寧, 「新羅時代의 表記法體系에 關한 試論」, 『서울대학교 論文集』 2, 서울대학교, 1955.
李鐸, 「鄕歌新解讀」, 『國語學論攷』, 正音社, 1958.
문성화, 『삼국사기와 삼국유사의 역사인식과 역사의식』, 소명출판, 2015.
민병훈, 「인적교류와 호국불교」, 『실크로드와 경주』, 통천문화사, 2015.
閔泳珪, 「三國遺事」, 新東亞 1969년 1월호 附錄 『韓國의 古典 百選』, 東亞日報社, 1969.
朴魯埻, 「鄕歌의 歷史·社會學的 연구성과 되짚어보기」, 『慕山學報』 9, 동아인문학회, 1997.
박노준, 『향가여요의 역사』, 지식산업사, 2018.
朴炳采, 「鄕歌表記의 源流的 考察」, 『국어국문학』 32, 국어국문학회, 1966.
박인희, 『삼국유사와 향가의 이해』, 월인, 2008.
박재민, 『신라 향가 변증』, 태학사, 2013.
박재민, 「향가 해독과 훈차자·음차자 교육에 대한 비판적 고찰」, 『한국 시가 연구사의 성과와 전망』, 보고사, 2016.
박재민, 「향가 해독 100년의 연구사 및 전망 – 향찰 체계의 인식과 古語의 발굴 정도를 중심으로」, 『韓國詩歌硏究』 45, 韓國詩歌學會, 2018.
박재민, 「향가와 시조의 형식적 연관성에 대한 재고 – 〈鄭瓜亭〉을 중심으로」, 『韓國詩歌硏究』 58, 한국시가학회, 2023.
朴焌圭, 「1960年代의 國文學 硏究(1) – 上代歌謠와 鄕歌의 硏究를 主로 하여」, 『人文科學硏究』 1, 전남대 인문과학연구소, 1972.
박희병, 『통합인문학을 위하여』, 돌베개, 2020.
사사끼佐々木教悟 외 지음, 권오민 옮김, 『印度佛敎史』, 경서원, 1985.
徐在克, 『新羅 鄕歌의 語彙 硏究』, 啓明大 韓國學硏究所, 1975.
서철원, 『향가의 역사와 문화사』, 지식과교양, 2011.
서철원, 『향가의 유산과 고려 시가의 단서』, 새문사, 2013.
서철원, 『삼국유사 속 시공과 세상』, 지식과 교양, 2022.
성기옥, 「향가의 형식·장르·향유기반」, 『국문학연구』 6, 국문학회, 2001.
성기옥·손종흠, 『고전시가론』, 한국방송통신대학교출판문화원, 2006.
성호경, 「향가 연구의 함정과 그 극복 방안」, 『국어국문학』 100, 국어국문학회, 1989.
성호경, 「고전시가 연구 50년」, 『국문학연구 50년』, 혜안, 2003.
성호경, 『신라 향가 연구 – 바른 이해를 위한 탐색』, 태학사, 2008.
小倉進平, 『鄕歌及び吏讀の硏究』, 京城帝國大學, 1929.
송기중, 「세계의 문자와 한글」, 『言語』 16(1), 한국언어학회, 1991.
송기중·이현희 외, 『한국의 문자와 문자연구』, 집문당, 2003.

宋芳松, 『韓國音樂史論攷』, 영남대학교출판부, 1995.
宋晳來, 『鄕歌와 萬葉集의 比較硏究』, 乙酉文化社, 1991.
신기철, 「한국 고대 혜성 관측기록의 현대 과학적 해석과 목록의 재구성」, 『한국고대사연구』 111, 한국고대사학회, 2023.
신동원, 『호환 마마 천연두 – 병의 일상 개념사』, 돌베개, 2013.
辛容泰, 「鄕歌解讀法의 新硏究」, 『국어교육』 42, 한국교육학회, 1982.
신재홍, 「鄕歌 難解句의 再解釋(1) – 遇賊歌」, 『고전문학연구』 10, 한국고전문학회, 1995.
신재홍, 「향가, 문학적 재미의 원천」, 『고전문학과 교육』 32, 한국고전문학교육학회, 2016.
신재홍, 『향가의 해석』, 집문당, 2000; 『향가의 미학, 집문당, 2006; 『향가의 연구』, 집문당, 2017.
심은록, 「세계 최초 AI 영화 : 미술평론가 심은록, 영화감독 데뷔작 〈AI 수로부인〉」, 『Art in culture』 24, 에이엠아트, 2023.
아나스타시아 구리예바, 「러시아에서의 향가 연구 – M.I. 니키티나의 연구활동을 중심으로」, 『한국시가연구』 45, 한국시가학회, 2018.
安鼎福, 『順菴集』 卷10, 東史問答, 上星湖先生書[丙子]; 『韓國文集叢刊』 229, 548면a; 『順菴集』 卷13, 雜著, 橡軒隨筆(下) 戶牖雜錄並附, 東國歷代史; 『韓國文集叢刊』 230, 46면a.
野上俊靜 외 지음, 梁銀容 옮김, 『中國佛敎史槪說』, 圓光大出版局, 1984.
梁柱東, 「鄕歌注釋散稿 – 上代語法에 關한 若干의 基本的 見解」, 『震檀學報』 10, 震檀學會, 1939.
梁柱東, 「鄕歌의 解讀, 특히 願往生歌에 취하여」, 『靑丘學叢』 19; 『國學硏究論攷』, 乙酉文化社, 1962.
楊熙喆, 「향가·여요 연구의 회고와 전망」, 『국어국문학 40년』, 집문당, 1992.
楊熙喆, 「讚耆婆郎歌의 어문학적 연구」, 『한국고전연구』 2, 한국고전연구학회, 1996.
양희철, 『삼국유사 향가연구』, 태학사, 1997.
양희철, 「唐代批評으로 본 其意甚高와 〈찬기파랑가〉」, 『韓國詩歌硏究』 18, 韓國詩歌學會, 2005.
양희철, 『향가 문학론 일반』, 보고사, 2020.
연민수 외, 『역주 일본서기』 2, 동북아역사재단, 2013.
원보영, 『민간의 질병 인식과 치료 행위에 관한 의료민속학적 연구』, 민속원, 2010.
圓仁 저, 申福龍 역, 『入唐求法巡禮行記』, 정신세계사, 1991.
윤소희, 『동아시아 불교의식과 음악』, 민속원, 2013.
윤소희, 『한중불교음악연구』, 백산자료원, 2014.
윤소희, 「월명사의 聲梵에 관한 연구 – 한국 초전불교와 서역 불교 문화를 통하여」, 『국악원논문집』 31, 국립국악원, 2015.

윤소희, 『범패의 역사와 지역별 특징』, 민속원, 2016.
윤소희, 『세계불교음악순례』, 운주사, 2021.
尹榮玉, 『新羅詩歌의 硏究』, 형설출판사, 1980.
이강래, 「삼국유사 '정보' 비판을 위한 제언」, 『삼국유사의 세계』, 세창출판사, 2018.
李基白, 「統一新羅와 渤海의 社會」, 『韓國史講座』 古代篇, 一潮閣, 1982.
李基白, 『新羅政治社會史硏究』, 一潮閣, 1997.
李能雨, 『古詩歌論攷 - 그 本性 把握을 위한 硏究』, 숙명여대출판부, 1983.
이도흠, 『화쟁기호학, 이론과 실제』, 한양대출판부, 1999.
이도흠, 「향가 연구 방법론 - 공과 한계, 지향점」, 『韓國詩歌硏究』 45, 韓國詩歌學會, 2018.
이부영, 『한국의 샤머니즘과 분석심리학 - 고통과 치유의 상징을 찾아서』, 한길사, 2012.
이소라, 『삼국유사의 서술 방식 연구』, 제이앤씨, 2005.
이연숙, 「향가와 萬葉集 작품의 불교 형상화 방식 비교 연구」, 『한국시가연구』 21, 한국시가학회, 2006.
李妍淑, 『新羅鄕歌文學硏究』, 박이정, 1999.
이임수, 『향가와 서라벌 기행』, 박이정, 2007.
이임수 지음, 김혜나 번역, 『한국의 고대시가 - 향가』, 나무기획, 2015.
李賢熙, 「향가의 언어학적 해독」, 『새국어생활』 6(1), 국립국어원, 1996.
이혜구 구술, 석현주 정리, 『補正 韓國音樂史 - 고대부터 고려시대까지』, 국립국악원, 2011.
林基中, 「鄕歌의 硏究와 그 認識樣相에 대하여」, 『關大論文集』 8, 관동대학교, 1980.
임기중, 『新羅歌謠와 記述物의 硏究 - 呪力觀念을 중심으로』, 半島出版社, 1981.
임주탁, 「향악의 개념과 향가와의 관계」, 『한국문학논총』 79, 한국문학회, 2018.
장윤희, 「국어사 지식과 고전문학 교육의 상관성」, 『국어교육』 108, 한국어교육학회, 2002.
張允熙, 「鄕札 硏究의 回顧와 展望」, 『口訣硏究』 21, 口訣學會, 2008.
정렬모, 『향가 연구』, 사회과학원출판사, 1965.
정병욱·이응백, 『인문고 표준고전』, 신구문화사, 1976.
鄭然粲, 『鄕歌의 語文學的 硏究』, 西江大學校 人文科學硏究所, 1972.
조동일, 「신라 향가에서 제기한 문제」, 『한국 시가의 역사의식』, 文藝出版社, 1993.
조동일, 『세계문학사의 전개』, 지식산업사, 2001.
曺凡煥, 「王妃의 交替를 통하여 본 孝成王代의 政治的 動向」, 『韓國史硏究』 154, 한국사연구회, 2011.
朝鮮總督府 編, 『朝鮮金石總覽』 上, 亞細亞文化社, 1976.
趙潤濟, 『韓國詩歌史綱』, 乙酉文化社, 1954; 『韓國文學史』, 東國文化社, 1963; 『韓國詩歌의 硏究』, 乙酉文化社, 1948.

조현설, 「두 개의 태양, 한 송이의 꽃 – 월명사 일월조정 서사의 의미망」, 『민족문학사연구』 54, 민족문학사학회·민족문학사연구소, 2014.

조희정, 「교과서 수록 고전 제재 변천 연구」, 『문학교육학』 17, 한국문학교육학회, 2005.

池憲英, 『鄕歌麗謠新釋』, 정음사, 1947.

池憲英, 「次肹伊遣에 對하여 – 悼亡妹歌 解讀을 圍繞하고」, 『崔鉉培先生還甲記念論文集』, 思想界社, 1954

池憲英, 『鄕歌麗謠의 諸問題』, 太學社, 1991.

채상식, 『일연 그의 생애와 사상』, 혜안, 2017.

채웅석, 「통일신라에서 고려로의 왕조 교체를 어떻게 평가할 것인가」, 『한국사 시민강좌』 40 특집 한국사의 15개 대쟁점, 일조각, 2007.

天親菩薩 저, 무량수여래회 역, 「無量壽經 優婆提舍 願生偈, 제5 회향문」, 『淨土五經一論』, 비움과소통, 2016.

최귀묵, 「동아시아 문학사에서의 향가의 위상」, 『국어교육』 108, 한국어교육학회, 2002.

최귀묵, 「동아시아 언어」, 『동아시아학의 이해』, 고려대학교출판문화원, 2018.

최남희, 『고대국어형태론』, 박이정, 1996.

崔柄憲, 「三國遺事에 나타난 韓國古代佛敎史 認識 – 佛敎 敎學과 宗派에 대한 認識問題를 중심으로」, 『三國遺事의 綜合的 檢討』, 韓國精神文化硏究院, 1987.

최철, 『향가의 문학적 연구』, 새문사, 1983.

崔致遠 撰, 최영성 校註, 「雙谿寺 眞鑒禪師碑銘 并序」, 『四山碑銘』, 이른아침, 2014.

편집부, 「鄕歌 硏究의 反省的 考察(綜合討論)」, 『慕山學報』 9, 동아인문학회, 1997.

한재영, 「鄕札 硏究史」, 『한국의 문자와 문자연구』, 집문당, 2003.

許愼 撰, 段玉裁 注, 『說文解字注』, 上海古籍出版社, 1981.

허정주, 「한국민족시학 정립을 위한 양식사학적 시론 – 삼구육명을 중심으로」, 『건지인문학연구』 13, 전북대 인문학연구소, 2015.

許興植, 『韓國金石全文』 中世上, 亞細亞文化社, 1984.

赫連挺 저, 최철·안대회 옮김, 譯註 『均如傳』, 새문사, 1986.

현송(남태순), 「淨土經典의 往生思想과 鄕歌에 나타난 彌勒信仰 연구」, 『淨土學 硏究』 12, 韓國淨土學會, 2009.

玄容駿, 「處容說話考」, 『국어국문학』 39·40, 국어국문학회, 1968.

玄容駿, 「月明師 兜率歌 背景說話考」, 『韓國言語文學』 10, 韓國言語文學會, 1973.

황병익, 「효성왕 대의 정치현실과 원가의 의미 고찰」, 『한국시가문화연구』 33, 한국시가문화학회, 2014.

황병익, 「역사와 문학 기반 향가 연구의 회고와 전망」, 『韓國詩歌硏究』 45, 한국시가학회, 2018.

황병익, 「신라 향가 대중화의 양상과 방향 모색」, 『韓國詩歌硏究』 49, 韓國詩歌學會, 2020.

황선엽, 「향가에 나타나는 '遺'과 '古'에 대하여」, 『국어학』 39, 국어학회, 2002.
黃浿江, 「鄕歌硏究試論 I - 處容歌 硏究의 史的 反省과 一試考」, 『古典文學硏究』 2, 韓國古典文學硏究會, 1974.
黃浿江, 「新羅鄕歌硏究 - 鄕歌, 鄕札의 槪念 定立을 위한 試考」, 『國文學論集』 7·8, 단국대 국문학과, 1975.
黃浿江, 「鄕歌 硏究 70년의 回顧와 現況」, 『韓國學報』 9, 일지사, 1983.
黃浿江, 「鄕歌 硏究史 序說」, 『鄕歌 古典小說 關係 論著 目錄 1890~1982』, 檀大出版部, 1984.
黃浿江, 「鄕歌의 本質」, 『鄕歌文學硏究』, 一志社, 1993.
황패강, 『향가문학의 이론과 해석』, 일지사, 2001.
Edward Osborne Wilson, 최재천·장대익 옮김, 『통섭Consilience』, 사이언스북스, 2005.

고려속요 연구의 현황과 전망 _임주탁

고가연구회, 『고려가요 연구사의 쟁점』, 보고사, 2016.
高晶玉, 『朝鮮民謠硏究』, 首善社, 1949.
國語國文學會 편, 『高麗歌謠硏究』, 正音文化社, 1979.
權璟順, 「高麗俗謠는 民謠인가」, 張德順 外, 『韓國文學史의 爭點』, 集文堂, 1986.
權斗煥, 「古典詩歌」, 閔丙秀·李秉根 외, 『國語國文學硏究史』, 宇石, 1985.
金大幸 편, 『高麗詩歌의 情緖』, 開文社, 1985.
김명준, 「〈樂章歌詞〉의 成立과 所載 作品의 傳承 樣相 硏究」, 고려대학교 박사논문, 2003; 『악장가사연구』, 다운샘, 2004.
김명준 편저, 『고려속요집성』, 다운샘, 2008.
김수경, 「高麗處容歌의 傳承過程 硏究」, 이화여자대학교 박사논문, 1995; 『고려처용가의 미학적 전승』, 보고사, 2004.
김완진, 『향가와 고려가요』, 서울대학교출판부, 2000.
金俊榮, 『韓國古詩歌硏究』, 형설출판사, 1990.
金台俊, 「別曲의 硏究」(一)~(十三), 『東亞日報』 1932년 1월 15일자~1932년 2월 2일자.
金台俊, 『朝鮮歌謠集成』, 朝鮮語文學會, 1934.
金學成, 「高麗歌謠 硏究의 硏究史的 批判」, 金烈圭·申東旭 편, 『高麗時代 가요문학』, 새문社, 1982.
金學成, 「高麗歌謠의 作者層과 受容者層」, 『韓國學報』 9(2), 일지사, 1983.
梁柱東, 「古歌謠의 語學的 硏究」, 『朝鮮日報』, 1939년 6월 21일~1940년 11월 16일자: 『朝鮮古歌硏究』, 博文書館, 1942.

梁柱東, 『麗謠箋注』, 乙酉文化社, 1947.
李明九, 『高麗歌謠의 研究』, 新雅社, 1973.
李敏弘, 「高麗歌謠와 禮樂思想-處容歌舞와 民族儺禮를 중심으로」, 성균관대 인문학연구소 편, 『高麗歌謠 研究의 現況과 展望』, 집문당, 1997.
李秉岐·白鐵, 『國文學全史』, 東國文化社, 1957.
李丙疇, 「哭无涯先生」, 『東亞日報』 1977년 2월 7일자.
朴慶禹, 「別曲類 詩歌의 題名慣習과 空間意識 研究」, 연세대학교 박사논문, 2005.
朴魯埻, 『高麗歌謠의 研究』, 새문社, 1990.
朴致祐, 「古文化 再吟味의 現代的 意義」, 『朝鮮日報』 1937년 1월 1일자.
方鍾鉉, 「古代俗謠研究와 時俗의 轉變考」, 『朝鮮日報』 1937년 1월 1일자.
성균관대 인문학연구소 편, 『高麗歌謠 研究의 現況과 展望』, 집문당, 1997.
安自山, 「朝鮮歌詩의 條理」 3(14), 『東亞日報』 1930년 9월 4~11일자, 13~14일자, 18~19일자.
우리어문학회 편, 『國文學概論』, 一成堂書店, 1949.
윤성현, 「고려속요의 서정성 연구」, 연세대학교 박사논문, 1995; 『속요의 아름다움』, 태학사, 2007.
任周卓, 「受容과 傳承 樣相을 通해 본 高麗歌謠의 全般的인 性格」, 『震檀學報』 83, 진단학회, 1997.
임주탁, 「〈가시리〉의 독법과 해석의 방향」, 『국어교과교육연구』 2, 국어교과교육학회, 2001.
임주탁, 『강화 천도, 그 비운의 역사와 노래』, 부산대학교출판부, 2004.
임주탁, 「고려가요 연구의 시각과 방법」, 『국문학연구』 12, 국문학회, 2004.
임주탁, 「고시가 연구의 현재와 미래 – 시각과 방법을 중심으로」, 『어문학』 134, 한국어문학회, 2016.
임주탁, 「고려가요의 텍스트와 맥락 – 〈가시리〉와 〈쌍화점〉을 중심으로」, 『국문학연구』 35, 국문학회 2017.
임주탁, 「텍스트의 방언 특성을 고려한 〈신도가(新都歌)〉의 주석과 맥락 연구」, 『語文學』 145, 한국어문학회, 2019.
임주탁, 「밀양 박준의 정체와 악장가사와의 관계」, 『한국문학논총』 83, 한국문학회, 2019.
임주탁, 「고려시대 국어시가의 창작 및 전승 기반 연구」, 서울대학교 박사논문, 1999; 『고려시대 국어시가의 창작·전승 기반 연구』, 부산대학교출판부, 2004.
임주탁, 「『시경』 시학의 맥락을 통해 본 시와 노래의 특성」, 『韓國文學論叢』 86, 한국문학회, 2020.
鄭炳昱, 「別曲의 歷史的 形態考-別曲의 장르的 考察을 爲한 試考」, 『思想界』 1955년 3월호; 『國文學散藁』, 新丘文化社, 1959.
鄭炳昱, 「고전문학 연구의 과제와 전망」, 『韓國文化研究院論叢』 33, 이화여자대학교 한국문화연구원, 1979.
鄭炳昱 해설, 金烈圭·辛東旭 편, 『高麗時代의 가요문학』, 새문社, 1982.
趙東一, 「고려가요의 갈래 시비」, 金烈圭·申東旭 편, 『高麗時代 가요문학』, 새문社, 1982.
조동일, 『한국시가의 전통과 율격』, 한길사, 1982.
趙萬鎬, 「高麗歌謠의 情調와 樂章으로서의 性格」, 성균관대 인문학연구소 편, 『高麗歌謠 研究의 現況과 展望』, 집문당, 1997.
趙然淑, 「高麗俗謠의 時空意識 研究」, 숙명여자대학교 박사논문, 1996.
趙潤濟, 『朝鮮詩歌史綱』, 東光堂書店, 1937.
趙潤濟, 『國文學史』, 東邦文化社, 1949; 『韓國文學史』, 探究堂, 1985.
조하연, 「문학 감상 교육 연구: 고려속요를 중심으로」, 서울대학교 박사논문, 2010.
池憲英, 『鄕歌麗謠新釋』 正音社, 1947.
최미정, 「高麗俗謠의 受容史的 研究」, 서울대학교 박사논문, 1990; 『고려속요의 전승연구』, 계명대학교, 2002.
崔正如, 「高麗의 俗樂歌詞論攷」, 『論文集』 4(1), 清州大學校, 1963.
崔珍源, 「高麗歌謠研究의 現況과 展望」, 성균관대 인문학연구소 편, 『高麗歌謠 研究의 現況과 展望』, 집문당, 1997.
최철·박재민, 『釋註 高麗歌謠』, 이회문화사, 2003.
韓教暻, 「고려속요의 문화콘텐츠 활용을 위한 서사구조와 정서기호 연구: 『익재난고』 「소악부」 분석을 중심으로」, 성균관대학교 박사논문, 2011.
韓國語文學會 편, 『高麗時代의 言語와 文學』, 螢雪出版社, 1975.
許南春, 「高麗俗謠의 頌禱性 研究」, 성균관대학교 박사논문, 1991.
許南春, 「動動과 禮樂思想」, 성균관대 인문학연구소 편, 『高麗歌謠 研究의 現況과 展望』, 집문당, 1997.
허남춘, 「고전시가와 예악사상-조선전기 고려가요 수용을 중심으로」, 『韓國詩歌研究』 7, 한국시가학회, 2000.
許興植 편, 『韓國金石全文: 中世上』, 亞細亞文化社, 1984.
郭茂倩, 『樂府詩集』 Ⅰ·Ⅱ, 里仁書局, 1984.
小倉進平, 『鄕歌及び吏讀の研究』, 京城帝國大學, 1929.
市山盛雄 편, 『朝鮮民謠の研究』(增補再版), 坂本書店, 1927(초판, 1926).

경기체가 연구의 현황과 전망 _박영재

게오르그 헤겔, 최동호 역, 『헤겔시학』, 열음사, 1987.
고혜령, 「고려후기 사대부의 개념과 성격」, 『택와허선도선생정년기념 한국사학논총』, 일조각, 1992.

권보드래·천정환, 『1960년대를 묻다: 박정희 시대의 문화정치와 지성』, 천년의상상, 2012.

김광철, 「복고풍 신진사대부의 재현-현행 중학교 역사 교과서의 "신진 사대부" 서술 검토」, 『석당논총』 62, 동아대 석당학술원, 2015.

김범, 「조선전기 '훈구·사림세력' 연구의 재검토」, 『한국사학보』 15, 고려사학회, 2003.

김승우, 「김태준의 시가사 인식과 고려가사」, 『민족문화연구』 57, 고려대 민족문화연구원, 2012.

김정신, 「조선전기 사림·사림정치 연구의 쟁점과 전망」, 『한국사상사학』 64, 한국사상사학회, 2020.

미야지마 히로시, 노영구 역, 『양반』, 너머북스, 2014.

박영재, 「안축 경기체가의 의미지향과 계승 양상」, 고려대 석사학위논문, 2020.

박영재, 「일제강점기 후반 식민지 조선 문단의 맥락과 양주동 고전시가 연구의 시공간적 상상」, 『고전과 해석』 31, 고전문학한문학연구학회, 2020.

박재우, 「고려말 정치상황과 신흥유신」, 『역사와 현실』 15, 한국역사연구회, 1995.

서정화·안득용·안세현 역, 『근재집』, 한국고전번역원, 2013.

송웅섭, 「고려 말~조선전기 '정치세력의 이해' 다시 보기」, 『역사비평』 120, 역사비평사, 2017.

시가분과, 「고전시가 2020년 연구동향」, 『고전과 해석』 35, 고전문학한문학연구학회, 2021.

심경호, 「김태준의 국문학·한문학 연구 방법에 대한 검토」, 『애산학보』 49, 애산학회, 2022.

옥영정, 「『죽계지』의 편찬과 판본에 관한 서지적 연구」, 『서지학 연구』 31, 한국서지학회, 2005.

유정란, 「일제강점기 재조일본인의 국문시가연구에 대한 고찰」, 고려대 석사학위논문, 2015.

유정란, 「『교주가곡집』의 편찬과 이본현황」, 『국제어문』 75, 국제어문학회, 2017.

이찬, 「임화와 조동일의 문학사 비교 연구」, 『우리어문연구』 26, 우리어문학회, 2006.

임영광, 「1960년대 《창작과비평》 담론과 번역」, 『동서인문학』 50, 계명대 인문과학연구소, 2015.

E.J.Hobsbawm, 박지향 · 장문석 역, 『만들어진 전통』, 휴머니스트, 2004.

E.W.Wagner, *The Literati Purges: Political Conflict in Early Yi Korea*, Harvard University Press, 1974.

J.B.Duncan, 김범 역, 『조선왕조의 기원』, 너머북스, 2013.

M.Deuchler, 강훈상 역, 『한국의 유교화 과정』, 너머북스, 2013.

[1927년~2022년 경기체가 관련 연구 논저 일람]

고정희, 「원 복속기 신흥사대부의 계급의식과 안축의 경기체가」, 『한국문화』 30, 규장각 한국학연구원, 2002.

고정옥, 『국문학개론』(우리어문학회 공저), 일성당서점, 1947.

구자균·손낙범·김형규, 『국문학개론』, 일성당서점, 1957.

권상로, 『조선문학사』, 1947.

권순회, 「계명대학교 동산도서관 소장 국문시가 자료의 가치」, 『한국학논집』 37, 계명대 한국학연구원, 2008.

권영철, 「불우헌가곡연구」, 『국문학연구』 2, 효성여대, 1969.

권혁명, 「〈한림별곡〉의 창작배경과 조선시대 〈한림별곡〉의 유행」, 『동양고전연구』 57, 동양고전학회, 2014.

금기창, 「한림별곡에 관한 연구」, 『우촌 강복수 박사 회갑기념 논문집』, 형철출판사, 1976.

금기창, 『한국시가에 관한 연구』, 형설출판사, 1982.

김기동, 「한국시가의 장르적 발전에 대하여③」, 『현대문학』 25, 1957.

김기종, 「함허당 경기체가의 주제의식과 문학적 성격」, 『국어국문학』 178, 국어국문학회, 2017.

김기탁, 「경기체가의 성격고찰」, 『영남어문학』 8, 1981.

김동건, 「음주문화를 통한 〈한림별곡〉의 일고찰」, 『한국문화』 69, 규장각 한국학연구원, 2015.

김동욱a, 「한림별곡의 성립연대」, 『연세대80주년기념논문집』, 인문과학, 1965.

김동욱a, 「〈한림별곡〉에 대하여」, 『고려시대의 가요문학』, 새문사, 1982.

김동욱b, 「근재 안축과 그 시·가의 연구」, 성균관대 박사학위논문, 1987.

김동욱b, 「〈관동별곡〉·〈죽계별곡〉과 안축의 가문학」, 『반교어문연구』 1, 1988.

김동욱b, 『양심적 사대부, 시대적 고민을 시로 읊다: 근재 안축의 사대부문학』, 보고사, 2014.

김동임, 「경기체가연구-향유방식과 형식 변화를 중심으로」, 부산대 석사학위논문, 1993.

김명준, 「〈한림별곡〉의 전승사와 의미 지향」, 『Journal of korean Culture』 59, 고려대 한국언어문화학술확산연구소, 2022.

김무조, 「신재문학의 새로운 고찰」1~2, 『국어국문학논문집』 2~4, 동아대, 1978.

김문기, 「의상화상의 서방가연구」, 『동양문화연구』 5, 경북대 동양문화연구소, 1978.

김문기, 「경기체가의 제문제」, 『문맥』 5, 경북대 사범대학 국어과, 1979.

김문기, 「기우목동가 연구」, 『어문학』 39, 한국어문학회, 1980.

김문기, 「불교계 경기체가 연구」, 『성곡논총』 22, 성곡언론문화재단, 1991.

김사엽, 『조선문학사』, 정음사, 1948.

김사엽, 『(改稿)국문학사』, 정음사, 1954.
김상철, 「안축의 〈관동별곡〉에 나타난 정서와 그 표출방식에 대하여」, 『한국학연구』 10, 인하대 한국학연구소, 1999.
김상진, 「송암권호문시가의 구조적 이해」, 『한국학논집』 18, 한양대, 1990.
김선기, 「한림별곡 형성과정에 대하여」, 『충남대 인문과학논문집』 9(2), 1982.
김선기, 「한림별곡의 작자와 창작연대에 관한 고찰」, 『어문연구』 12, 충남대 어문연구회, 1983.
김선풍, 「고려가요의 형태고(2) - 경기체가를 중심으로」, 『새국어교육』 14·15, 1970.
김승우, 「선초 악장 〈유림가〉 연구」, 『우리어문연구』 41, 우리어문학회, 2011.
김승우, 「세종대의 경기체가시형에 대한 연구-경기체가의 시상 및 어법의 활용 양상」, 『한민족문화연구』 44, 한민족문화학회, 2013.
김승우, 「경기체가계 악장 〈연형제곡〉의 제작배경과 지향」, 『동양고전연구』 65, 동양고전학회, 2016.
김승우, 「경기체가 〈화산별곡〉의 제작 배경과 구성」, 『Journal of Korean Culture』 32, 고려대 한국언어문화학술확산연구소, 2016.
김승우, 『조선시대 시가의 현상과 변모』, 보고사, 2017.
김승우, 「세종 시대 경기체가계 악장 제작의 양상: 집현전 관원의 역할을 중심으로」, 『진단학보』 135, 진단학회, 2020.
김영수, 「주세붕의 경기체가 연구」, 『국문학논집』 19, 단국대 국문과, 2003.
김영진, 「신발굴 자료: 구촌 이복로의 경기체가-〈화산별곡〉과 〈구령별곡〉」, 『한국시가연구』 25, 한국시가학회, 2008.
김인호, 「고려말 사대부 개념의 역사성과 정치적 분화에 대한 논의」, 『한국사상사학』 64, 한국사상사학회, 2020.
김정주, 「한림별곡에 나타난 사회성 고찰」, 『인문과학연구』 12, 조선대, 1990.
김종진, 「경기체가 〈기우목동가〉의 구조와 문학사적 위상」, 『한국시가연구』 25, 한국시가학회, 2008.
김준영, 「경기체가와 속가의 성격과 계통에 관한 고찰」, 『한국언어문학』 13, 한국언어문학회, 1975.
김중열, 「경기체가의 형성에 미친 당시의 영향」, 「논문집」 4, 한성대, 1980.
김진세, 「화산별곡고」, 『한국고전시가작품론 1』, 집문당, 1992.
김태준, 「별곡의 연구」 1~13, 『동아일보』 1932.1.15.~2.2.
김택규, 「고가의 가락과 사설에 대하여-그 생성배경의 사회민속적 연구」, 문교부 연구보고서, 1972.
김창규, 「별곡체연구-경기체가연구」, 경북대 석사학위논문, 1962.
김창규, 「함허당고-그의 별곡체가의 소개」, 『동양문화』 6·7, 영남대 동양문화연구소, 1968.

김창규, 「별곡체가연구」, 『국어교육연구』 3, 경북대 사범대국어과, 1971.
김창규, 「별곡체가 형식고」, 『국어교육연구』 5, 경북대 사범대국어과, 1973.
김창규, 「별곡체가의 내면적 성격 고찰」, 『국어교육연구』 6, 경북대 사범대국어과, 1974.
김창규, 「근재시가고」, 『논문집』 2, 영주경상전문대, 1979.
김창규, 「근재 관동별곡 평석고」, 『논문집』 16, 대구교대, 1980.
김창규, 「사대부시가의 자기과시 양상」, 『교대춘추』 13, 대구교대, 1980.
김창규, 「죽계별곡 평석고」, 『국어교육연구』 12, 경북대 국어교육연구회, 1980.
김창규, 「한림별곡 평석 시고」, 『국어교육논지』 7, 대구교대, 1980.
김창규, 「구월산별곡고」, 『어문학』 42, 한국어문학회, 1982.
김창규, 「화산별곡 평석고」, 『국어교육논지』 9, 대구교대, 1982.
김창규, 「신재(愼齋)의 존현시가고」, 『논문집』 20, 대구교대, 1984.
김창규, 「불우헌곡평석고」, 『논문집』 21. 대구교대, 1985.
김창규, 「송암의 독락팔곡고」, 『멱남 김일근박사 회갑기념 어문학논총』, 논총간행위원회, 1985.
김창규, 「금성별곡 평석고」, 『국문학연구』 19, 효성여대, 1986.
김창규, 「성종조 석전악장 배천곡 평석고」, 『한실이상보박사 회갑기념논총』, 논총간행위원회, 1987.
김창규, 「화전별곡고」, 『국어교육논집』 13, 대구교대, 1987.
김창규, 「정토신앙의 안양찬과 서방가고」, 『다곡이수봉선생 회갑기념논총』, 논총간행위원회, 1988.
김창규, 「彌陀讚 評釋考」, 『석천정우상박사 회갑기념논문집』, 논문집간행위원회, 1990.
김창규, 『韓國 翰林詩 評釋: 景幾體歌』, 국학자료원, 1996.
김창규, 『한국한림시연구』, 역락, 2001.
김학성, 『한국고전시가의 연구』, 원광대출판부, 1980.
김학성, 「고려가요 연구의 연구사적 비판」, 『고려시대의 가요문학』, 새문사, 1982.
김학성, 「경기체가」, 『한국문학연구입문』, 지식산업사, 1982.
김형규, 『고가주석』, 백영사, 1955.
김흥규, 「장르론의 전망과 경기체가」, 『백영정병욱선생환갑기념논총』, 신구문화사, 1982.
김흥규, 『욕망과 형식의 시학』, 태학사, 1999.
나경수, 「한림별곡의 형태 및 갈래 이해의 준거 전환」, 『한국언어문학』 98, 한국언어문학회, 2016.
류속영, 「16세기 경기체가 후절의 분리 독립 양상에 대한 고찰」, 『고전문학과 교육』 20, 한국고전문학교육학회, 2010.
모정자, 「경기체가문학론」, 『청파문학』 9, 숙명여대, 1970.
박경우, 「별곡류 시가의 제명관습과 공간의식 연구」, 연세대 박사학위논문, 2005.
박경주, 「경기체가의 연행 방식과 성격 변화」, 서울대 석사학위논문, 1990.

박경주, 「고려시대 한문가요 연구」, 서울대 박사학위논문, 1994.
박경주, 「국문학의 장르론과 경기체가」, 『선청어문』 23, 서울대 국어교육과, 1995.
박경주, 「경기체가의 작자층과 시대적 변화양상」, 『문학과 사회집단』, 집문당, 1995.
박경주, 『경기체가 연구』, 이회문화사, 1996; 박경주, 『한문가요 연구』, 태학사, 1998.
박경주, 「고려후기 문학 담당층의 전개 양상과 경기체가: 무신정권기 문인층에서 여말 신흥사대부로의 변화를 중심으로」, 『국제어문』 25, 국제어문학회, 2002.
박경주, 「경기체가의 형식미와 창작 원리 및 그 문학교육적 활용 시안 연구-고려시대 작품을 중심으로」, 『고전문학과 교육』 18, 한국고전문학교육학회, 2009.
박경주, 「구촌 이복로의 〈화산별곡〉·〈구령별곡〉이 지닌 16세기 경기체가로서의 위상 탐구」, 『고전문학연구』 40, 한국고전문학회, 2011.
박경주, 「15세기 말에서 16세기 초 경기체가 장르의 정서 변화에 대한 고찰」, 『고전문학과 교육』 24, 한국고전문학교육학회, 2012.
박경주, 「정극인의 시가 작품이 지닌 15세기 사대부문학으로서의 위상 탐구」, 『고전문학과 교육』 29, 한국고전문학교육학회, 2015.
박노준, 「한림별곡의 선험적 세계」, 『한국학논집』 9, 한양대 한국학연구소, 1986.
박노준, 「〈한림별곡〉과 〈관동별곡〉(겸 〈죽계별곡〉)의 거리」, 『향가여요의 정서와 변용』, 태학사, 2001.
박노춘, 「경기체가작품 금성별곡에 대하여」, 『도남 조윤제 박사 고희기념 논총』, 형설출판사, 1976.
박병욱, 「한림별곡 연구」, 『경기어문학』 9, 경기대 국어국문학회, 1991.
박병채, 『고려가요어석연구』, 선명문화사, 1968.
박성규, 「한림별곡 연구」, 『한문학논집』 2, 단국대, 1984.
박성의, 『한국가요문학론과 사(史)』, 집문당, 1986.
박영재, 「안축 경기체가의 의미지향과 계승양상」, 고려대 석사학위논문, 2020.
박일용, 「경기체가의 장르적 성격과 그 변화」, 『한국학보』 13, 일지사, 1987
박현숙, 「주세붕의 도동곡 연구」, 『국문학연구』 29, 국문학회, 2014.
방종현, 「독근재집후」, 『한글』 14(1) 통권 107, 한글학회, 1949
방종현, 「관동별곡주해」, 『한글』 14(2) 통권 108, 한글학회, 1949.
변유유, 「〈한림별곡〉에 미친 송사의 영향」, 『한민족어문학』 55, 한민족어문학회, 2009.
성호경, 「경기체가의 구조 연구」, 서울대 석사학위논문, 1980.
성호경, 「경기체가의 장르」, 『한국문학사의 쟁점』, 집문당, 1986.
성호경, 「고려시가에 끼친 원 산곡의 영향에 대한 고찰」, 『국어국문학』 112, 국어국문학회, 1994.
성호경, 「원의 산곡이 고려 후기 시가에 끼친 영향」, 『진단학보』 114, 진단학회, 2012.
성호주, 「경기체가의 형성 연구」, 부산대 박사학위논문, 1988.
손종흠, 「한림별곡 연구」, 『한국방송통신대논문집』 14, 방송통신대학교, 1992.

송재주·안동주, 『한국고전시가론』, 국학자료원, 1997.
신동일, 「한림별곡연구서설」, 『논문집』 19, 육군사관학교, 1979.
신영명, 「경기체가의 갈래적 성격과 안축의 자연관」, 『우리어문연구』 9, 우리어문학회, 1995.
안장리, 「한국팔경시 연구: 연원과 전개를 중심으로」, 한국정신문화연구원 박사학위논문, 1996.
안장리, 『한국의 팔경문학』, 집문당, 2002.
안지영, 「경기체가 양식과 향유층의 관련 양상」, 서강대 박사학위논문, 2003.
안확, 「朝鮮歌謠史の概觀(上)」, 『藝文』 18(1), 京都文學會, 1927.
안확, 「여조(麗朝)시대의 가요」, 『현대평론』 1(4), 현대평론사, 1927.
안확, 「조선가시(歌詩)의 묘맥(苗脈)」, 『별건곤』 4(7), 개벽사, 1929.
양주동, 『여요전주』, 을유문화사, 1947.
양태순, 「고려속요에 있어서 악곡과 노랫말의 변모양상」, 『관악어문연구』 9, 서울대 국어국문학과, 1984.
양태순, 「고려속요와 악곡과의 관계」, 『논문집』 15, 청주사대, 1985.
양태순, 「한림별곡의 기원 재고」, 『벽사이우성선생 정년퇴직기념 국어국문학논총』, 여강출판사, 1990.
양희철, 「한림별곡과 한시계의 형식대비」, 『서강어문』 2, 서강어문학회, 1982.
여운필, 「한림별곡의 창작시기 재론」, 『수련어문논집』 23, 수련어문학회, 1997.
오민필, 「복양문학의 재조명-조수론과 한림별곡을 중심으로」, 『새국어교육』 35, 한국국어교육학회, 1982.
우응순, 「권호문의 시세계」, 고려대 석사학위논문, 1982.
우응순, 「주세붕의 백운동서원 창설과 국문시가에 대한 방향 모색: 황준량과의 논의를 중심으로」, 『어문논집』 35, 안암어문학회(민족어문학회), 1995.
유인만, 「구월산별곡」, 『국학』 3, 국학대, 1947.
윤영옥, 「한림별곡소고」, 『도남 조윤제 박사 고희기념 논총』, 형설출판사, 1976.
윤영옥, 「한림별곡」, 『고려시가의 연구』, 영남대출판부, 1991.
이경백, 「안축의 「관동별곡」과 송사의 비교연구를 통한 경기체가의 형성과정연구」, 『한문고전연구』 31(1), 한국한문고전학회, 2015.
이규배, 「〈한림별곡〉의 미적특질과 민족예악사상」, 『어문연구』 152, 한국어문교육연구회, 2011.
이능우, 「국문학 장르의 이동(異同) 연구」, 『논문집』 1, 숙명여대, 1961.
이명구, 「경기체가소고」, 서울대 석사학위논문, 1949.
이명구, 「고려경기체가론」, 『숙대학보』 1, 숙명여대, 1955.
이명구, 「경기체가의 형성과정 소고-한림별곡을 중심으로」, 『논문집』 5, 성균관대, 1960.
이명구, 「경기체가의 역사적 성격 고찰」, 『대동문화연구』 1, 성균관대 대동문화연구원,

1964.
이명구, 『고려가요의 연구』, 신아사, 1974.
이명구, 「화전별곡」, 『고려가요의 연구』, 신아사, 1980.
이병기·백철, 『국문학전사』, 신구문화사, 1957.
이복규, 「김태준의 〈한림별곡〉 관련논문 「조선 고대 가곡의 일련(一臠)」」, 『국제어문』 51, 국제어문학회, 2011.
이상보, 「박성건의 금성별곡연구」, 『논문집』 8, 명지대, 1975.
이상인, 「노래줍기-독락팔곡서(序)·독락팔곡」, 『한글』 6(10) 통권 61, 한글학회, 1938.
이신복, 「독락팔곡에 대하여」, 『한국고전시가작품론1』, 집문당, 1992.
이우성, 「고려조의 '吏'에 대하여」, 『역사학보』 63, 역사학회, 1964.
이종출, 「경기체가의 형태적 고구」, 『한국언어문학』 12, 한국언어문학회, 1974.
이진규, 「고려시가의 형성기반과 발달양상 연구-고려 우리말노래를 중심으로」, 동국대 박사학위논문, 2017.
이진규, 「한림별곡의 형성과 성격 연구」, 『어문학』 139, 한국어문학회, 2018.
이화형, 「한림별곡의 문학적 성격 고찰」, 『한국시가연구』 2, 한국시가학회, 1997.
임기중, 「경기체가 〈충효가〉에 대하여」, 『우리문학연구』 2, 우리문학회, 1977.
임기중 외, 『경기체가연구』, 태학사, 1997.
임주탁, 「〈한림별곡〉의 맥락과 유선(儒仙)의 상상력」, 『한국시가연구』 55, 한국시가학회, 2022.
임희란, 「한림별곡 연구-도교사상의 침윤상을 중심으로」, 동덕여대 석사학위논문, 1994.
장사훈, 「고려가요와 음악」, 『고려시대의 가요문학』, 새문사, 1982.
전규태 주해, 『국문학대계: 고려가요』, 정음사, 1968.
전유재, 「〈상대별곡〉에 나타난 화자의 시선과 텍스트 미의식」, 『고전문학연구』 41, 한국고전문학회, 2012.
전재강, 「불교 경기체가의 구조와 성격」, 『국어교육연구』 57, 국어교육학회, 2015.
정무룡, 「안축의 〈관동별곡〉 창작 시기와 그 배경」, 『한국시가연구』 19, 한국시가학회, 2005.
정무룡, 「안축의 〈관동별곡〉 반추」, 『한민족어문학』 47. 한민족어문학회, 2005
정무룡, 「죽계별곡 새로 읽기」, 『한민족어문학』 50, 한민족어문학회, 2007.
정병욱, 「별곡의 역사적 형태고-별곡의 쟝르적 고찰을 위한 시고」, 『사상계』 18, 1955.
정우영, 「경기체가 〈관동별곡〉의 국어사적 검토」, 『구결연구』 18, 구결학회, 2007.
정재호, 「불우헌고」, 『국문학』 4, 고려대, 1960.
조규익, 『선초악장문학연구』, 숭실대출판부, 1990.
조규익, 『고려속악가사·경기체가·선초악장』, 한샘, 1993.
조규익, 「주세붕의 국문노래연구」, 『웅진어문학』 1, 웅진어문학회, 1993.

조규익,『조선조 악장의 문예미학』, 민속원, 2005.
조규익,「선초악장 〈오륜가〉의 시대적 의미」,『온지논총』 24, 온지학회, 2010.
조규익,『조선조 악장 연구』, 새문사, 2014.
조동일,「경기체가의 역사적 성격」,『학술원 논문집: 인문사회과학편』 15, 학술원, 1971.
조동일,「조선 전기 성리학과 국사학의 장르」,『한국학논집』 2, 계명대 한국학연구원, 1974.
조동일,『문학연구방법』, 지식산업사, 1980.
조동일,「고려가요 갈래 시비」,『고려시대의 가요문학』, 새문사, 1982.
조동일,『한국문학과 세계문학』, 지식산업사, 1991.
조병희,「상춘곡과 불우헌 정극인」,『전라문화연구』 1, 1979.
조연숙,「함허당의 경기체가 고찰-〈안양찬〉과 〈미타경찬〉을 중심으로」,『한국시가연구』 18, 006, 한국시가학회, 2006.
조윤제,『조선시가사강』, 동광당서점, 1937.
조윤제,『국문학사』, 동국문화사, 1947.
조평환,「경기체가의 불교문화 수용양상 연구」,『동방학』 21, 한서대 동양고전연구소, 2011.
지준모,「한림별곡 추의」,『석하 권영철박사 회갑기념 국문학연구논총』, 효성여대출판부, 1988.
지헌영,『향가여요신석』, 정음사, 1947.
최선경,「경기체가의 향유방식에 관한 연구」, 연세대 석사학위논문, 1995.
최용수,「유영(柳穎)과 그의 구월산별곡」,『배달말』, 배달말학회, 1999.
최용수,「경기체가에 대한 주세붕의 인식태도」,『한민족어문학』 38, 한민족어문학회, 2001.
최진원,「은구(隱求)와 온유돈후-독락팔곡과 한거십팔곡을 중심하여」,『인문과학』 1, 연세대, 1971.
최형우,「경기체가의 불교수용과 시적형상화연구」, 경북대 석사학위논문, 2012.
최형우,「불교계 경기체가의 후절 구성 방식 연구」,『열상고전연구』 47, 열상고전연구회, 2015.
하윤섭,「선초 〈오륜가〉의 고전적 원천과 그 의미: 경기체가 〈오륜가〉와 시조 〈오륜가〉를 중심으로」,『어문논집』 60, 민족어문학회, 2009.
하윤섭,「조선조 '오륜(五倫)' 담론의 계보학적 탐색과 오륜시가의 역사적 전개 양상」, 고려대 박사학위논문, 2012.
한태식,「함허득통선사의『미타찬』에 나타난 정보장엄(正報莊嚴) 연구」,『불교학보』 48, 동국대 불교문화연구원, 2008.
한태식,「함허득통의 〈안양찬〉에 나타난 의보장엄 연구」,『정토학연구』 35, 한국정토학회, 2021.

허남춘, 「〈한림별곡〉과 조선조 경기체가의 향방」, 『한국시가연구』 17, 한국시가학회, 2005.
허철회, 「주세붕의 경기체가 석주해설 – 도동곡을 중심으로」, 『동악어문논집』 27, 동국대, 1992.
호승희, 「한임별곡의 시적 구조와 정서」, 『고려시가의 정서』, 개문사, 1985.
홍기문, 『고가요집』, 국립문학예술서적출판사, 1959.
마에마 쿄사쿠(前間恭作), 『교주가곡집』, 1931.
다다 마사토모(多田正知), 「翰林別曲と漁父歌」, 『淸凉』 第拾六號別刷, 경성제대 예과대학 문예부, 1933.

악장(樂章) 연구의 현황과 전망 _김승우

구사회, 「한국악장문학연구」, 동국대 박사학위논문, 1992.
구사회, 「불교계 악장문학: 조선조 초기를 중심으로」, 『어문연구』 22, 한국어문교육연구회, 1994.
권두환, 「고전시가」, 민병수 외, 『국어국문학연구사』, 우석, 1985.
권정은, 「〈월인석보〉와 〈팔상도〉 공존의 문화사적 의의」, 『배달말』 54, 배달말학회, 2014.
김기종, 「〈월인천강지곡〉의 텍스트 문제」, 『국제어문』 36, 국제어문학회, 2006.
김기종, 『월인천강지곡의 저경과 문학적 성격』, 보고사, 2010.
김기종, 「『사리영응기』 소재 세종의 '친제신성(親制新聲)' 연구」, 『반교어문연구』 37, 반교어문학회, 2014.
김기종, 『한국 불교시가의 구도와 전개』, 보고사, 2014.
김기종, 『(역주) 월인천강지곡』, 보고사, 2018.
김기종, 「『석보상절』의 저본과 그 성격」, 『남도문화연구』 38, 순천대 남도문화연구소, 2019.
김명준, 「선초 악장의 정립과정과 그 의미」, 『고전과해석』 3, 고전문학한문학연구회, 2007.
김명준, 「고려 예종대 〈구실등가(九室登歌)〉의 성립 배경과 악장사적 의미」, 『어문논집』 68, 민족어문학회, 2013.
김명준, 「고려 공민왕대 태묘악장(太廟樂章)의 개찬 양상과 그 의미」, 『고시가연구』 33, 한국고시가문학회, 2014.
김명준, 「관왕묘(關王廟) 악장의 형성과 개찬의 의미: 정조와 고종대를 중심으로」, 『어문논집』 77, 민족어문학회, 2016.

김명준, 「송과 고려 예종 시대의 태묘악장(太廟樂章) 비교 고찰」, 『동서인문학』 53, 계명대 인문과학연구소, 2017.
김명준, 「선초 대외 악장의 성립 과정과 변모 양상: 태종과 세종 조를 중심으로」, 『우리문학연구』 63, 우리문학회, 2019.
김문기, 「선초 송도시의 성격 고찰」, 한국어문학회 편, 『조선전기의 언어와 문학』, 형설, 1976.
김보현, 「〈월인천강지곡〉의 서사 구성 방식에 관한 연구」, 『우리문학연구』 51, 우리문학회, 2016.
김사엽, 『이조시대의 가요연구: 특히 초중기의 형식을 주로』, 대양출판사, 1956.
김상선, 「고시조와 선초의 송축가」, 『국어국문학』 41, 국어국문학회, 1968.
김상선, 「한국시가의 형태적 고찰」, 『논문집』 13, 중앙대, 1968.
김세종, 「세종대 〈용비어천가〉의 창제배경과 음악화 과정 연구」, 『고시가연구』 24, 한국고시가문학회, 2009.
김승우, 「〈용비어천가〉 향유, 수용양상의 특징과 그 의미: 〈봉래의〉 정재를 중심으로」, 『한국시가연구』 23, 한국시가학회, 2007.
김승우, 「『용비어천가약본(約本)』에 대한 연구」, 『고전문학연구』 33, 한국고전문학회, 2008.
김승우, 「「용비어천도(龍飛御天圖)」에 대한 연구」, 『한국문학이론과 비평』 41, 한국문학이론과비평학회, 2008.
김승우, 「종묘제례악장(宗廟祭禮樂章) 〈보태평(保太平)〉, 〈정대업(定大業)〉의 특성과 변모 양상」, 『민족문화연구』 48, 민족문화연구원, 2008.
김승우, 「세종조 『용비어천가』 보수(補修)의 정황과 실상」, 『어문논집』 59, 민족어문학회, 2009.
김승우, 「〈용비어천가〉의 제작 기반 연구: 선행 악장에 대한 평가와 활용 양상」, 『민족문화연구』 51, 고려대 민족문화연구원, 2009.
김승우, 『용비어천가의 성립과 수용』, 보고사, 2012.
김승우, 「연산군대의 악장 개찬에 대한 연구」, 『우리어문연구』 47, 우리어문학회, 2013.
김승우, 「『용비어천가』의 전거(典據)와 체재(體裁)에 대한 연구」, 『한국학연구』 44, 고려대 한국학연구소, 2013.
김승우, 「『명황계감(明皇誡鑑)』의 편찬 및 개찬 과정에 관한 연구」, 『어문논집』 72, 민족어문학회, 2014.
김승우, 「세조(世祖)의 농가(農歌) 향유 양상과 배경」, 『우리어문연구』 50, 우리어문학회, 2014.
김승우, 「〈용비어천가〉의 단락과 구성에 대한 연구」, 『Journal of Korean Culture』 28, 한국어문학국제학술포럼, 2015.
김승우, 「경기체가 〈화산별곡〉의 제작 배경과 구성」, 『Journal of Korean Culture』 32,

한국어문학국제학술포럼, 2016.
김승우, 「경기체가계 악장 〈연형제곡〉의 제작 배경과 지향」, 『동양고전연구』 65, 동양고전학회, 2016.
김승우, 「관암(冠巖) 홍경모(洪敬謨)의 연향악장 개편 양상과 그 의의」, 『우리문학연구』 51, 우리문학회, 2016.
김승우, 「선초 악장 〈납씨곡(納氏曲)〉의 특징과 수용 양상」, 『한민족문화연구』 55, 한민족문화학회, 2016.
김승우, 「신발굴 자료 '청년문고본(靑年文庫本) 『용비어천가』'(1915)에 대한 고찰」, 『국제어문』 74, 국제어문학회, 2017.
김승우, 「세종시대 편찬물 체재의 상관성에 대한 연구: 『삼강행실도』·『명황계감』·『용비어천가』·『월인석보』의 체재를 중심으로」, 『한문고전연구』 37, 한국한문고전학회, 2018.
김승우, 「조선후기 〈몽금척(夢金尺)〉 악장 및 정재의 전승 양상」, 『동양고전연구』 76, 동양고전학회, 2019.
김승우, 「세종 시대 경기체가계 악장 제작의 양상: 집현전 관원의 역할을 중심으로」, 『진단학보』 135, 진단학회, 2020.
김시황, 「조선조 악장문학 연구 (1)」, 『동방한문학』 3, 동방한문학회, 1987.
김영수, 「예악사상과 선초 악장소고」, 『한문학논집』 3, 단국대 한문학회, 1985.
김영수, 『조선초기시가론연구』, 일지사, 1991.
김종수, 「조선 초기 악장 연행 양상: 〈수보록(受寶籙)〉, 〈몽금척(夢金尺)〉, 〈관천정(觀天庭)〉, 〈수명명(受明命)〉」, 『온지논총』 18, 온지학회, 2008.
김지혜, 「세도 정치기 헌종의 궁중 연향 운용: 헌종의 어제 악장을 중심으로」, 『한민족문화연구』 53, 한민족문화학회, 2016.
김풍기, 「조선초기 악장 연구: 정도전과 권근의 악장을 중심으로」, 『어문학보』 17, 강원대 국어교육과, 1994.
김흥규, 「선초 악장의 천명론적 상상력과 정치의식」, 『한국시가연구』 7, 한국시가학회, 2000.
김흥규, 『한국문학의 이해』, 민음사, 1986.
나동숙, 「영조의 기로소 입사 기념, 갑자(1744) 진연 악장: 〈유성지곡(維聖之曲)〉과 〈오현곡(於顯曲)〉」, 『우리문학연구』 43, 우리문학회, 2014.
박금자, 「『월인천강지곡』의 간텍스트성」, 『텍스트언어학』 8, 한국텍스트언어학회, 2000.
박기호, 「〈구실등가〉와 〈용비어천가〉의 비교 연구」, 『고전문학과 교육』 5, 청관고전문학회, 2003.
박은빈, 「조선 후기 연향악장의 기능과 의의」, 『국학연구론총』 19, 택민국학연구원, 2017.
박찬수, 「기록을 통한 『용비어천가』의 원작자 변정(辨正)」, 『어문연구』 69, 어문연구학회, 2011.
박찬수, 「〈용비어천가〉 주해문의 '사견상(事見上)' 유형 고찰」, 『어문연구』 90, 어문연구학회, 2016.
박찬수, 「〈용비어천가〉의 육조 서술 양상 고찰」, 『어문연구』 97, 어문연구학회, 2018.
박찬수, 「〈용비어천가〉에 나타난 주체성 고찰」, 『어문연구』 101, 어문연구학회, 2019.
박해진, 『월인천강지곡: 훈민정음으로 불경을 노래하다』, 나녹, 2021.
박현숙, 「유교식 제례의 종교적 특성과 〈풍운뢰우악장(風雲雷雨樂章)〉 연구」, 『문학과 종교』 16, 한국문학과종교학회, 2011.
박현숙, 「조선시대 선잠(先蠶) 악장 연구」, 『한국사상과 문화』 74, 한국사상문화학회, 2014.
사재동·사진실, 「『월인천강지곡』의 훈민정음 활용과 연행적 유통 양상」, 『어문연구』 74, 어문연구학회, 2012.
성기옥, 「악장」, 국문학신강 편찬위원회 편, 『국문학신강』, 새문사, 1985.
성기옥·손종흠, 『고전시가론』, 한국방송통신대 출판문화원, 2006.
성무경, 「『국연정재창사초록(國讌呈才唱詞抄錄)』을 통해 본 고종조 연향악장 정비」, 『대동문화연구』 49, 성균관대 대동문화연구원, 2005.
성영애, 「연산군대 여악(女樂) 확대 정책의 전개 양상」, 『한국문학과 예술』 35, 숭실대 한국문학과예술연구소, 2020.
성영애, 「조선조 문인들의 〈보허사(步虛詞)〉 수용 양상」, 『한국문학과 예술』 36, 숭실대 한국문학과예술연구소, 2020.
성호경, 「한시현토체 악장의 일고찰」, 『논문집』 8, 경남대, 1981.
성호주, 「소위 '악장'의 장르 처리 문제」, 『수련어문논집』 3, 부산여대 수련어문학회, 1975.
성호주, 「현토체악가의 시가사적 의의」, 『수련어문논집』 11, 부산여대, 1984.
송지원, 「정조대의 악장 정비: 「국조시악(國朝詩樂)」의 편찬을 중심으로」, 『한국학보』 105, 일지사, 2001.
송혜진, 「세종대 동아시아 예악론의 인식 양상과 의례음악 정비」, 『한국학연구』 51, 고려대 한국학연구소, 2014.
신경숙, 「조선후기 연향의식에서의 가자(歌者)」, 『국제어문』 29, 국제어문학회, 2004.
신경숙, 「야연의 〈악가삼장(樂歌三章)〉 연구」, 『고시가연구』 16, 한국고시가문학회, 2005.
신경숙, 「조선조 외연의 성악정재, 가자(歌者)」, 『시조학논총』 23, 한국시조학회, 2005.
신경숙, 「조선후기 연향의식에서의 현토체 악장 연구」, 『어문논집』 53, 민족어문학회, 2006.
신경숙, 「조선조 악장, 그 역동성: 후기 연향악장을 읽는 네 가지 방법」, 『한성어문학』 27, 한성대 한성어문학회, 2008.

신경숙, 「조선조 외연의 가자와 금슬」, 『한국시가학회』 31, 한국시가학회, 2011.
신경숙, 「조선조 외연의 가객 공연도」, 『시조학논총』 36, 한국시조학회, 2012.
신경숙, 「외진연악장(1902.4)의 '가사(歌詞)' 연구」, 『시조학논총』 38, 한국시조학회, 2013.
신경숙, 「순조조 기축(1829) 외연 악장의 성격」, 『시조학논총』 45, 한국시조학회, 2016.
신경숙, 「의례와 악장, 규범을 넘어선 창발적 전략들」, 『고전과 해석』 21, 고전문학한문학연구학회, 2016.
신경숙, 『조선 궁중의 노래, 악장』, 민속원, 2016.
신두환, 「눌재 양성지의 '송(頌)'에 대한 일 연구」, 『한국시가연구』 9, 한국시가학회, 2001.
신두환, 「악장 〈평삭방송(平朔方頌)〉의 미학 탐색」, 『대동문화연구』 52, 성균관대 대동문화연구원, 2005.
신두환, 「악장 〈친사문묘송(親祀文廟頌)〉의 미학 탐구」, 『정신문화연구』 104, 한국학중앙연구원, 2006.
신두환, 「세조의 '악장' 혁신 운동과 그 수성(守成)의 미학」, 『동방한문학』 50, 동방한문학회, 2012.
신영명·김명준, 「한국 중세 정치사상과 문학: 〈용비어천가〉와 〈월인천강지곡〉을 중심으로」, 『아시아아메리카연구』 6, 단국대 아시아아메리카문제연구소, 2006.
안확, 『조선문학사』, 한일서점, 1922.
엄국현, 「보렴의 양식과 삶의 자리 연구」, 『한국민족문화』 47, 부산대 한국민족문화연구소, 2013.
옥영정, 「『월인천강지곡』의 인쇄사적 가치에 대한 재고찰」, 『국어사연구』 26, 국어사학회, 2018.
우리어문학회 편, 『국문학사』, 秀路社, 1948.
윤귀섭, 「악장시가의 형태사적 고찰」, 『국어국문학』 34·35합집, 국어국문학회, 1967.
윤석민·권면주·유승섭, 『(쉽게 읽는) 용비어천가』 1, 박이정, 2006.
윤종배, 「악장서사시 〈평삭방송〉 연구」, 『동양고전연구』 7, 동양고전학회, 1996.
이근우, 「〈용비어천가〉 국문 가사와 한시의 성립 순서에 대하여」, 『민족문화』 50, 한국고전번역원, 2017.
이능우, 『고시가논고』, 선명문화사, 1966.
이왕무, 「『용비어천가』의 재발견과 왕업의 재구성」, 『포은학연구』 15, 포은학회, 2015.
이의강, 「악장으로 읽어보는 효명세자의 정재 연출 의식: 순조조 무자년(1828) 〈연경당진작(演慶堂進爵)〉의 경우」, 『한문학보』 12, 우리한문학회, 2005.
이종찬, 「한국 악장과 중국 樂府와의 대비」, 『국어국문학 논문집』 7·8, 동국대 국어국문학부, 1969.
이종출, 「조선초기 악장체가의 연구」, 『성곡논총』 10, 성곡학술문화재단, 1979.
이호권, 「〈월인천강지곡〉 결사(結詞)의 재구 시론」, 『국어국문학』 157, 국어국문학회,

2011.
이호권, 「『용비어천가』 판본의 변개와 그 해석: 서지학과 국어사 연구의 관점에서」, 『국어국문학』 186, 국어국문학회, 2019.
임주탁, 「명칭가곡 수용의 양상과 의미」, 『한국문학논총』 51, 한국문학회, 2009.
전유재, 「〈상대별곡〉에 나타난 화자의 시선과 텍스트 미의식」, 『고전문학연구』 41, 한국고전문학회, 2012.
정경란, 「고려 〈야심사(夜心詞)〉의 조선 종묘제례악 전승」, 『인문과학』 96, 연세대 인문학연구원, 2012.
정무룡, 「〈용비어천가〉의 주해문 일고」, 『한민족어문학』 56, 한민족어문학회, 2010.
정무룡, 「정도전 악장의 형상적 함의와 시가사적 위상」, 『인문학논총』 15, 경성대 인문과학연구소, 2010.
정병욱, 『한국고전시가론』, 신구문화사, 1977.
정소연, 「〈용비어천가〉와 〈월인천강지곡〉 비교연구」, 『우리어문연구』 33, 우리어문학회, 2009.
조규익, 『조선초기 아송문학연구』, 태학사, 1986.
조규익, 「조선초기 악장의 문학사적 의미: 목적문학론의 첫 대두와 그 창작적 실현」, 『국어국문학』 100, 국어국문학회, 1988.
조규익, 「변계량 악장의 문학사적 의미: 형태적 특질을 중심으로」, 『국어국문학』 101, 국어국문학회, 1989.
조규익, 「정도전 악장의 문학사적 의미」, 『숭실어문』 6, 숭실어문학회, 1989.
조규익, 「최항 악장 연구」, 『국어국문학』 102, 국어국문학회, 1989.
조규익, 「하륜 악장 연구: 주제의식과 수용양상을 중심으로」, 『동방학지』 62, 연세대 국학연구원, 1989.
조규익, 『선초악장문학연구』, 숭실대출판부, 1990.
조규익, 「선초 악장의 장르적 성격」, 『숭실어문』 7, 숭실어문학회, 1990.
조규익, 「조선초기 공동 제작 악장 연구」, 『성곡논총』 21, 성곡언론문화재단, 1990.
조규익, 「계층화의 명분과 기득권 수호 의지: 선초 악장의 이중성」, 『고전문학연구』 23, 한국고전문학회, 2003.
조규익, 「악장을 어떻게 읽을 것인가」, 『숭실어문』 19, 숭실어문학회, 2003.
조규익, 「익종 악장 연구」, 『고전문학연구』 24, 한국고전문학회, 2003.
조규익, 「조선조 악장의 통시적 의미」, 『국제어문』 27, 국제어문학회, 2003.
조규익, 「〈월인천강지곡〉의 사건 전개 양상과 장르적 성격」, 『어문연구』 46, 어문연구학회, 2004.
조규익, 『조선조 악장의 문예 미학』, 민속원, 2005.
조규익, 「시조와 궁중 악장의 관계」, 『시조학논총』 25, 한국시조학회, 2006.
조규익, 「조선 초기 악장을 통해 본 전환기의 실상」, 『온지논총』 15, 온지학회, 2006.

조규익, 「송도(頌禱) 모티프의 연원과 전개양상」, 『고전문학연구』 32, 한국고전문학회, 2007.
조규익, 「〈창수지곡(創守之曲)〉과 〈경근지곡(敬勤之曲)〉의 악장사적 의미」, 『온지논총』 23, 온지학회, 2009.
조규익, 「문소전(文昭殿) 악장 연구」, 『고시가연구』 25, 한국고시가문학회, 2010.
조규익, 「조선조 사직악장(社稷樂章)의 성격과 의미」, 『어문연구』 152, 한국어문교육연구회, 2011.
조규익, 「조선조 〈석전음복연악장(釋奠飮福宴樂章)〉 연구」, 『고전문학연구』 40, 한국고전문학회, 2011.
조규익, 「선농제의(先農祭儀) 악장의 텍스트 양상과 의미」, 『국어국문학』 160, 국어국문학회, 2012.
조규익, 「조선조 〈선잠악장(先蠶樂章)〉 연구」, 『한국시가연구』 32, 한국시가학회, 2012.
조규익, 「조선조 〈풍운뢰우악장(風雲雷雨樂章)〉 연구」, 『고시가연구』 30, 한국고시가문학회, 2012.
조규익, 「봉래의(鳳來儀) 진(進)·퇴구호(退口號)의 기능적 의미와 텍스트 양상」, 『고시가연구』 32, 한국고시가문학회, 2013.
조규익, 「여말선초 악장의 중세적 관습 및 변이 양상」, 『우리문학연구』 44, 우리문학회, 2014.
조규익, 「〈용비어천가〉와 전통 생태 담론으로서의 풍수적 사유」, 『온지논총』 41, 온지학회, 2014.
조규익, 『조선조 악장 연구』, 새문사, 2014.
조규익, 「세조조 〈원구악장(圜丘樂章)〉 연구」, 『우리문학연구』 52, 우리문학회, 2016.
조규익, 「휘의공주혼전대향악장(徽懿公主魂殿大享樂章)의 시경 텍스트 수용 양상과 의미」, 『우리문학연구』 49, 우리문학회, 2016.
조규익, 「태종조 악조(樂調)에 반영된 당·속악악장의 양상과 중세적 의미」, 『우리문학연구』 55, 우리문학회, 2017.
조규익, 「〈용비어천가〉의 『시경』 수용 양상」, 『우리문학연구』 60, 우리문학회, 2018.
조규익, 「〈풍운뢰우악장(風雲雷雨樂章)〉과 동아시아 중세생태주의 담론」, 『국어국문학』 185, 국어국문학회, 2018.
조규익, 「고려말 〈신찬태묘악장(新撰太廟樂章)〉 연구: 텍스트 구성양상과 그 정치·문화적 의미」, 『한국문학과 예술』 35, 숭실대 한국문학과예술연구소, 2020.
조규익, 「악장으로서의 〈보허사(步虛詞)〉, 그 전변(轉變)에 따른 시대적 의미」, 『한국문학과 예술』 33, 숭실대 한국문학과예술연구소, 2020.
조윤제, 『조선시가사강』, 동광당서점, 1937.
조평환, 「악장에 대한 일고찰」, 『건국어문학』 9·10합집, 건국대 국어국문학연구회, 1985.
조평환, 「악장의 형태사적 고찰」, 『중원어문학』 5, 건국대 국어국문학회, 1989.

조평환, 「정도전의 악장에 대한 일고찰」, 『어문학논총』 18, 국민대 어문학연구소, 1999.
조평환, 「조선초기의 악장과 불교사상」, 『한국시가연구』 8, 한국시가학회, 2000.
조평환, 「〈월인천강지곡〉의 내용 특징 연구」, 『어문학논총』 23, 국민대 어문학연구소, 2004.
조평환, 『월인천강지곡의 문학적 연구』, 국민대출판부, 2008.
조평환, 「〈용비어천가〉의 편찬과 세종의 정치적 의도」, 『한국학논총』 39, 국민대 한국학연구소, 2013.
조흥욱, 「〈용비어천가〉의 창작 경위에 대한 연구: 국문가사와 한문가사 창작의 선후 관계를 중심으로」, 『어문학논총』 20, 국민대 어문학연구소, 2001.
차순자, 「악장 표기 양상 고찰」, 『한국문학논총』 21, 한국문학회, 1997.
차순자, 「무악으로서의 악장 고찰」, 『수련어문논집』 26·27합집, 수련어문학회, 2001.
천명희, 「『월인천강지곡』의 텍스트 복원」, 『어문론총』 79, 한국문학언어학회, 2019.
최미정, 「〈용비어천가〉에 나타난 여말선초의 영토전쟁과 변경」, 『고전문학연구』 47, 한국고전문학회, 2015.
최정여, 「조선초기 예악의 연구」, 계명대 박사학위논문, 1975.
최정여, 「樂章·歌詞攷」, 백강서수생박사환갑기념논총간행위원회, 『한국시가연구』, 형설, 1981.
하윤섭, 「선초 〈오륜가(五倫歌)〉의 고전적 원천과 그 의미: 경기체가 〈오륜가〉와 시조 〈오륜가〉를 중심으로」, 『어문논집』 60, 민족어문학회, 2009.

조선 전기 시조 연구의 현황과 과제 _이상원

강경호, 「'오ᄂᆞ리' 노래의 무가적 전통과 〈심방곡〉과의 관련 양상」, 『영주어문』 17, 영주어문학회, 2009.
강전섭, 「〈훈민가〉의 문제점」, 『한국언어문학』 7, 한국언어문학회, 1970.
고승관, 「조선시대 산수시가의 전개양상과 시세계」, 제주대학교 박사학위논문, 2020.
고정희, 「17세기 전가시조의 서정적 리얼리티에 관한 연구 – 〈율리유곡〉을 중심으로」, 『한국문학연구』 3, 고려대학교 민족문화연구원 한국문학연구소, 2002.
고정희, 「17세기 시조 연구의 쟁점과 그 방법론적 성격」, 『국문학연구』 10, 국문학회, 2003.
고정희, 「신계영 시조에 나타난 실존적 '서정적 자아'에 대한 고찰」, 『고전문학과 교육』 46, 한국고전문학교육학회, 2021.
권두환, 「송강의 훈민가에 대하여」, 『진단학보』 42, 진단학회, 1976.
권두환, 「시조의 발생과 기원」, 『관악어문연구』 18, 서울대학교 국어국문학과, 1993.

권순회, 「〈율리유곡〉의 창작 기반과 시적 지향」, 『우리문학연구』 12, 우리문학회, 1999.
권순회, 「전가시조의 미적 특질과 사적 전개 양상」, 고려대학교 박사학위논문, 2000.
권정은, 「훈민시조의 창작기반과 다원적 진술양상」, 『국문학연구』 9, 국문학회, 2003.
권정은, 「자연시조의 구성공간과 지향의식」, 서울대학교 박사학위논문, 2004.
김기형, 「〈오ᄂᆞ리〉 유형의 기원과 전승 양상」, 『한국민속학』 30, 한국민속학회, 1998.
김대행, 『시조유형론』, 이화여자대학교출판부, 1986.
김병국, 「한국 전원문학의 전통과 그 현대적 변이 양상」, 『한국문화』 7, 서울대학교 규장각한국학연구원, 1986.
김병국, 『고전시가의 미학 탐구』, 월인, 2000.
김상진, 「조선 중기 연시조의 연구: 사시가계, 오륜가계, 육가계 작품을 중심으로」, 한양대학교 박사학위논문, 1996.
김상진, 「김득연의 〈산중잡곡〉 재조명-연작시조의 가능성을 중심으로」, 『한국시가연구』 16, 한국시가학회, 2004.
김상진, 「신계영의 〈전원사시가〉 고찰」, 『시조학논총』 24, 한국시조학회, 2006.
김상진, 「강복중의 〈수월정청흥가〉 재조명」, 『동방학』 25, 한서대학교 동양고전연구소, 2012.
김석회, 「17세기 자연시가의 양상과 그 역사적 성격」, 『고전문학과 교육』 3, 한국고전문학교육학회, 2001.
김석회, 「〈오늘이〉의 성격과 그 변용 양상 재론」, 『문학치료연구』 31, 한국문학치료학회, 2014.
김성문, 「사대부 시조에 나타난 사회적 소통 양상 고찰-훈민시조와 강호시조를 중심으로」, 『우리문학연구』 62, 우리문학회, 2019.
김승희, 「소수 문학으로서의 기녀시조 읽기-"해어화 텍스트"와 "전복적 욕망의 텍스트"」, 『시학과 언어학』 3, 시학과 언어학회, 2002.
김신중, 「사시가형 시조의 강호인식-이상향 추구의식을 중심으로」, 『시조학논총』 8, 한국시조학회, 1992.
김용찬, 「기녀시조의 작자 변증과 작품의 향유 양상」, 『민족문학사연구』 53, 민족문학사연구소, 2013.
김용철, 「훈민시조 연구」, 고려대학교 석사학위논문, 1990.
김용철, 「〈누항사〉의 자영농 형상과 17세기 자영농시가의 성립」, 정재호 편저, 『한국가사문학연구』, 태학사, 1996.
김종열, 「강호가도의 개념」, 『도남학보』 14, 도남학회, 1993.
김지은, 「기녀시조와 규방가사의 한의 표출양상 비교연구-개방적 표출과 폐쇄적 표출」, 『시조학논총』 36, 한국시조학회, 2012.
김창원, 「16세기 사림의 강호시가 연구: 강호의 미적 형상을 중심으로」, 고려대학교 박사학위논문, 1998.

김창원, 『강호시가의 미학적 탐구』, 보고사, 2004.
김창원, 「17~18세기 서울 및 근기 일대 전가시조 형성의 사회사」, 『고시가연구』 17, 한국시가문화학회, 2006.
김하나, 「교훈시조 연구」, 영남대학교 석사학위논문, 2012.
김흥규, 「강호자연과 정치현실-맹사성 〈강호사시가〉와 이현보 〈어부가〉의 정치현실 인식」, 이상신 편, 『문학과 역사』, 민음사, 1982.
김흥규, 「〈어부사시사〉에서의 '흥'의 성격」, 『한국 고전시가 작품론』 2, 집문당, 1992.
김흥규, 「16, 17세기 강호시조의 변모와 전가시조의 형성」, 『어문논집』 35, 민족어문학회, 1996.
김흥규, 「김득연 시조의 문학성」, 『이화어문논집』 17, 이화여자대학교 이화어문학회, 1999.
김흥규, 「17세기 초의 사상적 전개와 정훈의 시조」, 『시조학논총』 27, 한국시조학회, 2007.
김흥규, 「조선 전기 강호시조의 전개 국면-'조월경운'과 '치군택민'의 개념을 중심으로」, 『시조학논총』 29, 한국시조학회, 2008.
김흥규 외 편저, 『고시조 대전』, 고려대학교 민족문화연구원, 2012.
나정순, 「시조와 여성 작자층」, 『문학과 사회집단』, 집문당, 1995.
남정희, 「신계영의 〈전원사시가〉에 나타난 시간 인식과 전원의 의미」, 『어문연구』 57, 어문연구학회, 2008.
류속영, 「〈도산십이곡〉의 후대적 향유 양상」, 『코기토』 93, 부산대학교 인문학연구소, 2021.
박규홍, 「조선 전기 연시조 연구」, 영남대학교 석사학위논문, 1983.
박길남, 「강복중 시조에 나타난 갈등과 한계상황」, 『순천향어문논집』 7, 순천향어문학연구회, 2001.
박상영, 「정훈 시조의 구조적 특질과 그 미학적 의미」, 『시조학논총』 28, 한국시조학회, 2008.
박성의, 「『경민편』과 〈훈민가〉 소고」, 『어문논집』 10, 민족어문학회, 1967.
박애경, 「기녀 시에 나타난 내면 의식과 개인의 발견」, 『인간연구』 9, 가톨릭대학교 인간학연구소, 2005.
박애경, 「'소수자 문학'으로서의 기녀문학」, 『고전문학연구』 29, 한국고전문학회, 2006.
박연호, 「17세기 강호시조의 한 양상-김광욱 시조를 대상으로」, 『한국어문교육』 7, 고려대학교 한국어문교육연구소, 1994.
박연호, 「조선후기 교훈가사 연구」, 고려대학교 박사학위논문, 1997.
박이정, 「이중경의 노래에 대한 의식 및 시가 창작의 양상과 그 의미」, 『한국시가연구』 22, 한국시가학회, 2007.
박재민, 「시조의 발생 시기에 대한 소고-〈만대엽〉과 〈진작일〉을 중심으로」, 『한국어와 문화』 33, 숙명여자대학교 한국어문화연구소, 2023.
백민정, 「김광욱의 시조에 나타난 '강호'의 공간적 의미와 강호가도사적 의의」, 『인문학연구』 34, 충남대학교 인문과학연구소, 2007.
백순철, 「청계 강복중 시조 연구」, 『한국시가연구』 12, 한국시가학회, 2002.
서만수, 「정송강의 '훈민가' 연구」, 『동악어문논집』 7, 동악어문학회, 1971.
성기옥, 「고산 시가에 나타난 자연인식의 기본 틀」, 『고산연구』 창간호, 고산연구회, 1987.
성기옥, 「기녀시조의 감성 특성과 시조사」, 『한국고전여성문학연구』 창간호, 한국고전여성문학회, 2000.
성호경, 「고려시가 후전진작(북전)의 복원을 위한 모색」, 『국어국문학』 90, 국어국문학회, 1983.
성호경, 『조선전기시가론』, 새문사, 1988.
손오규, 「퇴계의 산수문학 연구」, 성균관대학교 박사학위논문, 1990.
손오규, 『산수문학 연구』, 부산대학교출판부, 1994.
손오규, 『산수미학 탐구』, 부산대학교출판부, 1998.
신성환, 「17세기 재지사족의 향촌질서 재편과 〈전가팔곡〉」, 『우리어문연구』 52, 우리어문학회, 2015.
신성환, 「조선후기 농가류 시가의 전개 양상과 의미 지향」, 고려대학교 박사학위논문, 2016.
신연우, 「주세붕에서 정철로 훈민시조의 변이와 그 의의」, 『온지논총』 4, 온지학회, 1998.
신연우, 「시조와 서울 굿 노랫가락의 관계」, 『동방학지』 132, 연세대학교 국학연구원, 2005.
신영명, 「16세기 강호시조의 연구: 정치적, 철학적 성격을 중심으로」, 고려대학교 박사학위논문, 1990.
신영명, 「17세기 강호시조에 나타난 '전원'과 '전가'의 형상」, 『한국시가연구』 6, 한국시가학회, 2000.
신영명·우응순 외, 『조선중기 시가와 자연』, 태학사, 2002.
신은경, 「기녀의 언술과 페미니즘」, 『고전시 다시 읽기』, 보고사, 1997.
안지영, 「기녀시조의 시조사적 의미」, 『시조학논총』 17, 한국시조학회, 2001.
양태순, 「청구영언 소재 초중대엽 노랫말 〈오늘이〉의 수용양상에 대하여」, 『한국시가연구』 35, 한국시가학회, 2013.
양희철, 「〈전가팔곡〉의 구조와 주제」, 『한국고전연구』 28, 한국고전연구학회, 2013.
양희철, 「〈오대어부가〉(9곡)의 세 텍스트 연구 – 텍스트별 결속, 종결, 구조, 주제 등으로 본 탈착형 연시조의 가능성」, 『한국고전연구』 39, 한국고전연구학회, 2017.
여기현, 「강호인식의 한 양상」, 『반교어문연구』 1, 반교어문학회, 1988.
오선주, 「신계영, 〈전원사시가〉의 표현틀과 의미구조」, 『시조학논총』 31, 한국시조학회,

2009.
육민수, 「김득연 문학작품의 특성-시조 작품을 중심으로」, 『반교어문연구』 17, 반교어문학회, 2004.
육민수, 「강복중 시가문학의 담론 양상」, 『국제어문』 74, 국제어문학회, 2017.
윤성근, 「훈민시조 연구」, 『한메 김영기 선생 고희기념논문집』, 형설출판사, 1971.
윤아영, 「기악 심방곡의 궁중교류 발생설에 관한 추론」, 『국악원논문집』 37, 국립국악원, 2018.
윤영옥, 「황진이 시의 Tension」, 『국어국문학』 83, 국어국문학회, 1980.
윤영옥, 「송이의 시조」, 『여성문제연구』 10, 효성여대 한국여성문제연구소, 1981.
윤영옥, 「훈민가계 시조의 일 표현」, 『한민족어문학』 9, 한민족어문학회, 1982.
윤영옥, 「기녀 매화의 시조」, 『여성문제연구』 11, 효성여대 한국여성문제연구소, 1982.
윤영옥, 「기녀시조의 고찰」, 『여성문제연구』 12, 효성여대 한국여성문제연구소, 1983.
이능우, 『이해를 위한 이조시조사』, 이문당, 1956.
이동영, 『조선조 영남시가의 연구』, 형설출판사, 1984.
이민홍, 『사림파문학의 연구』, 형설출판사, 1985.
이병기, 「歌樂史草」, 『가람문선』, 1966.
이보형, 「한국무의식의 음악」, 김인회 외, 『한국무속의 종합적 고찰』, 고려대학교 민족문화연구소, 1982.
이상원, 「16세기말~17세기초 사회 동향과 김득연의 시조」, 『어문논집』 31, 민족어문학회, 1992.
이상원, 「강복중 시조 연구」, 『한국시가연구』 창간호, 한국시가학회, 1997.
이상원, 「정훈 시조 연구」, 『우리어문연구』 11, 우리어문학회, 1997.
이상원, 「김광욱의 〈율리유곡〉 연구」, 『어문논집』 38, 민족어문학회, 1998.
이상원, 「17세기 시조 연구」, 고려대학교 박사학위논문, 1999.
이상원, 「초기 시조의 형성과 전개」, 『민족문학사연구』 17, 민족문학사연구소, 2000.
이상원, 「조선시대 생일노래의 성격과 전승 연구」, 『국제어문』 26, 국제어문학회, 2002.
이상원, 「'육가' 시형의 연원과 '육가형 시조'의 성립」, 『어문논집』 52, 민족어문학회, 2005.
이상원, 「17세기 육가형 시조 연구-장경세의 〈강호연군가〉와 이중경의 〈어부별곡〉, 『한국언어문학』 65, 한국언어문학회, 2008.
이상원, 「〈하여가〉의 이중 전승과 여말선초 시조사의 문제」, 『고전과 해석』 26, 고전문학한문학연구학회, 2018.
이승준, 「김득연의 계회 활동과 〈산중잡곡〉의 창작 맥락」, 『한국언어문학』 108, 한국언어문학회, 2019.
이현자, 「조선조 연시조의 유형별 변이양상 연구」, 경희대학교 박사학위논문, 2002.
이형대, 「어부 형상의 시가사적 전개와 세계 인식」, 고려대학교 박사학위논문, 1998.
이화형, 「기녀시조를 통해본 인간적 한계 인식과 극복 의지」, 『국제어문』 22, 국제어문학회, 2000.
이화형, 「시조에 나타난 기녀들의 존재의식 탐구-절대적 임에서 주체적 자아까지」, 『한국언어문학』 46, 한국언어문학회, 2001.
이화형, 「기녀시조의 해학성과 구경적 소망」, 『국제어문』 25, 국제어문학회, 2002.
임주탁, 「연시조의 발생과 특성에 관한 연구: 〈어부가〉, 〈오륜가〉, 〈도산육곡〉 계열 연시조를 중심으로」, 서울대학교 석사학위논문, 1990.
임형택, 「국문시의 전통과 도산십이곡」, 『퇴계학보』 19, 퇴계학연구원, 1978.
임형택, 「17세기 전후 육가형식의 발전과 시조문학」, 『민족문학사연구』 6, 민족문학사연구소, 1994.
전재강, 「훈민시조 작가와 작품의 역사적 성격」, 『어문학』 79, 한국어문학회, 2003.
전지영, 「『시용향악보』 평조대엽과 소엽 연구」, 『한국음악사학보』 39, 한국음악사학회, 2007.
정병욱, 『시조문학사전』, 신구문화사, 1966.
정소연, 「정훈의 시조와 한시 비교 연구」, 『문학교육학』 43, 한국문학교육학회, 2014.
정익섭, 「경민편과 훈민가」, 『한국언어문학』 3, 한국언어문학회, 1965.
정익섭, 『호남가단 연구 – 면앙정가단과 성산가단을 중심으로』, 진명문화사, 1975.
정종진, 「교훈시조의 시적 태도와 경계짓기로서의 의미」, 『문화와 융합』 44(1), 한국문화융합학회, 2022.
정흥모, 「기녀 수작시조의 변모와 그 의미」, 『한민족문화연구』 56, 한민족문화학회, 2016.
조규익, 「초창기 가곡창사의 장르적 위상에 대하여 – 〈북전〉과 〈심방곡〉을 중심으로」, 『국어국문학』 112, 국어국문학회, 1994.
조유영, 「〈오대어부가구곡〉에 나타난 '오대'의 문학적 형상화와 그 의미」, 『시조학논총』 41, 한국시조학회, 2014.
조윤제, 『조선시가사강』, 동광당서점, 1937.
조윤제, 『국문학사』, 동국문화사, 1949.
조윤제, 『국문학개설』, 동국문화사, 1955.
조은별, 「17세기 재지사족의 국문시가 창작과 갈봉 김득연의 〈산중잡곡〉」, 『개신어문연구』 43, 개신어문학회, 2018.
조태흠, 「훈민시조 연구」, 부산대학교 박사학위논문, 1989.
조태흠, 「훈민시조 종장의 특이성과 향유방식」, 『한국문학논총』 10, 한국문학회, 1989.
조해숙, 「전승과 향유를 통해 본 〈개암십이곡〉의 성격과 의미」, 『국어국문학』 133, 국어국문학회, 2003.
최규수, 「송강 정철 시가의 미적 특질 연구」, 이화여자대학교 박사학위논문, 1996.
최동국, 「조선조 산수시가의 이념과 미의식 연구」, 성균관대학교 박사학위논문, 1992.
최동원, 「고시조 여류작가고」, 『한국문학논총』 3, 한국문학회, 1980.

최재남, 「'육가'의 수용과 전승에 대한 고찰」, 『관악어문연구』 12, 서울대 국문과, 1987.
최진원, 『국문학과 자연』, 성균관대학교출판부, 1977.
최진원, 「강호가도와 산수시·전원시」, 『도남학보』 14, 도남학회, 1993.
최현재, 「교훈시조의 전통과 박인로의 〈오륜가〉」, 『한국시가연구』 14, 한국시가학회, 2003.
최호석, 「〈오대어부가〉를 통해 본 17세기 강호시가의 한 양상」, 『어문논집』 36, 민족어문학회, 1997.
최홍원, 「주세붕 〈오륜가〉의 표현 전략 연구-교훈시조 작품군과의 비교를 중심으로」, 『한국언어문학』 84, 한국언어문학회, 2013.
하윤섭, 「조선조 '오륜' 담론의 계보학적 탐색과 오륜시가의 역사적 전개 양상」, 고려대학교 박사학위논문, 2012.
한창훈, 「16세기 재지사림 강호시조의 양상과 전개」, 『시조학논총』 22, 2005.
한창훈, 「오륜시조에서 오륜가사로의 변전: '우정'에 관한 인식과 양상을 중심으로」, 『오늘의 가사문학』 15, 고요아침, 2017.
허왕욱, 「〈율리유곡〉에 나타난 귀향 의식의 문학적 형상」, 『고전문학과 교육』 22, 한국고전문학교육학회, 2011.
허왕욱, 「김득연의 〈산중잡곡〉에 나타난 17세기 재지사족의 문학적 사유」, 『한어문교육』 27, 한국언어문학교육학회, 2012.
황준연, 「가곡의 형식」, 『한국음악연구』 10, 한국국악학회, 1980.
황충기, 「훈민가의 계보적 신고」, 『문리학총』 6, 경희대학교 문리과대학, 1972.

조선 후기 가집 연구의 현황과 전망 _송안나

강경호, 「가곡원류계 가집의 편찬 특성과 전개 양상 연구」, 성균관대학교 박사학위논문, 2011.
강경호, 「20세기 초 가곡 문화의 변모와 가집 편찬의 양상」, 『한국시가연구』 33, 한국시가학회, 2012.
강경호, 「20세기 초 재편된 『가곡원류』(가람본)의 성격과 시가사적 의미」, 『한민족어문학』 68, 한민족어문학회, 2014.
강경호, 「가집 『협률대성』의 편찬 특성과 전승·향유의 문화적 의미」, 『시조학논총』 40, 한국시조학회, 2014.
강경호, 「김천택 편 『청구영언』의 편제적 특징과 가곡 문화사적 의미-유명씨 항목의 내적 체계와 작품 변화상에 주목하여」, 『한국시가연구』 43, 한국시가학회, 2017.
강경호, 「김천택 편 『청구영언』 '무명씨(無名氏)' 작품 배열의 내적 체계 - 『청구영언』

무명씨, 주제별 분류인가?-, 『국제어문』 75, 국제어문학회, 2017.
강경호, 「『교방가요』 가곡부의 편찬 특징과 가곡문화사적 함의」, 『고전과 해석』 35, 고전문학한문학연구학회, 2021.
강경호, 『조선 후기 가곡원류 계열 가집의 전개』, 보고사, 2021.
강경호, 「『교방가요』 수록 가곡 작품들의 특징과 지역성」, 『JKC』 56, 고려대 한국언어문화학술확산연구소, 2022.
강경호, 「현행 영제(嶺制) 시조창의 노랫말 고증을 위한 문헌적 접근 – 나손본 『악부』(건) 소재 시조창 작품을 대상으로」, 『동양고전연구』 89, 동양고전학회, 2022.
강재헌, 「『고금가곡』의 〈만횡청류〉 고찰」, 『어문연구』 68, 어문연구학회, 2011.
강재헌, 「고금가곡의 편찬 목적과 독자성」, 『어문연구』 69, 『어문연구학회』, 2011.
강전섭, 「해동가요의 형성과정」, 『한국고전문학연구』, 대왕사, 1982.
강전섭, 「『병와가곡집』의 형성년대」, 『천봉이능우박사 칠순기념논총』, 논총간행위원회 편, 1990.
강혜정, 「新資料, 尊經閣 所藏 30張本 『青丘咏言』의 編纂年代와 編纂者 考察」, 『한민족문화연구』 57, 한민족문화학회, 2017.
강혜정, 「新資料, 尊經閣 所藏 44張本 『詩調』의 特性 및 編纂 時期 考察」, 『한국시가연구』 42, 한국시가학회, 2017.
강혜정, 「『青丘永言』 박순호본, 국립한글박물관 소장 김천택 편 『청구영언』의 선행본일 가능성에 대하여」, 『열상고전연구』 60, 열상고전연구회, 2017.
고미숙, 「19세기 시조의 전개양상과 그 작품세계 연구」, 고려대학교 박사학위논문, 1994.
고미숙, 『19세기 시조의 예술사적 의미』, 태학사, 1998.
권순회, 「『古今歌曲』의 원본 발굴과 轉寫 경로」, 『우리어문연구』 34, 우리어문학회, 2009.
권순회, 「19세기 전반 가곡 가집 『詩歌曲』의 특성과 계보」, 『한국시가연구』 29, 한국시가학회, 2010.
권순회, 「『樂府』(羅孫本)의 계보학적 위상」, 『한국시가문화연구』 27, 한국시가문화학회, 2011.
권순회, 「단독 여창 가집의 형성 과정」, 『우리어문연구』 47, 우리어문학회, 2013.
권순회, 「박효관이 하순일에게 준 생애 마지막 가집, 한창기본 『가곡원류』」, 『열상고전연구』 41, 열상고전연구회, 2014.
권순회, 국립한글박물관 소장 『歌曲源流』(고태진 필사본)의 특성과 계보」, 『고전문학연구』 50, 한국고전문학회, 2016.
권순회, 「김천택(金天澤) 편 『청구영언(青丘永言)의 문헌 특성과 편찬 맥락」, 『한국시가연구』 43, 한국시가학회, 2017.
권순회, 「『영언』(이근배본)의 문헌 특성과 계보」, 『한국시가연구』 51, 한국시가학회, 2020.

권영철, 『병와 이형상 연구』, 한국연구원, 1978.
김근수, 「'歌曲源流'考」, 『명대논문집』 1, 명지대, 1968.
김동준, 「악학습령고」, 『악학습령』, 동국대 한국학연구소, 1978.
김명준, 「새로 발견된 가집 『신정가보(新正歌譜)』의 성격과 의의」, 『인문학연구』 50, 조선대 인문학연구원, 2020.
김석회, 「19세기 초중반 가집의 노랫말 변용 양상(2) – 『청구영언 육당본』의 경우」, 『고전문학연구』 24, 한국고전문학회, 2003.
김용찬, 「『병와가곡집』의 형성연대에 대한 검토」, 『한국학연구』 7, 고려대 한국학연구소, 1995.
김용찬, 「〈청구영언 진본〉의 성격과 편집의식」, 『어문논집』 35, 안암어문학회, 1996.
김용찬, 「18세기 가집편찬과 시조문학의 전개양상」, 고려대학교 박사학위논문, 1997.
김용찬, 「김유기의 작품세계와 18세기 가곡전승의 양상」, 『시조학논총』 17, 한국시조학회, 2001.
김용찬, 「한유신의 가창활동과 작품세계」, 『한민족어문학』 40, 한민족어문학회, 2002.
김용찬, 『조선후기 시가문학의 지형도』, 보고사, 2002.
김용찬, 「안민영 〈매화사〉의 연창환경과 작품세계」, 『어문논집』 54, 민족어문학회, 2006.
김용철, 「『진청』「무씨명」의 분류체계와 시조사적 의의」, 『고전문학연구』 16, 한국고전문학회, 1999.
김유경, 「방각본 남훈태평가의 간행 양상과 의의」, 『열상고전연구』 31, 열상고전연구회, 2010.
김윤희, 「18세기 중·후반 가집 특성의 일국면 – 『永言類抄』, 『解我愁』를 대상으로」, 『한국시가연구』 25, 한국시가학회, 2008.
김은혜, 「『근화악부』의 체재와 특성」, 한국시가학회 제75차 정기학술발표회 논문집, 2015.
김창원, 「조선시대 서울 양반의 거주지 공간개념과 『진청』「무씨명」 주제의 의미, 『한국시가연구』 32, 한국시가학회, 2012.
김태웅, 「18세기 후반~19세기 초중반 가집의 전개 양상 연구 – 『병와가곡집』, 서울대본 『악부』, 『흥비부』를 중심으로」, 성균관대학교 박사학위논문, 2013.
김태웅, 「18세기 후반~19세기 초 가집(歌集) 편찬과 『동국가사』의 가치」, 『한국시가연구』 37, 한국시가학회, 2014.
김학성, 「조선후기 시조집의 편찬과 국문시가의 동향」, 『동양학』 22, 단국대 동양학연구소, 1992.
김학성, 「18세기 초 전환기 시조 양식의 전변과 장르 실현 양상 – 珍本 『青丘永言』의 가집체계를 통하여」, 『한국시가연구』 23, 한국시가학회, 2007.
김학성, 「시조의 향유전통과 홍만종의 가집편찬」, 『고전문학연구』 34, 한국고전문학회, 2008.

남정희, 「『진본 청구영언(青丘永言)』 무명씨(無名氏)에 대한 고찰」, 『어문연구』 53, 어문연구학회, 2007.

남정희, 「『고금가곡』 내 「단가이십목」에 대한 고찰」, 『한국고전연구』 23, 한국고전연구학회, 2011.

류준필, 「안민영의 〈매화사〉론」, 백영 정병욱 선생 10주기 추모논문집 간행위원회, 『한국고전시가작품론』 2, 집문당, 1992.

박연호, 「『青丘永言(珍本)』 所載 18C 시조의 數大葉 한바탕 가능성 – 주의식 시조를 중심으로」, 『한국시가연구』 38, 한국시가학회, 2015.

박연호, 「編歌의 측면에서 본 『青丘永言』(珍本) 無名氏 연구 – 遊樂을 대상으로」, 『한국시가문화연구』 39, 한국시가문화학회, 2017.

박연호, 「한글박물관 소장 『청구영언』 無名氏 항목의 종합적 고찰」, 『한국시가연구』 43, 한국시가학회, 2017.

박연호, 「안민영 〈매화사팔절〉의 편가 구성과 시적 구조」, 『한국시가연구』 50, 한국시가학회, 2020.

박연호, 「주의식 시조의 전승양상과 그 의미」, 『한국시가연구』 57, 한국시가학회, 2022.

박이정, 「대중성의 측면에서 본 〈남훈태평가〉시조의 내적 문법 연구」, 서울대학교 석사학위논문, 2000.

박재민, 「六堂本 『청구영언』의 세 異本 비교 연구」, 『한국시가연구』 36, 한국시가학회, 2014.

배대웅, 「『악부 나손본(건)』의 가집사적 위상 – 각조음 항목 수록 작품을 바탕으로」, 『한국시가연구』 57, 한국시가학회, 2022.

손태룡, 「영남가객 한유신의 가곡활동」, 『한국음악사학보』 16, 한국음악사학회, 1996.

손태룡, 「『해동가요 박씨본(海東歌謠 朴氏本)』의 영언선 해제」, 『한국음악사학보』 21, 한국음악사학회, 1998.

성기옥, 「한국 고전시 해석의 과제와 전망 – 안민영의 〈매화사〉 경우」, 『진단학보』 85, 진단학회, 1998.

성무경, 「『敎坊歌謠』를 통해 본 19세기 중·후반 지방의 官邊 풍류」, 『시조학논총』 17, 한국시조학회, 2001.

성무경, 「가곡 가집, 『永言』의 문화적 도상」, 『고전문학연구』 23, 한국고전문학회, 2002.

성무경, 「19세기 초반, 가곡 향유의 한 단면 – 『永言』과 『青六』의 '이삭대엽 우·계면 배분방식'을 대상으로」, 『시조학논총』 19, 한국시조학회, 2003.

성무경, 「18세기 중반 가집 편찬의 동향과 『詩歌』」, 『열상고전연구』 19, 열상고전연구회, 2004.

성무경, 『조선후기 시가문학의 문화담론 탐색』, 보고사, 2004.

성무경, 「주제별 분류 가곡 가집, 『古今歌曲』의 문화도상 탐색」, 『한국시가연구』 19, 한국시가학회, 2005.

성무경, 「普及用 歌集 『남훈태평가』의 印刊과 시조 향유에의 影響(1)」, 『한국시가연구』 18, 한국시가학회, 2005.
성영애, 「해동가요 부영언선 번역문」, 『온지논총』 10, 온지학회, 2004.
송안나, 「19세기 중·후반 시조창 가집과 가곡창 가집의 상호소통 양상 연구 - 『남훈태평가』와 그 이후 시조창 가집을 대상으로」, 성균관대학교 석사학위논문, 2008.
송안나, 「18세기 후반 가집의 편찬 체제와 편가 구성의 방향-『청구영언』(가람본) 수록 낙 계열 악곡의 변화 양상을 중심으로」, 『국제어문』 73, 국제어문학회, 2017.
송안나, 「18세기 중·후반 가집의 특징과 변모 양상 연구」, 성균관대학교 박사학위논문, 2018.
송안나, 「조선후기 가집 편찬의 전통과 『고금가곡』」, 『국제어문』 89, 국제어문학회, 2021.
송안나, 「『해동가요』 박씨본에 반영된 가창전승의 특징적 국면」, 『어문논집』 93, 민족어문학회, 2021.
송안나, 「19세기 여창 가곡과 가집 편찬 방식에 대한 새로운 이해 - 『청구영언』 육당본을 대상으로」, 『고전과 해석』 38, 고전문학한문학연구학회, 2022.
송안나, 「조선후기 가족 담론 시조의 실현 양상과 전승 맥락」, 『한국고전여성문학연구』 46, 한국고전여성문학회, 2023.
송원호, 「가곡 한바탕의 연행 효과에 대한 일고찰(2) - 안민영의 羽調 한바탕을 중심으로」, 『어문논집』 42, 민족어문학회, 2000.
송태규, 「'황진이'에 관한 기억과 그 변모 양상 연구」, 고려대학교 석사학위논문, 2020.
신경숙, 『19세기 가집의 전개』, 계명문화사, 1994.
신경숙, 「조선후기 여창가곡의 연구」, 고려대학교 박사학위논문, 1994.
신경숙, 「19세기 가곡사 어떻게 볼 것인가」, 『한국문학연구』 창간호, 고려대 민족문학연구소, 2000.
신경숙, 「안민영과 예인들-기악연주자들을 중심으로」, 『어문논집』 41, 민족어문학회, 2000.
신경숙, 「18·19세기 가집, 그 중앙의 산물」, 『한국시가연구』 11, 한국시가학회, 2001.
신경숙, 「안민영 예인집단의 좌상객 연구」, 『한국시가연구』 10, 한국시가학회, 2001.
신경숙, 「『가곡원류』의 소위 '관습구'들, 어떻게 볼 것인가?-평시조를 중심으로」, 『한민족어문학』 41, 한민족어문학회, 2002.
신경숙, 「『가곡원류』의 재조명」, 『가객 박효관을 통해본 조선시대 정가세계』, 국립국악원 국악학 학술회의 발표요지집, 2002.
신경숙, 「조선후기 연향의식에서의 가자」, 『국제어문』 29, 국제어문학회, 2004.
신경숙, 「19세기 서울 우대의 가곡집 『가곡원류』」, 『고전문학연구』 35, 한국고전문학회, 2009.
신경숙, 「『가곡원류』 편찬 연대 재고」, 『한민족어문학』 54, 한민족어문학회, 2009.

신경숙, 「가집 지음 (乾)」의 시대와 지역」, 『시조학논총』 32, 한국시조학회, 2010.
신경숙, 「『가곡원류』 초기본 형성과정과 의미-육당본, 프랑스본을 중심으로」, 『한민족문화연구』 36, 한민족문화학회, 2011.
신경숙, 「시조 문헌 편찬의 역사: 『청구영언』에서 『고시조 대전』까지」, 『민족문화연구』 57, 고려대 민족문화연구원, 2012.
신경숙, 「시조사전, 어떻게 만들어지는가?」, 『한성어문학』 32, 한성대학교 한성어문학회, 2013.
신경숙, 「고전시가연구와 가집문헌」, 『고전과 해석』 18, 고전문학한문학연구학회, 2015.
신경숙, 「『永言』(이근배본)의 三數大葉, 聳歌, 蔓橫의 성격」, 『한국시가연구』 51, 한국시가학회, 2020.
신경숙, 「시조의 '대교'형식 창안과 『역대시조전서』」, 『모산심재완선생기념총서』 1, 한국예총 구미지회, 2022.
신경숙, 「『청구영언』과 사설시조」, 『한국시가연구』 58, 한국시가학회, 2023.
신윤경, 「「진본 청구영언」 소재 만횡청류의 존재 양상 연구」, 이화여자대학교 박사학위논문, 2015.
신윤경, 「김천택 편 『청구영언』의 만횡청류에 담긴 삶의 장면과 의미」, 『한국시가연구』 43, 한국시가학회, 2017.
심재완, 「시조 작품의 원문전화의 제유형에 대한 고찰」, 『어문학』 6, 한국어문학회, 1960.
심재완, 「가곡원류계 가집 연구」, 『영남대학교 논문집』 1, 1967.
심재완, 『시조의 문헌적 연구』, 세종문화사, 1972.
심재완·황충기, 「악학습령고」, 『국어국문학』 87, 국어국문학회, 1982.
심재완, 「한유신과 영언선」, 『모산학보』 3, 동아인문학회, 1992.
양승민, 「『여창가요록』 양승민본의 문헌적 특징과 자료적 가치」, 『한국시가연구』 33, 한국시가학회, 2012.
양희찬, 「시조집의 편찬계열 연구」, 고려대학교 박사학위논문, 1993.
양희찬, 「『海東歌謠』의 編纂과 性格에 대한 論考-『해동가요』 朴永弴 소장 이본의 기록을 중심으로」, 『순천향어문논집』 5, 순천향어문학연구회, 1998.
유정란, 「『근화악부(槿花樂府)』의 성격과 작품 수록의 특징」, 『국제어문』 82, 국제어문학회, 2019.
육민수, 「18세기 가집 편찬의 두 가지 문제에 대한 탐색 - 『병와가곡집』 편찬 시기와 『청진』의 위상을 중심으로」, 『어문연구』 41(2), 한국어문교육연구회, 2013.
윤덕진, 「『古今歌曲』의 장가 체계」, 『고전문학연구』 28, 한국고전문학회, 2005.
이능우, 「보급용 가집들에 대하여」, 『한국시가문학연구』, 신구문화사, 1982.
이동연, 「19세기 시조의 변모양상 - 조황·안민영·이세보의 개인시조집을 중심으로」, 이화여자대학교 박사학위논문, 1995.

이병기, 「序文」, 『증보 가곡원류』(함화진 편), 鐘路印文社, 1943.
이상원, 「李鼎輔 時調 해석의 시각」, 『한국시가연구』 12, 한국시가학회, 2002.
이상원, 「조선후기 가집 연구의 새로운 시각 – 『海東歌謠 朴氏本』을 대상으로」, 『시조학논총』 18, 한국시조학회, 2002.
이상원, 「『海東風雅』의 성격과 無名氏 작품배열 원리」, 『한국문학연구』 3, 고려대 민족문화연구원 한국문학연구소, 2002.
이상원, 「18세기 歌集 편찬과 『靑丘永言 精文硏本』의 위상」, 『한국시가연구』 14, 한국시가학회, 2003.
이상원, 『조선시대 시가사의 구도와 시각』, 보고사, 2004.
이상원, 「『객악보』의 성격과 가곡사적 위상」, 『고전과 해석』 3, 고전문학한문학연구학회, 2007.
이상원, 「『가조별람』의 문헌적 특성과 『시가』와의 관계」, 『한민족어문학』 54, 한민족어문학회, 2009.
이상원, 「『남훈태평가』의 필사본 유통 양상」, 『한국시가연구』 27, 한국시가학회, 2009.
이상원, 「『청구영언』(가람본)의 성격과 계보학적 위상」, 『고전과 해석』 9, 고전문학한문학연구학회, 2010.
이상원, 「『고금가곡』의 체제와 성격」, 『한민족어문학』 59, 한민족어문학회, 2011.
이상원, 「『해아수(解我愁)』의 정체와 가치」, 『국제어문』 57, 국제어문학회, 2013.
이상원, 「『병와가곡집』의 악곡 편제와 가곡사적 위상–삭대엽과 낙희조를 중심으로」, 『한국시가문화연구』 33, 한국시가문화학회, 2014.
이상원, 「만횡청류의 운명 – 『청구영언』 수록 전과 후」, 『한국시가연구』 43, 한국시가학회, 2017.
이상원, 「무명씨를 통해 본 『영언』(이근배본)의 가집사적 위상」, 『한국시가연구』 51, 한국시가학회, 2020.
이승준, 「『진본 청구영언』 무명씨 후반부 항목의 배열 체계와 그 의미 – 『진청』 382~391을 대상으로」, 『어문론총』 70, 한국문학언어학회, 2016.
이유진, 「방각본 한글가집 『남훈태평가』의 서지 연구」, 『한국문화』 43, 서울대 규장각한국학연구원, 2008.
임재욱, 「小倉本 『青邱永言』에 대하여 – 六堂本 『靑丘永言』과의 차이점 대비를 중심으로」, 『한국시가연구』 34, 한국시가학회, 2013.
장사훈, 「가곡원류」, 『한국음악학자료논총』 5, 국립국악원, 1981.
전재진, 「가집 『興比賦』의 전사본과 19C 후반~20C 초반 가곡의 변화양상」, 『한국학』 30(2), 한국학중앙연구원, 2007.
전재진, 「『남훈태평가』의 인간과 개화기 한남서림 서적발행의 의의」, 『인문과학』 39, 성균관대 인문과학연구소, 2007.
전재진, 「『樂府』와 統制營의 風流–『興比賦』 1의 관계를 중심으로」, 『한국학논집』 42,

한양대 한국학연구소, 2007.
정병욱, 「해동가요 편찬과정 소고」, 『국문학산고』, 신구문화사, 1959.
조규익, 「영언선의 정체와 가집 편찬사적 의미」, 『시조학논총』 15, 한국시조학회, 1999.
조윤제, 「歌曲源流」, 『조선어문』 5, 조선어학회, 1932.
조윤제, 「고도서해제 雜組. 6, 남훈태평가」, 『조선어문』 7, 조선어문학회, 1933.
조윤제, 「역대 가집 편찬의식에 대하여」, 『진단학보』 3, 진단학회, 1935.
조윤제, 『조선시가사강』, 박문출판사, 1937.
조해숙, 「자료로 본 김천택 편 『청구영언』의 몇몇 문제에 대하여」, 『국문학연구』 47, 국문학회, 2023.
최규수, 「남훈틱평가를 통해본 19세기 시조의 변모양상」, 이화여자대학교 석사학위논문, 1989.
최규수, 『19세기 시조 대중화론』, 보고사, 2005.
최동원, 「朴氏本 「海東歌謠」攷 －「靑珍」·「海朴」·「海周」의 對比的 考察」, 『문리과대학 논문집』 18, 부산대 인문학연구소, 1979.
崔元植·丁海廉 편역, 『安自山 國學論選集』, 현대실학사, 1996.
최지혜, 「『고금가곡』에 나타난 무반의 가집 편찬 의식과 가곡 향유」, 『이화어문논집』 40, 이화어문학회, 2016.
최현재, 「새 자료 『청구영언』의 특징과 의의」, 『한국언어문학』 80, 한국언어문학회, 2012.
황순구, 「해제 가곡원류」, 『시조자료총서3, 가곡원류』, 한국시조학회, 1987.
황충기, 「朴氏本 『海東歌謠』에 대하여」, 『어문연구』 7, 한국어문교육연구회, 1979.
허영진, 「남창본 『고금가곡』의 실증적 재조명」, 『국제어문』 31, 국제어문학회, 2004.
허영진, 「『병와가곡집』의 편찬 양상과 가집사적 특질」, 고려대학교 박사학위논문, 2015.
多田正知, 「靑丘永言と歌曲源流」, 『朝鮮論集』(小田先生頌壽記念會 編), 1934.

사설시조 연구의 현황과 전망* _박영민

강명관, 「사설시조의 창작향유층에 대하여」, 『민족문학사연구』 4, 민족문학사학회, 1993.
강명관, 「판소리계 소설에 나타난 식욕과 판타지」, 『고전문학연구』 32, 한국고전문학회,

* 2000년 이후 사설시조 연구의 성과를 정리한 본고의 특성상 대상 논저의 목록을 제시할 필요가 있을 듯하다. 따라서 문제를 제기하거나 전망을 모색하는 등 필자의 논의를 뒷받침하기 위해 참고한 선행 연구를 먼저 제시한 다음, 2000년 이후의 사설시조 연구 논저를 항목별로 제시할 예정이다. 후자는 출간된 연도순으로, 같은 해에 출간된 경우는 저자의 이름순으로 논저를 배치하고자 한다.

2007.
게오르그 루카치 외, 최유찬 외 편역, 『리얼리즘과 문학』, 지문사, 1985.
고미숙, 「사설시조의 역사적 성격과 그 계급적 기반 분석」, 『어문논집』 30, 고려대학교 국어국문학연구회, 1991.
고정옥, 『고장시조선주』, 정음사, 1949.
김대행, 『시조유형론』, 이화여자대학교출판부, 1986.
김동욱, 「사설시조 발생고」, 『국어국문학』 1, 국어국문학회, 1952.
김명호, 「실학파의 문학론과 근대 리얼리즘 – 연암의 문학론을 중심으로」, 『한국한문학연구』 19, 한국한문학회, 1996.
김세준, 「운동성으로서의 총체성과, 문학비평담론 연구」, 『현대문학이론연구』 76, 현대문학이론학회, 2019.
김응준, 『리얼리즘』, 연세대학교출판부, 2009.
김학성, 「사설시조의 장르형성 재론」, 『대동문화연구』 20, 성균관대학교 대동문화연구원, 1986.
김학성, 「사설시조의 시적 시선 유형과 그 변모」, 『한국학보』 18, 일지사, 1992.
김학성, 「사설시조의 담당층 연구」, 『성균어문연구』 29, 성균관대학교 국어국문학과, 1993.
김학성, 「한국 고전시가 연구와 주제사적 탐구」, 『한국시가연구』 15, 한국시가학회, 2004.
김학성, 『한국 고전시가의 전통과 계승』, 성균관대학교출판부, 2009.
김학성, 『사설시조의 세계 – 범속한 삶의 만인보』, 세창출판사, 2015.
남정희, 「18세기 경화사족의 시조 향유와 창작 양상에 관한 연구」, 이화여자대학교 박사학위논문, 2002.
류수열·이지선·김세림, 「학술 담론과 교육 담론의 거리에 대한 비판적 성찰 – 사설시조 향유층 논란을 중심으로」, 『문학교육학』 47, 한국문학교육학회, 2015.
마르틴 하이데거, 한충수 역, 『예술 작품의 샘』, 이학사, 2022.
모리스 블랑쇼, 이달승 역, 『문학의 공간』, 그린비, 2010.
박노준, 「시가 연구 방법론 수제」, 『한국시가연구』 17, 한국시가학회, 2005.
박영민, 「정철 시조의 담화 특성과 전승 의식」, 서울대학교 박사학위논문, 2020.
백낙청, 「민족문학론과 리얼리즘론」, 기념논총간행위원회, 『벽사이우성교수 정년퇴직기념논총 – 민족사의 전개와 그 문화(하)』, 창작과비평사, 1990.
서동욱, 『차이와 타자』, 문학과지성사, 2000.
서영숙, 『한국 서사민요의 날실과 씨실』, 역락, 2009.
송지언, 「이탈리아 대학에서의 시조 번역 수업 사례 연구」, 『문학교육학』 79, 한국문학교육학회, 2023.
신광현, 「'총체성'과 문화연구의 미래: 프레드릭 제임슨의 주제에 의한 변주」, 『비평과 이론』 11(2), 한국비평이론학회, 2006.
신경숙, 「19세기 연행예술의 유통구조 – 가곡(시조문학)을 중심으로」, 『어문논집』 43, 안암어문학회, 2001.
신경숙, 「18·19세기 가집, 그 중앙의 산물」, 『한국시가연구』 11, 한국시가학회, 2002.
신경숙, 「19세기 서울 우대의 가곡집, 『가곡원류』」, 『고전문학연구』 35, 한국고전문학회, 2009.
신경숙, 「조선후기 가곡 향유의 범위와 그 의미」, 『시조학논총』 34, 한국시조학회, 2011.
앤터니 이스톱, 박인기 역, 『시와 담론』, 지식산업사, 1994.
이능우, 『고시가논고: 그 본성 파악을 위한 연구』, 선명문화사, 1966.
이도흠, 「한국 시가 연구 100년의 자취와 전망」, 『한국시가연구』 57, 한국시가학회, 2022.
이진경, 「현실과 비밀, 혹은 수많은 리얼리즘들」, 『오늘의 문예비평』, 오늘의 문예비평, 2010.
임형택, 「실학사상과 현실주의문학」, 『한국문학사의 논리와 체계』, 창작과비평사, 2002.
장사훈, 「엇시조와 사설시조의 형태론」, 『국악논고』, 서울대학교출판부, 1966.
조윤제, 『한국문학사』, 동국문화사, 1963.
조해숙, 「사설시조의 담당층과 문학적 성격」, 『국문학연구』 9, 국문학회, 2003.
최규수, 「사설시조의 장르론적 연구 성과와 전망」, 『한국시가연구』 2, 한국시가학회, 1997.
프레드릭 제임슨, 『정치적 무의식』, 민음사, 2015.
하윤섭, 「고전문학교육과 텍스트 해석의 문제 – 2009 개정 문학 교과서 소재 사설시조 작품들을 대상으로」, 『한국어문교육』 19, 고려대학교 한국어문교육연구소, 2016.

2000년 이후 사설시조 연구 논저(출간연도순)

① 시학과 미의식 분석에 기반한 장르적 성격 도출

고정희, 「사설시조에 나타난 우화적 내면 표현」, 『국어교육』 108, 한국어교육학회, 2002.
김학성, 「사설시조의 형식과 미학적 특성」, 『어문연구』 30(4), 한국어문교육연구회, 2002.
이형대, 「사설시조에 나타난 시·공간 표상의 양상」, 『한국시가연구』 12, 한국시가학회, 2002.
고정희, 「사설시조의 희극적 특징 고찰」, 『한국문학논총』 35, 한국문학회, 2003.
이수곤, 「사설시조의 거리두기 양상에 대한 고찰 – 진본 『청구영언』「만횡청류」를 대상으로」, 『시학과 언어학』 5, 시학과 언어학회, 2003.
조세형, 「사설시조의 시학적 고찰」, 『국어교육』 112, 한국어교육학회, 2003.
조세형, 「사설시조의 중층성과 욕망의 언어」, 『한국고전여성문학연구』 7, 한국고전여성문학회, 2003.

원용문, 「사설시조의 성격 연구」, 『청람어문교육』 29, 청람어문교육학회, 2004.
고정희, 「사설시조의 장형성과 이행기 문학적 의의」, 『고전문학과 교육』 10, 한국고전문학교육학회, 2005.
원용문, 「사설시조의 형태구조 연구」, 『시조학논총』 23, 한국시조학회, 2005.
이수곤, 「사설시조의 미적 기반에 대한 시론적 고찰 – '병렬구조'를 대상으로」, 『국제어문』 35, 국제어문학회, 2005.
김학성, 「사설시조의 서술특징과 현대적 계승」, 『어문연구』 36(4), 한국어문교육연구회, 2008.
조흥욱, 「사설시조의 장형화 양상 연구 – 평시조 작품과의 대비를 중심으로」, 『어문학논총』 27, 국민대학교 어문학연구소, 2008.
박상영, 「사설시조 웃음의 미학적 연구」, 경북대학교 박사학위논문, 2009.
성호경, 「조선 후기 '평민시가'의 시적 초점과 창작원리 – 조선 후기 "평민시가"의 시적 초점과 통속예술적 성격(1)」, 『어문학』 105, 한국어문학회, 2009.
이형대, 「사설시조와 근대성 – 사설시조의 시적 시선과 근대적 시각 장의 연관에 대한 시론적 탐색」, 『한국시가연구』 28, 한국시가학회, 2010.
조흥욱, 「사설시조의 인물 서술 양상 연구」, 『어문학논총』 29, 국민대학교 어문학연구소, 2010.
고정희, 「조선시대 규범서를 통해 본 사설시조의 희극성」, 『국어국문학』 159, 국어국문학회, 2011.
박상영, 「사설시조에 드러난 희비극성의 양상과 그 미학적 의미」, 『한국언어문학』 77, 한국언어문학회, 2011.
박영민, 「사설시조의 주제구현 방식 연구 – 발화의 시점과 시적 태도를 중심으로」, 서울대학교 석사학위논문, 2011.
고정희, 「사설시조의 사물 분류 방식과 그 시적 의미」, 『고전문학연구』 41, 한국고전문학회, 2012.
류해춘, 「대화체를 수용한 사설시조와 그 실현양상」, 『국학연구논총』 9, 택민국학연구원, 2012.
박상영, 「사설시조에 드러난 일상성 담론과 미학, 그리고 근대」, 『시조학논총』 37, 한국시조학회, 2012.
고정희, 「사설시조와 리얼리즘」, 『국문학연구』 28, 국문학회, 2013.
류해춘, 「현상적 청자를 설정한 사설시조의 유형과 그 존재양상」, 『온지논총』 35, 온지학회, 2013.
이재준, 「사설시조에 나타난 현실 인식과 그 의미 – 대상과의 관계 맺기 방식을 중심으로」, 『온지논총』 37, 온지학회, 2013.
조성진, 「사설시조 사랑노래에 나타난 웃음의 의미」, 『한국시가연구』 35, 한국시가학회, 2013.

이형대, 「사설시조에 발현된 희극성의 육체적 표상들」, 『한국시가문화연구』 33, 한국고시가문학회, 2014.
조성진, 「대화체 사설시조의 극적 성격과 그 의미 – 명대 악부민가와의 비교를 중심으로」, 『국문학연구』 29, 국문학회, 2014.
박상영, 「사설시조에 나타난 '아이'의 양상과 그 시가사적 함의」, 『시조학논총』 42, 한국시조학회, 2015.
박상영, 「사설시조에 나타난 풍류의 한 양상」, 『한국시가연구』 38, 한국시가학회, 2015.
조태성, 「사설시조의 모더니티 – 자설의 사설 담론화를 중심으로」, 『한국시가문화연구』 36, 한국고시가문화학회, 2015.
송지언, 「기다림의 사설시조에 나타난 웃음의 해석 – '임이 오마 하거늘'을 중심으로」, 『고전문학과 교육』 32, 한국고전문학교육학회, 2016.
조흥욱, 「사설시조 소재와 형식의 관련 양상」, 『어문학논총』 35, 국민대학교 어문학연구소, 2016.
이수곤, 「사설시조의 '속됨' 양상과 그 의미」, 『한국고전연구』 39, 한국고전연구학회, 2017.
조세형, 「동아시아적 근대의 문제와 사설시조의 장르지향」, 『도시인문연구』 10(1), 서울시립대학교 도시인문학연구소, 2018.
조흥욱, 「사설시조의 표현 기교」, 『어문학논총』 37, 국민대학교 어문학연구소, 2018.
박영주, 「사설시조의 산문성과 구조적 분방성」, 『한국시가문화연구』 43, 한국시가문화학회, 2019.
이형대, 「사설시조와 감각 체험의 시적 형상」, 『한국시가연구』 46, 한국시가학회, 2019.
정종진, 「사설시조에 나타난 욕의 양상과 의미」, 『국제어문』 88, 국제어문학회, 2021.
박상영, 「사설시조 속 '죽음'의 인식 층위와 그 시학적 의미」, 『시조학논총』 58, 한국시조학회, 2023.
정은선, 「사설시조의 희극성 교육을 위한 이론적 고찰 – 제리 파버의 웃음 이론을 중심으로」, 『선청어문』 52, 서울대학교 국어교육과, 2023.

② 여성적 형상과 목소리를 통한 여성의 삶과 욕망 고찰

류수열, 「놀이로 본 사설시조의 에로티시즘」, 『선청어문』 28(1), 서울대학교 국어교육과, 2000.
박애경, 「사설시조의 여성화자와 여성 섹슈얼리티」, 『여성문학연구』 3, 한국여성문학학회, 2000.
이형대, 「사설시조와 성적 욕망의 지층들」, 『민족문학사연구』 17, 민족문학사학회, 2000.
이형대, 「사설시조와 여성주의적 독법」, 『시조학논총』 16, 한국시조학회, 2000.
김흥규, 「사설시조의 애욕과 성적 모티프에 대한 재조명」, 『한국시가연구』 13, 한국시가학회, 2003.

고정희, 「사설시조에 나타난 여성의 수사적 상황」, 『국어교육』 114, 한국어교육학회, 2004.
허왕욱, 「고전 시가에 나타난 성 표현의 양상」, 『청람어문교육』 28, 청람어문교육학회, 2004.
류해춘, 「금전을 매개로 한 사설시조의 성담론」, 『시조학논총』 25, 한국시조학회, 2006.
류해춘, 「가족갈등을 매개로 한 사설시조의 성담론」, 『시조학논총』 27, 한국시조학회, 2007.
류해춘, 「상행위를 매개로 한 사설시조의 성담론」, 『우리문학연구』 22, 우리문학회, 2007.
박승희, 「사설시조에 나타난 욕망 구조와 근대의 의미」, 『한국문학이론과 비평』 37, 한국문학이론과비평학회, 2007.
류해춘, 「불륜을 매개로 한 사설시조의 성담론」, 『우리문학연구』 24, 우리문학회, 2008.
박상영, 「사설시조 속 여성 형상의 제시 양상과 그 의미」, 『시조학논총』 40, 한국시조학회, 2014.
박상영, 「사설시조에 나타난 권력의 흔적들」, 『국어국문학』 181, 국어국문학회, 2017.
박상영, 「사설시조에 나타난 '장애'의 일면」, 『국어국문학』 183, 국어국문학회, 2018.
박상영, 「조선후기 시가에 나타난 혐오의 한 양상과 그 문화론적 의미」, 『국어국문학』 185, 국어국문학회, 2018.
김지은, 「사설시조에 나타난 여성캐릭터 형상」, 『시조학논총』 50, 한국시조학회, 2019.
박상영, 「사설시조의 여성을 향한 두 시선: 저항과 욕망, 그 대립을 넘어서」, 『시조학논총』 50, 한국시조학회, 2019.
정영문·하경숙, 「시조문학에 투영된 도시생활과 여성 – 사설시조에 나타난 상업도시에서의 여성을 중심으로」, 『온지논총』 59, 온지학회, 2019.
박상영, 「사설시조와 여성: 그 흔적들과 시선의 지층들」, 『한국시가문화연구』 45, 한국시가문화학회, 2020.
이민규, 「서사민요와 사설시조 속 젠더 인식의 차이와 성적 대상화의 문제」, 『어문학』 155, 한국어문학회, 2022.
이정선, 「고전시가의 여성 화자를 통해 본 '임(남성)'의 형상화 연구 (Ⅱ): 사설시조를 중심으로」, 『돈암어문학』 41, 돈암어문학회, 2022.

③ 가집이나 악곡 이해에 기반을 둔 문화사적 접근

김복영, 「만횡청류 연구」, 서울대학교 석사학위논문, 2001.
김학성, 「18·19세기 예술사의 구도와 시가의 미학적 전환: 여항/시정문화와의 관련양상을 중심으로」, 『한국시가연구』 11, 한국시가학회, 2002.
류근안, 「사설시조의 연행화 양상에 대한 연구」, 『한국언어문학』 49, 한국언어문학회, 2002.
성무경, 「19세기 초반, 가곡 향유의 한 단면」, 『시조학논총』 19, 한국시조학회, 2003.
김영운, 『가곡 연창형식의 역사적 전개 양상』, 민속원, 2005.

이영태, 「사설시조의 가창공간과 가창 참석자들의 심리 – 프로이트의 농담이론을 통하여」, 『고전문학연구』 27, 한국고전문학회, 2005.
강혜정, 「만횡청류의 형성 기반과 여항가요와의 친연성에 대한 고찰」, 『어문논집』 62, 민족어문학회, 2010.
강재헌, 「『고금가곡』의 〈만횡청류〉 고찰」, 『어문연구』 68, 어문연구학회, 2011.
어진호, 「가람본 『청구영언』을 중심으로 한 '낙시조'의 쟁점과 향유 양상」, 『한국시가문화연구』 29, 한국시가문화학회, 2012.
변미혜, 「가곡 작창 원리에 대한 소고 – 노랫말의 음보, 배자, 장단 점수의 상관성을 중심으로」, 『한국음악연구』 54, 한국국악학회, 2013.
김선기, 「만횡청류의 형태와 그에 따른 몇 가지 문제」, 『충청문화연구』 13, 충남대학교 충청문화연구소, 2014.
김영덕, 「장진주의 악곡구조분석」, 『한국음악사학보』 52, 한국음악사학회, 2014.
박연호, 「남창 가곡 우조 농, 락의 선율과 노랫말의 관련성」, 『한국시가연구』 36, 한국시가학회, 2014.
이도흠, 「만횡청류 사설시조에서 통속성의 미적 범주와 양상」, 『국어국문학』 169, 국어국문학회, 2014.
김영운, 「현행 가곡의 사설시조 가창 양상」, 『시조학논총』 43, 한국시조학회, 2015.
신윤경, 「「진본 청구영언」 소재 만횡청류의 존재 양상 연구」, 이화여자대학교 박사학위논문, 2015.
송안나, 「18세기 후반 가집의 편찬 체제와 편가 구성의 방향 – 『청구영언』(가람본) 수록 낙 계열 악곡의 변화 양상을 중심으로」, 『국제어문』 73, 국제어문학회, 2017.
정일영, 「『증보가곡원류』 농·낙 사설과 악곡의 연관성 고찰」, 『시조학논총』 46, 한국시조학회, 2017.
이상원, 「만횡청류의 운명 – 『청구영언』 수록 전과 후」, 『한국시가연구』 43, 한국시가학회, 2017.
신혜선, 「『삼죽금보』 각을 통해 본 가곡 농·낙의 특징」, 한양대학교 박사학위논문, 2019.
배대웅, 「만횡청류의 분화와 분화의 의의」, 『한국시가문화연구』 48, 한국시가문화학회, 2021.
신경숙, 「『청구영언』과 사설시조」, 『한국시가연구』 58, 한국시가학회, 2023.

④ 개별 작품이나 난해 어구에 대한 재해석

김성면, 「이정보 애정류 사설시조의 구조 고찰 – 성적 내용을 다룬 세 작품을 대상으로」, 『시조학논총』 21, 한국시조학회, 2004.
이영태, 「'각씨네~' 시조의 검토와 「각씨네 내 첩이 되나」의 해석」, 『시조학논총』 22, 한국시조학회, 2005.
고정희, 「손진태의 『조선고가요집』을 통한 사설시조 난해어구의 해석」, 『국문학연구』

22, 국문학회, 2010.
김상진, 「시조에 나타난 조선후기 풍속도 – 이정보 시조를 중심으로」, 『온지논총』 27, 온지학회, 2011.
이수곤, 「'소대남편[샛서방, 간부]' 등장 사설시조의 특성 고찰」, 『한국고전연구』 33, 한국고전연구학회, 2016.
이상원, 「중 등장 사설시조에 대한 새로운 해석」, 『한민족문화연구』 60, 한민족문화학회, 2017.
손정인, 「안민영 피란 시기 사설시조의 성격과 표현」, 『한민족어문학』 82, 한민족어문학회, 2018.
이상원, 「사설시조 〈댁들에 단저 단술 사오〉의 정확한 해석」, 『고전과 해석』 28, 고전문학한문학연구학회, 2019.
이혜경, 「가족유사성의 개념을 통한 김수장 자작 시조의 배열 원리 고찰 – 주씨본 『해동가요』에 수록된 사설시조를 중심으로」, 『국문학연구』 43, 국문학회, 2021.
하윤섭, 「인간 존재에 대한 사설시조의 시선 – 〈두터비 프리를 물고~〉와 〈님이 오마커늘~〉에 대한 재해석」, 『Journal of Korean Culture』 52, 한국어문학국제학술포럼, 2021.

⑤ 빈번하게 출현하는 주제 단위나 모티프에 대한 탐구

류해춘, 「사설시조에 나타난 여가활동의 양상」, 『시조학논총』 21, 한국시조학회, 2004.
이정옥, 「사설시조의 '산것들'과 그들에 대한 작가인식」, 『시조학논총』 20, 한국시조학회, 2004.
김용찬, 「사설시조 속의 가족과 그 주변인들 – 고부·처첩 관계를 중심으로」, 『한국고전여성문학연구』 11, 한국고전여성문학회, 2005.
신윤경, 「사설시조에 나타난 '연애걸기'의 양상과 그 의미 – 〈만횡청류〉를 중심으로」, 『이화어문논집』 26, 이화어문학회, 2008.
이수곤, 「노년의 형상화 양상과 그 문화적 의미에 대한 시론적 고찰 – 조선 후기 사설시조를 중심으로」, 『한민족문화연구』 31, 한민족문화학회, 2009.
신윤경, 「김천택 편 『청구영언』의 만횡청류에 담긴 삶의 장면과 의미」, 『한국시가연구』 43, 한국시가학회, 2017.

⑥ 비슷한 시기 국내외 다른 장르와의 비교

박경주, 「17·18세기 한국과 일본의 대중시가 비교 연구: 사설시조, 잡가와 하이카이(俳諧), 교카(狂歌), 센류(川柳)를 중심으로」, 『국어교육』 114, 한국어교육학회, 2004.
신은경, 「조선후기 '님' 담론의 특성과 그 의미: 사설시조와 잡가를 중심으로」, 『시조학논총』 20, 한국시조학회, 2004.

신은경, 「18·19세기 한·일 시정문학 비교: 사설시조와 센류(川柳)를 중심으로」, 『한국언어문학』 52, 한국언어문학회, 2004.
신은경, 「사설시조 연구의 신 지평 – 조선후기 야담과의 대화적 양상을 중심으로」, 『한국문학이론과 비평』 26, 한국문학이론과 비평학회, 2005.
박관수, 「사설시조와 민요의 사설 엮음원리에 대한 대비적 고찰」, 『동아시아고대학』 14, 동아시아고대학회, 2006.
조성진, 「만횡청류와 명대 민가에 나타난 진정의 문제」, 『국문학연구』 15, 국문학회, 2007.
조홍욱, 「사설시조와 한시의 관련 양상 연구」, 『어문학논총』 26, 국민대학교 어문학연구소, 2007.
조성진, 「착각 모티프 사설시조의 의미구조와 미의식 – 만횡청류와 명대 악부민가 비교를 중심으로」, 『한국고전연구』 24, 한국고전연구학회, 2011.
조성진, 「가집편찬에서 음사 수록의 논리: 시교와 정교 – 김천택과 풍몽룡의 경우」, 『고전문학연구』 41, 한국고전문학회, 2012.
조성진, 「화자의 '시선'과 사설시조의 담당층 문제 – 명대 악부민가와의 비교를 통해」, 『국문학연구』 26, 국문학회, 2012.
박지애, 「사설시조의 여성민요 수용과 장르적 변주」, 『배달말』 61, 배달말학회, 2017.
임재욱, 「사설시조와 잡가에 표현된 미물의 의미와 시적 기능」, 『어문연구』 45(4), 한국어문교육연구회, 2017.

조선 전기 가사 연구의 현황과 전망 _김진희

강전섭, 「낙은별곡의 연구」, 『어문연구』 6, 어문연구학회, 1970.
강전섭, 「향산별곡의 작자에 대하여」, 『어문학』 32, 한국어문학회, 1975.
강전섭, 「강촌별곡에 대하여」, 『어문학』 35, 한국어문학회, 1976.
강전섭, 「상춘곡의 작자를 둘러싼 문제 – 일민가와 상춘곡의 화동성」, 『동방학지』 24, 연세대학교 국학연구원, 1980.
강전섭, 「해석 김재찬의 기성별곡에 대하여」, 『동양학』 19, 단국대학교 동양학연구소, 1989.
권영철, 「불우헌 가곡 연구」, 『국문학연구』 2, 효성여대, 1962.
권정은, 「'회심곡'에 반영된 조선 후기 대기근의 영향과 시왕 도상의 훈민 기능」, 『새국어교육』 124, 한국국어교육학회, 2020.
김기종, 「나옹화상 명기 가사작품의 성격과 작가 문제」, 『국어문학』 83, 국어문학회, 2023.
김동욱, 「허강의 서호별곡과 양사언의 미인별곡: 임란전의 자필 고본의 출현」, 『국어국문학』 25, 국어국문학회, 1962.
김동욱, 「고공가 및 고공답주인가에 대하여」, 『도남조윤제박사회갑기념논문집』, 신아사, 1964.
김동욱, 「임란전후 가사연구 – 특히 면앙정가에 대하여」, 『진단학보』 25, 진단학회, 1964.
김동욱, 「잡가」, 『국어국문학』 39·40, 국어국문학회, 1968.
김문기, 「가사문학 발생고」, 『국어교육연구』 4, 국어교육학회, 1972.
김병국, 「가면 혹은 진실 – 송강가사 관동별곡 평설」, 『국어교육』 18, 한국어교육학회, 1972.
김병국, 「장르론적 관심과 가사의 문학성」, 『현상과 인식』 가을호, 한국인문사회과학회, 1977.
김사엽, 『정송강연구』, 계몽사, 1950.
김사엽, 『이조시대의 가요 연구』, 학원사, 1956.
김사엽 해제, 『송강별집추록유사』(영인본), 경북대학교 대학원 국어국문학연구실, 1958.
김성배·박노춘·이상보·정익섭, 『주해 가사문학전집』, 정연사, 1961.
김윤희, 「기성별곡에 형상화된 '평양'과 심상 지리적 특질」, 『어문론집』 53, 중앙어문학회, 2013.
김태준, 『조선가요집성』, 조선어문학회, 1934.
김흥규, 『한국문학의 이해』, 민음사, 1986.
박성의, 『노계가사통해』, 백호서점, 1957.
박연호, 「퇴계가사의 퇴계소작 여부 재검토」, 『우리어문연구』 36, 우리어문학회, 2010.
박영주, 「한국 가사문학 연구 성과와 전망」, 『동아인문학』 46, 동아인문학회, 2019.
방종현, 「송강가사 판본고」, 『조선일보』 1942.7.12.
방종현 해제, 『송강가사』(영인본), 통문관, 1954.
방종현, 「노계가사」, 『한글』 118, 한글학회, 1956.
성기옥, 「국문학 연구의 방향과 과제」, 『이화어문론집』 12, 이화어문학회, 1992.
성무경, 『가사의 시학과 장르실현』, 보고사, 2000.
신명균, 『가사집』, 중앙인서관, 1936.
안확, 「조선가시의 묘맥」, 『별건곤』 12월호, 개벽사, 1929.
오현일, 「계절에 따른 감정의 변화 – Johann Wolfgang v. Goethe의 Die Leiden des jungen Werther와 송강 정철의 사미인곡을 중심으로」, 『괴테연구』 3, 한국괴테협회, 1988.
유준영, 「겸재 정선의 '금강전도' 고찰 – 송강의 관동별곡과 관련하여」, 『고문화』 18, 한국대학 박물관협회, 1980.
육민수, 「목동문답가 창작 시기 및 이본의 실현 양상」, 『반교어문연구』 26, 반교어문학회, 2009.
이가원, 「목동문답가」, 『현대문학』 35, 현대문학사, 1957.

이가원, 「만분가 연구」, 『동방학지』 6, 연세대학교 국학연구원, 1963.
이동영, 「퇴계의 가사소작설 변정」, 『한국문학논총』 5, 한국문학회, 1982.
이병기, 「송강가사의 연구」 1, 『진단학보』 4, 진단학회, 1936.
이병기, 「송강가사의 연구」 2, 『진단학보』 6, 진단학회, 1936.
이병기, 「송강가사의 연구」 3, 『진단학보』 7, 진단학회, 1937.
이상란, 「Paul de Man의 문학비평론과 정철의 관동별곡과 Wordsworth의 The Prelude」, 『비교문학』 12, 한국비교문학회, 1987.
이상보, 「관서별곡 연구」, 『국어국문학』 26, 국어국문학회, 1963.
이상보, 『이조가사정선』, 정연사, 1965.
이수광, 『芝峯類說』 권14, 〈https://db.itkc.or.kr〉.
이주홍, 「관서별곡: 실전으로 전해오는 고전가사의 내용여하」, 『국어국문학』 13, 국어국문학회, 1955.
이준철 해제, 『원본노계가사』(영인본), 계몽사, 1956.
이태극, 「가사 개념의 재고와 장르고」, 『국어국문학』 27, 국어국문학회, 1964.
이희승, 『조선문학정화』, 출판사, 1937.
임기중, 『역대가사문학전집』, 아세아문화사, 1987~1998.
임기중, 『한국 가사문학 연구사』, 이회문화사, 1998.
장덕순, 『국문학통론』, 신구문화사, 1960.
전일환, 「가사문학의 연원과 형성에 관한 연구」 1, 『한국언어문학』 24, 한국언어문학회, 1986.
정익섭, 「율곡선생 자경별곡 고찰抄」, 『국어국문학』 23, 국어국문학회, 1961.
정익섭, 「이서의 낙지가 고찰(抄)」, 「국어국문학」 24, 국어국문학회, 1961.
정재호, 「시조·가사연구사」, 『국어국문학』 58~60 합집, 국어국문학회, 1972.
정재호, 「역대전리가 진위고」, 『동방학지』 36, 연세대학교 국학연구원, 1983.
정재호, 「서왕가와 승원가의 비교고」, 『겨레어문학』 9·10, 겨레어문학회, 1985.
정재호, 「가사문학생성론」, 『민족문화연구』 20, 고려대, 1987.
조규익, 「시조·가사 연구 60년 개관」, 『국어국문학 40년』, 국어국문학회편, 집문당, 1992.
조동일, 「가사의 장르 규정」, 『어문학』 21, 한국어문학회, 1969.
조윤제, 「고가요 일장」, 『신흥』 4, 신흥사, 1929.
조윤제, 『조선시가사강』, 동광당서점, 1937.
주종연, 「가사의 장르고」, 『국어국문학』 62·63 합병호, 국어국문학회, 1973.
최강현, 「상춘곡과 불우헌집 연구」, 『홍대논총』 16, 홍익대학교출판부, 1984.
최강현, 『가사문학론』, 새문사, 1986.
최현재, 「노계가사에 나타난 장소성의 양상과 그 의미」, 『한국시가연구』 34, 한국시가학회, 2013.
홍만종, 『旬五志』, 국립중앙도서관본.

조선 전기 가사 연구 논저 목록(1999~2024 상반기. 본론의 서술순)

문헌비평

1	정극인	상춘곡	권순회	2002	필사본 불우헌유고의 발굴과 상춘곡의 작자 문제	한국시가연구 56
2	정극인	상춘곡	양희찬	2012	상춘곡의 작자에 대한 고찰	어문논집 65
3	정극인	상춘곡	윤인현	2023	불우헌 정극인의 상춘곡에 대한 소고	한민족어문학 102
4	정철	성산별곡	윤영옥	2003	성산별곡의 해석	한민족어문학 42
5	정철	송강가사	정재호 장정수	2005	송강가사	신구문화사
6	정철	송강가사	김진희	2018	송강가사의 선본 재고	열상고전연구 61

작가론

7	송순	면앙정가	최상은	2013	송순의 꿈과 면앙정가의 흥취	한국시가문화연구 31
8	송순	면앙정가	이상원	2015	송순의 면앙정구축과 면앙정가 창작시기	한국시가문화연구 35
9	송순	면앙정가	이상원	2015	면앙정가의 구조와 성격	국제어문 64
10	송순	면앙정가	백숙아	2020	면앙정가와 감성 커뮤니케이션을 통한 가사 창작의 실제	한국시가문화연구 45
11	송순	면앙정가	김신중	2021	과시와 치유의 노래, 면앙정가 -송순의 정치역정을 통해 본 면앙정가의 세계	감성연구 22
12	정철	성산별곡	김선기	1998	성산별곡의 세 가지 쟁점에 대하여	한국시가문화연구 5
13	정철	성산별곡	최한선	1998	성산별곡과 송강 정철	한국시가문화연구 5
14	정철	양미인곡	김창원	2015	송강 정철의 전라도 순천 은거와 전후미인곡의 창작	우리문학회 46
15	정철	일반	김창원	2016	송강 정철의 평전을 위한 기초연구 (1)	국제어문 69
16	백광홍	관서별곡	하경숙	2008	백광홍의 현실인식과 문학세계	온지논총 18
17	이서	낙지가	송재연	2014	이서의 시가에 나타난 창작의식 고찰	한중인문학연구 45
18	양사언	남정가	김용찬	2023	남정가의 창작의도와 작품세계	남도문화연구 50
19	이인형	매창월가	최상은	2016	최초의 우의가사 매창월가	오늘의 가사문학 10

유형론

20	정철	송강가사	박연호	2000	장르 구분의 지표와 가사의 장르적 성격 -송강가사를 중심으로	고전문학연구 17
21	다수	전기가사	조세형	2001	전기가사 결어의 존재 양상과 담당층의 세계관	국문학연구 8
22	백광홍	관서별곡	김성기	2004	백광홍의 관서별곡과 기행가사	한국시가문화연구 14
23	다수	강호가사	김광조	2007	강호가사의 작중공간 설정과 의미 -상춘곡, 면앙정가, 성산별곡을 중심으로	한국시가연구 23
24	다수	강호가사	김진희	2008	조선 전기 강호가사의 시학	한국시가연구 24

25	다수	사대부가사	류해춘	2011	사대부가사의 서술방식과 그 의미	국제언어문학 24
26	다수	고전시가	최상은	2013	고전시가의 이념과 현실 그리고 공간과 장소의식 탐색	한국시가연구 34
27	정극인	상춘곡	박경주	2015	정극인의 시가작품이 지닌 15세기 사대부문학으로서의 위상 탐구	고전문학과교육 29
28	다수	강호가사	박영주	2001	강호가사에 형상화된 산수풍경과 생활풍정	한국시가연구 10

작품론(공간 관련)

29	송순	면앙정가	진경환	2010	누정가사의 공간과 풍경 -면앙정가를 중심으로	우리어문연구 38
30	송순	면앙정가	조태성	2012	俛과 仰, 두 개의 시선 -면앙정가의 감성적 독해	한국시가문화연구 29
31	송순	면앙정가	김은희	2013	송순시가의 장소성에 대한 일고찰 -자연시를 중심으로	한민족어문학회 63
32	송순	면앙정가	고성혜	2015	송순의 면앙정가에 나타난 장소성과 그 의미	한민족어문학 70
33	백광홍	관서별곡	박수진	2009	관서별곡에 나타난 공간 인식	동방학 16
34	백광홍	관서별곡	김종진	2010	가사와 지도의 공간 현상학 -관서별곡과 관서도 견주어 읽기	한국문학연구 39
35	백광홍	관서별곡	김종진	2010	관서별곡의 문화지도와 국토, 국경 인식	국제어문, 50
36	정극인	상춘곡	로재현	2000	가사문학 상춘곡에서 전개되는 풍류와 경관해석	한국전통조경학회지 18(4)
37	정극인	상춘곡	최상은	2015	불우헌과 홍진의 양면성 -정극인 문학의 장소성을 중심으로	한국시가문화연구 35
38	정철	관동별곡	김창원	2009	관동별곡의 관찰사 여정과 심상지리	한국시가연구 27
39	정철	관동별곡	성호경	2010	가사 관동별곡의 종착지 '월송정 부근'과 결말부의 의의	국문학연구 22
40	정철	성산별곡	박연호	2005	식영정 원림의 공간 특성과 성산별곡	한국문학논총 40
41	송순, 정철	면앙정가 성산별곡	김은희	2015	담양의 장소성에 대한 일고찰 -면앙정가와 성산별곡을 중심으로	한국시가문화연구 35

작품론(여타 기준)

42	정철	관동별곡	조규익	2000	송강가사연구 I -관동별곡론	숭실어문 16
43	정철	관동별곡	성호경	2010	관동별곡의 형상화와 정철의 신선의식	고전문학연구 37
44	정철	관동별곡	임주탁	2012	적강 모티프를 통해 본 관동별곡의 주제	한국문학논총 62
45	정철	관동별곡	조현일	2017	정신공간의 역할과 한국고전시의 인지적 접근 : 송강 정철의 관동별곡을 중심으로 하여	언어과학연구 81
46	정철	관동별곡	하윤섭	2018	관동별곡에 대한 정치적 독법	어문논집 82
47	정철	관동별곡	임태성	2020	관동별곡의 인지시학적 연구	담화와 인지 27(4)
48	정철	관동별곡	고정희	2022	관동별곡의 창작 상황과 강원도 자연의 정치적 의미	고전문학과 교육 50
49	정철	성산별곡	이승남	1998	「성산별곡」의 갈등 표출 양상	한국문학연구 20

50	정철	성산별곡	김진욱	2000	성산별곡의 표현 특성 연구	한국시가문화연구 7
51	정철	성산별곡	김신중	2001	문답체 문학의 성격과 성산별곡	한국시가문화연구 8
52	정철	성산별곡	서영숙	2002	성산별곡의 서술방식 분석	한국문학논총 31
53	정철	성산별곡	손종흠	2003	성산별곡의 구조에 대한 연구 -시간성을 중심으로	애산학보 28
54	정철	성산별곡	양희찬	2010	성산별곡의 읽기 맥과 성격	한국시가문화연구 25
55	정철	성산별곡	이혜경	2015	여행자의 관점에서 본 성산별곡	동서인문학 50
56	정철	성산별곡	김현화	2016	성산별곡 서사의 미적 요소와 문학적 의미	한국언어문학 96
57	정철	속미인곡	서영숙	1999	'속미인곡'의 서술방식과 의미	한어문교육 7
58	정철	속미인곡	양희찬	2009	속미인곡의 진면목	한국시가문화연구 23
59	정철	속미인곡	임주탁	2012	속미인곡의 화자 분석과 작품 해석	한국문학논총 60
60	정철	속미인곡	김선기	2012	속미인곡의 네 가지 쟁점에 대하여	어문연구 71
61	정철	속미인곡	김선기	2012	속미인곡의 창작기법 고찰	한국시가문화연구 29
62	정철	속미인곡	김진우	2022	속미인곡 제48행 해석의 재론 -'커니와(ㅋ니와)'의 시대별 변화를 중심으로	한국어문교육 39
63	정철	사미인곡	박경남	2001	사미인곡의 향유맥락과 중층 구조	규장각 24
64	정철	사미인곡	윤효녕	2023	정철의 사미인곡에 담긴 정치적 무의식	문학치료연구 23
65	정철	양미인곡	이유진	2007	사미인곡·속미인곡의 분석심리학적 해석	문학치료연구 7
66	정철	송강가사	정재호	2002	송강가사의 언어미	한국시가문화연구 9
67	정철	송강가사	조세형	2002	송강가사에 나타난 여성화자와 송강의 세계관	한국고전여성문학연구 4
68	정철	송강가사	박상영	2014	송강가사의 담론 특성에 관한 일고찰	어문학 125
69	정철	송강가사	김진희	2014	송강가사의 시간성과 극적 구조	고전문학연구 46
70	정극인	상춘곡	윤석산	1998	상춘곡 구조 연구	고전문학연구13
71	정극인	상춘곡	김대형	1998	상춘곡: 추상의 의미	한국시가문화연구 5
72	정극인	상춘곡	김명준	2006	상춘곡의 결어 재해석과 시가사적 위치	한국시가연구 20
73	정극인	상춘곡	오선주	2018	상춘곡의 내용과 구성	한국언어문학 106
74	송순	면앙정가	최진원	2002	면앙정가의 화중시 -산점투시를 중심으로	한국시가문화연구 9
75	송순	면앙정가	박요순	2002	면앙정가의 심미의식	한국시가문화연구 9
76	허난 설헌	규원가	조하연	2024	규원가에 나타난 원망과 그리움의 모순에 대한 고찰	문학치료연구 71

수용론(당대 일반)

77	정철	관동별곡	최규수	1998	서포 김만중의 관동별곡번사에 나타난 한역의 방향과 그 의미	한국시가연구 4
78	정철	관동별곡	김기영	2001	관동별곡의 유통양상에 대하여	어문연구 36
79	정철	관동별곡	윤인현	2002	송강의 성산별곡과 관동별곡에 나타난 환골탈태	어문연구 30(1)
80	정철	관동별곡	이문규	2004	허균의 동정부 고 -정철의 관동별곡과의 비교를 중심으로	개신어문연구 22
81	정철	관동별곡	정무룡	2007	송강 관동별곡 독해의 새 시각 모색	한국시가연구 23
82	정철	관동별곡	곽미선	2008	허균의 동정부 연구 -정철의 관동별곡과 김창협의 동정부와의 관련성을 중심으로	열상고전연구 27

83	정철	관동별곡	조세형	2011	관동별곡에 나타난 중세적 표현 방식과 그 현대적 의미	고전문학과 교육 22
84	정철	관동별곡 관서별곡	유근안	2000	관서별곡과 관동별곡의 비교 연구	어문연구 28(1)
85	정철	사미인곡	류연석	1999	만분가와 사미인곡의 비교 연구	한국언어문학 42
86	정철	사미인곡	류수열	2009	텍스트, 상호텍스트, 콘텍스트: 사미인곡의 콘텍스트와 상호텍스트적 읽기	독서연구 21
87	정철	사미인곡	김주수	2010	송강 한시와 가사의 비교 연구 -대인희별오음과 사미인곡을 중심으로	한문학보 23
88	정철	사미인곡	최상은	2010	한중 연군문학 비교 연구 -굴원의 이소와 정철의 사미인곡을 중심으로	중국학논총 29
89	정철	사미인곡	고성혜	2014	'미인계' 가사의 감성과 미의식 -정철과 류도관의 사미인곡을 대상으로	호남학 55
90	정철	양미인곡	최규수	1998	김춘택의 별사미인곡에 수용된 미인곡의 어법적 특질과 효과 -송강 정철의 사미인곡과 속미인곡을 중심으로	온지논총 4
91	정철	양미인곡	김진욱	2003	굴원이 정철 문학에 끼친 영향 연구 -사미인과 사미인곡의 관계를 중심으로	한국시가문화연구 11
92	정철	양미인곡	김진희	2008	절대적 존재에 대한 사랑 -고려속악과 정철의 사미인곡, 속미인곡의 비교	한국고전여성문학연구 16
93	정철	성산별곡	김진욱	2001	성산별곡과 식영정 20영의 관계 고찰	한국시가문화연구 8
94	정철	송강가사	전일환	2005	한국문학사상 송강가사의 위상	한국언어문학 55
95	정철	송강가사	김진희	2016	송강가사의 수용과 맥락	새문사
96	정철	송강가사	김창원	2020	17세기 송강에 대한 기억과 송강가사의 민족문학사적 의미	고전과해석 30
97	정철	송강가사	최지연	2004	송강가사 향유의 면모	동양고전연구 21
98	정철	송강가사	윤덕진	2007	송강가사 전승사실의 맥락	열상고전연구 26
99	정철	송강가사	하윤섭	2012	서포 김만중의 송강가사 수용과 그 배경	열상고전연구 36
100	정철	송강가사	김신중	2006	송강가사의 당대적 가치와 현대적 수용	한국시가문화연구 17
101	정극인	상춘곡	이춘희	2008	가사 상춘곡의 자연관과 미의식 -도연명의 작품과 관련 지어서	한중인문학회국제학술대회 20
102	조위	만분가	이진규	2018	여성화자 투영 가사 만분가의 형성 기반과 문학적 위상	어문학 142
103	송순	면앙정가	정무룡	2009	면앙정가 연구	한민족어문학 54
104	허난설헌	규원가	이상숙	2024	규원가의 시대적 향유 방식과 의의	어문연구 120

수용론 (당대 한역)

105	정철	사미인곡	최규수	2000	사미인곡 한역의 전개상과 그 의미	열상고전연구 13
106	정철	관동별곡	구사회	2005	새로 발굴한 신승구의 관동별곡번사에 대하여	국어국문학 141
107	정철	관동별곡	정한기	2005	박창원의 관동별곡 한역시에 나타난 한역의 배경과 그 양상	한국문학논총 40
108	정철	관동별곡	구사회	2005	청호 이양렬의 관동별곡번사에 대한 문예적 검토	한국문학연구 28

109	정철	관동별곡	구사회	2007	관동별곡번사의 역대작품과 문예적 검토	동양고전연구 26
110	정철	관동별곡	김미정	2011	서포 김만중의 관동별곡번사에 대한 연구	어문학 112
111	정철	관동별곡	김미정	2013	번관동별곡가 재론	어문학 120
112	정철	관동별곡	조해숙	2008	관동별곡 한역의 추이와 그 시가사적 의미 –유한재의 산뢰관척독 소재 한역시 검토를 중심으로	한국한시연구 16

수용론(현대)

113	정철	사미인곡	박성석 정현옥	2002	Peter H. Lee와 Leeyoung-gul의 사미인곡 번역에 대하여	드라마연구 19
114	정철	사미인곡	정인숙	2006	사미인곡의 공연예술적 변용과 그 의미	국어교육 120
115	정철	사미인곡	구선우	2014	현대시의 사미인곡 계승 양상과 그 의미	어문연구 80
116	정철	송강가사	김윤희	2013	송강가사에 대한 가람 이병기의 비평과 정전화의 실제	한국학연구 44
117	정철	송강가사	최한선	2014	송강가사의 문화콘텐츠화 방향	한국시가문화연구 33
118	정철	송강가사	김진희	2015	송강가사 교육과 연구의 동향 및 전망	국어교육연구 59

비교문학(근거리 작품)

119	정철	양미인곡	조하연	2016	송강 정철의 전후미인곡 다시읽기	문학치료연구 41
120	정철	양미인곡	고정희	2020	사미인곡과 속미인곡에 나타난 여성화자의 정체성 비교	여성문학연구 50
121	정철	양미인곡	웨춘샤오	2023	사미인곡과 속미인곡의 비교 연구	아시아문화연구 63
122	정철	만분가, 양미인곡	최현재	2010	조위의 만분가와 정철의 양미인곡에 나타난 연군의식의 양상 고찰	어문연구 38(3)
123	조위	만분가	류연석	1999	만분가와 사미인곡의 비교 연구	한국언어문학 42
124	조위	만분가	최상은	1998	만분가와 사미인곡의 작품 구조와 작가 의식	한민족어문학 15
125	정철	관동별곡	김광조	2007	금강산 기행시가의 산수 형상화 양상 -율곡의 유풍악과 송강의 관동별곡을 중심으로	어문연구 35(4)
126	허강	서호별곡, 서호사	김현식	2004	서호별곡과 서호사의 변이 양상과 그 의미	고전문학연구 25
127	허강	서호별곡, 서호사	최상은	2015	사화기 은일가사 낙지가와 서호별곡의 관념성과 작가의식	한민족어문학 71
128	허강	서호별곡, 서호사	윤지아	2024	송호 허강의 서호별곡과 서호사 비교 연구	고전과 해석 42

비교문학(원거리 작품)

129	정철	관동별곡	강경하	2002	한일 공동 심포지엄 21세기 일본문학 연구의 방향에 관하여: 관동별곡과 오쿠노호소미치의 비교 고찰	일본어문학 13
130	정철	사미인곡	신재홍	2008	나뭇잎과 범나비 -제망매가와 사미인곡의 비교	선청어문 36

131	정철	양미인곡	강경하	2018	미인곡과 도사일기의 여성화자의 특징과 글쓰기 방식의 비교 고찰	일본어문학 78
132	허난설헌	규원가	박지영	2020	상상된 공감을 통한 젠더 감수성 함양 -〈규원가〉와 〈꿈꾸는 새〉를 중심으로	한국문학교육학회 69

교육학

133	정철	관동별곡	염은열	1999	독서 지도 전문가 양성; 표현자료로서의 관동별곡 연구	독서연구 4
134	정철	관동별곡	한창훈	2005	작품 읽기 방법의 재검토 (1): 관동별곡 해석의 문학교육적 의미망	문학교육학 16
135	정철	관동별곡	이주영	2015	고전시가에 나타난 에토스의 설득력과 오늘날의 글쓰기 -관동별곡에 구축된 에토스를 중심으로	작문연구 26
136	정철	관동별곡	엄인영	2021	평화를 위한 분단 전 공간회복과 청소년 교류공간 구축의 가능성 탐구: 남북국어 교과서공 통제재 관동별곡을 중심으로	통일인문학 85
137	정철	관동별곡	송미지	2022	명사 시어 중심의 관동별곡 교육 연구 -문맥에 따른 명사 시어의 의미실현 유형을 중심으로	선청어문 50
138	정철	관동별곡	최창헌	2022	남한 국어와 북한 국어문학 교과서에 나타난 고전문학 교육의 양상과 재생산 -춘향전과 관동별곡을 중심으로	강원문화연구 45
139	정철	관동별곡	오춘지	2022	관동별곡의 국어교과서 수록 양상 비교 -남한·북한·중국조선족 고등학교 국어 교과서를 중심으로	한국어문교육 39
140	정철	속미인곡	박태진	2011	속미인곡의 서술방법에 나타난 상담의 특징 고찰 -문학교육과 상담의 통섭적 관점에서	고전문학과교육 21
141	정철	속미인곡	김선기	2011	속미인곡의 교재적 고찰	어문연구 67
142	정철	송강가사	박영주	2016	송강가사의 감성 교육적 가치	한국시가문화연구 37
143	정철	송강가사	조희정	2018	국어과 교과서 고전시가 제재 단원의 이론과 개념 연구 -2009 개정 국어과 교과서 송강가사 교육 내용을 중심으로	문학교육학 59
144	정철	사미인곡	조희정	2023	고전시가 여성화자 교육 비판적 검토 (1) -충신연주지사 전통 교육을 중심으로	한국고전여성문학연구 46
145	송순	성산별곡, 면앙정가	박연호	2007	문화코드 읽기와 문학 교육 -면앙정가와 성산별곡을 대상으로	문학교육학 22
146	송순	면앙정가	박연호	2004	면앙정 원림과 면앙정가 -공간의 성격과 문화 교육적 의미를 중심으로	개신어문연구 22
147	정극인	상춘곡	최홍원	2022	상춘곡 연구의 지표와 교육의 지평	한국언어문학 122
148	허난설헌	규원가	권혜정	2019	조선후기 규원가류가사의 문학 교육적 의미 탐색 -이용기편『(고대본)樂府』소재 〈閨怨歌〉 異本을 중심으로	한국문학교육학회62
149	허난설헌	규원가	오수엽	2019	상호텍스트성을 활용한 고전시가 감상 교육 연구 -디지털 미디어를 통한 촉지성과 현재성의 회복을 중심으로	우리말글 83

조선 후기 가사 연구의 현황과 전망 _백순철

[규방가사]

■ 학위논문(14)

김보경, 「규방가사와 서사민요에 나타난 조선 후기 여성의 고난과 극복 양상」, 원광대학교 박사학위논문, 2020.

김종순, 「崔松雪堂 文學硏究」, 한성대학교 박사논문, 2007.

박춘우, 「규방가사(閨房歌辭)의 글쓰기 방법 연구」, 영남대학교 박사학위논문, 2008.

백순철, 「규방가사의 작품세계와 사회적 성격」, 고려대학교 박사학위논문, 2000.

손앵화, 「규방가사에 나타난 여성의식 연구: 놀이 기반 규방가사의 여성놀이문화를 중심으로」, 전북대학교 박사학위논문, 2009.

원종인, 「서사적 규방가사 연구」, 숙명여자대학교 박사학위논문, 2009.

이은화, 「계남가사(溪南歌辭)를 통해 본 경북 내방가사의 향유 양상과 그 의미」, 안동대학교 박사학위논문, 2019.

정기선, 「자료적 특성으로 본 계녀가류 규방가사의 주제구현 방식」, 서울대학교 박사학위논문, 2022.

정길자, 「閨房歌辭의 史的 展開와 女性意識의 變貌」, 숙명여자대학교 박사학위논문, 2003.

정철진, 「소정 이휘 가사 연구 – 수고본(手稿本) 중심으로」, 안동대학교 박사학위논문, 2022.

조자현, 「조선후기 규방가사에 나타난 여성의 경제현실 및 세계인식」, 한양대학교 박사학위논문, 2012.

최연, 계녀가류 규방가사 연구, 숭실대학교 대학원 박사학위논문, 2016.

한명, 「閨房歌辭의 形成과 變貌樣相 硏究」, 전주대학교 박사학위논문, 2002.

허희수, 「장편 규방가사의 서사적 양상 연구」, 인하대학교 박사학위논문, 2018.

■ 단행본(14)

국립한글박물관 국학진흥원 공동연구서, 『여성, 한글로 소통하다: 내방가사 속 여성들의 이야기』, 국립한글박물관, 2020.

박경주, 『규방가사의 양성성』, 월인, 2007.

백순철, 『규방가사의 전통성과 근대성』, 고려대학교 민족문화연구원, 2017.

이정옥 편, 『영남내방가사』 1~5, 국학자료원, 2003.

이정옥, 『내방가사 현장 연구』, 역락, 2017.

이정옥, 『영남 내방가사와 여성 이야기』, 박문사, 2017.

이휘, 『소정가사 1~30』 60권 30책, 대보사, 2017.

이휘, 『소정가사』 2집 12책, 대보사, 2017.*
전재강 외, 『경북 내방가사 – 계녀가류·탄식가류』, 북코리아, 2016.
전재강 외, 『경북 내방가사 – 도덕가류·술회가류·풍류가류』, 북코리아, 2017.
전재강 외, 『경북 내방가사 – 송축가류·영사가류·기타』, 북코리아, 2017.
정길자, 『규방가사의 史的 展開와 여성의식의 변모』, 한국학술정보, 2005.
최규수, 『규방가사의 '글하기' 전략과 소통의 수사학』, 2014.
최연, 『계녀가류 규방가사 연구』, 학고방, 2016.

■ 일반논문(132)

강연임, 「개화기 여성가사의 분포 양상과 텍스트언어학적 특성」, 『인문학연구』 83, 충남대학교 인문과학연구소, 2011.
고성혜, 「〈노처녀가〉에 드러난 우울과 애도 – 감정의 치유 과정을 중심으로」, 『우리문학연구』 71, 우리문학회, 2021.
고순희, 「만주 망명 여성의 가사 〈위모사〉 연구, 『한국고전여성문학연구』 18, 한국고전여성문학회, 2009.
고순희, 「내방가사의 기록문학적 가치와 연구방향」, 『한국시가연구』 60, 한국시가학회, 2024.
고정희, 「'더 늙은 여성'의 치유: 〈덴동어미화전가〉와 브루스터플레이스의 여자들의 비교」, 『한국고전여성문학연구』 44, 한국고전여성문학회, 2022.
권순회, 「조롱 형태의 놀이로서의 규방가사」, 『민족문화연구』 42, 고려대학교 민족문화연구원, 2005.
권순회, 「화전가류 가사의 창작 및 소통 맥락에 대한 재검토」, 『어문논집』 53, 민족어문학회, 2006.
권태효, 「규방가사 〈붕우이별가라〉로 본 각편 읽기 방법론」, 『우리어문연구』 25, 우리어문학회, 2005.
권현주, 「계녀가에 나타난 악녀의 형상과 그 특징」, 『국어교육연구』 59, 국어교육학회(since1969), 2015.
길진숙, 「빙덕어미와 괴똥어미의 일탈과 그 성격: 〈용부가〉, 〈복선화음가〉, 〈심청가〉의 일탈형 여성인물에 대한 고찰」, 『한국고전연구』 19, 한국고전연구학회, 2009.
김공숙, 「〈덴동어미화전가〉의 문화콘텐츠적 가치와 문학관광 콘텐츠화 방안」, 『영남학』 68, 영남문화연구원, 2019.
김동연, 「20세기 대구지역 내방가사에 나타난 여성놀이문화의 변모와 사대부문화의 전유

* 소정가사 2집 12책은 다음과 같다. 소정가사 별록 1, 견문취류 속 1~3, 견문취류 天·地·人, 한란화, 민들레, 음식조리 1·2, 전통의상 등이다.

(專有) 양상」, 『한국고전여성문학연구』 42, 한국고전여성문학회, 2021.
김석회, 「〈복선화음가〉 이본의 계열상과 그 여성사적 의미」, 『한국시가연구』 18, 한국시가학회, 2005.
김석회, 「우산본 〈복선화음가〉의 가문서사 양상과 그 여성사적 함의」, 『고전문학과교육』 10, 한국고전문학교육학회, 2005.
김석회, 「주제적 관심을 통해 본 규방가사의 세계, 『고시가연구』 23, 한국고시가문학회, 2009.
김수현, 「연안이씨의 삶과 〈쌍벽가〉」, 『한국고전여성문학연구』 32, 한국고전여성문학회, 2016.
김영미, 「덴동어미화전가에 나타난 놀이적 서사 연구」, 『국어문학』 63, 국어문학회, 2016.
김용찬, 「〈노처녀가〉에 나타난 여성의 목소리와 그 의미」, 『한국시가문화연구』 49, 한국시가문화학회, 2022.
김윤희, 「가부장적 권력의 균열, 그 틈새로 드러난 여성의 목소리 – 조선후기 가사 〈나부가〉(이정환본)를 중심으로」, 『한국고전여성문학연구』 31, 한국고전여성문학회, 2015.
김윤희, 「안동의 여성 독립 운동가 김락의 가사 〈유산일록〉에 대한 고찰」, 『한국문학과 예술』 22, 한국문학과예술연구소, 2017.
김윤희, 「내방가사의 전승 과정을 통해 본 여성들의 기록과 소통 문화」, 『국학연구』 40, 한국국학진흥원, 2019.
김윤희, 「고전문학의 문화콘텐츠화 현황을 통해 본 지역 문화의 가능성–경북 지역 〈원이엄마〉, 〈덴동어미화전가〉 사례를 중심으로」, 『우리문학연구』 65, 우리문학회, 2020.
김정하, 「〈교녀가〉 연구」, 『어문학』 125, 한국어문학회, 2014.
김정화, 「현대 규방가사의 문학적 특징과 시사적 의미: 광복 이후의 작품을 중심으로」, 『고전문학연구』 32, 한국고전문학회, 2007.
김창원, 「규방가사의 문학사적 위상과 의의」, 『국제어문』 75, 국제어문학회, 2017.
김하라, 「〈덴동어미화전가〉에 대한 역사지리적 고증」, 『한국고전여성문학연구』 35, 한국고전여성문학회, 2017.
김향남, 「'힐링(healing)'의 관점에서 본 「덴동어미화전가」의 의미」, 『한국언어문학』 117, 한국언어문학회, 2021.
김현식, 「〈명상공회방가(回榜歌)〉의 작품세계와 수용자의 반응」, 『한국문화』 67, 서울대학교 규장각 한국학연구원, 2014.
나정순, 「규방가사의 본질과 경계」, 『한국고전여성문학연구』 16, 한국고전여성문학회, 2008.
남상권, 「〈생조감구가〉 연구」, 『한국문학이론과 비평』 33, 한국문학이론과 비평학회, 2006.

류해춘, 「규방가사에 나타난 놀이문화와 경제활동」, 『국학연구론총』 15, 택민국학연구원, 2015.

박경주, 「〈반조화전가〉·〈기수가〉 연작에 나타난 해학과 풍자의 변주」, 『한국문학이론과 비평』 26, 한국문학이론과 비평학회, 2005.

박경주, 「〈화전가〉의 의사소통 방식에 나타난 문학치료적 의미」, 『고전문학과교육』 10, 한국고전문학교육학회, 2005.

박경주, 「兩性共有文學으로서 규방가사의 특성 고찰」, 『고전문학과 교육』 14, 한국고전문학교육학회, 2007.

박경주, 「규방가사 창작에 담긴 문학치료적 기능-여성 작가와 남성 작가의 경우를 포괄하여, 『한국고전여성문학연구』 16, 한국고전여성문학회, 2008.

박경주, 「규방가사가 지닌 일상성의 양상과 의미 탐구: 여성들의 노동과 놀이에 주목하여」, 『한국고전여성문학연구』 25, 한국고전여성문학회, 2012.

박경주, 「규방가사가 지닌 소통과 화합의 문학으로서의 특성 고찰」, 『어문학』 119, 한국어문학회, 2013.

박경주, 「화전가와 여성기행가사의 놀이와 여행 체험에 나타난 여성의식 비교」, 『한국고전여성문학연구』 34, 한국고전여성문학회, 2017.

박상영, 「〈노처녀가〉 이본의 담론 특성과 그 원인으로서의 '시선'」, 『한민족어문학(구 영남어문학)』, 한민족어문학회, 2016.

박상영, 「〈덴동어미화전가〉의 중층적 담론 특성에 관한 一考」, 『한민족어문학(구 영남어문학)』 76, 한민족어문학회, 2017.

박성지, 「〈덴동어미화전가〉에 나타난 욕망의 시간성」, 『한국고전여성문학연구』 19, 한국고전여성문학회, 2009.

박수진, 「개화기 가사에 나타난 전통적 봉건 담론의 지속과 균열 - 여성 교육을 소재로 한 가사작품을 중심으로」, 『한국고전여성문학연구』 43, 2021.

박애경, 「자전적 가사와 젠더-가사의 여성수용과 관련하여」, 『여성문학연구』 20, 한국여성문학학회, 2008.

박애경, 「신자료 〈해운정유람가〉를 통해 본 내방가사의 전통과 근대」, 『한국시가연구』 60, 한국시가학회, 2024.

박요순, 「이휘와 그의 가사 연구」, 『한남어문학』 29, 한남대 국어국문학회, 2005.

박은빈, 「남편을 잃은 슬픔과 탄식의 가사, 〈명도자탄사〉」, 『한국시가문화연구』 50, 한국시가문화학회, 2022.

박지애, 「내방가사를 통한 여성의 자기표현과 부부관계의 구성: 두암제영 소재 〈노부탄〉과 〈답부사〉 사례를 중심으로」, 『동방학』 41, 한서대학교 동양고전연구소, 2019.

박지애, 「내방가사에 나타난 애도 과정의 양상과 특징」, 『배달말』 71, 배달말학회, 2022.

박혜숙, 「덴동어미화전가의 작자 문제」, 『국문학연구』 38, 국문학회, 2018.

백순철, 「崔松雪堂 歌辭의 문체와 현실인식」, 『한국시가문화연구』 15, 한국시가문화학회(구 한국고시가문학회), 2005.
백순철, 「素亭歌辭의 독립의식과 문체적 특징」, 『어문론총』 45, 한국문학언어학회, 2006.
백순철, 「규방가사에 나타난 여성의 가족인식」, 『한민족문화연구』 27, 한민족문화학회, 2009.
백순철, 「은촌 조애영 가사의 문체와 여성의식」, 『한국고전여성문학연구』 22, 한국고전여성문학회, 2011.
백순철, 「문화콘텐츠 원천으로서 〈화전가〉의 가능성」, 『한국고시가문화연구』 34, 한국고시가문화학회, 2014.
성호경·서해란, 「만주 망명 여성가사 〈히도교거ᄉᆞ〉·〈정화가〉와 〈정화답가〉」, 『한국시가연구』 46, 한국시가학회, 2019.
손앵화, 「최송설당 가사에 나타난 꽃의 의미화 방식」, 『고전과 해석』 8, 고전문학한문학연구학회, 2010.
손앵화, 「규방가사와 부요에 나타난 조선조 여성의 현실대응양상 고찰-부부관계와 가사노동을 중심으로」, 『한국시가문화연구』 36, 한국시가문화학회, 2015.
신성환, 「여성독립운동가 윤희순의 현실인식과 대응」, 『동양고전연구』 71, 동양고전학회, 2018.
신성환, 「20세기 초 이혼의 문제와 문학을 통한 공론장의 기획: 〈시골여자 셜은사정〉의 의미」, 『Journal of Korean Culture』 52, 한국어문학국제학술포럼, 2021.
신송, 「소정 이휘의 기행가사 연구」, 『감성연구』 10, 전남대학교 호남학연구원, 2015.
신송, 「〈덴동어미화전가〉에 나타난 여성의 주체의식 성장」, 『국학연구론총』 20, 택민국학연구원, 2017.
신윤경, 「최송설당(崔松雪堂)-내유외강(內柔外剛)을 노래하다」, 『이화어문논집』 41, 이화어문학회, 2017.
신희경, 「三說記 소재 〈노처녀가〉의 영웅 서사적 성격」, 『한국고전여성문학연구』 22, 한국고전여성문학회, 2011.
양태순, 「규방가사에 나타난'한탄'의 양상」, 『한국시가연구』 18, 한국시가학회, 2005.
유권석, 「「져부인젼」과 「복선화음가」의 對比的고찰」, 『온지논총』 60, 온지학회, 2019.
유정선, 「화전가에 나타난 여성의 놀이 공간과 놀이적 성격: '음식'과 '술'의 의미를 중심으로」, 『한국고전연구』 19, 한국고전연구학회, 2009.
유정선, 「근대이행기 규방가사와 공적 제도로서의 학교-〈생조감구가〉를 중심으로」, 『韓國古典硏究』 31, 한국고전연구학회, 2015.
유정선, 「근대 화전가 속 놀이문화의 재현 양상과 그 의미-1950~70년대 작품을 중심으로」, 『한국문화연구』 40, 이화여대 한국문화연구원, 2021.
윤병용, 「남원 윤씨의 유서와 〈명도자탄사〉 연구」, 『한국고전여성문학연구』 40, 한국고전여성문학회, 2020.

이민규, 「규방가사에 나타난 분노의 성격과 남성 인식」, 『이화어문논집』 45, 이화어문학회, 2018.

이상숙, 「가사 문학 속 근대 여성과 의식 변화 – 〈싀골색씨 설은 타령〉, 〈위모ᄉᆞ〉, 〈망향가〉를 중심으로」, 『어문연구』 111, 어문연구학회, 2022.

이은화·김윤희, 「20세기 初 내방가사 〈이씨회심곡(李氏懷心曲)〉의 자기서사와 '부재(不在)'를 기억하는 방식」, 『고전과 해석』 26, 고전문학한문학연구학회, 2018.

이은화·김윤희, 「늙음을 탄식하는 이를 향한 공감과 위로의 소통 방식 – 내방가사 〈노탄가〉와 〈노탄답곡〉에 대한 고찰」, 『어문학』 140, 한국어문학회, 2018.

이정아, 「규방가사와 시집살이 노래에 나타난 여성의 자기 인식」, 『한국고전연구』 15, 한국고전연구학회, 2007.

이정옥, 「가사의 향유방식과 현대적 변용문제 – 경북의 현대 내방가사를 중심으로」, 『고시가연구』 22, 한국고시가문학회, 2008.

이정옥, 「내방가사 향유자의 생애경험, 『고시가연구』 24, 한국고시가문학회, 2009.

이정옥, 「내방가사의 기록유산적 가치」, 『국학연구』 40, 한국국학진흥원, 2019.

이종필, 「〈복선화음가〉에 구현된 치산(治産)의 의미와 텍스트 향유의 내적 기반」, 『한국고전여성문학연구』 30, 한국고전여성문학회, 2015.

장안영, 「새로운 가사 작품 윤씨부인의 〈문여가〉에 대하여」, 『퇴계학논총』 24, 사단법인 퇴계학부산연구원, 2014.

장정수, 「1960~70년대 기행 규방가사에 나타난 여행문화와 작품 세계: 유흥적 성격의 작품을 중심으로」, 『어문논집』 70, 민족어문학회, 2014.

장정수, 「규방가사에 나타난 '혼인문제'와 여성의 인식」, 『어문논집』 80, 민족어문학회, 2017.

전재강, 「새로 발견한 규방가사에 나타난 이념과 풍류의 상관 맥락」, 『우리문학연구』 41, 우리문학회, 2014.

정기선, 「합천 화양동 파평윤씨가 규방가사의 이본 연구–한국가사문학관 소장 기슈가를 중심으로」, 『한국시가문화연구』 50, 한국시가문화학회, 2022.

정무룡, 「합천 화양동 윤씨가 世傳 〈기수가〉의 논쟁 양상 연구」, 『한국시가연구』 21, 한국시가학회, 2006.

정무룡, 「합천 화양동 윤씨가 世傳 〈기수가〉의 문화적 함의」, 『한국문학논총』 44, 한국문학회, 2006.

정무룡, 「〈덴동어미화전가〉의 형상화 방식과 함의」, 『한민족어문학』 52, 한민족어문학회, 2008.

정소연, 「예광 장성연의 현대가사에 나타난 전통의 지속과 변화」, 『청람어문교육』 41, 청람어문교육학회, 2010.

정영진, 「국권상실기(1905~1910) 여성의 국민화와 남녀동권 인식 – 여자용 교과서 『여자독본』과 여성가사를 중심으로」, 『어문연구(語文硏究)』 43(1), 한국어문교육연구회, 2015.

정인숙, 「〈덴동어미화전가〉에 나타난 조선후기 화폐경제의 발달 양상 및 도시 생활문화의 탐색」, 『국어교육』 127, 한국어교육학회, 2009.

정인숙, 「근대전환기 규방가사 〈시골여자 슬픈사연〉의 성격과 여성화자의 자아인식: 〈싀골색씨 설은타령〉과의 비교 분석을 중심으로」, 『한국언어문학』 72, 한국언어문학회, 2010.

정인숙, 「가사에 나타난 여성의 내면과 종교적 믿음의 양상: 규방가사를 중심으로」, 『한국고전여성문학연구』 29, 한국고전여성문학회, 2014.

정인숙, 「신자료 李東 歌辭 연구 – 경북 명문대가 여성의 삶의 기록과 자기표현」, 『고전문학연구』 51, 한국고전문학회, 2017.

정인숙, 「이동(李東) 가사 〈니 여사 격근 역亽〉와 〈심회풀〉에 나타난 생애 서술의 특징과 기억 재현의 양상」, 『한국시가연구』 45, 한국시가학회, 2018.

정인숙, 「이동(李東) 가사(歌辭)에 나타난 가족 사별의 서술 특징과 기억 환기의 양상 – 〈형이 아우계 졔문〉, 〈쌀의 애연 심회〉, 〈부부이별가〉를 중심으로」, 『반교어문연구』 50, 반교어문학회, 2018.

정인숙, 「소고당가사에 나타난 '평화', '고현', '산외'의 장소성과 그 의미」, 『국제어문』 81, 국제어문학회, 2019.

정인숙, 「李東의 歌辭와 祭文에 나타난 친정 형제에 대한 정서 표출 양상과 그 의미」, 『어문연구』 47, 한국어문교육연구회, 2019.

정인숙, 「여성의 자기표현 가사와 소통의 의미 – 노년 여성의 외로움, 병든 몸, 죽음의 문제를 중심으로」, 『한국시가연구』 49, 한국시가학회, 2020.

정인숙, 「윷놀이 관련 규방가사의 내용적 특징과 여성문화적 의미」, 『국제어문』 86, 국제어문학회, 2020.

정인숙, 「상장가류 가사에 나타난 전통 혼속의 특징과 부부 간 의사소통의 의미」, 『한국시가연구』 57, 한국시가학회, 2022.

정인숙, 「소고당 고단의 노년기 가사에 나타난 특징과 그 의미」, 『국제어문』 92, 국제어문학회, 2022.

정인숙, 「가사를 통한 부부의 정서 표출과 그 의미 – 부부의 이별 상황을 중심으로」, 『한국시가연구』 60, 한국시가학회, 2024.

정한기, 「가사 〈懶婦歌〉의 형성배경에 대한 연구 – 懶婦를 소재로 한 漢詩와의 대비를 중심으로」, 『어문연구』 34, 한국어문교육연구, 2006.

조세형·정인숙, 「〈시골여자 슬픈사연〉과 〈녀자의 설음〉에 나타난 근대전환기 구여성의 위기와 목소리」, 『국어교육』 133, 한국어교육학회, 2010.

조자현, 「〈福善禍淫歌〉의 서술구조에 대한 和諍記號學的 분석」, 『한국시가연구」 26, 한국시가학회, 2009.

조자현, 「誡女歌에 나타난 조선후기 양반 여성들의 감정구조」, 『국제어문』 46, 국제어문학회, 2009.
조해숙, 「근대전환기 국문시가에 나타난 주체와 타자: 〈복선화음가〉 계열 가사를 중심으로」, 『국문학연구』 15, 국문학회, 2007.
주재우, 「설득의 수사학으로 〈덴동어미화전가〉 읽기」, 『청람어문교육』 86, 청람어문교육학회, 2022.
천혜숙, 「근대기 한 반가 출신 여성의 생애 경험과 기록 – 정명현의 생애가사를 중심으로」, 『한국고전여성문학연구』 30, 한국고전여성문학회, 2015.
최규수, 「〈석별가〉에 나타난 처녀들의 이중 욕망과 '철들다'의 문제」, 『한국고전여성문학연구』 16, 한국고전여성문학회, 2008.
최규수, 「아버지 作 誡女歌의 變移樣相과 詩歌教育的 含意」, 『어문연구』 140, 한국어문교육연구회, 2008.
최규수, 「계녀가류 규방가사에서 〈貴女歌〉의 특징적 면모와 '貴女'의 의미」, 『한국시가연구』 26, 한국시가학회, 2009.
최규수, 「〈사친가〉의 자료적 실상과 특징적 면모」, 『한국고전연구』 25, 한국고전연구학회, 2012.
최규수, 「自歎型 〈思親歌〉의 특징적 양상과 '思親'의 의미」, 『어문연구』 40, 한국어문교육연구회, 2012.
최규수, 「〈女子自歎歌〉의 資料的 實相과 特徵的 面貌」, 『어문연구(語文硏究)』 43(2), 한국어문교육연구회, 2015.
최규수, 「〈부녀가〉에 나타난 '딸로 살아가기'의 문제의식과 자기성찰적 글쓰기의 의미」, 『한국고전여성문학연구』 32, 한국고전여성문학회, 2016.
최상은, 「誡女歌의 교훈과 정서: 道學歌辭와의 비교를 중심으로」, 『한국시가연구』 8, 한국시가학회, 2000.
최상은, 「화전가를 통해 본 18,19세기 남녀의 정서와 의식지향 – 은일가사와의 비교를 곁들여」, 『반교어문연구』 31, 반교어문학회, 2011.
최상은, 「조선후기 여성의 두 가지 욕망과 탄식: 〈노처녀가〉와 〈여자자탄가〉를 중심으로」, 『한민족어문학』 82, 한민족어문학회, 2018.
최연, 「사회주의 사실주의 관점으로 본 「덴동어미화전가」의 미학」, 『한국문학과예술』 23, 한국문학과예술연구소, 2017.
최은숙, 「내방가사의 세계적 중요성과 가치」, 『국학연구』 40, 한국국학진흥원, 2019.
최은숙, 「〈갑오열친가〉와 〈답가〉의 작품 특성 및 전승 양상」, 『동양고전연구』 64, 동양고전학회, 2016.
최은숙, 「〈덴동어미화전가〉의 연구성과 및 현대적 의미」, 『국학연구론총』 18, 택민국학연구원, 2016.
최은숙, 「〈시골여자 셜은사정〉에 나타난 '서러움'의 동인과 작품의 시대적 의미」, 『석당논총』 78, 동아대 석당학술원, 2020.

최은숙, 「근대전환기 내방가사에 나타난 여성들의 교육담론과 의미」, 『한국고전여성문학연구』 44, 한국고전여성문학회, 2022.
최은숙, 「풍산 류씨 가문 전승 〈화유가〉의 특징과 의미」, 『한국시가연구』 60, 한국시가학회, 2024.
최정아, 「개화기 여성 가사에 나타난 여성 의식 고찰」, 『여성문학연구』 29, 한국여성문학학회, 2013.
최혜진, 「최송설당 문학에 나타난 자아표출 양상과 의미」, 『한국언어문학』 86, 한국언어문학회, 2013.
하윤섭, 「가부장적 이데올로기의 모순과 상상적 봉합 – 〈복선화음가〉에 대한 연구사 검토와 새로운 독법의 마련」, 『한민족어문학』 63, 한민족어문학회, 2013.
하성운, 김영, 「계녀가류 규방가사 〈별교사〉의 새로운 이본 자료와 작품 분석」, 『문화와융합』 41, 한국문화융합학회, 2019.
한경희, 「김우락 가사 고찰」, 『한국지역문학연구』 11(1), 한국지역문학회, 2022.
허희수, 「〈이정양가록〉과 〈복선화음록〉의 대비적 고찰」, 『문학치료연구』 37, 한국문학치료학회, 2015.
허희수, 「『덴동어미화전가』의 구조와 그 의미」, 『한국학연구』 43, 계명대학교 한국학연구소, 2016.

[기행가사 및 사행가사]

■ 학위논문(4)

권오윤, 「19세기 여성기행가사 연구」, 서울대학교 박사학위논문, 2023.
김윤희, 「조선후기 사행가사의 세계 인식과 문학적 특질」, 고려대학교 박사학위논문, 2010.
장정수, 「금강산 기행가사의 전개양상 연구」, 고려대학교 박사학위논문, 2000.
정한기, 「기행가사의 진술방식 연구」, 서울대학교 박사학위논문, 2000.

■ 단행본(8)

김윤희, 『조선 후기 사행가사의 문학적 흐름』, 소명출판, 2012.
김윤희, 『20세기 초 외국 기행가사의 특징과 미학』, 보고사, 2017.
유정선, 『18·19세기 기행가사 연구』, 역락, 2007.
유정선, 『근대 기행가사 연구』, 보고사, 2013.
유정선, 『근대 기행가사와 근대 기행문』, 새문사, 2019.
임기중, 『한글연행록가사』, 학고방, 2016.
정기철, 『한국 기행가사의 새로운 조명』, 역락, 2001.
홍종선·백순철, 『연행가』, 신구문화사, 2005.

■ 일반논문(61)

곽미라, 「〈임자연행별곡(壬子燕行別曲)〉의 작자와 창작시기 변증」, 『고시가연구』 30, 한국고시가문학회, 2012.

김기영, 「주왕산 기행가사의 문예적 실상과 현재적 의미」, 『한국언어문학』 73, 한국언어문학회, 2010.

김기영, 「〈금강슨유람가〉의 작품 실상과 현재적 의미」, 『인문학연구』 84, 충남대학교 인문과학연구소, 2011.

김기영, 「서양기행가사에 나타난 도시 풍광과 그 의미」, 『어문연구』 74, 어문연구학회, 2012.

김기영, 「경주 기행가사의 작품 실상을 살핌」, 『어문연구』 98, 어문연구학회, 2018.

김미정, 「使行歌辭 〈壯遊歌〉의 文學的 價値 考察」, 『어문연구』 65, 어문연구학회, 2010.

김미정, 「홍언의 미국 기행가사 고찰」, 『어문연구』 88, 어문연구학회, 2016.

김상진, 「李鍾應의 〈셔유견문록〉에 나타난 서구 체험과 문화적 충격」, 『우리문학연구』 23, 우리문학회, 2008.

김수경, 「'여행'에 대한 여성적 글쓰기 방식의 탐색-여성 기행가사의 형상화 방식과 그 의미」, 『한국고전여성문학연구』 17, 한국고전여성문학회, 2008.

김유경, 「최초의 사행가사 〈壯遊歌〉 연구」, 『한국시가연구』 23, 한국시가학회, 2007.

김윤희, 「〈壯遊歌〉의 표현 양상과 空間觀을 통해 본 17세기 사행가사의 특징」, 『어문논집』 56, 민족어문학회, 2007.

김윤희, 「〈표해가〉의 형상화 양상과 문학사적 의의」, 『고전문학연구』 34, 한국고전문학회, 2008.

김윤희, 「사행가사 〈임자연행별곡〉의 창작 맥락과 문학적 특질」, 『고시가연구』 25, 한국고시가문학회, 2010.

김윤희, 「조선후기 사행가사의 창작 과정과 언어적 실천의 문제」, 『한국시가연구』 29, 한국시가학회, 2010.

김윤희, 「미국 기행가사 〈해유가〉의 문학적 형상화 양상과 시대적 의미」, 『古典文學研究』 39, 한국고전문학회, 2011.

김윤희, 「1920年代 歌辭 〈東遊感興錄〉 內 朝鮮人 '身世打令'의 特質과 그 意味」, 『어문연구』 40, 한국어문교육연구회, 2012.

김윤희, 「1920년대 일본 시찰단원의 가사 〈東遊感興錄〉의 문학적 특질」, 『우리말글』 54, 우리말글학회, 2012.

김윤희, 「20세기 초 대일 기행가사와 東京 표상의 변모—〈유일록〉, 〈동유감흥록〉을 중심으로」, 『동방학』 24, 동양고전연구소, 2012.

김윤희, 「20세기 초 외국 기행가사의 세계 인식과 문학사적 의미」, 『우리문학연구』 36, 우리문학회, 2012.

김윤희, 「사행가사에 형상화된 타국의 수도(首都) 풍경과 지향성의 변모」, 『어문논집』

65, 민족어문학회, 2012.
김윤희, 「『부연일기』와의 관련성을 통해 본 19세기 연행가사 〈무자서행록〉의 특징」, 『한국시가연구』 35, 한국시가학회, 2013.
김윤희, 「19세기 장편 연행가사에 보이는 연경(燕京) 풍물(風物)의 감각적 재현 양상」, 『우리어문연구』 54, 우리어문학회, 2016.
김정화, 「19세기 연행가사에 나타난 대외관 및 서술태도에 대한 연구 – 〈서행록〉과 〈연행가〉를 중심으로」, 『어문론총』 58, 한국문학언어학회, 2013.
김정화, 「운포 이중린의 〈북정가〉 연구」, 『어문학』 156, 한국어문학회, 2022.
김종진, 「연행록(燕行錄)과 연행가사(燕行歌辭)에 나타난 관서(關西)도시 비교의 양상」, 『한민족문화연구』 40, 한민족문화학회, 2012.
김종진, 「평양의 文化圖像學과 기행가사」, 『어문연구』 40, 2012.
류연석, 「〈속사미인곡〉의 기행문학성 고찰」, 『고시가연구』 16, 한국고시가문학회, 2005.
박경우, 「금강산 기행가사의 문학적 공간 비교를 통한 ○○별곡의 의미 고찰」, 『열상고전연구』 21, 열상고전연구회, 2005.
박수진, 「장흥지역 기행가사의 공간인식과 문화양상」, 『온지논총』 23, 온지학회, 2009.
박수진, 「19세기 연행가사에 나타난 연희 양상 – 〈무자서행록〉과 〈병인연행가〉를 중심으로」, 『한국시가연구』 42, 한국시가학회, 2017.
박수진, 「타자의 시선으로 바라본 북경[燕京]의 재현 양상–〈무자서행록〉과 〈병인연행가〉를 중심으로」, 『한국언어문화』 58, 한국언어문화학회, 2019.
박애경, 「일본 기행가사의 계보와 일본관의 변모 양상」, 『열상고전연구』 23, 열상고전연구회, 2006.
박애경, 「대한제국기 가사에 나타난 이국 형상의 의미: 서양 체험가사를 중심으로」, 『고전문학연구』 31, 한국고전문학회, 2007.
백순철, 「조선후기 여성기행가사의 여행 형태와 현실인식」, 『고전과 해석』 5, 고전문학한문학연구회, 2008.
백순철, 「이방익(李邦翼)의 〈표해가(漂海歌)〉에 나타난 표류 체험의 양상과 바다의 표상적 의미」, 『韓民族語文學』 62, 한민족어문학회, 2012.
신명숙, 「〈日東壯遊歌〉에 대한 비판적 성찰 – 18세기 서얼출신 향반의 사행체험」, 『한민족어문학』 59, 한민족어문학회, 2011.
염은열, 「기행가사의 '공간' 체험이 지닌 교육적 의미」, 『고전문학과 교육』 12, 한국고전문학교육학회, 2006.
유정선, 「19세기 중국 사행가사에 반영된 기행체험과 이국취향 – 〈서행록〉과 〈연행가〉를 중심으로」, 『한국고전연구』 17, 한국고전연구학회, 2008.
유정선, 「1920년대 인쇄본 기행가사, 전통의 지속과 변용 – 〈동유감흥록〉을 중심으로」, 『고전문학연구』 41, 한국고전문학회, 2012.
유정선, 「1930년대 여성 기행가사와 구여성의 여행체험 – 〈경성노정기인력거〉를 중심으로」, 『한국고전연구』 33, 한국고전연구학회, 2016.
유정선, 「1920년대 여성 기행가사 속 '출입'(出入)과 근대 체험 재현의 의미 - 〈노정기〉를 중심으로」, 『한국고전여성문학연구』 37, 한국고전여성문학회, 2018.
이형대, 「금강산 기행가사의 시선과 풍경」, 『민족문화연구』 42, 고려대 민족문화연구원, 2005.
이형대, 「기행가사 기반의 전자문화지도 구축과 그 활용 방안」, 『한국고시가문화연구』 34, 한국고시가문화학회, 2014.
장정수, 「19세기 처사작(處士作) 금강산 기행가사에 나타난 금강산의 의미」, 『한국시가연구』 34, 한국시가학회, 2013.
장정수, 「기행가사와 산수유기(山水遊記) 비교 고찰-어당(峿堂) 이상수(李象秀)의 「금강별곡」과 「동행산수기」를 대상으로」, 『어문논집』 81, 민족어문학회, 2017.
장정수, 「19세기 조선사행록(朝鮮使行錄)과 연행록(燕行錄)의 상호 인식 고찰: 괴령의 『동사기사시략(東使紀事詩略)』과 홍순학의 「병인연행가(丙寅燕行歌)」를 중심으로」, 『한국어문교육』 31, 고려대 한국어문교육연구소, 2020.
정기철, 「기행가사를 통한 자아발견 글쓰기」, 『한국언어문학』 71, 한국언어문학회, 2009.
정영문, 「19세기 금강산 기행가사 〈금강산완샹록〉」, 『한국문학과 예술』 34, 숭실대 한국문학과예술연구소, 2020.
정인숙, 「19세기 말 조선 외교관의 근대 일본의 도시체험과 그 서술의 특징-〈유일록〉을 중심으로」, 『한국시가연구』 32, 한국시가학회, 2012.
정한기, 「19세기 금강산 기행가사에 나타난 寫景의 문학교육적 의의」, 『고전문학과 교육』 14, 한국고전문학교육학회, 2007.
정한기, 「〈연행가〉에 나타난 客愁의 특징과 그 의미-『국역 연행록선집』에 수록된 연행록과의 대비를 중심으로」, 『고전문학과 교육』 16, 고전문학교육학회, 2008.
정흥모, 「20세기초 서양 기행가사의 작품세계」, 『한민족문화연구』 31, 한민족문화학회, 2009.
최미정, 「연행가사의 국내 여정에 나타난 취한 사행의 모습과 그 의미」, 『한국학논집』 40, 계명대학교 한국학연구원, 2010.
최상은, 「〈燕行歌〉의 독자와 작가의식」, 『한민족어문학(구 영남어문학)』 78, 한민족어문학회, 2017.
최은숙, 「영남지역 기행가사의 텍스트 존재 양상과 의미」, 『어문학』 122, 한국어문학회, 2013.
최은숙, 「가야산 기행가사의 작품 양상과 표현방식」, 『온지논총』 41, 온지학회, 2014.
최은숙, 「청량산 기행가사에 나타난 유산(遊山)체험의 양상과 의미」, 『영남학』 64, 경북대학교 영남문화연구원, 2018.
최재남, 「〈일동장유가〉의 표현과 내포」, 『진단학보』 126, 진단학회, 2016.
최현재, 「미국 기행가사 〈海遊歌〉에 나타난 자아인식과 타자인식 고찰」, 『한국언어문학』

58, 한국언어문학회, 2006.
하성운, 「새로 나온 기행가사 〈무역박람회 상경일기〉의 작자 검토와 작품 분석」, 『한국언어문학』 113, 한국언어문학회, 2020.
한영규, 「새자료 〈무자서행록〉의 이본으로서의 특징」, 『한국시가연구』 33, 한국시가학회, 2012.

[종교가사]

■ 학위논문(3)

김종진, 「불교가사의 유통 연구」, 동국대학교 박사학위논문, 2000.
박병훈, 「한국 근대 신종교가사 연구: 시운과 도덕의 상관관계를 중심으로」, 서울대학교 박사학위논문, 2021.
최형우, 「불교가사의 연행과 사설 구성 방식 연구」, 경북대학교 박사학위논문, 2017.

■ 단행본(7)

구중서, 『한국 천주교문학사』, 소명출판, 2014.
김동국, 『회심곡 연구』, 한국학술정보, 2008.
김영수 편, 『천주가사자료집(상)』, 가톨릭대학교출판부, 2000.
김영수, 『校註 천주가사』, 한국교회사연구소, 2005.
임기중, 『불교가사 원전연구(한글발원노래 모두 모음)』, 동국대학교출판부, 2000.
전재강, 『한국 불교 가사의 구조적 성격』, 보고사, 2012.
전재강, 『한국 불교가사의 유형적 존재 양상』, 보고사, 2013.

■ 일반논문(58)

강석근, 「한국사상(韓國思想)문학(文學): 가사문학의 발달사적 관점에서 본 용담유사의 특징과 맥락」, 『한국사상과 문화』 70, 한국사상문화학회, 2013.
고성혜, 「천주가사와 순교의 감정」, 『한국시가문화연구』 36, 한국시가문화학회, 2015.
고성혜, 「천주가사 〈사향가〉의 감성적 설득기법」, 『감성연구』 15, 전남대학교 호남학연구원, 2017.
고성혜, 「천주가사와 불안-희망의 수사학: 〈선종가〉·〈사심판가〉·〈공심판가〉를 중심으로」, 『한민족어문학』 88, 한민족어문학회, 2020.
고순희, 「동학농민군 지도자의 가사문학 〈경난가〉 연구」, 『한국시가연구』 41, 한국시가학회, 2016.
김기종, 「권상로의 불교시가 연구」, 『한국문학연구』 40, 동국대학교 한국문학연구소, 2011.
김동국, 「불교가사의 윤회사상 고찰:〈回心曲〉을 中心으로」, 『우리문학연구』 19, 우리문학회, 2006.

김동국, 「佛敎歌辭의 思想分類考」, 『우리문학연구』 23, 우리문학회, 2008.
김문태, 「천주가사 〈사향가(思鄕歌)〉의 교리 실현화 양상」, 『신학전망』 184, 신학연구소, 2014.
김문태, 「天主歌辭 〈션종가〉의 敎理 詩歌化 양상과 삶과 죽음에 대한 認識」, 『어문연구』 44, 한국어문교육연구회, 2016.
김문태, 「천주가사 〈텬당강논〉·〈디옥강논〉의 敎理 詩歌化 양상」, 『어문연구(語文硏究)』 45, 한국어문교육연구회, 2017.
김수정, 「천주가사의 음악적 특징: 구비적 성격을 중심으로」, 『음악과 민족』 29, 민족음악학회, 2005.
김정호, 「천주가사의 어조와 서술방식 연구 – 18세기말 작품을 중심으로」, 『南冥學硏究』 57, 경남문화연구원, 2018.
김종진, 「〈토굴가〉 전승의 경로와 문학사적 의의」, 『우리어문연구』 25, 우리어문학회, 2005.
김종진, 「19세기 불교가사의 작가 복원과 그 문학사적 함의: 영암 취학의 〈토굴가〉를 중심으로」, 『국제어문』 35, 국제어문학회, 2005.
김종진, 「근대 불교가사 창작의 한 흐름–회명 일승(晦明日昇)의 가사 자료 소개를 중심으로」, 『우리어문연구』 43, 우리어문학회, 2012.
김종진, 「동아시아 禪歌와 자국어 시가의 관련성」, 『한국어문학연구』 61, 한국어문학연구학회, 2013.
김종회, 「개화기 천주가사의 세계: 새로운 연구방향의 모색을 위한 시론」, 『서정시학』 15(3), 서정시학, 2005.
류해춘, 「동학가사에 나타난 근대의식과 남녀평등」, 『어문학』 140, 한국어문학회, 2018.
박병훈, 「〈채지가〉 연구」, 『次世代人文社會硏究』 13, 일본연구센터, 2017.
박병훈, 「한국 비결가사 연구: 비결에서 비결가사로의 전환과 전개」, 『종교와 문화』 41, 서울대 종교문제연구소, 2021.
백순철, 「동학가사 〈채지가〉 연작의 이본 양상과 작품세계」, 『우리말글』 96, 2023.
신은희, 「동학 경전 용담유사에 나타난 '공공기복'(公共祈福) 해석」, 『문학과종교』 20, 한국문학과종교학회, 2015.
유경민, 「천주가사 〈소경탄식가〉와 〈소경자탄가〉의 표기 및 어휘의 대조 연구」, 『국어문학』 72, 국어문학회, 2019.
이수진, 「자료집 청림도사 지지가(靑林道士 知止歌) 에 수록된 가사작품 6편에 대한 검토」, 『온지논총』 51, 온지학회, 2017.
이정주, 「근대 이행기 종교가사의 사회현실 연구」, 『인문사회』 21, 사단법인 아시아문화학술원, 2018.
전재강, 「백용성 불교가사에 나타난 담화 방식과 대상 인식의 구도」, 『어문학』 103, 한국어문학회, 2009.

전재강, 「만공 선사 불교 가사의 유기적 상관 맥락과 담화 방식」, 『어문학』 109, 한국어문학회, 2010.

전재강, 「불교 가사 형성의 발생학적 정황」, 『우리문학연구』 31, 우리문학회, 2010.

전재강, 「참선곡류 불교 가사의 구조적 성격」, 『우리말글』 50, 우리말글학회, 2010.

전재강, 「학명의 불교 가사에 나타난 선의 성격과 표현 방식」, 『어문학』 107, 한국어문학회, 2010.

전재강, 「한암 선사 〈참선곡〉 구조의 역동성」, 『우리말글』 48, 우리말글학회, 2010.

전재강, 「신체 불교가사에 나타난 현실 인식과 현실 대응의 방향」, 『우리文學硏究』 34, 우리문학회, 2011.

전재강, 「왕생가류 불교 가사의 표현 방식과 세계 인식」, 『고시가연구』 27, 한국고시가문학회, 2011.

전재강, 「지형 불교 가사의 구조적 성격」, 『우리말글』 52, 우리말글학회, 2011.

전재강, 「퇴경 권상로 불교가사의 성격」, 『어문학』 113, 한국어문학회, 2011.

전재강, 「〈회심가〉의 이념 구도와 청허 사유체계의 상관성」, 『어문논총』 54, 한국문학언어학회, 2011.

전재강, 「몽환가류 불교 가사의 개방성과 작가 의식」, 『한국시가연구』 33, 한국시가학회, 2012.

전재강, 「발원가류 불교 가사의 존재 위상과 성격」, 『어문학』 117, 한국어문학회, 2012.

전재강, 「염불가류 불교 가사의 성격」, 『우리말글』 54, 우리말글학회, 2012.

전재강, 「찬불가류 불교 가사의 지향적 주제와 다층적 갈래 성격」, 『우리문학연구』 37, 우리문학회, 2012.

전재강, 「토굴가류 불교 가사의 갈래 성격과 이념 지향」, 『국어교육연구』 50, 국어교육학회 2012.

전재강, 「〈회심곡〉류 불교 가사의 단락 전개·구성과 선악·생사관」, 『어문학』 115, 한국어문학회, 2012.

전재강, 「상주동학가사에 나타난 동학이념의 정체성과 표현방식의 지향성」, 『국어교육연구』 65, 국어교육학회(since1969), 2017.

조원형, 「천주가사 삼세대의에 대한 텍스트언어학적 분석」, 『한국학연구』 22, 인하대학교 한국학연구소, 2010.

조원형, 「천주가사 〈사향가〉 개작본의 텍스트 구조 대조 분석」, 『교회사 연구』 36, 한국교회사연구소, 2011.

조지형, 「1996년~1910년 경향신문(京鄕新聞) 소재 천주가사의 특성과 그 지향」, 『국어문학』 46, 국어문학회, 2009.

조지형, 「동학의 서학, 서양에 대한 인식의 변화 양상」, 『교회사연구』 34, 2010.

조태성, 「18~19세기 불교가사에 나타난 현실 인식」, 『고시가연구』 20, 한국고시가문학회, 2007.

조태성, 「조선 후기 종교가사와 공감장」, 『한국시가문화연구』 40, 한국시가문화학회, 2017.
최천집, 「동학 몽유가사의 형성배경과 '꿈' 활용방식 – 「몽중노소문답가」·「몽중가」·「몽경가」를 중심으로」, 『동학학보』 45, 동학학회, 2017.
최형우, 「18세기 경상 지역의 「보권염불문」 간행과 수록 가사 향유의 문화적 의미」, 『열상고전연구』 60, 열상고전연구회, 2017.
최형우, 「〈반야용선가(般若龍船歌)〉의 천도의식 표출과 연행문화적 의미」, 『어문론총』 71, 한국문학언어학회, 2017.
최형우, 「조선후기 불교가사의 여성 형상화와 향유문화적 의미」, 『한민족어문학』 87, 한민족어문학회, 2020.
최형우, 「조선후기 종교가사의 갈등 해결 논리와 문학 교육적 가치」, 『국어교육연구』 75, 국어교육학회, 2021.
최형우, 「朝鮮後期 佛教歌辭 享有課程에서 記錄의 意圖와 辭說 變移의 兩面性」, 『어문연구』 50, 한국어문교육학회, 2022.
홍진영, 「종교가사에 나타난 선악의 표상-개신교 가사 〈연산전도가〉를 중심으로」, 『용봉인문논총』 61, 인문학연구소, 2022.

[근대기 가사]

■ 학위논문(1)

김아연, 「『대한매일신보』 소내 경제가사 연구」, 전남대학교 박사학위논문, 2014.

■ 단행본(6)

고순희, 『근대기 역사의 전개와 가사문학』, 박문사, 2021.
고순희, 『해방 전후 역사의 전개와 가사문학』, 박문사, 2021.
고순희, 『만주망명과 가사문학 연구』, 박문사, 2014.
고은지, 『계몽가사의 소통환경과 양식적 특징』, 보고사, 2009.
신지연 외, 『개화기 가사 내용 연구: 언어학적 담화 분석 및 문화 담론 분석』, 지성인, 2014.
신지연·최혜진·강연임, 『개화기 가사 자료집』 1~6, 보고사, 2011.

■ 일반논문(54)

강동완, 「대한매일신보 경제소재 시평가사에 반영된 자본주의 정신과 그 윤리: 베버의 방법론적 논증을 바탕으로 하여」, 『한국문학논총』 67, 한국문학회, 2014.
강연임, 「〈듸일본유람가〉를 통해본 개화기 어휘의 특성」, 『어문연구』 77, 어문연구학회, 2013.
고순희, 「개화기 가사를 통해 본 여성담론의 전개양상과 특성」, 『한국고전여성문학연구』 10, 한국고전여성문학회, 2005.

고순희, 「만주 동포 귀환기: 〈일오전쟁회고가〉 연구, 『한국시가연구』 26, 한국시가학회, 2009.

고순희, 「만주망명 가사 〈간운스〉 연구」, 『고전문학연구』 37, 한국고전문학회, 2010.

고순희, 「만주망명가사와 디아스포라」, 『한국시가연구』 30, 한국시가학회, 2011.

고순희, 「만주망명과 여성의 힘 – 가사문학 〈원별가라〉, 〈위모스〉, 〈신식트령〉을 중심으로」, 『한국고전여성문학연구』 22, 한국고전여성문학회, 2011.

고순희, 「만주망명인을 둔 寒洲宗宅 宗婦의 가사문학 – 〈感懷歌〉와 〈별한가〉」, 『古典文學硏究』 40, 한국고전문학회, 2011.

고순희, 「일제 강점기 만주망명지 가사문학: 담당층 혁신유림을 중심으로」, 『고시가연구』 27, 한국고시가문학회, 2011.

고순희, 「만주망명가사의 작품세계와 미학적 특질」, 『한국고전여성문학연구』 25, 고전여성문학회, 2012.

고순희, 「만주망명인을 둔 고국인의 가사문학 – 자료 및 작가를 중심으로」, 『고시가연구』 29, 한국고시가문학회, 2012.

고순희, 「만주망명인을 둔 고국인의 가사 – 미학적 특질을 중심으로」, 『우리어문연구』 44, 우리어문학회, 2012.

고순희, 「일제강점기 망명 관련 가사에 나타난 만주의 장소성」, 『한국시가연구』 34, 한국시가학회, 2013.

고순희, 「일제강점기 일본 경험과 규방가사」, 『동북아문화연구』 39, 동북아시아문화학회, 2014.

고순희, 「일제강점기 징병과 가사문학의 양상」, 『국어국문학』 168, 국어국문학회, 2014.

고순희, 「한국전쟁과 가사문학」, 『한국고시가문화연구』 34, 한국고시가문화학회, 2014.

고순희, 「안동의 지역성과 만주망명 관련 가사문학: 지역문화콘텐츠 제안」, 『한국고시가문화연구』 35, 한국고시가문화학회, 2015.

고순희, 「일제강점기 〈경탄가〉 연구–한 명문대가 후예의 봉건적 지식담론과 가문의식」, 『한국시가연구』 39, 한국시가학회, 2015.

고순희, 「근대전환기 도세저항운동과 가사문학 〈심심가〉」, 『국어국문학』 182, 국어국문학회, 2018.

고순희, 「일제강점기 〈시절가〉 연구」, 『영남학』 66, 경북대학교 영남문화연구원, 2018.

고순희, 「경술국치의 충격을 담은 1910년대 가사문학의 전개양상과 가사문학사적 의의」, 『민족문화연구』 84, 고려대 민족문화연구원, 2019.

고순희, 「해방 공간에 대응한 가사문학: 문학적 의미, 그리고 가사문학사적 의의」, 『민족문화연구』 89, 고려대 민족문화연구원, 2020.

고은지, 「계몽가사의 형성과정과 그 형식적 특성의 의미」, 『어문논집』 43, 민족어문학회, 2001.

김신중, 「애국계몽기의 혈죽가사 연구」, 『한국언어문학』 95, 한국언어문학회, 2015.

김아연, 「경제가사의 형성과 문학적 특질」, 『고시가연구』 33, 한국고시가문학회, 2014.
김아연, 「대한매일신보 철도가사와 철도의 표상: 식민지 근대의 표상으로서 철도에 대한 매혹과 부정의 관점에서」, 『인문과학』 55, 성균관대학교 인문학연구원, 2014.
김아연, 「『제국신문』에 수록된 철도 소재 시가 연구」, 『한국시가문화연구』 40, 한국시가문화학회, 2017.
김영철, 「개화기시가에 나타난 알레고리의 미학」, 『한국시학연구』 35, 한국시학회, 2012.
김용철, 「문명번역으로서의 전고와 〈만고가〉」, 『우리문학연구』 37, 우리문학회, 2012.
김윤희, 「〈일본유학가(日本留學歌)〉에 형상화된 유학(留學) 체험과 가사 문학적 특질」, 『한민족문화연구』 40, 한민족문화학회, 2012.
김윤희, 「만주 망명 가사 〈해도교거사〉의 새로운 이본(異本) 자료 소개」, 『우리문학연구』 67, 우리문학회, 2020.
김윤희, 「만주 망명 가사 〈해도교거사(海島僑居辭)〉와 〈분통가(憤痛歌)〉에 대한 비교 고찰: 여성과 남성의 인식 차이와 문화적 의미를 중심으로」, 『한국고전연구』 49, 한국고전연구학회, 2020.
김형태, 「근대계몽기 가사(歌辭)와 개인의 발견-신문과 잡지 수록작품의 일단을 중심으로」, 『한국문학논총』 82, 한국문학회, 2019.
백순철, 「〈일본유학가〉에 나타난 유학 체험과 초국적 자아의 형성」, 『민족연구』 81, 한국민족연구원, 2023.
변승구, 「개화 가사에 나타난 문명개화의 양상과 의미」, 『인문학연구』 84, 충남대학교 인문과학연구소, 2011.
송미영, 「신문 소재 개화가사의 표기법 연구」, 『한국언어문학』 92, 한국언어문학회, 2015.
신성환, 「근대계몽기 여성의 호명과 교육, 그리고 片片奇談警世歌 : 〈녀자교육편〉을 중심으로」, 『어문논집』 71, 민족어문학회, 2014.
신지연·변승구, 「개화기가사의 작자층 고찰」, 『한국언어문학』 74, 한국언어문학회, 2010.
신지연·최혜진·강연임, 「개화기 가사 자료의 현황과 의미」, 『어문연구』 64, 어문연구학회, 2010.
신현웅, 「제국신문 게재 계몽가사의 형식적 특징 재론」, 『국문학연구』 44, 국문학회, 2021.
육민수, 「『片片奇談警世歌』 와 『萬古奇談處世歌』의 출판 배경과 텍스트 지향」, 『한민족어문학』 50, 한민족어문학회, 2007.
윤덕진, 「애국계몽기 가사의 전통양식 계승과 개신」, 『열상고전연구』 36, 열상고전연구회, 2012.
윤지아, 「20세기 초 재미한인 국문시가의 사회적 의미와 작품 경향」, 『우리어문연구』

60, 우리어문학회, 2018.
이민규, 「계몽 가사의 약성가·권주가·담배노래 변용 양상」, 『국제어문』 73, 국제어문학회, 2017.
정선희, 「근대계몽기가 낳은 '소년'의 자질과 질적(質的) 변화 – 대한매일신보 소재 시가 작품을 중심으로」, 『열상고전연구』 56, 열상고전연구회, 2017.
정연정, 천명희, 「고성 이씨 소장 『해도교거사』의 국어학적 가치」, 『어문론총』 68, 한국문학언어학회, 2016.
주영민, 「북해도고락가(北海道苦樂歌)를 통해본 강제동원」, 『역사교육논집』 64, 역사교육학회, 2017.
최은숙, 「몽유가사의 "꿈" 모티프 변주 양상과 〈길몽가〉의 의미」, 『한국시가연구』 31, 한국시가학회, 2011.
최은숙, 「〈몽유가〉의 작가 및 기록 방식과 몽유의 역할」, 『한국시가연구』 53, 한국시가학회, 2021.
최혜진, 「개화기 가사에 나타난 여성의 몸 담론」, 『語文硏究』 68, 어문연구학회, 2011.
최혜진, 「애국계몽기 가사에 나타난 교육의 문제」, 『한국학연구』 44, 고려대학교 한국학연구소, 2013.
하성운, 「새로운 근대가사 〈담배노래〉의 표현 방식과 작품세계」, 『동아인문학』 52, 동아인문학회, 2020.
하성운, 「근대계몽기 시가를 통해 본 위생담론과 그 표현방식-대한매일신보를 중심으로」, 『문화와융합』 43, 한국문화융합학회, 2021.
하성운, 「손영모의 『가사집』과 새로운 가사 작품 5편에 대하여」, 『리터러시 연구』 12, 한국리터러시학회, 2021.

[박인로의 가사(누항사 포함)]

■ 학위논문(2)

김성은, 「노계 박인로 가사의 공간 연구」, 경북대학교 박사학위논문, 2014.
김용철, 「박인로 강호가사 연구」, 고려대학교 박사학위논문, 2000.

■ 일반논문(15)

김광조, 「〈陋巷詞〉에 나타난 '歎窮'의 意味」, 『고전과해석』 2, 고전문학한문학연구회, 2007.
김성은, 「〈小有亭歌〉의 장소재현과 장소성 – 화자의 주체성 문제를 바탕으로」, 『어문논총』 55, 한국문학언어학회, 2011.
박연호, 「〈누항사〉에 나타난 "가난"과 "우활"의 의미」, 『한민족어문학』 64, 한민족어문학회, 2013.
박현숙, 「박인로의 〈누항사〉 연구」, 『국어국문학』 157, 국어국문학회, 2011.

성호경, 「朴仁老의 〈蘆溪歌〉 창작 배경 탐색 – 慶州市 山內面 大賢里의 '大賢洞口' 일대」, 『고전문학연구』 51, 한국고전문학회, 2017.
손대현, 「〈누항사〉의 서술 양상과 의미」, 『어문학』 105, 한국어문학회, 2009.
손대현, 「〈陋巷詞〉의 용사(用事) 활용과 그 함의」, 『어문학』 125, 한국어문학회, 2014.
오선주, 「〈陋巷詞〉의 서술 짜임과 의미 고찰」, 『한국언어문학』 76, 한국언어문학회, 2011.
이상보, 「노계 박인로의 시경관을 살핌」, 『국학연구론총』 7, 택민국학연구원, 2011.
이정주, 「노계 (蘆溪) 박인로(朴仁老) 가사(歌辭) 연구(研究) – 전쟁가사인 〈태평사〉와 〈선상탄〉을 중심으로」, 『열린정신 인문학 연구』 16(2), 인문학연구소, 2015.
이종문, 「蘆溪 〈嶺南歌〉의 讚揚 對象 人物에 對한 考察」, 『어문논집』 59, 민족어문학회, 2009.
이종문, 「〈蘆溪歌〉의 창작 연대와 蘆溪 朴仁老의 蘆洲 隱遁 시기에 대하여」, 『한국학논집』 47, 계명대학교 한국학연구원, 2012.
이종문, 「노계 박인로의 경제적 상황의 변화와 노주(蘆洲) 이주의 현실적 동인」, 『한국언어문학』 104, 한국언어문학회, 2018.
최현재, 「노계가사(蘆溪歌辭)에 나타난 장소성(場所性)의 양상과 그 의미」, 『한국시가연구』 34, 한국시가학회, 2013.
최현재, 「박인로의 〈노계가〉에 나타난 강호 인식의 양상과 그 의미」, 『한민족어문학』 65, 한민족어문학회, 2013.

[유배가사]

■ 학위논문(4)

권현주, 「〈流配歌辭〉에 나타난 世界觀의 樣相 研究」, 영남대학교 박사학위논문, 2019.
양정화, 「유배가사의 담론(談論) 특성과 사적(史的) 전개 양상」, 성균관대학교 박사학위논문, 2014.
우부식, 「유배가사 연구」, 충남대학교 박사학위논문, 2005.
이현주, 「유배가사의 연구」, 전남대학교 박사학위논문, 2001.

■ 단행본(2)

염은열, 『유배, 그 무섭고도 특별한 여행』, 꽃핀자리, 2015.
이재식, 『유배가사 – 유배가사모음집』, 시간의물레, 2008.

■ 일반논문(24)

권현주, 「중인층 유배가사에 나타난 작자의식과 생활상 – 〈만언사〉와 〈채환재적가〉를 중심으로」, 『어문학』 122, 한국어문학회, 2013.
김명준, 「〈북찬가(北竄歌)〉의 주제 의식과 '효'의 의미」, 『Journal of Korean Culture』

22, 한국어문학국제학술포럼, 2013.
김윤희, 「19세기 사대부 가사에 표면화된 기녀(妓女)와의 애정(愛情) 서사와 형상화의 특질 – 〈북천가〉, 〈북행가〉를 중심으로」, 『어문논집』 67, 민족어문학회, 2013.
김정화, 「유배가사 〈북정가〉 연구」, 『민족문화논총』 54, 영남대학교 민족문화연구소, 2013.
남정희, 「〈무인입춘축성가(戊寅立春祝聖歌)〉에 나타난 유배체험 형상화의 이면과 그 의미」, 『韓國古典研究』 32, 한국고전연구학회, 2015.
남정희, 「18C말~19C초, 김이익의 유배 체험과 〈금강중용도가〉창작에 관한 고찰」, 『어문연구』 91, 어문연구학회, 2017.
남정희, 「18세기 후반 정조 초엽, 이방익의 〈홍리가〉에 나타난 유배 체험과 인식 고찰」, 『어문연구』 96, 어문연구학회, 2018.
남정희, 「1755년 을해역옥과 이광명의 〈북찬가〉에 나타나는 유배 체험과 그 의미」, 『이화어문논집』 57, 이화어문학회, 2022.
노경순, 「이진유 家系 유배가사 연구」, 『반교어문연구』 31, 반교어문학회, 2011.
노경순, 「18세기 유배가사에 나타난 忠과 孝의 양상 연구」, 『겨레어문학』 52, 겨레어문학회, 2014.
양정화, 「19세기 유배가사의 담론 특성과 문학사적 의미」, 『인문사회 21』 10, 사단법인 아시아문화학술원, 2019.
염은열, 「지리적 경계 넘기와 심리적 좌절의 이야기, 〈만언사〉」, 『한국시가연구』 53, 한국시가학회, 2021.
육민수, 「〈만언사〉의 담론 특성과 텍스트 형성」, 『동양고전연구』 52, 동양고전학회, 2013.
윤치부, 「김정 〈우도가〉의 이본 고찰」, 『한국시가문화연구』 40, 한국시가문화학회, 2017.
정기철, 「자기표현 글쓰기 관점에서 본 『만언사』」, 『한국언어문학』 87, 한국언어문학회, 2013.
정기철, 「〈만언사〉 읽기와 경험을 활용한 글쓰기」, 『한국언어문학』 90, 한국언어문학회, 2014.
정인숙, 「〈만언사〉에 나타난 자전적 술회의 양상과 그 의미」, 『한국시가연구』 25, 한국시가학회, 2008.
정인숙, 「연작가사 만언사의 특징과 중인층 작가의 의미 지향」, 『한국언어문학』 69, 한국언어문학회, 2009.
정흥모, 「영조조(英祖朝)의 유배가사 연구 – 〈속사미인곡〉과 〈북찬가〉를 중심으로」, 『국어문학』 45, 국어문학회, 2008.
최미정, 「〈북새곡〉에 나타난 북관의 풍경과 관직자의 감성」, 『한국학논집』 53, 계명대학교 한국학연구소, 2013.
최현재, 「조선시대 유배가사의 흐름과 경향성–특히 후기 유배가사의 특징적 면모에 주목하여」, 『한국시가연구』 33, 한국시가학회, 2012.
최현재, 「〈만언사〉의 복합적 성격과 현실적 맥락에서의 의미」, 『한국시가연구』 37, 한국시가학회, 2014.
최홍원, 「공간을 중심으로 한 〈북찬가(北竄歌)〉의 새로운 이해와 접근」, 『국어국문학』 167, 국어국문학회, 2014.
최홍원, 「〈만언사〉의 재미, 흥미와 소통의 의미」, 『고전문학과 교육』 30, 한국고전문학교육학회, 2015.

[사대부 가사]

■ 단행본(4)

박연호, 『교훈가사 연구』, 다운샘, 2003.
이승복, 『옥국재 가사 연구』, 월인, 2013.

■ 일반논문(56)

고순희, 「19세기 중엽 상층사대부의 가사 창작」, 『국어국문학』 149, 국어국문학회, 2008.
곽지숙, 「부농가의 성격과 17~18세기 사족층의 가사 향유」, 『한국문학논총』 80, 한국문학회, 2018.
구사회, 「자료집 『계문』과 새로운 가사 작품 4편에 대하여」, 『고전문학연구』 47, 한국고전문학회, 2015.
구사회, 「충무공 이순신가의 문중 교육과 〈나부가〉류 가사 작품들」, 『국어국문학』 171, 국어국문학회, 2015.
권정은, 「조선시대 농서(農書)의 전통과 〈농가월령가〉의 구성 전략」, 『새국어교육』 97, 한국국어교육학회, 2013.
김귀석, 「清狂子 朴士亨의 「南草歌」 연구 – 작가의 창작배경과 그 문학적 의미를 중심으로」, 『국어문학』 65, 국어문학회, 2017.
김명준, 「16·17세기 강호가사의 변모 양상」, 『어문논집』 41, 민족어문학회, 2000.
김명준, 「〈雇工歌〉에 나타난 조선 후기 영세 경영농의 몰락과 그 의미」, 『우리문학연구』 31, 우리문학회, 2010.
김성은, 「박인로 가사의 창작방식과 그 의미: 'ᄒᆞ믈며/ᄒᆞ믈며'의 활용을 중심으로」, 『국제언어문학』 47, 국제언어문학회, 2020.
김수경, 「옥국재 가사 〈착정가〉에 나타난 "장소"의 의미」, 『한국시가연구』 34, 한국시가학회, 2013.
김수현, 「창헌 조우각의 〈대명복수가〉 연구」, 『동양학』 81, 단국대 동양학연구원, 2020.
김신중, 「정해정 〈석촌별곡〉의 배경과 서정」, 『국학연구론총』 12, 택민국학연구원, 2013.
김신중, 「정해정 〈민농가〉의 배경과 성격」, 『한국고시가문화연구』 35, 한국고시가문화학회, 2015.
김아연, 「1823년 풍덕부·개성부 합병과 현실비판가사 〈숭양별곡(崧陽別曲)〉」, 『한민족어문학』 90, 한민족어문학회, 2020.

김아연, 「〈탐라별곡〉에 나타난 제주사회 문제의 양상과 대응」, 『용봉인문논총』 56, 2020.
김용철, 「〈고공가〉 연작과 조선중기 노비농장의 우의적 형상」, 『한국시가문화연구』 48, 한국시가문화학회, 2021.
김윤희, 「홍계영의 가사 〈희설(喜雪)〉의 도교적 상상력과 문학적 특질」, 『온지논총』 46, 온지학회, 2016.
김은희, 「〈農家月令歌〉의 짜임새와 그 意味」, 『어문연구』 144, 한국어문교육연구회, 2009.
김창원, 「〈갑민가〉 형식의 문학적 기반」, 『국제어문』 89, 국제어문학회, 2021.
김철은, 「〈갑민가(甲民歌)〉와 〈북새곡(北塞曲)〉의 현실 인식 비교」, 『청람어문교육』 62, 청람어문교육학회, 2017.
남정희, 「〈月先軒十六景歌〉의 江湖 공간과 시적 형상화의 의미」, 『어문연구』 142, 한국어문교육연구회, 2009.
박수밀, 「노계 박인로 가사의 연구 경향과 연구사의 쟁점」, 『국제언어문학』 47, 국제언어문학회, 2020.
박수진, 「옥국재가사에 나타난 시, 공간구조 연구」, 『온지논총』 17, 온지학회, 2007.
박수진, 「18세기 장흥지역 향촌의 위기상황과 대응양상: 임계탄(壬癸嘆)〉을 중심으로」, 『반교어문연구』 56, 반교어문학회, 2020.
박연호, 「金得研의 隱居와 〈止水亭歌〉 創作의 意味」, 『한국시가연구』 54, 한국시가학회, 2021.
박영민, 「지지재 이상계의 〈초당곡〉·〈인일가〉 연구」, 『고전문학과 교육』 30, 한국고전문학교육학회, 2015.
박이정, 「구강(具康) 〈사미인곡〉에 나타난 연모의 성격과 의미」, 『국문학연구』 33, 국문학회, 2016.
백두현, 「斗庵 金若鍊의 한글가사와 시조-「老婦歎」, 「答婦詞」, 「科弊歎」, 「小學歌」, 「六歌」」, 『어문론총』 63, 한국문학언어학회, 2015.
손대현, 「斗庵題詠」 소재 가사의 형상화와 문학사적 가치」, 『어문론총』 63, 한국문학언어학회, 2015.
손대현, 「〈科弊歎〉의 서술 양상과 문학적 가치」, 『어문학』 139, 한국어문학회, 2018.
신성환, 「玉局齋 李運永 가사에 보이는 地方民에 대한 시선: 〈淳昌歌〉와 〈林川別曲〉을 중심으로」, 『Journal of korean Culture』 35, 한국어문학국제학술포럼, 2016.
신성환, 「시간관을 통해 본 〈농가월령가〉의 지향」, 『한민족문화연구』 64, 한민족문화학회, 2018.
신현웅, 「옥국재 가사 〈순창가〉의 송사 서사 성격과 진술 특징」, 『한국시가문화연구』 49, 한국시가문화학회, 2022.
윤지아, 「조선 후기 영남 향촌사족의 현실 인식과 가사 창작-竹下 李天燮의 〈四餘齋歌〉를 중심으로」, 『고전과해석』 38, 고전문학한문학연구학회, 2022.
이상원, 「〈남아가〉에 투영된 이상적 삶과 그것의 문화사적 의미」, 『민족문학사연구』 42,

민족문학사학회, 2010.

이상원, 「고전시가의 문화론적 접근: 〈농가월령가〉를 중심으로」, 『어문론총』 60, 한국문학언어학회, 2014.

이상원, 「조선후기 향촌지식인의 삶과 부부의 기억: 순천 김씨의 〈노부탄〉과 김약련의 〈답부사〉, 『한국시가문화연구』 42, 한국시가문화학회, 2018.

이승남, 「강호가사 〈지수정가〉에 나타난 갈등 표출의 형상화」, 『동악어문학』 68, 동악어문학회, 2016.

이승남, 「정훈과 김득연의 강호가사에 나타난 四季의 形象과 흥취 표출」, 『한국사상과 문화』 84, 한국사상문화학회, 2016.

이승복, 「〈순창가〉의 서술방식과 작가의식」, 『고전문학과교육』 17, 한국고전문학교육학회, 2009.

이승복, 「〈임천별곡〉의 창작 배경과 갈등의 성격」, 『고전문학과교육』 18, 한국고전문학교육학회, 2009.

이승복, 「옥국재 가사에 나타난 일상성의 양상과 의미」, 『고전문학과 교육』 25, 한국고전문학교육학회, 2013.

이승준, 「김득연(金得硏)의 계회(契會) 활동과 〈산중잡곡(山中雜曲)〉의 창작 맥락」, 『한국언어문학』 108, 한국언어문학회, 2019.

장정수, 「〈축산별곡(竺山別曲)〉의 성격과 작자 의식」, 『어문론총』 87, 한국문학언어학회, 2021.

정인숙, 「19세기 초 사대부 시가의 한 국면 – 김이익의 유배가사를 중심으로」, 『국문학연구』 31, 국문학회, 2015.

정인숙, 「가사에 나타난 남성의 자손 양육에 대한 시선과 내면의식」, 『고전문학연구』 48, 한국고전문학회, 2015.

정인숙, 「朝鮮後期 教訓歌辭에 나타난 부모-자식 관계의 문제적 양상과 '孝不孝' 談論의 의미」, 『어문연구(語文研究)』 43(4), 한국어문교육연구회, 2015.

조유영, 「蔡瀗의 〈石門亭九曲棹歌〉에 나타난 공간 인식과 그 의미」, 『어문론총』 60, 한국문학언어학회, 2014.

조유영, 「조선 후기 향촌사족의 이상향 지향과 그 의미-〈황남별곡(黃南別曲)〉을 중심으로」, 『우리말글』 71, 우리말글학회, 2016.

조유영, 「조선 후기 영남지역 가사에 나타난 道統 구현 양상과 그 의미 – 「黃南別曲」과 「黃山別曲」을 중심으로」, 『한국언어문학』 103, 한국언어문학회, 2017.

조태성, 「영남에서의 강호 예찬, 정식의 〈축산별곡〉: '힐링-콘텐츠'로서의 강호-기행가사의 성격을 중심으로」, 『영남학』 77, 경북대 영남문화연구원, 2021.

최미정, 「임경업 연보의 가사화, 〈총병가〉 고찰」, 『한국학논집』 60, 한국학연구원, 2015.

최은숙, 「소악루 이유 시가의 소통지향성과 담화 특성」, 『동양고전연구』 42, 동양고전학회, 2011.

한창훈, 「'癸亥反正'에 대한 향반층의 문학적 대응 – 정훈·강복중을 중심으로」, 『고전문학연구』 47, 한국고전문학회, 2015.
허왕욱, 「일상적 경험의 형상화가 지니는 시가사적 의미–신계영의 〈월선헌십육경가〉를 중심으로」, 『한국시가연구』 33, 한국시가학회, 2012.

[가사 장르론]

■ 학위논문(1)

김형태, 「대화체 가사 연구」, 연세대학교 박사학위논문, 2005.

■ 단행본(4)

박연호, 『가사문학 장르론』, 다운샘, 2003.
성무경, 『가사의 시학과 장르실현』, 보고사, 2000.
육민수, 『조선후기 가사문학의 담론 양상』, 보고사, 2009.
정인숙, 『가사문학과 시적 화자』, 보고사, 2010.

■ 일반논문(2)

김형태, 「대화체 가사의 유형별 특성 고찰」, 『열상고전연구』 21, 열상고전연구회, 2005.
김형태, 「조선후기 가사의 복합적 성격 규정 고찰」, 『고전문학연구』 62, 한국고전문학회, 2022.

[신자료 소개]

■ 일반논문(35)

고순희, 「근대전환기 한 양반의 첩에 대한 인식과 그 의미 – 박학래의 〈학초전〉과 〈져사영결가〉를 중심으로」, 『한국고전여성문학연구』 34, 한국고전여성문학회, 2017.
고순희, 「〈차성가〉의 서술방식과 가사문학사적 의의」, 『동양한문학연구』 48, 동양한문학회, 2017.
고순희, 「진주농민항쟁과 현실비판가사〈민탄가〉」, 『우리어문연구』 60, 우리어문학회, 2018.
구사회, 「새로 발굴한 가사 작품 〈嵋江別曲〉에 대하여」, 『국어국문학』 142, 국어국문학회, 2006.
구사회, 「우고 이태로의 〈농부가〉와 애국적 형상화」, 『국어국문학』 147, 국어국문학회, 2007.
구사회, 「又顧 李泰魯의 『勉菴集抄』 와 자료적 가치」, 『고시가연구』 20, 한국고시가문학회, 2007.
구사회, 「새로운 가사 작품 〈감별곡〉에 대하여」, 『고시가연구』 26, 한국고시가문학회, 2010.

구사회·김규선, 「가사 작품 〈유향가〉의 발굴과 담론 내용」, 『東洋古典研究』 47, 동양고전학회, 2012.
구사회, 「새로 발굴한 過齋 金正默의 〈梅山別曲〉 연구」, 『고시가연구』 29, 한국고시가문학회, 2012.
구사회·김영, 「한글가사 필사본 〈님낭자가라〉에 대하여」, 『열상고전연구』 35, 열상고전연구회, 2012.
구사회, 「이도희(李道熙)의 새로운 가사 작품 〈직즁녹〉에 대하여」, 『한국고시가문화연구』 34, 한국고시가문화학회, 2014.
구사회, 「이충무공의 선양 사업과 듕무공행장 소재 새로운 가사 작품 〈난부가〉 2편에 대하여」, 『퇴계학논총』 24, 퇴계학부산연구원, 2014.
구사회, 「한창기본 〈슉영낭자전〉 소재 가사 작품 8편에 대하여」, 『열상고전연구』 41, 열상고전연구회, 2014.
구사회·박재연, 「새로운 가사 작품 金海 許氏의 〈望雲歌〉와 玄風郭氏의 〈부겨〉에 대하여」, 『한국언어문학』 99, 한국언어문학회, 2016.
구사회·주혜린, 「새로운 가사 작품 〈산촌낙사〉에 대하여」, 『한국학논집』 65, 계명대학교 한국학연구원, 2016.
구사회·김영, 「새로 나온 가사 작품 〈발몽인교가(發蒙引敎歌)〉에 대하여」, 『문화와융합』 40, 한국문화융합학회, 2018.
김기영, 「새 자료 가사집 파슈가(罷睡歌) 고찰」, 『어문연구』 78, 어문연구학회, 2013.
김기영, 「새 발굴 교훈가사 「自作行實錄」을 살핌」, 『어문연구』 91, 어문연구학회, 2017.
김승우·이희중, 「20세기 초 驪州李氏 校尉公派 退老 문중의 歌辭 창작과 향유 양상: 栗峯 李炳瑗의 〈式好詞〉와 〈桃源行〉」, 『고전과 해석』 27, 고전문학한문학연구학회, 2019.
김승우·이희중, 「厓石 安鼎遠(1831~1900)의 〈思親歌〉에 대하여」, 『고전과 해석』 29, 고전문학한문학연구학회, 2019.
김윤선, 「문 베드로 〈자탄가(自歎歌)〉 연구 – 경향잡지 소재 〈자탄가〉를 중심으로」, 『인문학연구』 42, 경희대학교 인문학연구원, 2020.
김정화, 「새발굴가사 〈경혼가〉 연구」, 『국어교육연구』 76, 국어교육학회, 2021.
남혜경, 「경남 고성 육영재를 배경으로 한 〈뉵영지 유샹가라〉」, 『고전과 해석』 37, 고전문학한문학연구학회, 2022.
손대현, 「궁장가(宮牆歌)의 작자 및 명칭 문제와 변이의 양상」, 『국어국문학』 188, 국어국문학회, 2019.
손대현, 「〈분통가〉에 나타난 역대 인물 서술의 양상과 그 의미–〈역대가〉와의 비교를 중심으로」, 『한국시가연구』 55, 한국시가학회, 2022.
손대현, 「〈도산와유가〉의 서술 양상과 문학적 위상」, 『어문론총』 95, 한국문학언어학회, 2023.

손앵화, 「〈노인가〉에 나타난 '늙음'의 형상화와 의미 지향」, 『국어문학』 79, 국어문학회, 2022.
송재연, 「가사 〈운림처사가(雲林處士謌)〉에 나타난 강호 인식의 양상과 도선(道仙) 지향」, 『국문학연구』 45, 국문학회, 2022.
이민희, 「새 발굴 가사집 춘경가(春景歌) 작품 세계 연구」, 『국문학연구』 39, 국문학회, 2019.
이수진, 「새로운 가사작품 〈송비산가〉에 대하여」, 『동양고전연구』 44, 동양고전학회, 2011.
이수진·김영, 「새로운 가사 자료 〈장별한이라〉에 대하여」, 『문화와융합』 40, 한국문화융합학회, 2018.
이재빈·이수진, 「세덕가류 가사작품 〈문소김씨 세덕가〉 수록 신발굴 가사 자료에대한 서지와 그 내용 – 〈문소김씨 세덕가〉, 〈행방가〉, 〈화전가〉를 중심으로」, 『리터러시 연구』 12, 한국 리터러시 학회, 2021.
조유영, 「〈태평책가〉의 서술 방식과 명암 이태일의 현실 인식」, 『국어교육연구』 78, 국어교육학회, 2022.
조유영, 「근대전환기 명암가사 〈태평책가〉의 환상성과 그 의미」, 『문화와융합』 45, 한국문화융합학회, 2023.
하경숙·박재연, 「새로 발굴한 가사 작품 〈본문가〉에 대한 문예적 검토」, 『문화와융합』 40, 한국문화융합학회, 2018.

[가사 주해본 및 가사문학 개론]

■ 주해본(7)

김용찬, 『가사 조선의 마음을 담은 노래』, 휴머니스트, 2020.
류연석, 『시조와 가사의 해석』, 역락, 2006.
박연호, 『가려 뽑은 가사: 우리가 정말 알아야 할 우리 고전』, 현암사, 2015.
임기중, 『한국가사문학 주해연구』 1~20, 아세아문화사, 2005.
임형택, 『옛 노래, 옛 사람들의 내면풍경: 신발굴 가사자료집』, 소명, 2005.
장정수, 『조선후기 사대부가사』, 문학동네, 2021.
진경환 註解, 『예로부터 이른 말이 농업이 근본이라: 註解 농가월령가』, 민속원, 2021.

■ 가사문학 개론(9)

고순희, 『조선후기 가사문학 연구』, 박문사, 2016.
류연석, 『새로 쓴 가사문학사』, 태학사, 2020.
윤성현, 『후기가사의 흐름과 근대성』, 보고사, 2007.
임기중, 『한국가사문학 원전연구』, 아세아문화사, 2005.
조세형, 『가사의 언어와 의식』, 보고사, 2007.
최상은, 『가사문학의 이념과 정서』, 보고사, 2006.

최상은, 『조선인의 삶과 가사문학』, 보고사, 2020.
최은숙, 『한국 가사문학의 전승과 향유』, 보고사, 2021.
최한선 外, 『가사문학의 어제와 내일』, 태학사, 2020.

잡가 연구의 현황과 전망 _박지애

고미숙, 「20세기 초 잡가의 양식적 특질과 시대적 의미」, 『18세기에서 20세기 초 한국시가사의 구도』, 소명, 1998.
고미숙, 「대중가요의 선구, 20세기 초반 잡가 연구」, 『18세기에서 20세기 초 한국시가사의 구도』, 소명, 1998.
고은지, 「20세기 전반 소통 매체의 다양화와 잡가의 존재 양상 – 잡가집과 유성기 음반을 중심으로」, 『고전문학연구』 32, 한국고전문학회, 2007.
고은지, 「20세기 초 시가의 새로운 소통 매체 출현과 그 의미 – 신문, 잡가집, 그리고 유성기음반을 중심으로」, 『어문논집』, 민족어문학회, 2007.
고정옥, 『조선민요연구』 수선사, 1949.
고정희, 「〈영변가〉와 〈진달래꽃〉의 상호텍스트적 양상과 의미」, 『한국시가연구』 30, 한국시가학회, 2011.
권도희, 「1910년대 잡가집과 초기 유성기 음반을 통해 본 조선대중음악의 기반」, 『남도민속연구』 19, 남도민속학회, 2009.
권순회, 「미국 클레어몬트대학도서관 맥코믹 컬렉션 소장 『雜歌』의 성격」, 『우리어문연구』 72, 우리어문학회, 2022.
권순회, 「필사본 『流行雜歌』의 특성과 활자본 잡가집의 생성 경로」, 『우리어문연구』 75, 우리어문학회, 2023.
김문기, 『서민가사 연구』, 형설출판사, 1983.
김상훈, 「판소리 〈적벽가〉와 적벽가 계열 잡가의 교섭 연구 – 김관준 작 서도창 〈적벽가〉·〈전쟁가〉를 중심으로」, 『판소리연구』 39, 판소리학회, 2015.
김영운, 「경기 십이잡가의 음악 형식」, 『한국민요학』 10, 한국민요학회, 2002.
김영운, 「경기 십이잡가의 음조직 연구」, 『한국음악연구』 32, 한국국악학회, 2002.
김지혜, 『근대 활자본 잡가집의 출판콘텐츠화 양상』, 민속원, 2023.
김지혜, 「잡가 〈육자배기〉 노랫말의 다양성과 변이 연구 – 콘텐츠로 소비된 근대 대중가요 잡가 노랫말의 한 형태」, 『한성어문학』 48, 한성어문학회, 2023.
김학성, 「잡가의 사설 특성에 나타난 구비성과 기록성」, 『대동문화연구』 33, 성균관대학교 대동문화연구원, 1998.
김학성, 「18·19세기 예술사의 구도와 시가의 미학적 전환 – 여항 – 시정문화와의 관련양

상을 중심으로」, 『한국시가연구』 11, 한국시가학회, 2002
김학성, 「잡가의 생성기반과 사설 엮음의 원리」, 『신편 고전시가론』, 새문사, 2002.
김학성, 「잡가의 생성기반과 장르 정체성」, 『한국 고전시가의 정체성』, 성균관대학교 대동문화연구원, 2002.
김흥규, 『한국문학의 이해』, 민음사, 1986.
박경수, 「잡가의 패러디적 성격」, 『국어국문학』 119, 국어국문학회, 1997.
박관수, 「20세기 초 유성기음반에 실린 잡가계 가요의 무속 수용양상」, 『한국민속학』 44, 한국민속학회, 2006.
박애경, 「잡가 연구의 현황과 과제 – 국문학계의 연구를 중심으로」, 『열상고전연구』 17, 열상고전연구회, 2003.
박애경, 「잡가의 개념과 범주의 문제」, 『한국시가연구』 13, 한국시가학회, 2003.
박애경, 「19세기 말, 20세기 초 잡가의 소통 환경과 존재양상 – 근대적 노래 공동체의 형성 과정을 중심으로」, 『구비문학연구』 21, 한국구비문학회, 2005.
박애경, 「19세기말·20세기초 시정문화의 동향과 잡가 〈유산가〉」, 『한국문화연구』 33, 이화여자대학교 한국문화연구원, 2017.
박지애, 「유성기음반 소재 잡가의 현황과 레퍼토리의 양상」, 『어문학』 99, 한국어문학회, 2008.
박지애, 「20세기 전반기 잡가의 라디오 방송 현황과 특징」, 『어문학』 103, 한국어문학회, 2009.
박지애, 「20세기 전반기 잡가의 향유방식과 변모 연구」, 경북대학교 박사학위논문, 2010.
백대웅, 「잡가발생의 시대적 당위성과 전개과정: 경기잡가에서 판소리까지」, 『한국공연예술연구논문선집』 5, 한국예술종합학교 전통예술원, 2002.
성무경, 「'가사'와 '잡가'의 접점에 대한 일고찰 – 〈관등가〉, 〈사친가〉, 〈달거리〉를 중심으로」, 『반교어문연구』 9, 반교어문학회, 1998.
성무경, 「잡가, 〈유산가〉의 형성 원리」, 『신편 고전시가론』, 새문사, 2002.
성무경, 「시조 가집, 『調및詞』의 문화도상 탐색」, 『조선후기, 시가문학의 문화담론 탐색』, 보고사, 2004.
손종흠, 『한국 고전시가의 난제와 대안』, 소명, 2023.
손태도, 「1910~20년대의 잡가에 대한 시각」, 『고전문학과 교육』 2, 청관고전문학회, 2000.
송은주, 「12잡가 형장가 연구」, 『국악교육』 32, 한국국악교육학회, 2011.
신은경, 「창사의 유기성에 대한 텍스트 언어학적 조명 – 잡가의 경우」, 『고전시 다시 읽기』, 보고사, 1997.
오지연, 「경기 12잡가를 위한 국악 교수·학습 내용 연구」, 『이화음악논집』 28, 이화여자대학교 음악연구소, 2024.
이고은, 「20세기 초 잡가의 한역 양상과 그 의미 – 『매일신보』 소재 석창 유근의 신악부를 중심으로」, 『열상고전연구』 67, 열상고전연구회, 2019.

이규호, 「잡가의 정체」, 『한국문학사의 쟁점』, 집문당, 1986.
이노형, 「한국 근대 대중가요의 역사적 전개과정 연구」, 서울대학교 박사학위논문, 1992.
이노형, 『한국 전통 대중가요의 연구』, 울산대학교출판부, 1994.
이병기, 『국문학개론』, 일지사, 1961.
이병철, 「가집 〈동가선〉의 존재 양상」, 『한민족문화연구』 26, 한민족문화학회, 2008.
이상원, 「필사본 잡가집 『타령이라(단국대본)』의 특성과 의의」, 『국어국문학』 191, 국어국문학회, 2020.
이상원, 「『잡가(단국대본)』 2의 성격과 가집의 유형 분류」, 『시가문화연구』 48, 한국시가문화학회, 2021.
이성초, 「서도잡가 연구」, 서울대학교 박사학위논문, 2015.
이현정, 「잡가의 장르적 성격에 관한 연구」, 『한국음악문화연구』 9, 한국음악문화학회, 2016.
임재욱, 「사설시조와 잡가에 표현된 미물의 의미와 시적 기능」, 『어문연구』 45(4), 한국어문교육연구회, 2017.
장사훈, 『최신 국악총론』, 세광음악출판사, 1985.
장유정, 「대중매체의 출현과 전통가요 텍스트의 변화 양상 – 〈수심가〉를 중심으로」, 『고전문학연구』 30, 한국고전문학회, 2006.
전계영, 「휘모리잡가의 지향」, 『우리어문연구』, 우리어문학회, 2011.
전계영, 「잡가의 범주와 계열별 특성에 관한 연구」, 충북대학교 박사학위논문, 2012.
전계영, 「박춘재 소리 〈맹꽁이타령〉에 나타나는 근대적 성격 고찰」, 『한국시가연구』 48, 한국시가학회, 2019.
정인숙, 「잡가 〈맹꽁이타령〉을 통해 본 서울의 세태와 도시민의 삶」, 『서울학연구』 51, 서울시립대학교 서울학연구소, 2013.
정재호, 「잡가고」, 『민족문화연구』 6, 고려대학교 민족문화연구원, 1972.
정재호, 「잡가집의 특성과 문학사적 의의」, 『한국시가연구』 8, 한국시가학회, 2000.
정재호 편, 『한국속가전집』, 다운샘, 2002.
정충권, 「휘모리잡가와 판소리의 공통 특질」, 『판소리연구』 18, 판소리학회, 2004.
조수경, 「휘모리잡가를 활용한 국악교육 지도방안」, 『국악교육연구』 14, 한국국악교육연구학회, 2020.
조윤제, 『한국시가의 연구』, 을유문화사, 1948.
최규수, 『19세기 시조 대중화론』, 보고사, 2005.
최동안, 「잡가연구」, 가톨릭대학교 박사학위논문, 2003.
최원오, 「잡가의 교섭갈래적 성격과 그 이론화의 가능성 검토시론」, 『관악어문연구』 19, 서울대학교 국어국문학과, 1994.
최현재, 「20세기 전반기 잡가의 변모양상과 그 의미 – 잡가집과 유성기 음반 수록 〈난봉가〉계 작품을 중심으로」, 『한국문학논총』 46, 한국문학회, 2007.

집필진 소개(원고 수록 순)

이도흠 : 한양대학교 국어국문학과 교수
황병익 : 경성대학교 국어국문학과 교수
임주탁 : 부산대학교 국어교육과 교수
박영재 : 고려대학교 국어국문학과 박사
김승우 : 이화여자대학교 국어국문학과 교수
이상원 : 조선대학교 국어국문학부 교수
송안나 : 강릉원주대학교 국어국문학과 조교수
박영민 : 한국방송통신대학교 국어국문학과 조교수
김진희 : 아주대학교 다산학부대학 부교수
백순철 : 대구대학교 국어교육과 교수
박지애 : 국립창원대학교 국어국문학과 부교수

한국 시가 연구 100년의 자취와 전망

2025년 2월 27일 초판 1쇄 펴냄

편저자 한국시가학회
발행인 김흥국
발행처 보고사

책임편집 황효은
표지디자인 김규범

등록 1990년 12월 13일 제6-0429호
주소 경기도 파주시 회동길 337-15 보고사
전화 031-955-9797 **팩스** 02-922-6990
메일 bogosabooks@naver.com
http://www.bogosabooks.co.kr

ISBN 979-11-6587-787-3 93810

정가 32,000원